本书为 2016 年度国家社科基金艺术学重大项目
"戏曲剧本创作现状、问题及对策研究"（16ZD03）前期成果

上海戏剧学院编剧学教材丛书

编剧理论与技巧

顾仲彝 著

上海人民出版社

总　序

如果从 1946 年创办编导研究班算起，上海戏剧学院（以下简称上戏）的编剧教学已有 70 年历史。从 70 年间积累的有关编剧教学的教材、专著、论文、参考资料、案例汇编中遴选出一批可供教学与研究的编剧教材，整理出版"上海戏剧学院编剧学教材丛书"，是我多年的愿望，限于各种原因，一直未能付诸行动。此次借上海高峰高原学科建设之东风，终于遂愿。丛书印制在即，责任编辑建议，考虑到有些教材出版已有些年头，原有的序言等内容可能会让读者产生距离感，希望能有个总序，说些新话。我以为，此见甚好。为之，约请了几位比较适合作此书序的同仁，不想均被婉拒。不得已，只好赶鸭子上架，由我滥竽充数。当然，我自知也说不出新话。

一

细心的读者一眼就看出，编剧教材怎么成了"编剧学"教材，多了一个"学"字，应作何解？那就先聊聊编剧学吧。

编剧，作为专业，有 2500 年的历史，应该是比较客观的论断。现存的古希腊戏剧，如索福克勒斯的《俄狄浦斯王》剧本也有 2400 多年了。编剧的相关研究,自亚里士多德的《诗学》算起,也有2300余年。中国戏剧晚出,现存最早的戏曲剧本是南宋的《张协状元》;至于编剧的研究,一直到明末清初李渔的《闲情偶寄》,才以结构、词采、音律、宾白、科诨、格局六方面论,对戏曲编剧的理论与技巧有全面的概括与精当的阐述。若论大学的编剧专业教学,最早的,有案可稽的是美国的乔治·贝克教授于1887年在哈佛大学担任戏剧文学和戏剧史等课教学,并主持总名为"课程第47号的实习工场"的系列戏剧课程。

创建编剧学则是近几年的事。

2007年5月,我调任戏剧文学系主任,时任科研处长的姚扣根教授提议,我们是否建一个戏剧创作学。我听了眼睛一亮。虽然一个新学科的建立,需要具备各种重要条件,如要有社会需求与发展前景;要有深厚的学术积累;要有明确的研究对象;要有稳定的研究队伍;要有学术共同体与学术刊物;要有卓越的研究成果;要有学术派别;要有高等教育;要有学科带头人,等等。而这些条件,未来的编剧学新学科都已具备。加上上戏有悠久的编剧教学历史,有许多老教授的研究成果,有新一代教师和学者的求索精神,如果乘势而上,顺势而为,坚持数年,相信必有成果。经反复考虑,我觉得时机成熟,决定试试。征询系里同仁意见,也都很支持。正好有个由我执笔修改学校公文的机会,便试探性地将"筹建戏剧创作学三级学科"写进文件(参见上海戏剧学院档案室文件:《上海戏剧学院行政报告·2008年3月27日》),获得认定后我们便围绕筹建新学科开始运思并做了一些基础性的工作。2009年12月3日,在学校中层干部会议上,我以"学科建设:戏文系事业可持续发展的生命线"为题作交流发言(参见《戏文通讯》2009年号),明确提出"争取在三五年内将戏剧创作学建成上海市教委三级重点学科"的工作目标。至 2011 年 4 月，学校在江苏木渎召开学科建设会议时，在校学术委员会主任叶长海教授及学术委员会同仁与校领导的支持下，该项目被列入学校三级学科建设计划，正式命名为"编剧学"（需要说明的是，编剧学应运而生，是中国戏剧教育、戏剧研究、戏剧实践的必然结果，姚扣根教授与我，仅仅是在一个恰当的历史时段顺手轻轻推开了那扇迟早要被人推开的编剧学之门）。

众所周知，编剧，原来是戏剧戏曲学中的一个子系统，一直依附或混杂于文学、戏剧和电影的部分。如今逐渐步入独立自主、自我完善的体系化，最终成型并自立门户，实在是经过了漫长的求索之路。编剧学的建立，既是编剧专业自身发展的内在需求，也是戏剧影视与文化创意产业发展的自觉选择，更是编剧这一人类创造性活动获得人们进一步重视的必然结果。

何以见得？

第一，从编剧涉及的实践领域看，编剧早已突破原有的戏剧、电影的框架，有了广播剧、电视剧、纪录片，及应运而生的新媒体戏剧，如手机剧、网络剧、游戏动漫、环境艺术、场景艺术等众多的人文活动新领域。随着演艺艺术、图像艺术、视听艺术的普及，包括竞选、广告、婚宴、庆典等，都需要编剧的策划和撰稿，将人类所有的仪式化的活动，化为"剧"的因素。诗意的栖居，行动即表演，戏剧的人生，成了现代人的某种生活方式的追求。在这样的态势下，传统的编剧理论与编剧方法受到严峻挑战，现实需要更多的学术回应。

第二，从编剧涉及的理论研究看，编剧的理论早已突破原有的戏剧学、电影学的研究框架。今日的编剧专业作为核心，连接了几乎所有的社会和人文的前沿学科，甚至包括了一些自然学科的最新成果。如语言学、符号学、叙事学、美学、心理学、创意学、传播学、接受美学、人类学、教育学、策划学等；包括医学、运动学、生命学、数字技术、材料学等多学科与交叉学科。编剧涉及的新理论与技巧，如雨后春笋，早已拓展研究领域并收获鲜活成果，呈现了前所未有的蓬勃姿态。具体体现为：有关编剧的论著与论文、教材与译著，数量上升，质量提升；越来越多的高校面向本科生、研究生开设编剧课程；相关前沿理论的融合渗入，国内外频繁展开的学术交流与切磋，提供了良好的研究路径与发展平台。

编剧，作为戏剧、影视、游戏、新媒体等诸多艺术创作链上的一环，既是"无中生有"的第一环，更是决定作品成败的最重要一环，一方面具有最悠久的历史传统与最稳定的经久不衰的运行系统，另一方面无论是实践还是研究，又是一个充满无限活力、富有蓬勃生机的新领域。

对照社会的发展和需求，我国目前编剧理论与学科基础尚显薄弱稚嫩，整体水准还处于不稳定的初级状态。有的研究取向单一，路径狭窄，自我封闭，亟须"破茧成蝶"；有的存在着"分化不够"问题，编剧专业的主要领域和一些次领域没有得到充分的衔接，没有建立一个独立而完善的学术体系；有的存在"融合不足"的问题，编剧专业在内与文学、戏剧学、电影学、传播学等内部各次领域的学术对话不够充分，在外与心理学、社会学、哲学等其他学科的跨学科研究交流不够积极。从本土文化研究的角度看，吸收和消化西方编剧理论，创建具有东方美学特征与戏曲剧作思维的中国编剧理论和方法论，还远远没有形成成熟的体系与模式。

鉴于此，为实现编剧专业在学科领域的进一步发展，适应实践和理论的现实需求，创立编剧学就成了我们这代人不可回避的学术使命。由于天时地利人和，我们终于迈出了重要的一步：凝聚各方资源，创建编剧学独立学科，在学科层面上推进专业知识之间合理的分化和融合，从而借此提升整个专业、行业、事业的学术水准。幸运的是，2011 年国务院学位办通过了艺术学升为门类的决议，我校的戏剧与影视学由此上升为一级学科，编剧学也随之升格为二级学科。最近，有关部门在全市所有高校中遴选出 21 个学科列为上海高峰学科建设计划，上戏的戏剧与影视学有幸入选，编剧学也躬逢其盛，忝列其中，此乃幸事。

提出创建一个新学科也许还容易，关键是如何实施，如何一步一个脚印地去推进。换句话说，编剧学要做什么？概言之，主要有两件事：一是编剧理论研究，二是编剧实践研究。如果再具体一点，那就是：编剧史论，即编剧学史研究；编剧理论，即编剧本体研究；编剧评论，即剧作家作品研究；编剧技论，即剧作方法技巧研究。

首先，要梳理传统的编剧理论，从中国演剧艺术的实际出发，在中国与西方学术传统的基础上，在现代向传统继承发展的前提下，探索创造适应现实发展的新的知识体系、研究方法和教育方法；其次，要加强学科基础建设，创建以创作为核心的科研、创作、教学的新学术框架；再者，要对商业文化的冲击和现代技术的影响等社会环境变化作出及时反应，一方面不断拓展适应前沿领域实践发展的学术研究，另一方面不断拓展相关的边缘学科，以多学发展一学，实现整个学科体系的开放和活跃，并在这种开放性、活跃性中厘清编剧学的结构体系，创建中西融合的编剧课程，梳理编剧特色的学术框架，创建具有中国特色的编剧学。

因为学科建设的成果最后总是要作用于教学，作用于社会服务，编剧学又是实践性很强的学科，所以，在上戏，习惯的说法是，学科建设要注重科研、创作、教学与社会服务的"四轮并进"。依照这一思路，这些年，我们以上戏编剧学研究中心为载体，为编剧学新学科做了一些奠基性的实事：

1. 科研方面

《1980 年代以来汉语新诗的戏剧情境研究》，列国家社科基金青年项目；

《中国戏剧评价体系研究》，列上海高峰学科建设项目；

《故事开发与应用实验室》，列上海高校一流学科建设项目；

《编剧软件》，列上海高校一流学科建设项目；

《中国现当代编剧学史料长编》(3 卷)，列上海高校一流学科建设项目；

"上海戏剧学院编剧学丛书"(6 种)，列上海高校一流学科建设项目；

点评版《中外经典剧作 300 种》(30 卷)，列上海高校一流学科建设项目，上海人民出版社重点书目；

承担《中国大百科全书·戏剧卷》戏剧文学分支各条目的设计与编纂工作，列国家重大出版工程。

2. 创作方面

话剧《国家的孩子》获 2014 年度国家艺术基金资助；

话剧《徐阶》获 2015 年度国家艺术基金资助；

话剧《万户飞行奇谈》《四岔口》《春天》《爱不释手》《海岛来信》《分

庭抗争》，戏曲《寻找》《长乐亭主》（均为编剧学专业学生创作）等获上海文化发展基金会青年编剧项目资助。

3. 教学方面

与哥伦比亚大学联合培养编剧专业 MFA 研究生，将两位美籍研究生的课程作业搬上中国舞台，出版《碰撞与交融——上海戏剧学院与哥伦比亚大学联合培养编剧专业 MFA 研究生课程记录》；

优化戏剧文学专业建设，列国家级特色专业建设点；

探索戏曲写作教学创新实践，获上海市优秀教学成果奖；

总结编剧教学 60 年历史，出版《编剧教学研究论文集》；

鼓励编剧学教师重视自身的创作与研究，出版《上戏编剧学教师年度文选》（2013 卷，2014 卷）；

出版《上戏编剧学研究生作品选》（4 卷）《俄罗斯题材戏剧小品选》《新剧本创作选》《倒春寒》《国家舞台艺术精品工程入选剧目研究课程论文集》等，举办"上戏编剧学研究生作品京沪专家研讨会"；

出版《故事——上海戏剧学院编剧教学参考资料》（20 本）；

探索《编剧概论》《独幕剧写作》《大戏写作》《戏曲写作》《电视剧写作》等核心课程的改革创新；

倡导学生注重社会实践，建立编剧学余姚、南通、绍兴、松江教学基地，新疆、西藏践习基地，出版《戏文系学生暑期社会实践调查报告》（2009 卷，2013 卷）。

4. 社会服务方面

在市教委相关部门支持下，创立上海校园戏剧文本孵化中心，借助上戏创作中心、编剧学研究中心的力量，先后推出《钱学森》《王振义》《潘序伦》《钱宝钧》《熊佛西》等一批原创"大师剧"；

出版《上海校园戏剧文本孵化中心1+1丛书》；先后主办第一届、第二届全国校园戏剧剧本征稿比赛活动；

举办9期全国高级编剧进修班，同时为新疆、西藏、内蒙、湖南、山西等地培养青年编剧人才。

上述事项，都直接或间接与编剧学学科建设的总体部署相关，有的已经完成，有的还在进行中。而整理出版10卷本"上海戏剧学院编剧学教材丛书"，自然是编剧学建设的题中应有之义了。

一个"学"字，作此解释，自觉有些啰嗦了。

二

教材建设是学科建设的一项重要内容，这应该不会有异议。问题是，整理出版旧教材，有意义吗？毕竟是存量，不是增量，有价值吗？朝花夕拾，未栽新株，有必要吗？一句话，为什么要整理出版这套教材丛书呢？那就说说我的想法。

首先，我以为，这是编剧学学科建设的需要。

学科建设主要承担知识的传承与创新，学科人才梯队的构建与培育。但是，如前所述，最终的成果都要作用于教学，作用于社会服务。而体现这个功能的一个重要载体就是教材。换一个角度说，一个学科，没有完整的、科学的、有说服力的教材系列是无论如何也说不过去的。

事实上，每个历史时段问世的编剧学教材，都会融入特定时期的学科、专业与教学改革的最新成果。所以，系统地整理出版已有较成熟的教材，既可以从中窥见学科与专业建设前行的足迹，揣摩先驱者筚路蓝缕、既开其先的进取精神，更可以为编剧学学科建设成果的受众反馈提供真实信息。

其次，也是编剧学新教材建设的需要。

上戏建校 70 周年，编剧教学贯穿始终，有教学，必有教材。包括基本教材，即基本知识的传授；实践教材，即学生能力培养的指导；参考教材，即学生外延能力培养的辅助。应该说，这三类教材的储备我们都有。但是，无论是质还是量，与建设一流艺术大学的目标要求还有距离。特别是，随着社会的发展，知识更新周期越来越短。有资料说，联合国教科文组织对此曾经做过一项研究，结论是：在 18 世纪时，知识更新周期为 80～90 年，19 世纪到 20 世纪初，缩短为 30 年，上个世纪 60～70 年代，一般学科的知识更新周期为 5～10 年，而到了上个世纪 80～90 年代，许多学科的知识更新周期缩短为 5 年，而进入新世纪时，许多学科的知识更新周期已缩短至 2～3 年。编剧学的知识更新周期当然不可能如此短暂，由于其实践性很强的专业特点，许多编剧技术与方法具有较强的稳定性。但知识更新终究是不可能绕开的学术话题。如何将编剧学最新的研究成果转化为教学内容，就成了一门十分重要的功课。而做好这一功课的前提是，必须摸清现有家底，盘点已有积累，再看看有哪些缺失需要补上，哪些软肋需要强化，哪些谬误需要订正，哪些新知识、新观点、新方法、新理论需要整合，从而为编剧学新教材建设提供重要参照。

最后，当然也是培养创新型编剧人才的需要。

培养合格的创新型编剧人才，离不开教学内容与教学方法的改革，在有限的时间和空间内给学生有用的知识，都亟须科学性、实践性、先进性兼备的教材。而鼓励学生系统地研读已有的较成熟的教材，一方面可以强化学生的专业基础，另一方面可以昭示后学以前辈为例，养成努力探索学术真谛、把握科学规律的治学习惯，培育跟踪学科前沿、贴近创作实际的良好学风。

因为有了上述理由，至少让我为原初也曾经有过的犹豫找到了释怀的依据。

三

也许，还应该谈谈这10本教材的特点以及入选的理由。

是否可以这样说，这是国内第一套在编剧学领域比较全面科学地总结探讨话剧、戏曲、戏剧小品、电视剧编剧理论与技巧的教材丛书。著者注意吸收国内外编剧研究的理论成果，结合中国当代编剧实践，内容涉及编剧学、剧作法、编剧艺术、剧作分析、中外编剧理论史、编剧辞典、国外剧作理论与教材翻译等，在努力揭示编剧观念、创新思维、写作规范、本质特征和剧作法则等方面作出了可贵的努力。毫无疑问，这10本教材各有各的特点，限于篇幅，我只能挑主要的感受来表达，以初版时间为序，逐一介绍。

1.《编剧原理》

著者洪深（1894—1955）、余上沅（1897—1970）、田汉（1898—1968）、熊佛西（1900—1965）、李健吾（1906—1982）、陈白尘（1908—1994）。此著为六位中国现当代话剧史上重要的理论家、剧作家、教育家的主要编剧理论著作的汇编，书名借用熊佛西老院长的编剧理论专著。这六位先贤为上戏草创时期的名师。此次选取的文字，既是重要的学术论文，又具有教材意义。先贤们围绕"戏剧是什么"、"怎样写剧"、"怎样评剧"等问题展开阐述，娓娓道来。反复咀嚼几位著者的论述颇有醍醐灌顶、引导统率的作用。学习戏剧，同时还需要理解戏剧与文学、戏剧与社会、写意与写实、话剧与戏曲等多重关系，书中对此都有翔实的分析。同时，有关历史剧、诗剧、哑剧、小剧场戏剧等戏剧类型的论述，也颇能体现作者从实践经验中摸索出的戏剧规律，对于从事编剧创作和研究的学生而言，则是一笔宝贵的理论财富。

2.《编剧理论与技巧》

著者顾仲彝（1903—1965）。这本编撰于1963年的教材，材料丰富，案例得当，论点精辟，旁征博引，通过对古今中外优秀剧作和戏剧理论的研究，系统探索了编剧艺术的规律。其中关于戏剧创作基本特性的论述尤为精彩。著者在对西方戏剧理论作系统梳理的基础上，作出"冲突说"的归纳，简明而又有力量。在戏剧结构章节中，著者依据欧洲戏剧史上对于结构类型比较科学的分类方法，把戏剧结构分为"开放式结构"、"锁闭式结构"和"人像展览式结构"三种类型，并对不同结构的特点作精当分析，同时又选择"重点突出"、"悬念设置"、"吃惊"、"突转与发现"四种主要的结构手法作介绍，可谓鞭辟入里。稍嫌不足的是，书中难免留有那个时代所特有的政治痕迹。但这怎么能去苛求前辈呢？而且我一直以为，此著为中国编剧教材的奠基之作，在顾先生之后，几乎所有编剧教材都程度不同地受惠于此著。再说一句可能会有些偏颇的话，就教材的整体质量而言，这也是至今难以超越的经典之作。

3.《戏曲编剧理论与技巧》

著者田雨澍。本书强调戏曲的独特性，以廓清与话剧、电影等艺术形式的区别。歌舞表演是戏曲的外在表现形式，戏曲的本质是"传神"，即不断地深化、剖析人物的精神面貌、内心世界和灵魂图谱，而实现"传神"的有效方式便是虚实结合原则。以此为基础，著者较为全面地透析了戏曲人物、情节、冲突、场景和语言特色，又调度经典戏曲剧本案例辅证论点，挖掘出戏曲审美特质。全书尽可能地吸收古典论著、序跋、注释当中的散论，又广纳民间艺人从实践中总结的口诀谚语，为教学和创作提供了生动而鲜活的理论依据。

4.《戏剧结构论》

著者周端木（1932—2012）。原书名为《一座迷宫的探索》，易用现书名的缘由当然是为了体例的规整，倘若周先生有知，想来是可以理解的。此书围绕"戏剧结构"展开。戏剧，可以是冲突结构，可以是人物意识流程结构，可以是佯谬结构，可以是理念结构，可以是立体复合式结构。此著特别强调戏剧动作是组织结构的首要特性，并以此统领全著。作者还有意打破流派的分歧和界限，就情节的提炼，悬念、惊奇的运用，情节的内向化发展，独幕剧的结构特点等话题进行深入阐述，同时将不同的戏剧流派纳入讨论范围，包括《罗生门》《三姐妹》《万尼亚舅舅》《推销员之死》《野草莓》等剧作的细致分析，无疑具有生动实用的借鉴意义。

5.《戏曲写作教程》

著者宋光祖（1939—2013）。本书是专以戏曲写作为中心撰写的教材，入编时我将宋教授另著《戏曲写作论》中的"戏曲写作的理论与技巧研究"部分内容也纳入本教材。此著致力于探讨戏曲写作的历史传统和写作方法，条分缕析，深刻细致，系统完整，切实起到强化戏曲思维与写作过程中的答疑解惑之作用。作者也未局限于戏曲的特性，而是注重向话剧理论学习，以人物的性格描写、感情揭示和心理分析为主，事件或者情节为从，由浅入深、体贴入微。该著是作者经过20余年的教学实践摸索而建构的一整套独立的戏曲写作理论，格外遵从教学需求，以指导学生的写作训练为轴心，推崇从读剧看戏中总结戏曲写作理论，因此全书涉及众多中国现当代戏曲范例，还汲取了古典戏曲理论和剧作的精华，对于研习戏曲编剧的学生而言具有很强的应用性。

6.《戏剧的结构与解构》

著者孙惠柱。戏剧作为一种满足人类心理需求的"体验业"，不仅有赖于故事的叙事性结构，也需要剧场性结构的支撑。此著致力于探讨艺术家对于"第四堵墙"的态度、用法，进而分析戏剧结构的不同特点。他首先溯源穷流、归纳整理，将2500年以来戏剧的叙事性结构类型进行分类，力图展现各个时期、各种流派提倡的戏剧结构特色。其次，与相对成熟的叙事性结构相比，有关剧场结构的论著还相对匮乏。著者以编导演模式为视点，横向比较世界戏剧美学体系，纵向挖掘中国的戏剧美学脉络，中西参照、点面结合、归类清晰。全书涉及的案例从历史到当下、从传统到后现代、从经典到热点，博采众长、配图精美，乃编剧学教学的重要参考著作。作者以宽容的姿态审视不同的戏剧流派，作为编纂者，我揣测大概对于当下话剧的弊端分析也是直面戏剧乱象的必经之途。另外，就叙事性结构与剧场结构的关系研究，也颇具启发，这也是未来编剧学所要努力研究的重要方向之一。

7.《电视剧写作概论》

著者姚扣根。该著被列为教育部"十一五"规划国家级教材。此著区别于以往的电视剧写作教材，动态地对电视剧这一特定对象进行考察研究，将电视剧作为一门交叉边缘学科，既与戏剧、电影和大众传播等学科有关，又涉及其他人文学科，如文艺学、叙事学、心理学、伦理学、社会学等。另一方面，该著在阐述电视剧传承戏剧、电影及文学元素的同时，更注意站在电视媒介上，努力找出它们之间存在的不同点。换句话说，相对戏剧、电影理论的借鉴和传承而言，该著更注意符合电视媒介的需求，更注意电视剧是一种新兴的叙事艺术门类。同时，该著注意写作理论和文艺理论的相互渗透、交织，从教学方面充分注意了可操作性和示范性，提供了中外经典案例，提供一种科学的、系统的序列性训练。一方面训练学生掌握围绕具体文本写作的材料、主题、语言、结构和类型等主要内容，同时着重阐述那种得之于心，应之于手，只可意会不可言传的写作经验和技巧，并使之明朗化、系统化，并根据初学者的写作状态，循序渐进，有助于激发学生的学习兴趣，以理论推动实践训练，以实践提升理论素养。对电视剧写作的教学、研究者而言，本著可谓是一本难得的写作指南。

8.《编剧理论与技法》

本著为笔者所撰，曾获上海普通高校优秀教材一等奖。与他著相比，自知简陋。倘硬要找些特色，似乎也有。一是全书融入自己大量的创作感受，可能比较"贴肉"，具有一定的操作性；二是章末附有针对教材讲解内容的"思考与练习",计有 20 道思考题,部分要求写成文章,另有 20 道练习题,要求编写 7 个小型剧本提纲、6 个剧本片段与 7 个小型戏剧剧本。希望通过这样的"多思考、多实践",让学生领会课程内容并掌握从剧本提纲到剧本片段再到完整的剧本写作的整个流程,虽然浅显,但较为实用。

9.《戏剧小品剧作教程》

著者孙祖平。本书系统地论述了戏剧小品作为一种独立的艺术样式,有着属于自己的创作特征。著者首先从戏剧小品的起源入手,详细介绍了古代小戏和现代小戏的发展历程。然后从戏剧小品的构造特征、情境张力、情节过程、结构模式、形象造型、意蕴内涵、审美途径、语境语言及样式类别等九个方面入手,对戏剧小品的创作特征进行了详尽的阐述。此著一大特色是发现了戏剧创造系统中"片段"的位置存在和价值取向,清晰地指出"场面并不直接构成一场戏或是一幕戏,在场面和幕(场)之间,还存在着一个构造组织——片段",从而提出了"戏剧小品是一个片段的戏剧"的定义,并论述了相应的特点。由此进入,戏剧小品研究的种种难题,皆能迎刃而解。同时,这一发现也使戏剧构造的理论更加科学、客观、合理。

10.《世界名剧导读》

著者刘明厚。本著遴选各个世界戏剧历史阶段中具有代表性的优秀剧目,如《俄狄浦斯王》《李尔王》《海鸥》《萨勒姆的女巫》《一个无政府主义者的意外死亡》等进行评析,涵盖了从古希腊悲剧以来西方戏剧的发展历史,以及戏剧观念、艺术表现手法的革新与变迁。在这些脍炙人口的名剧里，我们能感受到人类共同的价值观念和人文理想。此著不仅从编剧艺术分析的角度切入，还结合社会学、接受美学等理论去审视这些西方作家作品。全书评析中肯，见解独特，显示出作者具有开阔的学术视野和严谨的治学态度。

综合起来看，这10本教材，既备自成一体、各有千秋之特色，也具相互补充、相得益彰之功能。《编剧原理》虽然问世最早，文字简要，但所述概念、知识、要旨均属提纲挈领，为编剧学开山之作。《编剧理论与技巧》是前著的拓展与深化，集中外编剧专业知识之大成，可引领习剧者登高望远，总揽全局，按图索骥，成竹在胸；而与此著仅一字之差的《编剧理论与技法》则可看作是对顾著学习的心得集成，倘仔细揣摩，便可登堂入室，舞枪弄棍。《戏曲编剧理论与技巧》紧扣戏曲写作特点，阐述基本要领，给习剧者提供描红图谱；而属同类型研究性质的《戏曲写作教程》，则抓住关键要点，深入展开，时现真知灼见，令人茅塞顿开。《戏剧结构论》为著者倾情之作，所述要点，枚举案例，均融入情感色彩，既有感染力，也具说服力；《戏剧的结构与解构》虽与周著同题，但中西交融，视野开阔，观念新进，脉络清晰。两著比照着读，获得的不仅仅是对戏剧结构的融会贯通。《电视剧写作概论》与《戏剧小品剧作教程》则提供了两种不同艺术样式的写作指南，概念清晰，案例生动，特别是对写作环节的引领性提示，因为融入著者数十年创作经验，令读者释卷即跃跃欲试，如入无人之境。《世界名剧导读》既悉心绍介经典剧作，又给后学提供阅剧、评剧、品剧经验，可谓有的放矢，细致入微。

这10本教材织就编剧学知识经纬，也在一定程度上体现了编剧学之所以成为一门系统学科的实力。

至于这10本教材入编本丛书的理由，其实非常简单，一是为上海戏剧学院教师所著；二是必须正式出版过的；三是在教学过程中使用本教材产生较好效果的。我想，有这几条也就够了吧。

　　末了，请允许我再说说由衷的感言。

　　首先要感谢所有入编本教材丛书的编撰者（包括部分编撰者家属）的倾力支持。记得我把出版本丛书的决定与编撰者及相关人士通报时，获得的反馈竟全是热情的鼓励与诚恳的期待。为了使本丛书得以顺利出版，有的还毅然中止了与原出版社的合同；有的则搁下手头繁忙的学术研究与剧本创作任务立即对自己的原著进行补充、改写、修订；有的专门来与我商讨丛书的入编标准、装帧建议、使用范围等。凡此种种，都令我感动不已。

　　其次要感谢青年学者翟月琴女士的辛勤付出。作为月琴攻读博士后的合作导师，尽管知道她近期正在为国家社科基金青年项目的撰写与出站论文的修订殚心竭力，但我还是毫不犹豫地让她参与本丛书的编辑。除了深知她有丰沛的学养储备与严谨的治学态度外，更重要的是，希望她通过参与本次劳作，能更深入地了解上戏编剧学教学、理论与实践的家底，为她日后的编剧学理论研究打好基础。

　　月琴果然不负众望，投注热情，奉献智慧，既做了许多编务工作，又在学术上付出心血。举一个小例子，编辑工作遇到的麻烦之一是引文注释的复核，不少引文与原文有出入，或版本不详，或缺少页码，包括转引文献和作者凭感性经验引用的语句，都需要重新翻阅原著、甚至是作家全集，逐一核实。对任何一个人来说，这都是一个挑战修养与责任心的活儿，月琴做好了，而且毫无怨言，令我感动。

总
序

017

再次要感谢本书的责任编辑赵蔚华女士。她不仅对丛书的装帧设计、文字版式、内容规范、前言后记、体例题型都有自己独到的见解，而且还对入编的每一本教材都认真审读，并提出各种专业性很强的意见和建议，借此机会，向她表示深深的谢意。

　　最后，还要郑重感谢的是上戏 70 年间一代一代的学子们！正是你们求知若渴的目光、如切如磋的声波、进取奔放的心律所构成的温暖的"学巢"，才孵化催生了这一本本饱含著者心血、印有时代胎记、留下几多遗憾的编剧教材。毫无疑问，有关编剧学所具有的一切的丰润与一切的留白，都属于你们，属于未来！

　　我们，仅仅是戏剧征程上匆匆行走的过客……

陆军
2015.11.30

目　录

第一章 绪 论

　　《编剧理论与技巧》这一课程的教学目的，是想通过编剧理论与技巧的阐述和探讨，使有志于戏剧创作和戏剧理论批评的青年们，能掌握编剧艺术的一般规律和法则，懂得怎样分析和结构一个剧本，提高他们的创作实践和理论批评的水平，从而繁荣我国的戏剧事业。

　　当然，这些理论和技巧是从2500多年的创作实践中总结出来的，是通过历代戏剧理论批评家辛勤研究得来的。但戏剧是跟着时代前进的，适合于过去时代的戏剧理论与技巧，不可能全部适合于现代，尤其我们已进入新时代，新的生活内容必须有新的艺术形式来表达，新的理论和技巧来概括和分析；我们必须大胆创新，不能拘泥于旧的清规戒律。过去奉为"金科玉律"的规律和法则必须重新加以估价，作为借鉴来吸收和采用。但同时我们又不能割断历史，对戏剧理论的遗产抱虚无主义的态度，一概加以否定。拿2300年前希腊伟大理论家亚里士多德所写的《诗学》来说，里面还可以找到对我们很有用的东西。我们必须采取又学习又批判的态度来对待一切中外古典戏剧作家和理论家的丰富遗产。同时，我们必须更着重地总结当前戏剧创作中反映新时代精神面貌的宝贵经验，用热情的态度加以保护和发扬。这就是本书作者的一个基本态度，目的在于使这本书更有助于戏剧的创作和发展。

　　有人根据历史经验，认为理论家所总结出来的创作规律和法则、手法和技巧，只能束缚初学者的手足，造成许多无形的"条条框框"，害多而利少。他们举例说，17世纪法国古典主义文学家所规定的"三一律"，不知害苦了多少法国的戏剧作家，统治了法国剧坛有一百多年之久，直到 19 世纪初叶浪漫主义戏剧兴起，才大胆地打破了这框框。的确，"三一律"在法国 17、18 两个世纪内确曾起过不良的影响，使得许多剧作家不能充分发挥他们的才能。但这不能怪"三一律"本身，而应当怪这些作家不理解"三一律"的精神实质，片面地把它作为形式主义的"金科玉律"来遵守。"三一律"是意大利学者琴提奥 ① 于 1545 年根据亚里士多德的《诗学》的理论制定出来的。他规定每一出戏必须服从"时间的一致"（以一昼夜二十四小时为限）、"地点的一致"（同一个地点）和"动作的一致"（或称情节的一致，即剧中的情节应构成一个有机的整体）。其实亚里士多德在《诗学》里只提倡了"动作的一致"，对"时间的一致"只提了"太阳运行一周或多一些"一句话；至于"地点的一致"，《诗学》里根本没有提到。琴提奥等意大利学者们完全误解了亚里士多德的真正意图，而作出了片面的机械的硬性规定。后来 17 世纪法国古典主义文学家如吕却留 ② 之流的法国皇家学院派就规定它为文学艺术的"经典法律"，强迫作家们遵守。我们如果再细研究一下《诗学》关于这方面的论述，就可以看到"动作的一致"（这也是《诗学》里最着重谈到的一点）是从总结希腊悲剧创作经验所得出来的一条极有价值的戏剧创作规律，至今还是十分正确而有用的；而时间和地点的一致则是从"动作的一致"里引申出来的。琴提奥等作出硬性规定，那是错误的。从这个例子我认为对待过去戏剧创作的经验和戏剧创作规律，有三点应当注意：第一，我们应认真地研究它们，学习它们，了解它们的精神实质，接受这份宝贵的戏剧遗产，从而取得丰富的营养。阿·托尔斯泰说得好："我们继承了 2500 年来的经验……我相信现代作家如果不研究古典作品的规律，他们获得的成就只可能是偶然的。"他又说："在戏剧创作方面，我不害怕承认我们还是些浅学者，为什么音乐家、作曲家在没有研究那些伤透脑筋的和声学、对位法以前，是不会去写歌剧的呢？而我们在没有懂得舞台规律的时候就动手写作剧本了。

---

① 琴提奥（Genthio），意大利 16 世纪中叶的一位学者，主张严格遵守时间的一致；但真正规定"三一律"的条文的是较晚的卡斯他伐德洛（Castelvetro 1505—1571）。

② 吕却留（Richellieu，Armand Jean 1585—1642），法国红衣主教、文学家、政治家。

但是戏剧创作这门学问并不比音乐简单而轻易。"① 第二，我们应当用唯物辩证法和历史辩证法来分析研究理论和技巧的遗产，并且用又学习又批判的态度接受它们。过去戏剧理论家所阐述的规律，是总结当时戏剧创作经验所得出来的，有些对我们还有用，应当吸收它；有的已经过时了，对我们没有用，甚至是有害，应当抛弃它。我们应当用新的立场、观点来批判地学习古典的理论遗产。第三，我们应当着重总结当前创作的新的经验。戏剧跟其他艺术一样，是跟着时代演变而发展的。在现今社会里，我们有了新的人与人之间的关系，新的生活矛盾冲突，新的理想和希望，我们必须有新的形式和技巧来适应新的内容。当然，不可否认，我们的戏剧还很年轻，经验不足，并且还有许多难以一时完全解决的新问题，如：如何在戏剧中反映人民内部矛盾问题，如何塑造新英雄人物形象问题，如何表现新时代精神面貌问题，如何在戏剧中反映国际斗争的题材和主题问题，等等，要解决这些问题，显然过去的剧作家们和理论家们所留给我们的创作经验和理论技巧是不够用的，有待于我们钻研探讨，大胆尝试，及时总结，革新创造。我们现在学习过去 2500 多年的戏剧创作经验和理论技巧，目的就在于使我们有更坚实稳固的基础来进行大胆的戏剧革新和创造，我们只要坚持用辩证唯物主义和历史唯物主义观点来研究探讨一切戏剧创作的理论和技巧，那它们就会帮助我们，丰富我们，不会束缚我们的手脚。

明确了我们学习编剧理论和技巧的目的，端正了我们的学习态度以后，进而谈谈编剧工作者和戏剧理论工作者应该努力具备的四个必要条件：（一）要努力具有正确的世界观和高度的思想水平；（二）要深入生活，努力积累丰富的生活经验；（三）要努力积累渊博的文化知识和深厚的文学艺术修养；（四）要努力掌握戏剧创作的基本规律和法则，熟悉编剧的各种手法和技巧。现在分别简要地谈一下。

第一，要努力具有正确的世界观和高度的思想水平。

历来世界上伟大的戏剧家都是当时伟大的、先进的思想家，他们剧作里的先进思想鼓舞人民推动着社会前进。我国元代伟大的戏剧家关汉

---

① 《阿·托尔斯泰六卷集》第六卷（俄文原版）。

卿 [①]，在他丰富多彩的剧作里塑造了不少生动的高尚的英雄人物和智勇双全的妇女形象，这些人物形象都具有当时的先进思想和高尚情操，表现出剧作主题的反抗强暴、伸张正义、卫护真理、揭露丑恶的高度思想性。希腊三大悲剧家埃斯库罗斯、索福克勒斯、欧里庇得斯也都以他们的捍卫民主精神，反对僭主制度，宣扬爱国主义思想，反对不义的战争，维护女权，提倡人类平等的当时先进的思想而传诵到今天。莎士比亚 [②] 的剧作代表文艺复兴时期先进的人文主义思想，莫里哀 [③] 以毫不妥协的精神揭露当时贵族资产阶级的丑恶和罪行。总之，他们的作品之所以不朽，千百年来，作为经典著作，在戏剧宝库中始终占有光辉的地位而屹立在剧坛上，撇开它们高度的艺术性不谈，主要的，应该说是这些先进的思想对我们还有深刻的思想教育意义。历史上也有一些戏剧家，他们在文学词藻上、戏剧技巧上都有可取之处，但由于他们作品的思想性不高，虽然在当时也享有盛名，终究为历史所淘汰。例如清初名戏剧家李渔 [④] 虽然写了不少在技巧上极为高明的戏曲，如他的《风筝误》、《奈何天》等（他的戏剧理论《闲情偶寄》中的《词曲部》，也有不少关于"填词"技巧方面的精辟论点）。但由于他剧作的思想性较低，不为后人所推重。莎士比亚同时代的剧作家也有不少在文辞和结构上有独到之处的，如本·琼生 [⑤]、马洛 [⑥] 等，但他们剧本的思想性却很低，在舞台上一味追求紧张的庸俗的剧场效果。19 世纪"佳构剧"的代表作者斯克立勃 [⑦] 的许多剧本虽然在欧洲舞台上曾经风行一时，剧场性很强，情节安排得引人入胜，但由于缺乏严肃的主题思想，只是昙花一现，早已被人遗忘。

一部艺术作品的所谓"思想性"，简单说起来，就是作家对生活本

---

① 关汉卿（生卒年不详），元代伟大戏剧家，著有《窦娥冤》、《望江亭》、《救风尘》等剧本。

② 莎士比亚（William Shakespeare 1564—1616），英国文艺复兴时期伟大戏剧家。

③ 莫里哀（Moliere，Jean Baptiste Popuelin 1622—1673），法国 17 世纪卓越的喜剧作家和演员。

④ 李渔（1611—约 1679），字笠翁，清初著名戏剧家，著有《风筝误》、《比目鱼》等剧本，和《闲情偶寄》一书（见《中国古典戏曲论著集成》第七集）。

⑤ 本·琼生（Ben Johnson 1573—1637），英国 16 世纪剧作家。

⑥ 马洛（Christopher Marlowe 1564—1593），英国 16 世纪剧作家。

⑦ 斯克立勃（Eugene Scribe 1791—1861），法国 19 世纪剧作家。

质的认识。对生活本质的认识越深刻，它的思想性就越高。认识之后，再形象地反映在他作品里，那就是作品的"艺术性"。所以认识和反映生活的本质就是一部作品的思想性和艺术性的不可分割的两个方面。而认识生活本质的正确程度，要看他对生活的主观看法是否符合生活的客观规律。各个时代的人，各个阶级的人，对生活的认识各不相同，一种是唯物的，或者接近于唯物的，也就是根据客观事物的本质来认识；另一种是唯心的，也就是根据主观臆想来认识。把认识到的客观事物反映在艺术作品里，形象地再现生活，在不同作家的艺术思想的基础上，形成各种各样不同的创作方法。一部作品的思想性的高低主要依据作家的世界观的正确程度来决定，而他的创作方法是受他的世界观指导的，所以我们说：要提高作家作品的思想性，首先要努力具有正确的世界观。

世界观是我们对待周围现实的各种看法的总称，分析起来可分成以下三个方面：

（一）立场问题。一切反映社会生活、阶级斗争的文学艺术作品都具有明显的阶级性。

在中国长期的封建社会里（在萌芽状态的资本积累时期里，基本上还是以封建统治为主的社会），阶级对立虽然没有像近百年来帝国主义势力侵入中国以后所造成的尖锐的阶级冲突那么明显，但士大夫出身的剧作家们经过封建礼教思想的长期熏陶和宣传而受到深厚的影响，他们的阶级局限性和历史局限性是必然的。所以在传统剧目里可以看到作者的阶级立场和观点有时是很复杂或混乱的，作品里有人民性，也有封建性。但就是这样，我们还是大体上可以分辨两种截然不同的戏曲传统剧目，一种是宣扬封建礼教，为封建统治阶级歌功颂德和服务的。如明代高明[①]的《琵琶记》传奇等。另一种是站在人民大众的立场反抗统治阶级的暴政，反对封建礼教的束缚，为人民大众说话的，如关汉卿的《窦娥冤》等。在中国千千万万的传统剧目中，有不少既有民主性精华，又有封建糟粕的作品，尤其是流传在民间的地方戏曲里的剧目，可能原来是人民大众的创作，是揭露封建社会黑暗，富有反抗性的。但经过统治阶

---

① 高明（约 1305—1380），字则诚，元末明初戏曲作家。

编剧理论与技巧　第一章　绪论

005

级的干预、篡改而成为立场、观点极其混乱的作品。我们现在的整旧工作，就是"取其精华，去其糟粕"，恢复它本来面目，发扬它的人民性，剔除它的封建性。

我们现代的戏剧工作要为社会主义服务，要为人民服务，就必须站在无产阶级和人民大众的立场上，通过作品去团结人民、教育人民；因此作家的立场问题是一个根本性的问题。

列宁指出："文学事业应当成为无产阶级总的事业的一部分，成为一部统一的、伟大的、由整个工人阶级的整个觉悟的先锋队所开动的社会民主主义机器的'齿轮和螺丝钉'。"[①] 我们必须从这个高度来理解作家立场问题的重要性。

（二）观点问题。观点的范围很广，包括哲学的、政治的、社会的、文艺的、美学的、道德的等等。观点是由立场来决定的，站在什么阶级立场上就有什么样的观点。资产阶级用唯心主义、主观主义的观点来看问题，无产阶级则用辩证唯物主义和历史唯物主义的观点来看问题。

这里只谈谈与戏剧创作极其有关的几个观点，即辩证唯物主义和历史唯物主义的观点，阶级观点和群众观点。

辩证唯物主义和历史唯物主义的观点是我们无产阶级文学艺术工作者最基本的观点。我们在工作中一方面要富于革命热情，另一方面又要贯彻实事求是脚踏实地的精神，以生活为我们创作的源泉，真正地深入生活，观察、研究、分析一切人，一切事件，反复细致地进行调查研究，直到真正掌握人物的内心活动、心理状态，真正懂得所描写的事件的前后因果，它的本质和它的发展规律，然后进行艺术构思，进行概括集中，创造真正合乎生活真实的典型人物和典型环境。只有坚持辩证唯物主义和历史唯物主义的观点，我们才能善于洞察萌芽状态的新生事物，善于掌握事物的发展规律，才能塑造出真实可信的人物。

阶级观点是另一个重要观点。在阶级社会里每一个人的性格都打上阶级的烙印，每一个人的思想感情都是有阶级性的，世界上没有超阶级的人，没有超阶级的思想感情，也没有超阶级的"人性"和"爱"。但

---

① 列宁：《党的组织和党的文学》，《列宁选集》第 1 卷，北京人民出版社 1960 年版。

是我们既要研究每一个阶级的人物的一般性格特征，也要研究某一个阶级里某一阶层的人物的特征，以及每一阶级里个别人物的个性特征。不从阶级观点来研究人物、理解人物、刻画人物，就不可能把这个人物写得真实。然而阶级特征还须从个性特征里表达出来，也就是说阶级特征和人物个性要很好结合起来才能写好这个人物。许多剧本里生动的人物形象都和作者深刻理解那个阶级特征分不开的，例如，曹禺的《雷雨》里，周朴园是封建兼买办阶级的典型人物，周萍是封建资产阶级家庭里的公子哥儿，但又沾染了一些"新"的思想，鲁贵是流氓无产阶级的典型人物……都写得活龙活现，栩栩如生。但鲁大海的工人形象却写得不像，这是由于作者在当时对工人阶级了解得不够，没有掌握住工人阶级人物的特征。

　　人的阶级性是很复杂的，所以我们在描绘一个阶级的人物时，决不可以把他们写成一个模样，或者要求作家把某一个阶级的人物写成一个标准模型，而如果离开了这个模型就认为是"歪曲"，这样就会造成千篇一律的公式化概念化的人物。例如在许多剧本里，党委书记总写成差不多一个模样，没有太大的区别，这虽然是作家深刻了解人物不够所造成的必然结果，但也可能是由于对阶级性的表现千差万别理解得不够，以及害怕离开这个模型就要受到歪曲党的领导形象的指责所造成。因之，我们要善于理解在每一个阶级里都存在着的各种不同的人物类型，并且要充分注意到即使在一种类型里还有千差万别的个性特征这一客观事实。

　　群众观点是无产阶级革命剧作家的重要标志之一。艺术创作是为群众服务，是为满足千百万群众的需要而存在的。剧作家必须首先了解群众需要什么，群众关心的是什么，然后才能根据群众的需要以及他们所关心的问题运用群众所喜闻乐见的艺术形式来写剧本。剧作家在创作的过程中，在剧本演出过程中，要乐于听取各方面群众对剧本的批评，要善于吸收他们的意见，充分利用群众的智慧，来补充和修改我们的剧本。

　　当然，群众观点和剧作家的独立思考精神并不是矛盾的。剧作家不能做群众的尾巴，把群众意见不加分析地一股脑儿都用到自己的剧本里去；或今天这些人这么批评，就这么改，明天那些人那么说，又那么改。这样，作品一定会变成四不像，东拼西凑，补补贴贴，不成其为一部完整的艺术品。剧作家不应该有成见，但必须有自己的主见，有独立思考的能力，对所有的意见都必须经过仔细分析、研究，然后作出决定，该取的取，不该取的不取。剧作家对别人的意见有自己主动的取舍权，任何人都不应该强迫剧作家接受他的意见；因为艺术创作不同于一般物质生产，除了一般的艺术标准以外，必须保持创作者个性特征所形成的独特艺术风格和手法。艺术家创作时有他自己的创作意图，对人对事有他自己的看法和感受，表达思想、感情一定有他自己的表现手法和风格。所以别人的意见必须首先变成他自己的意见，才能用到他的作品里去。实践经验告诉我们一个好剧本往往要经过无数次的提意见，无数次的修改，才能逐渐臻于完善。所以，剧作家有无正确的群众观点是他的作品能否逐步提高的重要条件。

戏剧是集体的艺术，剧作家只是戏剧工作者大集体中的一员而已，他的剧本只是整个戏剧演出中的一个基础而已，他的剧本还须经过导演、演员、舞台美术工作者等的集体创造才能和观众见面。中国古典戏曲剧目在舞台上演出时，往往无法把真正剧作者的姓名放上去，因为几百年来不知经过多少位艺人的重新创造和一再修改而成为现存舞台演出样式，有的有原作者，但原作者和演出本往往相去很远，面目全非。例如王实甫[①] 的《西厢记》和南北各剧种演出的《西厢记》，除了故事轮廓还保持原样以外，已完全不是本来面目，并且各剧种的演出又有很大的不同。其他名剧如《梁山伯与祝英台》、《白蛇传》等，已无从查考其原作者是谁了，它们都是历代艺人的通力合作，是千千万万艺人的集体创作。但这种集体创作跟"领导出思想，群众出生活，作家出技巧"的集体创作和"群众讨论，群众执笔"的七拼八凑的集体创作是有区别的。古典戏曲的集体创作是有中心主干的人（主要演员或剧团主持人），并且经过长期实践磨炼逐步修改而成；这种具有我们祖国独特风格的集体创作的方法值得我们学习。

---

① 王实甫（生卒年不详），元代伟大的戏曲作家。

（三）方法问题。立场、观点基本上正确了，如不掌握唯物辩证法，也还不能正确认识事物与事物之间的辩证关系，不能正确掌握事物发展的必然规律，因此也就不能正确指导我们的实践和文艺创作。

现在就戏剧创作上的一些问题来说明掌握唯物辩证法的重要性。

一、内容与形式

内容决定形式。但是，形式并不是消极地依赖于内容，而是积极地作用于内容，影响内容。当艺术形式和艺术内容相适应的时候，艺术形式对艺术内容的发展就会起积极的推动作用；当艺术形式和艺术内容不相适应的时候，艺术形式对艺术内容的发展便起阻碍作用。例如，悲剧主题用喜剧的形式和方法来表现，那必然不能充分发挥悲剧主题的思想性。一部主题思想性很高的作品，用拙劣的平庸的艺术手段来表现，那主题的思想性就要大打折扣，观众就不能很好地领会它的意义。所以，艺术家在提高作品的思想性的同时，必须加强艺术修养和锻炼，加强艺术技巧的学习和创造，使艺术内容和艺术形式相适应，相统一。

但内容和形式的统一不是绝对的，而是相对的。一般说来，内容是变化较快的，而形式则一经产生出来就具有相对稳定性。这就构成形式和内容的矛盾。在艺术上也是如此。在我国社会主义革命和社会主义建设中，生活面貌日新月异，新生事物蓬勃发展，艺术内容越来越丰富，而我们的艺术形式变化不大，远远跟不上形势的发展，因此艺术内容和艺术形式就发生了矛盾。我们一定要在加强政治思想水平的同时，加强艺术修养，加强艺术技巧的学习和发展，并且要勇于创造新的形式，来更好地反映丰富多彩的社会生活所提供给我们的艺术内容。

二、继承传统和革新创造

对于继承传统和革新创造的看法，我们往往也有些偏向。强调了继承传统，就放弃了革新创造；强调了革新创造，就抛弃了传统。其实继承传统和革新创造是发展艺术的两个缺一不可的方面，它们是对立统一的辩证关系。新旧事物的联系是两方面的：一方面新事物代替了旧事物，另一方面又继承了旧事物；新事物的出现不是简单地消灭了旧事物的一切，而是有所消灭，也有所继承。这就是"推陈出新"的辩证法。我们对传统文艺，去其糟粕，取其精华，把传统中继承下来的"精华"作为我们创新的营养。世界上没有不在继承传统基础上的创新，而继承传统的目的是为了创新，继承和创新的对立统一的两方面，创新是主导的；创新是我们的目的，而继承是我们的手段。

三、戏剧规律与创作自由

有人认为学习了戏剧创作的一些规律和法则、手法和技巧，会束缚住我们的手脚，妨碍我们的创作自由。这种看法是违反唯物辩证法的。恩格斯在《反杜林论》中说："自由不在幻想中摆脱自然规律而独立，而在于认识这些规律，从而能够有计划地使自然规律为一定目的服务。"列宁告诉我们："一经我们认识了这种不依赖于我们的意志和我们的意识而起着作用的（马克思把这点重述了千百次）规律，我们就成为自然界的主人。"[①] 哲学上把客观的规律称为必然；唯物辩证法告诉我们：自由和必然不是截然对立的，而是辩证的关系；没有必然，就没有自由，自由是人们不断地掌握必然。所以必然并不排斥自由，人认识了必然的规律，就可以作必然规律的主人，用它们来为自己服务。

还有一种看法也影响对艺术规律和法则的学习。他们说，艺术创作要靠天才或禀赋，不必依靠艺术规律和法则的掌握，他们还认为规律和法则会限制和伤害天才或禀赋的自由发展。我们并不否认天才或禀赋，但天才或禀赋只是发展的可能性。有天赋的人还得依靠辛勤培养，长期学习，深入生活，艰苦劳动，掌握了正确的世界观和艺术规律，经过千锤百炼，才能成为一个艺术家。因此有时天分较低的人获得了突出的发展，而天分高的人反成了不结果实的花朵，他们不仅没有发展，而且衰退下去。这是在千百年历史长河中屡见不鲜的事实，因之，我们必须通

---

① 列宁：《唯物主义和经验批判主义》。

过长期艰苦学习和辛勤不懈的实践来掌握戏剧创作的规律和法则、手法和技巧，有了它才有可能充分发挥自己的天才或禀赋。

以上三个问题只是戏剧创作中有关唯物辩证法的千百个问题中的例子，说明我们对掌握唯物辩证法的重要性和必要性。我们如果能用辩证的方法来看问题、分析问题、研究问题，用辩证的对立统一来看一切矛盾，用量变到质变的规律，用逐步发展和飞跃的眼光来看一切事物，用否定之否定的进化和循环上升的发展规律来看世界，我们就会少犯片面性和狭隘性的错误，才能更好地掌握艺术创作的规律和法则，才能更好地发挥我们的创作才能和禀赋，才能在戏剧创作上作出应有的贡献。也许有人会说，世界观与创作方法是两回事，只要掌握了正确的创作方法，不同样可以创造出伟大的作品来？他们举19世纪伟大的艺术大师巴尔扎克和列·托尔斯泰为例，他们说，这些作家的世界观基本上都是反动的，前者是个保皇党，他当时虽然看到资产阶级高利贷铜臭商人的专横恣肆，认识到金融巨头所掌握的政权给人民带来极大的祸害，但他看不到新兴的工人阶级的斗争出路，害怕工人阶级的革命，因而投靠了保皇党，拥护已被推翻的波旁王朝的复辟；而后者——列·托尔斯泰——是一个"发狂地笃信基督的地主"，"狂热地鼓吹'不用暴力抵抗邪恶'"①，企图用宗教道德的和平手段来拯救世人。但他们的作品却是现实主义的揭露法国资产阶级社会和俄国沙皇专制制度的罪恶本质的辉煌巨著；巴尔扎克的《人间喜剧》，恩格斯称之为"一部法国'社会'特别是巴黎'上流社会'的卓越的现实主义历史……我从这里，甚至在经济细节方面……所学到的东西，也要比从当时所有历史学家、经济学家和统计学家那里学到的全部东西还要多。"②而列宁称托尔斯泰是"俄国革命的镜子"，"创作了无与伦比的俄国生活的图画"③。有人认为这两位伟大作家有力地证明了世界观对创作并不起多大作用，而创作方法却在作品中起决定性的作用，所以只要努力掌握现实主义创作方法，世界

① ［苏］列宁：《列夫·托尔斯泰是俄国革命的镜子》，《列宁选集·第二卷》，人民出版社1960年版，第370页。
② 恩格斯：《致玛·哈克奈斯》，《马克思恩格斯选集》第4卷。
③ ［苏］列宁：《列夫·托尔斯泰是俄国革命的镜子》，《列宁选集·第二卷》，人民出版社1960年版，第242页。

观不需要改造，甚至于有人说世界观越反动越好。

这是完全错误的文艺观点，它企图以创作方法代替世界观，以艺术代替政治。殊不知创作方法总是依存于一定的世界观，从属于世界观，什么样的世界观才会产生什么样的创作方法，创作方法总是在世界观的指导下起作用的。世界观和创作方法基本上是一致的，一个作家决不可能有彻头彻尾的资产阶级世界观，同时他的创作方法却是完完全全无产阶级的。

那么巴尔扎克和列·托尔斯泰的所谓反动的世界观和他们的现实主义创作方法又将作何解释呢？一个人的世界观是非常复杂的，对某些事物的看法是正确的，而对另一些事物的看法却又是不正确的，这是常有的事。这说明在我们的世界观里常常会有矛盾的，思想内部常常有尖锐矛盾，不过努力向进步方面发展的人，他的思想里正确的东西一天天多起来，而错误的东西一天天少起来，从量变到质变，最后，正确的东西占优势地位，那么他的世界观就算基本上改造过来了。也有一些人，不求进步，"甘居中游"，自以为是，那么在他的世界观里不正确的东西一天天多起来，正确的东西一天天少起来，最后变成反动的作家。就巴尔扎克和列·托尔斯泰的整体思想来说，他们的世界观是很复杂的，他们的世界观里有不少正确的观点，进步的成分，例如他们对资产阶级社会的罪恶本质，它的腐朽性、没落性、对人民的危害性，是看得非常正确而且深刻的，但对这种腐朽没落的社会的出路，却看得极不正确；巴尔扎克不相信工人革命能得到胜利，不相信工人阶级能做未来世界的主人，于是他另找出路，投靠到保皇党的怀抱里去，企图让没落的封建皇朝重新掌握政权，收拾那些专横冷酷的高利贷商人，改进社会制度，改善人民生活。列·托尔斯泰也看不见工人和农民的斗争前途，把希望寄托在贵族老爷们发出慈悲心肠，提高宗教信仰，虔诚信奉基督，以道德拯救世界，反对阶级斗争。这种错误观点也很清楚地反映在他们的作品里，大大损害了他们作品的现实主义的价值。我们试以列·托尔斯泰的著作《复活》为例来说明这种情况。他写一个乡下女子玛丝洛娃，受了一个贵族聂赫留朵夫的引诱和欺骗，后来堕落为下等的妓女。在一次陪审席上贵族聂赫留朵夫又看到了玛丝洛娃，她因堕落而被控诉有谋财害命罪，法庭判她流放到西伯利亚去服苦役。贵族聂赫留朵夫受到良心责备，深自忏悔，愿意抛弃一切，追随她到西伯利亚。这部作品深刻地揭露了沙皇俄国的黑暗，把沙皇统治下的法庭、教会、贵族生活、社会结构的罪恶暴露无遗，正像小说里所指出的："所有那些美色和豪华只不过是用来遮盖古老的、成了习惯的罪恶罢了。"又指出无辜的人"被捕、监禁、流放，其实并不是因为他们侵害了什么正义，或者犯了什么法，只不过因为他们是障碍，妨碍官吏和富人享用他们从老百姓那里搜刮来的财产罢了"。这些正确的观察和论点是在他进步的世界观和现实主义创作方法指导下得出来的。但他的世界观中的反动的一面和非现实主义的创作方法却引导他对这种现象的解脱作出了错误的结论，他主张用"道德的自我完善"来解脱这种罪恶。渗入到小说《复活》中去的这些错误观点大大损害了这部伟大的作品。

从这里我们可以看出巴尔扎克和列·托尔斯泰的世界观是非常复杂的，具有两面性，有进步的正确的一面，也有不正确和反动的一面，在描绘社会现象的时候，他的世界观中进步和正确的一面起主导作用，在作结论的时候，在对事物作分析理解的时候，他的世界观中不正确和反动的一面却起了主导作用。换句话说，当他的进步的正确的世界观起作用的时候，他的创作方法就容易走上正确的道路；当他的反动的世界观起作用的时候，他的创作方法就走上不正确的道路。

当然，我们不要认为世界观可以和创作方法等同起来。世界观可以包括创作方法，指导创作方法，但不能代替创作方法；创作方法不能包括世界观，更不能代替世界观。它们之间有密切的联系，但又各自独立的。创作方法一定要受世界观的指导和制约；但是创作方法在一定程度上也能影响作家的世界观，换句话说，作家可能借助于创作方法在创作实践中提高对生活的认识，纠正他在创作构思时所存在的一些不正确的看法。正确的创作方法要求作家去认真探索现实生活的本质特征，要求他按照特定环境中的特定人物自身的逻辑去表现它们，而不以作者的主观设想来代替生活。当作家真正了解了主人公的时候，在某种程度上那主人公的性格特征会带领着作家向前。这种例子在文艺和戏剧里很多。例如作家原先计划他的主人公的命运是喜剧结尾的，但作家写着写着逐渐发现喜剧结尾不合主人公性格的逻辑发展，而不得不改变计划，写成悲剧结束。所以现实主义的创作方法能够帮助作家更深刻地把握人物性格发展的逻辑，促使他不得不服从这种逻辑。

第二，要深入生活。生活是创作的源泉，是一切文学艺术的取之不尽、用之不竭的源泉。任何文艺创作都脱离不了现实生活的基础。即使是神话剧、寓言剧、幻想剧也都是以人类社会生活作基础，而加以丰富的想象写成的。就是历史剧，虽然它必须符合历史唯物的观点，但作者的目的也是为了借此教育和启发当代的观众。换句话说，好的历史剧，必须有现实教育意义，对当代人民具有鼓舞前进的力量，能丰富他们的精神生活，提高他们思想道德修养和美学趣味，这才是受观众欢迎的剧本。历史剧中的人物，剧作家也往往以目睹的现实生活中的人物作基础。所以历史剧作家除了必须精通历史外，还必须积极地关心现实生活，关心政治，这样就可以帮助他考虑选择什么题材，强调题材中的什么中心。因之历史剧也不能脱离现实生活的基础。历史剧如此，以现实生活为题材的现代剧自然更不待言了。脱离生活的创作就会像无源之水、无本之木一样的枯竭。

我们深入生活的首要任务是了解人、熟悉人，其次才是了解各种事情，熟悉各种事情。

当然，怎样去了解人、熟悉人是个很难解答的问题。这也是一个有关方法技术的问题，各人有各人的办法，不可能也没有必要强求统一，但无疑是有许多工作要做的。

（一）要认真学习群众的语言。在戏剧创作中，语言是写活人物最主要的武器，是写好剧本最重要的手段。许多伟大的戏剧家如关汉卿、王实甫、果戈理、奥斯特洛夫斯基、高尔基……等，都被称为"语言大师"，他们不仅熟悉群众的语言，并且能融会贯通，在真实语言的基础上创造出更典型、更精炼、更性格化的语言。学习语言不是一件简单的事，需要长期的、艰苦的辛勤劳动和刻苦钻研。

（二）要观察、体验、研究、分析一切人，一切阶级，一切群众，不只是从感性上认识他们，还要提高到理性认识。观察、体验主要是属于感性认识的范畴，研究、分析是属于理性认识的范畴。感性认识是从个别人身上得来的，从许多同一类型的人物的感性认识中，加以研究、分析，就可以得到人的共性特征或本质的认识——这是创造典型的基础。从感性认识到理性认识，再由理性认识回到感性认识，这样反复深入，就能掌握住群众中的典型性格特征，并深入到他们的灵魂深处。如果我们在生活里只观察、体验，不再进一步作研究分析，常常只抓住人物的外形仪表，音容笑貌，这就很不够了，这只是外部形象，还没有进入精神实质。结果常常会发生在生活里觉得已经掌握住的人物特点，而坐下来写作时，又感到他们的性格模糊不清，拿不稳他们的性格特征的情况。这就是因为我们对人物只有感性认识，没有理性认识。

（三）要做生活的主人，不要做生活的客人。当我们深入生活时，最犯忌的是用作家的特殊身份，用高人一等的态度去对待群众；我们必须做群众中的一员，以普通劳动者的姿态，参加到他们的工作中去，平等待人，和群众交知心朋友，这样群众才能和我们接近，讲心里话，有事来和我们商量，有问题来和我们交换意见，甚至谈家常、诉衷肠。这样接近时就有了共同语言，就很容易了解他们的思想感情，熟悉他们的性格脾气。当他们把我们看成是"贵宾"、"客人"的时候，我们就无法真正和他们接近，成为他们的知心朋友。

以上三方面是了解人、认识人的重要问题。

第三，要努力积累渊博的文化知识和深厚的文学艺术修养。

从深入生活中所得到的经验和知识是直接的、主要的，但我们决不能以此为满足，我们还需要间接的生活经验和知识，从别人、古人、外国人的生活经验、知识的研究成果中吸取养料，来扩大我们的眼界，丰富我们的知识，发展我们的智慧，加强我们的思想道德修养，提高我们的美学欣赏趣味。我们古时的读书人常常说："读万卷书，行万里路。"我们的要求应该比古人更高些。中国古代伟大的剧作家，哪一个不是学问渊博，阅历丰富，诗词歌赋无一不精，三教九流无一不晓，博览群书，足迹遍天下。外国有名的剧作家也无一不是如此。一个作家生活经验丰富，洞察社会，知识渊博，见多识广，心胸开阔，高瞻远瞩，气魄雄伟，这样的人才能写出反映时代精神的伟大作品。

间接的生活经验和知识主要有两种：一种是一般知识，但与戏剧创作有密切的关系，如哲学知识、历史知识、美学、心理学、逻辑学等。

在戏剧创作者来说，历史不仅是创作历史剧的宝库，并且是了解现状和探知未来的必不可少的学问。毛主席说："今天的中国是历史的中国的一个发展；我们是马克思主义的历史主义者，我们不应当割断历史。从孔夫子到孙中山，我们应当给以总结，承继这一份珍贵的遗产。这对于指导当前的伟大的运动，是有重要的帮助的。"① 要真正懂得现状，必先懂得历史，要掌握我们民族艺术（特别是戏剧）的特点，必先掌握民族发展的历史。美学是研究人的审美问题，特别是艺术的一般规律的一门科学，它是哲学的一部分，但又是研究各门艺术的规律性的总的科学。许多戏剧理论都必须从美学的总的角度来研究，才能得到彻底的理解，例如悲剧和喜剧的美学原则是美学里的重要部分。心理学和逻辑学对于戏剧创作都有很大的帮助，尤其是"性格心理学"对于人的性格作了科学的分析研究，在戏剧上塑造人物时有很大的参考价值。除了以上几门直接有关的科学外，其他方面的学识，在一个剧作者来说，当然知道得越多越好。例如我们想写一部关于战争题材的戏，我们就得熟悉军事学，我们写一部关于医生的戏，就得知道一些医药常识和有关的医学科学方面的问题。现代科学技术的发展日新月异，很多学科都已经渗入到我们生活的各个方面，这也需要我们经常关心它了解它。

另一方面是文学艺术的修养。首先是文学修养：我们必须多读中外古今的戏剧文学，还必须多读中外古今的小说和诗歌，读得越多越好。读小说对于丰富历史知识有时比读历史和专门著作还好。恩格斯在评论巴尔扎克的《人间喜剧》时就谈及这点。马克思说英国19世纪小说家狄更斯这一派的小说家是"英国当代杰出的一派小说家，在他们那关于世界的动人的写实的描绘中所显示的政治和社会的真理，比所有职业政治家、政论家和道德家所显示的加在一起还要多"②。中国古典小说，如《三国演义》、《红楼梦》等，把三国时代或清朝的社会动态、政治经济情况、阶级矛盾都写得那么生动真实，像历史又复活在我们面前一样。杜甫、白居易、辛弃疾等的诗词都反映了时代的面貌。

---

① 毛泽东：《中国共产党在民族战争中的地位》，《毛泽东选集》，1968年版，第499页。
② 马克思：《英国中产阶级》，见《马克思恩格斯论文学与艺术》。

此外，我们对中外音乐和美术欣赏，应当有一定的修养。对于戏曲编剧来说，应当精通戏曲音乐，懂得各种声腔的特点和各种曲牌的性能。

第四，要努力掌握戏剧创作的艺术技巧，懂得如何运用技巧。

有了正确的世界观，有了丰富的生活和渊博的文化艺术修养，是不是就能写出完美动人的剧本来呢？显然不能。毛主席说过："人类的社会生活虽是文学艺术的唯一源泉，虽是较之后者有不可比拟的生动丰富的内容，但是人民还是不满足于前者而要求后者。"如果作家如实地一丝不苟地把生动的丰富的生活描绘下来，为什么人民还不满足呢？高尔基回答了这个问题。他说："事实还不全是真理，它只是原料，应该从这原料中熔炼和抽取真正的艺术真实。鸡和羽毛不能一起烤，但是由于崇拜事实，我们把偶然的、不重要的事物跟基本的、典型的事物混淆起来了。应该学会拔掉事实本身的不重要的羽毛，应该善于从事实中取得有意义的东西。"[①] 法国小说家莫泊桑也说过："艺术家选定了主题以后，就只能在这充满了偶然的、琐碎的事件的生活里，采取对他的题材有用的、具有特征的细节，而把其余的都抛在一边。"[②] 这就是说，我们的生活是纷乱复杂的，许多事件交错地发生着，正像杜勃罗留波夫说的，如果把生活现象都描绘出来，对作家来说，是不可能也不需要的，因为那样做，每天就至少需要一本书来列举我们生活中那些无数没有意义的琐事。但这样的书是没有人要看的。作家必须在纷乱复杂的生活中选择他所需要的，根据他的主题思想选择最有特征的、最完整、最有意义的事件，经过集中、概括和加工，从剧中人物的决定、戏剧冲突的确立、主要情节的选择、戏剧结构的规划，以至人物语言的提炼、文字的修饰等等，这就是对生活素材的艺术加工、艺术构思的经过、艺术技巧的应用的全部过程。不经过这一套艺术技巧的加工过程，生活素材是不可能转变成艺术作品的。"一切真正的艺术，它的思想性和艺术性都是通过技巧表现出来的，它一刻也不能排斥技巧，因为一旦离开了技巧，艺术就

---

① 高尔基：《关于一次辩论》。
② 莫泊桑（Guy de Maupassant 1850—1893）：《小说》，见《文艺理论译丛》，1958年第 3 册。

落入到低级状态和自然状态，甚至不成为艺术。"①

　　什么是艺术技巧？技巧是对生活里所得到的素材和感受进行艺术创造，艺术构思，艺术加工的一切手段、法则、方法、技术的总称。在正确的世界观指导下的生活知识、文艺知识和熟练技术是产生技巧的基础和条件。没有丰富的知识，没有熟练的技术就不可能有高超的技巧。我们常常说这部作品构思新颖、引人入胜、感人至深、百看不厌……这就是有高度艺术技巧的标志。

　　艺术技巧是与作家、艺术家的世界观、修养有关的，是与作家、艺术家能否对生活进行深刻观察，能否对现实进行艺术加工有关的；它不是单纯的技艺，而是作家的创作劳动和智慧的结晶。因此我们应当重视艺术技巧，正如我们应当重视人类的其他劳动和智慧一样，不能把艺术技巧看成是无思想的，看成与作家的世界观、文化和艺术修养无关的东西。

　　要提高技巧，除了深入生活、提高修养和努力创作实践之外是没有别的道路的。我们不是为技巧而技巧，脱离生活的技巧必然堕落到形式主义的泥沼里去。然而，技巧除了依靠自己在生活中观察、揣摩和自己经常不断创作、不断总结经验外，还要学习别人的创作经验，学习古今中外一切优秀剧作家的创作经验。因此要提高技巧，应当从三方面去学习：第一，从古典的戏剧名著和现代的成功的戏剧创作中学习；第二，从创作实践中学习艺术技巧，对生活中大量的先进人物和先进事迹的原始素材，加以概括、集中、提炼和精心地构思，找出最能表达这些典型人物和典型事迹的艺术手法和技巧；第三，从群众中学习艺术技巧，集中群众的智慧，发挥群众的才能，在创作过程中广泛征求他们的意见，征求他们对于艺术技巧上的意见。这些都是我们学习艺术技巧不可缺少的方面。

　　（一）我们从中外进步的古典戏剧中可以学到不少有用的戏剧艺术技巧。在中国古典戏曲中可以批判地学习有话即长、无话即短的高度概括和细致描绘的技巧，前后连贯、顺序发展、原原本本、有头有尾的

---

　　① 《学习技术，提高技术》，见《戏剧报》1959 年第 9 期。

表现手法，人物性格鲜明突出、爱憎分明、丰富的内心描写等等艺术技巧；从关汉卿《窦娥冤》中学习他的积极的浪漫主义手法；从《西厢记》、《梁山伯与祝英台》、《珍珠记》等戏曲中学习如何将抒情诗和戏剧艺术高度地结合起来。我们可以从希腊悲剧中学习戏剧动作的一致和戏剧情节的高度集中；从莎士比亚的剧本中学习如何把丰富的生活、形形色色的人物、曲折的情节、深刻的内心揭露，紧密地组织成丰富多彩的戏剧；从莫里哀、果戈理的剧本中学习讽刺喜剧的高度艺术手法——喜剧人物的刻画和喜剧情节的安排；从易卜生的剧本中学习紧凑的剧情发展和人物性格从语言行动中的深刻揭露；从奥斯特洛夫斯基的剧本中学习如何根据俄罗斯人民的民族性格和他们的思想行为、风俗习惯，创造出适合于表达它们的完善的艺术技巧；从高尔基的剧本中学习如何批判地继承旧的艺术技巧来表达新的社会主义思想内容……

我们从我国现代成功的戏剧作品中，更可以学习到直接对我们有用的技巧，例如，从郭沫若的《蔡文姬》里学习如何用激情澎湃、气势雄伟的朗诵式的笔调来写诗剧的语言；从老舍的《龙须沟》、《全家福》里学习他如何用城市居民的日常生活构成情节，用平易、风趣、富有生活气息的语言，用新旧社会对比的素描方法，来激发观众对新社会的热爱；从曹禺等的《胆剑篇》里学习如何用人物激烈的性格矛盾来铺排出富于戏剧性的动人场面；从昆剧《十五贯》的改编中学习如何简化头绪，突出有现实教育意义的主题思想，来整理旧的戏曲剧目。

但要学习古人或今人剧作的艺术技巧，必须十分谨慎小心，既不可抄袭摹仿，更不能生搬硬套。前人用得很好的技巧，如果你照搬过来，就成了"东施效颦"了。李渔说得很有趣："东施之貌，未必丑于西施，止为效颦于人，遂为千古之诮。使当日逆料至此，即劝之捧心，知不屑矣。吾谓：填词（即今语"戏剧创作"——引者注）之难，莫难于洗涤窠臼；而填词之陋，亦莫陋于盗袭窠臼。"[①] 这种"东施效颦"的现象在目前戏剧创作上还是大量存在的。一种题材，一种戏剧结构方法，风行一时，于是大家趋之若鹜。李渔劝"填词者"（剧作者）"脱窠臼"，也就

---

① 李渔：《闲情偶寄·脱窠臼》，国学研究社 1936 年版，第 6 页。

是戏剧艺术技巧贵乎创新。前人用过的艺术技巧，对于他的剧本内容非常适合，因此才见出它的妙处；但如果我们套用它，就不一定合适了。艺术技巧是为思想内容服务的，艺术技巧必须跟着思想内容的转换而创造出新的技巧。学习古人或今人的艺术技巧必须推陈出新，不可依样画葫芦。霍罗多夫说得好："没有也不可能有任何现成的'技巧的药方'，因为剧作家应该每次都重新寻求与剧中新的生活材料相适应的艺术形式，这种新的生活材料在颇大程度上决定着未来的一部作品的体裁、风格和结构。"①

还有，艺术技巧不容易说得清楚，有时只能意会，不可言传，智者见智，仁者见仁，对一部作品作艺术分析时，我说他的最高技巧在这里，你说他的最高技巧在那里，不一定完全相同。就是作者本人写好了一个剧本，你问他的艺术技巧怎样应用的，有时他自己也会答不上来；这不一定是他谦虚，不肯回答，的确他自己不知不觉地自然而然地用上了某些艺术技巧，并不是有意识的，因此他自己也分析不出来。纯熟的技巧往往是在不知不觉中运用的，这是一位艺术家长期辛勤劳动刻苦钻研的必然结果。尤其是戏剧创作的艺术技巧似乎比文学艺术其他部门更难掌握。李渔曾感叹地说过："尝怪天地之间，有一种文字，即有一种文字之法脉准绳，载之于书者，不异耳提面命，独于填词制曲之事，非但略而未详，亦且置之不通。"不但在中国戏剧创作的理论技巧书籍很少，就是在外国好的也不多。李渔分析它的原因有三："一、则为此理甚难，非可言传，止堪意会。……一、则为填词之理，变幻不常，言当如是，又有不当如是者。……一、则为从来名士以诗赋见重者，十之九；以词曲相传者，犹不及什一，盖千百人一见者也。凡有能此者，悉皆剖腹藏珠，务求自秘……"②这些话对我们初学剧作者有很大的启发，学习古人的艺术技巧时千万不可拘泥于书本所说的清规戒律，也不可把艺术技巧看作一成不变的东西，如果这样，那么艺术技巧的学习反而会束缚住我们的手脚，阻碍我们主观能动性的发挥。最好的学习古人或今人剧

---

① ［苏］霍罗多夫著，高士彦译：《戏剧的特性和戏剧结构的特性》，《剧本》1957年第11期，第97页。

② 李渔：《闲情偶寄·结构第一》，国学研究社1936年版，第2页。

作技巧的方法是自己去钻研剧本、分析剧本，不是把别人分析好的东西囫囵吞下去，因为有些艺术技巧"非可言传，止堪意会"的。还有戏剧的艺术技巧，"变幻不常，言当如是，又有不当如是者"。李渔举例说："如填生、旦之词，贵于庄雅；制净、丑之曲，务带诙谐；此理之常也。乃忽遇风流放佚之生、旦，反觉庄雅为非；作迂腐不情之净、丑，转以诙谐为忌；诸如此类者，悉难胶柱，恐以一定之陈言，误泥古拘方之作者，是以宁为阙疑，不生蛇足。"① 这几句话，对我们如何学习古人和今人剧作的艺术技巧，是值得反复深思的。

（二）我们应当从创作实践中学习艺术技巧。这是创造技巧，学习艺术技巧最重要、最可靠、最有效的办法。我们从古人和今人的作品中学来的许许多多艺术技巧只能作为借鉴，作为启发，不能以此为满足，而在我们自己的作品里生套硬搬。艺术贵乎创新，艺术技巧主要在于创造；根据作品新颖的思想内容，创造出新的艺术技巧来适应它。高明的技巧在作品中看不出技巧的人为的痕迹，所谓"天衣无缝"，这是形式和内容高度结合的结果。看得出刀斧之痕的技巧是不高明的技巧。莫里哀在《伪君子》中用人躲在桌子底下偷听别人讲话这一喜剧技巧，后来有许多剧本都采用这个喜剧技巧，成为喜剧中极其庸俗的套路。

也有人反对艺术技巧，主张写"真人真事"；他们说我们社会主义生活既然那么丰富多彩，只要能照实地把它们搬上舞台，同样可以感动人、教育人，问题在于我们连搬都搬不好，人和事还写得不够"真"。这种说法是把生活真实和艺术真实混淆起来了，文艺不仅是反映生活，并且要改造生活；文艺要能改造生活，必须首先要激动人心，那么文艺作品所反映的生活必须比实际的生活"更高，更强烈，更有集中性，更典型，更理想，更带普遍性"。其实那些活报式写真人真事的戏剧作品，又何尝不在生活基础上作了一番集中、概括的工作呢。在生活里前后经过几个月或几天的事情，成百上千的人参预了这个事件，但反映在舞台上的至多只有三小时的时间，至多只有几十个演员参加演出，那么跟真人真事相比已经不是集中、概括了吗？不过，这还不是真正的艺术的集

---

① 李渔：《闲情偶寄·结构第一》，国学研究社 1936 年版，第 2 页。

中和概括。

从纷乱复杂、千头万绪的现实生活中提炼出"更高，更强烈，更有集中性，更典型，更理想，更带普遍性"的艺术作品就是艺术典型化、艺术构思、创造艺术技巧的过程，这需要作家在正确世界观的指导下，在生活知识和文艺修养的基础上，付出艰苦的劳动和百折不挠的毅力。至于戏剧创作上艺术加工的理论和技巧就是本书的主要内容，在这里只谈一下掌握和创造戏剧创作上的艺术技巧的一些必要的认识和条件。

第一，俗语说，"熟能生巧"，在戏剧创作上可以解释为：熟悉了生活，熟悉了戏剧创作的规律之后，才能产生艺术技巧。有了内容，才有形式；有了生活，才有技巧。熟悉生活要熟悉得深和透，要熟悉生活的复杂性，同时也要熟悉它的基本特征，这样我们才能掌握事物的本质；认识生活是表现生活的基础。一个木匠要做出式样美观的家具来，他必须首先熟悉木材的性能，熟练地应用他的工具，才能随心所欲地用各种木材做出各种各样美观的椅子和桌子来。一个作者对生活中某一人物了解得不深不透，只知道一个大概，怎么能希望他写活这个人？要创造典型人物，那更要熟悉许许多多同一类型的人物，知道他们的性格，知道他们的共同特征，也知道他们的个性特征，我们要熟悉他们到这种程度：从他们的一举一动可以猜到他们心里想什么，感觉什么，基本不差。这样，你才能概括、集中，创造出一个高于他们的典型形象。如果我们对一个人物了解得不深不透，只知道一个大概，那么你笔下写出来的一定是个概念化的人物，老作家常常说："我们要写最熟悉的东西"，这是他们宝贵的经验。总之剧作家只有对某种生活熟悉到既深且透，才能有创作的自由，才能自由地创造艺术技巧，才能"设身处地"地体验各种人物的内心世界，才能把作品写得深刻、生动、新鲜、优美。

我们还要熟悉戏剧创作的规律，戏剧艺术的特征和局限性，戏剧舞台艺术的特点。每一种艺术都有它的特点，也有它一定的局限性，它的特点也就是它的局限性。戏剧必须在舞台（或类似舞台的广场）上演出，因此有了时间与空间的限制，不像小说、电影那么自由；也有表现方法的限制——主要依靠演员的动作、道白和唱词，不像小说可以作客观的叙述、描绘和细致的心理分析。这些限制也就成为戏剧艺术的特点——舞台表演艺术。根据每一种艺术的特点，除了艺术的共同遵守的规律、法则以外，还有各个部门的客观规律和法则（在哲学上称为必然性），而艺术家又有各自的个性，这艺术家的个性又须和各个艺术部门的客观规律结合起来，才能自由地进行艺术创造。认识客观规律和法则是艺术创作的先决条件，不认识客观规律和法则，就无法进行自由的艺术创作；对客观规律认识得越深刻，就越有创造的自由，创造也就越出色。巴尔扎克是19世纪伟大的小说家，他的作品在古典文学中是世界第一流的，他也曾经写过剧本，但都失败了，他自己承认道："写剧本的尝试不顺利，暂时需要放弃。历史剧要有强烈的舞台效果，我又偏不熟悉……"[①]他所谓"强烈的舞台效果"就是戏剧创作的规律与法则，以及戏剧艺术的特点和舞台艺术各部门的知识。巴尔扎克当然懂得一般文学艺术的规律和法则，但由于不熟悉戏剧创作的规律和法则，他就写不好剧本。

研究戏剧创作的规律法则，不仅要掌握和应用这些规律法则，并且要把它们再向前推进发展——创造出适合新内容的戏剧艺术技巧。即我们所谓"推陈出新"。

第二，要从生活真实提高形成艺术真实，必须把纷纭复杂的生活真实，经过艺术家的选择、加工、提炼的过程，才能创造艺术的真实，创造出"典型环境中的典型人物"。这选择、加工、提炼的过程就是艺术构思，典型创造的过程，也就是创造和应用艺术技巧的过程。不过我们要注意，艺术家对生活素材的选择、加工、提炼不是用逻辑思维来创造"典型"的。而是主要用形象思维来创造的。当然，在创造过程中艺术家不可能完全运用形象思维，他同时也运用逻辑思维来认识事物。但他既然是艺术家，必然主要是依靠形象思维进行艺术概括，构成典型形象。而形象思维中最重要的是他的想象力。艺术家都是富于想象力的，没有想象力就不成其为艺术家。因此，列·托尔斯泰说："艺术家应当有升到最高的高处和落到最低的深处的能力。"[②]苏联作家斐定称作家的想象力是"瞑想的眼睛"，他说伟大作家如巴尔扎克和列·托尔斯

---

① ［法］巴尔扎克著，成钰亭译：《与妹书》，见《文艺理论译丛》，人民文学出版社1957年版，第128页。
② 见《俄罗斯作家论文集》第1卷。

泰都有丰富的想象力。"他们从来不抄袭生活。他们的作品是最精细的想象的果实。唯其如此，他们的作品比生活本身更令人信服。"①艺术家的"瞑想的眼睛"在这里成了一种武器，使他不仅能研究事实，而且能"创造事实"。

想象力不仅是艺术家最重要的才能，并且也是伟大科学家所必不可少的才能，不然，一切科学的发明创造都将成为不可能。发明飞机的人，他首先要想象他驾着机器在空中飞行；创造宇宙飞船的，他首先一定想象到在宇宙空间任意翱翔。想象必须以现实生活为基础。艺术家必须掌握大量的生活现象，熟悉生活中各种各样的人物和事件的表象，然后加以挑选、综合、概括，通过想象，创造出比生活更高、更强烈、更有集中性、更典型、更理想、更带有普遍性的艺术形象。想象推动着一切创造活动，但想象一旦脱离现实生活就成为虚假的幻象或空想了。

在艺术加工的挑选、集中、概括的丰富想象活动中，艺术家在创作中必须进行大胆的虚构。文学戏剧中的人物和事件都是在现实生活的基础上虚构出来的。不进行虚构就不可能创造比生活更真实更美的艺术。亚里士多德说过："一桩不可能发生而可能成为可信的事，比一桩可能发生而不可能成为可信的事更为可取。"②他又说："不管诗人是自编情节还是采用流传下来的故事，都要善于处理。"所谓"善于处理"，一般解释为"诗人应增添新的细节"。他又说："既然悲剧是对于比一般人好的人的摹仿，诗人就应该向优秀的肖像画家学习；他们画出一个人的特殊面貌，求其相似而又比原来的人更美。"③他还说："诗人既然和画家与其他造型艺术家一样，是一个摹仿者，那么他必须摹仿下列三种对象之一：过去有的或现在有的事、传说中的或人们相信的事、应当有的事。……如果有人指责诗人所描写的事物不符实际，也许他可以这样反驳：'这些事物是按照它们应当有的样子描写的。'"④古罗马的

---

① 斐定：《早年的欢乐》。
② ［古希腊］亚里士多德著，罗念生译（Aristotle，公元前384—322）：《诗学》上海人民出版社2006年版，第24章，第94页。
③ ［古希腊］亚里士多德著，罗念生译：《诗学》上海人民出版社2006年版，第15章，第57页。
④ ［古希腊］亚里士多德著，罗念生译：《诗学》上海人民出版社2006年版，第25章，第90页。

文艺批评家贺拉斯也说过以下几段话:"虚构的目的在引人欢喜,因此必须切近真实;戏剧不可随意虚构,观众才能相信。"他在评论荷马的史诗《奥德赛》时说:"虚构非常巧妙,虚实参差毫无破绽,因此开端和中间,中间和结尾丝毫不相矛盾。"[①] 以上的引文都说明要使艺术真实比生活真实更高、更强烈、更有集中性、更典型、更理想、更带有普遍性,艺术家必须虚构,虚中有实,实中有虚。明代批评家李卓吾在评点《琵琶记》时说:"戏则戏矣,例须似真,若真者,反不妨似戏也,今戏则太戏,真者亦太真,俱不是也。"[②] 太真不好,太假也不好,要真中有假,假中有真,才是艺术的上品。中国古典戏曲中有不少看来完全是虚构的作品,如汤显祖的《牡丹亭》,戏中生旦梦中相会,梦后旦害相思病死去,最后生来,旦死而复活,全是现实生活中所不可能有的事,但它反映了生活的真实,所谓虚中有实,仍然是一部好作品,留传至今而不衰。从编剧到演出,都要通过假的手段,而取得真的效果。许多喜剧都用巧合、误会这一类偶然性的艺术技巧,但如果它们反映了生活的真实,用偶然性表现了必然性,观众一定欢迎,看之不厌。失之于真,反而造成假的印象。善于弄假才会成真,这是艺术创作的普遍规律。

艺术家的想象、虚构都是有目的性的,有一定的倾向性的,并带有作者感情的渲染;这样,他们虚构出来的作品才有现实意义的价值和感染力量。根据纷纭的现实生活,加以选择、加工、提炼,用想象、幻想、虚构来创造典型形象和生动的故事,在这艺术创造的过程中,可以说无时无刻不在创造和运用各种各样的艺术技巧。

(三)我们必须向群众学习艺术技巧。中国许多戏曲剧目从编剧到演出能有那么完整优美的艺术技巧,是经过千百年无数的剧作家、艺人和观众的不断修改、提炼和加工的。这当然是艺术技巧提高的好办法。在现在这个新时代里,广大群众都对我们的戏剧艺术表示极大的关心和

---

① [古罗马] 朗吉努斯、[古希腊] 亚里士多德、[古希腊] 贺拉斯著,马文婷、宫雪译:《美学三论:论崇高·论诗学·论诗艺》,光明日报出版社 2009 年版,第 86 页。

② 《李卓吾批评〈琵琶记〉》,见《古本戏曲丛刊初集》第 8、9 册。

欢迎，他们都乐于对我们的剧本提供他们的看法和意见。有时群众的意见对我们创作者有很大的启发和帮助，只要我们虚心向他们请教，听取他们的意见，群众对我们的剧本是最公正的裁判员，他们用纯粹观众的眼光看问题，往往一针见血地对剧本提出了直截了当毫无保留的意见。他们熟悉生活，常常对剧本的细节或演员的生活动作和语言，提出极其宝贵的意见。例如《红旗谱》改编话剧的过程提供给我们很有价值的参考。河北省话剧团在改编和演出过程中召开了七十多次观众座谈会，他们提供了像"布置反割头税运动不该在交通要道的千里堤上"等宝贵意见。后来剧团到高阳县西源人民公社向农民学习七节鞭、三节棍等武术，学习他们的生活风俗习惯。全剧差不多每幕都有一段武术表演的穿插，不但使全剧增加了民族地方色彩的特色，并且把河北农民的坚强刚毅的性格和农民同地主阶级生死斗争的主题，更突出地形象地表达出来了。这些重要的艺术技巧的安排，都是在河北农民直接启发和提示下才采纳修改的，它使全剧具有更鲜明的艺术风格和民族特色。

群众比剧作者有更多的生活经验，有更正确、更丰富的体会，他们熟悉自己的生活，熟悉一切生活细节和过程，所以他们提供的意见，不仅对提高剧本的思想性、情节的真实性有很大帮助，并且对人物刻画和情节安排的艺术技巧方面也有显著的作用。

第二章　戏剧题材与主题思想

　　一个剧作者在深入生活的过程中，在研究历史资料的过程中，对某些人物或事件发生兴趣，对某些现象有了新的认识和体会，于是引起他创作剧本的欲望和激情。在整个戏剧创作过程看起来，他一定首先要选择戏剧创作的题材和确定他未来剧本的主题思想。所以我们先从剧本题材和主题思想谈起。

一、戏剧题材的选择和处理

　　戏剧题材就是剧作者从客观现实生活中或历史资料中选择出来构成戏剧作品的原始材料，是剧作者用以构成剧本的具体素材。在汪洋大海般的生活和历史宝库里，一个剧作者应当根据什么去选择他创作的题材呢？一般根据以下三点来决定：（一）剧作者最熟悉、了解最透彻、体会最深刻的题材。一知半解、不太熟悉的生活素材是不可能构成好剧本的。那种以浮光掠影的方式得来的材料是不可能写出好剧本的。古往今来的好剧本都是作者长期深入生活所积累的经验和体会的结晶。（二）剧作者认为最有价值最有意义的创作题材。什么是最有价值最有意义的题材？这有主客观两个方面：在客观方面，凡是能直接或间接反映当前重要问题的题材都是有价值有意义的；在主观方面，剧作者对这题材有深刻的认识和了解，真正认为它们是非常重要的问题，并有独到的见解和表达自己看法的热情。（三）为当前观众所关心所欢迎的题材——这对剧作者来说是非常重要的一点。其他艺术家当然也需要考虑到这一点，但无论如何不及戏剧作者需要得那么迫切和显著。诗人、小说家可以为一部分读者写作，可以自由挑选读者，但剧作者就没有这种权利。他的剧本应当受到广大群众，不论男女老少，有文化无文化的人的普遍欢迎。剧作者必须把观众时时刻刻记在心里。戏剧历来是最群众化的艺术，最能迅速及时反映群众思想感情的艺术；戏剧没有观众就不成其为戏剧。自古以来伟大的戏剧家都是最懂得观众心理和要求的艺术家。当然，这不是说剧作家要迎合观众的低级趣味和落后要求，而是要懂得观众，引导观众更好地认识世界、认识社会。

戏剧题材，一般分为现代题材和历史题材两种，而以现代题材为主要方面。现代题材中根据生活范围的不同又分为工业方面的题材，农业方面的题材，部队生活的题材，知识分子的题材，妇女家庭方面的题材，少年儿童的题材等等。广义地说，一切现代的和历史的社会现象都可以成为戏剧的题材。我们的剧作家既然是革命的作家，就自然应该努力去反映现代题材。但我们并不排斥，并且也应提倡历史题材。历史题材一样可以为工农兵群众服务，为社会主义服务。俗语说："观今宜鉴古，无古不成今。"不懂得历史就不懂得今天，也可以说不懂得如何去建设我们的明天。历史剧作家的主要任务是在于根据历史真实创造出足以教育今天人民的动人的历史人物形象。历史人物不应当有现代人的思想感情，否则，就是反历史主义的，但创作和改编的历史剧可以并且应该富有现代的时代精神。只有对现在有现实教育意义的历史题材，才是现代观众所需要而欢迎的。

至于现代题材当然以工农兵及其干部的题材为主，因为他们现在是国家的主人翁，占全国人口 90% 以上，正在以豪迈的姿态，英雄的气概建设祖国。先进人物，风起云涌，丰功伟绩，层出不穷，如果我们不把他们作为主要写作对象，我们怎么能在作品里表现时代精神呢？并且工农兵及其干部的生活在新社会里是极其丰富多彩的，有形形式式各种不同的人物，有各种各样生动有趣的事迹，问题在于我们应当真正深入生活，并且深入地观察、体会、研究、分析他们的生活，不要把他们图解化，用政治概念代替了艺术。

社会是复杂的，人是多种多样的，就是在社会主义社会里，还有资产阶级和封建阶级的残余分子，还有大量的资产阶级和封建阶级的思想意识存在。同时在工农队伍里还有落后分子和沾染旧思想意识的人，和蜕化变质分子。在一部作品里，只有在新旧人物、新旧思想对照之下，才能更好地衬托出先进人物和先进思想。社会是在矛盾中发展的，"没有矛盾就没有世界"①，"正确的东西总是在同错误的东西作斗争的过程中发展起来的。真的、善的、美的东西总是在同假的、恶的、丑的东西相比较而存在，相斗争而发展的"②。这说明在生活中必然还有各种各样的矛盾冲突，但作者没有深入下去，没有细致的"观察、体验、研究、分析"，因此只看到正确的一面，得到胜利的主导的一面，显著的一面，看不见与正确对立的隐藏的一面。并且生活中的矛盾冲突是散漫的，时隐时现的，"文艺就把这种日常的现象集中起来，把其中的矛盾和斗争典型化"③。有的作家把工农题材写成只有一种类型的简单的矛盾冲突，例如在农村中只写贫雇农对社会主义合作化的迫切要求和富裕中农的自发的资本主义思想的矛盾冲突；在工厂中只写先进的青年工人和落后保守的技术人员的矛盾冲突。作者不能通过有血有肉的人物性格来写矛盾冲突，而往往只写成两种思想概念的矛盾冲突，于是就犯了公式化概念化的毛病。

除了写工农兵及其知识分子以外，我们并不反对写社会生活中其他方面。我们知道，在题材问题上，我们党从未加以限制，从来不是只许写工农兵，只许写新社会，只许写新人物等等。这样限制是不对的，文艺既然要为工农兵及其知识分子服务，当然要歌颂新社会和正面人物，同时也要批评旧社会和反面人物，要歌颂进步，同时要批评落后。所以，文艺题材应该非常宽广。在文艺里出现的，不但可以有世界上存在着的和历史上存在过的东西，也可以有天上的仙人、会说话的禽兽等等世界上所没有的东西。文艺作品可以写正面人物和新社会，也可以写反面人物和旧社会，而且，没有反面人物和旧社会就难以衬托出新社会，没有反面人物也难以衬托出正面人物。因之若干题材问题的清规戒

---

① 毛泽东：《矛盾论》。
② 毛泽东：《关于正确处理人民内部矛盾问题》。
③ 毛泽东：《在延安文艺座谈会上的讲话》。

律，只会把文艺工作窒息，使公式主义和低级趣味到处泛滥，是有害无益的。

　　我们常常听人说："只要题材抓对了，作品就成功了一半。"这话是没有根据的，并且对初学剧作者来说是极其有害的，使他们一心想找新鲜的时髦的题材，而不重视题材的处理工作。其实，一出戏的成功与否主要决定于题材的处理工作。一种题材可以有各种各样的处理方法，写成各种各样不同的剧本。处理方法主要分正面处理与侧面处理两种。正面处理是按照重大事件本身的发生、发展、结束的前后经过正面地来描绘，这是最普通的方法。但就是正面还可以用各种不同的角度来描绘它，也可能产生各种不同的剧本。例如话剧《烈火红心》和《敢想敢做的人》都是描写先进青年工人与保守落后思想作正面斗争的故事，但前者的着重点放在"思想解放"的重要意义上，而后者的着重点却放在与保守落后人物作坚决的斗争上。从侧面写一般比正面写来得更巧妙些，容易细致、曲折和含蓄，容易发挥作者个人的风格，一般说容易提高艺术质量。我们翻看一下古典剧作家们的杰作，从侧面写生活的远远超过正面的。当然当时的环境不允许他们从正面来写人民和统治阶级的矛盾冲突，只能做到借古喻今、旁敲侧击的手法，但这种限制反而促进了他们的艺术构思，加强了作品的艺术性。中国古典戏曲作品里最多的是以写男女爱情的喜剧或悲剧来揭示封建社会的黑暗和统治阶级的残暴，悲剧如越剧《白蛇传》、《梁山伯与祝英台》等，喜剧如闽剧《炼印》、楚剧《葛麻》、芗剧《三家福》、川剧《评雪辨踪》、杂剧《救风尘》等都是侧面写法的好例子。当然，也可以找到不少用正面写的杰出的剧作，如秦腔《赵氏孤儿》、昆剧《十五贯》、京剧《四进士》等。在外国古典剧作里也同样随处可以找到这样的例子，如席勒的《阴谋与爱情》、奥斯特洛夫斯基的《大雷雨》、易卜生的《玩偶之家》、果戈理的《钦差大臣》等。从侧面写，从小处写，从局部一角写，所谓"从小见大，从微知著"，"一花一世界，一叶一如来"，可以显示出作家的高度艺术才能，创造出出色的艺术作品。所以不能把"重大的"、"不重大的"、"尖端的"、"非尖端的"的题材的区分，规定得太死。从正面写，作家所概括集中的生活面一般比较广阔，非有高度的艺术才干、高度集中概括的艺术手腕的人是很难做到引人入胜、完整统一、具体细致、深刻动人的。当然，我们不反对正面写，许多伟大作家都有先例可援，但在初学写作的人，不能掌握全面的时候，没有高度集中概括能力的时候，就要注意避免照抄生活或者公式化概念化的毛病。

题材的选择和处理决定于作者要写什么样的典型人物和在作品中创造什么样的艺术风格。戏剧艺术的根本任务是创造反映生活本质的典型人物，而我们所选择的题材必须最适合于表现他们的典型性格。在生活里的典型人物和典型事件，不一定就是艺术里的典型。我们必须把生活里的典型人物和典型事件加以集中概括，才能创造出艺术的典型。我们剧作者必须根据他自己的风格来选择他的题材。某种题材不适合他自己的风格，就不得不割爱。所以题材的选择和处理都不是凭作者一时的灵感或是其他偶然的因素来决定的，而是根据他的立场和世界观，根据他的艺术修养和生活实践来决定的。世界观、生活经验和文艺修养是作家选择题材、处理题材的基础。

同一题材，可以写成各种不同的作品，也可以用各种不同的题材来表现相同的主题。因之，确定题材和确立主题在艺术创作上是两个不可分割的首要工作。

二、什么是剧本的主题思想

在选择和处理题材的过程中，作家就在自己头脑里酝酿着剧本的主题思想。在中国戏曲理论里一般称为"立主脑"。300多年前李渔就作出了关于剧本的主题思想的极其精辟的言论。他说道："主脑非他，即作者立言之本意也。传奇亦然。一本戏中，有无数人名，究竟俱属陪宾；原其初心，止为一人而设。即此一人之身，自始至终，离、合、悲、欢，中具无限情由，无穷关目，究竟俱属衍文；原其初心，又止为一事而设。此一人一事，即作传奇之主脑也。"[1] 当然，"主脑"和"主题思想"在涵义上稍有不同。李渔当时强调戏的内容：主要人物和主要情节

---

[1] 李渔：《闲情偶寄·立主脑》，国学研究社 1936 年版，第 5 页。

（所谓"一人一事"），而我们现在强调思想实质和教育意义。但两者还可以通用，并且"主脑"一词比"主题思想"更形象化更通俗些。剧作者为什么写这个人、这件事，有他一定的"用意"，亦即"作者立言之本意也"。这里就包含着作品的思想性，即"主题思想"。

主题思想是一个可分可合的概念。分开来说，主题是剧作者在剧本中所提出的主要问题或基本问题；思想就是作者在表现主题时所持的态度、看法、主张、意向等等。解决作品中提出的问题，也就是这部作品的思想。作品的主题思想是作家的主观和题材的客观的统一。主题思想包括两个方面：客观方面就是题材本身所提供给我们的、是客观存在的一面；主观方面是作家根据一定的立场观点所选择、处理、描写和评价的主观看法。主题思想是作品的灵魂，是组织题材、取舍题材，使其能构成一个统一而完整的有机体的中心力量。主题思想的高低就在于主客观两方面符合到什么程度来决定。作者主观的看法如果符合或基本符合客观事物所赋予的主题思想时，主题思想就高。如果作者主观的看法不符合客观事物所赋予的主题思想时，主题思想就低，就违反生活真实。主题思想反映剧作家对生活的认识程度。

剧本的主题思想有时在戏剧理论著作里称为"基础概念"①，又称为"中心概念"②；也有人称之为"前提"③；有时又简称为"主题"，主题思想从作家"最初的意念"（剧作的"胚胎"）到成熟的"完整思想"是有一定过程的，是逐渐形成的，是作家长期生活积累的结果，是作家经过"观察、体验、研究、分析生活"所得到最深刻的对生活的认识和理解。没有自己深刻体会的主题，作家不可能写成动人的好作品。高尔基说过："主题是孕育在作家的体验中的一种思想，这种思想是生活暗示给作家的，它潜伏在作家的印象仓库里还未成形，当它需要用形象来体现

---

① 劳逊：《戏剧与电影的剧作理论与技巧》一书里以"基础概念"（Root idea）代替主题思想（Theme）。

② 贝克（George Pierce Baker 1866—1935）：《戏剧技巧》（Dramatic Technique）一书里以"中心概念"（Central idea）代替"主题思想"。贝克是美国著名戏剧理论家，曾在美国哈佛大学戏剧系教学多年，美国著名剧作家奥尼尔和我国洪深都是他的学生。

③ 爱格瑞（Aiooggri）在他的《戏剧写作的艺术》（The Art of Dramatic Writing）里把主题称为"前提"（Primise）。

时，它会唤起作家心中要形成这种思想的欲望。"[1] 劳逊也谈到主题思想是从作家经验积累和思考研究逐渐孕育出来的，他说："无疑的，一位剧作家可能以这些琐细的事实（指作者偶然间听到'几句对话'或'偶然在人丛中见到的一个人'等——引者注）或幻想作出发点。他可能自发地把一些经验或见闻贯穿起来成为一出完整的戏，而丝毫不了解隐藏在他的活动后面的原则。但是，无论他了解与否，创作的过程绝不是像表面所看见的那样'自发'。'几句对话'或'偶然在人丛中见到的一个人'或'讲得很细致的故事'，都不会由于偶然时将他吸引住；原因在于他是具有一定观点的人，他的观点——他自己的经验是构成观点的基础——使他感到有必要把它集中地表现出来；他需要找一些和他心目中存在的事件有关系的事件。……基础观念是抽象的，因为它是许多经验的总和。在没有把它变成一件活的事件之前，他不能感到满足。"[2]

由此可见，剧作家的基础观念（主题思想）是受他的世界观、思想倾向性、并由倾向性所引起的感情所指导的。我们必须使作品不仅具有正确的主题思想，并且必须把主题思想立得高，立得深刻，立得鲜明，使之具有高度的思想性和战斗性。

要在作品中树立较高、较深刻、较鲜明的主题思想，剧作者必须具有较高的政治思想水平，同时具有用形象来表达主题思想的较高的艺术水平，两者缺一不可。他既要有高度的逻辑思维的能力，又需要高度的形象思维的能力。他的形象思维的能力具体表现在人物形象的刻画和人物行动的描绘上，而他的逻辑思维却贯穿在整个艺术构思中。因此，一部好的艺术作品的主题思想并不是一下子就能找到的，而要我们将剧本里的人物和事件作整个概括、研究、分析、判断才得出来的。有时我们自己的思想水平和艺术分析能力不高，往往找不到作品的真正的主题思想，而对剧本的主题思想作了片面的，或错误的理解。不同水平的导演对同一剧本可能在主题思想的理解上有不同的看法。众所周知的例子是莎士比亚的悲剧《奥瑟罗》的主题思想的解释。在普希金以前，许多

---

① ［苏联］高尔基著，孟昌译：《和青年作家谈话》，人民文学出版社 1955 年版。
② ［美］约翰·霍华德·劳逊著，邵牧君、齐宙译：《戏剧与电影的剧作理论与技巧》，中国电影出版社 1961 年版，第 230 页。

学者和导演都说《奥瑟罗》是"妒嫉"的悲剧，但普希金说这部戏不是"妒嫉"而是"轻信"的悲剧，因为奥瑟罗不是一个善妒的人。到斯坦尼斯拉夫斯基导演《奥瑟罗》时，经过他的分析研究，他认为奥瑟罗的"人文主义思想的毁灭"才是这部悲剧的主题思想的重要涵义。他说："我坚持奥瑟罗并不是天生来爱妒嫉的人。……但是实际上那样的人不是奥瑟罗，而是埃古。……奥瑟罗有副异乎寻常地高贵的天性。"[1]他肯定奥瑟罗是一个正直的人，一个追求真理和理想的人，苔丝德梦娜就是他理想的化身。这样的理解把《奥瑟罗》的悲剧意义大大提高了，从一般的"性格悲剧"提高到有时代特征的文艺复兴时期人文主义思想的破灭的悲剧，这样才深刻地理解了《奥瑟罗》的真正的主题思想。但从《奥瑟罗》剧本的全部台词和人物行动中找不出这主题思想的直接叙述，正像恩格斯说的："作者的见解愈隐蔽，对艺术作品来说就愈好。"[2]他还指出："我认为倾向应当从场面和情节中自然而然地流露出来，而不应当特别把它指点出来；同时我认为作家不必要把他所描写的社会冲突的历史的未来的解决办法硬塞给读者。……如果一部具有社会主义倾向的小说通过对现实关系的真实描写，来打破关于这些关系的流行的传统幻想，动摇资产阶级世界的乐观主义，不可避免地引起对于现存事物的永世长存的怀疑，那末，即使作者没有直接提出任何解决办法，甚至作者有时并没有明确地表明自己的立场，但我认为这部小说也完全完成了自己的使命。"[3]也像马克思的主张：戏剧不能像席勒那样把它当作理论的单纯号筒，而应该使其莎士比亚化，[4]使其更现实，更具有情节的生动性和丰富性。老舍也反对用概念的方法来突出主题，他说："有时要突出主题就喊几句口号，好像告诉读者说，教育意义就在这里！有时就让支部书记出来说几句话，也为了点明主题！"他又说："主题应当是水

---

① 斯坦尼斯拉夫斯基:《奥瑟罗导演计划》。

② 恩格斯:《致玛·哈克奈斯》，中共中央马克思恩格斯列宁斯大林著作编译局编:《马克思恩格斯选集》第4卷，人民出版社1972年版。

③ 恩格斯:《致敏·考茨基》，中共中央马克思恩格斯列宁斯大林著作编译局编:《马克思恩格斯选集》第4卷，人民出版社1972年版。

④ 马克思:《致斐·拉萨尔》，中共中央马克思恩格斯列宁斯大林著作编译局编:《马克思恩格斯选集》第4卷，人民出版社1972年版。

到渠成的东西，生活丰富是最重要的。"① 戏剧在演出过程中，观众被生动的人物形象和紧张的情节进展所吸引，不大想到剧本的主题思想，但等看完之后，回想起来，或在和朋友谈论之中，才体会到剧本的主题思想；在咀嚼回味的时候，接受剧本的思想教育。剧作家"描绘人物，进行讽刺，激发热情是不够的，他要让观众在戏看完之后有'思索回味的东西'，让他们有谈论的余地"②。要做到这样，剧本的主题思想必须隐伏在人物性格和紧张情节之中。

不过，主题思想过于隐蔽，使观众无从猜测，百思而不解者，也是不好的。剧作者有必要在恰当的场合点明主题，用间接暗示的方法点明主题。点明主题需要高度的技巧，例如把主题思想夹叙在对话里，既不脱离人物的性格，又不阻碍戏剧行动的进展（往往剧本中一谈到哲理性，行动就停滞下来）。最好的范本是易卜生《玩偶之家》的结尾：

娜　拉　（拿起手提包）托伐，那就要等奇迹中的奇迹发生了。

海尔茂　什么叫奇迹中的奇迹？

娜　拉　那就是说，咱们俩都得改变到——喔，托伐，我现在不信世界上有奇迹了。

海尔茂　可是我信。你说下去！咱们俩都得改变到什么样子——？

娜　拉　改变到咱们在一块儿过日子真正像夫妻。再见。（她从门厅走出去）③

所谓"改变到咱们在一块儿过日子真正像夫妻"，就是男女双方在伦理关系上、在法律上都得到真正的独立和平等，正像易卜生自己说的："在现在的社会里一个女人不能得到独立和平等的地位，因为这个社会是以男性为主的社会，法律是男人订的，用男人观点所制成的法律制度来判断女人的行为。"④ 这就是《玩偶之家》的主题思想，而易卜生

---

① 老舍：《题材与生活》，《剧本》1961 年第 5、6 期，第 70 页。
② 乔治·潘力西安：《十九世纪文学运动》。
③ 〔挪威〕易卜生著，潘家洵译：《玩偶之家》，《易卜生戏剧四种》，人民文学出版社 1958 年版。
④ 〔挪威〕易卜生著，潘家洵译：易卜生（Henrik Ibsen 1828—1906）：《易卜生书简》。

直到戏结束时才用"真正像夫妻"这句话来点明主题。

剧作者在剧本中能否树立较高、较深刻的主题思想，是剧本成功与否的一个重要关键，同样我们能否在别人的剧本中分析出较高、较深刻的主题思想，是我们认识剧本、理解剧本的关键。所以我们必须先学会如何分析剧本的主题思想。

分析剧本的主题思想的方法有两种：一种是把剧本的全部情节和人物概括起来，一种是用抽象的概念来说明剧本的思想实质。这两种方法都应当用，并且要由第一种再提高，概括成第二种，没有第一种就不可能有第二种，两者相辅相成，才能比较正确地理解剧本的主题思想。下面分析一些剧本的主题思想作为例子。

1.《将相和》，传统京剧，王颉竹、翁偶虹改编。

（1）这是由京剧三个传统折子戏《原璧归赵》、《渑池会》和《负荆请罪》合并整理而成的。

蔺相如胆识过人，不畏强秦，原璧归赵，又在渑池回击秦王对赵国的侮辱，赵王封他为相。但大将廉颇不服，对蔺相如傲慢不恭，一再挑衅，三次挡道，但蔺相如始终忍让，不与计较，终于感动了廉颇，负荆请罪，言归于好。

（2）国内团结一致就能不受外来的侵略和欺凌。

2.《关汉卿》，田汉著。

（1）关汉卿是元朝太医院的医生，有一天出城去看病时，路见如狼似虎的衙役和刽子手押着一个年轻女犯经过。打听得知那女子叫小兰，由于坏人陷害，官府受贿，致遭杀身之祸。关汉卿愤愤不平，决定写《惊天动地窦娥冤》杂剧，来讽喻异族统治阶级的残暴压迫蛮横暴戾到了忍无可忍的地步，来激发群众起来反抗。他的写作得到腻友朱廉秀的支持和老友王和卿的帮助，得以顺利演出。但激怒了元朝大官阿合马，胁迫关汉卿照他的意思修改再演。关汉卿主张不改不演，但主演这出戏的朱廉秀却主张不改照演。再演后，阿合马大怒，将关汉卿和朱廉秀都逮捕打入死牢，定期问斩，幸而受这戏启发感动的王千户杀死了阿合马，两人才得赦免，改为充军；经过这番共同的战斗，关汉卿与朱廉秀结成生死之交、夫妻之好了。

（2）戏剧是反抗强暴的武器，能激起民众，击败强暴者。

3.《西厢记》，元王实甫著。

（1）张生与崔莺莺在普救寺一见钟情，月夜隔墙咏诗，互表爱慕之情。孙飞虎率兵围寺索莺莺，崔夫人声言能退贼兵者，将莺莺许配。但事成后崔夫人毁约，张生相思成病，红娘偕莺莺到西厢幽会。崔夫人得悉，拷问红娘，逼张生上京赶考，张生与莺莺涕泣而别。

（2）封建婚姻的门第观念阻碍真挚相爱的男女青年达到圆满的结合。

4.《十五贯》，清朱素臣原著，浙江省文化局改编。

《十五贯》又名《双熊梦》，原有两条线索，熊氏弟兄二人，均因蒙冤而下狱，因此情节比较复杂，主题思想不甚突出。后经浙江省文化局改编，删去熊友蕙一条线，单线到底，头绪清晰，主题鲜明。现根据改编本阐述它的主题思想。

（1）苏戌娟和熊友兰因偶然巧合而被诬为奸夫淫妇，谋杀屠夫尤葫芦，主观主义的过于执一审而定死罪。临刑前两人向监斩官况钟呼冤，况钟略加审讯并实地调查，发现案情确实可疑，向按院力争缓刑半月，到现场实地踏勘，发现凶手娄阿鼠罪证确凿，但已逃往外埠，况钟追踪前往，乔装设计套出口供，拘捕定罪，案情大白。

（2）主观的官僚把无辜的人投入死牢，而实事求是的清官敢于和官僚主义作斗争，昭雪冤狱。

5.《伪君子》，莫里哀著。

（1）伪君子答尔丢夫以他的虚伪的道貌岸然、满口的仁义道德，赢得了奥尔恭和他母亲柏奈尔夫人的崇敬和信任。奥尔恭可怜他贫穷孤苦，请他到家里来住。虽然奥尔恭的妻子欧米尔，他的儿子达米斯，他的女儿玛丽亚娜一再在奥尔恭面前揭露他的虚伪，但奥尔恭却决定把女儿许配给他，把全部家产移交给他管理。可是答尔丢夫并不以此为满足，私下向奥尔恭的妻子一再求爱，想达到一箭双雕的卑劣愿望。侍女桃丽娜想出一个揭穿他虚伪面目的巧妙办法。由欧米尔私自约他到书房里去谈话，让奥尔恭躲在桌子底下偷听；答尔丢夫受宠若惊，忘其所以，果然来到书房跪着向欧米尔求欢，奥尔恭忍无可忍，立刻把他驱逐出去。但答尔丢夫非但不走，反而要求奥尔恭全家搬出去，因为这所房子和全部产业已转到他的名下，他是合法的主人，并且威胁要告发奥尔恭和一叛逆贵族勾通的事，治以背叛皇上之罪。幸而皇上明察，把家产还给奥尔恭，并给答尔丢夫以应得的惩罚。

（2）伪善者设陷阱以害人，结果反害了自己。

6.《钦差大臣》，果戈理著。

（1）市长接到京城里一个朋友来信，说一位钦差要到他城市来视察，市长立即召集他手下的法官、督学、慈善医院院长、邮政局长到他家里来，叮嘱他们准备好一切，迎接钦差的视察。二位地方绅士飞奔前来报告，说在旅馆里发现一位衣着时髦、神态傲慢的青年官员，猜定他就是私行察访的钦差大臣。那位青年实际上是京城衙门里的小官员名叫赫列斯达可夫，回乡经过这里，因钱财赌输花光，带着仆人流落在旅馆里，欠下不少房金，旅馆拒绝开饭。正在一筹莫展的时候，市长带着他手下官员们到旅馆来迎接，看到他正在为旅馆饭菜不好而发脾气，主观地认为他一定就是那位钦差了。市长带他去参观医院、学校等机构，最后接他到家里，由市长太太和小姐亲自用丰盛的酒席，殷勤地款待他，他就将错就错，乘着酒醉，大吹一通，使全场的人都越来越相信他是京城里红极一时的大人物。他向市长太太和小姐挤眉弄眼，私下求爱，要官吏们孝敬钱财，向来告发市长的商人们勒索礼物，最后向市长提出和他女儿订婚的要求。市长受宠若惊，邀集全市绅士名流，举行盛大宴会。但赫列斯达可夫要回乡一行，约定两天后再来举行婚礼，借用市长的马车，满载而去。市长和官吏们正在兴高采烈之时，邮政局长带来了赫列斯达可夫写给彼得堡朋友的一封信，他偷拆来看了，信里把市长等人物嘲笑了一通，揭穿了底细。大家正在将信将疑时，宪兵进来报告，真的钦差到了，大家于是呆若木鸡了。

（2）敲诈勒索者反被别人敲诈勒索而去。

7.《小市民》，高尔基著。

《小市民》是世界上第一部无产阶级的戏剧作品，以工人阶级先进光辉形象（剧本中的火车司机尼尔）作为剧本的主人公。高尔基通过剧本中的小市民人物形象，批判了知识分子自由主义者"第三种势力"的虚伪本质，他们口头上反对旧俄沙皇的制度，但没有斗争的决心，安于现状，自私自利，结果必然和资产阶级反动派妥协调和，成为革命道路上的障碍。资产阶级的批评家们认为《小市民》的主题是表现小市民阶层父与子的冲突，表现自由主义的"子"给黑暗王国闪进了"一线光明"，这完全是错误的。高尔基在这剧本里丝毫没有"歌颂"自由主义，而是尖锐地批判了自由主义。

（1）旧式的小市民代表者别斯谢苗诺夫是一位薄有家财的顽固的庸俗的资产阶级分子，靠收房租过着安逸舒适的生活，并且希望这样的日子永恒不变。他用家长的身份统治着他的儿女。他的儿子彼得因在大学里参加学潮而被开革，回到家里深自懊悔做了"蠢事"，在家里又看不惯父亲的专制统治，闷闷不乐，苦痛不堪，但又找不到正当的出路，有斗志而无行动。他的姐姐塔季雅娜也和彼得一样，有向往自由的意愿，但无行动的决心，她反对父亲，但又不能离开家庭，郁郁寡欢。她爱工人尼尔，失恋以后服毒自杀，但服毒后马上懊悔，大呼救命。他们姐弟二人都是新式的小市民，不满意旧的，但又没有决心和毅力去争取新的，结果安于现状，闷闷不乐地过日子，最后向资产阶级妥协投降。只有别斯谢苗诺夫的养子，火车司机尼尔，才是一位有远大理想而又敢于斗争的人，他决心向热爱劳动、沉默朴素的波丽雅求婚，不顾养父的竭力反对，毅然决然带着波丽雅离开了家庭。同时，彼得则跟着寡妇房客叶莲娜搬到楼上去了，但看样子不久还会和父亲妥协的；而塔季雅娜服毒得救后已经和父亲相安无事了。房客捷捷列夫和远亲毕尔契兴都是蜕化的无产者，前者只会高谈阔论，否定一切，自作聪明，不想行动；后者逃避世界，安分度日，是个胆小怕事的庸夫。

（2）眼光短浅、自私自利的小市民在大革命前夕自甘堕落，走上颓废没落的道路。

8.《伊索》，（巴西）菲格莱德著。

（1）伊索是哲学家克桑弗的奴隶。他长得十分丑陋，但又绝顶聪明。他善于词令，善讲寓言。克桑弗的妻子克列娅虽然受到丈夫的宠爱，但丈夫只把她当作财产的一部分，不给她任何自由。于是她渴望找一个理想的情人。她看中了雅典守卫队长阿格诺托斯，可是此人徒有漂亮的外表，内心空虚，又不懂得爱情。她愤而出走了。克桑弗颇为伤心，求计于伊索，并同意把释放他自由作为条件，请伊索把克列娅找回来。伊索设计把克列娅找回来了，但克桑弗不但食言，还再次刁难伊索不给他自由。伊索渴望自由落了空，伤心至极。这时克列娅已由厌恶、惧怕伊索而逐渐发现了伊索精神的美，终于深深地爱上了他。她安慰他，告诉他她爱上了他，要和他一起逃跑，但伊索坚决拒绝了。这时克桑弗哭丧着脸回来了，因为有一次他和阿格诺托斯喝酒，醉后狂言说能把海水喝干，阿格诺托斯现在逼他履行誓言，不然他的房子和所有财产、奴隶都得归阿格诺托斯所有。伊索教他向阿格诺托斯说，只要他能把海里的河水分开，他就把海水喝干。克桑弗胜利了，高兴地回到家里。但群众知道这是伊索想出来的聪明主意，都来要求克桑弗给伊索以自由。克桑弗在群众逼迫下，不得不给伊索以自由。伊索背着行囊走了。克桑弗自从伊索走了以后就失去了智慧的依靠，只会背几段伊索的老寓言，演讲也做不好，非常颓丧。但伊索被卫兵押回来了，因为他在宙斯神庙里讲寓言，得罪了祭司，祭司在他行囊里放了一件金器，说他偷了庙里的东西，只要伊索承认他是克桑弗的奴隶，按法律就可以由主人来惩罚，但如果他承认是自由人，就得治罪：投身悬崖而死。克桑弗愿意拯救他，向祭司承认伊索是他的奴隶，但伊索拒绝。克列娅愿意承担偷窃金器之罪，说她偷了来放在他的行囊里的，但伊索也拒绝。他一手拿着金器，一手拿着自由的证件，走向悬崖。

（2）真正的人不愿做奴隶而生，愿为自由而死。

9.《日出》，曹禺著。

（1）陈白露是封建家庭出身的小姐，由于逃避买卖婚姻，脱离家庭，在外过着流浪的生活，最后堕落为某大都市买办资产阶级社交界的交际花。在舞台上出现时她已成为某大银行经理潘月亭的半公开的姘妇，住在某大旅馆豪华的套房内，成天过着喝酒打牌、跳舞交际的糜烂生活。常到她那儿来的客人都是些不事生产、游手好闲或是一心想投机发财的社会寄生虫、剥削者。买办资产阶级和地痞流氓勾结在一起，投机倒把，骗取钱财，尔虞我诈，层层剥削，大鱼吃小鱼，小鱼吃虾米，不是谄笑奉承，就是翻脸无情，过着挥金如土、荒淫无耻的生活。潘月亭、李石清、张乔治、顾八奶奶、黑三、王福升和不出场的金八就是这个社会里的一群典型人物，陈白露就周旋在他们中间，既讨厌他们，又离不开他们。方达生是个小资产阶级知识分子，刚从内地出来找他过去的情人陈白露，看不惯这些妖魔鬼怪，一心想"拯救"陈白露于火坑中，约她一同到内地去过"理想生活"，但陈白露已不能自拔，终于拒绝了他。在这些人物形象展览中，有一个贯串全剧的主要情节：即潘经理的股票投机生意被金八操纵，由胜利到失败，最后破产，陈白露自杀。除此之外，还有三个悲惨的故事穿插，一是小东西的遭遇，从被迫卖入妓院，因不肯接客，被黑三毒打，关在旅馆内，后逃到陈白露那儿，又被黑三抢去，送回妓院，最后自缢身死；一是银行小职员黄省三的被革职，孩子们惨死，自己发疯；一是李石清妄想用奉承和威胁手段爬上去，硬拖老婆到旅馆来陪阔太太们打牌，结果孩子病死，自己被潘经理开除。

（2）腐朽堕落的买办资产阶级分子"大鱼吃小鱼"，自相残害，终于毁灭。

10.《法西斯细菌》，夏衍著。

（1）余实夫是留日医学博士，在日本娶一日妇为妻，生一女孩，小家庭颇为安静，他在医学科学上进行黑热病治疗法的研究，颇有成绩，受到日本医学界的重视。但他严重脱离政治，连报纸也从来不看的。他认为科学家只要专心致力于科学研究，不必过问政治。适"九一八"事变爆发，他却接受日本人办的"上海自然科学研究所"之聘，带着妻女到了上海。"八一三"事变发生，侵略军占领上海，他的日本妻子和孩子不免要受到邻居们的歧视，为了摆脱政治，他决定到香港去，开业做医生，一面继续研究黑热病。在香港生活艰苦，研究条件差，科学研究进展不大，日军占领香港时，他的研究室被日军捣毁，又亲眼看见寄住在他家的青年钱裕被日本兵打死，他才有所觉悟。他带领妻女千辛万苦地逃到桂林，沿路所见所闻使他认识到：一个科学家不问政治是不成的，又经老友邓某的帮助，他才完全觉醒过来，决定去贵阳红十字会医院，从事抗战的后勤工作。

（2）科学家在从事科学技术工作的同时必须关心政治。

简言之，法西斯细菌是人类最大的敌人，要消灭它，人人（包括科学家在内）必须参与政治。

以上十个剧本的主题思想的分析，不一定完全正确，仅提供给初学者作参考而已。但从这些例子中我们可以看出主题思想和作者意图不一定完全相同，例如《钦差大臣》的作者的意图是揭露旧俄官场的腐败，中央官吏和地方官吏相互敲诈勒索、贪赃枉法、行为不检到了不可容忍的地步，但剧本的主题思想却是"敲诈勒索者反被敲诈勒索而去"。主题思想必须是行动性的，概括了剧本的三个重要方面：人物、冲突和结果。主题思想是从剧本全部情节中抽拔出来的具体的、完整的、有行动性的概念，其中（1）有人物或人物的本质概念，如《将相和》的"国内的团结一致"，就有团结者与不团结者两种对立人物；又如《钦差大臣》中有"敲诈勒索者"与"被敲诈勒索者"两种对立人物。（2）有冲突，亦即全剧主要冲突的抽象概念，如《西厢记》的主题思想是"封建婚姻的门第观念阻碍真挚相爱的男女青年达到圆满的结合"，其中"阻碍"与"达到"是两种对立的冲突行动。又如《小市民》的主题思想是"眼光短浅、自私自利的小市民在大革命风暴前夕自甘堕落，走上颓废没落的道路"，有自甘堕落，走上颓废没落的道路的行动，也有反对他们"自甘堕落，走上颓废没落的道路"的行动，形成冲突。（3）还有结果，如《西厢记》不能"达到圆满的结合"，如《将相和》的"不受外来的侵略和欺凌"，如《钦差大臣》的"被别人敲诈勒索而去"。主题思想的阐述一般是比较抽象的，简短的，但一定有具体内容，一定有人物、冲突和结果。由于简短，一般只讲主要内容，不及其他。例如《小市民》的内容是很丰富的，除了揭露小市民的庸俗和顽固外，还揭露"第三种势力"的自由主义者的虚伪和他们仍然同资产阶级妥协的本质，并且歌颂先进工人阶级中敢于斗争的英雄形象，但在主题思想中只交代剧本的主要内容，不及其余。

剧本的主题思想的阐述中为什么一定要包含人物、冲突和结果三个方面呢？剧本的主题思想和长篇小说（中篇和短篇的也一样）的主题思想不同：小说的主题思想可以广泛些、范围较大些；而剧本的主题思想必须明确、肯定、并有强烈的行动性，这样才能对剧本写作起指导作用。剧本的主题思想最忌宽泛而不着边际，笼统含糊，不具体，这样的主题思想就不能起指导作用、凝聚作用、完整作用和推动剧情向前发展的作用。有许多剧本往往只有空洞的主题思想，不是过于广泛笼统，就是缺乏明确行动性。这说明作者对于自己剧本的主题思想没有确切的概念，没有坚定的信心，作者的脑子里还没有生动的明确的人物形象来表现剧本的主题思想。主题思想应当是作者的体会深刻的深信无疑的信念，是从人物行动和人物性格里最深奥的动机里挖掘出来的信念，能为人物设身处地必然这样做、不会那样做的确切的了解里体会出来的，是酝酿很久，孕育在思想里逐渐成熟起来的信念。表达强烈信念的主题思想才真正是作者自己的，带有丰富热情的、深信无疑的；所以有人说主题思想就是作者自己，或者代表他自己；它决不是作者随手拿来的。这样的主题思想就像一颗好的种子，在适当的土壤和适宜的温度（即找到适合于表达这主题思想的人物形象和事件）里就能长出一株茁壮的果木，开花结果；也就是说，才能写出一个好剧本来。种子看来是一很小的圆形颗粒，一点也没有果树的雏形，但它能发芽抽枝，长成一株能开花结实的好果树。主题思想也是如此，看来是一句简单的概括的话，但好的主题思想已早包含着人物、冲突和结果的精华，能成长为一个好剧本。因此，主题思想是抽象的，但又是具体的。

种子有好有坏，有苹果树的种子，也有野草的种子，野草的种子不可能长出苹果树来。种子有本质的不同。好的剧本总是从好的主题思想中生长出来的。松柏的种子所生长出来的树木，绿叶长青，躯干结实，经得住风霜寒冬的考验；而野草的种子所生长出来的，虽然一时看来也很茂盛，但经不起风霜的考验，一到秋天就枯萎了。古代传下来的好剧本至今传诵上演，经久不衰，例如中国古典戏曲中的《西厢记》、《赵氏孤儿》、《梁山伯与祝英台》等，外国古典戏剧中如莎士比亚的悲剧《哈姆雷特》、《奥瑟罗》，莫里哀的《伪君子》、《悭吝人》等，在现在舞台上演出，对我们还是有很大思想教育意义，主要由于这些戏的主题思想立得高、立得正确，不仅在当时是富于人民性的先进的思想，就是在现在对我们仍然有深刻的教育意义。它们的舍己救人、反对旧制度、坚贞不屈、为人类美好理想而斗争，揭露人类的虚伪与吝啬自私的恶疾……

至今还具有普遍意义。这种具有普遍意义的主题思想必然带有阶级倾向性，带有深信无疑的说服力，带有真挚强烈的感情。如果剧本的主题思想只是统治阶级少数人的"真理"，不是普遍的人民的真理，那么虽然一时受到那个阶级的欢迎而风行一时，但迟早将为人民所唾弃；又例如在前几年提倡技术革命的时候，出现了不少剧本，但有些只强调干劲和破除迷信而忽略了科学分析和实事求是，因此看法上有片面的毛病。这些剧本昙花一现，就销声匿迹了，虽然主要由于艺术加工不够，但主题思想的片面性也是它们失败的原因之一。

具有普遍意义的主题思想和资产阶级"永恒的主题"是没有共同之处的。资产阶级"永恒的主题"是指"如死亡，恋爱，以及其他以个人主义为基础的社会所产生的主题，如妒嫉、复仇和吝啬等等"[1]，在辩证唯物论者看来，世界上没有永恒不变的东西。高尔基说得好："在无产阶级的社会主义社会所产生的条件下，文学的'永恒的'题材，一部分正在消逝，另一部分正在改变它的意义。不管个人的社会价值多高，我们的时代提供的题材，比个人的死亡具有更无可比拟的重要性和悲剧性。"[2] 资产阶级"永恒的主题"是唯心的、形而上学的产物，它是以个人主义为基础的思想的产物，而无产阶级表达普遍意义的主题思想是以集体主义为基础的思想的产物，与资产阶级"永恒的主题"是完全两回事情，不能混同起来看的。

所谓主题思想必须带有阶级的倾向性，带有深信无疑的说服力，带有真挚强烈的感情，是和作者的世界观、认识事物、体会事物的深刻透彻程度分不开的。对人物和事件认识体会得越深刻，他心里才能产生越强烈的感情，而他的作品也就越能说服人感动人。如果他对剧本中所写的人物和事件认识不深，感受很浅，主题思想也不是自己体会出来的，而是别人给的，或人云亦云的，那么他的作品必然会冷冰冰、干巴巴的，说说众所周知的道理而已，有时自己对这主题思想还是将信将疑，理解肤浅；自己还说服不了自己，怎么能说服人？自己还没有深刻感受，怎么能去感动人？主题思想也许看来是一般的，只要他比别人有

---

[1][2]　[苏联] 高尔基著，孟昌译：《和青年作家谈话》，《论写作》，人民文学出版社1955 年版，第 5 页。

更深刻的体会，更强烈的爱憎感情，他就有了写出好作品的基础。真正的剧作家一定对他自己的主题思想有抑制不住的强烈的冲动，非说不可的激情，也就是说，他有强烈的创作欲望。所以剧作者所规定的主题思想必须首先引起他自己强烈的感情激动，这样的主题思想才能推动剧情向前发展，推动人物在剧本里活跃起来。剧本的主题思想必须是富于戏剧性和强烈的斗争性。纯粹说理的问题和答案是不能作为戏剧的主题思想的，一时不易下结论可以争辩的问题与答案也不能作为戏剧的主题思想。英国戏剧评论家韦格莱在谈到问题剧时说："观念剧（一般称为问题剧——引者）首先必须是感动人的剧本。……那'观念'应该是最好的，它能使剧本有意义有一致性，但如果那观念成为障碍，损害了真实的感觉，那么感情的流动必然立刻受到阻塞。戏剧的实质是感情，不是逻辑。也有一种绝对没有任何观念而只激动我们感情的剧本。那是为感情而激动感情——就是情节剧的特种类型。真正伟大的剧本是深刻地激动我们感情的剧本，同时使我们的感情在剧本中观念的一致性和真理的指导下激动得有意义有方向。"[1] 就是最讲理智性论争的问题剧的主题思想，也必须从感情的角度来处理这个主题思想。易卜生的几个社会问题剧为我们提供了这种经验。

三、主题思想在剧本创作中的作用

有人认为写剧本不一定要有主题思想，只要凭"感性地写，我想怎样写，就怎样写"，而不想在剧本里"解决什么问题"，没有什么主张，不想给剧本任何思想教育意义。还有人主张"见啥写啥"，纯客观地照抄生活。以上两种主张不仅否定了主题思想的重要性和它在艺术作品中所起的决定性作用，并且把生活真实和艺术真实混淆起来了。生活真实和艺术真实的区别就在于前者是原始自然状态的生活，是错综复杂、头绪纷繁的；后者是把生活概括集中，经过艺术加工，从生活中理出一个头绪来，前后连贯，有头有尾，而这艺术加工的核心力量就是主题思

---

[1] 韦格莱（A.B. Walkley 1855—?）：《戏剧与生活》（Drama and Life）。

想。艺术作品是客观事物和主观意图相结合的产物。世界上并不存在纯客观地反映事物的艺术作品。"作为观念形态的文艺作品，都是一定的社会生活在人类头脑中的反映的产物。革命的文艺，则是人民生活在革命作家头脑中的反映的产物。"① 在"为艺术而艺术"或"纯客观反映现实"的作品里仍然可以找到作者的主题思想，不过他们的主题思想也是像生活一样，是杂乱无章的，或是歪曲生活的，因为只注意生活表象的真实，就不可能反映生活本质的真实，因而是歪曲生活的。要把生活概括、集中、提炼成"更高，更强烈，更有集中性，更典型，更理想，因此就更带普遍性"的艺术作品，就必须有一种核心力量，而这核心力量，就是作者的企图和目的，也就是作品的主题思想。没有鲜明、突出的主题思想的作品，不可能成为一部好的艺术作品。主题思想的作用，可以分两方面来讲。

1. 主题思想在剧本中可以起凝聚、集中、统一的作用。生活是散漫的，而艺术作品是集中统一的，是完整的。艺术作品的完整性是艺术作品最显著的特点。早在2300年前亚里士多德就一再强调戏剧艺术的完整性。他说道："悲剧是对于一个完整而具有一定长度的行动的摹仿（一件事物可能完整而缺乏长度）。所谓'完整'，指事之有头，有身，有尾。……所以结构完美的布局不能随便起讫，而必须遵照此处所说的方式。"② 所谓艺术的"完整性"，包括头绪的完整一致，结构的完整一致，和体裁风格的完整一致三个方面，而这三者的完整性却都取决于主题思想的一致，也就是取决于作者的意图目的的一致。这是对艺术作品一般的要求，但对戏剧的完整性的要求却比其他任何艺术要高，要严格得多。因为戏剧艺术是受时间和空间的严格限制的。一部小说在一个比较广泛的主题统一下，可以有比较松弛的结构，有比较纷繁的头绪。因为它不受时间和空间的限制，例如一部《水浒》可以写一百零八位英雄好汉投奔梁山的故事，一个一个地写，也可以几个人合起来写。这样头绪纷繁、人物众多的故事要在一部戏里表达出来是绝对不可能的。在小说里可以从一个人物引出另一个人物，从一个事件带进另一个事件，从

---

① 毛泽东：《在延安文艺座谈会上的讲话》。
② 亚里士多德：《诗学》第7章，见《诗学·诗艺》。

一个地方写到另一个地方，或者跳来跳去，夹叙并写，不受限制。这种方法在戏剧里就不可能，也不允许。我们要求戏剧有更单一的头绪，更紧密的结构，更统一的风格，也就是要求更单一的鲜明突出的主题思想。

李渔说："头绪繁多，传奇之大病也。"[1] 他又说："作传奇者，能以'头绪忌繁'四字刻刻关心，则思路不分，文情专一。其为词也，如孤桐劲竹，直上无枝……"有人认为如果我们只写一个人，突出一个主人公的事迹，头绪就简单了。其实不然。李渔说："后人作传奇，但知为一人而作，不知为一事而作，尽此一人所行之事，逐节铺陈，有如散金碎玉。以作零出则可，谓之全本，则为断线之珠，无梁之屋。作者茫然无绪，观者寂然无声，无怪乎有识梨园望之而却走也。此语未经提破，故犯者孔多。而今而后，吾知鲜矣。"[2] 他主张"一人一事"，一线到底。他说："此一人一事，即作传奇之主脑也。"这里所谓一事是指一个完整的事件而言。在一个剧本里着重地写一个主人公，写一个完整的事件，就很容易确立鲜明的突出的主题思想。但一个完整的事件并不是说要硬性规定只写一个情节，不许写许多情节，关键还在于戏剧结构的严密性，情节虽多，但统一在一个主题下，仍不失为一个完整的事件。

所以，有时一出戏虽然头绪多，但只要把主题思想贯穿得好，处处以主题思想为核心来结构情节，繁多的头绪也能组织成一出完整的统一的好剧本。一般来说，戏曲剧本的头绪是比较简单，线索比较清楚，人物少，戏集中，情节单一，没有或很少穿插，正所谓"孤桐劲竹，直上无枝"。例如《梁山伯与祝英台》，只有梁山伯与祝英台的自由恋爱与封建门第观念的斗争冲突；《白蛇传》只是白素贞、小青和法海的斗争冲突。戏曲是写意的，又有歌唱舞蹈的丰富表演力，就像中国画里的松竹花鸟，只突出主题，略去了背景和枝叶；除龙套外，主要人物只有一二人至三四人，因此对人物性格和重要情节的描绘，可以精雕细琢，深刻动人。一般说来，话剧是写实的，没有戏曲的歌唱舞蹈的表演要占去演出很大的篇幅，表演方法也更接近于现实生活，可以允许较多的头绪，

---

① 李渔：《闲情偶寄·减头绪》，国学研究社 1936 年版，第 8 页。
② 李渔：《闲情偶寄·立主脑》，国学研究社 1936 年版，第 6 页。

较复杂的情节，较多的人物上场。但正因为如此，更需要一个鲜明突出的主题来把它们统一成完整的艺术品。例如曹禺的《日出》，反映买办资产阶级和流氓恶霸相勾结的旧社会的错综复杂的情况和形形色色的人物和他们之间的复杂关系，不能不写许多头绪，但在鲜明统一的主题思想下，它们也就凝聚成一出完整而又优美的艺术性相当高的作品。像《日出》这样头绪纷繁的剧本，在戏曲剧目里是不易找到的。

但戏曲里也并非没有头绪较多的好剧本，例如《四进士》一剧里可以找到三条线索：四个进士结拜为弟兄，相约不做贪污违法的事是一条线，杨素贞诉冤是一条线，宋士杰打抱不平又是一条线，每一条线就是一个头绪，但以宋士杰打抱不平为主线，宋士杰不怕强暴，仗义执言这一主题就把其他头绪凝聚成一个比较完整的艺术故事。又如《群英会》一剧，其头绪也是比较多的，周瑜与孔明的斗争是一条线，黄盖假投降到曹操那儿去是另一条线，蒋干和周瑜的斗争又是一条线，但这出戏就缺少一个可以凝聚全部线索成一整体的主题思想，因此戏的整个结构是松弛的，不统一的，每一折都有它各自独立的主题，只不过这些事件广泛地统一在刘孙联合抗曹的主题下，在时间上是连贯的，主要人物也贯穿在各个折子里，在一起演出还不失为一个完整的戏，但严格说起来，这出戏的结构是松散而不严谨的。在西洋戏剧里也有头绪较多和头绪较少两种不同的剧本。例如莎士比亚的剧本头绪比较纷繁，情节比较曲折，人物比较多，穿插比较丰富，但他的剧本主题思想是鲜明突出的，因此错综复杂的情节在主题思想的凝聚和集中下，成为完整的艺术作品。他的前期作品，如《威尼斯商人》、《无事生非》等，主题思想还不够鲜明突出，与主题关系不大的穿插也比较多，但后期的成熟作品，如《哈姆雷特》、《奥瑟罗》等，虽然头绪多，情节复杂，人物也不少，但它们的主题思想却鲜明突出，因此它们的艺术价值也就比较高。易卜生和莎士比亚相反，头绪少，情节简单，人物不多，戏集中，因此他的剧本的主题思想非常明确。

2. 主题思想的第二个重要作用，是使一般的故事情节或旧的故事情节获得新的启示，新的理解。因此给这故事情节以新的生命，成为新颖的题材。主题思想原是作家认识世界、认识事物的最深刻的反映。同样一件事实，同样一个故事，在不同的思想修养、文艺修养的作家会有不同的理解，不同的认识，不同的启示，在作品中就有不同的反映，而这不同程度的认识最清楚地反映在他作品的主题思想里。作家对事物本质的认识越深，他的主题思想也就能够立得越高。世界上许许多多事情看来都是平平淡淡的。但诗人和艺术家就能在这平平淡淡的东西里找出新鲜而有深刻的涵义来。我们从小生长在山区农村里，高山、松林、石桥、溪水看得极其平常，忙忙碌碌于生活，从不想到它们是美的，但经过画家的集中、概括、想象、构思，就可以把它们画成一幅非常美丽的图画，表达出艺术家的秀丽、超逸、娴静的主题思想。我们往往在山水画中才进一步认识到大自然的美，因为这些画是把客观的山和水与画家主观的认识、体会结合起来了，我们通过他对美的表现才引起我们对美的进一步的认识。看了画才恍然大悟，原来山水是那么美的。不同的画家对同一大自然的山水可以画出风格迥然不同的图画，因为他们认识不同，认识的主观能力不同，认识的深度不同。有的画家看了某处风景有超尘出世、逃避现实的想法，有的画家看了有"江山多娇"的热爱祖国的思想；这就是他们对同一事物认识不同，因此他们画的时候就有不同的主题思想。作家对题材故事也是一样。作家下到生活里去，认识了很多人，经历了很多事，确实好像有很多东西可以写，但又觉得这许多事都是平平淡淡，一般化，不知道选哪些人物哪些事件最合适；有时随便挑了一些人一些事来写，写出来又感到平淡无奇，没有新鲜的东西。这种情况归根结底是由于我们在庞杂的新事物面前看不到新生活的萌芽，看不到事物的本质，看不到事物发展的主要矛盾所在，只看见事物琐碎的表象，只看到事物的表面矛盾现象，因此我们的主题思想立得不正确，或者基本上还正确，但立得不深不高，或者落了俗套，人云亦云，自己没有比别人更深的体会，因此写出来的作品就缺乏新鲜的感觉。

但当作者找到了"题材所赋予的主题意义"，也就是能深刻认识生活、表现事物本质的主题思想后，就能给予题材和剧本以新的生命，新的光彩，新的教育意义。这在戏曲整旧工作上更显示出新的主题思想的确立，给剧本以"起死回生""点石成金"的作用。最显著的例子是《十五贯》。前已述及《十五贯》又名《双熊梦》，清初朱素臣根据宋人小说《错斩崔宁》加以改编发展而成。故事离奇曲折，有两条线索：淮阴县有兄弟二人，兄友兰，弟友蕙，家境贫苦，友兰出外做水手，赚钱供弟弟念书。弟弟书房隔壁住着一个美丽的童养媳，她的未婚夫是个丑陋的男子。有一只老鼠把童养媳房里的首饰衔到友蕙的书房里，把十五贯宝钞拖进鼠洞里，而将友蕙药老鼠的烧饼衔到童养媳房里，被她未婚夫误吃中毒死去。后来发现友蕙手里的首饰是童养媳的，就认为两人有奸情而伙同谋死丈夫。这时过于执在淮阴做县令，就把友蕙断成死罪，并向他追索十五贯钱。友兰在船上得知了这个消息，又得了商人陶复朱的帮助，赶往淮阴去救他的弟弟，而遭遇了另一场冤屈的官司。这官司就是改编的《十五贯》里的故事。弟兄二人在狱中会面，抱头痛哭。后来这两件冤狱都得到了昭雪，熊氏兄弟都取得了功名，做了官，并且分别娶了这两个女子。原来况钟翻案，不是由于他对案情发生怀疑，而是由于神明的托梦，这样就大大削弱了况钟实事求是、调查研究的优良性格，反过来也影响了对过于执的主观主义的批判。全剧给观众的印象只是清官翻案而已，主题思想非常模糊不清。经改编后，突出了反主观主义和官僚主义的主题思想，删除了"神明"的作用，使这剧本有现实的思想教育意义，使《十五贯》获得了新的生命。

四、主题思想在剧本中的体现

艺术作品的主题思想总是通过形象来加以揭示的。剧本的主题思想是通过人物、情节结构、戏剧冲突和戏剧语言形象地表达出来的。所以主题思想的体现，是作家认识生活体现生活的全部创作过程，包括全部艺术技巧在内，也就是本书以后几章的主要内容。这里先就戏剧创作中对体现主题思想方面的一些具体问题简单地谈谈。

许多剧本的作者，喜欢把主题思想点得清清楚楚，这种意图当然是好的，只怕观众看不懂，接受不到作者一片好心所要给予的教育或教训，所以作者一再在剧本里借角色的嘴，用说理的方法，反复地讲道理。这是违反艺术用形象来教育人的普遍规律的，并且这样的"教训"一般不十分高明，观众或是早听腻了，或是知道得比作者还多一些。我们常常说："摆事实，讲道理。"这是指政治演讲而言，在文学艺术里作家只许"摆事实"，而要观众自己去"讲道理"。剧本不是演讲，不是纯粹向观众说理的文章，而是用生动的人物和曲折的故事来激发观众的感情，感动观众的艺术作品。所以在剧本里说理的台词越少越好，甚至于一句也没有。《白毛女》的剧本里，只是把地主迫害杨白劳和喜儿的事实摆在舞台上，不需要在剧本里用什么角色在台上讲说地主"十大罪状"，但观众看了激动得不能抑制地站起来喊"打倒地主"的口号，那是观众自己的事情。作者对人物和情节当然有自己的判断，自己的看法，但这些判断和看法，不必明白地说出来（当然这种判断和看法会影响作者对人物的刻画和情节的安排），要相信观众，让观众自己去判断和提出自己的看法。俗话说："事实胜于雄辩。"这句话对我们搞艺术创作的人来说，是一句意味深长的话，我们只要把生活真实反映得深刻而透彻，写出生动的人物和情节，道理不辩而自明；反过来，生活反映得很肤浅或不真实，即使你在剧本里道理讲得再动听，也是不能令人信服的。

既然主题思想不要在剧本里明说，那么我们用什么方法来体现主题思想呢？

主题思想的体现首先是通过人物的艺术形象。凡人物形象写得生动、丰满的，这剧本的主题思想也就容易鲜明突出起来。上面所举的十个剧本的例子，全部可以拿来作证明。从具体人物形象上所得到的思想教育，是最合乎逻辑的，也是最深入人心的。如果形象不丰满，作品就不能激起观众丰富的想象、热烈的感情和明确的思想。作品是通过人物形象来感动人，感动的同时，观众自然而然地心甘情愿地接受作品所赋予的思想教育。如果形象不生动鲜明，主题思想就容易抽象化，软弱无力，怎样能激动人、感化人呢？

有人认为形象的丰满性和主题思想的明确性是矛盾的，为了使主题思想单纯明确，人物形象就不可能丰富多彩。比如说，主题是勇敢，那么主人公的性格只能写勇敢一面，不及其余。这种看法是片面的。丰富的性格，并不是把性格特征的多方面平均对待，在作品中必须强调性格特征中对主题思想有关的一个方面，但强调并不需要排斥其他方面，突出的一面需要其他方面来衬托，其他方面可以丰富性格中突出的一面，它们是相辅相成的，不是互相排斥的。形象单纯不等于形象简单化，形象单纯是形象性格的高度提炼，与形象丰富不但不相矛盾，并且是相得益彰的。形象丰富而又单纯是作者深刻认识生活的结果；形象简单化才是作者认识生活不够深入、不够明确的必然结果。作者的责任，是在作品中提供丰富而生动的人物性格，让观众自己去认识，去判断，去作结论。思想是观众自己在观察、欣赏人物形象，在认识、判断人物时自己得出来的，不是作者用教条来硬塞给观众的，这样的思想才能深入人心，起真正教育的作用。

主题思想也不可简单化，简单化的主题思想，也一定是浅薄的，想当然的主题思想，不可能是很深刻的主题思想。好的戏，观众看了之后，念念不忘地想了再想，回味无穷，哲理也越想越深——这就说明这部戏的主题思想是深刻的、丰富的、发人深思的，观众甚至看了再想看，想了再要想，越看越有味，越想越有意义，那是因为一方面接受了主题思想，一方面又在主题思想里发现新的东西，在接受中有发现，感到愉快；在发现中接受，那接受的思想就更深刻。我们一面要求主题思想丰富，但同时我们也要求主题思想要单纯，不要复杂化。主题思想单纯是便于观众掌握重点，易于接受。主题思想最忌复杂多变，在戏里时刻变换，观众抓不住主要的东西。贝克说过："一出戏有许多兴趣，时时变换，那此戏必须重写，将主要兴趣突出作为重点，将其他兴趣各占应有的位置，使它们配合起来成为清晰的整体。……不然，尽管戏里有很可敬佩的性格描写，有相当大的生活真实，有聪明的技巧，但对观众来说是混淆不清，因此，不满意。"[①] 主题思想的丰富多彩往往表现在多主题的剧本里。一出戏里可以有一个以上的主题思想。有正主题，有副主题，但副主题必须为正主题服务，而正主题必须贯穿在全剧里，贯穿在每个人物身上，贯穿在每一段情节里。在上面提到的那些剧本的主题思想分析里，就可以找到不少有副主题的剧本。例如《将相和》里，除了蔺相如与廉颇的不睦与团结的主题外，还有蔺相如用勇敢与机智挫败

[①]　贝克：《戏剧技巧》（英文原版）。

秦王的骄横与失信的副主题，但这副主题不是独立存在的，而是为丰富蔺相如的性格和说明团结的必要性而存在的，换句话说，是为正主题服务的。正副主题不但必须紧密结合起来，并且要有主次之分。有正副之别，有有机的联系，有统一的思想，使人有天衣无缝、巧合天成之感。主题思想既以人物形象为主要体现者，人物与人物之间的关系必须是有机的结合，如手足相连，缺一不可。《将相和》里如果抽去了蔺相如和秦王的斗争，就看不出将相团结的必要性，主题思想必然大为逊色。

人物根据主题而存在，情节更是如此，人物是主题思想的根据，情节是主题思想的具体表现。能充分表现主题思想的情节在剧本里有存在的价值。例如，《将相和》里廉颇伐楚得胜，秦王向赵国索取和氏璧，两个情节都与剧本的主题思想没有直接关系，所以作为剧本的开端，简单叙述一下是可以的，也是必要的，但不能作为主要情节来写。可是蔺相如怀璧去见秦王，与秦王面对面作斗争，回赵以后，与廉颇的正面冲突，三次让道，最后廉颇负荆请罪等情节，却与主题思想密切有关。作为剧本的主要内容，就得浓墨重彩地去描写。总之，剧作者必须根据剧本的主题思想作严格的挑选，以与主题思想有关无关作挑选时唯一的准绳。人物和情节都须根据主题思想的需要来作慎重、周密、反复、严格的挑选。有人说："戏剧创作就是挑选，挑选，再挑选的艺术"，因为剧作家所能利用的空间、时间非常有限，比起其他文艺创作来说，不能不是挑选得最严格的艺术，只有通过极其严格的挑选，才能达到戏剧艺术的完整性与统一性。

主题思想还必须通过戏剧冲突来表现。剧本的主题思想的深刻性和明确性，要看有没有深刻的、明确的戏剧冲突。戏剧冲突一般表现为人物与人物之间的意志冲突。人物性格在一次次冲突中逐渐明朗起来，揭示出来，而主题思想也随着矛盾冲突的开展，像剥笋一样，一层层在观众的心里逐渐深入透彻地理解起来。主题思想最忌一下子交代得清清楚楚，一览无余，观众看完了第一幕或第二幕就完全明了作品的主题思想，作者的意图，那么观众就不再有兴趣继续看下去了。矛盾冲突随着人物和情节的发展，逐步开展，从量变到质变，从酝酿到爆发，从一个矛盾转入另一个矛盾，层层深入，变化多端，直到高潮。主题思想也是如此，要有曲折变化，有出人意外而又合乎情理的转变，逐步深入，到高潮的时候，最好还能留下继续思索的余地，这样，主题思想才能有无穷的回味。例如《十五贯》到最后一场，案情大白，杀人者偿命，受冤者昭雪，看来为民请命坚持斗争的清官况钟得到了最后胜利。但作者在闭幕前一刹那，来了一个小小的思想余波：

中　军　（讽刺地）太爷高才还在都爷之上，如今平反了冤情，功
　　　　劳不小。
况　钟　包庇死囚，罪名太大，功难抵过，也未可知。
中　军　太爷爱民如子，必定升官晋级。
况　钟　这顶纱帽，若能保住，就算万幸了。请！

——闭幕·剧终

　　这是全剧在主题思想上留有余地，使观众有无穷感慨和回味：在黑暗的封建时代里，况钟虽然暂时取得胜利，但是祸是福，还不得而知。做个清官不太容易，说不定还要罢官免职哩。这种补充，使主题思想更臻完美。

　　主题思想还可以从角色的台词里体现出来。戏剧语言是刻画冲突中的人物的手段，也是表达剧作家思想感情的工具。主题思想通过戏剧语言来表达是最容易最方便的方法，但也是最不易用好、最危险的方法。作者借用角色的口说教似的交代主题思想是最使观众厌烦的，也是最不艺术的。在现代剧里，作家往往借党委书记或支部书记的嘴来说一些正确的话，有时连篇累牍，使戏都停顿了下来，这说明作家的艺术水平很低，不会用人物的行动、矛盾冲突、性格揭露来表达主题思想，只好借助于最简便的戏剧语言了。当然，我们并不绝对反对用戏剧语言来传达主题思想，只要用得恰当，用得符合角色的性格，用在节骨眼上，用得少。用戏剧语言来点明主题，用得好有画龙点睛的作用，有时明说，有时暗示，成为全剧的警句，给观众带回去用作咀嚼不厌的箴言。这样的例子在古今中外名剧里可以找到不少的例子。例如：莎士比亚的《奥瑟罗》第四幕第二场：

奥瑟罗 ……要是你们愿意，不妨说我是一个正直的凶手，因为我所干的事，都是出于荣誉的观念，不是出于猜嫌的私恨。

易卜生的《人民公敌》第五幕结尾：

斯多克芒医生 ……我发现的是：世界上最有力量的人是最孤立的人！

尤·布里亚柯夫斯基（苏联）的《尤利乌斯·伏契克》第四幕结尾：

伏契克 ……世界上没有这样一种力量可以阻止我们的前进。没有的。一切阻挡着我们道路的人，都会被粉碎，都会被历史本身所抛弃。将来是属于我们共产主义的！我们随时都准备冒生命的危险，去打开并扫清那生活之路，那配得上称为真正的生活之路。

京剧《将相和》的结尾：

蔺相如 ……
　　　　　文武同心喜事多，
众 　　哪怕秦邦动干戈；
廉　颇 负荆请罪赎前过，
众 　　国泰民安将相和。

以上所举，是比较成功的例子。但用的时候要谨慎，不可把这些警句代替主题思想，它们只能说出主题思想的一部分，或者暗示主题思想，真正的主题思想，观众要从全剧的人物形象、情节和戏剧冲突中去体会，不能由作者把主题思想借角色的嘴全部说完说透，说完说透就不能留给观众自己思考的余地了。并且主人公的思想，不一定就是作者的思想，主人公不一定就是作者的代言人。尤其是历史人物，不可能要求古代历史人物说出有高度马列主义思想水平的警句。有人误以为要把作品思想提高，必须首先提高剧中人物的思想。其实人物的思想和作者的思想是两回事，不能等同起来看。这种错误的看法造成戏剧创作上许多可笑的例子。把武则天女皇帝写成深入群众的实行土地改革的领导干部；把勾践写成民主和平战士和技术革新能手。他们认为这样才把作品思想提高了，其实违反了历史真实，使作品思想反而降低了。还有，这些警句必须符合人物的性格发展，在特定的情境中他有可能说出这样的话，他在经历了一场痛苦的考验之后，有可能在思想上突然明智起来，说出了一两句总结他自己经验的警句，才是合情合理的。

总而言之，主题思想总是通过人物、情节、戏剧冲突和恰当的警句恰当地表达出来，必须鲜明、新颖、单纯，而又留有余地，让观众既能接受，又有新发现的可能，既能深刻领会，又有自由思考的余地。要做到这一点，最忌主题思想模糊不清和概念混乱，观众看完戏之后，摸不着头脑，找不到主要的东西。加斯纳说得好："一出戏的生命完全决定于它的逻辑和现实性。概念上的混乱是足以阻碍戏的进展，磨钝它的锋芒和破坏它的平衡的病症。"[1] 贝克也说过："有了不少素材在手上，而不知如何布局，或布局停止不前，那毛病就在于他心中没有足够明确的目的要求（即主题思想）来精选他的素材。"[2] 这些话都值得我们警惕。

关于主题思想，还有一个小问题附带在这儿谈一谈。有人问：写剧本先有主题思想后有故事和人物呢？还是先有故事和人物，后有主题思想呢？英国戏剧理论家阿契尔，主张先有故事和人物，后有主题思想。他说道："不管戏的种子是从哪儿来的——从一件轶事奇闻，一个情境等等——如果在最初的时候不由人物性格来推动和形成戏的发展，那么这出戏作为艺术作品就很少价值。一个故事如果没有人物性格——只有一定数量的、现成的傀儡来组织故事——那必然是件毫无价值的东西。"[3] 他这里所谓"种子"就是主题思想。他认为主题思想是从人物性

---

① 加斯纳（Cassner）：《戏剧在变化中》（英文原版）。
② 贝克：《戏剧技巧》。
③ 阿契尔：《剧作法》（英文原版）。

格里诞生出来的。戏剧家韦尔德不同意他的看法，他认为阿契尔把主题思想看成是"道德观念"才作出这样的论点。他认为主题思想是生活的真理，"图解生活的真理（主题）是编剧的道路上的第一步。要主题思想完全溶化或埋入到故事里去之后，才能动手开始写剧本。"[①] 他又说："在实际编写剧本的过程中，主题思想必须时刻在他的右手边激发他，阻止他的思想去作无益的思考，使他的作品到处渗透着真理。"事实上主题思想是长期生活经验的积累和思想逐渐成熟的结果。在看到某些人物和某些事物的时候，正好说明或图解他的即将成熟的某种思想，于是两者就结合起来，组成一部有鲜明、独特、新颖主题思想的生动真实的作品。在正式写作的时候，即在正式提纲已经几次修改，布局已经大体肯定的时候，那他应该已经获得比较肯定明确的主题思想，作为他写作时候的一刻不能离开的指针。说不定写到一半，他发现主题思想有更动或发展必要的时候，那他必须根据新的主题思想修改或重写已经完成的部分，再按照新的主题思想继续写下去。前面已经谈过劳逊的论述，他在这方面讲得比前面两位更切合实际一些。

---

① 韦尔德（Percival Wilde 1887—?）：《独幕剧写作技巧》（The Craftsmanship of the Oneact Play）（英文原版）。

第三章　戏剧冲突

　　一出好戏必须有引人入胜的情节，鲜明生动的人物，性格化和动作性强的语言。但戏剧创作的最基本的最主要的特性或规律到底是什么？这就是我们在这一章里所要解决的问题。

　　艺术包括绘画、雕刻、音乐、诗歌、戏剧等部门。在希腊神话里，是一母所生的同胞姐妹，有她们共同之处，也有各自的特点。她们有同一的基础，但又有各不相同的表现形式和方法，各自存在的目的和作用；她们有共同遵守的规律，又有各自特有的准绳。亚里士多德把戏剧看作诗的三个孪生姐妹之一，所谓抒情诗、叙事诗和戏剧诗。戏剧起源于劳动，最初的形式是和舞蹈、歌唱混合在一起的，到后来才和舞蹈、歌唱分了家。古希腊到纪元前五世纪时才把合唱队和戏剧分成两起，交替表演。中国戏曲里歌和舞虽然至今保存在戏里，但处于戏的从属地位，为戏而存在。每一种艺术之所以能独立存在，必然有它单独生存的特性，艺术家必须了解和掌握这个特性，才能成为这种艺术的能手。所以他必须首先了解他所从事的艺术的基本特点或基本规律，由此而掌握住它的特有的表现形式，熟悉它的可能性和局限性。知道它与其他艺术的界限和区别，使他不至于把其他艺术的手段硬用在自己的艺术里，而把自己特有的艺术手法反而舍弃不用。

　　戏剧是综合性艺术。许多姐妹艺术如诗歌、音乐、舞蹈、绘画，是戏剧艺术中不可缺少的组成部分，但都为戏剧服务，不能喧宾夺主，或舍本求末，使戏剧艺术不能发挥出它应有的主导作用，而为其他艺术所淹没。叙事诗是戏剧最亲近的孪生姐妹，叙事诗发展成近代的小说，因此小说和戏剧有许多近似的地方。戏剧发展成电影，电影和戏剧更有不可分割的共同之点。但戏剧不能代替小说，电影也不能代替戏剧，各自有它存在的形式、方法和作用，各自有它的特性，各自有它创作的法则和规律。

看完戏之后，我们常常听见观众说：这一幕有戏，那一幕没有戏，有时又听说：这个戏紧张紧凑，戏剧性强，那个戏平铺直叙，戏剧性弱。什么叫做"有戏"，什么叫做"戏剧性"？"戏"和"戏剧性"是和戏剧的特性分不开的。那么戏剧创作的基本特性或规律到底是什么？

这个问题在欧洲剧坛上有各种不同的看法，但至今还没有得出最后一致的结论。这是有关戏剧创作的基本原则的认识问题，对指导创作实践有十分重要的意义，值得我们作较详尽的分析和研究。

一、戏剧创作的基本特性的几种说法

最早提出这个问题的是 19 世纪末叶法国戏剧批评家布轮退耳 [1]，他在 1892、1893 年在巴黎奥迪安戏院作过两次学术演讲，又在 1894 年为《法国戏剧与音乐年鉴》写了一篇序，提出了他对"戏剧规律"的独创意见。他首先对当时戏剧理论批评家喋喋不休地关于戏剧创作的"法则"的讨论表示反感，他认为他们所谓"法则"都是些陈旧不堪、枝枝节节、可有可无的东西，例如他们讨论写剧本应该先有人物呢，还是先有情节和戏剧情境呢，要不要遵守三一律呢，悲剧性情节和喜剧性情节可不可以同时出现在一个剧本里呢？……这些问题的答案可以这样，也可以那样，都没有错；因为在古典戏剧名著里可以找到正反两方面的例子很多。例如，最后一个问题，希腊戏剧把悲剧、喜剧分得很清楚，但在莎士比亚的剧本里却在悲剧里可以找到喜剧，喜剧里可以找到悲剧。他说他们的讨论毫无指导实践的价值，还要侈谈什么"新法则"，而对

---

[1] 布轮退耳（Ferdinand Brunetiére 1849—1906），法国 19 世纪著名戏剧理论批评家，他的理论著作甚多，其中最有名的是《戏剧规律》(La Loi du Théâtre)，原为诺埃尔和斯督列格《法国戏剧与音乐年鉴》(Noël, Stoullig: Les Annales du Theatre et de la Musique) 的序文。

戏剧创作的基本特性，基本规律，却避而不谈。他在研究法国戏剧史的同时，就一直在找悲剧、喜剧、情节剧、闹剧或其他任何类型的戏剧所必须共同遵守的"主要特性"；他终于找到了，并称之为"戏剧规律"。他的规律是："戏剧是人的意志与限制和贬低我们的自然势力或神秘力量之间的对比的表现：它所表现的是我们之中的一个被推到舞台上去生活，去和命运作斗争，和社会戒律作斗争，和他同属人类的人作斗争，和自然作斗争，如果必要，还和他周围人们的感情、兴趣、偏见、愚行、恶意作斗争。"[1] 他强调"人的自觉意志"是戏剧的主要动力，因此在剧本里的主人公必须是坚强的，刚毅不屈的，坚持到底的，主动的，意志坚定不移的。悲剧的主人公往往坚持到死，不肯屈服和妥协。他认为小说的主人公，如果也是意志坚强的，那么这部小说就可以改编成戏剧。但一般小说的主人公都是随波逐流，随遇而安，被动的，受环境支配的人物。他举了勒萨日的小说《吉尔·布拉斯》[2] 和博马舍根据这部小说改编的剧本《费加罗的婚礼》[3] 作例子来对比。在小说里的主人公虽然也想很愉快地活下去，但他随波逐流，到处流浪，毫无生活目的。但费加罗就完全不同，他有坚定的意志，坚决要达到他的目的，从公爵手里把女仆舒森娜抢了过来。博马舍把被动的小说主人公吉尔·布拉斯改成主动的有坚强意志的戏剧的主人公费加罗，是根据戏剧特性的要求而得到了成功。如果根据小说主人公的性格来写剧本，那么这部戏一定失败。按照这种说法，所谓"戏剧行动"不是一般的所谓运动（即变动），也不是外部的"骚动"，而是有一定目的的意志的活动。

布轮退耳进一步根据自觉意志的行动所遇到的各种各样的障碍来规

---

① 布轮退耳：《戏剧规律》，见葛拉克（Barrett H. Clark 1890—　）：《欧洲戏剧理论集》（European Theories of Drama）（英文原本）。
② 这是法国小说家勒萨日（Alain Réné Le Sage）的著名长篇小说，描写一个孤儿被叔父派去进沙拉孟加大学读书，他骑了一匹叔父给他的驴子，带了一些钱，出发上路。他在路上遇见强盗、演员、谄媚者、政客……一连串的冒险事迹。他在医生、交际花、内阁总理家里当仆人，得到他们的信任。他有时生活得很阔绰，有时很穷困，有时很得意，出入宫廷，有时很倒霉，坐监牢。这部小说故事极为曲折离奇，丰富多彩，对西班牙的生活描写极为生动真实。
③ 这是法国喜剧家博马舍的著名喜剧，主人公费加罗在一个公爵家里当仆人，他看中一个女仆舒森娜，打算结婚，但公爵从中阻难，想把女仆占为己有。通过费加罗的聪明计谋，开了公爵许多玩笑，终于有情人成了眷属。

定戏剧的类型：如果那障碍是主人公的意志所无法胜过的，如命运、天意或自然规律，那么就是悲剧，而斗争结果可能是主人公的死亡，因为那主人公在斗争一开始就注定要失败的。如果那障碍不是绝对不能胜过的，对方是社会的习俗和人类的成见，主人公有达到愿望的可能性——在这种情况下不一定以主人公的死亡来结束，那么就是正剧。如果障碍更小一些，斗争的双方势均力敌，例如两个人的意志互相对抗，那么就是喜剧。如果那障碍更卑小一些，例如仅仅可笑的风俗习惯，那么就是闹剧。当然，很少有一种类型是纯粹单一地存在着的，有的类型介乎悲剧与正剧之间，有的喜剧含有闹剧的成分，有的闹剧又有喜剧的倾向。他接着说，戏剧的价值是以主人公的意志的性质的高低为标准的；这出戏比那出戏好，是由于这出戏的主人公的意志力强于那出戏的主人公。

最后，他作结论说：所谓"戏剧法则"常常是狭隘的，僵硬的，是一些清规戒律，迟早要被打破的；而他所提出的戏剧的唯一简单的"规律"是广阔的，丰富的，在应用上有伸缩性的，简单而普遍的，有很好效果的，并且根据经验和思考，这个规律还可以作进一步的发展和丰富。

以上是布轮退耳关于"戏剧规律"的主要论点 ①。他的论点虽然不够完整，但对以后的戏剧理论批评的发展起很大作用。

英国戏剧理论批评家威廉·阿契尔反对布轮退耳关于"戏剧规律"的理论。他于 1912 年出版了他的名著《剧作法》②，其中《戏剧性的与非戏剧性的》的一章专谈这个问题。他说："它（指布轮退耳的'戏剧规律'的定义而言——引者）虽然引证了许多剧作的例子，但并没有树立任何真正的区别，任何真正的戏剧全部具备而任何别种故事创作形式所不具备的特征。许多世界上最伟大的剧作不符合这个公式，而大多数的浪漫小说和其他故事体裁倒很容易符合这个公式。"接着他举了希腊古典悲剧《阿伽门侬》、《俄狄浦斯王》，莎士比亚的《奥瑟罗》、《皆

---

① 以上关于布轮退耳的《戏剧规律》的理论，参阅他 1892—1893 年在奥迪安戏院的学术演讲和《法国戏剧与音乐年鉴》的序文。见葛拉克：《欧洲戏剧理论集》。

② 威廉·阿契尔（William Archer 1856—1924），英国戏剧理论批评家，翻译过易卜生的作品，最著名的理论著作是《剧作法》(Play-making)。

大欢喜》，易卜生的《群鬼》等为例子。他说这些戏的主人公的意志都是被命运摆布的，没有主动地争取什么，而是消极地回避命运或环境的支配，所以不符合布轮退耳"戏剧规律"所规定的"特定的意志力"的伸张的理论。他又列举了许多小说，如《鲁宾逊漂流记》①、《克拉列莎·哈洛》②、《有绿色百叶窗的房子》③ 等，它们的主人公倒是主动地"排除种种的障碍"。他接着说："这种理论的拥护者，在形而上学的基础上，把意志看成人物人格的要素，又把意志看成戏剧艺术的要素，把它在戏里看成是人格的最高权力，看来用不着引用叔本华的哲学来批判这种理论。因为这是一个简单的心理上的真理：人类天性喜欢斗争，不论用棍子或剑的斗争，还是用舌或用脑的斗争。"在中世纪最简单的戏剧里就盛行着夫妻之间的对骂，或两个饶舌者的争吵。这种争吵在莎士比亚的《裘里斯·凯撒》里，提高到布鲁图和卡西阿论战的高度艺术水平。不言而喻，这些都是富于戏剧性的好戏，这种有冲突的场面，剧作家抓到了切不可随便错过。不能因为它没有"意志的冲突"就放弃或拒绝它，认为它们是"没有戏剧性的"。但也有许多没有冲突的场面的戏，例如《罗密欧与朱丽叶》中阳台一场戏，两人相互诉说爱慕之情，没有任何意志的冲突。可是我们不能说它"没有戏剧性的吧；然而这些场面的焦点并不是一场意志的冲突，而是意志的一种狂喜的和谐一致"。他就这样否定了"意志冲突"或任何冲突是戏剧创作的特征。

他主张"危机"（或译作"转机"）是戏剧的要素或特征。他说："一部戏是在命运或环境中或快或慢地发展着危机，而一场戏剧性的情境就是危机中的危机，清楚地把戏剧情节推向前进发展。"他说小说与戏剧的区别就在于情节发展的快与慢；小说所描写的是事物的逐步变化，成长也罢，衰退也罢；而戏剧则表现事物的危机中的骤然变化。"戏剧可以称之为危机的艺术，正如小说是逐渐发展的艺术。"他说希腊的戏

---

① 《鲁宾逊漂流记》（The Life and Suprising Adventuves of Robinson Crusoe of York Maviner）为英国 18 世纪小说家笛福（Daniel Defoe 1661—1731）所作。
② 《克拉列莎·哈洛》（Clarissa Harlowe）为英国 18 世纪小说家理查逊（Samuel Richardson 1689—1761）所作。
③ 《有绿色百叶窗的房子》（The House with Green Shutters）英国。

剧，正像贺拉斯所指出的，描绘了希腊史诗中的最高点，而近代戏剧表现了近代生活经验的最高点，剧情发展的一连串的危机，一个比一个紧张，并且带有或多或少的感情激动。可能的话，同时揭示出人物的性格[1]。

到 1914 年布轮退耳的《戏剧规律》英译本在英国出版时，英国戏剧家亨利·阿瑟·琼斯[2]为它写了一篇序言，他基本上同意布轮退耳的论点，驳斥了威廉·阿契尔，提出了自己的看法。他首先分析了阿契尔所引以为没有坚强意志的被动的主人公的性格：例如《阿伽门侬》、《俄狄浦斯王》的主人公，阿契尔认为他们是受命运摆布的没有自己意志的纯粹被动的人物。琼斯则认为这两个剧本不能作为一般的例子，因为希腊戏剧是宗教性的，希腊剧作家在观众中所要引起的是宗教性的崇敬的感情，不是戏剧性的效果（这个论点十分软弱无力，我们在后文再谈）。但他对莎士比亚《奥瑟罗》的主人公的看法，却与阿契尔完全相反。阿契尔认为奥瑟罗是被对立面人物摆布的，被动的，没有坚定地追求什么的意志的。琼斯认为不然，"奥瑟罗在后半部剧本里一直在斗争着，如果不直接跟埃古斗争，他就跟埃古一手捏造的证据所形成的层层缚住他的罗网进行着顽强的斗争；跟他自己的怀疑、猜疑和惧怕作斗争；跟他家庭的幸福和军事名誉即将崩溃的感觉作斗争。奥瑟罗绝对不像阿伽门侬和俄狄浦斯是个被动的人物。"琼斯又说明莎士比亚的《皆大欢喜》也不是没有意志冲突的，不过这冲突是采取语言的方式，罗瑟琳与鄂兰陀之间的冲突，罗瑟琳与西莉霞之间的冲突，罗瑟琳与试金石之间的冲突。并且戏里有很好的对比的性格。他认为喜剧的戏剧冲突不可能像悲剧那样的尖锐和深刻。《罗密欧与朱丽叶》在阳台上的一场戏，他承认抒情成分比戏剧成分多。但也不能说完全没有冲突，恋爱场面还是有冲

---

① 以上论点都是根据威廉·阿契尔的《剧作法》中《戏剧性的与非戏剧性的》（《Dramatic and Undramatic》）一章里概括叙述的。所用引文都是根据原文由引者翻译的。

② 亨利·阿瑟·琼斯（Henry Arthur Jones 1851—1929），英国著名剧作家和理论家。他写过不少剧本，其中最著名的是《马克尔和他的天使》、《说谎者》等；他也写了不少戏剧论文。他对戏剧的看法非常严肃，认为戏剧是国家文学艺术的重要部分。最著名的论文就是《布轮退耳的〈戏剧规律〉序言》(Introduction to Brunetiére's Law of the Drama)。

突的，男女双方各自争取主动，争取做恋爱的主人而避免做恋爱的俘虏。由此可见，戏中恋爱场面是戏剧性的，因为他们暗中都在证明一种冲动要在自我牺牲中取得主动权。

不过，琼斯认为布轮退耳的理论是有片面性的。如果按照布轮退耳的理论来结构一个剧本，那会产生什么效果呢？"一部戏从头到尾展览着一连串人们意志的冲突，用行动来表演，从开幕到闭幕，一点安静的场面也没有。这就成为粗糙猛烈的情节剧，结果牺牲了人物塑造。戏里只有不可能存在的英雄和不可能存在的坏蛋。……行动进展得这样猛烈、迅速，显然在生活里是不可能有的。而这样的戏就失去了它的主要目的——给生活一个真实的反映。对生活显然不真实、虚假，就使我们失去兴趣。并且，这样的戏一定单调，没有变化，因此使观众感到厌倦。最成功的情节剧一定有丰富的'喜剧穿插'，在'喜剧穿插'里意志的冲突就缓和下来。但是，就在成功的'喜剧穿插'里，有时也有机智的冲突，或幽默的冲突，或仅仅是斗嘴。"

"于是我们看到如果布轮退耳的规律是正确的，有用的，如果戏剧真是意志力的斗争，那么三倍重要的是，这种斗争必须时常隐藏在行动的下面。如果戏剧行动常常是紧张的，明显的，表露的，戏剧作家又放弃那细致的真实的人物塑造，他将写出一部粗鲁、猛烈的戏，不断地嘈杂不安，吵吵嚷嚷，高声喊叫；不给观众一点变化的安静的插曲；由于戏的单调无变化，观众会感到厌倦和烦躁。最主要的，这样的戏不能给生活以真实的反映。……所以，一部戏里的意志冲突必须常常隐藏在行动的下面。就像一条江河有时在地下流，地面上看不到，但水还是不断地流。或者，有时意志冲突完全隐藏起来，好像一所房屋墙内的钢筋，实际上起支撑房屋的作用，但外面看来是一堵砖墙，钢筋一点也看不出来。我们只有把砖拆下，才能看到里面的钢筋。……不仅如此，有时按照故事的需要，意志冲突不一定老在敌对两人之间一贯到底，有时可以分散在其他敌对人物之间交错复杂地进行意志冲突；或者在主流之外，还可以有各种支流——例如在次要人物之间的意志冲突，次要人物和命运、环境，或社会规律之间的冲突。还有，许多戏剧性不十分强的东西也能在舞台上吸引观众的注意和娱乐观众——漂亮的脸，舞蹈，华丽的布景，歌唱，展览等等。莫里哀和康格瑞夫 ① 常常用歌唱和舞蹈来娱乐观众，吸引他们的注意力。"

琼斯指出了布轮退耳的理论的片面性和局限性，又提出了他自己的修正补充意见之后，他回过头来对阿契尔的理论作了一些批评。他说阿契尔的理论是自相矛盾的：阿契尔一面反对布轮退耳，但另一面他自己的理论又基本上和布轮退耳是一致的。这主要有两个方面：第一，琼斯说布轮退耳的理论虽然还不完全是真理，但至少"布轮退耳是在摸索中，在蹒跚地走向建立戏剧普遍规律的道路上"。这一点阿契尔自己也赞同的，阿契尔在文章中说道："冲突是生活中最富于戏剧性的要素之一，所以在许多剧本——可能是大多数的剧本——里，实际上是采用这种或那种斗争形式的。"阿契尔还说："一场意志与意志的面对面的斗争，无疑的，是戏剧中最紧张的形式之一。"第二，阿契尔的"危机说"的新理论，事实上一点也不新鲜。其实质和布轮退耳的理论是一致的。用"危机"二字来概括戏剧剧本是不够全面的。"危机"是戏剧冲突的结果，不是戏剧冲突的全部过程，所以琼斯主张在"危机"前面加"悬念"二字。他说："如果阿契尔先生允许我们在'危机'前加'悬念'，那么戏剧的基本要素的公式是'悬念，危机——悬念，危机——悬念，危机'，这是戏剧规律的最简单的叙述法。如果我们不坚持人类意志的自觉的努力——这种自觉的意志的努力虽然在剧本中是常见的，但事实上并不像布轮退耳所设想的所有剧本都是一样存在的，并且是全能的——如果我们扩大布轮退耳的戏剧规律为'冲突酝酿，冲突爆发——冲突酝酿，冲突爆发——冲突酝酿，冲突爆发'，那么我们得到同样的简短的戏剧规律的另一种说法。"所以，布轮退耳和阿契尔对戏剧基本规律的看法是一致的："生活最简单的要素是斗争，……因此表现生活的戏剧的基本要素是某种形式的斗争。"

最后，琼斯对戏剧的普遍规律作如下的定义："戏剧产生于一个剧本里的某人或某些人，自觉的或不自觉的，面对着敌对的人，或环境或命运，进行斗争。当观众知道引起斗争的障碍是什么，而台上的人物

---

① 康格瑞夫（William Congreve 1670—1729），英国王政复辟时期剧作家，著有《一切为了爱情》。

自己却不知道，那斗争总是比较紧张的，如剧本《俄狄浦斯王》。戏剧就这样产生了，并且继续下去，一直到台上的人物也知道了那障碍是什么：当我们看着在人物身上所引起的肉体的、心理的和精神的反应时，这戏剧就一直持续下去；当这种反应消退时，戏也就松弛下去；当反应完全中止时，戏也就完了。这种人物对障碍的反应最强烈的时候是那障碍以另一人的意志的形式出现的，并且两人的意志力量几乎是势均力敌。"他又说一部戏是"一连串的悬念和危机，或者是一系列正在迫近的和已经猛烈展开的冲突，在一系列前后有关联的、上升的、愈发展愈快的高潮中不断出现。"[1]

1919 年美国哈佛大学戏剧教授贝克的《戏剧技巧》一书出版，他代表着另一部分欧美戏剧理论家，对戏剧的规律或戏剧的要素有完全不同的看法。他的主要论点概括起来说：冲突不是戏剧的普遍规律，动作和感情才是一切好戏的基础。

他说戏剧的历史证明：戏剧从一开始就以动作为主。最原始的戏剧只有动作，没有语言和诗歌，例如阿留申岛上的土人演出打猎，一个土人扮演猎人，另一个人扮作鸟。猎人用手势表现他遇到那只漂亮的鸟，非常高兴，扮演鸟的人表示害怕，设法逃避，猎人弯弓打鸟，鸟倒地而死，猎人大乐，跳起舞来；后来他想起不该打死这只漂亮的鸟，便又哀悼起来，忽而死鸟站了起来，变成一个美女，投入猎人的怀抱[2]。古希腊悲剧起源于"民谣舞蹈"，它是说白、音乐和摹拟动作的综合；后来以说白为主的发展为史诗，以音乐为主的发展为抒情诗，而以动作为主的发展为戏剧。戏剧是以动作表现思想的艺术[3]。中世纪的神秘剧和奇迹剧仍然以动作为主，对话很少，即少量的对话也是用来说明动作的。在莎士比亚的时代，观众仍然喜欢看富于动作性的汤麦斯·德克[4]、希荷特[5]等剧作家的戏，虽然他们的人物刻画和对话都写得很差。也许有人

---

① 以上琼斯的论点的概述和引言，均摘自《布轮退耳〈戏剧规律〉序言》一文。
② 贝克引自马休斯（B. Matthews）：《戏剧发展史》。
③ 贝克引自摩尔顿（Richard G. Moulton）：《古代的古典戏剧》。
④ 汤麦斯·德克（Thomas Dekker 1572—1632），英国伊利莎白时代著名剧作家。
⑤ 希荷特（John Heywood 1497—1578），英国伊利莎白时代著名剧作家。

要问：拉辛 ①、高乃依 ② 和英国复辟时期的喜剧怎么又以人物刻画和对话为主呢？贝克说：我们得记住他们的剧本是主要为宫廷写的，不是演出给广大群众看的。戏剧史证明专重人物刻画和对话的戏剧只有一个很短时期为少数人服务的，而富于动作性的戏剧是在长时期为广大群众服务的。现代的电影把一切都服从于动作。动作是剧本的中心。

为什么动作那样重要呢？因为动作是激动观众感情最快的手段。俗话说"事实胜于雄辩"，就是说"动作比语言显著"。要知道一个人的性格，最好的方法不是知道他想怎么做，而是看他在危急的时候怎样本能地自然地做些什么。所以，演员与观众之间产生的"感情交流"是任何好戏的标志。在大多数观众说来，动作是头等重要的，就是对特别重视性格刻画和对话的人们来说，他们所重视的性格刻画和对话，也必须由动作来为他们准备道路。

所谓"动作"有各种不同的性质差别：（1）纯粹外部动作，例如情节剧里的许多动作，是为动作而动作，虽然也可能引起观众的兴趣，但不一定能引起感情。（2）性格化动作，即能说明人物性格的动作，能引起观众的兴趣，并激发观众对这人物的爱憎感情。（3）帮助剧情发展和说明剧情的动作，例如《罗密欧与朱丽叶》的开场一段戏，两家仆人和次要角色相互殴斗，公爵出来阻止，这个富有趣味的行动使观众看了之后马上明了两家仇恨之深，预示剧情的发展，并也说明了部分人物的性格。（4）内心动作，这是动作中非常重要的一种，它能说明性格，推动剧情发展，并且使观众明了人物的内心活动，激起观众深厚的感情。例如《哈姆雷特》的著名独白"是活还是死"，说明主人公的苦痛心情，决定他的命运，预示剧情的发展方向，揭露了他的灵魂深处，深深地感动了观众。（5）静止动作，或停顿动作，静止或停顿有时比很多动作更能说明问题，例如一个老人坐着一动也不动，房子起火了，火越烧越逼近这位老人，我们虽然不熟悉这位老人，但这种静止动作使我们看到了他心灵深处比正在蔓延的火灾更巨大的无法克服的创痛，因而深深地同情他，这种静止动作常常能引起观众极其强烈的感情反应。总之，动作

① 拉辛（Jean Baptiste Racine 1639—1699），法国古典主义戏剧家。
② 高乃依（Pierre Corneille 1606—1684），法国古典主义戏剧创始人。

不能仅仅理解为外部动作（即第一种动作），而主要的是第二、第三、第四、第五这四种动作，并且有时一个动作同时包括好几种不同的性质，兼而有之。

动作虽然被一般人认为是戏剧的"中心"，但感情才真正是剧本的"要素"。剧本之所以成为剧本，是因为它能在观众中创造感情反应。这个反应是剧中人物的感情所引起的，或者是剧作者由于观察了这些人物所得的感情所引起的。假使我们不与作者一同对剧中人物感到有趣、藐视、轻蔑，或者道义上的愤慨，而对剧中人物的愚行和邪恶情绪产生共鸣，那么，讽刺喜剧又如何得以存在呢？一切伦理正剧之所以有力量，都是由于它能使观众的态度与作者对剧中人物所抱的态度相一致。在观众中所激起的感情不一定和剧中人物的感情相一致，它们往往适得其反：剧中人物愈严肃，喜剧效果愈大。例如莫里哀的《醉心贵族的小市民》中第一幕第二场对茹尔丹的描绘，他一本正经，观众却笑不可抑。总之，有戏剧性的东西可以引起观众相同的，类似的，或者相反的感情。

贝克对布轮退耳的戏剧的规律的意见是：冲突只能包括戏剧的一大部分，但不能包括它的全部。

总而言之，准确传达的感情，是一切好的戏剧最重要的基础。感情是通过动作、性格刻画和语言来传达的 ①。

反对以动作为戏剧的中心的理论可以在比利时剧作家梅特林克 ② 的言论里找到代表性的发言。他在《日常生活中的悲剧性》③ 一文里，提倡"静止的戏剧"，他认为戏剧的任务是写出人物的心理活动，不是外在的动作。他说道："许多事实证明：内心动作比形体动作要高尚得多；可是不可否认的，内心动作却被压制了，甚至于大大地减少了，结果兴趣仅仅或完全在于个人和宇宙的斗争中。我们不再是和野蛮人在一起了，不再是为了原始的热情而烦躁了，这些不再完全是值得注意的事了；人

---

① 以上贝克的论点是根据贝克的《戏剧技巧》第 2 章《戏剧的要素：动作与感情》概括叙述的。
② 梅特林克（Maurice Macterlinck 1862—1949），二十世纪比利时著名作家。
③ 梅特林克：《卑微者的财富》中的一章。

是在安静的状态中，我们才有时间去观察他。在我们眼前展开的生活不再是猛烈的特殊的时刻，而是安静的生活。几千万条生活法则比我们原始热情更有力量更可贵，而这些生活法则是静穆的，明智的，动作很缓慢的，所以只能在半明半暗的曙光中，在我们生活的安静的时刻里，才能看见它听见它。"接着他举希腊神话作例子，他说我们对悲剧的兴趣并不在于目睹狡猾和忠贞的斗争，爱国和叛国的斗争，而在这些之外的更高尚的生活。他说："诗人必须在普通生活之上加一些什么东西，而加些什么是诗人的秘密，我也不知道。这样才能在普通的生活中突然显示出伟大的光辉，显示出人在他的心灵和命运前俯首帖耳，显示出无穷尽的爱，显示出引起无限恐怖的悲惨境遇。"总而言之，他主张戏剧的特点是揭露人的神秘心灵的奥妙，而不是任何形体的或内心的动作。

　　美国进步的戏剧作家和理论家约翰·霍华德·劳逊[1]，于 1936 年出版并于 1949 年重订出版《戏剧与电影的剧作理论与技巧》一书。他在书里肯定和发展了布轮退耳的"戏剧规律"的理论，批评了阿契尔、琼斯和梅特林克的论点。他把布轮退耳的人的意志冲突扩大为社会性冲突。他说："由于戏剧是处理社会关系的，一次戏剧冲突必须是一次社会性冲突，我们能够想象人和人之间或者人和他的环境——包括社会力量或自然力量——之间的戏剧性斗争。但我们要设想一出只有各种自然力量互相对抗的戏，可就很困难了。"他又说："戏剧性冲突也是以自觉意志的运用为根据的，没有自觉意志的冲突一定是完全主观的，或者完全客观的冲突；由于这样一种冲突不会牵涉到人与人或人与环境发生关系时的行为，它就不会是一种社会性冲突。"他对戏剧冲突律作了如下的定义："戏剧的基本特征是社会性冲突——人与人之间、个人与集体之间、集体与集体之间、个人或集体与社会或自然力量之间的冲突；在冲突中自觉意志被运用来实现某些特定的、可以理解的目标，它所具有的强度应足以导致冲突到达危机的顶点。"

　　他对于布轮退耳的理论有一点不能同意："布轮退耳认为，意志的

---

①　约翰·霍华德·劳逊（John Howard Lawson 1894—　），是美国当代著名的戏剧和电影剧作家和理论家。著有《戏剧与电影的剧作理论与技巧》一书，已由中国电影出版社翻译出版。

强度是戏剧价值的唯一考验，'判别剧本优劣的标准，应视意志发挥量的巨大与否，机会成分是否较少和必然成分是否较大'。我们不能接受这种机械的公式。第一，我们根本无法衡定意志的发挥量。第二，斗争是相对的而不是绝对的。必然性只是环境的总和，并且——如我们所看到的——是一种随社会条件而变化多端的量。它是一种量，也是一种质。我们对意志的性质以及和意志对立的力量的性质二者的概念，决定我们对冲突的深度和广度的评判标准。最高级的戏剧艺术并不在于表现了最巨大的意志和最绝对的必然性之间的冲突。一个软弱的意志的苦闷的斗争——设法和一个不友好的环境取得协调——也可能含有一出富有力量的戏剧的要素。但是，无论意志如何软弱，它也必须具有足够持续冲突的强度。……要求于意志的必需强度是它在将动作带到爆发点时所需要的强度，在使个人和环境之间产生力量对比的变化时所需要的强度。"

劳逊驳斥阿契尔的论点，但在驳斥中也对布轮退耳的论点作了补充和发展。阿契尔反对布轮退耳主要的是指"特定的意志力"这个概念；他提到一些他觉得其中并没有什么真正的意志的冲突的戏，例如《罗密欧与朱丽叶》的阳台一场戏，他认为它是"意志的一种狂喜的和谐一致"，并没有丝毫冲突。劳逊认为"阿契尔把两种不同的冲突混淆起来了：一种冲突是人与人之间的冲突，另一种冲突是一种自觉的特定目的跟别人或社会力量相对立的冲突。当然，《罗密欧与朱丽叶》中阳台一场所含有的'意志的冲突'，并不是舞台上的两个人之间的冲突。假如硬要剧作家把他的艺术局限于表现个人间的口角，那是荒谬的。布轮退耳从未认为这样的直接对抗是必需的。相反地，他告诉我们说，戏剧表现'人类意志的发展，克服天命、命运或环境所造成的对意志的障碍'。又说：'立定一个目的，导使一切都趋向它，努力使一切和它一致，这就是所谓"意志"。'难道罗密欧和朱丽叶不是立定了一个目的，努力于'使一切和它一致'么？他们确知他们的要求，意识到他们所必须面对的困难。在《罗密欧与朱丽叶》中一对悲惨的爱人也正是如此"。劳逊对《俄狄浦斯王》和《群鬼》也作了同样有力的驳斥。阿契尔说："俄狄浦斯王根本没有斗争。他的所谓斗争，即他拼命想逃开命运的魔掌却反而深入歧途等等，都是过去的事情；在悲剧的实际进行中，他只是在过往的错误和无意的犯罪的一次又一次的揭示中痛苦地挣扎着而已。"①劳逊驳斥道："阿契尔忽略了《俄狄浦斯王》和《群鬼》中的一个重要的技巧上的特点，两剧应用的都是在危机上开幕的技巧。这必然就决定动作的一大部分是回想。但这并不是说动作是被动的（无论是在回想部分或采取决定性措施的部分）。……俄狄浦斯决不是一个被动的牺牲者，戏开场时他已经发现了问题，并且自觉地要努力解决它。这使他和克瑞翁（俄狄浦斯王的舅父与舅兄）发生了一次激烈的意志冲突。然后伊俄卡斯忒（俄狄浦斯王的母亲与妻子）意识到俄狄浦斯王的意向是什么；她面临了一个可怕的内心冲突；她试图警告俄狄浦斯王，但是他拒绝放弃他的意愿；他要不顾一切地探明他自己的身世。当俄狄浦斯王面对惊心动魄的真相后，他做了一件自觉的行为：他剜瞎了自己；在他和他的两个女儿——安梯贡和依丝梅——在一起的最后一场中，他仍然不能不正视那桩使他家破人亡的恶事的意义；他考虑着将来，考虑着他的行动对他的孩子所将引起的后果和他自己的责任等。"

他对《群鬼》的看法是："《群鬼》是易卜生对个人的和社会的责任最生动的研究。爱尔温夫人的一生为了要控制她的环境而进行的一场漫长的、自觉的斗争。奥斯伐尔德并没有服从他的宿命；他竭尽他全部的意志力量来反抗它。戏的结尾表现出：爱尔温夫人必须下一个可怕的决心，一个使她的意志紧张得几近燃点的决心——她必须决定要不要杀死她的亲生的、已经疯狂的儿子。"

劳逊对阿契尔的"危机"论的看法是这样的："'危机'理论无疑是丰富了我们关于戏剧性冲突的概念。的确，我们可以很容易地举出一场并不达到危机程度的冲突；在我们的日常生活里，我们连续不断地处身于这样的冲突中。但是一场不能达到危机程度的斗争是没有戏剧性的。然而我们也不能满意阿契尔所谓的'戏剧的本质是危机'。一次地震是一个危机，但它的戏剧性意义却在于人类的反应和行为。……当人们被卷入一些导向危机的事件时，他们并不是袖手站在一边眼看着高潮来临

---

① [美] 约翰·霍华德·劳逊著，邵牧君、齐宙译：《戏剧与电影的剧作理论与技巧》，中国电影出版社 1961 年版，第 209 页。

的。人们要求使事件的发展符合自身的利益，使自身从已经可以部分预见的困难中解脱出来。自觉意志的活动——寻求出路——也就是要创造使危机加速到临的条件。"

劳逊对琼斯的意见比较简单，他认为琼斯对戏剧的规律所下的定义①是剧本结构的定义，而不是戏剧原理的定义。它告诉了我们许多关于结构的知识，特别是他提到了"上升的、愈发展愈快的高潮"。"但是这定义并没有提到自觉意志，因此它也没有阐明那些赋予高潮以社会意义和情绪意义的心理因素。自觉意志被运用到什么程度，是什么样的自觉意志，它是如何发生作用的……这些便是决定各个戏剧情境的意义的因素；……能够构成戏剧性的那种意志必须趋向一个特殊的目的。但是意志所选择的目的必须是充分现实的，足以使意志对现实发生某些影响。我们在观众席上必须能理解这个目的，和它的实现的可能性。剧中所运用的意志必须来自一种与观众相符合的对现实的感觉。"②

二、戏剧冲突是戏剧创作的基本特征

根据上节所述关于戏剧基本特征的论争看来，大多数理论家都同意戏剧冲突是戏剧的特征，只有贝克说感情和动作是戏剧的要素，但他并不否认冲突包括在大多数的剧本里，虽然不是全部。可是动作就包含着冲突的意义在内，没有矛盾冲突就不会有行动，动作是矛盾冲突的具体表现。至于感情，那是文学艺术的共同要素，艺术作品必须用形象来感动人，不是用说教来说服人，所以艺术作品必须有感染力，而要作品有感染力，那么作品里必须有充沛的感情。戏剧比小说或诗歌要有更强烈的感情，更快更直接的感染力，那也是事实，但以感情作为戏剧艺术的主要特性那是不能令人信服的。至于梅特林克提倡所谓"静止的戏剧"，那是资产阶级没落流派的主观唯心主义的标新立异的产物，是不值得一

---

① 即一出戏是"一连串的悬念和危机，或者是一系列正在迫近的和已经猛烈开展的冲突，在一系列前后有关联的、上升的、愈发展愈快的高潮中不断出现"。

② ［美］约翰·霍华德·劳逊著，邵牧君、齐宙译：《戏剧与电影的剧作理论与技巧》，中国电影出版社1961年版，第212页。

驳的，甚至于在他自己比较出色的几部戏里也批驳了自己的谬论。以上各家论点都各有长短，但都不够全面，有待我们加以补充和发展。

"戏剧冲突"这一理论在布轮退耳之前早已有之，不过布轮退耳把它特别强调出来，提高到"基本规律"的高度来看它，那不能不归功于他。在欧洲"戏剧"一词（希腊文 dpama，拉丁文 drama，英文同）原来的意义就是"动作"。亚里士多德在他的《诗学》里一再强调在戏剧里动作的重要性。他说："悲剧是对一个严肃、完整、有一定长度的行动的摹仿；……摹仿方式是借人物的动作来表达，而不是采用叙述法；借引起怜悯与恐惧来使这种感情得到陶冶。"[①] 这里他说明戏剧唯一的表达形式是动作，不是叙述，因为动作才能唤起观众的悲悯和畏惧的感情，如用叙述就不可能。他接着说："悲剧是行动的摹仿，而行动是由某些人物来表达的，这些人物必然在'性格'和'思想'两方面都具有某些特点〔这决定他们行动的性质（'性格'和'思想'是行动的造因），所有的人物的成败取决于他们的行动〕；情节是行动的摹仿（所谓'情节'，指事件的安排），……"接着他说明悲剧要具备六个成分："情节、性格、言词、思想、形象与歌曲。……六个成分里，最重要的是情节，即事件的安排；因为悲剧所摹仿的不是人，而是人的行动、生活、幸福〔（幸福）与不幸系于行动〕；悲剧的目的不在于摹仿人的品质，而在于摹仿某个行动；剧中人物的品质是由他们的'性格'决定的，而他们的幸福与不幸，则取决于他们的行动。他们不是为了表现'性格'而行动，而是在行动的时候附带表现'性格'。因此悲剧艺术的目的在于组织情节（亦即布局），在一切事物中，目的是最关重要的。……因此，情节乃悲剧的基础，有似悲剧的灵魂；'性格'则占第二位。悲剧是行动的摹仿，主要是为了摹仿行动，才去摹仿在行动中的人。"英国的亚里士多德学者浦卷教授[②] 对亚里士多德的"动作学说"作如下的解释："戏剧的涵义不仅包括完整的、显著的、有目的性的事件（动作），并且

---

① 亚里士多德：《诗学》第 6 章，见《诗学·诗艺》，中国社会科学出版社，2009年版，第 17 页。

② 浦卷教授（Prof. Samuel Henry Butcher 1850—1910），英国著名研究亚里士多德的学者。

含有冲突之意。"他又说："我们不妨把亚里士多德的话略加修改：悲剧的灵魂，不是布局，而是戏剧冲突。"①

18世纪法国大作家和批评家伏尔泰在一封信里说道：每一场戏必须表现一次争斗②。稍后，法国启蒙时代文艺理论家狄德罗在他的《论戏剧体诗》里谈到戏剧情境，他说："戏剧情境要强有力，要使情境和人物性格发生冲突，让人物的利益互相冲突。不要让任何人物企图达到他的意图而不与其他人物的意图发生冲突，让剧中所有人物都同时关心一件事，但每个人各有他的利害打算。"③他接着举例说明他所要求的情境和人物性格的冲突，亦即他所谓的"对比"："如果你写一个守财奴恋爱，就让他爱上一个贫苦的女子。……这是一个贫富悬殊的对比。两人出身不同，人生观不同，社会地位不同，对同一件事的利害计较就不同，由此而生的情境就是戏剧的情境。"④19世纪初德国文艺批评家希勒格尔在他的《关于戏剧艺术和文学的演讲稿》里说："悲剧从事于人们的道德自由问题，而这个问题是由人和他自己的肉体冲动的斗争中表现出来的。"⑤英国作家柯勒列治曾经说过：在悲剧里不应有偶然的成分，因为"在悲剧里人的自由意志是第一原素"。⑥歌德在《威廉·梅斯脱》里说：小说的主人公可以是被动的，一出戏的主人公必须是主动的，因为"一切事情都反对他，他或是扫清他前进路途上一切障碍，或是成为它们的牺牲品"。⑦

直接对布轮退耳的理论有巨大影响的是他同时代的哲学家黑格尔。黑格尔的哲学和美学，其基调虽然是唯心的，但他用辩证法（对立统一）来分析艺术美的一些规律，却有极其精辟独到之处，尤其他对于"情境"和"动作（情节）"的分析，对戏剧冲突的理论有很大的关系。

---

① 见浦卷写的《亚里士多德诗学艺术理论诠释》一书。
② 伏尔泰（F.M.A. Voltaire 1694—1778）：《给神父包里的信》。
③ 狄德罗（Denis Diderot 1713—1784）：《论戏剧体诗》第13节（朱光潜译）；《新建设》1962年5月号。
④ 朱光潜：《狄德罗的文艺理论和美学思想》，见《新建设》1962年5月号。
⑤ 希勒格尔（Schlegel 1767—1845）：《关于戏剧艺术和文学的演讲稿》；见葛拉克：《欧洲戏剧理论集》。
⑥ 柯勒列治（Sumuel Taylor Coleridge 1772—1834），19世纪英国著名文学家。
⑦ 歌德（Johann Wolfgang von Goethe 1749—1832），19世纪德国著名诗人与剧作家。

例如他在《美学》第三章《冲突》一节中谈到戏剧情境时说："内在的和外在的有定性的环境、情况和关系要变成艺术所用的情境，只有通过这情境所含蕴的心情或情绪才行。另一方面我们也可以看到：情境在得到定性之中分化为矛盾，障碍纠纷以至引起破坏，人心感到为起作用的环境所迫，不得不采取行动去对抗那些阻挠他的目的和情欲的扰乱和阻碍的力量，就这个意义来说，只有当情境所含的矛盾揭露出来时，真正的动作才算开始。但是因为引起冲突的动作破坏了一个对立面，它在这矛盾中也就引起被它袭击的那个和它对立的力量来和它抗衡，因此动作与反动作是密切联系在一起的。只有在这种动作与反动作的错综中，艺术理想才能显示出它的完满的定性和动态。"① 英国理论批评家布拉德莱把黑格尔关于悲剧的论点作了概括的阐述如下：他说："在悲剧中有某种撞击或冲突——感情的、思想情绪的、欲望的、意志的、目的要求的冲突；人与人之间的相互冲突，人与环境之间的冲突，人们自己内部的冲突。"他又说："仅仅是不幸不能引起我们悲剧性的怜悯和畏惧；悲剧性的怜悯和畏惧是在冲突的目睹中和随之而来的痛苦中获得的，它们不仅诉之于我们的感觉和自卫的本能，并且深深感动我们的心灵和精神。真正悲剧性的冲突诉之于我们的精神，因为这是精神的冲突，有权力控制人们精神的力量和人们之间的冲突。这些力量就是人类的本质，尤其是人的伦理天性。家庭与国家之间，父母与子女之间，兄弟与姐妹之间，丈夫与妻子之间，公民与统治者之间，公民与公民之间的责任与感情的冲突；还有，在恋爱与荣誉、伟大目的、远大理想如宗教、科学或公众福利等等之间的冲突——这些力量才在悲剧性的情节（动作）里表现出来。并且，这些力量是有权力要人类俯首帖耳的，这样的冲突在悲剧里表现出来，才是深刻的，带有普遍性的，而深刻性和普遍性是伟大艺术作品的要素。"②

以上所引的关于"戏剧冲突"（或"动作"）的一些言论都是在布轮退耳之前的，当然我不可能把所有提到戏剧冲突或动作的作家与言论都

---

① 黑格尔：《美学》第一卷。
② 布拉德莱（A.C. Bredley）：《莎士比亚的悲剧》（英文原本）。

——列举(例如勒哈泼 [1]、布瓦洛 [2]、史蒂文森 [3] 和文艺复兴时期的意大利文艺理论家都有一些关于戏剧冲突的言论),只是选择一些重要的说一说,证明布轮退耳的理论不是无中生有,毫无根据的,这也证明"戏剧冲突"是戏剧创作中的一个普遍真理,两千多年来一直实行着,不过布轮退耳总结了千百年戏剧创作的经验,强调出来,加以肯定罢了。

从中国"戏剧"二字的来源,也可以看出中国的戏剧自古以来一直以冲突、斗争为其主要特征。戏原作"戯",说文云:"戯,三军之偏也,从戈,虐声。"剧,古作"勮",务也,从力虖声。"虖从豖虎,豖虎之斗不舍也。"按"偏",古之车战,二十五乘谓之偏。"戈"在古时是武器,也是渔猎劳动的工具。"务"就是劳动。这说明中国最早的戏剧是从摹仿狩猎劳动、与兽格斗和摹仿战斗的表演开始的。这与西洋对于原始戏剧的说法是一致的,也与目前还是原始民族的戏剧表演相近似的。说文上还作进一步的解释道:"戏始斗兵,广于斗力,而泛滥于斗智,极于斗口。"这是中国古代戏剧史发展程序最简单最确切的描绘。不论斗兵、斗力、斗智、斗口,戏总以反映生活劳动中的斗争为其主要特点,是毫无疑问的了。"没有冲突就没有戏"这句中外一致的口头语,确是表现戏剧特性或基本规律的颠扑不破的普遍真理。

尽管如此,世界上还存在着"无冲突论"的错误理论,对戏剧基本特征或规律加以否定或怀疑。最显著的例子是发生在 20 世纪 50 年代初期的苏联剧坛上,出现了"无冲突论"的理论和"无冲突论"的剧本和电影,因此阻碍了苏联戏剧创作的正常发展。其中在理论方面有维尔塔(他写了一篇关于电影《乡村医生》的文章)、拉甫列涅夫(《决裂》的作者)、K. 芬恩等。在创作方面有维尼可夫的《用我们的真理的名义》、罗希柯夫的《莫斯科的健儿们》、特列冯诺夫的《青年时代》和电影《乡村医生》、《阳光普照大地》,等等。他们的主要论点是:"既然是从生活的发展去表现生活,那么,与其把人们描写成他们现在的这样,不如把他们描写成他们应当变成的那样。"于是要写"更好的事物与好的

---

① 勒哈泼(Jean Francis de La Harpe 1739—1803),法国文艺批评家。

② 布瓦洛(Nicoolas Boileau 1636—1711),法国著名文艺批评家和诗人。

③ 史蒂文森(R.L. Stevenson 1850—1894),英国小说家、诗人、散文家。

事物作斗争，好的事物和最优等的事物作斗争"。他们认为"剧作中所称呼的冲突，或者用别林斯基的字眼是抵触和击撞，在这种生活中已完全消失，或正在消失"。还有的说，在社会主义社会里，"不值得讲到否定现象，应该只表现肯定事物"。结果在"无冲突论"指导下的作品不能真正反映生活，粉饰现实，掠取生活中浮面的欢乐现象，把生动的生活潮流，变成为一种消除了一切染有毒性的细菌的蒸馏水。人物只有肤浅的表象，结构公式化概念化，没有任何戏剧冲突，或者只有虚假的、不能反映社会本质矛盾的、表象的冲突，或者是无聊的没有原则的争吵，不敢接触落后的事物和反面人物，即使有一些困难或障碍出现，也轻而易举地毫不费力地就克服了。造成这种"无冲突论"的理论和实践的原因很多，主要的有：一、作家对生活深入得不够，了解得肤浅，认识得不透。二、不认识事物发展的规律。在社会主义社会里，虽然暴风骤雨式的阶级斗争已经过去了，在社会主义革命和社会主义建设中还会出现许许多多的困难和矛盾，阶级斗争还没有完全结束，生产关系和生产力之间还会不断产生不相适应的现象，经济基础和上层建筑之间的矛盾，各种各样的人民内部矛盾等等。总之，新事物的成长和发展不可能是一帆风顺，必须经常和旧事物、旧思想、旧习惯进行不断的斗争。当然，不能否认从总的趋势来看新生事物，新的社会制度是必然胜利，必然蒸蒸日上，但在前进的道路上是有无数的障碍和困难，必须经过艰苦奋斗，不屈不挠的斗争，才能取得最后的胜利。三、不认识"典型"的真正意义。他们认为最常见的数量最多的就是典型，看不见萌芽状态的新生事物，也看不到虽然不多但还有代表性的落后现象。典型人物的性格必须通过个性来表现共性，只有共性没有个性就不真实，就概念化，也就不能感动人。许多简单化的批评家看到作家笔下带有一些缺点的或个性表现得较强的英雄人物，就说他"不典型"、"不真实"。看到带有落后思想的工人和农民，也说"不典型"、"不真实"，甚至于说作家"歪曲了工人、农民的形象"。因此作家束手束脚不敢按照英雄人物的真实面貌来写，而按照英雄人物"应该怎样"来写。作家不敢按照真正现实生活来写，而是按照社会主义社会生活"应该怎样"来写。因此有许多剧本，矛盾冲突刚刚展开就结束了，或者根本回避社会生活中的重大矛盾冲突来写剧本，或者把矛盾冲突按照"固定公式"来写，成为千篇一律的东西。

1953 年 10 月，苏联作家协会理事会召开了第十四届全体会议，对戏剧创作上的"无冲突论"的倾向作了严正的批评，但同时也出现了另一极端的偏向，有少数作家热衷于夸大社会的阴暗面、落后现象，人为地制造戏剧冲突，把新社会描写成一团漆黑。为了使剧本中有尖锐的冲突，不惜夸大缺点，制造人为的矛盾，把内部矛盾写成敌我矛盾，把有错误缺点的人写成可怕或阴暗的人物，在英雄脸上抹上一层黑灰，把社会环境写成阴沉沉的一无朝气。这种混淆黑白、颠倒是非的写法，正是一味追求"冲突"、为冲突而冲突的必然结果。这种"唯冲突论"的影响，是值得我们警惕的。我们反对不承认戏剧冲突规律的"无冲突论"，也反对过分强调冲突，因而人为地夸大和虚构生活矛盾冲突，以致歪曲生活和人物。我们不反对讽刺，但反对讽刺的乱用；在反映社会主义社会的剧本里，我们一方面要大胆反映社会中各种各样的矛盾冲突，但另一方面要认识清楚，在社会主义社会里光明面是主要的，错误和缺点是暂时的，是可以克服的；我们对敌人的讽刺要辛辣要彻底，对朋友和自己人的讽刺要"站在人民的立场上，用保护人民、教育人民的满腔热情来说话"[1]。

1960 年前后在中国剧坛上也出现过一些"无冲突论"的论调和只有人与自然作斗争的活报式的剧本，如《为了六十一个阶级弟兄》、《阶级弟兄心连心》、《英雄人物数今朝》等。有人说："高潮"，"矛盾与冲突"是"从资产阶级文艺理论中接受过来的一些陈旧观点，早该丢入垃圾堆里去了"。有不少人认为现代剧不一定要写矛盾，"生活中是有落后现象的，可以写，但也不一定非写不可"。还有人说："有些人谈到戏剧的时候，总喜欢指责矛盾冲突不突出，而要求突出矛盾，而且往往把矛盾理解得很狭隘。例如要求设计一个敌人的间谍混到我们内部来，进行破坏，或者在我们内部硬安排一个落后或反动的人物来作'冲突'的对立面。……如果要按上述办法来'突出矛盾'，那么，这矛盾就势必是

---

① 毛泽东：《在延安文艺座谈会上的讲话》。

人为的，就会歪曲了现实。因此，在反映新现实，处理新题材的时候，就需要突破过去所谓'戏剧冲突'的旧观念、旧套子，大胆地革新，勇敢地创造。"此外，我们还可以在报章杂志上看到各种各样的关于"戏剧冲突"的言论。例如，有人认为，在今天的现实生活里只有"大矛小盾"，大矛是工人阶级，小盾是资产阶级；大矛和小盾冲突不起来。有人认为，今天的现实生活是"有矛盾无冲突"，因此在戏剧作品中可以不表现这种冲突。还有人认为歌颂了正面人物就等于批判了反面人物，歌颂了新社会的光明，就等于暴露了旧社会的黑暗。还有人认为在戏剧作品中"可以不出现反面人物"，他说："古典戏剧中往往没有一个正面人物，为什么今天的戏剧中就不能够没有一个反面人物呢？"有人主张写英雄人物不需要写矛盾，他认为"目前写戏，总要把英雄人物放在压力最重的环境下，让他受尽折磨困难，才显出是英雄。这是批判现实主义的手法。旧社会生活是个人奋斗，因此人物常以与社会对立的姿态出现。这是可以理解的；今天则不同了，可以不必这样写。"有人说敌我矛盾容易写，敢写，可以淋漓尽致地写，但人民内部矛盾就不容易写，不敢写，因为生活中的主流与支流，本质和现象，个别与一般，局部与整体等等问题往往分不清楚，政策掌握不稳，不是偏左，就是偏右，分辨不清共产主义风格与共产风，干劲与浮夸，求实与保守，共产主义协作与一平二调的作风等等的界线，不容易掌握分寸。也有人认为剧本中要写矛盾冲突，但为了真实反映新社会中错综复杂的矛盾现象，要写一个主要矛盾贯穿到底，写一个中心事件"一竿子到底"非常困难，因为新社会的矛盾是时刻在转化的，所以不妨打破陈规，不一定以一个对立面贯穿到底，可以一场一个矛盾冲突。但也有人反对这样写法，他们说，"没有一个主要矛盾贯串下去"，"一段一段的，抽掉一场可以，不抽掉也可以"。有人对剧中被批判的对象——对立面安排"轮流坐庄"的做法，表示不以为然，把这种矛盾冲突称为"轴卷式的"，"列车式的"和"走马灯式的"①。

　　以上这些关于"戏剧冲突"的言论，有的是部分正确的，有的是错

---

① 以上许多论点和引文是从各报章杂志中零零星星汇集起来的，所以不再一一注明出处。

误的，也有似是而非的。这说明如何在剧本的"戏剧冲突"中反映新社会的生活矛盾冲突现象，如何在剧本中处理人民内部矛盾，是一个新的课题，不是一下子能完全解决的；我们必须在不断的实践中摸索探讨，找出反映新内容的新形式、新方法和新技巧。"戏剧冲突"这一规律一定要在反映新社会生活的艺术实践中受到考验，丰富和发展。要在这儿解决前面所提出的一切问题，是不可能的。不过我们不妨从进一步认识生活矛盾发展规律，从进一步认识艺术创作的发展规律，从目前许多比较成功的戏剧创作经验里，去澄清一些可以澄清的问题。

毛主席早在《矛盾论》中告诉我们："……矛盾存在于一切事物的发展过程中；……每一事物的发展过程中存在着自始至终的矛盾运动。""……没有矛盾就没有世界。"这说明一切事物都在矛盾斗争中发展的；"差异就是矛盾"，或者说，差异是矛盾的开始。矛盾的变化是渐进的，表面上是静止的，但量变到了质变，要爆发为冲突。所以矛盾和冲突是有区别的：矛盾是冲突的酝酿阶段，量变阶段，而冲突是矛盾的激化和深化，质变阶段。例如革命酝酿时期，须占较长的时期，表面上是平静的，到革命酝酿成熟，就爆发为革命斗争，从量变到质变。矛盾的两个方面，在量变时相互逐渐转化，新生的一面逐渐成长，逐渐增大，旧的腐朽的一面逐渐衰退，逐渐减弱，到一定限度（又称为度）时，就起质变，成为激烈的冲突。但量变中也有局部的质变，质变中也有一定的量变。矛盾和冲突是分不开的，但又是有区别的。矛盾的两个方面从量变到质变，达到统一，又有新的矛盾产生，再发展到统一，这样循环变化，逐步提高，以至无穷。这"矛盾统一"的事物发展规律，具体表现在中国近百年来的社会生活变革上：从半封建半殖民地的社会变革到社会主义社会，从旧民主主义革命到新民主主义革命，再到社会主义革命——这是从大的方面来看。再从较小的具体方面来看，农村的变革是从推翻地主阶级到农民个体所有制之后，再从个体所有制变革到集体所有制，又经过互助合作到初级合作社，到高级合作社，再到人民公社。毛主席的"不断革命和革命阶段论"就是根据矛盾统一的规律，总结了几十年的革命经验而得出来的普遍真理。人类社会里充满着各种各样的形形色色的千头万绪的矛盾冲突，但归纳起来不外乎两种：人与人之间的阶级矛盾冲突，人与自然界的矛盾冲突。

　　艺术是人类生活的反映，所以剧本里的矛盾冲突必然来自生活。但生活中的矛盾冲突是错综复杂的，千头万绪的，无数的因素同时在起作用，所以生活比之艺术"有不可比拟的生动丰富的内容，但是人民还是不满足于前者而要求后者"①。在艺术里不可能把生动丰富的生活内容全部无遗地反映出来，必须根据艺术家的特定的目的要求，也就是他规定的主题思想，来挑选、集中、概括、提高，突出某一方面的矛盾冲突，把生活中的必然因素和偶然因素加以清理，挑选和整理出一条前后有密切因果关系的线索，把人物和事件重新加以安排和创造，使它成为"……比普通的实际生活更高，更强烈，更有集中性，更典型，更理想，因此就更带普遍性"②的艺术作品，所以剧本里的矛盾冲突来自生活，但与生活里的矛盾冲突不同，就不言而喻了。

　　也许有人要问：小说也是反映生活的，也反映生活中的矛盾冲突的，为什么"冲突"是戏剧的特性，而不是小说的特性呢？不错，小说也是反映生活中的矛盾冲突的。但小说与戏剧的区别主要在于反映生活的篇幅问题和表现方法问题。一出戏的演出不能超过二小时半，加上幕间休息，一般不超过三小时。一部长篇小说可以从几十万字到几百万字，毫无限制。戏剧家要在二小时半内达到长篇小说一样的效果，必须具有高度的概括能力，把剧本写得非常精炼。剧作家对于生活素材加以精选，写关键性的情节，写生活中一般最富于戏剧性的时刻，也就是阿契尔所说的生活中的"危机"。阿契尔说："戏剧是危机的艺术，而长篇小说是逐步发展的艺术。"小说家可以悠悠闲闲地从矛盾的开始写起，细致地描写人物心理的变化，可以写矛盾的逐渐的变化，可以回忆倒叙，可以插上许多风景的描绘，可以从这个人物写到那个人物，可以从这个事件写到另一个事件，可以任意穿插别的情节，可以发挥长篇大论，可以从曾祖父写到曾孙一代……总之，小说写矛盾的发展多于紧张的冲突。但是戏剧却相反，写冲突多于矛盾的发展，所以戏剧的矛盾冲突，一般称为戏剧冲突，而不称"戏剧矛盾"。戏里往往一场场都有个

---

①② 毛泽东：《在延安文艺座谈会上的讲话》。

小高潮（即转机），许多小高潮汇合成大高潮；所以戏剧是写高潮的艺术。还有，小说可以分成许多次读完，读的时候可慢可快，可以停下来考虑一下再读下去，可以倒回来重读再读。可是在剧场里看戏，一出戏总是一口气看完，要聚精会神地听，不能倒回来重听，不能停下来仔细考虑后再看。因为戏总是一场场向前推移，紧凑紧张，不能松懈，直到下幕。戏剧演出时，一场接一场，中间不停顿，一直到剧终，只有在戏的半腰里休息一次。由于戏剧所产生的效果要比小说快，因此产生效果的方法也就与小说不同，要鲜明，要简洁，有节奏，有重点突出，能立即生效，台词和动作都要干脆利落。在小说里要反复再三才能产生效果的，在戏剧里要一击中的。

在这里我们不妨顺便谈一谈"有戏"、"无戏"的问题，也就是什么是"戏剧性"的问题，因为这和戏剧特征、戏剧冲突有密切关系，不弄清楚什么是戏剧性，也就不能理解戏剧冲突的本质。我们在日常社会生活中也有所谓"戏剧性的事件"，例如：政治或军事事变，突然爆发战争，抢救阶级弟兄，海轮遇险得救，载人的宇宙飞船在月球着陆等等都可以称为生活中的"戏剧性的"事件。在生活中的戏剧性的事件不一定就是舞台上富有戏剧性的好戏。对舞台上戏剧性的解释有各种不同的说法：一般认为只要能够引起观众兴趣，抓住观众有兴趣地看下去的就是有戏剧性[①]。但为什么观众发生兴趣，什么东西抓住观众，却又有各种不同说法，有人说：戏剧性产生于感情反应，能激动观众强烈感情的，就能使观众发生兴趣。贝克说："通过想象的人物的表演，能由所表现的各种感情，使聚集在剧场里的一般观众发生兴趣的东西，就是有戏剧性的。"[②] 泼辣斯也说："戏剧性的中心是感情和由个人利益之间的冲突所引起的一连串事件直到终结的行为。"[③] 有人说：戏剧性产生于紧张兴奋的剧情。劳逊说：紧张是"一种用以拉住观众的、稍带神秘色彩的东西，一种观众和演员的精神的同一化。……紧张取决于在到达爆发点之前剧

---

① 贝克和阿契尔都认为能引起观众兴趣的就是戏剧性。
② 贝克：《戏剧技巧》第 2 章（英文原本）。
③ 泼辣斯（W.T. Price 1906—　）：《戏剧的技巧》（The Technique of Drama）（英文原本）。

本的动作所承担的情绪负担"。他又说:"紧张是来自冲突中双方力量的平衡。"① 庇考克说:"我们对戏剧性的概念首先是从在自然界和人类生活里观察到的一切紧张兴奋的东西。'戏剧性'这个词有一很自然的意义,即有关一切突然的、惊奇的、骚动的和猛烈的事情,和一切有紧张的特性的事件。"② 阿契尔说,戏剧性产生于干脆利落、敏锐新鲜的处理方法。他举了两个例子来说明一般普通的事件,在戏剧天才的手里就能把它们处理得富于戏剧性:第一个例子是莎士比亚的《奥瑟罗》最后一场中奥瑟罗的自杀。奥瑟罗在被带走的时候,突然停下来,用手势叫逮捕他的人等一等,对他们说道:

　　且慢,在你们未走以前,再听我说一两句话。我对于国家曾经立过相当的功绩,这是执政诸公所知道的;那些话现在也不用说了。当你们把这种不幸的事实报告他们的时候,请你们在公文上老老实实照我本来的样子叙述,不要徇情回护,也不要恶意构陷,你们应当说我是一个在恋爱上不智而过于深情的人,一个不容易发生嫉妒、可是一旦被人煽动以后,就会感到极度烦恼的人,一个像那愚蠢的印度人一般,把一颗比他整个部落所有的财产更宝贵的珍珠随手抛弃的人,一个虽然不惯于流妇人之泪、可是当他被感情征服的时候,也会像涌流着胶液的阿拉伯树胶一般两眼泛滥的人,请你们把这些话记下,再补充一句说:在阿勒普地方,曾经有一个裹着头巾的敌意的土耳其人殴打一个威尼斯人,诽谤我们的国家,那时候我就一把抓住这受割礼的狗子的咽喉,就这样把他杀了。(以剑自刎)

　　莎士比亚把观众早就期待着的自杀突然变成吃惊事件,正如奥瑟罗使逮捕他的人们吃惊一样,因为他说到"在阿勒普地方,曾经有一个……"的时候,观众和台上的人都被他娓娓动听的故事的叙述吸引住

---

① [美]约翰·霍华德·劳逊著,邵牧君、齐宙译:《戏剧与电影的剧作理论与技巧》,中国电影出版社 1961 年版,第 318 页。
② 庇考克(Ronald Peacock 1907—　)《戏剧艺术论》(The Art of Drama)(英文原本)。

编剧理论与技巧　　第三章　戏剧冲突

083

了，忘记了他要自杀这件事，就在这时他拔剑自刎，使观众和台上的人都出其不意地大吃一惊，造成很好的戏剧性。换句话说把一件松懈的早就料到的事件，用敏锐的干脆的转机性的手法，把它写得富于戏剧性。这就叫做"戏剧的特殊重音"。另一个戏剧细节的戏剧性处理的例子是易卜生的《小爱尤富》的第一幕。这跛足的孩子爱尤富，跟着那鼠妻到码头上去，掉在水里淹死了。这是一个简单的事实，但是用什么方法来告诉他的父母和剧场里的观众呢？当然，可以想出各种各样的方法来取得戏剧性的效果。但易卜生却只用了一个非常简单但效果非常强烈的艺术手法，跛足孩子的父母只听见海边上的人们乱嚷乱叫，跑来跑去，不知道出了什么乱子，但在嚷叫声中清楚地听到："手拐子漂走了！"这句话带来了最强烈的戏剧性。阿契尔解释道："这两个事件都是观众早就预见的，等待着的。但天才的戏剧家处理得那么干脆利落，简单生动，使观众感到清新和出乎意料之外。"[1] 还有人说，戏剧性是指合乎人情的戏才能耐人寻味，发人深思，百看不厌。李渔说："传奇无冷、热，只怕不合人情。如其离、合、悲、欢，皆为人情所必至，能使人哭，能使人笑，能使人怒发冲冠，能使人惊魂欲绝，即使鼓板不动，场上寂然，而观者叫绝之声，反能震天动地。是以人口代鼓乐，赞叹为战争，较之满场杀伐，钲鼓雷鸣，而人心不动，反欲掩耳避喧者为何如？岂非冷中之热，胜于热中之冷；俗中之雅，逊于雅中之俗乎？"[2] 还有人说，相反的突转，或相反的对比，是最富于戏剧性的。这是在戏剧布局中最戏剧性的方法，最早是亚里士多德发现的。他在《诗学》第十一章中写道："'突转'指行动按照我们所说的原则转向相反的方向……按照可然律或必然律而发生的，例如在《俄狄浦斯王》剧中，那前来的报信人在他道破俄狄浦斯的身世，以安慰俄狄浦斯，解除他害怕娶母为妻的恐惧心理的时候，造成相反的结果；又如在《林叩斯》[3] 剧中，林叩斯被人

---

① 阿契尔：《剧作法》。（英文原版）
② 李渔：《闲情偶寄·剂冷热》，国学研究社1936年版，第43页。
③ 《林叩斯》是忒俄得克忒斯的悲剧，已失传。达那俄斯有五十个女儿，他的弟兄埃古普托斯有五十个儿子。这五十个堂兄弟要强娶五十个堂姐妹，达那俄斯因此叫他的女儿们于婚夕尽杀新郎，其中只有林叩斯一人未被杀害。后来达那俄斯要杀林叩斯，结果反被杀害。

带去处死，达那俄斯跟在他后面去执行死刑，但后者被杀，前者反而得救——这都是前事的结果；'发现'，如字义所表示，指从不知到知的转变，使那些处于顺境或逆境的人物发现他们和对方有亲属关系或仇敌关系。'发现'如与'突转'同时出现（例如《俄狄浦斯王》剧中的'发现'），为最好的发现。"① 娜拉认为她丈夫一定挺身挽救她的困境，所以她决定自杀以免她丈夫陷于困境，但结果她发现丈夫是个自私自利的人，并不打算挽救她，反而严厉地责怪她，她认识了丈夫之后，决定不自杀而出走了 ②。麦克佩斯弑君篡位为了确保他的权力地位，把一切有权力的大臣都斩尽杀绝，但结果众叛亲离，陷于孤立而自取灭亡 ③。鲁侍萍一心想使女儿四凤不再重蹈她的覆辙，辞去了四凤在周公馆的差使，要她起誓不再见周家的人，促使四凤走上毁灭的道路 ④。这种"突转"和"发现"都是富于戏剧性的。还有那相反的对比，如狄德罗所说的"人物性格和情境的对比，这就是不同的利害打算之间的对比"。一个懦怯而虚张声势的人偏偏遇到身强力壮刚愎好斗的敌手。京剧《打严嵩》里无权无势的小官邹应龙竟在御街上大打大骂当朝有权有势的宰相严嵩，而严嵩挨打挨骂之后，还要向邹应龙道谢，也都是富于戏剧性的。

　　以上所举的关于"戏剧性"的看法，当然还不够全面；每种看法都有它正确的一面，但也有它片面的地方。不论"戏剧性"产生于感情反应，紧张兴奋的剧情，干脆利落、敏锐新鲜的处理方法，合乎人情的戏，相反的突转或相反的对比等等，他们都没有提到造成感情反应、紧张剧情、干脆利落的处理、合乎人情的戏，"突转"、"发现"，相反对比等等的根本原因在哪里。那根本原因就是紧张、深刻的矛盾冲突。没有紧张、深刻的矛盾冲突在事件和人物性格后面潜伏着、活动着，就不可能产生强烈的感情，情绪的压力，干脆利落的细节和任何戏剧性的突转，发现和对比。所以有人说：在我们心脏的跳动中都充满着戏；戏剧的情节、人物、情境都必须是激动人心的，使观众的心加快地跳动起

---

① 亚里士多德：《诗学》第 11 章，见《诗学·诗艺》，中国社会科学出版社 2009 年版，第 30 页。
② 易卜生：《玩偶之家》。
③ 莎士比亚：《麦克佩斯》悲剧。
④ 曹禺：《雷雨》。

085

来，使他们哭，使他们笑，使他们紧张，使他们思索，使他们急切地期待着剧情的变化，在感情的激动中受到启发和教育。好的小说好的诗也未尝不需要这种激动的心情，但并不像戏剧要求得那么全面，那么强烈，那么必不可少。戏剧艺术对生活的概括、集中、提高，主要在于戏剧性的人物、情节和情境，使生活反映在剧本里处处都有戏，都有较强烈的矛盾和冲突。

再附带说说，戏剧性和剧场性是有区别的。所谓"剧场性"一般是指场面热闹，排场华丽，载歌载舞，或仅仅外部紧张的武术表演。这与戏剧性完全是两回事，一是内在的紧张，一是外表的热闹。在剧本里有一些剧场性的戏也是需要的，但剧场性决不能代替戏剧性。许多初学写作的人往往把它们混淆起来，我们必须加以区别。

目前戏剧创作上有这样一个问题：在敌我斗争中容易找戏，而在人民内部矛盾中不容易找戏，不容易找到强烈的矛盾冲突。其实不然，人民内部矛盾中还是有戏可找，有强烈的矛盾冲突可找，有极其丰富多样的矛盾冲突可找，问题在于作者对人民内部矛盾的本质认识得不够深刻，不够透彻，找不到表达这种矛盾最恰当的情节和细节，摸不着矛盾着的人物的精神状态，内心活动，心理变化；而根本问题在于认识生活不够，深入生活不够，观察、分析、研究生活不够，艺术修养、艺术实践不够。高尔基说："在有着鲜明的人物性格的那些地方，必定存在着戏剧冲突。"[①]

由此可见戏剧必须反映生活的矛盾冲突，这是无疑的了。但如何把生活矛盾反映在剧本里成为"戏剧冲突"，生活矛盾和戏剧冲突是否可以等同或有所区别，值得我们作进一步的研究。

三、生活矛盾与戏剧冲突的关系和区别

生活矛盾和戏剧冲突是有密切联系的，但又有显著区别的。戏剧冲突必须反映生活矛盾，生活矛盾是戏剧冲突的基础。戏剧冲突是把生活

---

① 高尔基：《论剧作》。

矛盾集中、概括、提高之后的具体形象表现，因此比生活矛盾"更高，更强烈，更有集中性，更典型，更理想，因此就更带普遍性"[1]。生活矛盾是生活中的原始状态，一般是散漫的，进展缓慢的，错综复杂的，有的矛盾没有激化成冲突就转化了，各种矛盾交错影响，情况比较复杂。而戏剧冲突是由作者经过长期深入生活，掌握住生活矛盾发展的必然规律，加以概括集中，典型化，根据主题思想的要求，突出一种矛盾冲突，加强它的戏剧性，给以艺术提炼和加工，加以想象和虚构，而成为剧本里的戏剧冲突。

生活矛盾是非常广泛而多种多样的，但不是所有的生活矛盾都可以提炼成戏剧冲突。有的生活矛盾更适宜于用小说的叙述和描写来揭示，有的更适宜于用诗歌来表现，而戏剧有它独特的艺术规律，必须挑选生活矛盾中有戏剧性的，有舞台性的，提炼成戏剧冲突。我们试举一例来说明作家如何从生活矛盾中提炼戏剧冲突。易卜生在1879年创作《玩偶之家》之前，就一直注意着妇女解放问题的发展，因为妇女解放问题是19世纪中叶欧洲各国的重要社会问题之一。就斯堪的那维亚半岛的情况来说，自从丹麦理论批评家乔治·勃兰狄斯把英国大思想家J.S.穆勒的《妇女的屈辱》一书译成丹麦文以后，丹麦和挪威的妇女就纷纷组织"读书会"一类的社会团体，写小册子，开演讲会，宣传妇女解放。易卜生和这些妇女界先进分子保持着一定的联系，倾听她们的意见。其中一位妇女后来就成为他的剧作《社会支柱》中的海斯尔小姐的原型。当时还有一位杰出的妇女领袖名叫柯尼拉·柯勒特的，常和易卜生来往，这位妇女后来就成为他《玩偶之家》主角娜拉这个人物形象所概括的原型之一[2]。足见《玩偶之家》的主题思想在作者脑子里早就酝酿好多年了。后来他在生活里又遇到这样一件事：他的一位朋友，女作家拉乌拉·基勒，因为她丈夫害肺病要到南方去疗养，暗中托人向银行借款，等到丈夫回来以后，她又托亲戚作保再向银行借款。后来那亲戚破了产，期票无法兑现，她就想把假票子交出去，但总算没有这样做。最后，她丈夫知道了全部经过，在社会舆论的影响下，双方离婚了事。这

---

① 毛泽东：《在延安文艺座谈会上的讲话》。
② 详见加斯纳（Cassner）：《戏剧的主人们》（Masters of the Drama）（英文原本）。

位女朋友的不幸遭遇就成为易卜生《玩偶之家》的题材的来源之一。易卜生根据真人真事进行艺术构思，他把酝酿成熟的主题思想和他的朋友的遭遇联系起来，决定了这出戏的戏剧冲突是要表现男权社会和妇女要求解放之间的社会生活矛盾；他在1878年（《玩偶之家》正式写成的前一年）在《现代戏剧笔记》中写道："世界上有两种精神上的法律，两种良心，一种是男人的，一种是妇女的，彼此各不相同。男女双方并不彼此了解，可是在实际生活中，总是用男人的法律来判断妇女……剧本中那个妻子，到最后竟分辨不出是非来，一方面是由于自然情感，一方面是由于信仰权威，结果使她变得昏聩糊涂而毫无主见了。在今天的社会里，妇女无法保持她自己的本来面目，因为这社会纯粹是男权社会，一切法律都由男人制定，现行裁判制度总是从男性的观点来裁判妇女的行为。那位妻子曾经冒名签字，自己觉得很骄傲；她做这件事是为了爱她的丈夫，要救他的性命。可是她的丈夫只知道保全那庸俗的个人名誉，反而拥护法律，用男性的眼光来看待这个问题。……精神上的冲突，她因为信仰权威而感到压迫和困惑。从此对于自己抚养子女的道德上的权利和能力失却了信心，极端痛苦。现代社会中的母亲，像有些昆虫一样，在尽了繁殖种族的责任以后，就悄然走开，默然死去了。爱生命、爱故居、爱丈夫、爱子女、爱家庭。屡次三番要摆脱掉她的那种思想，突然又感到忧惧和恐怖。她必须独自忍受一切。惨局来到，无可避免。灰心绝望，内心冲突而至毁灭。"[①] 这是易卜生《玩偶之家》的最早的构思。他确定了主题思想、主要人物（丈夫和妻子）和他们之间的社会性的生活矛盾（男权思想和妇女独立自主思想之间的矛盾）的范围之后，才进行戏剧冲突的艺术处理，他虚构了娜拉代父签字向律师柯洛克斯泰借钱的情节，为了使戏剧冲突更尖锐更集中，他把柯洛克斯泰放在她丈夫将要去做经理的银行里当一名小职员，又把他写成是丈夫在大学里的老同学。他还虚构了林丹夫人作为娜拉的老同学，同时又是柯洛克斯泰的老情人，使戏剧冲突深刻化、尖锐化、复杂化。这样四人之间的错综复杂的关系所造成的戏剧冲突是比他的女友所遭遇到的不幸情节

---

① 详见《易卜生的工作室》（From Ibson's Workshop 1911）。

里的生活矛盾要"更高，更强烈，更有集中性，更典型，更理想，因此就更带普遍性"了。摸索主题思想的过程就是概括生活矛盾提炼戏剧冲突的过程。所以，不同的生活面、生活素材、生活矛盾现象，应该提炼出不同的最有典型意义的新鲜的戏剧冲突，不能生搬硬套，不能人云亦云，要有独创性。这和作家的深入生活，认识生活，提高思想水平、艺术水平，敢于独创和善于想象和虚构，是分不开的。

由于生活矛盾的丰富多彩，错综复杂，千头万绪，形形色色的缘故，在我们叙述生活矛盾的时候，不能不用概括抽象的语词，如说这是个人与集体的矛盾，这是先进与落后的矛盾，这是革命与反革命的矛盾等等。因此，生活矛盾归纳起来，主要是两大类：一类是对抗性的阶级或阶层的矛盾冲突，一类是非对抗性的（也有对抗性的）一个阶级或阶层内部的矛盾冲突。戏剧冲突是反映在剧本里的具体的形象的生活矛盾，有具体的特殊的形象的对立人物，有矛盾冲突所产生出来的具体事件和情节。为了使戏剧冲突更尖锐、更强烈、更具有社会意义，人物和情节都须集中起来，本来在生活里三四个人所做的事，现在要集中在一个人身上，情节事件本来是散漫的，前前后后的，拖延很长时间的，现在要集中在一起发生，要使人物性格鲜明，斗争性强，要使事件情节集中得合情合理，紧张紧凑，必然要作一番艺术的构思和布局，进行缜密安排，进行大胆的创造和虚构，充分利用艺术手段，尤其是假定性和偶然巧合的因素。这样虚构出来的具体的特殊的戏剧冲突，说不定在真实生活里是找不到的，但实质上符合生活矛盾的真实，因此比生活更真实更典型。戏剧艺术不排斥一些在生活里看来是偶然巧合的因素，但构成戏剧冲突时，却更好更集中地反映出生活的真实。例如《白毛女》是反映地主阶级和农民之间的尖锐生活矛盾的，但剧本的戏剧冲突却必须通过具体的人物和具体的事件来表现的，所以是通过地主黄世仁看中农民杨白劳的闺女喜儿所引起的一场斗争故事来表现的。很显然，这故事里有不少偶然巧合的因素：地主黄世仁看中喜儿貌美，才逼杨白劳还欠租，写卖身契，以致他服毒自杀，喜儿被抢等等情节。如果杨白劳没有女儿，难道就不会受地主压迫了吗？如果黄世仁不看中喜儿就能和杨白劳"和平共处"吗？显然不是的。地主压迫剥削农民的实质在任何情况下不会改变，但有了这一段黄世仁看中喜儿强抢喜儿的情节，把看来是平平淡淡的生活矛盾提高到富于戏剧性、典型性的戏剧冲突。再如易卜生《玩偶之家》，作者广泛概括集中男性社会与妇女争取解放的种种生活矛盾，虚构成富于戏剧性、典型性的具体的戏剧冲突。如果按照生活的真实来看，柯洛克斯泰是海尔茂的老同学、银行里的同事，林丹夫人是柯洛克斯泰的老情人、娜拉的老同学，林丹夫人刚好在圣诞节前夕赶到城里来找工作，都是偶然巧合的。但由于这样的虚构情节，戏剧冲突就更集中、更典型了。很少戏里找不到一点偶然巧合的因素，这是由于艺术概括集中所必不可少的一种手段，尤其在喜剧里，需要更多更大胆的假定性。喜剧往往用极其偶然巧合的因素作出发点的，例如闽剧《炼印》是用退职的公差冒充按院大人来作出发点的；楚剧《葛麻》是用土财主马铎要长工葛麻帮他退张大洪的婚事，而张大洪又刚巧是葛麻的表弟，作出发点的；英国喜剧电影《天堂里的笑声》是以荒唐滑稽的遗嘱作出发点的；《百万金镑》是从可笑的两个富翁打赌作出发点的。戏剧冲突是生活矛盾的典型化，在共性中必须有个性，在一般中必须有特殊性，但目的在于更真实地，更高地，更集中地反映生活矛盾。不理解戏剧冲突是生活矛盾的典型化的人，往往把戏剧冲突理解为生活矛盾的"图解"，用概念式的形象来"图解"生活矛盾，造成公式化概念化的作品，千篇一律，或大同小异。艺术的普遍规律是：用特殊来表现一般，用偶然来表现必然。戏剧冲突是生活矛盾的"那一个"，又是"这一个"。

用许多看来是偶然的其实是必然的、看来是特殊的其实是一般的因素来造成紧张的、强烈的、一触即发的戏剧情境是展开戏剧冲突的必要条件。例如，黄世仁看中喜儿，逼迫杨白劳还租，还不起租，又逼他把女儿卖给黄家——这是《白毛女》展开戏剧冲突的必要的戏剧情境。《罗密欧与朱丽叶》是两家几代冤仇的儿女偏偏一见钟情，相互热爱，秘密结婚，造成《罗密欧与朱丽叶》的强烈戏剧冲突的悲剧情境。市长安东·安东诺维奇和他的一群官吏把困住在旅馆里的彼得堡小官吏赫列斯达可夫误认为钦差，造成《钦差大臣》的戏剧冲突的喜剧情境。退职公差杨传在回乡的路上偶尔听说肖太师强抢民女诬陷好人，又在茶楼上巧会黄卜得知新按使转道完婚一时不能来上任，他才决定假冒按院到任视事，展开了《炼印》的喜剧冲突的戏剧情境。这些情境都带有偶然的特殊的因素，但非如此不能展开戏剧冲突，非如此不能很好地揭示人物的性格，非如此不能深刻地展示生活里的社会矛盾。

生活里的社会矛盾反映在剧本里成为戏剧冲突，可以正面反映，也可以侧面反映，可以直接反映，也可以间接反映；冲突的对立面一般同时出场，作面对面的斗争，也有对立面的一方是明写，另一方是暗写，这暗写的一面虽然不出场或少出场，但观众却处处感到它的存在，它的威胁，它的作用。一般悲剧和正剧是用正面和直接反映的多，例如《奥瑟罗》，正面的奥瑟罗和反面的埃古是面对面作斗争的，我们眼看着阴险毒辣的埃古向正直的奥瑟罗步步进逼，直到最后奥瑟罗完全跌入对方的陷阱而手刃了他最亲爱的苔丝德蒙娜。但也有用侧面的和间接的方法来反映生活矛盾的戏剧冲突的，例如川剧《拉郎配》，它所反映的生活矛盾是封建皇帝向民间征选宫女，引起了杭州全城恐慌，凡百姓家有年轻姑娘的都纷纷强拉青年男子成婚，免得被征入宫，永世不得与家人见面。这是封建皇朝与人民之间的矛盾冲突，但反映在戏里却成为有年轻女儿的几家互抢新郎的内部矛盾的喜剧性的戏剧冲突。还有一种间接反映生活矛盾是写梦境，写鬼神，表面看来是作家的幻想，但实际上深刻地揭露了现实生活的黑暗。例如汤显祖的《牡丹亭》，封建礼教对青年少女束缚得那么严，只许她在妆楼上绣花读书，不许她到后花园去散散心，因此少女怀春只能在梦中会见她幻想的情人，郁郁而死，死后又凭作者幻想，做了鬼才有和情人交往的自由，又幻想死而复活，结成美满姻缘。这是对封建礼教的血泪控诉。侧面写和间接写往往比正面写和直接写来得深刻，来得含蓄，容易让作者发挥出多种多样的艺术技巧，挖得深，揭得透；所以好的剧本往往是作者别出心裁地巧妙地用侧面和间接的方法来揭示生活矛盾。《钦差大臣》的作者不但不用真钦差来和市长作正面斗争，并且连那假钦差赫列斯达可夫也不是存心有意来冒充钦差的，而是市长误认为他是钦差，而赫列斯达可夫乐得顺水推舟，将错就错地做起假钦差来了。这样比骗子冒充钦差更能把帝俄官场揭露得深刻些，因为骗子存心有意的来假冒，一则容易揭穿（在老奸巨猾的市长面前是骗不过的），二则骗子究竟只代表一小撮坏蛋，不能代表彼得堡更广大的官吏阶层，典型意义就差了。这里作者用了误会的手法，但这误会的偶然因素，却更典型地揭露了帝俄官场的黑暗和腐败。

侧面和间接反映生活矛盾的另一个意义是"从小见大，从微知著"。《守卫在莱茵河上》[1]一剧，只写美国一个公寓里的房客们之间的纠葛，但就可以看出在希特勒发动世界大战的时候，法西斯分子在世界各地如何猖獗跋扈，危害人民。甬剧《两兄弟》[2]只写一个农村家庭里的小小纠纷，兄弟二人不睦，但反映出中国农村在合作化运动中两条道路的斗争是如何尖锐。

从这里我们就联想到一个问题：剧本是不是只应该反映生活中的主要矛盾？有人批评一些剧本没有"时代性"，因为它们不反映时代的主要矛盾，而只反映了生活的次要矛盾。当然，戏剧创作应当表现时代的特征，主要反映生活里的主要矛盾，但在戏剧冲突里也可以不直接或正面反映生活的主要矛盾，而是通过反映次要矛盾来反映时代的主要矛盾。中国古典戏曲里最富于这种例子：戏剧冲突往往是直接反映生活中的小矛盾，但间接地反映了时代的大矛盾，从内部非对抗性矛盾反映出敌我之间的对抗性矛盾。徽剧《寇准背靴》着力描写的是寇准与杨延昭之间的小小冲突，但实质上反映出当时朝廷上的忠奸两党的你死我活的斗争和内忧外患的时代特征。矛盾的双方，可以同时出场，作面对面的冲突，也可以写一方面根本不出场，但处处意识到它的存在，而并不减弱它应有的力量。例如曹禺的《日出》，是通过买办资产阶级各种各样的人物之间的矛盾冲突（内部矛盾——亦即剧本中的具体戏剧冲突）来揭露旧社会的黑暗腐朽的本质，它写了潘经理和李石清，陈白露和黑三，陈白露和方达生等等矛盾，而更强有力的对方是不出场的金八，他操纵着台上出场的形形色色的人的命运。这些内部矛盾构成了剧本的具体的戏剧冲突。但在这些资产阶级内部矛盾之上还有一个更大的社会矛盾——就是这些资产阶级的人物（外加金八）和在幕内不出场的打桩的工人们，他们的打桩声就代表着社会上的正面人物，代表着观众头脑中的理想（当然还有不够的地方，但至少作者是有这企图的）。揭发旧社

---

[1] 美国当代剧作家海尔曼作。

[2] 胡小孩作。

会黑暗的喜剧，如《钦差大臣》、《升官图》、《镀金》……往往满台都是反面人物，没有正面人物，即使有也不起重要作用，他们在台上表现出来的是反面人物之间的内部矛盾冲突（即反映在戏里的戏剧冲突），而更大的生活矛盾的真正对立面——正面，就是观众头脑里的理想，具体表现为观众的笑声。所以戏剧冲突的双方人物必须在舞台上出现，进行着各种各样的斗争，而剧本所暗示的更大的生活矛盾，可能只出现一方面人物，而另一方面人物并不出场，或出场得很少（因此并不构成戏剧冲突对立的一方，例如《拉郎配》里的钦差）。

有人认为在社会主义社会里应该着重写反映人与自然作斗争的戏剧冲突。是的，在社会主义社会里，生产斗争和科学研究是人与自然作斗争的重要方面。但不能把大自然作为戏剧冲突的对立面。人与大自然的矛盾不能脱离人与人之间的矛盾而独立存在。这是因为一个英雄人物必须和多方面作斗争才能突出他的英雄气概和豪迈精神，才能刻画出生动真实的英雄形象，才对观众有启发和教育意义。如果那英雄人物只单独和自然作斗争，只看见他在机床上辛勤劳动，在与洪水作搏斗，在烈火中抢救妇女和孩子，这样，至多只能看到他的坚强不屈，勇敢果断的精神品质，看不到他的丰富的内心活动和思想动态。只有在他和人作斗争时，才能看到他细致的、深刻的精神面貌，并且在自然的威力和困难面前，不同思想意识的人，不同世界观的人，不同性格的人，就有不同的态度和反应，在这里就自然而然地展开了尖锐斗争；而这英雄人物在和不同思想、不同观点的人作斗争时才展示出丰富多样的精神活动和与众不同的性格和品质；这样的英雄形象才对观众有较深刻较现实的教育意义。

但也有人认为只有"性格对立冲突"才能构成戏剧冲突①。这种看法也是不完全的，片面的。有人就举出一些戏来，里面就找不到"性格对立的冲突"。例如《抢伞》这个小戏的情节基础只是爷孙两代为着给毛主席遮太阳这个同一目的抢一把伞，并没有性格对立的冲突。但是这个戏表现了人民领袖关心群众和群众对领袖的无限热爱。有人评价这部戏"能够生动而深刻地反映出这种伟大的激动人心的时代的感情"，是

---

① 吉佐之：《略谈戏剧冲突问题》，《戏剧报》，1960 年第 18 期。

"富有时代激情的作品"①。同样，沪剧小戏《争上十三陵》也是一出"富有时代激情的好作品"。婆媳两人都想到十三陵去从事义务劳动，争着抢家里的户口簿。这两出小戏里的两对主要人物都是积极分子，具有先进思想，都抱着同一目的，要做同样的好事，都不是性格对立的冲突。难道我们就不承认它们是戏吗？当然不，但是又作何解释呢？可不可以说没有"戏剧冲突"也可以写成戏呢？于是又有人出来解释道："戏剧冲突……只不过是结构戏剧情节的一种艺术手段。它本身并不包含规定的冲突内容，是只属于艺术形式范畴，不属于艺术内容范畴的概念。"②

把戏剧冲突和生活矛盾完全割裂开来，把戏剧冲突看成纯粹的"艺术手段"，那完全是错误的，因此有人批评这种说法是"形而上学的"。内容和形式是任何事物的两个方面，不能把它们割裂开来。戏剧冲突是生活矛盾在剧本中的反映，因此它本身就具有内容（或实质）和形式（或手段）两个方面，冲突的内容或实质必须通过一定的形式或手段来表现出来。但驳斥上述"形而上学的"论点的那位同志也用"形而上学的"方法硬在《阶级弟兄心连心》这剧本里去找"戏剧冲突"，还说"《阶级弟兄心连心》的戏剧冲突……在于特定场合中共产主义精神高度发扬、资产阶级思想微不足道或无地可容的那种生活本质"③。换句话说：这出戏的戏剧冲突是高度发扬的共产主义精神和微不足道的资产阶级思想之间的矛盾冲突。这句话本身就有毛病：一面是"高度发扬"，一面是"微不足道"的两个对立面，怎么能发生尖锐的矛盾冲突呢？并且剧本里并无丝毫资产阶级思想的痕迹，就是一面明写一面暗写，也该对立得起来，平衡对抗得起来，才能使观众感到戏剧冲突对立的一个方面暗中存在。例如《拉郎配》里皇帝的暴力是暗写的，民间用"拉郎配"的方法来反抗是明写的，但在戏进行的过程中间，我们始终感到皇帝的暴力的存在——这是这出戏的戏剧冲突所反映的重要生活矛盾，而戏剧冲

① 《富有时代激情的作品——〈抢伞〉》，见《小剧本》1959 年第 20 期。
② 楚平：《不要把生活矛盾和戏剧冲突混淆起来——与吉佐之同志商榷》，见《戏剧报》1961 年第 6 期，第 49 页。
③ 白坚：《怎样理解戏剧冲突——兼与吉佐之、楚平同志商榷》，《戏剧报》1961 年第 6 期，第 23 页。

突的具体表现，是三家有姑娘的互抢新郎的民间内部矛盾。换句话说，用具体的内部矛盾所构成的戏剧冲突，来反映生活中皇帝和人民之间的重大的敌对阶级的矛盾。戏剧冲突必须用具体行动在舞台上表现出来，不论它是严重的悲剧或正剧的斗争，或是轻松的比较容易克服的喜剧冲突。但《阶级弟兄心连心》的具体戏剧冲突是什么呢？是克服种种自然的困难，血浆数量不足的困难，交通的困难，黑夜在暴风雨中飞行的困难，但在各方面群众发扬了共产主义高尚的合作精神，不怕困难舍己为人的高贵品质，终于战胜了自然，达到了目的，完成了任务。这出戏的戏剧冲突明摆着是人战胜自然，人与自然的矛盾冲突。由于这出戏只写人与自然的矛盾冲突，不是人与人之间的矛盾冲突，因此人物性格非常简单，不够鲜明突出，没有多方面揭露人物性格——这是这出戏的最大弱点，所以只能说是新闻报道性的活报剧，不能认为是完美的有高度艺术性的优秀剧作。

那么，《抢伞》、《争上十三陵》这一类歌颂新社会，只写先进人物的剧本的戏剧冲突到底在哪里呢？这一类型的戏里到底有没有戏剧冲突呢？我们肯定说有，因为没有戏剧冲突就不能成为戏。有人说戏剧冲突必须是"人物性格对立的冲突"，这句话只说对了一半，因为用这个公式来衡量悲剧、正剧和一部分喜剧还是正确的，但是有一部分剧本如小型喜剧《抢伞》(越剧)、《争上十三陵》(沪剧)，大型喜剧如《样样管》(滑稽戏)等，就无法应用这公式了。在中国古典戏曲里这样的戏很多，如《断桥》、《昭君出塞》，锡剧《双推磨》等，比比皆是。《样样管》里的先进工人吴立本和厂党委书记，都是工厂里的先进人物，都是社会主义建设中的积极分子，都热切地希望提高厂的产品质量和数量，难道他们之间有性格对立冲突吗？总之，这些戏怎样用性格对立冲突来解释它们呢？

也许有人要问："一方面说戏剧冲突主要表现为性格冲突是基本上正确的，但一方面又说性格冲突不能解释以上所举的戏的戏剧冲突，那岂不是自相矛盾吗？"是的，这是自相矛盾的。下面我们将深入地讨论这个矛盾，并且着手解决这个矛盾。的确有许多的戏可以用性格冲突来解释，因为对立人物的对立性格是相当明显的，例如一方面是穷凶极恶的反动统治阶级的典型人物，另一方面是被压迫的进行反抗的英雄人民，或者一方面是资产阶级思想的代表人物，另一方面是无产阶级思想的代表人物，或者一方面是落后的人物，另一方面是先进的人物，这些对立性格的人物发生面对面的冲突构成戏剧冲突，这是很明显的。但构成戏剧冲突的对立人物并不限于以上三种类型，像上面所举的剧本中人物就不在以上三种类型的范围之内。因此用"性格冲突"或"性格对立冲突"来解释戏剧冲突，不但不够全面，并且过于笼统，对戏剧创作者不能起实际指导作用。许多创作者在生活中找不到"性格对立冲突"而感到苦闷，在社会主义社会里，在风起云涌的新人新事面前，在一片欣欣向荣阳光满地的景象面前，不知如何反映在他的剧本里构成"性格对立"或性格正反对峙的戏剧冲突而感到棘手。

为了进一步探讨这个问题，我们不妨把"性格"一词作一番科学的研究。"性格"就广义而言，在心理学（研究人的心理特征和心理过程的现代科学）上一般称为"个性"或"人格"。"个性"里包括哪些心理特征和心理过程，各派心理学家有各种不同的说法，就最新的心理学派来说，有的主张个性包括气质、能力和天资、性格（狭义的）、理智、兴趣五个方面[1]，有的主张包括兴趣、能力、气质和性格四个方面[2]，还有主张除气质、兴趣、能力、性格（狭义的）四个方面外，再加需要和信念两个方面[3]。我们不打算在这儿讨论这个问题，但这说明性格（广义的）或称个性中包括许多方面，而这些方面，在我们文艺创作者来说都是我们创造人物形象所必须注意的几个方面；我们所谓"性格"就是心理学上的"个性"，或称为"广义的性格"[4]。它包括气质、能力、性格（狭义的）、理智、兴趣等，这些心理特征都具有稳定性。这些稳定的心理特征通过下列三种心理活动过程而得以表征，这三种心理活动过程：即认识过程、情绪过程和意志过程，而其中最主要的是意志过程，它在认识过程的加深中带动情绪过程一同前进。意志是对客观事物的认识，自觉地确定目的并力求其实现的心理过程。它从最初的憧憬（或称

---

[1] ［苏联］尼・德・列维托夫著，余增寿译：《性格心理学问题》，人民教育出版社1959年版。

[2][4] ［苏联］柯尼洛尼等撰，何万福、赫葆源译：《高等心理学》第4编，商务印书馆1952年版。

[3] 见《辞海》试行本第7分册第44页。

意向)、愿望、欲望、志向进展到决心，有了决心才开始行动。性格是稳定的，而意志是运动的。所以小说以描写稳定的性格为主要任务，而戏剧以表达意志为主要任务。意志总是在同困难作斗争的过程中获得锻炼而不断增强的。意志总表现在一定的行动中。意志所以又称为意志动作或意志行动。意志行动包括采取决定和执行决定两个相互联系、相互渗透的心理过程。意志行动分简单和复杂两种。在复杂意志行动采取决定时，对行动目的和方法的选择可能产生种种顾虑和内心矛盾；这反映在戏剧里就成为复杂的内心冲突。意志的强弱表现在能否贯彻他已定的原则，通过思想斗争作出决定。在执行决定时可能由于知识经验的缺乏，行动本身的艰苦和意外发生的障碍而产生种种主观和客观困难，反映在戏里就是外部冲突和内心冲突相结合的戏剧冲突的主要内容。意志的强弱表现在能否克服种种困难，力求达到预定目的。人的意志行动受社会条件的制约，凡违反生活客观规律或历史发展规律的意志冲突，必然达不到他所决定的目的而以悲剧告终；凡掌握客观规律、坚定不移地为既定目的而奋斗，克服主客观困难，必然达到意志的目的而取得胜利。优良的意志品质表现在坚持原则、当机立断、勇敢坚毅、克己自制等方面。

由此可见，性格和意志是有区别的，但又有密切联系的。性格是稳定的，意志是行动的。性格本身不能发生冲突，例如资本家和工人的性格有显著的不同，在利害关系暂时稳定的状态下，他们表面上是无从发生冲突的。但当资本家通过某些具体手段压迫工人时，也就是说，当资本家执行压迫工人的意志时，工人便起来反抗，反抗就是意志的表现。性格在意志的表现过程中揭露出来。所以戏剧冲突与其说是"性格冲突"或"性格对立冲突"，不如说戏剧冲突是意志的冲突，凡人们在伸展自己的意志时才能发生各种各样的冲突，在自己的意志酝酿和形成的过程中发生自我内心冲突，在执行意志时便和别人发生意志的外部冲突，并且在与别人意志发生冲突的过程中自己的意志还会发生变化或加强而引起一系列的内心冲突。

所谓性格（狭义的）是指人物在对人、对事、对己的态度和行为方式上所表现的稳定的心理特点，各人性格特点表现出各人不同的精神面貌，主要包括世界观——这是性格的基础——理想、情绪、高等感情

（道德的、理智的和审美的），有的连理智和兴趣也包括在内。应当指出的是也有一些心理学家把意志看成性格（狭义的）的一部分，那么性格中的稳定部分称为性格的"倾向性"，而那运动部分称为性格的意志部分。下面简要地予以阐述："倾向性"包括世界观、注意、兴趣、理想、情感、高级情感等[①]。是性格的稳定部分，是性格的基本特征。世界观是对于自然和社会的各种观点的总和，它是倾向性的基础，是一种信念，是影响一个人的活动的内在因素，因此，它是性格的基础。注意也可以表现出一个人的倾向性；无论无意的注意和有意的注意，都是倾向性的特征。人的兴趣是倾向性的最普遍形式之一，是对于种种对象和生活现象一种充满情绪色调的态度，表现在力图认识并掌握这些对象和现象的意向上。兴趣会引起行动的愿望，借以实现他的兴趣。兴趣是和意志一脉相通的。崇高的兴趣就是一个人的理想，理想是一个人的指路明灯。随着兴趣和理想而来的是情感；情感是一个人对于现实表现出积极的鲜明的态度，当一个人将某种意向上升为意志而采取具体行动时，感情也就上升为热情，而成为"一个人努力达到自己目标的一种积极的力量"。（马克思）[②] 情感或热情是倾向性的重要形式之一，正如列宁说："……如果没有'人的情绪'，人就决不会，而且也不可能去寻求真理。"[③] 人还有高级情感，亦即道德的情感、理智的情感和审美的情感，都是倾向性的表现形式。倾向性是有鲜明的阶级性的。

现在谈谈性格（狭义的）的运动部分——意志。意志是反映社会需要的心理活动的一方面，表现在自觉地提出行动的目的上，表现在达到这一目的的坚决性或决心上，而且表现在为了克服那些阻碍目的实现的障碍所必须的积极性、组织性和刚毅性上。人具有动物所没有的第二信号系统；人的优越性不仅表现在思维方面，而且表现在意志方面，表现在制订计划、原则和守则来指导并调节其行为方面。意志活动始终是一种自觉的和有一定目的的活动。人的一切劳动就是这种活动的榜样。马

---

① [苏联] 尼·德·列维托夫著，余增寿译：《性格心理学问题》，人民教育出版社1959年版。
② 马克思、恩格斯著：《马克思恩格斯全集》第3卷，人民出版社1960年版。
③ [苏] 列宁著：《列宁全集》第20卷，人民出版社1955年版。

克思说："蜘蛛的工作，与织工的工作相类似；在蜂房的建筑上，蜜蜂的本事曾使许多以建筑为业的人惭愧。但是最拙劣的建筑师都比最巧妙的蜜蜂更优越的，是建筑师在蜂蜡建筑的蜂房以前，已经在他脑筋中把它构成了。劳动过程终末时取得的结果，已经在劳动过程开始时，存在于劳动者的观念中，已经观念地存在着了。他不仅引起自然物一种形态变化，同时还在自然物中实现他的目的。他知道他的目的，并以这个目的，当作法则，来规定他的活动样式和方法，并使他的意志，从属于这个目的。"① 在阶级社会中，和倾向性一样，意识和意志——即自觉的和有一定目的的心理活动——都是带有阶级性的。反映在戏剧里的人物的意志是和思考的活动以及情感不断地联系着的。人的意志是有意识的有目的的心理活动。在意志形成过程中并在下决心开始行动之前，我们一定先思考的确要做什么，如何去做，为什么必须这样做，做了之后后果如何；根据思考所规定出来的目的、方法、步骤和可能的结果，预订计划。在执行的过程中，遇到新的困难，还要订出克服困难的方法，下决心克服新困难，不断修订计划。没有思维的参加，意志的动作便可能失掉了意识性，就是说，不成其为意志的动作了。意志和感情也是紧密联系着的。如果某一件事只属于理智的范围，而不涉及我们的感情时，这件事就不能影响我们的意志。例如，计算一数学题目是一个纯粹理智的活动，不涉及意志，但当计算发生困难时，而算不出来将影响到明天的考试，或者影响到一项工程设计的成败，于是感情就起来了，下决心钻研，克服一切困难，坚决要把它算出来，意志就开始活动了。当感情抓住我们的时候，这情感便时常成为强而有力的实现这种或那种行为的刺激了。意志力的强弱是和情感的强弱成正比例的。尤其在剧本中主人公的意志一定带有丰富而强烈的感情。

总而言之，性格与意志不论作为个性下面两个不同的组成要素或在性格中又有联系又有区别的两种成分，是有显著区别的，虽然它们是在个性之下密切地联系在一起，相互推动，相互渗透的。在戏剧的人物性格冲突中主要是人物之间的意志冲突，而不是指单纯的性格冲突，因为

---

① 马克思：《资本论》第 1 卷。

性格而不通过意志是冲突不起来的。

用"性格冲突"或"性格对立冲突"所无法解释的几个戏，如上面提到的《抢伞》、《争上十三陵》、《样样管》、《昭君出塞》等戏，如果用"人物意志冲突"来解释，就很轻而易举了。《抢伞》是讲爷孙二人都要为毛主席遮太阳而回家取伞，但家里只有一把伞，爷爷要这把伞，孙女也要这把伞，于是两人的意志发生冲突，构成了剧本的冲突。《争上十三陵》中婆媳二人都想到十三陵去义务劳动，但组织上不批准她们去，唯一的办法是拿了户口簿到十三陵去作证明，就可能如愿以偿；可是她们家里只有一本户口簿，于是婆婆要户口簿，媳妇也要户口簿，两人的意志发生冲突，构成了剧本的戏剧冲突。《样样管》里老工人吴立本和厂党委书记发生意志冲突：吴立本三天三夜在工地上干活，党委书记要他回家休息，而吴立本要继续干下去，于是两人在意志上发生冲突，党委书记派会计主任用汽车"押送"他回家，他的老婆受了书记委托，"看管"他不让他出去，他就想出种种办法溜回到厂里去，又被书记"押送"回去等等一系列的意志冲突。《今天我休息》的戏剧冲突是马天民一再失约造成的。他的意志是由于他性格中有公而忘私的品质，一向自觉地把公家的利益放在第一位，并且坚定地、毫不犹豫地付诸行动而来。这样，他一办公事就忘了私人的约会，一再地失败，造成了误会。而他的对方刘萍和姚大姐的意志是要马天民按约定时间来赴约，于是他们之间就产生了意志冲突，也就构成了剧本的戏剧冲突，到最后误会解释清楚，意志冲突消除，戏也就结束了。《拔兰花》里的蔡根发和王凤霞的意志冲突也是很清楚的：蔡根发一上场就怒气冲天，一心到谢家宅来质问王凤霞为什么突然变心，向她要回那朵定情的白兰花，而王凤霞也是一肚子的怨气，要是碰到他，也要责问他为什么变心。蔡根发的拔兰花，摔兰花，踏兰花，到最后再在窗口替她插兰花，都是用来表示他的意志的；王凤霞的拾兰花，珍惜兰花，送回兰花，最后收回兰花，也清楚地表示了她的意志和意志的转变。他们的意志是通过误会表达出来，误会消除，言归于好，意志冲突也就消失了。在两人意志的冲突中，充分揭示了封建婚姻的父母之命、媒妁之言和迷信算命不知害得多少青年男女失去了幸福的生活。《双下山》里的小和尚和小尼姑的意志冲突是内心冲突和礼教隔阂所造成的外部冲突所构成的。两人在内心中都有佛门子弟不能随便和异性交往和他们追求幸福的愿望的冲突。小和尚克服了内心冲突后便向小尼姑攀谈起来；但小尼姑由于腼腆和礼教隔阂，则处处躲避他，拒绝他，但等小和尚假意离去，小尼姑又懊悔起来，说出了内心的愿望，于是小和尚突然出现在她面前，隔阂消失，意志统一，戏就结束了。《昭君出塞》里更没有人物性格冲突可言了。昭君和王龙、马夫都没有任何性格冲突或意志冲突。这出戏的意志冲突完全是昭君的内心意志冲突。她一方面为解救国家于外患之厄，救人民于兵戎之祸，而决心和番。但另一方面却又眷恋祖国、家乡、父母而不愿去和番，于是她在和番的路上触景生情，勾起了她一系列的内心意志冲突而成为一出好戏。

戏剧冲突主要表现为人与人之间的意志冲突这一论点在戏剧理论里早已有之，不过一直不太引人注意罢了。亚里士多德在《诗学》第六章里就曾写过："一段话如果一点不表示说话人的去取，则其中没有'性格'。"布轮退耳一再在《戏剧规律》里强调"人的自觉意志的冲突"[①]。他强调"人的自觉意志"是戏剧的主要动力，因此在剧本里的主人公必须是坚强的，刚毅不屈的，坚持到底的，主动的，意志坚定不移的。他最后肯定"自觉意志的冲突"就是戏剧的基本规律。别林斯基也说过："只有在矛盾与和解中，意志和责任以及心灵憧憬的斗争中，胜利或失败中，才有生活……"[②]德国戏剧理论批评家佛雷塔格说："戏剧通过人物的语言、声调和态度，在动作中，表现人的某种观念突然形成情欲，并且变为行动时所经历的心灵过程，以及表现人被自己和别人的行动所激发的心灵深刻的情感。"[③]别林斯基和佛雷塔格所谓"心灵憧憬"、"情欲"就是人物的意向和意志，与布轮退耳不谋而合。高尔基说得更明确："戏剧要求的是动作，是主人公的主动积极，是强烈的情感，迅速的感受和鲜明的词句。如果戏剧中没有这些东西，那就不成其为戏剧

---

① 参阅本章第一节关于布轮退耳《戏剧规律》的阐述。
② 《别林斯基选集》。
③ 佛雷塔格（Freytag Gustav 1816—1895）：《戏剧技巧》(Technique of Drama)（根据英译本引者选译）。

了。……可以说，除了文学的才能以外，戏剧还要求有造成愿望或意图的冲突的巨大本领，要求有用不能反驳的逻辑来迅速解决这些冲突的本领，而且指导这个逻辑的，并不是作者的随意任性，而是事实、人物性格和情感本身的力量。"① 高尔基所说的"愿望或意图的冲突"就是意志的冲突。

不过，两个人发生意志冲突，一般总是从性格对立或差异上来的；这在悲剧和正剧里阶级对立或阶级思想对立所造成的意志冲突是容易理解的。在喜剧里的意志冲突可以由于性格对立，或仅仅由于性格差异，而这个差异是由于认识有高低，或由于误会以及其他原因造成的。例如《样样管》里吴立本与厂党委书记都是先进人物，但他们两人的思想认识还有差异，吴立本三天三夜不睡觉的干劲固然很足，但不顾劳逸结合，在思想上是有缺点的；而厂党委书记强迫他去休息是完全正确的，所以他们两人在思想认识上还有差别，造成很好的意志冲突。《抢伞》和《争上十三陵》的意志冲突是由于双方争夺同一样东西，但双方争夺的目的是一致的，所以性格上没有多大差异。没有性格差异的意志冲突，虽然能构成戏，但性格刻画却是非常单薄，因此戏也就比较单薄了。

总之，人物之间的意志冲突是戏剧冲突最具体的表现，是一切冲突中最富于戏剧性的冲突。人是有阶级性的，属于不同的阶级或阶层的，所以他的意志或多或少是代表他的阶级或阶层利益的。就是在同一阶级或阶层内也可能在某一方面表现不同阶级思想的对立。所以人与人之间的意志冲突也是社会阶级矛盾冲突的具体表现。敌对阶级的人物的意志冲突当然代表着两个阶级利益或阶级意识形态的尖锐冲突，就是同一先进阶级的两个人物的意志，由于思想观点不同，先进与落后的差别，或者仅仅是工作方式方法的不同，从不同角度看问题，或者甚至于仅仅是由于一时误会，也能发生尖锐的意志冲突。这种种的意志冲突就能构成各种各样的戏剧冲突。有人反对布轮退耳的"自觉意志的伸展"的说法，认为这是 19 世纪极端个人主义学说在戏剧理论中的反映，我是不

---

① 《高尔基文学书简》，《人民日报》1961 年 2 月 8 日第 4 版。

能同意的。当然过分强调个人意志是不对的，但剧本中主人公代表他的阶级或阶层的意志和另一个代表另一个阶级或阶层的意志，或同一个阶级或阶层的不同意志的人发生冲突，是不可否定的生活真实，就是在将来共产主义社会里还存在着各种各样的意志冲突。因此把人物的意志冲突作为戏剧冲突的基础和主要内容，我认为这个公式（如需要把它作为公式的话）可以放之任何古今中外的剧本而皆准，不论是古典剧作，或是新型的社会主义喜剧。一切好的剧本，不论悲剧、正剧、喜剧、闹剧，都有主人公和对立人物的鲜明的意志斗争。例如古希腊悲剧《俄狄浦斯王》，俄狄浦斯为了免除城邦的灾难，坚决追究杀死拉伊俄斯的凶手，追根究底，不达目的不肯罢休；他跟克瑞翁争吵，跟先知忒瑞西阿斯争吵，跟他的母亲和妻子伊俄卡斯忒争吵，甚至伊俄卡斯忒给了他严厉的警告，俄狄浦斯后来也意识到自己有嫌疑，但他义无反顾，不惜任何代价，穷追到底。这样坚强的意志造成俄狄浦斯莫大的悲剧。再以莎士比亚的《麦克佩斯》为例：麦克佩斯在杀死国王的时候，有些犹豫，但等一登王位，他坚决地清除异己，不惜斩草除根，以保住自己已得的地位，他谋害老王留下来的几个儿子，杀死他最亲信的大臣庞柯和他的儿子，于是众叛亲离，他手下的大臣纷纷逃往国外，直到兵临城下，眼看江山不保，他还坚持战斗，直到被杀身亡。再举吉·菲格莱德的《伊索》作例子。《伊索》之所以写得好，不仅是因为伊索这人物形象鲜明突出，而是他的争取自由的意志非常坚决，并且剧中所有人物都有明确的意志表现，所以戏剧性特别强，戏剧冲突尖锐而又丰富。伊索追求自由的坚决意志是非常突出的，他不要金银财宝，不要舒适的生活，不接受克列娅对他热烈真挚的爱情，不愿重做奴隶来逃避死亡，而情愿做自由人而死。哲学家克桑弗一心追求财富和地位。克列娅，克桑弗的妻子一心追求理想的爱情。女奴梅丽塔只想做克桑弗的妻子，黑奴阿比西尼亚只求生存，不知其他。各人有各人不同的意愿，各自努力去达到各自的目的，交错纠缠在一起构成丰富多彩复杂多样的戏剧冲突。其他，《烈火红心》里许国清突破种种困难坚持到底要制成新产品电偶管，《英雄万岁》里曾国光营长忍受饥渴坚守坑道直到胜利，《胆剑篇》里勾践忍辱负重坚持复国雪耻，十年生聚，十年教训等人物的坚强意志，都自始至终贯穿在剧本里构成统一的深刻的戏剧冲突。喜剧主要人物的意志斗争，虽然不及悲剧或正剧那样严重和尖锐，但剧作者往往用误会、巧合、蒙骗、伪装等等艺术手段来加强意志的斗争，造成一时紧张的戏剧冲突。例如《炼印》里杨传假扮按院来和贪官豪绅作斗争，杨传的意志是坚定的，冒着生命的危险去斗争的。又如芗剧《三家福》里的教书先生，他的倾囊相助的慷慨行为和救人于绝境的坚定意志是十分感动人的，他宁愿自己挨饿，宁愿忍受妻子的责备，宁愿去冒险偷窃别人的山芋来充饥；为了加强戏剧冲突，剧作者制造了一系列的误会。

由此可见，在舞台上必须通过自觉意志来表达性格多方面的特征，因为舞台上的表演是以行动为主，而行动是意志的产物。没有意志的人是谈不上行动的。舞台上人物的一举一动必须有它明确的目的性，也就是以表现人物意志所构成的行动为它的主要内容。在小说里我们可以用很大篇幅来描写一个人躺在床上作种种幻想、回忆，或思考；这样的人物描写在舞台上是无法表现的。舞台上的人物可以有丰富的内心活动，但这内心活动也必须用动作（形体动作或语言动作）表现出来。所以人与人之间的意志冲突是戏剧冲突的主要内容。人与人之间的意志冲突包括正反面人物之间的意志冲突，也包括正面人物之间或反面人物之间的意志冲突。只要意志发生冲突就能构成戏。

也许有人要问："只要意志发生冲突就能构成戏"，那么一切无谓的争吵或毫无意义的意志冲突都能构成戏吗？这与"无冲突论"又有什么区别呢？是的，一切毫无意义的意志冲突都不是好的戏剧冲突。一切人物的意志冲突必须与剧本的主题思想密切结合起来。表面看来没有什么意义的意志冲突也可能反映出社会生活中的主要矛盾。人物意志冲突要能体现重要社会矛盾的，反映生活重大问题的，才有构成好的戏剧冲突的价值。没有社会意义的意志矛盾所构成的戏剧冲突，我们是反对的。

纯粹外部冲突而没有内心冲突的戏也不能构成很有意义的戏剧冲突。例如外国电影中常常出现的警察追捕强盗的紧张惊险镜头，又如戏曲舞台上为武打而武打的戏（也许能表现精彩的武术和绝招），不可能深刻地表现人物的意志冲突。纯理性的（例如逻辑思维的）辩论也不能表达意志冲突，例如在舞台上开辩论会，说理斗争，针锋相对，看来矛盾冲突很尖锐，但没有行动，实质上也不能表现丰富的深刻的意志冲突。斗嘴说俏皮话的噱头，如果与主题思想无关，与表达人物性格无关，虽然也能引人发笑，但不能表现人物的意志冲突，也不能构成戏剧冲突。以上似是而非多种多样的所谓"戏剧冲突"可以用有无社会意义来衡量它的价值。

戏剧冲突的严重性有各种程度上的差别，有极其严重的，也有极其轻松的。其严重性的程度取决于三个条件：一、戏剧冲突本身是否严重；二、剧作者对这冲突的态度；三、主要人物对这冲突的态度。当然，这三者之中，以第一条件为主，以第二第三条件为副。最严重的戏剧冲突是反映敌对阶级或阶层的你死我活的生活矛盾，如《哈姆雷特》里王子哈姆雷特和他叔父劳迪斯之间的冲突，《奥瑟罗》里奥瑟罗和埃古之间的冲突，《窦娥冤》里窦娥和张驴儿之间的冲突，等等，这些冲突的双方，在当时的历史条件下，一方面是社会基础雄厚，力量强大，另一方面虽然属于正义的一方，并且竭尽全力进行顽抗，但力量悬殊，结果必然以死亡或失败告终。这种类型的冲突造成悲剧。如果冲突双方势均力敌，高下难分，主人公可以战胜对方，也可能失败，这种冲突一般造成正剧（或称壮剧），如《玩偶之家》、《十五贯》、《胆剑篇》等。正剧的风格一般像悲剧一样的严肃，但与悲剧不同的地方在悲剧必然以死亡或绝对失败告终，这是不可避免的；而正剧则可胜可败，即败亦不至于到非死不可的地步。势均力敌的戏剧冲突也可能写成喜剧，那得看第二第三两个条件，即剧作者和主人公对这种冲突的态度如何。如果剧作者和主人公（两者一般是一致的）以比较轻松的或乐观的（或称为喜剧的）态度，藐视当前的阻碍和困难，那么，也可以写成喜剧。例如《炼印》的戏剧冲突以其实质来说是反映贪官豪绅和人民之间的冲突，在封建时代这种冲突占上风的总是贪官豪绅，人民失败的成分多，成功的成分少，但剧作者却用假冒按院大人的喜剧情节来和贪官豪绅作斗争，并且主人公杨传采取藐视对方，从容应付的轻松态度，就造成了喜剧的戏剧冲突。又如关汉卿的《望江亭》也是一样，按其冲突的实质来说是杨衙内有权、有势，可以随意摆布白士中和谭记儿，但谭记儿聪明过人，胆识超群，有把握地假扮渔家女去杨衙内船上窃取圣旨，反败为胜；这是剧作者和女主人公把这你死我活严重的戏剧冲突轻松化了，化成喜剧的戏剧冲突。再如京剧《群英会》里的《草船借箭》，周瑜要诸葛亮在一个月时间内造十万支狼牙箭，诸葛亮明知周瑜想借此来杀害他，但风趣幽默神机妙算的诸葛亮反而自愿在三天内交箭，并立下了军令状。按这戏剧冲突的实质来说，是你死我活的斗争，但诸葛亮的喜剧性格把悲剧转化为喜剧了。如果戏剧冲突不是你死我活的斗争，冲突本身并不十分严重，或主人公很有把握克服当前的阻碍，或冲突本来相当严重，但作者用巧妙的情节安排，轻轻松松地把它解决了，或冲突本来微不足道，但作者用喜剧的艺术手段，如误会、乔装等，造成一时的紧张，但等真相一揭穿，冲突就解决了……这一切都能构成轻松的喜剧，如《救风尘》、《打金枝》、《寇准背靴》、《墙头记》、《弄巧成拙》、《无事生非》、《威尼斯商人》、《悭吝人》、《伪君子》、《费加罗的婚礼》等都是。还有一种更轻松的喜剧（有的是闹剧，或小型歌舞剧），戏剧冲突的实质看来，有的比较严重，是意识形态或习惯势力之间的对立冲突，是先进与落后的冲突，但有的却并不严重，只是生活矛盾中一些小波折，而就其戏剧冲突的形式来看，却往往是用误会、巧合、假装（如装病）、开玩笑等人为的方法来制造一些冲突，并且有意志冲突的双方不一定是敌对阶级或阶层，而同样是善良的，先进的，或同样是落后的，或有缺点可以批评的，如《评雪辨踪》、《秋江》、《张三借靴》、《香萝帕》、《抢伞》、《争上十三陵》……戏剧冲突虽然是轻松的，但它反映的生活矛盾可能是严重的，或重要的。如果戏剧冲突轻松，而所反映的生活矛盾极不重要或没有什么现实教育意义，那么这出戏可能有娱乐性，但思想性一定不高。思想水平高的喜剧一般是戏剧冲突虽然是轻松的，但所反映的生活矛盾却是严重的，重要的，或有深刻的现实教育意义的。

四、戏剧冲突的发展

上面三节已经阐明戏剧的基本特征是社会性的戏剧冲突，戏剧冲突主要表现为人与人之间的意志冲突，而意志冲突又主要表现为一系列的动作，推动戏向前发展。"戏剧的运动是由一系列平衡状态的变化来推动进行的，平衡状态的任何一次变化就构成一个动作。一出戏就是一个动作体系——平衡状态的次要和主要变化的体系。全剧的高潮就是平衡状态在一定条件下受到了最大限度的扰乱。"① 戏剧冲突的发展是由一系列的动作，一系列的矛盾冲突，一系列的小高潮到大高潮来构成的。戏剧冲突的发展不是直线上升的，而是迂回曲折的，循环反复，逐步上升到高潮的戏剧运动，所以戏剧冲突一定是不断变化的，发展的。没有变化或发展的冲突，不能构成戏剧冲突。

　　动作是意志冲突的具体表现。动作不仅是外部的形体动作，还有内心动作和语言动作，外部形体动作总是和内心动作与语言动作密切结合在一起的。如果形体动作而没有内心活动的联系，动作就失去了意义。内心活动主要是人的意志活动，通过外部动作来表达他的愿望、企图、要求、决心等。表达愿望、企图、要求、决心的动作必须带有人物对环境、对事件、对人的明显态度和阶级感情。有时外部动作虽然很小，但能引起丰富的内心活动，比紧张的决斗和激烈的武打更能引人入胜，激起观众更大的紧张情绪。所以动作效果并不取决于人物做什么，而是取决于人物所做的事情的意义。

　　戏剧冲突的发展是有多种多样形式的。这儿举几个例子来说明最普遍应用的几种形式。

　　第一种，冲突的发展是随着情节的变化而转换形式。例如《赵氏孤儿》，最初冲突的双方是奸臣屠岸贾和忠臣赵朔，赵朔被满门抄斩后，冲突就转到屠岸贾和程婴、卜凤之间为争夺孤儿的斗争，孤儿被盗出宫门后，冲突又转到搜查孤儿与隐藏孤儿的冲突，程婴与公孙杵臼定计后，冲突又转为屠岸贾与公孙杵臼之间的冲突，最后韩厥还朝，冲突又转为屠岸贾和程婴、韩厥、孤儿之间的冲突。冲突在转换中加深了正反双方的矛盾和冲突。在冲突的转换中也引起了误会的冲突（卜凤认为程婴"告密"是卖主求荣，用嘴去咬他，程婴不便明说，只好忍受）、激烈的内心冲突（程婴亲眼看到自己的亲生子被敌人摔死，又目睹好友公孙被奸臣杀害，内心引起激烈斗争和痛苦）和假冲突（程婴被迫用鞭抽

---

① ［美］约翰·霍华德·劳逊著，邵牧君、齐宙译：《戏剧与电影的剧作理论与技巧》，中国电影出版社 1961 年版，第 214 页。

打公孙），使戏剧冲突更丰富而激烈。

第二种，冲突双方中的一方看来一再退让，另一方步步进逼，但到让无可让的时候，便反攻猛扑，一举而结束冲突。一方的退让得越多，那么最后反扑的力量就越大。这也是构成强烈冲突的一种方法。例如京剧《乌龙院》中的"坐楼杀惜"一场，这一场的表演中形体动作、内心动作、语言动作三者结合得很好，不但形体动作鲜明突出，内心动作丰富细致，并且语言精练，而又富于行动性，我把最后一段原文引证如下：

宋　江　我失落一样东西，大姐可曾看见？

惜　姣　不错，看见了。不是一只叫化袋么？

宋　江　是，是，一只叫化袋，快快把还与我。〔宋江存心和
　　　　解——引者注，下同〕

惜　姣　拿去。（将袋掷在地上）

宋　江　（连忙拾起，摸袋内）啊，大姐，里面还有一锭黄金呢？

惜　姣　黄金我收下了。

宋　江　本是送与大姐买花儿戴的。

惜　姣　谢谢你。

宋　江　啊，大姐，里面还有一样东西，可曾看见？

惜　姣　敢是书信？

宋　江　嗳，不错，把还与我。

惜　姣　你的书信上面，写的什么言语？

宋　江　没有什么言语。

惜　姣　好呀！你私通梁山！〔挑起冲突〕

宋　江　啊，大姐，不要说出口来，快快把还与我。

惜　姣　你要书信倒也不难，要依我一件事情。

宋　江　什么事？

惜　姣　你写封休书，把我休了。

宋　江　我宋江一不休妻，二不卖子，写的什么休书？

惜　姣　你不写，我走了。

宋　江	你到哪里去？
惜　姣	我睡觉去。
宋　江	我与你写。〔宋江第一次忍让〕
惜　姣	你与我写。
宋　江	啊，大姐，无有纸墨笔砚，写不成了。
惜　姣	你来看，这不是么？
宋　江	啊，阎大姐，你早有此心么？
惜　姣	早有此心。
	〔宋江作要写状。
宋　江	怎样写法？
惜　姣	我说你写。
宋　江	你且讲来。
惜　姣	立休书人宋江休妻阎惜姣……
宋　江	慢来，不是休妻，而是休妾阎惜姣。
惜　姣	任凭改嫁张……
宋　江	张什么？还是立早，还是弓长张？
惜　姣	（旁白）被他把我问住了。我说出口来，还怕他不成。（向宋江）任凭改嫁张文远。
宋　江	呀呸！张文远是我的小徒，你为何私通与他？
惜　姣	你写不写？
宋　江	我不写。
惜　姣	你不写，我走了。
宋　江	哪里去？
惜　姣	睡觉去。
宋　江	我与你写。（作写字状）拿去。〔宋江第二次忍让〕
惜　姣	拿来。（看一下）这不成。
宋　江	要怎样写呢？
惜　姣	要你打上手模足印。
宋　江	呀呸！我宋江一不休妻，二不卖子，打的什么手模足印？
惜　姣	你不打，我走了。

宋　江　你往哪里去？

惜　姣　睡觉去。

宋　江　我与你打。〔宋江第三次忍让〕

惜　姣　你与我打。

　　　　　〔宋江打手模足印状。

惜　姣　拿来。

宋　江　慢来，你将书信把还与我。

惜　姣　我还能逃得脱你的手么？

宋　江　我谅你也逃不出我手。拿去。

惜　姣　（接着休书）告辞了。

宋　江　你又去睡觉？

惜　姣　我去睡去。

宋　江　书信把还与我的好。〔宋江第四次忍让〕

惜　姣　书信不能在这里还你。

宋　江　哪里还我？

惜　姣　郓城县堂上还你。

宋　江　我来问你：郓城县是狼？

惜　姣　不是狼。

宋　江　是虎？

惜　姣　不是虎。

宋　江　吞吃我宋江？

惜　姣　虽不是狼虎，你也要怕他三分。

宋　江　还是把还我的好。〔宋江第五次忍让〕

惜　姣　近前来！

　　　　　〔宋江走上去，阎惜姣打一嘴巴。

惜　姣　（唱"扑灯蛾"）开言骂宋江，私通那梁山，你要我的书和
　　　　信，随我去见官。
　　　　　〔宋江气极，动手打惜姣。〔最后爆发〕

宋　江　（唱"扑灯蛾"）打骂阎婆惜，你敢把我宋江欺，劝你把我
　　　　书和信。

（白）哼哼！

惜　　姣　　你还打我？

宋　　江　　我还打不得你？（拔出刀来）

惜　　姣　　你还杀我？

宋　　江　　嗜。（将惜姣刺死）〔高潮，冲突解决〕

这是一个内心动作、语言动作、形体动作三者紧密相结合的好例子，对话虽短，但富于潜台词，富于内心心理活动，而又有适当的形体动作相配合，是最富于戏剧性的好戏。宋江和阎惜姣之间的意志冲突在这一段戏里达到了最高峰，是全剧许多小冲突现在发展到了大冲突，同时他们两人的性格通过这次极其尖锐的冲突揭露无余，充分暴露了他们性格中的本质特征：在这出戏中的宋江是个心地善良的文弱书生，为了收回那封惹祸生非的书信，不惜忍让再忍让，到让无可让的地步，也逼得他拔出刀来杀人，而阎惜姣不但利用宋江的善良来达到她自己的愿望，并且满足了愿望之后，还回过头来要吞噬对方，其心肠之毒辣，真写得入木三分了。

　　第三种方式，冲突的对立面，冲突的内容，始终基本上不变，但通过一次次交锋，冲突越来越激化和深化，到最后的爆发点，雷电交加，一泄而尽。这是最常见的一种形式。最完善的例子是曹禺的《雷雨》。《雷雨》是一出意志冲突比较尖锐而又复杂的戏。它反映了"五四"以后抗战以前中国社会上一个买办资产阶级家庭里新旧思想的斗争。但这里所谓"新"是属于旧民主主义思想范畴，在和旧的封建思想和买办资产阶级思想发生抵触时才见得它是新的。这出戏里人物的性格都比较鲜明而又复杂，意志都很强，所以戏剧冲突特别尖锐。周朴园和繁漪有意志冲突，繁漪和周萍有意志冲突，周萍与四凤有意志冲突，四凤与鲁侍萍有意志冲突，鲁侍萍与鲁贵有意志冲突……总之每一人物有不同的愿望和企图，互相发生或大或小的意志冲突，构成错综复杂的戏剧冲突。但贯串在全剧的自始至终的主要冲突是繁漪与周萍之间的冲突。繁漪是封建买办家庭中叛逆的女性，她的意志像钢一样硬，什么东西碰上去都会发出火花，在这家庭里只有她敢于和顽固的周朴园当面顶撞，并且决不屈服；她不爱的时候，冷若冰霜，当她发生爱的时候，她就像一团火，猛不可挡，爱到残酷的地步，爱到不要自己的儿子，不要世界上的一切。正像曹禺自己说的："她是最富于魅惑性的。这种魅惑不易为人解悟，正如爱嚼姜片的才道出辛辣的好处。所以必需有一种明白繁漪的人始能把握着她的魅惑。不然，就只会觉得她阴鸷可怖。也许繁漪吸住人的地方是她的尖锐，她是一柄犀利的刀，她愈爱的，她愈要划着深深的创痕。她满蓄着受着抑压的'力'。"① 这是能够构成强烈的戏剧冲突的戏剧性性格。周萍是感情矛盾的人，他思想里有新的东西：追求天真活泼的女孩子的爱情，追求自由恋爱，但他软弱，不敢违拗父亲的意志，虚伪，非到万不得已的时候不敢表示一点反抗；他的性格在许多方面和他父亲一样，虽没有父亲刚强，但他对繁漪却躲闪唯恐不及，非常坚决，这说明他对封建礼教的屈服。繁漪与周萍的意志冲突是《雷雨》的戏剧冲突的核心。在第一幕里他们的意志冲突已显露出小小的火花：周萍已经好几天不见繁漪了，今天闯进客厅来，刚好繁漪下楼来，他立刻就想走，去客室见父亲，周冲阻止，又要去书房写信，又被阻止，于是不得不留下来，但他们的谈话很勉强，显示出他们之间的深刻矛盾：

周　萍　对了，我预备明天离开家里到矿上去。
　　　　…………
周繁漪　你在矿上做什么呢？
周　冲　妈，你忘了，哥哥是专门学矿科的。
周繁漪　这是理由么，萍？
周　萍　（拿起报纸）说不出来，像是家里住得太久了，烦得很。
周繁漪　（笑）我怕你是胆小吧？
周　萍　怎么讲？
周繁漪　这屋子曾经闹过鬼，你忘了。
周　萍　没有忘。但是这儿我住厌了。

────────────

① 曹禺：《〈雷雨〉序》。

繁漪的笑是挑战，她提起闹鬼的事，虽然周冲听不懂，但观众却听得懂，是提醒他一笔旧账。这是冲突的开端。到第二幕冲突正式展开了，繁漪想用过去的感情，用哀求的方法来挽回他们的关系：

周繁漪　萍，我盼望你还是从前那样诚恳的人。……你知道我没有你在我面前，我已经很苦了。
周　萍　所以我就要走了。不要再多见面，互相提醒我们最后悔的事情。
周繁漪　我不后悔，我向来做事没有后悔过。

　　　　…………

周　萍　那么，我是个最糊涂、最不明白的人。我后悔，我认为我生平做错一件大事，我对不起自己，对不起弟弟，更对不起父亲。
周繁漪　（低沉地）但是你最对不起的人，你反而轻轻地忘了。
周　萍　还有谁？
周繁漪　你最对不起的是我，是你曾经引诱过的后母！
周　萍　（有些怕她）你疯了。
周繁漪　你欠了我一笔债，你对我负着责任，你不能丢下我，就一个人跑。

　　　　…………

周　萍　年轻人一时糊涂，做错了的事，你就不肯原谅吗？（苦恼地皱着眉）
周繁漪　这不是原谅不原谅的问题，我已经安安静静地等死，一个人偏把我救活了又不理我，撇得我枯死，慢慢地渴死。你说，我该怎么办？
周　萍　那，那我也不知道，你说吧！
周繁漪　（一字一字地）我希望你不要走。

在这儿周繁漪提出了比较和缓的请求，说出了她的意愿，但立即遭到周

编剧理论与技巧　第三章　戏剧冲突

萍的拒绝，又经过一番争执后：

> 周　萍　……我的态度，你现在骂我玩世不恭也好，不负责任也好，我告诉你，我希望这一次的谈话是我们最末一次谈话了。(走向饭厅门)
> 周蘩漪　(沉重的语气) 等一等。
> 〔周萍立住。
> 周蘩漪　我希望你明白我刚才说的话，我不是请求你。我希望你用你的心，想一想，过去我们在这屋子说的(停，难过)许多，许多的话。一个女子，你记着，不能受两代的欺侮，你可以想一想。

这一长段的谈话是他们两人之间冲突的初次展开，是用"我希望……我希望……"这类话，在语气上是比较缓和的。可是蘩漪后一句话："一个女子，你记着，不能受两代的欺侮"，语气就比较重了，带有威胁的口吻。到第二幕终了他们又单独在一起，那意志冲突就尖锐得多了，戏剧冲突有了发展，周蘩漪已偷听到周萍和四凤的谈话，听到他们今晚上相约会面，周蘩漪已不能像先前那样冷静了：

> 周蘩漪　(冷笑) 小心，小心！你不要把一个失望的女人逼得太狠了。她是什么事都做得出来的。
> 周　萍　我已经打算好了。
> 周蘩漪　好，你去吧！小心，现在(望窗外，自语) 风暴就要起来了！
> 周　萍　(领悟) 我知道。

在这儿意志冲突已到了"山雨欲来风满楼"的时候了。到第三幕他们两人的意志冲突又进展了一大步，但没有一句话，而是以纯粹行动表达出来。周萍从窗口跳进四凤卧室，正在谈话时，雷声大作，一声霹雳，四凤扑到周萍怀里。

〔雷声轰轰，大雨下，舞台渐暗。窗户推开了。外面黑黝黝的，忽然一片蓝森森的闪电，照见了周蘩漪的惨白的脸露在窗口上，一道一道的雨水在她散乱的头发上淋着。

〔周蘩漪伸进手，将窗子关上。雷更隆隆地响着，屋子整个黑下来。

这是用简单行动多么强烈地来表现两人意志的冲突。到第四幕两人之间的意志冲突又推进了一步，是以白刃相见，爆发出白热的耀眼的火花，但蘩漪的执拗的意志却使她心理上起着复杂而又悠忽不定的变化，她对周萍的态度软硬并施，并到了垂死挣扎不择手段的程度：

周蘩漪　（阴沉地）你是一定要走了。

周　萍　　嗯。

周蘩漪　（忽然）刚才你父亲对你说什么？

周　萍　（闪避）他说要我陪你上楼去，请你睡觉。

周蘩漪　（冷笑）他应当叫几个人把我拉上去，关起来。

周　萍　（故意装做不明白）你这是什么意思？

周蘩漪　（迸发）你不用瞒我。我知道，我知道，（辛酸地）他说我是神经病、疯子，我知道他要你这样看我，他要什么人都这样看我。

　　　　…………

周　萍　（镇静）你不要神经过敏，我送你上楼去。

周蘩漪　（突然地）不要你送，走开！（低声）我还用不着你父亲背着我，把我当疯子，要你送我上楼。

周　萍　（抑制着自己的烦嫌）那你把信给我，让我自己走吧。

周蘩漪　（不明白地）你上哪儿？

周　萍　（不得已）我要走，我要收拾收拾我的东西。

周蘩漪　（冷静地）我问你，你今天晚上上哪儿去了？

周　萍　（敌对地）你不用问，你自己知道。

周繁漪　（恐吓地）到底你还是到她那儿去了。

　　〔半晌，周繁漪望周萍，周萍低头。

周　萍　（断然）嗯，我去了，我去了，（挑战地）你要怎么样？

周繁漪　（软下来）不怎么样。（强笑）今天下午的话我说错了，你不要怪我。我只问你走了以后，你预备把她怎么样？

周　萍　以后？——（冒然）我娶她！

周繁漪　娶她？

周　萍　嗯。

周繁漪　父亲呢？

周　萍　（冷漠地）以后再说。

周繁漪　（神秘地）萍，我现在给你一个机会。

周　萍　（不明白）什么？

周繁漪　（劝诱地）如果今天你不走，你父亲那儿我可以替你想法子。

周　萍　不必，这件事我认为光明正大，我可以跟任何人谈。

周繁漪　（忧郁地）萍！

周　萍　干什么？

周繁漪　（阴郁地）你知道你走了以后，我会怎么样？

周　萍　不知道。

周繁漪　（恐惧地）你看看你的父亲，你难道想象不出？

周　萍　我不明白你的话。

周繁漪　（指着头）就在这儿，你不知道吗？

周　萍　（似懂非懂地）怎么讲？

周繁漪　（好像在叙述别人的事情）第一，那位专家，克大夫免不了会天天来的，要我吃药，逼我吃药。吃药，吃药！渐渐伺候我的人一定要多，守着我，把我当个怪物似地看着。

周　萍　（烦）我劝你，不要这样胡想，好不好？

周繁漪　他们都跟着你父亲说："小心，小心点，她有点疯病！"他们都偷偷地在我背后叽咕着。慢慢地无论谁都要躲着我，不敢见我，最后铁链子锁着我，那我真就成了疯子了。

周　萍　（无办法）唉！（看表）不早了，给我信吧，我还要收拾东西呢。

周繁漪 （恳求地）萍，这不是不可能的。萍，你想一想，你就一点——就一点无动于衷么？

周　萍 你——（故意恶狠狠地）你自己要走这一条路，我有什么办法？

周繁漪 （愤怒）什么，你忘记你自己的母亲也是被你父亲气死的么？

周　萍 （一了百了）我母亲不像你，她懂得爱！她爱她自己的儿子，她没有对不起我父亲。

周繁漪 （眼睛射出疯狂的火）你有权利说这种话么？你忘了就在这屋子，三年前的么么？你忘了你自己才是个罪人；你忘了，我们——（突停，压制自己）哦，这是过去的事，我不提了。

〔周萍低头，坐沙发上。

周繁漪 （转向周萍）哦，萍，好了。这一次我求你，最后一次求你。我从来不肯对人这样低声下气说话，现在我求你可怜可怜我。这个家我再也忍受不住了。（哀婉地诉说）今天这一天我受的罪你都看见了，这种日子不是一天，以后是整月的，整年的，一直到我死，才算完。你的父亲，他厌恶我；他知道我明白他的底细，他怕我。他愿意人人看我是怪物，是疯子，萍！——

周　萍 （心乱）你别说了。

周繁漪 （急迫地）萍，我没有亲戚，没有朋友，没有一个可信的人，我现在求你，你先不要走——

周　萍 （躲闪地）不，不成。

周繁漪 （恳求地）即使你要走，你带我也离开这儿——

周　萍 （恐惧地）什么，你简直胡说！

周繁漪 （恳求地）不，不，你带我走，——带我离开这儿，（不顾一切地）日后，甚至于你要把四凤接来——一块儿住，我都可以，（热烈地）只要你不离开我。

周　萍 （惊惧地望着她）我——我怕你真疯了！

周繁漪　不，你不要这样说话。只有我明白你，我知道你的弱点，你也知道我的。你什么我都清楚。（忽然那样诱惑地笑起来）你过来，你——怕什么？

周　萍　（望着她，忍不住喊出）你不要笑！（更重）你不要这样对我笑！（苦恼地打着自己的头）哦，我恨我自己，我恨，我恨我为什么要活着。

周繁漪　（酸楚地）我这样累你么？你知道我活不到几年了。

周　萍　（痛苦地）你难道不知道这种关系谁听着都厌恶么？

周繁漪　（冷冷地）我跟你说过多少遍，我不这样看，我的良心不叫我这样看。（郑重地）萍，今天我做错了，如果你现在听我的话，不离开家，我可以再叫四凤回来。

周　萍　什么？

周繁漪　（清清楚楚地）叫她回来还来得及。

周　萍　（走到她面前，沉重地）你给我滚开！

周繁漪　什么？

周　萍　你现在不像明白人，你上楼睡觉去吧。

周繁漪　（看清了自己的命运）那么，完了。

周　萍　嗯，你去吧。

周繁漪　（绝望地）刚才我在鲁家看见你同四凤。

周　萍　（惊）什么，你刚才是到鲁家去了？

周繁漪　（坐下）嗯，我在他们家附近待了半天。

　　　　……………

周　萍　（走到她身旁）那窗户是你关上的。

周繁漪　（阴沉地）嗯，我。

周　萍　（恨极）你是我想不到的一个怪物！

周繁漪　（抬起头）什么？

周　萍　你真是一个疯子！

周繁漪　（无表情地望着他）你要怎么样？

周　萍　（狠恶地）我要你死！（由饭厅下，门猝然关上）

周繁漪　（呆呆地坐着，望着饭厅的门，瞥见鲁侍萍的相片，拿起

118

来看看又放下。她沉静地立起来，踱了两步）奇怪，我要
干什么？

　　在这一段戏里周蘩漪和周萍两人之间的意志冲突可以说到了你死我
活一阵紧一阵的不断暴发强烈火花的阶段，蘩漪的坚强意志表现为让步
到一般女子所不能忍让的程度，用哀求、威胁、忍让、诱惑的笑声来打
动周萍的心，但周萍丝毫不表示动摇。可是这场斗争还没有结束，蘩漪
还要使出最后的手段，来破坏周萍和四凤的关系，祈求达到她和周萍和
好的万分之一的希望：在第四幕结尾，周萍和四凤得到她哥哥和母亲的
允许后，打算一同出走了，蘩漪突然从饭厅门口走出来，阻止了他们，
还叫周冲出来破坏他们的好事。但周冲对四凤的爱本来是一种幻想，在
丑恶的现实面前，他的幻想破灭了，所以他不愿和哥哥争四凤，更不想
杀四凤，毁灭四凤，他低头不语。蘩漪于是着急了：

周蘩漪　冲儿，你说呀，怎么，难道你是个哑巴？是个呆子？看见
　　　　这样的事情还不会吭一声么？
周　冲　（抬头，羔羊似地）不，妈！（又望四凤，低头）只要四凤
　　　　愿意，我没有什么。
周　萍　（走到周冲面前）弟弟！
周　冲　（疑惑地）不，我忽然发现我好像并不是真爱四凤。（渺渺
　　　　茫茫地）以前——我是胡闹。（望着周萍热烈的神色）哥
　　　　哥，你把她带走吧，只要你好好地待她！
周蘩漪　（幻灭）啊，你呀！（忽然气愤）你不是我的儿子，（昏乱
　　　　地）你简直没有点男人气，我要是你，（指四凤）我就杀
　　　　了她，毁了她。你一点也不像我，你不是我的儿子，不是
　　　　我的儿子！
周　冲　（难过地）您怎么啦？
周蘩漪　（向周冲，半疯狂地）不要以为我是你的母亲，（高声）你
　　　　的母亲早死了，早叫你父亲逼死了，闷死了。（揩眼泪，
　　　　哀痛地）我忍了多少年了，我在这个死地方，监狱似的周

公馆，陪着一个阎王十八年了，我的心并没有死；你的
父亲只叫我生了冲儿，然而我的心，我这个人还是我的。
（指周萍）就只有他才要了我整个的人，可是他现在不要
我，又不要我了。

周　　冲　（痛极）妈，我最爱的妈，您这是怎么回事？

周　　萍　你先不要管她，她在发疯！

周蘩漪　（激烈地）你现在也学会你的父亲了，你这虚伪的东西！
我没有疯——我一点也没有疯！我要你说，我要你告诉
他们！

周　　萍　（狼狈地）你叫我告诉什么？我看你上楼睡去吧。

周蘩漪　（冷笑）你不要装！你告诉他们，我并不是你的后母。
〔大家惊惧。

周　　冲　（无可奈何地）妈！

周蘩漪　（不顾地）告诉他们，告诉四凤，告诉她！

鲁四凤　（忍不住）妈呀！（投入鲁侍萍怀）

周蘩漪　你记着，是你才欺骗了你的弟弟，是你欺骗了我，是你才
欺骗了你的父亲！

周　　萍　（向鲁四凤）不要理她，我们走吧。

周蘩漪　不用走了，大门锁了。你父亲就下来，我派人叫他来的。

鲁侍萍　天！

周　　萍　你这是干什么？

周蘩漪　（冷冷地）我要你父亲见见他将来的好媳妇，然后你们
再走。
（喊）朴园，朴园！……

周　　冲　妈，您不要！

周　　萍　（走到周蘩漪面前）疯子，你敢再喊！

　　这一段戏是周蘩漪和周萍两人之间意志冲突激化到最高阶段，蘩漪
使用了最后的手段——要周冲来破坏周萍和四凤的结合——来挽回这危
局，给她能和周萍和好的最后一线希望，这是她最后的挣扎，但也失败

了。于是她决心同归于尽，一起毁灭，把周朴园叫下来，用她一向所反对的外力，来破坏一切。他们两人之间的意志冲突，也就是剧本的主要戏剧冲突，是由劝说，威胁，诱惑，破坏，哀求，到决裂是一步步发展的，是迂回曲折的，是有反复斗争的，是越来越紧张的，是由许多小冲突汇集成大冲突的，是由矛盾对立的量变到质变的，由平衡到不平衡，再由不平衡到平衡，步步向上发展的，但在冲突与冲突之间也有缓和和静止的时刻，而这些冲突中的缓和和静止是为了积聚力量，为了即将到来的大冲突准备条件。

第四种形式是以揭露人物内心冲突为主要内容的。这种内心斗争往往从肯定转到否定，或从否定转到肯定，再从肯定转到否定。内心冲突的转换总是以幅度越大戏剧性也越强。例如《哈姆雷特》的一段有名的独白，表现哈姆雷特王子决心从消极毁灭转变到积极行动的一百八十度的冲突进展，是富于戏剧性的语言动作：

哈姆雷特 生存还是毁灭，这是一个值得考虑的问题；默然忍受命运的暴虐的毒箭，或是挺身反抗人世间的苦难，在奋斗中结束了一切，这两种行为，哪一种是更勇敢的？死了，睡去了什么都完了；要是在这一种睡眠之中，我们心头的创痛，以及其他无数血肉之躯所不能避免的打击，都可以从此消失，那正是我们求之不得的结局……

起先他认为这个人世太痛苦了，还是毁灭的好。但是：

哈姆雷特 这样理智使我们全变成了懦夫，决心的赤热的光彩，被审慎的思维盖上了一层灰色，伟大的事业在这一种考虑之下，也会逆流而退，失去了行动的意义。

哈姆雷特从消极到积极，从求死到求生，这段独白起了决定性的作用，是戏剧冲突向前发展的例子。又如《十五贯》里况钟的一段独白和独唱是强烈的内心冲突，从肯定到否定，再从否定到肯定：

况　钟　（自语）若说她不曾杀人，也要找到真凶手。要说她确曾
　　　　　杀人，也要找到真实证据，怎可捕风捉影，轻率判成死
　　　　　刑呢？斩不得，斩不得！（忽然想起自己的地位和任务）
　　　　　哎！（唱）

　　　　　　我乃是奉命监斩，

　　　　　　翻案无权柄，

　　　　　　苏州府怎理得常州冤情？

　　　　　况且啊！

　　　　　　部文已下，

　　　　　　怎好违令行？（提起笔来，犹豫再三）

　　　　　啊！不可啊！（接唱）

　　　　　　这支笔千斤重，

　　　　　　一落下丧二命！（束手无策）

　　　　　嗳，

　　　　　　既然知冤情在，

　　　　　　就应该判断明。

　　　　　　错杀人，

　　　　　　怎算得为官清。

　　“提起笔来，犹豫再三”和“束手无策”在表演上是用比较细致的形体
动作的。况钟把笔高高举起，正要签押，但停住了，用眼睛看看苏戍
娟，又看看熊友兰，笔仍然高高举着，落不下去。唱完“这支笔千斤
重，一落下丧二命”后，把笔放下来，然后搓手摇头，左右为难，用指
弹额，再三思考，表示出一场内心斗争。然后下定决心，有力地坚定地
唱出“既然知冤情在，就应该判断明……”表示内心冲突结束，转到另
一个动作，宣布缓刑，决定去见周忱，展开他和周忱的戏剧冲突。又如
越剧《庵堂认母》，全剧除了一些生活上必要的对话外，全是独唱和旁
唱来表达母子二人的意志冲突和内心冲突，从猜度到相认，经过曲折的
内心矛盾过程，尤其是尼姑王志贞的内心冲突更其复杂丰富：她首先认

出徐元宰是她的亲生儿子，但考虑到自己从小出家做尼姑，如果认了，岂不被人耻笑；又考虑到认了他，他的功名前途全得抛弃，为儿子着想，她更不能认。但徐元宰却意志坚定，宁愿牺牲功名富贵也要认。经过一场一个坚决要认、一个坚决不敢认的意志斗争，构成了一出有强烈戏剧冲突的好戏。再如《周成献嫂》，戏里只有一个演员在台上用唱念舞蹈来表达他内心矛盾冲突，一人演到底，但戏剧冲突却非常尖锐。奸臣严嵩逼周成把他充军在外的义兄的妻子献出来，给他高官厚爵，不然要把周成杀害。周成心里十分矛盾，义兄曾救过他的性命，恩重如山，怎么能做这样不义之事，但拒绝献嫂，他自己性命又难保，犹豫不决，进退两难，但最后他还是决定抛却富贵，用自己老婆去顶替，陪着嫂子潜逃出去。这一切内心矛盾的尖锐冲突都用唱做和丰富的身段清楚地表达出来。

第五种形式是戏剧冲突的一方和几个对方轮流作战。剧本的主人公先和甲展开矛盾冲突，冲突解决了，他就和乙展开矛盾冲突，乙解决了，于是又和丙展开矛盾冲突，丙解决了，全部矛盾解决，戏也就结束了。这种形式的例子如朝鲜作家赵白岭的《红色宣传员》，主人公李善子同生产队里的三个落后分子官弼、崔镇午、李福善嫂子的矛盾冲突，是一个一个解决的。她对他们的教育和改造是一个一个进行的，找最容易的先进行。李福善嫂子对前生产队长的批评打击很不满意，于是对队的领导干部有成见，认为他们只是对她打击批评，不会真正帮助她，所以她一见李善子就反感。并且她的丈夫、儿子都在战争中牺牲，孤苦伶仃，无依无靠，缺少劳动力，家务又要一个人干。李善子发动了青年团员来帮助她打扫房屋，裱糊墙壁，又替她烧饭，给她作伴。李福善大嫂深受感动，转变过来。其次，青年农民官弼，他一方面认为干农活没出息，一心想到城里去另找工作，一方面因为婚姻问题对李善子有误会。她对他进行了很多工作，并以身作则替他值班守堤，劝导别的青年不要打击他，体谅他给他较轻的活干。后来婚姻方面的误会解除了，官弼也就转变过来，成了李善子在生产和宣传工作上的得力助手。第三个落后的堡垒是官弼的父亲崔镇午，他自私自利，思想保守，看不起年轻的李善子。但李善子对他循循善诱，帮他在田里锄草，又以丰产的事实来打动他，最后也使他转变过来，积极参加队里的集体劳动。这样戏剧冲突的对立面一个接一个地解决，一个比一个更难解决，形成戏剧冲突的逐步进展，越来越紧张紧凑直到高潮。

第六种形式是在人民内部冲突中表现敌我外部冲突，和在敌我外部冲突中表现人民内部矛盾冲突，前者以人民内部矛盾为主，后者以敌我外部冲突为主。两类矛盾相互并用，相互对比，相互烘托，相得益彰。例如，《杜鹃山》是以人民内部矛盾为主的，戏剧冲突的主要对立面是乌豆和贺湘。乌豆代表农民自发的武装革命，因为受了地主恶霸和国民党反动派的勒索压迫，无以生存，只得起来反抗，纠集贫苦农民，在杜鹃山上打游击，没有革命组织，不懂革命纪律，因此常常失败，散而复聚，聚而复散。中国共产党派贺湘去改编这支游击队。乌豆虽然一心投靠共产党，但因为不懂革命军队的组织纪律，常常逞一时义愤、冲动，报私仇，猛打猛冲，上敌人的当，进了敌人的圈套。贺湘要纠正他这种错误做法是一场艰苦的斗争。为了说明这种错误思想，作者用几场敌我斗争的戏来衬托，所以在剧中出现了毒蛇胆，民团司务长等敌人形象，和相互斗争的戏。第二类是以敌我斗争为主，但其中也有内部矛盾，例如在描写大革命后期国共分裂时的敌我斗争的戏里，在我军队伍中曾出现了一些右倾机会主义者，他们主张和敌人妥协，反对进行斗争，到后来有的右倾分子认识错误，转变思想，如《同志，你走错了路!》里的吴志克，也有的叛变革命，投到敌人那里去，如《八一风暴》里的赵梦。

以上六种形式只是举例而已。生活矛盾在阶级社会里一直是非常错综复杂的，反映在戏剧冲突里也必然是多种多样的，譬如说敌我矛盾在一定条件下可以作为人民内部矛盾来处理，如老舍《春华秋实》里的资本家。也有人民内部矛盾可以发展成敌我对抗性矛盾。我们必须根据人物性格、戏剧情节的性质和错综复杂的变化来规定戏剧冲突的类型。不过有一点是肯定的，戏剧冲突决不可能是一成不变的，而是不断发展的，例如《东进序曲》里的刘玉坤（国民党苏鲁皖游击总指挥部副司令）和周明哲（同上一纵队司令）之间的矛盾，原是敌人中的内部矛盾，但这矛盾的结果，周明哲投到新四军这方面来成为敌人的外部矛盾；又如《杜鹃山》中乌豆、贺湘和温七九子原是内部的矛盾，但矛盾发展为敌我矛盾，温七九子终于私通反动土匪，背叛革命。并且这种发展总是非常剧烈的，甚至于有时来一个一百八十度的转弯——这是戏剧冲突发展的一般规律。

第四章　戏剧结构

　　我们在题材和有关生活素材的研究分析中，初步确定了剧本的主题思想，规定了剧本的主要戏剧冲突，摸清了主要人物的性格特征，于是就可以根据主题思想、戏剧冲突和人物性格来安排戏剧情节；这安排戏剧情节的艺术就叫作戏剧结构。戏剧结构是编剧艺术中的重要部分。

一、什么是戏剧结构

　　戏剧结构又称"布局"，即情节的安排。亚里士多德认为悲剧必须具备情节结构、性格、言词、思想、形象与歌曲六种成分，而"六个成分里，最重要的是情节结构。即事件的安排；因为悲剧所摹仿的不是人，而是人的行动、生活、幸福〔(幸福) 与不幸系于行动〕。"他又说："悲剧的目的不在于摹仿人的品质，而在于摹仿某个行动；剧中人物的品质是由他们的'性格'决定的，而他们的幸福与不幸，则取决于他们的行动。"他还说："情节结构乃悲剧的基础，有似悲剧的灵魂。"他还说："悲剧中没有行动，则不成为悲剧，但没有'性格'，仍然不失为悲剧。"[①] 狄德罗说："布局就是按照戏剧体裁的规则而分布在剧中的一段令人惊奇的历史。"[②] 结构又往往比作"造物之赋形"与"工程师之建宅"，如李渔所说："至于'结构'二字，则在引商刻羽之先，拈韵抽毫之始，

[①]　亚里士多德：《诗学》第 6 章，见《诗学·诗艺》，中国社会科学出版社 2009 年版，第 18 页。
[②]　狄德罗：《论戏剧艺术》第 10 章，见《文艺理论译丛》1958 年第 1 期。

如造物之赋形，当其精血初凝，胞胎未就，先为制定全形，使点血而具五官百骸之势。倘先无成局，而由顶及踵，逐段滋生，则人之一身，当有无数断续之痕，而血气为之中阻矣。工师之建宅亦然，基址初平，间架未立，先筹何处建厅，何处开户，栋需何木、梁用何材，必俟成局了然，始可挥斥运斧。倘造成一架，再筹一架，则便于前者不便于后，势必改而就之，未成先毁，犹之筑舍道旁，兼数宅之匠、资，不足供一厅一堂之用矣。故作传奇者，不宜卒急拈毫，袖手于前，始能疾书于后。……尝读时髦所撰，惜其惨澹经营，用心良苦，而不得被管弦，副优孟者，非审音协律之难，而结构全部规模之未善也。"① 英国戏剧家琼斯也有同样的看法，他说："用优美的文学词藻和人物性格的真实观察来建筑一个剧本，而不首先具有一个完整计划，犹如一位建筑师为他建造的房屋，挑选了最好的原材料；他只注意他所选择的砖瓦、木料、钢铁都是最上等的，而不注意地基高低对不对，厨房、起居室和楼梯的布局是否合用，全屋子是否紧凑便利。"②

　　以上这些引文都说明戏剧结构的重要性，历史上著名剧作家的经验也证实了这一点，他们往往在确定创作意图和写作题材之后，花费很多时间在酝酿情节的安排和人物形象的塑造上，真正动手写作的时间是比较短的。例如小仲马酝酿《茶花女》这剧本，不知花了几年工夫，他先搜集材料，写成小说，然后为剧本分幕分场，编成提纲。一切都酝酿成熟，他在乡下连续写作了八天就完成了。又例如伏尔泰写出他最成功的悲剧《柴尔》(Zaire) 只花三个星期的时间。法国浪漫主义剧作家雨果写《玛利昂·达路美》(Marion Delovme) 从 1829 年 6 月 1 日到同月 24 日就全部完成了，而第四幕只用一天的时间。由于这出戏被禁演，他立刻把酝酿成熟的另一个题材，用三个星期的时间写出了他最有名的《哈那妮》(Hernani)。所以汉密尔顿在他的《剧场理论》一书中说道："剧作家的问题不是如何写作的问题，而更多的是如何结构的问题。"③ 他说近代剧作家的工作方法大半都是这样的：在写出第一句台词之前，先把

---

① 李渔：《闲情偶寄·结构第一》，国学研究社 1936 年版，第 3 页。
② 琼斯：《布轮退耳〈戏剧规律〉序言》。
③ 汉密尔顿（Clayton Hamilton 1881—?）：《剧场理论》(The Theory of the Theatre)。

全剧的结构提纲拟订出来，先把原始材料根据不同的时间和地点分成几起，初步规定了几幕几场，然后把每一幕的布景计划出来，把戏里所需要的东西画上去。譬如，这一幕戏里要烧毁一封信，就规定一只壁炉；有人要把一支手枪从窗内丢出去，那么就需要一扇窗子，并把它们安放在显著的地位，让观众看得清清楚楚；他又规定这个屋子里需要几张椅子和桌子；如果需要一架钢琴或一张床，那么根据它们在戏里重要与否，把它们放在显著或不显著的地位；这些东西确定好了以后，他就画出每一幕的详细布景平面图。然后他用棋子或其他形象的东西来代表人物，在图上移来移去，移进移出，一面就在计划剧情的进展、人物形体和内心的一切动作，直到最细致的行动都规定好了，才开始写词。这结构计划的形成是编剧的艺术构思中很重要的一个环节，戏的好坏与此有很大的关系。

艺术作品，不论小说、戏剧、绘画、雕刻，无一不需要结构（布局），不过有的是"无情节的结构"，如绘画里的静物写生一般是无情节的，雕刻一般是可以有情节结构的，但只是情节的一瞬间而已。有情节结构的主要是小说、戏剧和电影三种艺术。所谓"有情节的结构"就是高尔基所指的文学作品中的情节，是"人物之间的联系、矛盾、同情、反感和一般的相互关系，是各种不同性格、典型的成长和形成的历史。"[①] 虽然小说与戏剧都需要情节的结构，但需要的程度却又完全不同。小说需要结构，但如前所述小说没有空间和时间的限制，小说家可以写得长些，也可以写得短些，它的结构比较松弛，作者可以从容地叙述人物的历史背景，描绘景物的变化，刻画人物的内心活动，随时可以倒叙、回忆往事，随时可以改换地点，或两地夹叙，可以插入其他情节，可以写无数人物和无数事件，可以由作者用第三者的口气描绘人物的性格形象，并加以批评和解释，总之，小说作者可以毫无拘束地写出他所要写的人物和情节来，只要有一个大致不差的结构就可以了。但戏剧的时间和空间限制就非常严格，只有二小时半的演出时间，只有二三十方尺的舞台面可以活动，又不能变换地点太多，剧作者又不能自己上台去

---

① ［苏联］高尔基著，孟昌译：《和青年作家谈话》，《论写作》，人民文学出版社1955年版，第6页。

作第三者的解释和描绘，除了借助于布景、灯光、道具、服装、效果等有限的辅助手段之外，一切要靠演员用形体和语言动作来表达。而不用灯光、布景的戏曲演出，还得依靠演员和音乐来表达地点、季节、气候和气氛。在舞台上一分一秒的时间都不能浪费，都得发挥出它最大的作用。所以戏剧需要严密、紧凑和巧妙的结构，比其他任何艺术要高几十倍几百倍。而戏剧结构的重要性也就在于此。易卜生说过："戏剧艺术在时间和空间方面将同样地有所表现，因此它比音乐、绘画和雕刻就更接近于现实，更加明显；比如说音乐吧，它的手段是时间，而绘画和雕刻的手段则是空间。"① 从这观点出发，戏剧结构可以形容成为戏剧动作在时间和空间上的组织。

戏剧结构和戏剧冲突是分不开的，它们就像孪生的姐妹一样，孕育和成长在一起的。戏剧冲突的线索规定以后，戏剧结构也就相应地有了大体的轮廓。霍罗多夫说道："如果冲突被看作是各种性格的对抗，那么，结构便是在戏剧动作中实现冲突。"② 法国戏剧家博马舍在《略谈严格的戏剧体裁》一文中也写道："在安排得很好的计划里，'需要说明的事实'始终是有'需要做的事情'这一点作为提示的。"③ 戏剧结构是贯串戏剧冲突线的具体情节安排。

戏剧结构与主题思想有更密切的关系。戏剧结构是在主题思想的指导下形成的，处处都得服从主题思想的要求。许多人认为戏剧结构纯粹是戏剧艺术的形式和技巧问题，那就大错特错了。结构是从主题思想中派生出来的，结构的每一部分均以服从主题思想的需要而存在。没有统一的主题思想就谈不上完整的戏剧结构。爱森斯坦在《结构问题》一文中说道："结构不可能是虚构的，……不是出于形式上的需要，而是从表现出主题和作者对主题的态度的那种构思中产生的。"④ 他又说："一部分的结构变化，可以表明对戏剧中整个情节线索的处理的不同理解。……任何一种仿佛是抽象的结构变化和结构手法，都表现出作者对

---

① 见《易卜生的工作室》。
② 霍罗多夫：《戏剧的特性和戏剧结构的特性》，见《剧本》月刊 1957 年 12 月号。
③ 博马舍（Pierre—Augustin Caron de Beaumarchais 1732—1799）：引文载于《论正剧》（Essai Sur le Genre Dramatique Seiieux）；见葛拉克：《欧洲戏剧理论集》。
④ 爱森斯坦：《结构问题》，见《电影创作问题论文集》第一集。

结构材料的思想和政治观点。……在处理材料的过程中，逐渐地理解并体会到作品的思想，从而确定作品的结构规律。……"苏联电影理论家尼·克雷切奇尼科夫在他的《影片结构》一文里也写道："影片的思想意图也同样要通过巧妙地组织素材才能显示出来。……结构——它不是某种辅助的东西，而是表现主题思想的基本手段之一。我们对很多个别的要素进行选择，比较，把它们组织成一个统一的整体，这同时也就是在探索表现艺术思想和艺术作品主题的最恰当的形式。……艺术作品的结构——就是体现了本质的形式。……对任何一部艺术作品来说，思想意图离开结构处理，离开作品的布局，是不可想象的。"① 他接着举例说明，有许多影片的结构非常混乱和模糊，这主要是作者的思想意图是混乱和模糊的缘故。有时作者的思想意图可能是明确的，但影片的结构没有搞好，使观众感到作者的思想意图混乱而又模糊。他主张在结构艺术中，"首先是树立中心，树立艺术家注意的中心。"也就是说，要有完整统一的结构，首先要有完整统一的主题思想。他主张在影片中把一切不能阐明思想意图的东西都剔除掉。但主题思想和结构的完整统一并不意味着把思想和剧情简单化或单一化。他又说："但也并不是说，从头到尾，每一个场面，人物的每一句话都要令人厌烦地一再重复同样的即使是很重要的思想。用这种方法只会扼杀艺术性。"这是对主题思想和结构的密切关系所产生的另一极端的偏差——把它们的关系简单化了，把戏剧结构理解为主题思想的图解化了，因此产生出公式化概念化的作品。我们应当正确理解它们之间的真正关系，正如他说的："一部剧作里的主题思想是通过一系列的事件和性格的相互联系逐渐地形成和丰富起来的，而呈现在观众面前的一部作品应该是完整、全面和明晰的。……最好的结构处理就是它能在具体的艺术作品里最完整最深刻地表现出思想意图来。"

戏剧结构来源于生活，又为表现生活而存在的。霍罗多夫在《戏剧的特性和戏剧结构的特性》里写道："戏需要'建筑'——'建筑'得符合于思想意念和生活材料，'建筑'得明智、合理、经济、引人，'建

---

① ［苏联］尼·克雷切奇尼科夫：《影片结构》，《电影文学》1962 年 7 月号。

筑'得使建筑材料不至于妨碍观众看到主要的东西——生活。"^① 不过戏
剧中所表现的生活与自然形态的生活显然是不同的，戏剧中的生活是经
过剧作家精心结构起来的生活，不但是比自然形态的生活"更高，更强
烈，更集中，更典型，更理想，因此更带普遍性"^② 的生活，而且经过剧
作家精心结构之后，呈现出更完整，更匀称，更深刻，更显著的结构形
式。换句话说，结构在形式上的最后目的是艺术的完整性。艺术的完整
性是任何艺术作品共同追求的目的，但在戏剧艺术里，由于空间和时间
的严格限制，特别强调戏剧艺术在形式和内容上的完整和统一。亚里士
多德特别强调戏剧结构的完整统一性（或称一致性）。他在《诗学》第
七章里写道："按照我们的定义，悲剧是对于一个完整而具有一定长度
的行动的摹仿（一件事物可能完整而缺乏长度）。所谓'完整'，指事之
有头，有身，有尾。所谓'头'，指事之不必然上承他事，但自然引起
他事发生者；所谓'尾'，恰与此相反，指事之按照必然律或常规自然
的上承某事者，但无他事继其后；所谓'身'，指事之承前启后者。所
以结构完美的布局不能随便起讫，而必须遵照此处所说的方式。"^③ 亚里
士多德这段话的真正涵义对艺术完整性的看法是有启发的。就剧本中所
表现的一段事件来说，它本身是有头、身、尾的有机联系；就其与世界
上的其他事物联系起来看，那它就不能孤立地存在着，而是千千万万事
件中一个环节而已。就时间来说，过去，现在，未来是相互推移的，现
在就是未来的过去，未来就是未来的现在；但就其一段时间来说，在戏
里所发生事件之前是过去，正在发生的是现在，尚未发生的是未来。而
戏剧在舞台上所表现的一般假定为现在，而舞台的现在也必然有个起
点、中间和结尾。这个事件的起点可能就是另一事件的结尾，而这个
事件的结尾可能就是另一事件的起点。但在一部戏里只能表现一桩事
件，而这桩事件必须有起点、中间和结尾，这样它才有完整性。中国戏
曲舞台上的连台本戏，整套连台本戏应该是有它较大的完整性，哪几本

---

① [苏联] 霍洛道夫著，高士彦译：《戏剧的特性和戏剧结构的特性》，《剧本》月
  刊 1957 年 11 月号，第 98 页。
② 毛泽东：《在延安文艺座谈会上的讲话》。
③ 亚里士多德：《诗学》第 7 章，见《诗学·诗艺》，中国社会科学出版社 2009 年
  版，第 21 页。

是首，哪几本是身，哪几本是尾；但每一本又有它自己的完整性，第一幕是首，中间几幕是身，最后一幕是尾。就在一出戏里，严格地说起来，每一幕戏也应该有它自己的完整性，有它自己的首、身、尾。这首、身、尾三段分法，犹如我们古文里的起、承、转、合，是从生活中一般发展现实中概括来的，反映了生活的发展规律。所以，古今中外一切好的剧本都符合这首、身、尾（或起、承、转、合）的完整性的艺术规律，这决不是一种偶然现象。至于如何按照这个规律来安排情节，我们在后面还要作较详尽的阐述和探讨。

亚里士多德在第七章里继续说明艺术完整性的涵义时写道："再则，一个美的事物——一个活东西或一个由某些部分组成之物——不但它的各部分应有一定的安排，而且它的体积也应有一定的大小；因为美要依靠体积与安排，一个非常小的活东西不能美，因为我们的观察处于不可感知的时间内，以致模糊不清；一个非常大的活东西，例如一个一千里长的活东西，也不能美，因为不能一览而尽，看不出它的整一性；因此，情节也须有长度（以易于记忆者为限），正如身体，亦即活东西，须有长度（以易于观察者为限）一样。"这里规定一部完整的戏，要有一定的长度，以易于记忆为限，也要有一定的广度，以易于观察为限。戏太短了，例如一般的练习片断，就不能成为戏。独幕剧就有一定的长度和广度，它本身有首、身、尾三个发展阶段，自成一个整体。根据一般人的体力和智力，最适宜的演出长度是二小时半，至多不能超过三至四小时，所以一出戏一晚演完，留给观众一个完整的有头有尾的印象。有的剧作家喜欢写结结实实四五个小时的长戏，什么都舍不得割爱，但到了导演手里仍然要加以删削，虽然有时不免损害精彩的好戏，或损害了戏的完整性，但在演出上又不能不这样做，所以剧作者在布局时最好还是考虑到戏的适当长度。有时剧作者把一本戏硬拖拉成两本戏，枝节横生，画蛇添足，反而损害了戏的完整统一。赣剧弋阳腔《西厢记》（两本）就是一个例子。"广度"主要是指戏的头绪问题。李渔说得好："头绪繁多，传奇之大病也。荆、刘、拜、杀（荆钗记、刘知远、拜月记、杀狗记）之得传于后，止为一线到底，并无旁见、侧出之情。三尺童子，观演此剧，皆能了了于心，便便于口，以其始终无二事，贯串只一人也。后来作者，不讲根源，单筹枝节，谓多一人可增一人之事。事多则关目亦多，令观场者如入山阴道中，人人应接不暇。……作传奇者，能以'头绪忌繁'四字刻刻关心，则思路不分，文情专一，其为词也，如孤桐劲竹，直上无枝，虽难保其必传，然已有荆、刘、拜、杀之势矣。"① "减头绪"就是西洋的"三一律"的根本精神。所谓"三一律"就是情节的一致，时间的一致和地点的一致。亚里士多德在《诗学》里只提到情节的一致和时间的一致，并没有提到地点的一致。关于情节的一致，他是这样讲的："在诗里，正如在别的摹仿艺术里一样，一件作品只摹仿一个对象；情节既然是行动的摹仿，它所摹仿的就只限于一个完整的行动，里面的事件要有紧密的组织，任何部分一经挪动或删削，就会使整体松动脱节。要是某一部分可有可无，并不引起显著的差异，那就不是整体中的有机部分。"② 这里所谓"一个对象"、"一个完整的行动"，就是李渔所说的"一线到底"，"贯串只一人也"；至于"时间的一致"，亚里士多德说道："……就长短而论，悲剧力图以太阳的一周为限，或者不起什么变化，史诗则不受时间的限制；这也是两者的差别……"③ 至于"地点的一致"，亚里士多德在《诗学》里只字未提，直到 15 世纪文艺复兴时期，意大利的文艺理论家们才把地点的一致加了进去，成为明文规定的"三一律"，并把时间的限制从 24 小时缩到 12 小时，更进一步缩到 6—8 小时，因为他们认为"晚间是不做工作的"。

　　把"三一律"作硬性规定是极其有害的，束缚了剧作家创造性的充分发挥，但它的精神实质，使剧本的内容与形式完整统一，尤其是情节的一致，使情节一线到底，前后连贯，因果分明，节奏紧凑，注意集中，是一部好剧本所不可缺少的完美结构。"时间的一致"和"地点的一致"是从"情节的一致"引申出来的，要根据具体剧情和舞台条件来灵活运用的。在古希腊露天广场演剧时，没有幕布，没有灯光和布景，一出戏只能从头演到底，中间穿插几次歌唱队的表演，因此时间只能是

---

① 李渔：《闲情偶寄·减头绪》，国学研究社 1936 年版，第 8 页。
② 亚里士多德：《诗学》第 8 章，见《诗学·诗艺》，中国社会科学出版社 2009 年版，第 24 页。
③ 同上书，第 5 章，第 15 页。

连续的，地点只能在一处。但就是这样，也有例外，例如埃斯库罗斯的《阿伽门农》和索福克勒斯①的《俄狄浦斯在古拉纳斯》二剧里，歌唱队在唱词里说明几天时间过去了；在埃斯库罗斯的《尤曼尼狄斯》和索福克勒斯的《亚斜克斯》里，更换了地点。但"时间的一致"和"地点的一致"的精神实质是要剧作者在进行戏剧结构时，在情节一致的前提下，尽可能把时间的差距缩短得越小越好，把地点集中在一二处必不可少的地方。总之，时间和地点的集中就意味着剧情的紧凑和连贯，戏剧结构的完整和统一。狄德罗说得好："不懂得三一律的诗学意义，不懂得这一规律的根据的人，也不会在必要时对之作及时的取舍。他们要么过分重视这一规律，要么过分的轻蔑——两种相反的诱惑都同样是危险的。一种态度是一笔抹杀以往年代的经验和对以后年代的观察，把艺术拖回到它的幼年时代，另外一种态度是把艺术保留在它现有的状态，阻碍它的前进。"②

所谓戏剧结构的完整和统一，我认为主要包含以下两点重要的必不可少的内容：

（一）首先，一出戏的结构必须是有机的整体，即完整统一性。它的理想标准就像亚里士多德说的："它所摹仿的就只限于一个完整的行动，里面的事件要有紧密的组织，任何部分一经挪动或删削，就会使整体松动脱节。要是某一部分可有可无，并不引起显著的差异，那就不是整体中的有机部分。"但"有机的整体"（或"有机的统一或一致"）常常被人误解为有各种不同涵义的概念，甚至于著名的戏剧家也对它作出各种不同的解释。威廉·阿契尔在他的《剧作法》一书里诙谐地说明"结构的一致"在许多剧作家的心目中，有三种不同的理解，形成三种不同的"结构的一致"。他说："粗略地说起来，有三种不同的一致：葡萄干布丁式的一致，链条式的一致和巴特农神殿式③的一致。让我们称它们

---

① 索福克勒斯（Sophokles 公元前 496？—公元前 406）：古希腊著名的悲剧作家，一生写了一百三十多部悲剧，现存七部。
② 狄德罗（Denis Diderot 1713—1784）：《关于〈私生子〉剧本的谈话》(Les Entretiens sur le fils Naturel)。
③ 巴特农（Parthenon）神殿是祭祀雅典娜女神的神殿，在希腊雅典城内；这座神殿以完整一致、匀称美观著称于世。

为：糅合的一致，连锁的一致和整体的或有机的一致。第二种一致（指连锁的一致）是大多数小说和一部分剧本的结构形式。它们表现一连串事件，或多或少是牵连在一起的，但并不匀称整齐的相互依赖地组织起来的。……葡萄干布丁式的一致，与前者不同，是把许多成分搅揉在一起，包在一块布里，煮到一定的程度，于是用轻轻的幽默的蓝色火焰，端上桌来让我们吃——这就是萧伯纳《结婚》一剧的一致。他把各种关于结婚的思想、成见、观点和奇想搅揉成一堆，用布包起来，煮成粘在一起的混合物，所以当包布拿去之后，它们还能保持由于外面压力而粘在一起的一团，而不至于立即碎成小块。……在剧场里，这种糅合的布丁一般分成三块，而不是一大整块，来请观众享受的，还是人类弱点的让步罢了。这剧本就像一粒圆圆的丸药，虽然这丸药太大了，不可能一口气吞咽下去。……现在转向《俄狄浦斯王》——我选择这一剧本作为希腊悲剧最典型的例子——我们找到什么样的一致呢？这才是真正的一致，不是一堆乱七八糟或稀烂的东西，而是仔细计划好的，匀称整齐，有秩序，各部分互相联系着的———所好建筑物的一致，或是一个有生命的有机体的一致。在像《结婚》那样无机体的连锁里是找不到这种一致的。……在《俄狄浦斯王》里，也像在《哈姆雷特》或《海达·盖勃勒》里一样，也清清楚楚分成几幕的。用现代的话来说，它应该称为一出五幕加序幕的戏。希腊舞台是没有幕布的，但它有歌唱队，因此，希望戏剧家用歌唱队，就像我们用幕布，来强调戏剧动作的进展的不同阶段，来说明戏剧动作进展的节奏，同时附带的让观众的身心得到休息，紧张的注意力得到松弛或起变化。"[①] 这里很好说明只有第三种——整体的有机的一致才是戏剧结构的最高理想，是唯一完整的戏剧结构。它的特征是剧本中的各部分都是预先仔细计划好的，匀称、整齐，有秩序，各部分互相紧密地联系着，相互依赖着，"任何部分一经挪动或删削，就会使整体松动脱节"，并且剧情的进展是有节奏的，有阶段的，"承上接下，血脉相连"，前后映照，首尾呼应。为了做到这样高度一致的结构，剧作者必须事先严密计划，慎重安排，事后还须周详推敲，再三修

---

① 阿契尔：《剧作法》。

改，才能做到天衣无缝，巧夺天工。李渔在《密针线》一章里说得好：
"编戏有如缝衣，其初则以完全者剪碎，其后又以剪碎者凑成。剪碎易，
凑成难。凑成之工，全在针线紧密；一节偶疏，全篇之破绽出矣。每编
一折，必须前顾数折，后顾数折。顾前者，欲其照映；顾后者，便于埋
伏。照映、埋伏，不止照映一人，埋伏一事，凡是此剧中有名之人，关
涉之事，与前此、后此所说之话，节节俱要想到。宁使想到而不用，勿
使有用而忽之。"①

　　爱森斯坦在《结构问题》一文也着重谈到结构有机的完整的原则和
方法。他说："'结构'这个术语的直接意义首先是指'对比'和'接
合'。我们正要从结构的这种狭义的方面，去研究这里所分析的材料，
以便学习怎样确定一个作品的各个部分之间，各个场面之间和各个场
面中各个片断之间合乎规律的联系和接合。"他又说："有一系列的方
法或手法，可以使作品具有结构上的稳定性和完整性。……最简单的
手法之一就是重复手法。"②他举音乐和诗歌为例，常用重复的曲调和歌
词，来加强结构的完整性。在剧本里我们也常常看到同样的场面，同样
的话，前后重复，首尾照映，来取得结构的完整性。"这种重复先帮助
我们对作品产生完整的感觉。"他又说："各个环节没有相互呼应，使人
感觉不到它们是整体。"不过，我们得补充一句，重复而有变化和发展
才是最有戏剧性的重复，大体上看来是重复，但内容上已有所不同，有
所发展，才是最好的重复。例如奥尼尔的《天边外》，第一幕两弟兄在
家里会面，一个原在家乡种地，一个刚由外面游历回来，他们面临一个
严重的问题，他们同时爱上一个农村姑娘，要姑娘自己决定她愿意嫁给
谁，姑娘爱上了弟弟，哥哥失望之余，决定出外游历。到最后一幕，两
兄弟又在家中会面，哥哥刚从外面游历回来，弟弟由于不善务农，家业
败落，害肺病快要死了，这时面临着跟第一幕相同的问题，要姑娘表示
她到底爱谁，而姑娘才发现她真正爱的是哥哥。这里有重复，但又有变
化和发展。第一幕第一场的布景和最后一幕最后一场的布景完全是重
复，但两场的时间（一是日落，一是日出）和剧中人物的情绪却已完全

　　① 李渔：《闲情偶寄·密针线》，国学研究社 1936 年版，第 7 页。
　　② 爱森斯坦：《结构问题》，见《电影创作问题论文集》第一集。

改变了。

　　也有人认为只写一个人的事就容易取得结构的完整统一，其实不然。对于这个论点，亚里士多德在《诗学》里提到过。他说："有人认为只要主人公是一个，情节就有整一性，其实不然；因为有许多事件——数不清的事件发生在一个人身上，其中一些是不能并成一桩事件的；同样，一个人有许多行动，这些行动是不能并成一个行动的。"[①] 他接着称赞古希腊史诗大作家荷马的高明手法，他说："他写一首《奥德赛》时，并没有把俄底修斯的每一件经历，例如他在帕耳那索斯山上受伤，在远征军动员时装疯（这两桩事的发生彼此间没有必然的或可然的联系），都写进去，而是环绕着一个像我们所说的这种有整一性的行动构成他的《奥德赛》，他并且这样构成他的《伊利亚特》。"这样看来，不仅好的剧本应当有完整的有机的结构，就是好的史诗或小说也应当如此，以一桩有头有尾前后呼应的完整的有机的结构来把许多情节和许多人物都贯串起来成为一桩大的事件。《红楼梦》、《水浒》之所以比《儒林外史》、《官场现形记》在艺术评价上远远超过后者，结构之有机完整也是它的主要原因之一。前者是第三种整体有机的一致性，而后者是第二种连锁式的一致性。目前在历史剧创作中最容易犯结构上松弛的毛病，剧作者认为只要把一个历史人物贯穿到底，就有了完整有机的结构，例如越剧《则天皇帝》，从武则天在尼姑庵被征入宫为妃写起，一场场罗列她一生中所发生的许多事件（事件与事件之间没有有机的联系，可以多写几场，也可少写几场），直到她死去。这样的历史剧是缺少完整统一的艺术结构的。但郭沫若写的话剧《武则天》就完全不同，他只写一桩大事，即武则天平定以裴炎为首的叛乱，贯串始终，不及其他。可是《蔡文姬》的结构就不及《武则天》集中统一了。前半部写文姬归汉所引起的蒙汉之间的民族矛盾，但后半部是以歌颂曹操的贤明政治为主要内容，前后是两个主题，两种矛盾冲突，两桩没有紧密联系的事件，因此结构就不够完整统一，正像李渔说的："有断续之痕"了。

　　亚里士多德在《诗学》第二十四章里写道："悲剧不可能摹仿许多

---

① 　亚里士多德：《诗学》第 8 章，见《诗学·诗艺》，中国社会科学出版社 2009 年
　　版，第 23 页。

正发生的事，只能摹仿演员在舞台上表演的事。"这与剧场里强调"注意力的集中"（或称"注意力的经济"）的原则有关。在剧场里一句台词听不清，就没有机会再听到，所以一方面需要观众全神贯注的集中注意力，一方面要求剧作家在重要的动作和台词上加以必要的重复，正像一位英国著名的剧场经理巴脱莱说过这样一句话，他说："如果你要英国的观众明了你在台上做什么，你必须告诉他们你准备要做什么，然后你必须告诉他们你正在做什么，最后你必须告诉他们你已经做了什么。于是，他们才能明了你。"① 这是我们的生理和心理条件所规定的：一个时候只能注意一件事情，所谓"心无二用"，尤其在剧场里看新戏演出，一切都是陌生的，戏一开场如果人物众多，事件复杂，观众容易眼花缭乱，不明所以。剧作者必须懂得集中观众的注意力在某人某事上，逐渐引入剧本的规定情境。剧情尽管复杂，人物尽管多，只要剧本结构得好，该强调的强调，该重复的重复，找出一条观众注意力的集中点和线，自然能引人入胜。戏曲剧本的结构一般比较简单，因为歌唱与舞蹈必须占去相当的演出篇幅，但话剧一般比较复杂，也应该比戏曲复杂一些，但仍须头绪分明，线索清楚。同时发生许多事件一并叙述，只能在小说里出现，在戏剧里是不允许的。"一人一事，一线到底"，并不是说戏剧情节都须非常简单。简单往往会产生单调与索然无味的感觉。一人一事是指以一人为主、以一事为主的意思，一线到底是说必须有一根主线贯串到底，并不排斥其他的人、其他的事和其他的情节，不过人物情节或线索之间必须有主次之分，正副之别，并且它们必须综合融和成为一个有机的整体。结构可以有简单和复杂之别，但这个原则必须共同遵守。戏剧情节一般说来必须迂回曲折，复杂多变，才能引人入胜，步步深入，才能使观众感到兴趣和惊奇；不然，开门见山，一览无余，使观众看了第一幕，就能猜测它的结局八九不离十，那么观众必然感到索然无味了。剧本的结构必须在简单里有复杂，在复杂里又能找到简单的线索，这才是完整有机的主要涵义。简单与复杂的辩证关系是剧作家掌握艺术结构的重要原则。

---

① 巴脱莱（Bartley 1842—?）：引文见马休斯的《戏剧研究》（A Study of Drama）。

（二）其次，一出戏的场与场之间，情节与情节之间必须注意连贯性、逻辑性和顺序性。戏剧观众有一特别敏感之处，就是要求剧情的发展完全合情合理，他们最不喜欢的就是不合情理。这是因为在舞台上所发生的一切事情是他们亲眼看见亲耳听到的，一丝一毫不合情理之处都逃不过他们的耳目。他们认为台上所发生的事情是"真实的"（或真实的感觉），他们才相信，才受感动。就是台上出现鬼怪神仙，只要他们的行动合乎情理，他们也相信，也欣赏，也受感动。小说读者就不同，只要作者叙述得巧妙，一些不合情理的事容易蒙混过去。戏剧观众在看戏的时候，喜欢追根究底，问这个人物为什么这样做，而不那样做，稍有破绽，就会感到不满。所以李渔说："一节偶疏，全剧之破绽出矣。"而小仲马也曾说过："在剧作家创造每一戏剧情境时，必须对自己提出三个问题：在这情况下，我该怎么办？"（剧作家的观点——引者注，下同）；"别人该怎么做？"（人物的心理）；"应该怎么做？"（戏剧情境的社会意义）。"作者如果觉得不善于作这样的分析，那么应当离开剧场，因为他决不可能成为戏剧家。"[①] 这是剧作家在创造剧情、安排结构时的关键性问题，要使场面与场面之间，情节与情节之间有紧密的因果关系，有严谨的逻辑关系，有循序渐进的程序关系，有如流水行云畅通无阻的连贯关系，不能跳跃突变，不能停滞不前，要承上接下，血脉贯通，合情合理，无懈可击。这就是莱辛所说的历史的"真实"和艺术的"逼真"的区别。莱辛在《汉堡剧评》第三十二章里举了一个非常有趣的例子来说明这个问题。他写道："诗人在历史上找到一个女子，她杀死了她的丈夫和儿子们。[②] 这样一件事可以引起恐惧和怜悯，而把它写成一出悲剧。但是历史只告诉他这样一个简单的事实，而这个事实是可怕的，又是不寻常的。这件事实最多只能供给三场戏，缺少一切详细的情况和环境，三场不大像真会发生的戏。那么诗人怎么办呢？……如果他在第一种情况下，他会主要考虑如何创造一系列互有因果关系的情节，

---

① 小仲马（Alexandre Dumas, fils 1824—1895）：《〈放荡的父亲〉序言》（Preface to a Prodigal Father 1868），见葛拉克：《欧洲戏剧理论集》。

② 这里所讲的故事是指高乃依（Corneille）的剧本《罗道庚》（Rodogune），内容讲埃及女皇克娄巴特拉（Cleopatra）杀死了她自己的丈夫腓力普（Philip），后被奥林匹阿斯处以死刑。

根据这些情节就把这些不大像真会发生的犯罪行为变成极其自然的事情。他决不满足于把相信这件事的或然性完全放在历史的权威上,他会努力去塑造他人物的性格,努力去使人物所做一连串的事件成为必然无疑的,努力去把每个人物的热情规定得非常正确,努力去引导这些热情经过一定的阶段的发展,使得我们感觉到一切事情都非常自然非常正常似的。就这样,我们看到人物所走的道路的每一步,使我们感到如果我们在同样的环境下,具有同样的热情的话,也会在不知不觉间走向最后同样的终点而毫无反感,但这终点(即杀死丈夫与儿子)在我们想象中不能不使我们害怕,于是突然间我们就对这些被致命的激情带往绝境的人表示深刻的怜悯,并且意识到如果我们在同样的环境下和同样的热情刺激下也会同样走到这条绝路上去,因此感到十分的恐惧,要是在我们冷静的时候,我们想想这种可怕的事情离开我们实在太远了。如果诗人按照这条线索大胆去想象,如果他的天才告诉他不能在历史所提供的道路上踌躇不前,那么历史所供给他的简单事实就立刻消失了,他不再为用这样稀少的事实来写五幕剧而担忧,只怕五幕还概括不了那么丰富的材料,并且在处理的过程中发现深藏在里面的有组织的东西越来越多。要把它们全部揭露出来,五幕剧是不够容纳了。"① 戏剧作家必须在历史事实的基础上勇于创造,善于虚构,发挥充分的想象力,目的就在于剧本里的场与场之间,情节与情节之间,细节与细节之间,必须有紧密的因果的逻辑的程序关系,一环扣一环,紧紧连在一起,合情合理,比真实的生活更真实,更典型,更强烈,更有普遍意义。剧作家还必须善于设身处地,好像身临其境地经历过所创造的一连串的情节和细节,不但准确可信,并且往往非如此不可,使人相信这些事是必然的或可然的,不仅仅是可能的。

亚里士多德在《诗学》第九章里也谈到这个问题。他说:"诗人的职责不在于描述已发生的事,而在于描述可能发生的事,即按照可然律或必然律可能发生的事。历史家与诗人的差别不在于一用散文,一用'韵文';希罗多德的著作可以改写为'韵文',但仍是一种历史,有

---

① 莱辛(Gotthold Ephraim Lessing 1729—1781):《汉堡剧评》(Hamburgische Dramaturgie 1769)第 32 章,见葛拉克:《欧洲戏剧理论集》。

没有韵律都是一样；两者的差别在于一叙述已发生的事，一描述可能发生的事。因此，写诗这种活动比写历史更富于哲学意味，更被严肃地对待；因为诗所描述的事带有普遍性，历史则叙述个别的事。所谓'有普遍性的事'，指某一种人，按照可然律或必然律，会说的话，会行的事，诗要首先追求这目的，然后才给人物起名字；至于'个别的事'则是指亚尔西巴德①所作的事，所遭遇的事。"狄德罗在《论戏剧艺术》第十章里谈到历史与戏剧的关系时写道："有三种东西：一是历史，剧本所根据的事实是历史上所已有的；一是悲剧，在悲剧中戏剧作家可以凭个人想象在历史以外加上他认为能以提高兴趣的东西；一是喜剧，可以完全出之于戏剧作家的创造。""对悲剧作家来说，他可以部分地创造这段历史，而对喜剧作家来说，他可以创造它的全部。""……在自然界中②我们往往不能发觉事件之间的联系，由于我们不认识事物的整体，我们只在事实中看到命定的相随关系，而戏剧作家要在他的作品的整个结构里贯穿一个显明而容易觉察的联系；所以比起历史学家来，他的真实性要少些而逼真性却多些。"③"单纯地写下了所发生的事实，因此不一定尽他们的所能把人物突出；也没有尽可能去感动人，去提起人的兴趣。如果是诗人的话，他就会写出一切他以为最动人的东西。他会假想出一些事件。他可以杜撰些言词。他会对历史添枝加叶。对于他，重要的一点是做到惊奇而不失为逼真；他可以做到这一点，只要他遵照自然的程序，而自然适于把一些异常的情节结合起来，同时使这些异常的情节为一般情况所容许。"④为了要使剧作家所创造的情节有因果、逻辑、连贯、程序的联系，他必须有极其丰富的想象力，正像狄德罗说的："想象，这是一种特质，没有它，人既不能成为诗人，也不能成为哲学家、有思想的人、一个有理性的生物、一个真正的人。"⑤李渔也说："传奇无实，大半皆寓言耳。"⑥

---

① 亚尔西巴德（Alkibiades 公元前 450？—公元前 404），是雅典政治家和军事家。
② 指在生活或历史中。
③ 真实性是指事件确曾发生过的真实性；逼真性是指根据必然律或可然律创造出来的真实性。所以逼真性比真实性更真实、更普遍、更典型。
④⑤ ［法］狄德罗：《论戏剧艺术》第 10 章，见《文艺理论译丛》1958 年第 1 期。
⑥ 李渔：《闲情偶寄·审虚实》，国学研究社，第 9 页。

有人也许要问：戏剧既然反映生活和历史中按照可然律或必然律所发生的事件，反映一般性事件，为什么在许多优秀的剧本中容许偶然性事件的存在？偶然性事件会不会损害戏剧的"逼真性"？这问题很有意思。的确，在许多杰出的戏剧作品中存在着大量的偶然性事件。亚里士多德也提倡过悲剧中采用了偶然性事件，才能使观众感到吃惊和惊奇，才能引人入胜；他说道："悲剧所摹拟的行动，不但要完整，而且要能引起恐惧与怜悯之情。如果一桩桩事件是意外的发生而彼此间又有因果关系，但那就最能（更能）产生这样的效果；这样的事件比自然发生，即偶然发生的事件，更为惊人（甚至偶然发生的事件，如果似有用意，似乎也非常惊人，例如阿耳戈斯城的弥提斯 ① 雕像倒下来砸死了那个看节庆的、杀他的凶手；人们认为这样的事件并不是没有用意的），这样的情节比较好。" ② 的确，在无数的剧作中，不但充分表现了必然性和可然性，而且也大量利用了偶然性。中国有句老话"无巧不成书"，不但在戏剧里，并且在许多小说里、说唱里广泛地应用偶然性的事件。《雷雨》里充满了偶然性事件，鲁侍萍的丈夫和女儿刚巧在抛弃她的周朴园的家里当佣人，同母的兄妹发生不正常的恋爱关系，四凤被电死等等，都是非常偶然的事件。郭沫若的《屈原》里，诗人的命运恰巧系在楚怀王撞见他扶住南后的一刹那。《奥瑟罗》中的手帕起了那么大的作用，而手帕堕地却完全出于偶然。《钦差大臣》里的市长误以为彼得堡来的小官吏就是钦差大臣，而小官吏赫列斯达可夫刚好穷极无聊，乐得将错就错地冒充起钦差大臣来了。这完全是偶然的事件。《炼印》里的杨传刚巧在茶馆里碰到多言饶舌的黄卞，才知道新按院的底细，才敢冒名顶替，为民申冤。差不多每一个剧本里多少都有一些偶然巧合的事情。

　　为什么我们容许偶然事件在剧本中出现呢？归纳起来，主要有三个原因：第一，在生活里确实存在着不少偶然巧合的事情，生活矛盾本来是复杂而多样的，有平常的和不平常的，有习见的与不习见的，普通的

---

① 阿耳戈斯（Argos）在伯罗奔尼撒东北角上。弥提斯（Mitijs）大概是公元前四世纪初叶的人。

② 亚里士多德：《诗学》第 9 章，见《诗学·诗艺》，中国社会科学出版社 2009 年版，第 26 页。

和特殊的，陈旧的和新生的。也就是说，生活是由必然性、可然性和偶然性的事件所构成的，在戏剧中应该得到全面的反映。第二，生活中必然性是通过偶然性表达出来的，一般的东西是通过特殊的东西表达出来的，偶然性中包含着必然性，正如车尔尼雪夫斯基在《论崇高与滑稽》一文中写道："在生活中，结局往往是完全偶然的，悲剧的遭遇也往往是完全偶然的，但并不因此就失掉它的悲剧意味。"① 所以在戏剧里可以用偶然来表现必然性或可然性。第三，马克思说过：偶然可以是加速或延缓某些事件的因素。在戏剧里偶然事件的作用主要是加速剧情的进展，偶然巧遇一下子可以解决的问题，在生活里可能要费很大的周折才能完成的。例如，在《炼印》里杨传如果不碰到黄卞这样的人，他也可以东打听西打听花上几天的工夫把新按院的底细摸个一清二楚。但在戏里不可能花那么多的篇幅来写他东打听西打听的繁琐过程，而偶然在茶楼上碰上黄卞，只花几分钟的时间就把底细都掌握住了，岂不省去了许多事，加速了戏剧的进展么？这是在戏剧中大量运用偶然巧合的主要原因。

但偶然巧合的事件在剧本里还是不能滥用，要用，必须合情合理，有说服力。我们应该注意以下几点：（一）偶然性事件不能成为情节的基本内容。它只能"作为情节发展或冲突开端的一个成分"（杜勃罗留波夫）。在这一点上，《屈原》中的偶然性事件比《雷雨》的偶然事件要合理得多。屈原的被贬是必然的，而被楚怀王撞见是偶然的，不过他们之间的冲突如果不在这一事件上爆发，必然在另一事件上爆发，爆发还是必然的。但《雷雨》中的偶然巧合成为情节的基本内容，偶然巧合是悲剧的主要关键。（二）偶然事件可以成为冲突的发生和发展的典型戏剧情境，但它不是冲突的起因和冲突的解决手段。例如，杨传之巧遇黄卞是促成杨传冒充按院，造成喜剧情境的原因之一，但它不是杨传和贪官污吏发生冲突的起因。又如《钦差大臣》里赫列斯达可夫被误认为钦差大臣，只是展示出一个典型的喜剧情境，并非是贪官污吏之间的相互冲突的起因，并且在弄清了他的真实身份之后，冲突也还没有解决：真的

---

① ［苏联］车尔尼雪夫斯基著，缪灵珠译：《美学论文选》，人民文学出版社1957年版。

钦差大臣到了！（三）偶然性事件也不能用作刻画人物性格的基本手段，它只可以在某种程度上影响性格的发展和变化，影响他的行动，但不能在主要的和基本的事物上决定性格。例如，川剧《乔老爷上轿》的乔老爷在找船的路上遇到一系列偶然巧合的事件，使他继续和恶霸斗争下去，这些偶然巧合的事件只能在某种程度上影响他的性格表现和行动，并不决定他不怕强暴、坚决和恶霸斗争的性格。又如《奥瑟罗》中的手帕事件，对奥瑟罗的影响是很大的，但它并不能决定他胸怀磊落而又轻信人言的性格。在埃古处心积虑的挑拨和陷害之下，奥瑟罗的悲剧命运是无法避免的。巴尔扎克说过，性格必须在外在的表现中与内在的发展逻辑结合一致，才有说服力；正像毛主席在《矛盾论》中说的："外因是变化的条件，内因是变化的根据，外因通过内因而起作用。"偶然性在戏剧结构中仅起外因的作用而已。

　　但话还得说回来，偶然性事件在戏剧结构中的应用是要十分谨慎小心的，偶一不慎，就会弄巧反拙。19世纪法国剧作者斯克里布[①]便是一个突出的代表，他的《废纸》和《一杯水》等剧本充分体现了唯心主义者的这种观点。亚里士多德对偶然事件的过分重视（见前面引文）也是形而上学的观点上的错误。他从事物的外表、形式出发，认为偶然事件足以使人惊心动魄，因而达到悲剧激起恐惧与怜悯的目的。这样便为后来单纯为追求惊奇或趣味而乞灵于偶然事件开方便之门。所谓"戏不够，神仙凑"，也是属于这个范畴内的。不平常事件如火灾、洪水、雷劈、病死等等，也不能滥用。以偶然事件来造成戏剧的紧张性是最浅薄的"戏剧性"。别林斯基说过："光看外表而不注意它的意义（实质），就是意味着陷入偶然性。"[②]以偶然性事件结构起来的戏剧必然缺乏思想性。我们应该认识，社会发展的规律中，虽然包含有偶然性，但必然性和可然性仍然是主要的。

　　不过，我们并不排斥偶然性。因为一切意外的事物，当它突然进入

---

① 斯克里布（Eugene Scribe 1791—1861），法国19世纪剧作家。"佳构剧"（Well Made Play）的创始人。"佳构剧"曾风行于19世纪中叶，它们仅在戏剧结构上耍弄技巧，造成毫无意义的惊奇来吸引观众。

② ［俄］别林斯基著，满涛译：《别林斯基选集》，上海译文出版社1963年版。

戏剧冲突之后，总会使情节显得格外突出的，引人入胜的，可是这种偶然性里必然包含有必然性在内。所谓"出乎意料之外，合乎情理之中"。把戏剧性的东西仅仅归结为突然性的东西当然是不对的，可是突然的、意外的、偶然的东西，作为加速剧情的进展，加强戏剧的矛盾，加剧戏剧的冲突等作用的因素而进入戏剧结构的组合中，却完全是合理而必要的。

二、戏剧结构的类型

戏剧结构的类型有各种各样的分类方法，最普通的方法是分为简单结构和复杂结构两种。最早提出这种分类方法的是亚里士多德，他在《诗学》第十章里写道："情节有简单的，有复杂的；因为情节所摹仿的行动显然有简单与复杂之分。所谓'简单的行动'，指按照我们所规定的限度连续进行，整一不变，不通过'突转'与'发现'而到达结局的行动；所谓'复杂的行动'，指通过'发现'或'突转'，或通过此二者而到达结局的行动。但'发现'与'突转'必须由情节的结构中产生出来，成为前事的必然的或可然的结果。两桩事是此先彼后，还是互为因果，这是大有区别的。"亚里士多德所谓"简单"与"复杂"的结构，跟我们现在的概念稍有出入，他以直线到底的情节称为简单，有曲折变化的称为复杂。但我们所说简单，一般是指人物少，情节简单，线索单一的剧本，如锡剧《庵堂认母》，沪剧《拔兰花》，越剧《梁山伯与祝英台》，京剧《武家坡》，格莱葛瑞夫人的《月亮上升的时候》，约翰·沁孤的《骑马下海的人们》，易卜生的《群鬼》，奥尼尔的《天边外》等；我们所谓复杂，一般是指人物多，剧情错综复杂，线索众多的剧本，如田汉的《丽人行》，郭沫若的《蔡文姬》，京剧《群英会》、《四进士》，莎士比亚的《哈姆雷特》，高尔基的《在底层》等。不过这种分类方法是不够科学的，有的人物虽少，但剧情却很曲折复杂，有的人物虽多，但结构却很简单，并且两者之间的界线很难划分，什么算是简单，什么算是复杂呢？所以，这种分法只是一般比较而言，不能作为科学的分类方法。

西洋戏剧史上对于结构类型的分类方法并没有固定一致的看法，不过比较科学的是把它分为两种类型：开放式与锁闭式。① 这两种类型的主要区别是在于包括剧情的范围大小有不同，开放式包括范围较广，把戏剧情节从头至尾原原本本表现在舞台上；锁闭式包括范围较狭小，往往只写高潮至结局，集中表现戏剧性危机，而对于过去事件和人物关系则用回顾和内省方式随着剧情发展逐步交代出来，所以又称为"回顾式"② 或"内省式"，或"终局式"③；而"回顾式"和"终局式"，虽然同属于锁闭式一个类型，在表现内容上却又有显著的不同，一是以回顾往事为主要情节，一是以高潮与结局中的紧张情节为主要内容，而以回顾往事作为辅助情节。此外尚有一种，以展览社会风貌、人物画像为主要内容的结构形式，可以称之为"人像展览式"的结构。④ 所以，归纳起来，戏剧结构的类型大体上可分三种，开放式结构、锁闭式结构（包括回顾式和终局式）和人像展览式结构。

在上一节里已经谈过，历史与戏剧的取材和组成的指导原则大不相同，在结构的形式上也完全两样，历史一般用编年叙事式，根据事件发生的前后顺序记录下来，而戏剧则根据主题思想的要求，挑选能阐明主题思想的事件和细节，加以虚构和创造，纳入舞台的画框内。而画框内的广度和深度就决定了结构的形式。事件分过去、现在、未来三部分，在舞台上用具体人物行动表现出来的是"现在"，那么在表现"现在"的同时，必须说明或交代"过去"，预示"未来"，而这三者必须紧密结合或联系在一起，组织成血肉相连的，完整统一的有头、有身、有尾的有机结构。一般"开放式"结构，广度较大，深度较浅；而"锁闭式"结构，广度较小，深度较大。中国戏曲剧本的整本戏大半是"开放式"的，如《玉簪记》、《拜月记》、《柳荫记》等，但也有"终局式"的，如《奇双记》。单独演出的折子戏，如京剧《罢宴》、扬剧《断太后》等，大半是锁闭式的，只演最紧张的高潮一段，而又不能不联系过去，则用回顾

---

① 根据霍罗多夫的《戏剧结构》第二章《戏剧的两种结构类型》，定名为"开放式"和"锁闭式"（该章尚未译成中文）。
② "回顾式"（Retrospective）这名称见劳逊和贝克的戏剧理论著作。
③ "内省式"（Introspective）、"终局式"（Catastrophic）两名称见亨脱（Elizabeth Hunt）的《现代剧》（The Play of Today）。
④ "人像展览式"（Tableau Play），见劳逊的《戏剧与电影的剧作理论与技巧》。

的方式来叙述。西洋戏剧史中"开放式"结构的代表作家是莎士比亚，而"锁闭式"的代表作品是希腊悲剧和易卜生的中期和后期的剧作。

我们现在就拿莎士比亚的作品来说明"开放式"剧作的结构方法。莎士比亚的全部悲剧和喜剧（历史剧除外），除了《哈姆雷特》和《暴风雨》两部外，可以说都是"开放式"的。他把主题所规定的戏剧动作全都放在舞台画框里用具体形象表现出来，因此没有回顾补叙的必要，除了偶尔在必要时附带说明一下。例如他的《威尼斯商人》：第一场是一长段对话，叙述安东尼奥和巴萨尼奥之间的深厚友谊，巴萨尼奥要去向鲍细霞求婚但他经济上有困难。第二场表现了鲍细霞的性格。她父亲对她婚事的遗嘱（这是回顾，但只用三四行诗句就交代过去了）。直到第三场我们才看到夏洛克，到第一幕终结时我们才知道这出戏的主题和危机是什么。除了鲍细霞父亲的遗嘱和安东尼奥对夏洛克的蔑视两件小节需要补叙外，一切人物关系和借钱、求婚等情节都用直接的具体行动表现在舞台上，所以可以说一切情节都放进画框里面，在画框外面而需要补叙的重要情节几乎等于零。这就是"开放式"的典型范例。再举《麦克佩斯》悲剧为例，麦克佩斯征伐凯旋回国，路遇女巫，贺他为考特爵士和未来的君王，才引起他篡夺王位的野心，都用具体形象和动作表现出来。接着国王亲自出都迎接，果真封他为考特爵士，国王为了表示对他的宠爱，特地到他府上去宿夜，在麦克佩斯之妻的怂恿下，他亲手杀死了国王，并自立为王……这里所有戏剧情节都放在舞台画框里表现出来，没有一点在画框外，需作回顾式的交代。在第一场遇巫的一段戏里，不但无需作丝毫往事回顾的叙述，并且还预示了未来的剧情发展，造成观众急切期待，使观众的兴趣不仅在现在，并且把注意力主要集中在未来的发展，这是莎士比亚在结构上一个非常高明的手段。《李尔王》一开场就是老王分疆土给女儿们的伟大戏剧场面。肯脱伯爵和葛罗斯脱伯爵的一段开场对白只是说明当前正在开展中的一些情况，接着戏就进入紧张的危机中去，迅速地展开了戏剧冲突。只有《哈姆雷特》和《暴风雨》是例外：《哈姆雷特》集中表现了王子哈姆雷特向他叔叔克劳迪斯报仇的高潮性的情节，至于克劳迪斯篡夺王位，杀兄娶嫂这些情节都放在舞台画框外面，用老王阴魂显灵，假戏真做等等方法补叙出来。《暴风雨》一开场密兰公爵普洛士丕罗已放逐在荒岛上，过着隐士法师的生活，而他被胞弟篡位放逐的往事，却用回顾补叙的方法在和密兰达谈话中交代的，戏非常集中，时间前后不到一昼夜，地点就在岛上和附近海上，布景只有三处：在海中一只船上，岛上普洛士丕罗所居洞室之前，和岛上另一处。这是莎士比亚唯一严格遵守古典主义三一律的一出戏，其结构手法与其他所有剧本截然不同，因此有人怀疑这部戏是否出于莎士比亚之手，不是没有理由的。

在中国戏曲剧本里，"开放式"的戏剧结构是最广泛地被采用的，例如越剧《梁山伯与祝英台》，从祝英台要求父母准许到杭州读书起，中途会见梁山伯，结拜金兰，在杭同窗三年，十八相送，英台被逼订婚，梁祝楼台相会，山伯病死，英台殉难，化为蝴蝶止，原原本本，一丝不漏。其他男女恋爱的剧本，如《玉钗记》、《拜月记》、《西厢记》、《墙头马上》等，莫不从一见钟情，花园私订终身，受到父母或家族的阻难，经过波折，最后团圆，几乎成了一种千篇一律的套子。这种结构法有以下几点好处：一、广度宽，曲折多，原原本本，有头有尾，场面热闹，容易看懂；二、时间拉得长，人物性格有发展过程，容易写得生动；三、地点拉得开，情节曲折多变化，容易引人入胜。但也有一些缺点：一、广度宽，深度就受到一定的影响；二、时间地点拉长拉开了，人物和情节必然增多，因此顾了情节，就顾不到人物的细致刻画，次要的戏占了一定的篇幅，使重要的戏不能得到充分的发挥，过场戏增加，势必使重头戏分散，不集中，结构容易松弛。还有一点要注意，不要以为在"开放式"的结构里，什么情节都可以放进去，把戏塞得满满的。由于戏剧有时间和空间的限制，广度愈宽，所选的情节必须愈精，才能幕幕精彩，场场有戏。这一点我们可以向莎士比亚学习，他所选的情节，虽然曲折复杂，但都是紧张的好戏，都是生活中的危机事件，而又组织得紧凑严密，层峦叠嶂，奇峰竞起。例如《奥瑟罗》一开场就是富于戏剧性的紧张场面：奥瑟罗已把苔丝德梦娜秘密地带走，举行婚礼。埃古带着洛特力戈驾船来吵醒苔丝德梦娜的父亲勃拉班旭，要他去阻挡奥瑟罗的婚姻，于是勃拉班旭带了灯笼火把、大批家丁驾船去追奥瑟罗。接着埃古又去奥瑟罗家报信，说勃拉班旭带了大批家丁大兴问罪之师了。接着凯西奥和若干官吏也来找奥瑟罗，说土耳其人侵犯疆土，情势危急，公爵特派他来请奥瑟罗去议事，商量出兵抗敌大事。再接着勃拉班旭和家丁赶到，两方面几乎动起武来，奥瑟罗挺身而出，说国事紧急，有话到公爵那儿去讲，于是大家都赶往公爵议事厅去。在议事厅里又是一场场紧张的好戏，双方各执一词，最后请苔丝德梦娜自己出来说话，苔丝德梦娜说明自己甘心情愿嫁给奥瑟罗，勃拉班旭才没有话说，听从公爵判断。私事了结，紧接着商议出兵讨伐土耳其的大事，公爵派奥瑟罗统帅大军去赛普勒斯与敌人在海上作战。在第一幕终了时，埃古又挑起洛特力戈跟着到赛普勒斯去破坏奥瑟罗与苔丝德梦娜的美满婚姻。这样紧张热闹而富于戏剧性的第一幕是极其少见的，而且以后几幕一幕比一幕紧张，一场比一场精彩，直到奥瑟罗手刃了苔丝德梦娜，可以说场场都是从奥瑟罗生活中挑选出来的最紧张最富于戏剧性的危机事件。这样才能使"开放式"的结构发挥出最大的作用。莎士比亚的天才在于充分利用了这种类型的优点，而能巧妙地克服了这种类型的所有缺点。

"锁闭式"结构的特点是：具有经过严格选择的，最低限度的登场人物，极其节约的活动地点和时间，以及直线发展的题材。这样结构的戏总是从危机中开始的，一下子就跳到最紧张的战斗中去，而把过去有关的情节用回顾式的叙述方式在剧情开展中逐步透露出来。这一类型的典范剧作是古希腊的悲剧和易卜生的中期和晚期作品。试先以索福克勒斯的《俄狄浦斯王》为例。一开场：神示到来，说忒拜城将降瘟疫，只有把杀死老王的凶手找出来，给以充军的处分才能避免；第一场，为了审查出凶手是谁，俄狄浦斯和忒拜城的先知忒瑞西阿斯争吵起来，俄狄浦斯性情暴躁，怀疑手下有阴谋。第二场，为同样理由，他跟大臣克瑞翁（伊俄卡斯忒的兄弟）也争吵起来。第三场，从科任托斯来了一个送信人，说明情况，伊俄卡斯忒得知实情，悲痛欲绝，决心自裁；俄狄浦斯越发怀疑，误会更大，继续追根究底，不肯罢休。第四场，由于送信人的启示，把拉伊俄斯的牧人找来，于是证实俄狄浦斯就是三十多年前被遗弃在荒山的婴儿，俄狄浦斯得知真相，就冲进幕后去弄瞎了自己的眼睛，最后退场；另一送信人来报告伊俄卡斯忒已自杀身亡，俄狄浦斯已自己弄瞎了眼睛，接着盲目的俄狄浦斯上场来自怨苦命，于是带往外国去充军。以上就是《俄狄浦斯王》演出的全部内容，时间前后不到一天，地点只有一处，主题和情节只有一个，就是逐步揭露杀死老王的真相和找出杀死老王的凶手。这故事的全部过程，从拉伊俄斯王生子后受到神示把子抛弃荒山起，到俄狄浦斯王得知全部真相止，前后有三十多年的历史过程，但戏剧只写最后一段终局，而终局戏剧的展开是同逐步揭露和回顾往事分不开的，所以这样的结构又称为"终局式"，或称为"回顾式"。如果把这同样的故事用"开放式"的结构方法来写，大体上可以分成这样五幕戏：第一幕，神示警告忒拜城王拉伊俄斯，说如果他生一个儿子，那儿子将来会弑父娶母。婴儿俄狄浦斯生下来了，为了避免神示的厄运，拉伊俄斯派人弃婴儿于荒郊。婴儿被牧人救起，带往科任托斯，为科任托斯王收为养子。第二幕，俄狄浦斯已长大成人，他到台尔费去查问他的生身父母。神告诉他：他将来会弑父娶母。为了避免这厄运，他逃往国外，在路上无意间把他生身父亲杀死了，但他自己完全无知。第三幕，他在忒拜城外山上会见狮身人面的妖怪，解答了她的谜语，挽救了忒拜城的灾难。为了报答他的恩惠，忒拜城奉他为王，并娶了伊俄卡斯忒。第四至五幕，就是索福克勒斯所写的全部剧情，不过把它们压缩一下，把六场戏压缩成两幕戏。当然，这是一个假定，并没有人这样写过，但从这里就可以看出"锁闭式"和"开放式"的结构方法的区别了。

再举易卜生的两部戏《玩偶之家》和《群鬼》来说明"锁闭式"这一类型下两种不同的趋向。《玩偶之家》是近代剧作中"锁闭式"的成功之作，在西洋近代戏剧中起过极大的影响和典范的作用，他把过去的回顾和当前高潮情节的发展紧密地结合起来，相辅相成，加强了戏剧的紧张性与感染力。这部戏的时间是从圣诞节前一天开始，到圣诞节午夜止，虽然超过二十四小时，但时间还是极其紧凑的。地点是一个，布景也是一个。全部事件是在七八年前就开始了，那时她丈夫病了，她冒名签字借了一笔款子，不让丈夫知道，送丈夫到海滨去养病，病愈之后，她含辛茹苦，节衣缩食，省下钱来还债；现在丈夫得了银行经理的位置，苦日子熬过来了，债也快还清了，却发生了意外：丈夫把娜拉的债权人柯洛克斯泰从银行里革职了，柯洛克斯泰为了保持他银行里的位子，保持他生存的权利，不得不求助于娜拉，并以揭穿借债和假冒签名来胁迫她。八年前的老疮疤眼看快要医治好了，忽然又发作起来，并且比在八年前发作危险得多，丈夫的名誉和家庭的幸福都眼看要完蛋了；好像八年前埋藏的炸药，经过八年的努力已快把它除去了，不意最后忽然又爆炸起来。所以剧中圣诞节前后的经过事件是八年中全部事件的高潮和结局。但易卜生不用"开放式"的结构方法，不把八年的全部经过都放在戏里表现出来，而只截取高潮与结局的一段来写成戏，因此八年的经过就必须用回顾的方式在戏里补叙出来，这段回顾的叙述主要是通过娜拉和林丹夫人以及娜拉和柯洛克斯泰的两次谈话：在第一幕里，娜拉以兴奋愉快的态度告诉林丹夫人她丈夫已当上了银行经理，苦日子过完了，又告诉她七八年前她丈夫病得很重，医生要他到意大利去养病，家里没钱，丈夫又不肯借钱，于是她瞒着丈夫向人借了四千八百个克罗纳。丈夫病好了，她七八年来一直含辛茹苦，熬夜工作来还这笔债。从娜拉和柯洛克斯泰的谈话中，我们知道七八年前娜拉就是从柯洛克斯泰手里借到这笔钱，并且娜拉冒签了父亲的名字作保才借到手。在第一幕里还交代了林丹夫人和柯洛克斯泰的关系，也交代了柯洛克斯泰和海尔茂老同学的关系。总之，过去重要的情节在第一幕里和当前发生的情节紧紧地扣上了关系，于是从第二幕起顺着这个激烈的暗流一次次掀起了危机性高潮直到第三幕结尾，从娜拉和柯洛克斯泰之间的冲突的展开到解决，之后又掀起了一个娜拉和海尔茂之间的一个不可调和的决裂性的大高潮，从娜拉和柯洛克斯泰之间的冲突高潮中，娜拉才第一次"发现"海尔茂是个绝对自私自利的男人，于是她对丈夫和自己的态度起了一百八十度的"突转"，原来她想牺牲自己保全丈夫的名誉，现在她决定为了保全自己的人格而离开她的丈夫。这就是亚里士多德所说的"突转"和"发现"的最富于戏剧性的结构方式。

《玩偶之家》是"锁闭式"结构中最典型的范例，因为他把过去和现在的情节紧密地结合在一起，相互影响，使剧情迅速发展到最后的高潮，但仍以现在为主过去为次，过去是推动现在的潜力，过去加强了现在的深度，对过去的回顾使人物性格更鲜明突出起来。但易卜生在《群鬼》里就过分偏重于过去，而减弱了现在的动作性，它的戏剧性主要在过去的情节里，而现在的微弱动作是为烘托过去而存在了。《群鬼》的内容可以说十分之九以上是回顾过去，说明过去，现在的戏非常少。《群鬼》的现在的戏非常简单，为了纪念阿尔文上尉，用他的遗产造了一所孤儿院，但不幸在完工的一天被火烧毁了，其次是儿子欧士华带病回家，爱上了女仆吕加纳，后来吕加纳发现自己是阿尔文上尉的私生女，就离开了这个家，而欧士华发病死去。这出戏的特点就是一切戏剧性危机都是由于过去事件的逐步揭发而造成的，现在所发生的事都是由过去回顾所引起的反应所造成的。并且过去事件的揭发不像《玩偶之家》在第一幕里全部交代清楚，然后在过去事件的基础上，现在的戏剧性危机一个接一个的爆发出来，而在《群鬼》里过去事件的揭发是逐步地透露出来的，在第一幕里透露一点点，在第二幕里再透露一些，在第三幕才全部揭露出来，达到了高潮，就像剥笋一样，一层层剥开来，一直到全部剥光为止，不过在这儿剥的是过去的笋，不是现在的笋。例如，关于阿尔文上尉的荒唐行为，在第一幕里我们只知道他是一个荒唐的人，不知道他荒唐到什么程度。到第二幕，阿尔文上尉和女仆乔安娜私通生吕加纳的事才揭发出来。到第三幕，阿尔文太太为了解除儿子欧士华内疚的痛苦，才把最后的底都揭出来了："在你生下来之前你爸爸已经是个废物了。"①并且她说明为什么当时不敢和他爸爸决裂，免得遗祸后代，这是由于"从小人家就教给我一套尽义务、守本分，诸如此类的大道理，我一直死守着那些道理。"这就点明了全剧的主题思想，也就是全剧的最高潮。还有，人物的性格也是在往事的透露中逐渐揭示出来的，例如，曼德牧师在第一幕里看来是个正人君子，办事认真负责，道貌岸然，到处教训人，但从他和阿尔文夫人的过去关系中（他们曾一度有恋爱关系），才知道他是个极端自私自利的伪君子，是资产阶级法律与秩序的最忠实的维护人，是一心向上爬、追求名誉地位的小人，在年轻的时候，阿尔文夫人曾一度去投奔他，要他收留，他却装出一副假道学，逼着她回到那荒唐透顶的丈夫那儿去"尽义务，守本分"。可是他的真面目在第三幕里却暴露出狐狸尾巴来了。他祷告时不慎把烛火芯

---

① 《群鬼》第三幕，见《易卜生戏剧四种》。

丢在木花里，烧毁了孤儿院，他以帮助安格斯川开设饭店为借口，来换取安格斯川顶替他起火祸首的罪名。

《玩偶之家》和《群鬼》两剧，虽然同属"锁闭式"的结构方法，但还是有所区别，前者是名副其实的"终局式"结构，而后者主要是"回顾式"结构。这两种方式总是联系在一起的，互起作用的。不过有的偏重于现在，有的偏重于过去。"开放式"和"锁闭式"两种戏剧结构在戏剧史上都有悠久的传统，在不同时代不同国家，有时偏重"开放式"，有时偏重"锁闭式"，有时同时存在。在戏剧理论批评家中间也还进行过热烈的争论。不过这两种类型都有杰出的古典名著作典范，很难判断出谁高谁低。这说明，戏剧结构方法是要根据题材、主题、作者艺术才能来决定的，不应凭一时的风尚来作硬性规定。霍罗多夫说得对："开放式和锁闭式两种结构本身各有短长，各有各的优点和困难之处，各有各的诱惑力和水底暗礁。同时必须指出，每一种类型中看来最为显而易见的优点，也是极其相对的，它还要求克服种种特殊的困难，甚至天才磅礴的戏剧大师也不能经常彻底克服这些困难。他们有时为了舞台的完整性，势必放弃生活的从容自然和全面性。有时为了生活画面的自然和广阔，势必放弃戏剧的紧张性和动作的统一。"① 开放式的优缺点已在前面谈过，不再赘言。锁闭式的优点在于：一、戏集中紧凑，有一气呵成之感，容易取得结构的完整件；二、内心动作和外部动作密切结合，戏越挖越深，耐人寻味；三、人物较少，有深刻揭示人物性格和精神世界的各个方面的可能性；四、更宜于写出有深刻哲理思想和深厚感情的好戏。缺点在于：一、人物少，场景少，外部行动少，戏不热闹，写得不好，容易单调乏味；二、宜于家庭小戏，不宜于反映丰富多彩的范围较广的社会生活；三、回顾往事多，舞台变化少，非有高度技巧和生动的对白不能引人入胜，戏容易冷。总而言之，这两种结构都各有利弊，难分上下，我们必须"量材（题材）使用"，不可"削足适履"。在这两种类型之上，还有一个更重要的原则，不论我们应用哪种结构方式，都必须尽可能使戏剧情节丰富多彩，人物生动活泼，剧情发展曲折

---

① 霍罗多夫：《戏剧结构》第二章。

多变，同时又要尽可能集中戏剧情节，减少出场人物，缩短时间，经济场地，使结构更紧密和完整。其次，我们在安排外在动作变化多端，鲜明活泼的同时，还得相应地注意人物的内心活动，内心冲突，性格的多方面表现，思想感情的深刻挖掘。我们要注意外部动作，也要丰富的内部动作。内外一致，内外结合，内外相互推进，是在布局中最重要的必须掌握的原则。这就是霍罗多夫说的在进行戏剧结构时的向心力和离心力的相互作用问题。他写道："在协调的作品里，任何解决方法，尽管看来是任意作出的，事实上却决定于两种具有对立倾向的、经常在剧中进行斗争的力量。一种力量我们假定可以把它叫做向心力，另一种叫做离心力。向心力表现出自然地、出于受戏剧本质所制约地倾向于使动作的时间和地点以及一群角色极端集中化，以便保持动作的统一。离心力体现出材料和体裁规律的对抗，体现出艺术家的一种同样十分自然的愿望，这便是在描述现实生活时力求完整而自然地表现出丰富的生活。每一出戏仿佛是两种力量的合成力，而且在每一场合下，这种合成的力量都依靠着许多情况，特别是依靠着生活冲突的性质以及其'掌握'戏剧性的程度，依靠着思想构思、民族传统、作者的艺术癖好以及作者的天才和经验。这两种力量中间的一种仿佛是使戏剧'收缩化'，另一种仿佛是使戏剧'分裂化'，两种力量的合成力构成了戏剧的统一动作，没有这种统一动作也就谈不到什么完整的戏剧作品。"[1] 这与伊丽莎白·R.亨脱所说的"外部结构与内部结构"的说法有相似之处，她说："在一切有兴趣逐渐发展的戏里，外部结构与内部结构必然密切地交织在一起的，因此在戏的一切紧张关头上外部结构与内部结构必然不断起着动作与反动作的作用。"[2]

此外，还有一种类型是近代戏剧的产物，以展览人物形象和社会风貌为主要目的。这种类型我们称它为"人像展览式"的结构。西洋戏剧史上最早的例子是 17 世纪英国剧作家本·约翰逊的《哈骚洛谬市场》一剧[3]。在 19 世纪的欧洲，这种结构类型才风行起来，其中最著名的有

---

① 霍罗多夫：《戏剧的特性和戏剧结构的特性》，见《剧本》月刊 1957 年 12 月号。

② 亨脱：《现代剧》。

③ 本·约翰逊：《哈骚洛谬市场》(Hartholomew Fair) 剧本。

德国霍普特曼的《织工》，高尔基的《在底层》等。这种结构类型在中国话剧里最著名的是曹禺的《日出》，夏衍的《上海屋檐下》，老舍的《茶馆》等。

这种类型的特点是人物比较多，情节比较少，就像一张群像画，画上出现了形形色色的人物，展示他们各种各样的生活风貌和性格特点，剧情进展非常缓慢，有时好像停滞不前，只展示出性格间的内部冲突，展示出社会一角的生活横断面，潜在的冲突比外部行动冲突要强烈得多。这种剧本里没有突出的主人公，主角，人人好像都是重要人物，只要在剧本某一段里他在台上地位比较显著，说话最多的时候，他就是主要人物，但在另一段里他又隐藏在黑暗的角落里，或在台上消失得无影无踪。贯串全剧从头到底出现的人物不一定是主要人物，他或她往往只起一根串线的作用。在剧本里看来也没有一件贯串到底的事件，也没有一个共同奋斗的目标、一个大家一致的行动，每个人带着自己的过去，成为一条独立的故事线，有时各不相关，有时看来两三个人可以结合起来成为全剧的主要贯串动作，但往往这条线在中途又断了。要是用前面所说的"一人一事，一线到底"的原则来看这些剧本，好像它们违反了这条规律，好像不服从一般戏剧结构的法则，表面上看起来一盘散沙，没有剧情进展，好像剧作者信手拈来，毫无计划，又好像剧作者摹拟生活的自然形态，照样搬来，没有艺术加工和构思。看它人物众多，头绪纷繁，在广度上应当属于开放式的结构类型，但看它场地集中，回顾往事多于现在剧情的发展，挖掘人物性格较深这方面，又应当属于锁闭式的结构类型。到底是怎么回事？这值得我们很好探讨和研究。并且在中国古典戏曲中还找不到这种类型，勉强可以算的，只有《群英会》这样的戏，从人物众多，场面集中来说，有点像，但从剧情发展迅速紧凑来说，又不完全对。所以我们只提出高尔基的《在底层》和曹禺的《日出》，用实际例子来分析这种类型的特点。

《在底层》是高尔基在 1902 年写成的一个剧本。它描写沙皇时代一群被生活推落在当时社会"底层"的流浪汉在死亡和饥饿线上挣扎的悲惨状况，揭露万恶的资本主义社会使一群原来是善良忠厚的人堕落为小偷、妓女、赌徒、酒鬼、罪犯和各式各样的社会寄生虫。剧本同时也赞美了人性和真理，启发人们进行社会革命，争取人所应有的自由生活。剧本的控诉矛头针对着资本主义社会制度，它天天在制造着失业、饥饿和犯罪，越来越多的人成为流浪汉，并且丝毫改善现状的希望也没有。这批流浪汉都是些奇形怪状的人，但他们除了少数之外，都不是自愿堕落的，而是被迫的，他们也曾渴望着过人的生活；就是在绝望的边缘上，他们还做着美梦，抱着幻想，希望有一天能得救。例如，贝贝尔曾想做个正派人，放弃他偷窃的勾当，带了他心爱的娜塔莎到西伯利亚去重建生活，但是瓦西里莎，也就是社会的恶势力，不让他回头，逼得他打死人而后去坐监牢；再如锁匠克列士，他工作很勤劳，一心想靠他自己的劳动来过人的生活，但等他老婆一死，不得不卖掉一切劳动工具来埋葬他的老婆，加入到失业的队伍里去；再如戏子，他听说有免费医治酒精中毒的医院，就高兴得跳起来，主动地戒酒，但等到失望的时候，他就只有吊死的一条路。这就是这部戏的主题思想。

这部戏的人物很多，不讲话的或讲话很少的除外，还有十五人之多，但在莫斯科艺术剧院演出时，导演斯坦尼斯拉夫斯基又增添了十四个人，如剧本台词抄写员，耍木偶戏摇筒风琴者，带鸟笼的女孩子，红头发的赶车人，忧郁病患者等，原因是为了加强小客店更多的底层人物的代表性形象，也为了加强舞台真实的气氛。这部戏的场地是集中的，只有两个：一是小客店的地窖里，内景，一是小客店的外院，外景，其实就是一个地方。时间是连贯的，从第一天早晨到第二天黎明。全剧没有一个贯串的情节，也没有一个有巨大变化的情节，开场怎么样，最后闭场也是怎么样，除了中间死去了三个人物（安娜、客店老板柯希蒂略夫和戏子），被监禁了两个人（贝贝尔和瓦西里莎），其他的人还是照老样子过日益困窘的生活。除了第三幕有一段打架争吵的热闹场面外，其余三幕都是人物在随便聊天谈笑、喝酒吵嘴中进行的，看来非常松弛散漫，可是在他们的聊天谈笑中交代出各人的历史经历，传达出人物的思想感情，刻画出清楚而深刻的性格，使观众了解他们各人如何被逼陷入堕落的深渊，认识到万恶的资本主义制度怎样使人丧失人性和尊严，从而激起人们对于社会革命的迫切要求，争取人们所应有的自由生活。所以这部戏是以鲜明的主题思想作全剧贯串线的，把看来是松弛散漫的结构统一在一个主题思想之下。观众通过深刻地认识在底层里的各式各样的人物，认识了万恶的社会，通过深刻地认识了这万恶的社会，才认识到无产阶级革命的必要性和重要性。所以这种类型的剧本以塑造真实的典型的人物形象为剧作者的首要任务，并且这些人物里没有一个正面英雄人物，说一些正确的话，来阐明作者的主题思想。《在底层》里，可以说全是些奇形怪状的畸形人物，也没有一个突出的主角，但这些人物不是作者随便想出来的，随便凑合在一起的，而是典型环境中的典型人物，各有各的代表性，总起来又有底层社会的典型性：那儿有唯利是图残酷自私的客店老板和老板娘，有爱看浪漫小说寄托希望于幻想的妓女，有虚伪的人道主义思想的游方僧，有被迫偷窃的小偷，有只会说漂亮话而言行不一的虚无主义者，有消极透顶的保守主义者，有勤劳工作终于失业的锁匠，有潦倒不堪酒精中毒的戏子，有从贵族堕落为流氓的男爵，有安分守己被生活疾病折磨而死的少妇，有做小贩为生的寡妇，有酗酒胡闹的年轻鞋匠，等等。这是一幅栖身在小客店里的一群绝望堕落的人像展览。

曹禺的《日出》与《在底层》有异曲同工之妙。上场人物也有十五人之多，地点集中，四幕戏三幕都在大旅馆陈白露的房间里，另一幕在妓院里。时间除二三两幕相隔一星期外，其他两幕都是当天早晚或紧接着的。全剧也没有突出的主角。陈白露的戏并不特别多，只是作为串线，从开始一直贯串到结束罢了。人物也是形形色色的，大半是中国旧社会中"上层"社会的代表性人物。全剧也没有从头贯串到底的情节线，剧情进展缓慢，变化也不大。小东西这一情节是比较有曲折变化的，但它在全剧中只是一个插曲或一根支线而已。剧作者着重在刻画半封建半殖民地社会中各种各样的典型形象，通过形象看出社会的本质，并指出这种尔虞我诈、剥削压迫、荒淫无耻、醉生梦死的上层社会必然要崩溃毁灭。这主题思想就贯串在全剧中，成为剧本统一的核心力量。这剧本里也没有一个正面人物，全是些妖魔鬼怪和软弱无用之人；每一人物都代表着一种类型，例如买空卖空投机取巧的潘月亭，奉承拍马一心往上爬的李石清，尽情享乐不务正业的张乔治，荒淫无耻的顾八奶奶，油头粉面的胡四，仗势欺人的黑三，唯利是图的王福升，依赖成性穷奢极欲的陈白露，还有人道主义者方达生、被人踩在脚底下的可怜虫黄省三和小东西。此外还有一个不出场的吃人的恶霸金八。这些人物构成旧社会形形色色的人像展览。剧作者也和高尔基一样，着重在人像塑造，戏中情节极为简单，我们除了看到上层社会人物在陈白露房里寻欢作乐以外，还看到一些可怜人物被人践踏欺侮的悲惨遭遇。这些人物各人追求各自所需要的，结构看来也是比较松弛散漫，但主题思想把它们全部串联起来，给了我们一个完整统一的印象。内在的结构比外部的结构更为突出和重要。

人像展览式结构，很显然，是从开放式和锁闭式结构发展而来的，它具有上面两种类型的特长，而又结合表现社会风貌、社会现象的需要，才开始诞生和发展起来的，成为近代社会剧的重要形式。它的特长是通过人物群像的描绘显示出社会的面貌和本质，它的基本方法是通过回顾和内心活动来刻画较深刻的人物性格，内部动作多于外部动作，在剧情的安排上更接近于生活的真实，但决不是自然主义的真实。在手法上剧作者需要更丰富的生活知识和经验。也更需要熟练的技巧和大胆的创造。在揭露旧社会的丑恶方面，这种类型已发挥出它最大的作用，但在描绘新社会的风貌方面，还有待剧作家作更多的尝试。

以上三种类型的结构仅是在戏剧史上最常用的最主要的结构形式，我们不但不排斥，并且大力鼓励创造新的结构类型，来反映社会主义社会的日新月异千变万化的丰富生活。

三、戏剧结构的分析

一部戏的结构可以从两个方面来分析：纵的分析和横的分析。从纵的方面来分析，就是一部戏有几条情节线；从横的方面来分析，就是一部戏有多少发展阶段，每个阶段分成几幕几场。

我们先从纵的方面来分析。

一部戏里有时只有一条线索，有时有一条主线一条副线，有时有一条主线两三条副线。中国戏曲剧本一般线索较少，往往只有一条线索贯串到底。如沪剧《庵堂相会》，是金秀英和陈宰廷为了争取婚姻自由而与金学文斗争到底一个情节。又如越剧《梁山伯与祝英台》，是梁山伯与祝英台从同窗好友、十八相送到楼台诀别、逼嫁跳坟，一线到底。又如扬剧《秋江曲》，是潘必正和陈妙常的恋爱经过，从舟遇、琴挑、探病、偷诗一直到逼偕、追舟，一条情节线发展到底。这样的简单结构在古典戏曲剧本里占绝大多数，尤其是折子戏，几乎全是单线的。其次，一条主线一条副线的也不少：如京剧《将相和》，蔺相如和廉颇从不睦到和好是主线；蔺相如和秦王的斗争是副线。又如京剧《黑旋风李逵》，从李逵对宋江的误会、大闹忠义堂到负荆请罪是主线；从曹登龙强抢满堂娇到李逵杀死曹登龙救出满堂娇是副线。再其次，一条主线，二或二条以上副线的也有。如京剧《四进士》，宋士杰为素贞平反冤狱是主线；四进士相约不贪赃舞弊到田伦认罪是副线；素贞和杨春的纠葛是另一条副线。又如川剧《乔老爷奇遇》，乔溪和恶霸蓝木斯的斗争是主线；乔溪和蓝心会小姐的巧合姻缘是副线；蓝木斯强抢黄丽娟是另一副线。

话剧在结构上一般都比戏曲复杂，线索多而曲折。例如《烈火红心》里有一主线，一副线：主线是许国清和其他复员军人创办耐火材料厂，同思想上技术上的种种困难作斗争，而最后取得胜利；副线是许国清和杨明才的婚姻问题，许国清和赵彩云的关系成为推动剧情向前发展的力量，而杨明才和许国珍的婚姻问题成为剧情发展的阻力。又如田汉的《丽人行》，有一条主线，三条副线：主线是上海沦陷期间的革命地下工作者与敌伪统治的艰苦斗争；一条副线是章玉良和梁若英的若即若离的夫妻关系；一条是工人余达生、刘金妹与流氓的斗争；一条是王仲原、梁若英与俞芳子之间错综复杂的关系。在独幕剧里也往往有两三条线组成的，例如《妇女代表》一剧，其主线是张桂容和丈夫王江与婆婆王老太太之间的矛盾冲突；其副线有两条：一条是张桂容与牛大婶之间的冲突与和解；一条是张桂容与翠兰（代表农村中的进步力量）的关系。线与线之间是相互牵连，相互影响，相互制约，相互纠缠在一起，成为不可分割的整体，造成戏剧冲突的复杂化、深刻化和多样化，造成戏剧情节的丰富多彩。《妇女代表》的三条线，有机地结合在一起，张桂容如果没有翠兰所代表的互助组、学习小组和农村群众的支持，不可能那么坚强、理直气壮。在情节发展上，张桂容和丈夫与婆婆的冲突，在前半部因牛大婶的挑拨而加剧，但到后来又由牛大婶的转变而缓和下来。线与线之间决不可以各自发展，互不相关，它们既不是硬凑在一起，也不是糅和在一起，而是有机整体的各个部分，牵一发而动全身，抽一筋而全身瘫痪。所以在一部戏里有时看来线索复杂，头绪纷繁，但只要结构得好，自然主次分明，脉络清楚；线索虽多，实则是一个头绪；枝叶虽繁，终究是一本之木，复杂中有简单，纷乱中有条理，这样才能反映出错综变化丰富多彩的生活真实。

从横的方面来分析结构，一般都根据亚里士多德的"头、身、尾"三段的说法来研究戏剧情节发展的过程。在大戏（或称多幕剧）里一般分成几幕几场，在小戏（或称短剧、独幕剧、折子戏）里一般不分幕（有的分场），但其中也有头、身、尾的发展阶段和过程。有人认为戏要分幕分场是由于观众的生理和心理的限制，集中注意的时间不能过长，因此在戏的中间不能不下幕让观众休息。这种看法是片面的，也是错误的。戏的分幕分场是生活中事物发展阶段规律的反映和艺术形式完美的必然结果。生活里一切事物的发展都有一定的节奏，有开端、进展、高峰、结束四个步骤和阶段。不过我们在日常生活中不大注意就是了。可是，我们在生活中却常常借用戏剧名词来形容生活。例如说："这戏剧性事件已发展到高潮了"，"这是悲剧性的结局"，"这是喜剧性的收场"等等。生活里的大危机也是由许多小危机发展而成，所以戏剧分幕分场是表现生活节奏的自然产物。希腊戏剧是不用幕布的，但它用歌唱队的穿插来代替分幕分场，例如埃斯库罗斯的《普罗米修斯》一共分九场：一、开场，二、进场歌，三、第一场，四、第一合唱歌，五、第二场，六、第二合唱歌，七、第三场，八、第三合唱歌，九、退场。除进场歌和三次合唱歌外，开场等于现代剧的序幕，退场等于尾声；如果把它们也除去，那么等于三幕剧。索福克勒斯的《俄狄浦斯王》就有十一场戏，除去进场歌和四次合唱歌，再除去开场和退场，实际上是四场戏，等于四幕剧。莎士比亚的剧本一般是五幕剧，由于不用布景，一幕里一般又分成若干场，例如《哈姆雷特》分五幕二十场，《李尔王》分五幕二十五场，《无事生非》分五幕十六场，《暴风雨》分五幕九场。莫里哀的喜剧也大都是五幕。从 19 世纪中叶以来近代剧作家，如易卜生、王尔德、萧伯纳等的剧本，则以三幕为最流行，也有写四幕的，如彼内罗、琼斯、费契等的剧本，至多不超出五幕。若以头、身、尾三段，或起、承、转、合四段为分幕根据，则三幕或四幕的分法是最为理想。在近代剧里往往一幕一景，有时一幕分两场，但景不换，只是场与场之间时间上有间隔罢了。

中国元明杂剧一般分四折，有的在头上和中间加一至二个楔子，剧情比较集中，首尾连贯，一次演完。明清传奇冗长拖沓，一般都在三十多出到四十多出，有多至五十多出的，非连演几个白天或晚上才能演完，一般选择几出来上演。这些冗长的传奇大都出于文人之手，供案头阅读赏玩，若欲粉墨登场，又须经过各地梨园或戏班重新编排。因此有许多全国流传的剧目，在各地剧种上演时，都各具地方特色，曲调、风格都大不相同，甚至于内容都大有出入。解放后在党的"百花齐放，推陈出新"的方针指导下，各地剧院剧团都大力进行了整理传统剧目的工作，一方面去芜存菁，重编场次，使剧本符合当代观众的要求，一次演完，一方面尽量保存原有传统的风貌和特点，陈旧剧目又以崭新的面貌出现于戏曲舞台上。经过整理的传统剧目一般都分若干场，不分幕（也有少数分幕的），演出时间约二小时半至三小时，适合现代剧场和观众的需要。例如，越剧的《西厢记》分十四场，昆剧《十五贯》分八场，川剧《柳荫记》分十场，越剧《梁山伯与祝英台》分十三场（以上两剧是同一梁祝传统题材），梨园戏《陈三五娘》分十场，评剧《秦香莲》分九场，京剧《将相和》分二十四场，芗剧《三家福》分六场；川剧《谭记儿》、豫剧《穆桂英挂帅》、晋剧《打金枝》都只分五场……总之，场数少则五场，多则二三十场，凡过场戏较多的，场数也较多，过场戏少而正戏比较集中的，那么场数也少。这些传统剧目经过整理后，分场比较精炼，剧情比较集中，原来三四个晚会才能演完，现在都能一个晚会演完，有的不到一个晚会时间，前面还可加一小戏。每一场，根据传统习惯，都有一简短纲目，说明剧情，例如越剧《西厢记》，第一场，"惊艳"；第二场，"借厢"；第三场，"酬韵"；第四场，"闹斋，寺警"；第五场，"请宴"；第六场，"赖婚"；第七场，"琴心"；第八场，"传书"；第九场"酬简"；第十场，"赖简"；第十一场，"寄方"；第十二场，"佳期"；第十三场，"拷红"；第十四场，"长亭"。又如评剧《秦香莲》，第一场，"宿店"；第二场，"闯宫"；第三场，"遇王丞相"；第四场，"琵琶词"；第五场，"杀庙"；第六场，"遇包公告状"；第七场，"大堂"；第八场，"见皇姑"；第九场，"见国太，铡美"。若以剧情发展的节奏来看，则《西厢记》的第一至第四场是首，第五至十二场是身，第十三、十四场是尾；《秦香莲》第一至第四场是首，第五至第八场是身，第九场是尾。若以事件发生、发展、高潮、结尾四段来分，那么《西厢记》的第一、二场是发生，第三至第十一场是发展（发展又可分为前后两段，第三至第四场是前段，第五至第十一场是后段），第十二场是高潮，第十三至十四场是结尾；《秦香莲》第一、二两场是发生，第三至第七场是发展，第八场是高潮，第九场是结尾。

由此可见，不论分幕或分场都是根据生活中事物发展的节奏而来的，就像看潮水汹涌而来，一个浪头跟着一个浪头滚滚而来，一个比一个高，然后汇成一个大浪，冲向海岸，浪花四溅，气象万千，然后消失无踪；接着另一个浪头，自远而来，再汇成另一个大浪，这样反复无穷。所以每一幕戏（或每几场戏一个段落）都有自己的小危机（或称转机），发展为小高潮，而幕终得到暂时的解决，然后在另一幕（或另几场戏一个段落）里掀起另一个小危机，小高潮，直到最后的大高潮，接着就是总解决而结束。戏不可能在二三小时内一直不断地上升，不断地紧张下去，不让观众有松一口气的机会。在观众喘一口气歇一歇的时候，他可以回顾一下已经发生的事，并猜测一下剧情将如何发展，不然观众会过于紧张。观众感情的激动也需要间歇才能不断往上升，每一幕必须在感情上得到一定的满足，兴趣才能持续下去。所以戏剧情节必须有曲折变化，有高有低，有紧张有松弛；一直紧张下去而毫无松懈的间歇机会，那我们的神经会感到疲劳而失去兴趣，会受不了，会使我们感觉麻木。我们喝茶也需要分成许多小杯，一口口喝下去，才能品出茶的滋味，不能"牛饮"。中国戏曲分场时，每一场都有简单扼要的纲目，说明这一场戏的主要情节是什么，目的要求是什么，情调是什么。一方面和前后两场是连贯的，而另一方面又有它自己的特点和独立性，这对初学写作的人来说，在掌握结构的节奏上是有很大帮助的。外国剧作虽然不用每幕标明纲目的办法，但稍加分析就可以看出在剧作家的心目中是清楚地有规定纲目的。例如，莎士比亚的《麦克佩斯》，我们不妨在每幕后面加如下的纲目：第一幕，"女巫诱惑"；第二幕，"弑君篡位"；第三幕，"内疚悔恨"；第四幕，"敌势增强"；第五幕，"自取灭亡"。再如易卜生的五幕剧《人民公敌》也可以找到以下的纲目：第一幕，医生发现病菌，除害信心百倍；第二幕，"多数"支持斗争，医生斗志昂扬；第三幕，忽然形势转变，"多数"反对医生；第四幕，少数操纵"多数"，展开激烈战斗；第五幕，医生惨败受挫，决心继续斗争。从这些纲目里，就可以看出剧情发展的节奏，一起一伏，一高一低。大仲马对小仲马传授编剧"秘诀"时说道："第一幕要清楚，最后一幕要短，全部要有兴趣。"这几句话也含有戏剧结构的节奏感在内。

有关戏剧结构的节奏问题，总括起来，要注意以下三个方面：第一，戏剧结构各部分的匀称问题。一个人的身体如果头大身小，就不匀称、不美，戏的结构也是如此。如果头上说明部分占的篇幅太大，譬如占全剧三分之一或更多一些，那么剧情发展部分就不得不匆忙局促，草率了事，显出头重脚轻的毛病。有些戏二三场过去了，观众还摸不着头脑，到底主要矛盾冲突在哪里，剧作者的意图是什么，也不知道他要带我们往哪儿去，那就糟了，观众不久就会对剧本失去兴趣。还有一种情况，剧作者集中精力写好第一二幕，剧情中重要事件在头上都交代出来了，的确引起了观众浓厚的兴趣，但作者写到第三四幕时就觉得无以为继，枯竭了，筋疲力尽了。这都是失却匀称的结果。第二，人物和情节的恰当处理问题。人物众多、情节复杂并不一定造成头绪纷繁。有些戏需要很多的人物和复杂的情节，问题在于剧作者对于众多的人物和复杂的情节处理、安排得好不好。处理得好，在众多的人物和复杂的情节中可以理出一个简单的头绪来，写成一个节奏分明的好戏。人物之多不能不推《在底层》和《日出》了吧，情节之复杂不能不推莎士比亚的《威尼斯商人》和曹禺的《雷雨》了吧，但由于他们对人物和情节安排得好，有条有理，有主有次，有前有后，枝叶虽繁，枝干分明，交代清楚，方向正确。《雷雨》中的人物关系可以说复杂之至，但作者层层交代，逐步澄清，一丝不乱。《在底层》里的人物可谓多矣，但作者用回顾，对比，行动，语言，细节，气氛，内心活动，心理变化，有节奏地在主题思想的统一下一一表现出来，把观众吸引住了。初学者结构不好，往往枝节横生，喧宾夺主，意图含混，方向不明，使观众如堕五里雾中。剧情虽然复杂，但讲起来却很简单，就像阿契尔说的："好戏只用十行字就可以把故事讲清楚；而坏戏用一版的篇幅也说不清它混乱的意念。因此，对一个初学写作的人，可以介绍他用以下的预测性的试验，来断定他未来的剧作是好还是坏：他能不能把剧本的梗概用一百字左右写出来，就像薄伽丘①的小说的大纲一样。"② 但也并不是剧本的故事越简单越好，因为过于简单，又嫌内容空虚了。空虚和填塞都是剧作要避免的两个极端的毛病。第三，观众的兴趣问题。剧本要从头到尾引起观众的兴趣，不断提高观众的兴趣。当然我们这里所谓兴趣，绝不是低级趣味，更不是廉价的浅薄的噱头主义的兴趣，而是真正的有思想意义的兴趣。在第一幕或第一场里要引起观众的兴趣，然后在以后的许多幕和场里要不断提高兴趣。大仲马谈过"全剧要有兴趣"的话。韦尔特在他的《独幕剧编剧技巧》一书里，以兴趣作为结构技巧的贯串线，他说道："一部好的独幕剧的动作可以用以下简单的话概括起来：戏的开场是抓住兴趣，戏的发展是增加兴趣，转机或高潮是提高兴趣，戏的结束是满足兴趣。"③ 他接着说：兴趣就"是真理，有用的普遍的真理，不仅今天如此，一千年以后也是一样。这条真理就是：戏，不论头、尾和全部，必须要有兴趣"！兴趣的发生，发展，高潮和结束也就是戏剧结构节奏的依据。

剧本分幕分场的原则，也就是戏剧结构发展阶段的原理，掌握了以后，我们就可以进一步作分阶段的讨论和研究。戏剧结构，根据以上所说，可以分成头、身、尾三个部分，也可以分成起（开端）、承（发展）、转（高潮）和合（结束）四个阶段。但为了便于较仔细地分析和研究起见，我把结构分成六个部分来分别讲述：

---

① 薄伽丘（Boccaccio Giovanni 1313—1375），14 世纪意大利小说家，著有《十日谈》等小说。
② 阿契尔：《剧作法》。
③ 韦尔特（P. Wilde）：《独幕剧编剧技巧》。

（1）开场和说明

（2）戏的开端，上升动作

（3）戏的进展 　　　　　　　　　　　　｝ 系结

（4）高潮

（5）戏剧冲突的解开，戏的下降 　　　　｝ 解结

（6）结局

以上六个部分，纯粹为了便于讲解，才这样分的，其实不是每一剧本都包含这六个部分；有的戏一开始就进入冲突，有的戏发展到高潮就结束了；那么事实上这一类剧本的结构只包含（2）、（3）、（4）三个部分，但仍不失为完整的好戏。（1）、（5）、（6）三个部分，可长可短，可有可无，而（2）、（3）、（4）三个部分却是每个剧本所不可缺乏的。

（一）开场和说明

开场与说明并不是一回事。虽然开场一般以说明性的动作和对话为主，但说明并不仅仅限于开场的一段戏。就其广义来说，整出戏都是说明，说明人物和事件，但就其狭义来说，在剧本里凡是追述往事、描绘性格、解释情况、阐述关系的动作和对话，才是说明。所以，说明遍布在全剧里，决不仅仅限于第一幕的开场。有的戏不从说明开始，而一开场就展开戏剧冲突，说明放在后面；有的戏，在戏剧冲突展开中带出说明来，说明和戏剧冲突分不开；有的戏以往事的回顾（即说明）来推动戏剧冲突的发展（如前一节所举的例子《群鬼》）；有的戏说明是逐幕地一点点透露出来，不是一下子都交代清楚。所以开场和说明必须分开来谈，但对一般戏来说，说明部分主要是在开场第一幕里。现在我们先谈开场。

中国古典戏曲的开场都"有一定而不可移"[①]的陈规：传奇的开场，第一出总是"家门"，由副末上来先唱一段上场小曲，如《琵琶记》开场唱"水调歌头"（"此曲向来不切本题，止是劝人对酒忘忧、逢场作戏诸套语"），然后向后台问道："且问后房子弟，今日敷演谁家故事，那

---

① 李渔：《闲情偶寄·格局第六》，国学研究社 1936 年版，第 35 页。

本传奇?"内应道:"三不从《琵琶记》。"末接道:"原来是这本传奇。待小子略道几句家门,便见戏文大意。"于是他把故事大意括尽无遗。第二出戏才正式开始,如果是生旦戏,由生登场,先唱一段引子,引子唱完,继以诗词及四六俳语,谓之"定场白"。这一出就叫做"冲场"。元曲的开场,比传奇简单一些,"止有冒头数语,谓之'正名',又曰'楔子',多则四句,少则二句",于是自报家门,戏就开始。这个传统到京戏时,最初改变不大,一般有引子,上场诗,然后自报家门,接着戏就开始。例如《空城计》的开场:赵云、马岱、王平、马谡四将起霸上场,各念一句上场诗,诗中点名他们是谁;接着主角诸葛亮上场,念引子:"羽扇纶巾,四轮车,快似风云"(说明他的打扮、装备、风度、气派),接着念:"阴阳反掌定乾坤"(说明他的才学和本领),"保汉家,两代贤臣"(说明他的历史和身份)。诸葛亮升帐后念定场诗:"忆昔当年在卧龙,万里乾坤掌握中"(说明他的出身和博学多能),"扫灭狼烟归汉统,方显男儿大英雄"(说明他宏伟的雄心和远大的志向)。接着他自报家门:"老夫复姓诸葛,名亮,字孔明,道号卧龙。"接着他说明时代背景:"先帝爷托孤以来,扫荡中原,扭转汉室。"又接着说明他当前的任务和剧情的发展方向:"闻得司马懿兵出祁山,定然夺取街亭。我想街亭乃汉中咽喉之地,必须派一能将前去防守。"到这儿戏的说明介绍完毕,他一声"众将官!"戏就正式开始。这种开场用腻了,有的剧作家和演员就突破这种陈规,不用这一套引子、定场诗、自报家门等老套子,一开场戏就开始,例如《打渔杀家》,一开场是萧恩在台内喊:"开船呐。"然后父女二人划着渔船上场,表演打鱼的动作,一面在唱词里说明为了生活萧恩虽然年迈,还不能不出来打鱼等等。其他如《四进士》、《武家坡》等,也有了不同的改进,简化了引子、定场诗、自报家门这一套,而用唱或动作来说明身世和剧情。

希腊悲剧和喜剧的开场和中国古典戏曲的开场有极其相像的地方:例如欧里庇得斯的《美狄亚》,一开场由保姆出来向观众介绍剧情,保傅也进来和她对话,然后由歌队出场唱进场歌,歌队长又和保姆谈话叙述剧情,到第三场戏才正式开始,主角登场。到罗马时,歌队取消了,代之以序幕,而这序幕的演出就像传奇的"家门",不由戏中人物来担任，而由另一演员来扮演，他的职责就是向观众预先说明扼要的剧情。例如普鲁塔斯的《一罐金子》的序幕是由一个演员扮演家神来向观众叙述这一家三代履历、目前情况和剧情梗概，说完下场，戏就开始。这种用序幕说明剧情的传统，一直沿用到17世纪，莎士比亚的早期作品还都冠以序幕，直到写作悲剧时，才把序幕废除。例如他的《罗密欧与朱丽叶》的开场是由副末登场说一段"开场诗"。

〔副末上念〕：
      故事发生在维洛那名城，
         有两家门第相当的巨族，
      累世的宿怨激起了新争，
         鲜血把市民的白手污渎。
      是命运注定这两家仇敌，
         生下了一双不幸的恋人，
      他们的悲惨凄凉的殒灭，
         和解了他们交恶的尊亲。
      这一段生生死死的恋爱，
         还有那两家父母的嫌隙，
      把一对多情的儿女杀害，
         演成了今天这一本戏剧。
      交代过这几句挈领提纲，
      请诸位耐着心细听端详。（下）

    到17、18世纪还有不少剧作家采用序幕或进场歌这类形式，但到19世纪就绝迹了，把开场的说明叙述组织到戏里去，作为戏的一部分，不再单独向观众讲述了。

    这种专为观众说明全面剧情的"家门"、"开场"、"序幕"或"进场歌"，在近代现实主义作家看来，破坏了戏剧的客观现实表现，就像"独白"，"旁白"一样，是建立起演员和观众的直接联系，破坏了舞台表演的客观真实感。所以到19世纪中叶，不但取消了序幕，并且取消了"独白"和"旁白"，从此在观众与演员之间筑起了一垛无形的墙。这垛墙直到现在在西洋话剧里还认为是不可侵犯的"戒律"。但也有不少人反对这垛墙。"序幕"或"家门"有它独特的作用。韦尔特关于"序幕"有这么一段话，他说："序幕或歌唱队都不会毁坏剧作家所渴望的客观性。它们是戏和观众之间的锁链，人物有时'进戏'有时'出戏'，也是戏和观众之间的锁链，如果我们用得巧妙，是既有趣，又有价值的。……这是那根锁链在讲话，不是剧作家在讲话，使戏渲染得更丰富多彩。……序幕和歌唱队所传达给观众的情况，是演员们不必知道的，也是不能知道的，如果这种情况必须由演员来传达，那必然会产生不良的效果。说明书可能带上几句这些情况的解释，但它们太重要了，不能依靠说明书来起这个作用。在演员们的行话里，就是向观众'交流'，并且作为特别重要的'交流'。序幕完成了'交流'，激起了兴趣，产生了悬念，负起了说明书和戏本身不能胜任的负担。"① 的确，"序幕"和"家门"，如果用得好，可以起到说明书和戏本身所无法胜任的作用。

不过，这并不是要提倡在现代剧里"复辟"序幕和家门的使用，我们也不能否认这是中外戏剧中比较古老的一种传统形式，在许多方面都不适合于现代戏剧、剧场和观众的需要。在中国传统的广场式的庙宇祠堂剧场里演出，在古代希腊罗马露天剧场、中世纪教堂外空地和文艺复兴后旅馆院庭剧场里演出，在开场的时候，秩序比较乱，进进出出，嘈杂吵闹，序幕和家门就有它的作用；在戏曲里有所谓"定场白"，李渔解释道："言其未说之先，人不知所演何剧，耳目摇摇；得此数语，方知下落，始未定而今方定也。"② 所以戏一开场，进展不能太快，家门序幕，冲场念引子，说定场白等，让观众先定下来，然后正戏开场。现代剧场视听的条件好，设备好（均有固定的座位；而中外古老剧场里有许多人是站着看戏的），就无需有让观众安静下来的必要的准备时间。其次，这种用第三者口气的序幕和家门是从说唱艺术中遗留、沿用下来的，随着戏剧艺术本身的发展，而逐渐把这些古老的程式加以改进和淘汰，是合乎发展规律的。有人认为戏曲开场一定要用引子、定场诗和自

---

① 韦尔特：《独幕剧编剧技巧》（英文原版）。
② 李渔：《闲情偶寄·冲场》，国学研究社 1936 年版，第 37 页。

报家门，否则就不像戏曲，甚至于有人认为话剧也应当模仿这种开场，才是"民族化"，这是不正确的。不过，我们也应当正确理解这种开场的作用。除了上面说的这种开场可以建立起戏剧与观众的密切联系，可以传达给观众一些不能由说明书和演员来传达的情况之外，还有以下两个作用：一是把剧情内容和作者意图在戏正式开演前先让观众了解得一清二楚，是有好处的，观众不用分心在剧情的前因后果的理解上，而专心致志于人物性格的认识和剧情进展的欣赏上。在编剧上有一个重要的原则：不要对观众保留任何秘密，要让观众成为万能的上帝一样，什么事都了解得清清楚楚，这样他才能用无所不知无所不晓的超脱的心情去欣赏戏。观众跟作者一样深刻地理解了生活的真理之后，才能知道应该同情谁，反对谁，谁是正确的，谁是错误的。有些好戏，不但百看不厌，并且越看越有味，这有味并不在于探索剧情如何发展，人物具有什么性格等的好奇心，而在于欣赏人物在规定情境中如何行动，如何斗争，欣赏作者如何巧妙地揭示思想，刻画人物和安排情节。真正欣赏好戏是在看第二遍第三遍，或甚至更多遍的时候，原因就在于此。唯一要向观众保守某些秘密到最后才揭穿的是侦探戏，凶手到底是谁要保守秘密到最后一幕，不然观众就会失去兴趣，所以这种侦探戏，就像侦探小说一样，只能看一遍，看第二遍就索然无味了。中国戏曲的开场都是把所有一切秘密全盘交代给观众，如刚才所引的《空城计》，诸葛亮一上场先把三国鼎立的形势，司马懿大举入侵，对形势发展的估计，如何应付这种形势和司马懿的进逼，作出对策，然后戏再从容地开展。又如《断太后》，李太后一上场就把自己的身份、遭遇、现状都交代清楚。这种种情况是其他演员（如范仲华、包公）所无法交代的。要是李太后一开场不向观众交代，只作为一个贫妇出场，让观众从她和范仲华的对白中慢慢地猜出来，这样能使观众和范仲华一样，到后来才发现她是李太后，大吃一惊。这也未始不能构成戏，但戏就分散了，不能集中在包公和李太后两人的戏剧冲突上做文章了。所以，现代剧作家又有人恢复使用序幕或变相的序幕，来补充正剧之不足，尤其在回顾往事、题外必须交代的情节和开章明义方面起了很大作用。例如《枯木逢春》的序幕，追溯解放前农村在血吸虫病的威胁下农民流离失所、家破人亡的悲惨景象，起了极鲜明的对比和烘托主题的作用。

其次，古代歌队的开场和穿插也在剧本里起到特别的辅助作用。韦尔特写道："歌队的用处，不仅是说明剧情的方法之一，并且在戏的全部动作里发出不断的批评解释的火花，打破了脚灯的阻碍，为邀请观众亲切地参加到戏里来创造了气氛。"①《中锋在黎明前死去》里的流浪人，《丽人行》里的报告员，《敢想敢做的人》里的报告员，《第二个春天》里的女记者等都是变相的歌队，从头到底贯串他们的解释和批评，建立起观众和演员之间的一座"交流"的桥梁，帮助观众更好地理解剧本，更好地感受剧作者的意图。

不用序幕或进场歌来说明剧情，戏的开场就显得困难些。不用序幕或进场歌的帮助，要把主要人物、主要情节、时代气氛和剧情发展的方向等一下子交代得一清二楚，的确是件煞费脑筋的事。狄德罗说："一个剧本的第一幕也许是最困难的一部分。要由它开端，要使它能以发展，有时候要由它表明主题，而总要它承先启后。"②冈察洛夫在批评《大雷雨》时也说："剧本的开端如果距离它的结局太远，这就意味着会减弱它的行动性和戏剧的紧张性。剧本的开端如果距离它的结局太近，这又意味着它本身会失掉认真揭示女主人公③性格的可能。而在当时，就必须权衡轻重，判明是非，想出许多种不同的方案，以便找到最适当、最正确的典型性的处理方法。"④冈察洛夫这个建议是非常有价值的，一出戏的开场方法，必须事先拟出几个方案来，加以选择，才是最妥善的措施。霍罗多夫在他的《论第一幕》里写道："第一幕安排的困难之处，正是在于它一则是开幕以前已经发生的事件的继续，而同时又是即将在剧中展开的一系列新的事件的开端；许多剧本的缺点，正是在于第一幕在戏剧上的这两种不可分割的功能在这些剧本里或者是被分割开了，或者是更糟糕的便是一个依靠着另一个而体现出来。……戏剧艺术的特点，在于它的事件是在幕布打开的那一瞬间开始的（更确切地

---

① 韦尔特：《独幕剧编剧技巧》。
② 狄德罗：《论戏剧艺术》第 14 章。
③ 指奥斯特洛夫斯基的《大雷雨》的女主角卡杰琳娜。
④ M.A. 冈察洛夫：文学论文集《万般苦恼》。

说，是在这一瞬间继续下去的）。……其中的奥妙在于要把破题处理得实际有效，使过去的事件不是简单地显露出来，而是积极地渗透到在我们眼前不断展开的事件里去。"① 换句话说，戏的开场就是过去事件和现在事件的连接点，这就是破题，难处在于两者接合得要紧密，要两者并重，承上启下，不是"一个依靠着另一个而体现出来"。并且"剧本第一幕的责任不仅要把过去和现在联系起来，而且要把现在和将来联系起来。"② 破题不等于戏的开端，而是开端的准备。例如《钦差大臣》第一幕是破题，不是开端。市长向他手下官吏们一段训话是破题，不是开端，而是开端的准备。"果戈理的天才的艺术技巧，在于他善于安排孕育着开端的破题：官员们都一个个无法控制地被规定情境的合理性所吸引住了，当他们把伊凡·阿列克山德罗维奇·赫列斯塔科夫当作钦差大臣以后，就都处在喜剧的情境里面了。"③ 破题的作用在于创造戏剧的规定情境。规定情境造成之后，戏的开端就一触即发了。"……在第一幕里，就应当包含着戏剧的'雷管'，好比一根'导火线'通向后边的几幕戏。如果剧作家在写完第一幕而让幕布落下来的时候，并没有促使我们关心剧中主人公以后的命运，也没有使我们产生一种急不可耐的心情期待着以后的事件，那么这就是意味着可能有两种情况：或者是剧作家已经把一切都说明白了；或者就是他还没有说出任何事情。"④ 所以戏的开场就是破题的艺术，不仅要有事件的破题，而且要有性格的破题——包括显露性格和形成性格两个方面。

破题之所以重要，因为它给观众整出戏的第一个印象，第一个印象是戏的成败的重要关键之一。没有序幕，没有歌唱队，破题主要依靠说明，说明时代背景、时间和地点，说明主要人物的身份、地位、关系，说明过去事件、现在的情况和问题，也说明剧情今后发展的方向。可是说明总是叙述性的，容易流于平铺直叙，缺乏动作性，太长了使观众感到厌倦，太短了又不能说明问题。所以剧作家必须想尽方法使观众感觉兴趣，使观众渴望听到这些说明。在西洋18、19世纪的通俗戏剧里和我国20世纪初的文明戏里，常常可以找到以下四种最通用的破题方法：

①②③ 霍罗多夫：《论第一幕》，《剧本》月刊1956年2月号。
④ ［俄］霍罗多夫著，吴启元译：《论第一幕》，《剧本》1956年2月号。

（一）男女仆人在客堂里打扫，一面工作一面闲谈，谈主人家里的家常，其中一个在主人家里待得较久，把家里的情况讲给新来的仆人听，实质上他是叙述介绍给观众听；（二）男女二人谈情说爱，讲出各人的历史和心里的秘密；（三）久离家庭的人突然回来，向家里人问长问短，在答问中把情况告诉观众。另一方式是久别的老友突然重逢，兴致勃勃地回忆往事，追念旧情；（四）一面出场一面向台后嘱咐什么，在嘱咐中说明一些必要交代的事件。除了以上四种方法外，在现代的剧本中常用电话来说明必要的剧情，也有用主人向秘书说写信件（即主人口述秘书打字或速写记录）或文稿的方法。以上这些方法，由于用得过多，便成俗套，因此袭用时就缺乏新鲜感。破题贵乎创新。

破题一般分为两种类型：一种是热闹的破题法（或称热闹的开场），一种是平静的破题法（或称平静的开场）。也有人借用音乐的名词，把前者称为"快奏破题法"，后者称为"断奏破题法"[1]。热闹破题法的典型例子是莎士比亚的《罗密欧与朱丽叶》。它一开场就是两家敌对家族的仆从和族人的紧张剑斗，满台打得闹哄哄的，但等公爵上来，把他们喝住，也没有一人受伤，成为一场虚惊。观众也许误以为这就是戏的开端，其实这是破题，是用行动来说明两个敌对家族之间的传统的仇恨的，烘托了时代气氛，介绍了重要人物和他们的关系，是行动性的说明。莎士比亚的《奥瑟罗》的破题也是如此。这种破题一下子就能引起观众的兴趣，节奏急促，起得快，收得快，紧张而不乱，热闹而头绪清楚。最近我们创作的新剧本，不论戏曲或话剧，大半喜欢用热闹场面来破题，例如历史剧《甲午海战》，幕一拉开，只见满台都是人，"各种叫卖声，形形色色的小摊小贩在赶着夜市，有卖酒的，有卖药的……水手三三两两地走过，舵手王金堂在变卖金锁。女孩牵着算命的瞎子走过，乞丐到处行乞，福岛乔装成珠宝商人混在夜市里……"[2]又如《东进序曲》的破题是日本鬼子枪杀老百姓的场面，紧接着新四军打了过来，救了老百姓，追赶逃散的敌人。又如《英雄万岁》是朝鲜前线某山口交通

---

① "快奏破题法"（Legato Opening）、"断奏破题法"（Staccato Opening），都是音乐上的名词。
② 见《甲午海战》第一幕舞台说明。

要道、炮声、枪声响成一片，志愿军队伍开往前线经过这儿，运输汽车络绎不绝，朝鲜妇女慰劳队在紧张地工作，招呼过路的志愿军，送茶送水，闹成一片。这些热闹场面都是为了烘托出时代和环境的气氛，是必要的，但有时为热闹而热闹，安插上许多与主题思想关系不大的人物和细节，使观众看得眼花缭乱，只感到闹哄哄一片，不知道该注意哪些人哪些事才好，结果达不到说明的目的。例如《甲午海战》的开场，虽然气氛渲染得非常吸引人，戏剧性也相当强，但枝叶过多，事件太乱，头绪纷纭，有目不暇接之病。还有一种热闹开场是在台上用音响效果烘托气氛的破题法，不需要许多演员上台，也不需要伟大场面，例如姚仲明的《记忆犹新》的开场，台上是滨海市军事管制委员会的办公厅（在楼上），正中阳台，阳台下面是马路，幕启时，阳台下面的马路上，送来一片口号声："庆祝滨海市解放！""为建设人民的新城市而奋斗！""庆祝抗战胜利！"……还交织着一阵阵的锣鼓声和鞭炮声。王司令员、警卫员小马、小郝在阳台上向外面马路上的群众挥手招呼，后来口号声锣鼓声越来越近，直到窗外，只见一片红旗的上半截在窗口移过。这样的破题是非常聪明的，台上热闹紧张，交代了时代背景和时间地点，但台上只有三个人。又如《烈火红心》的开场，也是幕一拉开就显出热烈紧张的气氛，台上是上海工业局局长办公室，办事员小高一个人在场，电话铃响：

> 小　高　（打电话）喂，我是工业局……华东仪表厂，嗯，嗯……
> 等着电偶管用？……好，就给局长汇报。（记录。另一个
> 电话又响，接）喂，……石油工业部上海办事处？陈局长
> 还没有来……什么，他们也要电偶管？（又记，原来电话
> 又响，又接）……一〇三钢铁厂？嗯，嗯，明白啦，电偶
> 管不解决，生产计划完不成！（放下电话）……

接着复员军人许国清、杨明才上，电话铃还是不断地响，都是来向工业局要电偶管的。这电话铃声由疏到密，由缓到急，最后两个电话同时响，造成极其紧张气氛，并且以电话说明了许多情况，是极其巧妙的破题法。

其次，平静的破题法（或称平静的开场，或称断奏破题法）与热闹的破题法恰好相反。幕拉开时，台上静悄悄地空无一人，然后人物登场；或者幕拉开时只有一人在场，另一人从外面进来，然后说话；或者幕拉开时台上坐着两个人，在安静地谈话，从谈话中揭示人物性格，明确情况，引向戏的开端。这是符合一般戏剧结构的公式的："由静到闹，由闹到静。"李渔也说过："开手宜静不宜喧，终场忌冷不忌热。"[①] 开场冷一些，观众是有耐心看下去的；不过冷的时间不宜过长，过长了观众是会不耐烦的。所以人们称之谓"断奏式"破题是比较恰当的，因为在音乐中所谓"断奏"是快慢间断之意，又有轻而短之意；在戏剧里，就是"明松暗紧"之意。这种破题法最主要的是在平静中揭示人物性格，使观众对重要人物先发生兴趣，关心他们的命运，并预见到即将爆发的事件。这种破题法最典型的例子是易卜生的《玩偶之家》。幕拉开时，台上空无一人，静悄悄地，半晌，观众听见门厅里有铃声。紧接着就听见外面的门打开了。娜拉高高兴兴地哼着歌从外面走进来，身上穿着出门衣服，手里拿着几包东西。她把东西摆在右边桌子上，让门厅的门敞着。我们看见外头站着个脚夫，正在把手里一棵圣诞树和一只篮子递给开门的女佣人。娜拉叫女佣人把圣诞树藏起来，问脚夫多少钱。脚夫说"五十个渥尔"[②]，娜拉给他一个克罗纳，不要他找了（这说明她心里十分高兴，所以花钱很大方）。她从口袋拿出一包杏仁甜饼干，吃了一两块。吃完之后，她踮着脚尖，走到她丈夫书房门去听听，知道丈夫在家，她丈夫也知道她回来了。于是两人隔着门，丈夫称她为"小鸟儿"，又称她为"小松鼠儿"（这说明他对妻子的态度）。于是丈夫走出门来，责怪娜拉偷吃饼干，责怪她乱花钱，并且声明他对生活的态度："不欠债，不借钱！一借钱，一欠债，家庭生活马上就会不自由，不美满！"从这一段夫妻的谈话里，我们不仅知道她丈夫即将担任银行经理一职，家庭经济情况大大好转，并且作者着重地刻画了夫妻二人的不同性格和他们之间的矛盾。观众对这段谈话之所以感到兴趣，不仅由于这段戏里有不少行动性的细节，并且主要由于通过这段谈话初步认识了两人的截然不

---

① 李渔：《闲情偶寄·格局第六》，国学研究社 1936 年版，第 35 页。
② 挪威币制，一百个渥尔等于一个克罗纳。娜拉多给脚夫五十个渥尔。

同的性格，尤其对娜拉发生同情的好感。接着娜拉和林丹夫人一段冗长的谈话，回顾了八年前她拯救丈夫的一段故事。要是没有第一段揭露夫妻性格的戏，要是一开场就是娜拉和林丹夫人的一段回顾往事的冗长的谈话，那么观众一定会感到不耐烦的。这就是易卜生在戏剧结构上的巧妙安排和纯熟技巧的表现，值得我们很好学习。娜拉和林丹夫人正在谈话时，柯洛克斯泰的到来，才急速地引到戏的开端。曹禺的《雷雨》是另一个平静的破题法的好例子。幕一拉开，也是静悄悄的没有一个人，半晌，四凤端药罐上，鲁贵跟着进来，在他们父女的谈话中交代出周家的历史，周萍和繁漪的特殊关系，周萍与四凤的特殊关系，周朴园三十年前的往事，但他们的谈话不是一般说明性的谈话，而是在鲁贵向四凤要钱还赌债而四凤不肯给的矛盾冲突中展开的，从而揭示了鲁贵与四凤的性格，间接地也揭示了其他人物的性格，抓住了观众的兴趣。所以我们说，戏剧情节的破题同时也就是人物性格的破题。

　　还有一种破题法，虽然不常用但效果极为显著，那就是用纯粹形体动作来破题，不讲话或讲很少的话。这种破题法，在戏剧历史上可能是最最古老的，比序幕和进场歌还要老，就是"哑剧开场"。在西洋近代戏剧里，最著名的例子是英国现代戏剧家巴蕾的《十二镑钱的神情》。这是一出讽刺独幕剧，讽刺一个新贵在家中操练受封爵士的仪式，他洋洋得意，骄傲自大，认为所有的人看到他如此飞黄腾达，一定会羡慕倾倒的。但他雇来打字的年轻女子（就是他的前妻）却看不起他，使他大不痛快。幕启时，台上坐着穿华丽礼服的夫人，她拍两下掌，"她丈夫哈利弯着腰，两腿分开用滑步大方地一步步滑进来。他的爵士礼服还不完备，他的剑和长袜子还没有送到。他左腿跨出一步，然后右腿再跨前一步，这样一步步走近他的夫人，于是一膝跪下，用手把夫人的手举起来，在嘴边吻了一下。她用纸做的剑在他肩上打了一下，然后很快地说道：'起来，哈利爵士。'他起立，鞠躬，走向每一件家具，屈膝行礼如仪，每次站起来，他是一位爵士了。……哈利这样庄严地进行练习，真像皇上就在前面一样。"[①] 这种纯粹以动作来破题，很能吸引人，也很能

---

① 〔英〕杰·马·巴蕾著，丁西林译：《十二镑钱的神情》，《剧本》1962 年第 8 期，第 56 页。

说明问题。这种用法，在中国戏曲演出里用得非常广泛。例如越剧《珍珠塔》开幕前就是一片喜气洋洋的音乐，幕启时，中间挂着寿屏，一对对丫环捧上果盘、寿糕，客人一批批来贺寿，主人恭手还礼，客人送往后厅饮酒，然后四个丫环扶着老太太上场，女客上来贺喜……这一段戏全用哑剧表演，伴以热闹轻快的音乐。《团圆之后》的第一场，也是如此，大半幕都是哑剧破题法，给观众的印象是深刻的。

以上几种破题法，各有短长，各有利弊，无法分出高低，剧作家应根据剧作的题材内容、主题思想、风格体裁和剧作者的个人特长，来进行选择和采用。

破题的主要内容是说明，所以研究了破题就等于研究了说明的主要方面，但说明并不限于破题、开场或第一幕，在其他几幕里也必然有说明的戏；说明是和戏剧情节的发展共始终的。所以我们现在补充在破题以外如何应用说明的几个原则问题。

凡戏剧情节发展迅速，紧凑，动作性强，从一个危机立即转到另一危机，这样的戏只需要简洁的说明，说明越少越好。凡戏剧情节发展缓慢，细腻婉转，内部动作多于外部动作，在平静中积聚力量，到高潮时一并爆发，这样的戏需要把说明分布在全剧里，巧妙地艺术地和剧情发展紧密结合在一起，使说明成为情节的有机部分或成为情节的推动力量。曹禺的《雷雨》是一个例子。在第一幕里说明周萍和繁漪曾有过一度暧昧的关系，在第二幕里说明鲁侍萍就是周朴园三十年前第一个妻子，周萍与鲁大海是同胞兄弟，到最后一幕最后一段才说明周萍和四凤是同母异父的兄妹（观众于第二幕就推测到了），于是爆发成四凤触电，周萍自杀的大悲剧。过去事件的逐步暴露和剧情紧密地结合在一起，并且过去事件的进一步暴露（即说明）促使悲剧情节得到进一步地向前发展。这是说明戏剧化的很好范例。

在舞台上演员甲向演员乙说明情况时必须有充分的理由，即演员乙在规定情境中非急切地向演员甲问明情况不可，这样的情况说明才合情合理，才能引起观众极大的兴趣；也就是说，观众在规定情境中也急切地要弄清某种情况。例如京剧《真假李逵》，真李逵经过某松林时，跳出一个假李逵向他索取买路钱，交手以后，假李逵败北，真李逵举刀要杀时，假李逵跪地求饶，真李逵问他为何假冒他的名义来做路劫的勾当，假李逵才说出家有八旬老母要奉养，真李逵不但不杀他，并且解囊资助他。这个说明不但真李逵急切要知道，就是观众也急切要知道，因此这样的说明就能引起观众的兴趣。但是在许多剧本里，演员甲向演员乙说明某种情况，其实观众明明知道演员乙不会不知道，但演员甲不能不作此说明，主要是讲给观众听的。这样的说明就不自然，也不合情理，观众听了也不感兴趣。碰到这种情况，有的剧作家就添一个不知情况的演员丙，上台来问演员甲，等情况问清楚了，演员丙也就下场不再出现了。这是一个笨拙的补救方法。三十年前在舞台上演过菊池宽的独幕剧，名叫《父归》（田汉翻译）。父亲在外行为荒唐，把妻子和三个孩子遗弃不管，长子因此失学，从十岁起在衙门里当小使，养活一家，二十年来含辛茹苦，送弟妹入学直到中学毕业。后来父亲资财耗尽，年老落魄，回转家乡，突然到了家里。母亲和弟妹都很高兴，愿意父亲留家团聚，但哥哥回想起二十年母子四人的苦处，都是由于父亲的荒唐行为所造成的，拒绝父亲留下。这是独幕剧，幕启时正好消息传来，有人看见父亲在附近街头流浪，正在吃饭时，父亲来叩门，闯了进来。一切往事都须用回忆方式补叙出来。但家中四人没有一个不知道父亲荒唐在外遗弃家庭的事，那么谁来问谁来答呢？作者非常巧妙地利用哥哥和家人的冲突来追述父亲的往事，他愤怒地说，父亲过去怎样怎样荒唐，怎样怎样把全家抛弃不顾死活，"难道你们忘记了吗？"他每追述一件往事，就激动得声嘶力竭地哭诉他父亲的罪状。这是合情合理的，观众也急于要知道为什么哥哥拒绝他父亲留下来。观众觉得他不只是在叙述往事，而且是在激动地演戏，在和家人发生尖锐的意志冲突。

要使观众对说明发生兴趣，剧作家不先急于作说明，而先提出问题，而说明就是问题的回答。使观众迫切要求说明，说明才会使观众感到兴趣。所以说明不是回答问题的艺术，而是迫使观众提出问题的艺术。观众有时看到演员和布景就会想到一些问题，有时剧作家要诱导观众提出问题，然后再对问题作出自然的有趣的说明性的回答。

贝克在他的《戏剧技巧》一书里，谈到说明有四个重要特点，必须注意。他写道："好的说明方法的第一个特点是清楚。第二，说明必须有充足的理由，就是说，说明要自然，这些事实应当这样交代出来。第三，这是最重要的，说明方法必须有兴趣，使必须交代的事实能抓住观众的注意，乐意地记住它。最后，这方法必须使说明很迅速地交代清楚。"① 这四个特点是值得我们注意的。

（二）戏的开端——上升动作

一出戏一般在开场之后不久一定要出现根据主题思想所规定的戏剧冲突的第一次爆发，两种对立力量第一次发生冲击，推动戏向前运动，从平衡中开始出现不平衡，在平静中出现第一次骚扰。有人把戏一开场比作在晴朗的天空，最初出现一块"像拳头大的乌云"，逐渐扩大，到戏的开端就响起了第一声雷鸣，于是风也起来了，乌云滚滚在天上越聚越多，直到高潮时狂风暴雨在雷电交加中倾盆而下。也有人把戏剧冲突线比作炸弹的导火线，戏的开端就是点燃起导火线，这根线通过几幕几场，火越烧越近，到高潮，炸弹最后爆炸了。也有人把戏的开场比作两军对垒，摆开阵势，戏的开端就是第一次发生冲突，发动进攻。所以戏的开端有各种不同的称呼，有人叫它"上升动作"，有人叫它"攻击"，"导火线燃烧点"，"上路时刻"，"兴奋的力量"等等；为了统一起见，我们姑且称之为"上升动作"。戏的开端或上升动作在每一出戏里都应该非常明确，绝不含糊；上升动作的酝酿，即"拳头大小的乌云"的出现，可以在开场之前，或开场之后，并不固定，但上升动作却是固定的，一般都在剧本第一幕或第一场的后半段或结尾。例如，曹禺的《雷雨》的第一幕，一开场四凤和鲁贵的一段戏是说明性的，接着四凤和周繁漪、周冲的一段戏也是说明性的，等周萍上场，与繁漪的一段简短的有弦外之音的对话里：

周繁漪 （停一停）你在矿上做什么呢？

周　冲 妈，你忘了，哥哥是专门学矿科的。

周繁漪 这是理由吗，萍？

---

① 贝克：《戏剧技巧》。（英文原版）

周　萍　（拿起报纸）说不出来，像是家里住得太久了，烦得很。

周繁漪　（笑）我怕你是胆小吧？

周　萍　怎么讲？

周繁漪　这屋子曾经闹过鬼，你忘了。

周　萍　没有忘。但是这儿我住厌了。

从这几句话里观众已经清楚地看到乌云在扩大了，但并不马上发生冲突，因为周朴园突然上场了，延宕了一下。周朴园逼周繁漪吃药，看来冲突很紧张，但这还不是戏的开端，而是说明性的细节，说明周朴园和繁漪二人不同的执拗性格。戏的开端是在第一幕的结尾处：

周朴园　（突然抬起头来）我听人说你现在做了一件很对不起自己的事情。

周　萍　（惊）什——什么？

周朴园　（走到周萍的面前）你知道你现在做的事是对不起你的父亲吗？并且（停）对不起你的母亲吗？

周　萍　（失措）爸爸！

周朴园　（仁慈地）你是我的长子，我不愿意当着人谈起这件事。（稍停，严厉地）我听说我在外边的时候，你这两年来在家里很不规矩。

周　萍　（更惊恐）爸，没有的事，没有。

周朴园　一个人敢做，就要敢当。

周　萍　（失色）爸！

这是从开场到现在乌云满天后第一个闷雷，从平衡到不平衡，剧情开始动荡了。这虽然是个假雷，周朴园所谓"对不起自己""对不起父母"的不规矩事是指周萍在跳舞场里酗酒跳舞，并不知道儿子和后母的暧昧关系，也不知道他和四凤的不正常关系，但周朴园的回家，周萍的急于要走，繁漪的失常的病，四凤的苦闷和四凤母亲的突然到来，都预示着暴风雨的即将来临，他们之间的矛盾冲突立刻就要爆发了。到第二幕这些矛盾冲突就一步步展开了。再如郭沫若的《武则天》的第一幕，太子贤正在东宫和黄门侍郎裴炎、主簿骆宾王、上官婉儿等密谋叛乱事，忽然武则天驾到，骆宾王躲起来。裴炎假装和太子贤谈论孝经，武则天偶然间在一本书里翻到上官婉儿的一首诗，看到诗中有怨恨之意，又探知上官婉儿是上官仪的孙女，和她有不共戴天之仇，于是戏的冲突就开始展开了：

> **武则天**　（取《少阳正范》翻阅，翻出了上官婉儿的《彩书怨》取出阅览，大怒）你经常在阅读，你阅读的就是这些情诗！
>
> **太子贤**　（非常惶恐）那就是上，上，上官婉儿的。
>
> **武则天**　（愈严厉）上官婉儿？是谁？
>
> **裴　炎**　（为太子解围）启禀天后陛下，上官婉儿是上官仪的孙女……
>
> **武则天**　（诧异）上官仪？那个背叛朝廷、图谋不轨的人！

这部戏的戏剧冲突就从这儿开始了。再如刘川的《烈火红心》一开场用电话不断地响来说明电偶管在工业上的迫切需要和进口困难，又通过陈局长和许国清的谈话，知道许国清刚从朝鲜战场复员回来，又通过陈局长和专家钱行美的谈话，知道电偶管是科学尖端的产品，非要十年八年的时间才能制造出来！许国清自告奋勇地愿意担负起这个重任：

> **许国清**　（慢慢走近）首长……打开个突破口吧！
>
> **陈局长**　什么？
>
> **许国清**　要是封锁线，我们就打开它个突破口！
>
> **陈局长**　对，打开突破口，……可哪儿去找个突击连！……
>
> **许国清**　钱副主任？……
>
> **陈局长**　（微笑）你看他像个突击连吗？
>
> **许国清**　（默然半晌）报告首长，要是你信任，我们就是突击连！
>
> **杨明才**　（诧异）你要干什么，老许？
>
> **许国清**　我要打仗！我要冲锋！……老杨，我们再一起打个上甘岭

战役怎么样？

〔杨明才瞠然不知所答。

许国清 ……首长，你信任我们吗？

陈局长 （深深感动）我信任你们，许国清同志。……可是你们要明白，这是一门复杂的科学！……

许国清 请首长放心，我们一定学会它！有什么学不会的呢？刚参军那会儿，觉着打仗挺复杂，以后还不学会了？刚到朝鲜觉着现代化战争挺复杂，天上地下，飞机、坦克一大套。以后呢？照样学会了！

陈局长 你打算怎样动手做？

许国清 我们回去找家乡的复员同志，找我的老战友张福山……

陈局长 谁？模范党员张福山？

许国清 对，我们连的副指导员，五次战役里冻坏了腿，……首长，就找这个人组织突击连！用我们自己的生产资助金，用我们拿过枪的两只手，替国家制造急需的电偶管！……

小 高 （激动得鼓掌）太好了！

许国清 （走近陈局长）首长，请你下命令吧！

许国清下定了决心就等于点燃了导火线，掀起了第一个冲突，指明了戏的发展方向。在独幕剧或折子戏里，戏的开端一般展开得更快些，在简单的必要的说明以后，紧接着就是第一个冲突。例如，在孙芋的《妇女代表》里，戏一开场，翠兰来找张桂容，张桂容出去挑水了。从翠兰和王老太太的对话中，知道张桂容当了村里的妇女代表，组织妇女学习，还组织了妇女织草袋子搞副业生产，王老太太很不满意她媳妇在外面"胡搞"，还交代了当前问题是稻草织光了，王家有草，王老太太不让匀给副业组。桂容挑水回来了，冲突立刻就展开：

翠 谁家有？咱们多匀点。

容 我们家就有！

〔老不满意地斜视容一眼。

翠　（高兴地）那更好啦，你们今年的稻子比谁家的都强。我就叫
　　　常玉成的车来拉得啦！（欲出——）

容　（唤住）你等一会儿！

翠　他的车送公粮回来了，我都说好啦，他先给咱们拉稻草，接着
　　　就往合作社送草袋子。（欲出——）

容　（拉住翠兰）这我知道。（示意问老，翠停住。容转向老——）

老　（止不住开了腔）保儿他妈呀，咱们那点稻草你可不能随便动。

容　别处买不着好的啦，跟咱们匀点。

翠　我们交了草袋子给钱呐，不白使。

老　给钱也不行啊！你大哥走的时候也没留下话，别人可不能作主。

容　织草袋子也有咱家一份，那稻草咱烧火都糟蹋啦，还是拉去织
　　　草袋子吧！

老　（责难的口吻）这事可不能由你啦！保儿他爹走的时候告诉又
　　　告诉，不叫你出头领外边的事，你一点也没往心里去，就这样
　　　他回来我还得落埋怨呢！你还想往外头拉东西？你可少给我惹
　　　乱子！

戏剧冲突的导火线在这里点着了，但张桂容的性格所规定的忍让，不使
两人立即爆发为激烈的冲突，张桂容听了婆婆的挑衅性的话不作回答，
表示对长辈不愿轻易发生争执，也不愿自作主张，但她态度很坚定，她
决心再和翠兰到别处去找。这是第一次冲突，也是戏的开端。折子戏
《断桥》一开场有一段说明性的交代，小青与白素贞上来边舞边唱，说明
前情，白素贞满腹怨恨，小青怒气冲天；白素贞腹痛，小青扶她下，到
断桥亭稍息。许仙上，也补叙了他悔听法海之言，害得白素贞吃了败仗
逃走，他这次逃下山来，一心要找白素贞言归于好。忽然他听见身后白
素贞叫唤，他又惊又喜，但又看到小青手执双剑追了上来，他又害怕起
来，急急走避，这就是这一折戏的开端。

　　总的说来，戏的开端的上升动作必须在戏里交代得清清楚楚，不能
含含糊糊，似是而非，摸不着，看不准。这是戏的发动力，像机器上的
发动机，发动机一开，整个机器都动起来了；又像一潭池水，丢进一块

大石子，把平静的水激荡起来，使整个水面都激起了汹涌的浪花。这上升动作一般表现在主要人物之间的意志冲突，主人公的坚决意志和愿望，指出了戏的发展方向，造成观众对戏的进展一个总的悬念（或称悬置），总的期待，第一幕的幕布往往就落在这个悬置上，使观众急切地等待第二幕的开始。例如《雷雨》的第一幕就落在周朴园严厉责备儿子周萍的几句话上；《烈火红心》就落在许国清表示决心试制电偶管，陈局长接受他的建议并鼓励他去尝试的几句话上，造成全剧总的悬念和观众最大的期待。第一幕的落幕必须要这样才有力，使观众急切期待第二幕赶快开幕，急切想知道后事如何。戏最怕在第一幕落幕时，观众看得稀里糊涂，不知道作家要在戏里说明什么问题，或是，在第一幕里交代得过于齐全，一点不留余地，问题在哪里，答案是什么也可以猜个十之八九，那么第一幕下幕时，观众拿起帽子要走的一定不在少数，但是为了礼貌不能这样做，只好硬着头皮看下去。这样的戏也是预定要失败的。

还有，这戏的开端的上升动作必须与后面的高潮遥相呼应，上升动作是因，高潮是果，所以上升动作和高潮是戏剧冲突的两端，决不可能是毫不相干的两回事。上升动作将影响到以后剧情的进展，也影响到每一个有关人物的态度，它使平衡的状态变成不平衡，使平静的事物发生骚动或斗争。开端的冲突也许是极其微小的，不足道的，但却在发展中掀起了巨大的变化和翻天覆地的风波。《武则天》里上官婉儿的一首诗却引出了一场叛乱的风波，《妇女代表》里婆媳关于小小稻草之争却引起了夫妻反目、离婚分家的大纠纷。所以，上升动作不是可以随便安排的，而是要根据主题思想、根据戏剧冲突来慎重规定的；上升动作安排得好坏影响到全剧的成功与失败。

更重要的，上升动作是创造戏剧紧张性的枢纽。紧张性是戏剧艺术所不可缺少的特点。阿契尔在《剧作法》里说："紧张是戏剧结构的秘密，是戏剧技巧的主要目的。"他把紧张性看成戏剧性的重要关键是完全正确的。不懂得怎样在剧本中造成紧张情节是无法写出动人的戏来的，导演不懂得如何在演出中构成紧张气势是不可能排出吸引人的演出的。但什么叫"紧张"？阿契尔说，紧张就是"心力伸张或意向向前"的意思。我认为这包括两方面：一方面在戏剧冲突的双方保持着相持不

编剧理论与技巧　第四章　戏剧结构

下而又时刻向前运动着的客观状况，就像劳逊说的："紧张是来自冲突中双方力量的平衡。"① 而另一方面在观众心理上造成迫切期待下文的心情，这样两方面合起来就构成戏剧的紧张性。拿个最简单的譬喻来说吧，最紧张的足球赛是甲乙双方的实力和球艺势均力敌的比赛，因为势均力敌，相持不下，胜负难分，就造成紧张；但这相持不下并不造成僵死静止的局面，而是时而甲胜一球，接着乙胜一球，或者出现许多险球而没有胜负的局面。换句话说，一方面相持不下，一方面却又向前运动着，这样就是戏剧的紧张性。要是甲乙双方的实力和球艺相去很远，甲方长驱直入，如入无人之境；而乙方招架无力，一再挨打，那样的比赛就不紧张，观众也不爱看了。如果甲乙两方实力虽然有很大差别，但乙方非常努力，抢出了许多险球，并且在某些时间还能取得优势，一再向甲方进攻，造成紧张场面，那么虽然总的说来两方面并不势均力敌，但也能造成不少表面上势均力敌的紧张场面，使观众感到兴趣。有许多戏也是这样，冲突的双方并不势均力敌，但如果必然失败的一方面表现出坚强不屈的意志，竭尽一切的努力，也无疑地造成紧张的戏剧性场面。《雷雨》中蘩漪要争回周萍对她的旧情看来是毫无希望的，这是周萍的性格所规定的，他继承了父亲的顽固执拗伪善自私的本性，怎么可能还会对她发生怜悯爱惜之情呢，但蘩漪的坚定不移的斗志可以说到了疯狂的程度，她恳求，恫吓，一再哀求，哭诉，回忆怀旧，委曲求全，最后甚至于拉出自己的儿子来和他争四凤，在周朴园面前揭露自己和周萍的隐私，真可以说到了无所不用其极的地步，这样就造成《雷雨》的紧张的悲剧性的戏剧冲突。

造成紧张的唯一方法就是期待。劳逊说得好："观众的持续不断的兴趣可以确切称之谓'将信将疑的期待'。"② 信疑参半造成精神上、情势上的势均力敌，造成戏剧性的紧张。"一览无余"、"平铺直叙"之所以没有戏剧性，不能造成紧张，就是由于它们没有"将信将疑的期待"。好的剧本就是作者在情节安排上，在戏剧结构上，造成不断的"期待"，而第一个最重要的期待就是戏的开端的上升动作中的期待。上升动作中

①② ［美］约翰·霍华德·劳逊著，邵牧君、齐宙译：《戏剧与电影的剧作理论与技巧》，中国电影出版社 1961 年版。

如能使观众产生热切的期待，第一幕就算写成功了。但期待也有各种不同的期待，有合乎事物发展规律的期待，也有故弄玄虚的期待，有合乎主题思想、戏剧发展要求的期待，也有故作惊人之笔卖弄技巧的期待。我们要求的是前者，即合乎事物发展规律的，合乎主题思想、戏剧发展要求的期待，而不是后者，即故弄玄虚、故作惊人之笔、卖弄技巧的期待。莱辛说过："用突变方法来造成紧张是最不明智的，随随便便地造成的突变永远不会搞出什么伟大的作品。"他又说："一堆技巧上的小聪明，最多只能引起一次短暂的惊奇！"① 阿契尔在批评"佳构剧"时也说："我觉得剧作者一直是在和我们开玩笑——把这些毫无意义的、间暂的惊奇强加在我们头上。"② 当然所谓"突变"也有两种：一种是有戏剧性的好的突变，以后我们还要详细讨论。另一种是专门卖弄技巧毫无意义的突变，用这种突变来造成期待，会使观众误入歧途，最后感到失望。有些剧本在上升动作中造成声势浩大的期待，观众认为后面一定有巨大的戏剧性场面可看，但作者只是虚张声势，到后面几幕避重就轻，或转换方向，使观众大失所望。也有作者要我们期待的是甲，而戏里出现的是乙，风马牛不相及，使观众的期待落空。期待与结果要适应，要相称，要前后照顾，要相互呼应；这决不仅仅是技巧问题，而是认识生活、理解生活、分析生活的问题。期待是从生活中摹拟来的，不是作家无中生有地创造出来的。

期待与说明又有密切的关系。说明多少，留给观众期待的多少，必须预先计划好安排好。说明过多了，期待往往会太少了，不能造成紧张的气势；说明过少了，使期待造不起来，或使期待过多，方向不明确，范围太广泛，期待也就等于落空。期待的方向要明确，但期待将要发生的结果却又不能过于明确，太明确了等于一览无余，观众也就不感兴趣了。期待主要是关心主人公的命运，如果对主人公不认识，没有感情，对主人公不关心，也就没有什么迫切的期待了。所以说明里必须认真地介绍主人公，使观众对主人公产生深厚的同情，那么观众的期待就迫切而有强烈的感情了。《烈火红心》第一幕如果没有先把许国清

---

① 莱辛：《汉堡剧评》第 32 章。
② 阿契尔：《剧作法》。（英文原版）

是部队里有名的猛虎连连长，在朝鲜战场上立过功介绍清楚，那么他在第一幕结尾表示决心向电偶管进攻的上升动作决不可能引起观众迫切的期待。如果《雷雨》第一幕里没有先直接地和间接地介绍周蘩漪的身世和她的痛苦生活（间接的是通过四凤和鲁贵之间的对话，直接的是通过周朴园逼她吃药的一段戏），那么第一幕结尾的上升动作就不可能引起观众殷切的期待。说明部分在主要介绍主人公和主人公面临的重大问题时是为了上升动作做好准备工作，使上升动作能激起观众感情的波澜和殷切的期待。在回顾式的戏剧结构里，像易卜生的《群鬼》那样的戏，需要用往事回顾的说明来推动戏剧向前发展，那就更需要在分幕分场里妥善安排往事说明的先后层次，哪一部分往事说明放在上升动作之前，其他部分如何分配在各幕各场里，使戏不断进展，逐步上升，直到高潮。为了更好说明期待与说明的密切关系，不妨再举一个典型例子：19世纪德国现实主义剧作家苏德曼的杰作《玛格达》①。玛格达是德国封建家庭里的一个女孩子，父亲逼她嫁给一个教士汪富廷，她不愿意，私自出走到柏林，在路上遇到一个浮华少年望开勒，那人乘人之危，诱奸了少女，到柏林同居，生一女孩，不意望开勒始乱终弃，不告而别。玛格达考入柏林某音乐学院，毕业后成为红歌唱家。十年后，玛格达回到故乡参加音乐节，那时她已改用艺名达尔可朵，她探知父亲尚健在，其妹恋一少年，因家贫未能成婚。家人忽见有人送来一大束花，才发现达尔可朵就是玛格达。玛格达回家探望父亲，与家人团聚。这剧本在第一幕发现红极一时的歌星达尔可朵就是十年前出走的玛格达，这使全家惊喜不止，并且给观众一个出其不意的惊讶，造成富有戏剧性的期待，就是观众迫切想知道她怎么会成为歌星的，怎么会离家十年不通音讯，与家人团聚后又会产生什么结果。在第二幕里才补叙了她和汪富廷教士过去一段关系，到第三幕里才补叙了她和望开勒过去的一段浪漫史，父亲知道了大怒，认为女儿伤风败俗，破坏家庭名誉，拿出手枪来要把女儿打死。但他忽然中风，昏倒在地。这出戏的妙处全在往事回顾的精心结构上，把往事细节逐步揭露出来，造成观众不断

---

① 苏德曼（Hermann Sudermann，1857—1928），德国近代剧作家，他的剧作《荣誉》、《故乡》较有名。《玛格达》(Magda)是他的名作之一。

的惊讶和期待，步步深入，观众的期待也越来越迫切，兴趣也越来越浓厚。

要上升动作产生期待，它必须是富于戏剧性的戏剧情境，而戏剧性的戏剧情境必然使观众产生期待。戏剧性情境的最好考验是它能否使观众对主人公的未来命运引起一系列的问题；能引起的，那么是有戏剧性的，不能引起的，就不是戏剧性。观众在心里发生将信将疑的疑问时，就产生期待。英国有一位学者凯脱·戈登对戏剧性情境在104个学生中作了一个有趣的测验，测验学生有没有判断戏剧性情境的能力，他发现有许多学生判断错了[①]。他首先举出四个例子，作为范例：

（1）一个人站在峭壁下面的流沙上正在缓慢地沉下去，他孤独地一个人，求援无门，难免一死。〔戈登的解释〕可怜而又可怕，但这情境，并无戏剧性。〔试验标准〕不能引起对此人未来命运的疑问，因此无戏剧性。

（2）要是增加"他的哥哥站在峭壁上，手里拿着绳子，只要他弟弟讲出一个重要秘密，他可以救他弟弟。"〔戈登解释〕就成为有戏剧性的了。〔试验标准〕引起疑问。有戏剧性。

（3）罗马的格斗场散场了，观众们纷纷离座回家，侍役们把场上格斗死去的武士尸体拖出场外去。〔戈登解释〕有剧场性，但没有戏剧性。〔试验标准〕不引起疑问。没有戏剧性。

（4）两人在抽签，抽中者自杀。这是近代式的决斗。〔戈登解释〕虽然没有剧场性，但这是戏剧性的时刻。〔试验标准〕引起疑问。有戏剧性。

凯脱·戈登拟了24个情境，有的有戏剧性，有的没有戏剧性，仍在104个学生中进行测验，结果凡根据试验标准（有疑问无疑问）去作判断的一般都是正确的。上升动作是剧本里第一个戏剧情境，必须有戏剧性，而是否有戏剧性可以用凯脱·戈登的方法来测验，确是十分简单而又可靠的。

[①] 施劳逊与唐内（Slosson and Downey）合著的《柏拉图和人物性格》(Plato and Personalities) 一书中引用凯脱·戈登（Kate Gordon）的试验。

（三）戏的进展

从戏的开端（上升动作）到高潮是剧本中最主要部分，一般占有全剧三分之二左右的篇幅，是第一幕和最后一幕之间的重头戏。劳逊把戏的进展分成四个部分：一、决心；二、面对困难；三、毅力的考验；四、高潮①。这四部分是一个比一个更紧张的运动单元，向前运动的速度一般越来越快，观众的兴趣也越来越提高，直到高潮。上升动作一般以主人公表示意志和愿望为起点，所以主人公的决心是推进运动的主要动力。但主观愿望不一定符合客观事物的发展，出现了估计之外的困难，如果主人公的意志坚决，就努力设法克服困难；但客观情况不断发展，新的困难不断产生，主人公一般意志坚定，愈战愈强，克服了一个个困难，但到最后必然会遇到最大的困难，给他的毅力作最后最大的考验。这个紧要关头，在戏剧术语里称为"必需场面"（后面再详细论述），是观众所期待已久的最后决战场面，于是造成全剧的总危机或高潮；高潮就是全剧的转机，是系结和解结的交叉点，是全剧的最高峰脊。这是一部戏从开端（上升动作）到高潮的最概括的描绘，但实际上也是我们日常生活中任何行动的最概括的描绘，只是我们平时不做像剧本结构一样的分析罢了。我们在日常生活中要做一件事，也必然先下决心——包括目标本身和达成目标的可能性的认识，然后面临意料中的困难和某些意料外的困难；在克服一个又一个困难之后，已经竭尽全力，面临最后成败关键的时刻，然后出现最大努力和实现目标的最后高潮。戏的发展是根据日常生活中事物发展的规律加以集中、概括、典型化，使之更强烈，更理想而已。

从戏的开端到戏的高潮也是剧情从系结到解结的过程。从矛盾揭露到矛盾统一的过程。"第一幕戏里是表现各种冲突力量的初步安排，最后一幕戏里是确定各种冲突力量相互之间的、因戏剧斗争而形成的新的关系。各种力量相互之间关系的变化过程惯常是中间几幕戏的分内事情。在这种意义下，我们可以断言说，中间的几幕戏不外乎是系结和

---

① ［美］约翰·霍华德·劳逊著，邵牧君、齐宙译：《戏剧与电影的剧作理论与技巧》，中国电影出版社1961年版，第306页。

解结之间的一段最短的间隔。"① 这最短的间隔是中间几幕戏——也就是戏的进展——的特点。这里所谓"最短的间隔"不是指时间的短暂——中间几幕之间也有相隔一二年至十多年的；也不是指事态变化不大——中间几幕之间往往会起翻天覆地的根本变化；更不是指空间距离的接近——中间几幕之间往往可以在远隔重洋的两地。它所指的是中间几幕的剧情发展，如果用叙述的话语来说明，只要三言两语就可以讲得清清楚楚。例如《武则天》中间几幕戏可以用一句简单的话就说明白了：武则天对太子贤、裴炎、骆宾王等的叛乱阴谋，一一给以击破。又如《妇女代表》：觉悟了的农村妇女张桂容同封建意识浓厚的婆婆和丈夫展开有理有节的斗争而取得胜利。《胆剑篇》：越王勾践被吴灭国以后，为了复兴故土，忍辱含垢，臣侍吴王夫差，被释回国后，卧薪尝胆，发奋图强，终于报仇雪恨。《雷雨》的情节比较复杂，但也可以用几句话概括如下：周萍过去曾和后母繁漪发生过暧昧关系，现在又爱上了四凤，又怕刚回家的父亲发现他的秘密，他决心摆脱一切烦恼到矿上去；但因鲁侍萍的到来和繁漪的阻挠，引起了波折，最后发现他和四凤是同胞兄妹，又被繁漪在父亲和大众面前揭穿了不可告人的关系，四凤触电而死，周萍自杀。总之，这一段戏不能过于复杂，必须在明确的单一的主题思想下，集中统一，但又不能过于简单，使观众一目了然，一览无余，必须曲折多变，层层展开，紧张尖锐，引人入胜。"在剧作的开始部分，各种冲突力量被作者引向决斗的边缘，这以后……角色们进入行动，参与斗争，寻找同盟者。失去或者获得了朋友，进进退退，发动潜力，暂告休战，准备决一死战，再度进攻，在解开纽结的时候取得了胜利或惨遭失败。在这个戏剧斗争的过程中，角色的命运不可避免地会产生新的转变，新的环境出现了。"② 从斗争冲突的气势来说，中间几幕戏是一幕紧接一幕连接得很紧的，是一气呵成的，但从人物和事态的变化来看，又是有最大的翻天覆地的变动；往往我们在第一幕里看到主人公是个惨败的阶下囚，但到最后一幕他已是个取得全胜的英雄（如勾践）；

---

① ［俄］霍罗多夫著，高士彦译：《在第一幕和最后一幕戏之间》，《剧本》月刊1957年第1期，第89页。

② 同上，第91页。

在第一幕里是个君王宠爱万民拥戴的英雄人物，但到最后一幕是个众叛亲离万人咒骂的乱臣贼子（如麦克佩斯）；在第一幕里是个天真无知的小鸟儿，但到最后一幕却已成为思想成熟的妇女解放运动的先驱者（如娜拉）。在这样短短的几幕戏里要起这样大的变化，而这几幕戏又要前后紧密连贯，一气呵成，成为"最短的间隔"，这就是剧作家最大的难题，也是结构艺术所要解决的矛盾的统一。

要使这最短的间隔刻刻紧张、抓住观众的兴趣步步上升，必须要注意以下几件事：（1）每一段情节，每一细节，每一句台词都要把剧情推向前进，不能停滞不前。换句话说，每一段戏，都有运动性、行动性，或称动作。叙述往事或发挥议论就缺少动作，而当场冲突和意志表现就有行动性，就有动作。戏剧的特点就像别林斯基所说的："却要求着行动进展的特别的迅速和活泼。"[1]他又说戏剧"展现在我们面前的，不是已经完成的，而是正在完成的事件；不是诗人向你报道它，而是每一个登场人物向你现身说法，为自己说话"[2]。"正在完成"的事件是富于行动性的，富于动作的，而向你报道"已经完成"的事件只是叙述性的说明，缺少行动性，缺少动作。动作又分为外部动作和内在动作两种，戏里应该两种动作都有，但更需要内在动作。中国戏曲中的武打戏和外国19世纪风行一时的情节剧，却是外部动作多于内在动作。外部动作必须结合内在动作，才有真正的戏剧性；内在动作也必须结合外部动作，才能表达出来，尽管那些外部动作非常轻微或细小。只有强烈的外部动作而不结合内心活动，事实上已不是戏而是杂耍技术表演了。中国戏曲舞台上有不少只重武打不重剧情的就属于这一类型。外国情节剧只重情节的离奇曲折，惊险多变，而不重内在动作，内心活动，只是热闹惊险，往往因此而缺乏思想意义。契诃夫、高尔基和夏衍、老舍的戏看来外部动作不强烈不显著，但内心活动、内在动作却非常丰富，才是耐人寻味、百看不厌的好戏。动作不能只看表面，有时隐蔽不露，步调缓慢而仍然一步步往前挪动，仍不失为富于戏剧性的好戏。有时动作粗暴、行动迅速，惊险百出、变化多端，但缺乏内在动作，缺乏深刻的思想性，

---

① 别林斯基：《论俄国中篇小说与果戈理君的中篇小说》；见《别林斯基选集》。
② 别林斯基：《智慧的痛苦》；见《别林斯基选集》。

就只能娱乐观众，不能发人深思，就不是我们理想的好戏。所以戏必须富于动作，而动作必须有思想意义。

（2）情节必须要曲折。曲折的主要意义在于不让观众一览无余，一眼看到底。这是符合生活中一切事物发展规律的，任何事情都要经过曲折反复的斗争才能达到目的，一帆风顺的幸运儿只是主观幻想而已。我们有不少剧本描写革命斗争的，虽然也有一些困难和障碍，也有一些"曲折"和反复的斗争过程，但一般都犯一个毛病：把斗争简单化了，主人公往往无往而不利，把敌人描写得非常愚蠢与无能，经过一些小小挫折，就获得"辉煌的胜利"。这是不符合生活真实的。屈来登说过："你被引进一条曲曲折折计划好的曲径是一件莫大愉快的事，在那儿你只看见前面的一段路，看不见你的目的地，直到你到达之后才发现。"①曲折还有一个意义：观众如果看到最终的目的地，但他看不到如何走到目的地，而在走往目的地的路是曲曲折折的，有时看来离开目的地愈来愈远了，但忽然间却又绕到了目的地。这也是戏剧进展中的曲折。在戏剧里，和在其他艺术里一样，"怎样"常常比"什么"更为重要。

（3）在戏剧进展中的关键性情节必须事先要有准备、预示或伏笔。没有准备的事件发生，在观众中只留下偶然巧合的印象，因此它的可信性就减弱了。有准备的戏剧情境比事后解释的戏剧情境在戏剧效果上大得多。事先准备做得好的可举曹禺的《雷雨》为例，四凤的触电而死，事先准备有三处之多：第一次是仆人来报告藤萝架旁边的电线给风吹断了，要叫电灯匠来修理；第二次是四凤被辞退时，周繁漪又说已叫鲁贵去找电灯匠了；第三次是周朴园问仆人电灯线修好了没有，仆人说电灯匠来过了，因为大雨不能修，明天来修。这样交代了三次之多，四凤最后触电而死就不是偶然事件了。鲁侍萍隔了三十年又到周家来，也是一件偶然的事，但她在到来以前，作了充分的准备和解释——周繁漪在开幕前就早已吩咐等鲁侍萍一到就请她来周家谈谈，在鲁贵和四凤的对话里又说明鲁侍萍从前临走时也再三嘱咐鲁贵，不让四凤去公馆当佣人，所以现在知道了四凤在周公馆，也一定会赶来把她带走的。所以在鲁侍

---

① 屈来登（John Dryrden 1631—1700）：《论戏剧诗》（On Dramatic Poesy）。

萍到来的时候，不仅她必然会来，并且是非来不可。再如第三幕周蘩漪到四凤家里去探察周萍的行踪，站在四凤的窗口，又把窗反扣上，这是在剧情发展中和蘩漪性格的揭露上都是重要的关节，作者事先也作了充分的准备：她一再和周萍重提旧事，一再哀求他，一再用话威胁他，使她这个行动完全合情合理。在第二幕终了时，她向周萍说道："你不要把一个失望的女人逼得太狠了，她是什么事都做得出来的。"又说："好，你去吧！小心，现在，风暴就要起来了！"观众听到这里，就急切地等待着下面一场"必要场面"。凡是在后半部剧本中上场的而在剧情进展中起重要作用的人物，最好让他在前半部先露一下面，使观众熟悉一下，然后他再上场时就不会使观众感到突然了。

事先准备（或伏笔）有两个好处，积极的一面使剧情进展合情合理，加强情节与情节之间的因果关系和逻辑性；消极的一面使剧情进展线索分明、清楚明了。事先准备，前后呼应，来龙去脉，一目了然，构成艺术作品的完整性。

事先准备有时只要暗示一下就可以了，有时须外加说明性情节，有关人物预先出场一次，不免增加剧本的负担。所以准备场面必须设法一箭双雕。不仅仅为准备而存在，而它本身也有推动剧情向前进展的作用，也是剧情进展中十分必要的场面，观众也感觉不到这是为准备而存在的场面。这在独幕剧里更要精打细算，不能让一个短短的独幕剧里有一段可有可无的戏。在这方面最好的例子是《妇女代表》中三次牛大婶上场中的头两段戏。牛大婶真正在剧情进展中起转机作用的是第三次出场的一段戏。张桂容与王江已几次冲突濒于爆发的边缘了，但张桂容一再忍让，不与计较，一场风波看来已经可以平息（王江洗完脚上炕睡觉），忽然翠兰在外面叫张桂容，要她到牛大婶家去写介绍信，介绍牛大婶到城里去学习，张桂容答应马上就去，于是夫妻之间爆发出不可收拾的决裂斗争，王江用鞭子打张桂容，张桂容跳上炕去，开箱子，拿地契，决定分家，正在闹得不可开交的时候，牛大婶来了，牛大婶是落后群众，但她却帮着张桂容责备王江，于是戏就急转直下，王江自知理屈，用丈夫的威风也压不倒她，群众（包括翠兰、牛大婶，连婆婆也在内）都支持张桂容。在这儿牛大婶的出场是起重要作用的，但如果牛大婶只出场这么一次，观众毫无准备，对她一点不熟悉，那就会使观众感到突然，事件的解决也感到有偶然性。所以作者安排牛大婶在戏的前半部先出场一次，在王江回来后又出场一次，是十分必要的；但如果仅为事先准备而出场那也就不够好了，作者非常巧妙地并且合情合理地让牛大婶的第一次出场成为推动剧情进展所必不可少的情节：牛大婶为了卖假药，被张桂容没收了，她来向王老太太哭诉，加剧了王老太太和桂容的冲突；她第二次出场，又在王江心里点了火，使王江一怒而奔出门去找张桂容，加剧了王江与张桂容之间的冲突。牛大婶的三次出场都非常重要，成为系结和解结的枢纽。比较说起来，第一次出场准备的成分多于推动剧情进展的力量；但还是不可少的，因为没有这一场，她的第二次出场观众也会感到有些突然，成为激动王江的偶然因素了。"准备用得好，可以把沉重的借方变成重要的贷方。"①

准备，或伏笔、或预示必须用得恰到好处，不能用过多篇幅来作准备，成为剧本的累赘；或准备得非常充分，而效果却很小；也不能预示过多，使观众知道太多，那么等到那情节真正发生时已不能引起观众兴趣，失却新鲜感觉。预示不是预告；预示是指路牌，在每一条路的转角上应该有一块指路牌，指路牌不怕重复，只怕指错了方向，使观众感到失望，或误入歧途。最好的准备是不让观众感觉到这是准备。

戏的进展有时又称为"戏的错综纠纷"②，意即戏的情节开始错综复杂起来，所以又称"系结"，结愈系愈紧，愈系愈复杂。一般剧本在第一幕结束前主人公表示了决心，或两种对立力量发生第一次冲突，构成上升动作以后，在第二幕戏就开始进展，新的纠纷因素一一产生，情节愈来愈复杂，好像问题的解决愈来愈困难。有时在上升动作发动以后（一般在第二幕的开始）出现新的情节，新的主题，对某问题出现新的看法，加强了剧情的错综复杂。我们在熟悉的剧本中间就可以发现至少有三种加强剧情错综复杂的方法：（1）新人新事的加入，使剧情复杂化。例如，在《雷雨》第二幕

---

① 韦尔特：《独幕剧编剧技巧》。
② 即英文 Complication。

里出现了新人物鲁侍萍，鲁侍萍的突然来到周家，掀起了轩然大波，使原来表面看来风平浪静的情况起了激变，使原来平衡的对峙局面失去了平衡而开始冲突起来。在第一幕结束时，上升动作落在父亲责备儿子周萍的荒唐行为上，看来父子之间的冲突是主要的，但到鲁侍萍出现以后，观众才逐渐明白这部戏的主要冲突是代表封建买办资产阶级的周家（包括周朴园、周萍在内）和受到周家欺凌压迫的一群人（包括周繁漪、四凤、鲁侍萍、鲁大海在内）之间的阶级矛盾冲突。鲁侍萍的突然到来，不但出现了新的冲突因素，也出现了新的副主题（周朴园与鲁侍萍三十多年的矛盾冲突），出现了新的情节（周朴园三十年前的罪行的揭露），也因此出现了对周萍和四凤之间的恋爱关系的新的看法。所以，《雷雨》的戏剧进展，错综复杂的发展是从鲁侍萍的参加冲突开始的。《烈火红心》的第二场引进许多新的人物——彩云、许国珍、许妈妈、老赵等——开场的，许国珍和杨明才在后半部成为许国清前进道路上的障碍是在这儿作出准备的，在后半部又出现张福山、韩书记和一部分复员军人，又增强了正面力量。到第三场钱行美不肯留下来帮助许国清建厂是对正面人物一大打击，戏剧冲突眼看着越来越复杂了。（2）第二种剧情错综复杂的方法是中心事件的合乎逻辑的但又出乎意外的发展。例如，《赵氏孤儿》的第一幕以赵朔满门抄斩，托孤给程婴和卜凤二人而告终。这是上升动作。到第二幕并无新人新事增加纠纷，而是中心事件的发展。屠岸贾要斩草除根，派人打听婴儿的下落，程婴救出孤儿，屠岸贾扑了个空，为此卜凤死难。但屠岸贾毒心不死，出告示要全城百姓三天内交出孤儿，不然全城的同年婴儿全遭杀害。为此程婴与公孙杵臼定计，程婴把亲生婴儿交出，公孙牺牲老命，程婴抱着孤儿进贾府避难。以上事件都是从中心事件发展而来，并无外加的纠纷因素。《玩偶之家》的戏剧冲突是在第一幕从柯洛克斯泰威胁娜拉开始的，到第二幕娜拉一再向丈夫请求保留柯洛克斯泰在银行里的位置，但丈夫不但不答应，还立即把退职信送了去，柯洛克斯泰于是进一步向娜拉胁迫，把告密信丢进信箱内，为此娜拉又想尽方法拖延丈夫开信箱的时间，一直拖延到圣诞节后一天的半夜十二时娜拉和丈夫从楼上跳舞回来。这一切转折变化的复杂情节变化都是从中心事件发展出来的。（3）第三种是从人物性格的合理而又不寻常的反应中发展出来的。最显著的例子是《哈姆雷特》，丹麦王子哈姆雷特自从看到他父亲的鬼魂出现以后，就决定要为他的父亲报仇。在没有找到适当机会之前，为了避免叔王的注意，他假装疯癫，一面进行侦察，他叫演员们演出一个类似他叔父谋杀父王又娶嫂为后的故事来刺探叔王的反应，他又严厉地责问母后，因而误刺他未来的岳父，被叔王作为借口把他送往外国去。等他遇盗回国，刚好参加上心爱的莪菲莉霞的葬礼，在悲愤交集的心情下，接受了他舅兄勒替斯的挑战，约期斗剑，戏也就到达了高潮。这一切曲折情节的演变都是从哈姆雷特的性格的反应中发展出来的。此外如《十五贯》中由于过于执的主观主义的思想和作风而错判好人，《将相和》中廉颇嫉才忌能所引出来的一系列纠纷，都是性格所造成的情节发展的极好的例子。

以上三种造成错综复杂剧情进展的方法并不能包括一切，并且有的还不止用一种方法，即两三种方法同时并用的也不在少数。问题在于有许多剧作者往往忽视剧情进展的重要性，不懂得中间几幕戏必须写得紧张紧凑，迂回曲折，有起伏，有进展，内容充实，层次分明，进进退退，逐步迫近高潮。没有把戏的进展写好的剧本就像霍罗多夫说的："这类剧本不管在封面上标着是几幕剧，实质上终究是'两幕剧'。它总共只描画了两种情境——最初的和终了的情境，对于它说来，只存在有'某事以前'和'某事以后'；它只知道系起纽结和解开纽结。它轻视中间的、过渡的情况。冲突是在这种中间的、过渡的情况下逐个解决的，而且正是这些相互交替的过渡的情况构成了戏剧斗争的过程，在这种斗争中，一切潜力都被引入战斗，人物性格也被彻底揭露了。它们是观众对剧情产生兴趣的基础。如果一个本质上是两幕剧的戏被拖成四幕剧，如果在系结和解结之间仿佛是任何事情都没有产生的话，也就难怪观众感到乏味了。"[1] 韦尔特也说过："一部严肃的戏缺少进展就退化成新闻报道剧；一部喜剧缺少进展就成为一则笑话了。"[2] 只有头尾两幕，缺少身子，只有因与果，缺少因果递变的经过，也就缺少了最主要的戏。戏的

---

① ［俄］霍罗多夫著，高士彦译：《在第一幕和最后一幕戏之间》，《剧本》月刊1957年第1期，第91页。
② 韦尔特：《独幕剧编剧技巧》。

进展应该是这样的："一方面是向解结前进，可是另一方面又抑制着这种前进的意向……用什么来抑制呢？是听凭剧作者——唯恐剧本过早结束而拼命拖长到既定幕数的剧作者——的自由处置来抑制吗？不，不，是由冲突中存在的，为克服时间和斗争所必需的各种矛盾来抑制的。使解结贴近的那种力量在和挪远解结的那种力量作斗争。这种斗争也就构成了中间几幕戏的内容。……总之，系结是始终孕育着解结的，但为了使这果实成熟，需要有舞台上的时间。过早的诞生对作品的生命是有害的；而解结的出现如果拖过既定的时间就会使人们认为从开始起就被引入迷途。"① 亨脱在他的《现代剧》一书中写道："事实上，如果他（剧作者）真正懂得艺术的话，他的主要工作是把戏剧发展或运动分成层次，保持效果，应用一切阻碍和拖滞的方法，使高潮不至于很快的到达，因为从说明到高潮的一段简单故事，只需用几句话就讲清楚了。"② 他又说："让动作向前进，而又把它拉回来，用脚蹬踢马腹要马向前跑，但又勒住缰绳，使它保持自然的步法——这就是剧作法中最重要的方法，也就是刺激戏剧艺术家发挥出他的最高的努力。"劳逊把戏的进展分为八个部分：Ⅰ 2 3 4 5 6 Ⅶ Ⅷ，Ⅰ 是说明；2，3，4，5，6 是戏的进展；Ⅶ是必需场面；Ⅷ是高潮③。他把戏剧进展分为四个单元，这完全是假定的，可以少些，也可以多些，他只是说明一般的戏剧进展的长度和说明至高潮的大致比重罢了。戏的进展之后，根据劳逊的看法，一般出现"必需场面"，但这也是一般的说法，必需场面可能出现得更早些，也可能出现得晚些，和高潮合而为一。根据劳逊的说法，每一幕戏是全剧的一个缩影，在每一幕里也可以分出以上八个单元，每一幕有些说明，有戏的进展，有必需场面，有高潮。这是正确的。

戏剧进展既然占剧本的极大部分（根据劳逊的说法，至少占全剧的八分之五），又需有不断发展的紧张场面，于是初学者往往把许许多多紧张的情节一股脑儿塞进戏里去，好像越多越好，一个比一个更惊险紧

---

① ［俄］霍罗多夫著，高士彦译：《在第一幕和最后一幕戏之间》，《剧本》月刊 1957 年第 1 期，第 92 页。

② 亨脱：《现代剧》。

③ 劳逊：《戏剧与电影的剧作理论与技巧》，看"进展"那一节。

张——这样写戏一定把戏毁了。要知道戏剧进展这一段戏里情节不能太多，太多了就成了情节堆砌，情节罗列，迅速转换，每个场面没有充分的准备和发展，突然又变了，像快速度拉洋片似的，一张没有看清楚，新的一张又下来了，观众只是张惶失措，目不暇接，弄得糊里糊涂。戏剧进展里的富于戏剧性的场面，不宜太多，一般三四个场面就可以了，并且这三四个场面必须有血肉联系，合起来看，也许只能算一个总的场面，一环扣一环，一个场面自然地生发出另一个场面，相互间有密切的因果关系，抽去一环，全盘松散，而这些场面都是从人物性格和感情中挖掘出来的，把人物的性格和感情在一系列场面中发挥出它们最大的可能性，一直到全部挖掘出来为止。所谓紧张紧凑，转变迅速，不是戏剧情节的堆砌或罗列，而是由一个场面中生发出许多新的场面，而总的场面并没有根本变换。这种戏的进展必须从人物性格和感情上去挖掘，越挖越深，戏也就越来越紧张，感情也越来越强烈，前一场面是后一场面的准备，后一场面又是更后一场面的准备；这样丝丝入扣，具有有机的连贯性和统一完整性。这样的戏剧进展，才能使人信服，使人感动，使人感到越来越大的兴趣。不然，就像好莱坞的惊险影片一样，只是外在的惊险场面堆砌，使人一再吃惊而已，并不能激起观众的真正感情，掀起观众内心的紧张情绪。不从人物性格、感情来安排戏剧情节，就不能使人信服，也就没有思想教育意义。

"必需场面"在戏剧理论上是一个较新的名词，是 19 世纪末叶法国一位戏剧批评家 F. 沙珊 [①] 提出来的。剧作者在上升动作中和在戏的进展中造成迫切的期待，或一再的期待，那么剧作者必须迟早要满足观众的期待，而写出"必需场面"。所以沙珊说没有必需场面的戏必然要失败的。阿契尔却不同意这种看法，他觉得必需场面有时不是真正必需的，他警告我们不要相信"没有必需场面决不会是好戏"的说法。[②] 但劳逊批评阿契尔"把'必需场面'这个术语用得过于狭隘和近乎机械。任何一出戏决不能缺乏一个引起观众最大期待的集中点。观众需要这样一个

---

① 沙珊（F. Sarcey），十九世纪末叶法国著名戏剧批评家。
② 阿契尔：《剧作法》。

集中点，否则他们就不能确定他们对戏中事件应当采取的态度。"① 我认为必需场面不一定要作者写出观众所推想到的那个必需场面才能满足观众的期待，作者可以写出出乎观众意料之外的必需场面，但也能够满足观众的期待。阿契尔所指的必需场面，是观众所能推想到的场面，有时确实缺乏戏剧性，没有必要必须按照观众所推想的场面来写，但观众的期待必须得到满足，那是肯定的。

　　问题在于必需场面和高潮有时容易混淆区别。劳逊作这样的规定："高潮是基本事件，它使上升动作（指较难的进展——引者）成长和展开。必需场面是全剧所趋向的直接目标。高潮的基础在社会思想之中。必需场面的基础则在活动之中；它是冲突有形的结果。"② 再简单一点说，必需场面是观众所期待的决战，而高潮是最后的决战；必需场面是毅力的考验，在双方冲突中造成决定胜负的因素，在行动上极其激烈的一场斗争，而高潮才是胜负定局最后达成结果的一场激烈斗争。例如，在《雷雨》中一二幕造成许多冲突爆发的因素；周繁漪一再威胁周萍："你不要把一个失望的女子逼得太狠了，她是什么事都做得出来的。"观众就期待着周繁漪到底会做出什么来。四凤一再要求周萍把她带走，周萍不肯，最后约定当晚十一时后到四凤房里会面，观众就期待他们会面后有什么行动。鲁侍萍到周家后，发现四凤在周家有问题，又受到周朴园的当面侮辱，旧恨新仇越来越深；鲁大海遭到周家的毒打，又被开除出矿，对周家有了极深的阶级仇恨；这样敌对双方的对峙有一触即发之势，如果周萍到了鲁家，被鲁侍萍和鲁大海发现将是怎样一场激烈的冲突，这也是观众所热切期待的，因此第三幕从周萍跳窗进房起到第三幕结束是全剧的必需场面。第四幕后半部才是全剧的高潮，在高潮的最后的激烈斗争中决定了剧中主要人物的命运。又如《赵氏孤儿》一剧，第二幕第七场"死节"是必需场面，第三幕第十一场"挂画"是全剧高潮。《烈火红心》的第五场是必需场面，第七场是高潮。必需场面和高潮之间必须有紧密的联系，有时它们紧接在一起，有时在必需场面的紧张冲突之后，来一个比较平静的场面，再汇集力量，或加上新的力量，

---

　　①② ［美］约翰·霍华德·劳逊著，邵牧君、齐宙译：《戏剧与电影的剧作理论与技巧》，中国电影出版社 1961 年版。

作好更大的决定性冲突的准备，犹如大瀑布的顶端有无数小瀑布，汇集成一潭比较平静的水潭，然后再一泻千里，蔚为大观。但在独幕剧里或较短的剧本里，必需场面和高潮往往合而为一，一次爆发，不再分出层次。可是也有分开的，如《妇女代表》在王江到外面找不到老婆，回家来又撕破了衣服，一见张桂容就爆发成激烈的冲突，王江拿起车鞭就打张桂容，张桂容并不示弱，略加反抗，在婆婆的劝解下，冲突暂时缓和下来，但等翠兰来叫她出去，于是立刻掀起更大的冲突，造成全剧的高潮。

阿契尔把必需场面分为五种类型：第一种叫做逻辑的必需场面，即根据主题内在的逻辑需要而产生的必需场面；第二种是戏剧性必需场面，即为了取得戏剧效果而安排的；第三种是结构上的必需场面，根据结构安排而自然地引向必需场面；第四种是心理的必需场面，根据性格转变或意志变更而形成的必需场面；第五种是历史的必需场面，根据历史或传统故事所不可缺少的必需场面①。这种分类可供参考。

（四）高潮

高潮是剧情进展一系列上升动作中的顶峰，是全剧中最紧张的一刻，也是最有意义的一刻。贝克认为："高潮不论用动作、对话、手势或思想（直接表达或暗示）表现出来，它总是在观众中产生一场、一幕，或全剧的最强烈的感情。"② 劳逊说："一般认为高潮是动作的一个中心点，接着而来的是'下落动作'，再次是收场或结局。"他又说："'高潮'这个术语是用来专指动作最后的和最强烈的阶段。这不一定是指最后一场，而是指表现冲突的最后局面的一场……"③ 韦尔特说："高潮是给观众造成最大的印象，也是得到观众最富于感情反应的时刻。这是感情最强烈的时刻。"④ 安德留说："高潮必须好像是无法避免的，虽然说不

---

① 阿契尔：《剧作法》。
② 贝克：《戏剧技巧》。
③ [美] 约翰·霍华德·劳逊著，邵牧君、齐宙译：《戏剧与电影的剧作理论与技巧》，中国电影出版社 1961 年版。
④ 韦尔特：《独幕剧编剧技巧》。

定是出其不意的。"①

　　高潮的外文 Climax 一字，源出希腊，意为阶梯，指节节上升直达顶端。高潮有广义狭义之分，广义地说高潮与危机是同义语，凡剧中紧张激烈的戏都称高潮，一幕一场有一幕一场的高潮，全剧有全剧的高潮，后者或称总高潮或大高潮。狭义的高潮是指全剧的最后最大的高潮。高潮又有逻辑高潮与情感高潮之分，逻辑高潮是全剧情节的转折点（或称转机，亦即必需场面），犹如两军交战经过一系列的战役，经过旗鼓相当的相持阶段，最后决战，成败定局，这最后决战就是转折点；或两军交战，先甲胜乙负，但到转折点，局势变化，乙胜而甲负。这转变局势的战役就是转机或高潮。逻辑高潮与情感高潮一般合而为一，但有时剧情发展，斗争局势已到了转折点，可是情感上还没有达到最高点，因此在逻辑高潮之后，又出现另一个情感高潮（亦即紧接必需场面之后的高潮）。有人把逻辑高潮称为危机（或转机），把情感高潮称为高潮，危机总是先出现，高潮总是迟出现；危机一般出现在戏的中段或后半段的开始，而高潮一般出现在接近结局的地方，或在戏的结尾上。例如田汉的《关汉卿》一剧，关汉卿与朱廉秀被阿哈马看押起来（在剧本的第七场）是转机（逻辑高潮），而关汉卿拒绝叶和甫的利诱与朱廉秀诀别一段是高潮（情感高潮）。又如莎士比亚的《罗密欧与朱丽叶》一剧，罗密欧在斗剑中杀死泰保尔脱是逻辑高潮（危机），因为泰保尔脱之死就决定了罗密欧与朱丽叶的悲剧命运，而罗密欧在朱丽叶的墓穴里自杀一段是情感高潮（高潮）。再如《奥瑟罗》一剧，在第四幕第一场奥瑟罗第一次向苔丝德梦娜叫出"魔鬼！"一语时是全剧的转机，是逻辑高潮。而到最后一幕他扼死苔丝德梦娜时是全剧的情感高潮。在作剧本的分析时往往引起高潮的争论，原因大半是由于有人把逻辑高潮看成全剧的高潮，但也有人把情感高潮看成全剧的真正高潮。实际上两个都是高潮，一是从敌对双方的情势转变来衡量高潮的，以转折点为枢纽，在这转折点之前，双方相持不下不分胜负，或甲强乙弱，而斗争形势是直线上升，但到转折点时就开始起根本变化，相持状态破坏，乙转弱为强，

---

① 安德留：《编剧教程》，引自爱森温的《短篇小说作法》一书。

而甲转强为弱，开始直线下降。另一高潮是感情的高潮，以感情上升到最高点为标志，有时与逻辑高潮合而为一，有时发生在逻辑之后。前者以理智分析为根据，而后者以观众的感情反应到最高点为标准。如果我们把高潮不看成一点，而看成一线的话（有时可延续好几场戏），那么高潮可以说是从逻辑高潮开始到情感高潮。那么这一段高潮线中也有起伏、曲折、逐步上升的各个阶段。试以独幕剧《妇女代表》为例，从逻辑高潮到情感高潮，按理说在独幕剧的较短篇幅里那段高潮应该是短的，但也有一定的起伏、曲折、逐步上升的几个阶段。张桂容在前半场戏里一直对婆婆和丈夫采取忍让的态度，但在态度上逐渐强硬起来，直到翠兰在门外喊："桂——容——嫂——子，牛大婶请你去一趟！"戏就引向高潮，夫妻二人的意志冲突就到了爆发点。桂容取头巾围上头，准备出去。

> 王 （急下炕穿鞋阻拦）你站下，谁许可你走啦？你抬脚就走！我看倒是你说了算还是我说了算！（将正往外走的桂容一把扯回，桂容跌碰在地桌上）我还治不了你?！
>
> 容 （像爆炸般转向王江）我告诉你！你别不知道好歹！你闹了半天我都受啦，你耽误人家正经事情我可不答应你！

这儿张桂容突然改变了先前忍让的态度而变成十分强硬了，这是逻辑高潮的开始。接着婆婆也劝她别去，但桂容答道：

> 容 这是公家的事，他凭什么这样限制我？
>
> 老 就算你退了，不管那份闲事！
>
> 容 大伙交给我管，我就管到底！
>
> 〔桂容欲出，王老太太拦，桂容挣脱，王江又到外屋拿着鞭杆子进来。
>
> 老 媳妇呀，胳膊还能拧过大腿去吗？他是你男人，你是他的人呐！你这是闹什么呀?！
>
> 容 谁是他的人?！这是我的自由！（毅然向外走去）今天就是我亲

爹这样待我也不行!

王　今个再叫你认识认识我!

〔王江扯回桂容,举鞭欲打。王老太太拉住鞭子。王江推开她,一鞭打下,桂容闪开,王江又打,被王老太太拉住。

老　媳妇啊,你还不躲到里屋去,你还等他打到你身上吗?

容　他打吧!今天他就是刀按脖子上,我也不能服他!

王　我豁出进监狱啦,也不叫你这样自由!

老　(焦急地)哎呀天呐!你们还想过不想过啦?!

到这里戏已经到了逻辑高潮的顶点。王江的威风已经到了顶峰,以后就下降了,张桂容的忍让也已经到了最高点,突然改变态度,坚决抗议——这是戏剧情势到了转折点,但观众的情感还是继续往上升。

接着是比较平静的场面,但外松内紧,情感上并不落下来,桂容的振振有词,激起观众更强烈的感情:

容　这叫什么两口子?!他说骂就骂,说打就打,我连出去开会学习的自由都没有,男人就应该这样吗?

老　人谁还没有个脾气秉性!

容　什么叫脾气秉性,欺压妇女,抬手就打,这叫脾气秉性吗?解放这些年啦,不改也得改啦!

王　我就这样,想依着你算不行!

老　(担心出事,急下炕向王江)你少说两句还能当哑巴卖了是咋的?你一边呆着去!(推王江进里屋……)

从这些对话里观众越感到张桂容有情有理,王江蛮横无理,满脑门子封建思想,并且预感到这场风波并未过去,只是更大的暴风雨前的一时宁静罢了。接着婆婆想用封建旧道德观念来说服桂容,但桂容反驳道:

容　(掷开毛巾,激动地)妈,你想错了。你受爹半辈子气,听他

的喝，挨他的打，在他面前，打掉了牙得往肚子里咽，你好好
　　想想！这公平吗？

老　（欲说无词）唉！说那些干啥？

容　那是旧社会，妇女抬不起头来，到了现在你还这样……

在以上这些对话里揭示了剧本的主题思想，但王江在里屋听了，暴跳如
雷，引起了他们更大的冲突：

　　〔王江急由里屋奔出。

王　你给我滚出去，我家不搁你，（逼近容）你给我滚，我家搁不
　　了你啦！

老　（扯王江）这是干什么?!

王　我管不了她啦！我不能白养活她！

容　你睁开眼睛看看！哪一个用你养活来的？

王　你给我滚！你不滚，我给你抠出去。（扯起被往外屋扔，王老太
　　太夺回）

老　你这是要命尽咋的，没日子闹啦？

王　你给我滚！你就这一个样，想在我家呆一会也不行！

容　（忍耐不住，毅然地）好，这是你逼的我，我不能赖在你家，
　　你别后悔就行！
　　〔桂容急跳上炕，掀开柜，从扁匣中取出地照。

王　（有些慌了）你，你敢拿我的地照？

容　两张地照有我一张，三间房子有我一头，这是共产党和人民政
　　府分给我的，我的地照我拿走，房子不住我拆了它！

这里就达到情感高潮的顶点。接着就是下落动作和结局了，但情感激动
并不一下子就往下降：

老　（张惶失措地上炕夺地照）哎呀媳妇呀！你可不能这样做呀，
　　你不看他你还得看我呀，你不能走呀！（夺下地照塞进匣里，

放柜中压上柜盖）

容　我有两只手，怎么那么没有志气，赖在这儿！

老　这是话赶话呀！

容　他这样待我，我呆不下！（向王）我是你的老婆，不假，可是我是人，我是国家的人！不是你养活的牲口！你别忘了：拿妇女不当人的世道再也没有啦！（转身扯起炕上的被）

老　你拿被做什么？

容　我把孩子包上抱走！（转身跳下炕来，急进里屋）
　…………

以上还是属于高潮的范围，直到翠兰和牛大婶上场，戏才急转直下，进入结局。

高潮是全剧的必需场面，是主题思想最突出最鲜明的地方，是人物性格揭示最深刻的地方，是戏剧情节发生突变的地方，是全剧最紧张的转机所在。高潮写不好，全剧就失败了。所以劳逊主张"从高潮看统一性"，他说："动作的每一个细节都是由动作所趋向的'结尾'所决定的。"[①] 许多剧作家都曾指出说，必须通过高潮和结局来考验全剧情节的安排。小仲马说道："除非你已经完全想妥了最后一场的动作和对话，否则不应动笔。"这里所谓"最后一场的动作和对话"是指高潮和结局而言。E. 李果夫也给了同样的忠告："你问我怎样写戏。回答是从结尾开始。"韦尔特也说："在结尾处开始，再回溯到开场处，然后再动笔。"易卜生在《玩偶之家》上演十二年后，自己承认道："我几乎可以说我是为了最后一场戏而写这剧本的。"[②] 高潮这一场戏总是全剧最精彩的一场好戏。不但剧作者先想好了这一场戏，然后安排其他场的戏，以求得戏剧动作和主题思想的统一，就是在观众也是以这一场戏给他的印象最深，感染力最强，教育意义最大，是最不容易忘怀的一场戏。

但也有许多人认为高潮一定是一场最富于行动性、场面最热闹的

---

① [美] 约翰·霍华德·劳逊著，邵牧君、齐宙译：《戏剧与电影的剧作理论与技巧》，中国电影出版社 1961 年版。

② 见亨脱：《现代剧》。

戏。其实不一定。所谓最紧张的高潮，不是外部行动上的紧张，而主要是内心、心理、精神上的紧张。热闹场面只能产生剧场性，不能产生真正的戏剧性。贝克说过："仅仅是动作不一定产生高潮……单纯的化妆跳舞，单纯的热闹游行或漂亮的人像展览永远不能代替高潮，高潮是在观众中早已引起的紧张性和带有情感的兴趣性达到了最高点。"[①] 韦尔特也说："在戏的高潮中，剧作者最好的修养、感受、鉴赏力、本能、诗情画意和对人物理解的深刻性都得到了最大的发挥。"[②] 劳逊也说："一个戏剧性危机的意义并不在于喊叫、开枪或暴跳如雷。高潮不就是最喧闹的一刻；但它是最富有意义的一刻，所以也是最紧张的一刻。"[③] 葛拉克也说："高潮是动作到达它的顶点，到达它在发展过程中最危急阶段的一点，过了这一点以后，紧张便开始松弛或消失。……往后观众只需等着看'底牌如何一齐摊出'。"[④]

西洋戏剧理论书上有一个著名的戏剧结构公式，称为金字塔公式，把戏剧结构分为五大部分，（1）介绍，（2）上升，（3）高潮，（4）下降，（5）结局，并把它们连成一个金字塔形[⑤] 如下图：

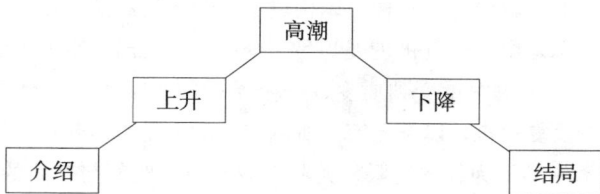

他们把剧作主要分成两大部分：上升部分和下降部分；上升部分包括介绍和上升，下降部分包括下降和结局，而在两部分中间的是高潮。"戏剧的两个主要部分是经由一个位在中间的动作点紧密地统一起来的，中间——即全剧的高潮——是结构的最重要部分；动作以此为目的而上

① 贝克：《戏剧技巧》。
② 韦尔特：《独幕剧编剧技巧》。
③ ［美］约翰·霍华德·劳逊著，邵牧君、齐宙译：《戏剧与电影的剧作理论与技巧》，中国电影出版社 1961 年版。
④ 葛拉克：《近代戏剧研究》（A Study of Modern Drama）。
⑤ 弗莱泰格：《戏剧的技巧》（Technique of Drama）。

升，并从此点下降。"把戏剧结构分为五个部分是无可非议的，但把高潮作为中心点，在一部戏的中间，高潮以后还有下降和结局两大部分，未免过于机械，并且并不符合剧本一般的结构情况。高潮一般出现在后半部接近结局的地方，例如三幕剧的第二幕结尾，四幕剧的第三幕结尾，五幕剧的第四幕结尾。有时高潮与结局合而为一。所以"下降动作"一般是指事件发展形势的下降，并不是情感的下降，一般剧本情感一直持续到戏的最后一分钟。情感下降观众就会站起来退出剧场了。马休斯把一出戏的运动画成一条一直往上升的线①。阿契尔也承认动作的最高点一般说来是在将近结局的地方："有时人们硬要剧作家把他的动作在到达顶点后五分钟内结束；但我还不能替这种死板的定律找出充分的理由。"②琼斯也谈到过："有机整体中从头到尾都是上升的，加速大小高潮。"③

有人认为把高潮确定为一点过于死板，机械，不一定正确，不如划定一个范围，作为高潮圈，较为妥当。的确，有的高潮可以指定那一点，但有的不能，有的是一段戏，有的是几场戏都是高潮。我认为不应作硬性规定，高潮在各个戏里千变万化，正如我们的生活一样，戏剧是反映生活的，就像生活一样可以构成不同形式的高潮，戏的进展也像生活一样，总是由一个危机进展为另一个危机，层出不穷。生活是延续不断的，生活矛盾由量变到质变，一个矛盾解决了，另一个矛盾又构成了，这样反复前进，以至无穷。所以在生活里无所谓开端与结局，但在一部艺术作品里为篇幅所限，尤其在戏剧里有时间与空间的严格限制，一定要有起有讫，有开端与结局，可是这是相对的，不是绝对的。而在相对的开端和结局之间有不少危机，每一个危机就是矛盾的转化，而最大的危机就是高潮。在高潮中情节发生急剧的变化，在这急剧的变化中，人物性格受到最严厉的考验，冲突发生决定性的转机，因此主题思想得到最充分最深刻的揭示。所以剧作者必须用全力写好高潮，导演和演员必须清楚地认识高潮之所在，而加以充分的发挥。剧本中一连串的危机与高潮是与全剧的贯串动作分不开的。"剧本的动作（即贯串动作）

---

① 马休斯：《戏剧研究》。
② 阿契尔：《剧作法》。
③ 琼斯：《布轮退耳〈戏剧规律〉序言》。

在开始时是在比较低温中，当动作接近危机和高潮时温度逐渐升高，事态的揭示也越显著，并且台上逐渐增加的热情和观众的逐渐增加的兴趣与同情结合起来。"①

如果要让高潮在适当的时机出现，剧作者必须作精密的布置，极其技巧地控制它，充分地准备它，和安排有层次有抑制的悬念，水到渠成，达到顶点。高潮圈中的情节既要发展得合乎逻辑，又要引人入胜；同时要做到以上两点不是一件简单的事情，既要剧情发展得自然，又要充沛着感情，才能出现紧张可信的顶峰。危机或高潮总是在全剧中最富于流动和变化的时刻。在剧本开始时，观众感到兴趣是因为剧情开始不稳定；在剧情发展时，观众感到兴趣是因为剧情有出现变化的可能；在剧情发展到高潮时，观众感到兴趣是因为剧情一定起变化；在剧情到结局时，观众感到兴趣是因为变化已经出现，成为定局。高潮之所以紧张，之所以引起观众极大的兴趣就是因为观众确已知道事情将起极大变化，相信目前的忍耐必将得到报偿，问题快将得到明确的答案，剧情进展中所引起的疑窦、担心、忧虑，都将得到澄清，观众所积累的渴望，即将得到满足。如果剧作者不能做到这样，他就写不好高潮。

（五）结局

高潮之后紧接着的就是结局。从高潮到结局不允许延宕和横生枝节，集中于主要事件的发展结果的交代。甲乙敌对双方在高潮中正式交锋以后，如果观众已预见到即将到来的结果，观众的思想和感情必然猛往前冲，如果剧情进展比观众的思想感情缓慢，他就会感到不耐烦。所以高潮之后的结局还须安排得紧张紧凑，不能松懈。大仲马对小仲马说："最后一幕要短。"有的作家把高潮和结局合而为一，在最紧张的时刻幕就落下来，就是为了这个道理。但高潮不等于结局，高潮是全剧的总转机，而结局是转机的结果，结局又叫"收场"，或叫"大团圆"②。

结局是全剧问题的总答案，主题思想的具体总结，揭示了生活发展的客观规律，也阐明了作者主观态度和看法，从不够明确的真理到全部

---

① 韦尔特：《独幕剧编剧技巧》。
② 在英文中除 Ending 外，又叫 Catastrophe，Resolution，在法文中称 Dénouement。

编剧理论与技巧　第四章　戏剧结构

207

明确，从怀疑到确信，从幽暗到光明。结局是事物的揭晓，使人们看到真理。在结局中显示了作者的思想深度，他的聪明才华和对生活的启示，使观众心里豁然开朗，精神振奋，打开眼界，愉快满足。观众看到剧终才明白作者为什么挑选这样的题材，提出这样的问题，用这样的人物和情节来揭示他有独特见解的思想，才明白他对这题材和这问题有较深刻的理解，较新颖的见地，给我们揭示了真理，有权利对这问题作最精辟的解答，因此观众感到满意，觉得时间没有浪费，收获很大，度过了一个愉快的晚上。要能做到这样，才是一个最好的结局。

结局总是在剧情突变（即高潮）之后给观众对现实生活一种新的认识。我们看完《枯木逢春》之后，认识到中国共产党对人民的疾苦多么关怀，想尽一切办法来解除人民的痛苦。我们看完《玩偶之家》后，认识到资产阶级男权社会对妇女多么不平等不公正。我们看完《钦差大臣》后，认识到旧俄官场的卑鄙无耻、贪污腐化到了如此程度。这种总结性的思想认识主要通过结局来传达，它回答了全剧的总问题，说明了作者写这剧本的主要企图。全剧的贯串动作在戏的开端、进展、高潮中都已使观众预见剧情发展的结局的大概情况，观众可以猜到剧情发展的结果大致不差，而结局的特色却不在于剧情结局事件的交代，而主要在于给观众一种闪光，照亮了他的眼睛，使他不仅对已经发生的事情看得更清楚，前因后果一目了然，而且使他看到全局，看到事物的本质，看到生活的真实面目，看到人生的真理，从局部看到全面，从小看到大，对生活有了崭新的认识，影响他的思想和世界观，使他像俗语所说的："变聪明了。"事物的发展和结局可以预见，但这照亮眼睛的闪光观众却没有预见。这就是结局最大的功能与作用。

至于结局的写法又有各种不同的手法。结局既然是问题的回答，那么有的在贯串动作未结束之前，回答已经交代清楚，幕就可以下落了；有的动作和问题回答同时结束，幕也同时下落；也有的动作与问题回答都已结束，为了让观众更好地体会和理解全剧的意义，或让观众看到结局对剧中各种人物的反应，加上一段预示未来的结尾，也是常用的方法。戏的结尾是给观众最后一刻的印象，最好是最深刻的印象，难以忘却、发人深思、耐人寻味的一瞬间。要使最后的幕下得有力，作者往往利用动作尚未结束的时候下幕，但要记住必须在问题回答已经完满结束，心理动作已经基本完成的时候才合适。例如《伊索》一剧，最后伊索一手拿着金器，一手拿着释放他为自由人的证件，向外走出，嘴里说着："在什么地方？在什么地方？"这动作是还没有结束，但幕却在这里下落了。动作虽未完成，但心理动作已经完成（伊索已决定去跳崖），问题也已经回答（不愿做奴隶而生，愿为自由而死），所以外部动作（跳崖）不一定要完成后才落幕。但也有一些剧本，不但问题回答了，心理动作完成了，并且外部动作也全部完成，还加上一个未来远景的尾巴。例如《烈火红心》，第六场结尾是高潮，第七场是结局，但之后又加第八场的一个三周年纪念的献礼场面，使观众得到完全的满足。但严格说来，高潮之后再拖上两场戏一般是过长的，不容易抓住观众到最后一刻。有时一出戏（尤其是独幕剧）是在一句俏皮话或双关语中结束，如丁西林的《一只马蜂》以"喔，一只马蜂！"作结，给观众一句颇有喜剧回味的谎言来作结束是富于喜剧性的。又如《钦差大臣》最后一幕的结尾，突然出现一个宪兵，他立正，向大家高声说道："奉圣旨从彼得堡来的钦差大臣，命令你们立即前去，他现在住在旅馆里。"这句话好像雷鸣似的使大家吃了一惊！这样结尾，等于一场震动观众的紧张的戏，在喜剧里往往有极大效果，观众情绪达到了最高点，幕就在这儿急剧下落。

还有一种极其有效的结局方法，是让副主题（或副结构）的剧情在结局中和正主题（或正结构）交叉结合起来，造成一次紧张的急剧解决问题的结束。这副主题的情节在开端、进展、高潮中已经出现过，但在结局中成为决定因素，强有力的推动力量，使正主题的情节受了它的影响，急剧地发展成结束性紧张结尾。善于利用副主题的情节和正主题的情节纠缠在一起，交叉在一起，最后融合为一而告结束，是剧作家必须掌握的头等重要的技巧，也是真正反映了生活的复杂性和真实性，因为我们在生活发展的道路上决不是单线到底的，在生活中有许多看来是偶然的因素，一个个参加进来，使我们生活复杂多变，丰富多彩。有人甚至认为没有副主题的副线，戏就很难构成，也就不能反映出生活的真实。就在独幕剧里，一般也都有副主题和副线，多幕剧就更不用说了。例如，《妇女代表》除了王江、王老太太同张桂容之间的斗争是主线外，还有一条重要副线，就是张桂容与牛大婶的矛盾与统一。牛大婶在戏里一共出场三次，第一、第二次她加剧了主线的戏剧冲突，但到第三次上场，牛大婶转变了，她成了促使王江与张桂容和解的重要因素：

牛　我说侄小子啊，大婶可是嘴浅装不住话，你别怪大婶说你呀！你摊上这么个好媳妇，啥都能干，你还不知足啊！自打当了妇女主任，大伙谁不拥护啊！人家做的事本来样样都对么！你怎么能这样待她呢？

王　（慢慢抬起头来）牛大婶，你不是也不满意她吗？

牛　她给我们妇女办事，又那么帮助我，我感谢她还感谢不过来呢！你不让她管我的事，我可是不满意你！

王　（慢吞吞地）头回你来，我听你话里话外有点不满意她！

牛　那是我为自个儿一点事愁得转向了，这年头一个做着，百个瞧着！侄媳妇要不好，大伙能举她当代表吗？你为啥还要打她？你说说！

王　我，我有点憋气！

牛　你憋什么气？那是你自个儿心里有毛病，你"抓住旋风就是鬼"，她哪点对不起你？

　　………………

牛　……王大嫂，我临走也送你两句话：你脑筋太旧啊，往后有啥事也常跟侄媳妇打听着点，"老八板儿"不行啊！

老　我这回算看明白啦。

牛　（向王江）大侄子，我说的话，你别当耳旁风就行。……

接着婆媳和夫妻言归于好，戏就结束了。要不是牛大婶这条副线插进来，推动一下，戏不可能急转直下，结束得那么自然利落了。再看《赵氏孤儿》，有副线韩厥的辞朝与还朝两段戏，辞朝说明奸臣当道，忠臣站不住脚，加强了主线程婴与屠岸贾之间的戏剧冲突。还朝却加强了程婴和赵氏孤儿报复的力量，使戏很快地圆满结束，要不是韩厥带兵围杜府，孤儿和程婴的力量不可能一下子把屠岸贾杀死，戏也无法结束，但有了韩厥这条副线的插入，戏就顺利地自然地迅速地到达了结局。

　　还有一些剧本，正主题的戏在高潮中结束了，而把副主题的戏写成结局的主要内容，这样在高潮之后，出现一个平静的场面，和高潮形成对照，好像另一新戏开场，但很快戏又高涨起来，造成一个反高潮，戏才全部结束。这样写法莎士比亚用得最多，例如他的《威尼斯商人》，正主题安东尼奥、巴萨尼奥与犹太人夏洛克的冲突在第四幕就结束了，第五幕主要是副线夏洛克女儿吉雪加和青年罗伦佐在月下谈恋爱的戏，月光皓洁，风景幽丽，两位青年男女用诗句来表达景色和感情，富有抒情意味，好像另一新戏开场似的，最后才是巴萨尼奥和鲍细霞为了戒指的事，引起了一场小小风波作结束。又如关汉卿的《感天动地窦娥冤》前三出是正主题窦娥蒙冤到斩首，第四出窦天章为女申冤是副主题，好像新戏重新开始，窦娥死后三年窦天章做官路过扬州，在官邸梦见女儿前来诉冤，醒后查案报复而结束。这一段戏也像是重起炉灶，自作起讫，与前段有联系而又独立存在，在古典戏曲中这样的结构方法也是常见的。

　　还有一种循环复始的结局法，这也是极其常用的一种方法，就是最后结局一场与开始第一场的环境、人物甚至于剧情有极其相似的地方，看来是循环复始，但又有所不同。这也是生活中常有的现象，是反映了生活循环复始而又有变化的发展规律，并且这种结构有天然完整的形式，首尾相连，前后照映，给观众一种完整性的美感。例如，奥尼尔的《天边外》，第一幕第一场是"乡路，春天的落日时分"；最后一幕最后一场也是"乡路"，但时间是"日出时分"，环境是一样的，剧情也差不多，第一幕第一场两兄弟同时爱上了一位乡下姑娘，要姑娘自己表示爱上了谁，决定着两兄弟今后的命运，而最后一场是五年后，弟弟快要病死，哥哥刚从国外回来，姑娘又一次表示她爱上了谁，决定了两兄弟今后的命运。两场戏虽然相似，但五年内由于乡下姑娘的错误决定使兄弟二人都走上悲剧的道路。这样的相互对照是有命运捉弄人、讽刺人生的哲学意味，虽然这种"哲学思想"是唯心主义的形而上学的，不符合生活真实，但这种对照写法确能引起观众的深思和美感。在许多儿童剧里用老公公向红领巾讲故事开始，故事演完，再以儿童对故事作出反应或老公公申述故事的思想意义作结局，也无非要取得最后映照，首尾呼应的完整印象。

　　还有一种结局是以提出问题作结束的，也就是说以不结束为结束。19 世纪的一些问题剧是最显著的例子。易卜生的《玩偶之家》以娜拉出走作结束的，但出走并不是结局，出走之后怎么样引起了好多人的猜测，作者只提出了问题，并没有解决问题。易卜生的资产阶级思想局限性不可能解决这个问题，他只知道在资产阶级男权社会里妇女是得不到真正平等的，但如何才能得到它，他回答不出来。他只提出问题，让观众自己去解答问题。后来巴蕾写了一个独幕剧，叫《十二镑钱的神情》企图回答这个问题，猜测像娜拉这一类型爱自由独立的女性出走之后去当了打字员，她用自己劳动积蓄起来的十二镑钱买了一架打字机，就离开了丈夫。在某一个"打字经理处"里等候主顾们来雇用使唤，赚钱养活自己。她于是不再受丈夫的欺凌，独立生活。她专门为达官显贵们、绅士商人们升官晋爵发展企业时，替他们写一些贺信贺电的答复，或其他一些例行公文稿件。她由于经济上的独立，脸上就有一种从容而有自信心的表情（即十二镑钱的神情），和西摩斯夫人的愁眉不展、畏畏缩缩的神情，形成鲜明的对照。巴蕾这出戏的结尾也以问题作结束：当西摩斯"爵士"打发打字员凯蒂走了以后，夫人最后一些使丈夫感到不愉快的"问话"给观众提出了一个极其有趣的问题：夫人的脸上已开始出现"十二镑钱的神情"，说不定夫人将有一天也会像凯蒂一样，离开丈夫而去当打字员：

爵　士　（发脾气，冲口而出）人们会以为你在羡慕她。

夫　人　羡慕她？呃，不——不过我觉得她那样有生气，那是当我看她在她打字机上工作的时候。

爵　士　有生气！那不是生活。有生气的是你。（不客气地）我很忙，艾美。（他在他的书桌前坐下）

夫　人　（循规蹈矩地）很抱歉，我这就走，哈利。（没头没脑地）它们的价钱很贵吗？

爵　士　什么？

夫　人　那些打字机。

这最后一句话，使爵士感到惊讶和不痛快，"但我们相信不久他又会坦然无事的"，但给观众带来无穷的深意，好像霹雳一声，电光一闪，看到另一个凯蒂正在形成中。但巴蕾并没有真正解决易卜生在《玩偶之家》中所提出的问题。娜拉或西摩斯夫人虽然脱离了封建专断的丈夫的手掌，但仍然跳不出资产阶级男权社会的藩篱，凯蒂脸上的"十二镑钱的神情"在资本主义社会里只能是一线主观愿望而已。

在剧本的结尾上留下一个问题，掀起一些余波，暗示未来的风暴，剧终而意犹未尽，是符合生活矛盾不断发展的实际情况的，这比一切圆满解决和大团圆结尾，来得更自然些，更有回味和意义。例如，在《十五贯》的结尾，一切似乎圆满解决，凶手判罪，冤狱平反，但况钟却说："包庇死囚，罪名太大，功难抵过，也未可知。"又说："这顶纱帽，若能保住，就算万幸了。"作者把观众的注意力从这平反案件移转到更大的封建社会和封建时代的背景上去，是扩大和加强了主题思想的含义，是十分高明的手法。又如《日出》的结尾，在陈白露服毒以后，窗外透出太阳光，观众听见工人们在工地上打夯的越来越响的声音，幕渐渐落下，使观众的注意力从狭小的房子里跳到更广阔的社会上去，是富于思想性的。在法国尤竞·摩勒尔的独幕剧《恐怖之地》[①] 的结尾，全城都毁在火山爆发中，但在废墟上开出一朵鲜艳的红花，给观众无穷的暗示。格莱葛瑞夫人的《月亮上升》的结尾，警察已把逃犯释放，让他走向河边，似乎戏已结束，但革命者忽又回来，向警察要他手里的帽子和假发，他说没有它们他会冻死的，这也是意外的一笔，一点小小幽默的余波。萧伯纳称这种结尾叫"生活的断裂节奏"，他认为结尾"用'生活的断裂节奏'比太完整的均齐在自觉的艺术中要好得多"[②]。韦尔特曾经说过，一部艺术作品如果结束得过于干净，过于整齐，就像夏洛克（莎士比亚《威尼斯商人》中的人物）在安东尼奥身上割一磅肉一样，不能多一点儿，也不能少一点儿，又不能流一滴血，那么只能在一个死人身上这样割。剧作家在戏剧高潮紧张和集中注意力之后，让观众从紧

---

① 尤竞·摩勒尔（Eugene Morel）：《恐怖之地》（Terre d'Epouvante）。
② 萧伯纳（George Bernard Shaw 1856—1950）：《人与假面具》（Man and the Mask）。

张到平静，扩大眼界，更可以使观众感到人生的尊严和美丽①。

目前有许多剧本，甚至于极大多数的剧本，都喜欢用热闹场面结束，但实际上热闹场面只能取得剧场性效果，不能取得真正戏剧性效果。中国戏曲往往以大团圆结束，有时使我们感到落了俗套，牵强不自然；但其中当然也有好的，不能一概而论。除了必要的以外，作者应设法避免以热闹的剧场性场面作结束。安静的结尾一般来说是比较好的。例如《玩偶之家》以娜拉出走，嘭的一声关上大门作结束，这嘭的一声对观众的印象非常深刻，正如萧伯纳说的："在她（娜拉）身后发出的碰门声比滑铁卢或色当②的炮声还更有力量。"③《十二镑钱的神情》的结尾是一句简单的话："那些打字机。"但作者在舞台指示里写道："她那句话中可能有的含义使他（爵士）吃惊。帷幕把他从我们面前隐蔽了，但我们相信不久他又会坦然无事的。"这是一个值得学习的结尾。丁西林在这结尾上批注道："话剧的结尾是极其重要的。怎样结尾当然要看个别的剧本结构。一般地说，目前中国新剧多喜欢用热闹的高潮场面结束，像本剧（指《十二镑钱的神情》）这样余音袅袅地结束似不多见"④。这些安静的结束看来只是一种音响效果（如娜拉关门嘭的一声），一个吃惊的表情（如《十二镑钱的神情》中的西摩斯爵士的表情），一句幽默而又富有意义的话（如《十五贯》里况钟最后一句话），一句令人深思的富于哲理的话（如《人民公敌》里医生说的："世界上最有力量的人是最孤立的人。"）等，都使观众多少吃了一惊，"余音袅袅"，发人深思，确是比一般闹哄哄的热闹场面好。

一出戏的结局是悲是喜，应当由戏剧冲突的性质和剧情发展的必然结果来决定，不能强悲剧为喜剧结尾，也不能强喜剧为悲剧结尾。生活中悲剧事件可能由于偶然因素而得到喜剧的结尾。但在艺术里必须遵守艺术的逻辑，不能以偶然来代替必然。有些戏应当是悲剧的结尾，但作者由于迎合"观众的软心肠"⑤，强扭过来，勉勉强强地改为喜剧结尾，

---

① 韦尔特：《独幕剧编剧技巧》。
② 滑铁卢（Waterluo）战役、色当（Sedan）战役都是打败拿破仑的历史性战役。
③ 引文见劳逊：《戏剧与电影的剧作理论与技巧》。
④ 丁西林：《译批〈十二镑钱的神情〉》，见《剧本》月刊1962年8月号。
⑤ 亚里士多德：《诗学》第13章，见《诗学·诗艺》，中国社会科学出版社2009年版，第36页。

虽然看来是"讨好"观众，但并不能使观众感到真正满意的。悲剧应有悲剧的结尾，喜剧应有喜剧的结尾。亚里士多德说："完美的布局应有单一的结局，而不是如某些人所主张的，应有双重的结局。"所谓"双重的结局"，意即有人由逆境转入顺境，同时又有人由顺境转入逆境。他又说悲剧人物"不应由逆境转入顺境，而应相反"。这道理值得我们注意。

四、戏剧结构中一些重要手法

剧作者在进行艺术结构的过程中常常应用一些艺术手法，使主题思想更鲜明，人物更生动，剧情更紧凑。我选择以下最重要的几种来谈一谈。

第一，重点突出。

重点突出又称为注意力的集中。这原则和手法应用于各种艺术，其目的在使作品主题有关的重要事物显著地突出起来。戏剧由于时间和空间的限制，更需要重点突出，使观众集中思想于重点上，不分散他们的注意力。剧本最犯忌的毛病是在演出中看了半天还摸不着头脑，不知道作者的意图是什么，准备解决什么问题，主要人物是谁，主要事件是什么。有时一出戏的中心人物和中心事件，时时转换，几条线索分不出主次，或主次时常变换。这都由于全剧重点不突出，因此主题不明显，人物事件散漫，于是观众逐渐失去兴趣，甚至感到厌烦而离去。我们要求主题的统一，动作（情节）的一致，风格的和谐，时间和地点的集中，主要是根据重点突出这原则来的。

要掌握重点突出，首先要弄清楚你剧本里的重点是什么，要心中有数，正像小仲马说的："当你不知道你要往哪里去，你就不可能知道向哪个方向启步。"重点决定于剧本的主题思想和体现主题思想的贯串动作。重点突出的方法主要有下面几种：

（一）重复　剧本中的重点事物，必须重复点明好多次，才能引起观众足够的注意，给予观众深刻的印象。例如莎士比亚悲剧《奥瑟罗》里的一方手帕，在剧情的发展上起很大的作用，它使奥瑟罗确信苔丝德梦娜不贞，使埃古的阴谋诡计得逞，因此在戏里一再重复，引起观众的注意。在第三幕第三场里第一次出现那方手帕：

奥　我有点儿头痛。

苔　那一定是因为睡少的缘故，不要紧的；（取出手帕）让我替您绑紧了，一小时内就可以痊愈。

奥　你的手帕太小了。（手帕落地）随它去；来，我跟你一块儿进去。

苔　您身子不舒服，我很懊恼。

〔奥瑟罗与苔丝德梦娜下。

哀　我很高兴我拾到了这方手帕；这是她从那摩尔人手里第一次得到的礼物。我那古怪的丈夫向我说过了不知多少好话，要我把它偷了来；可是她非常喜欢这玩意儿，因为他叫她永远保存，不许遗失，所以她随时带在身边，一个人的时候就拿出来把它亲吻，对它说话。我要去把那花样描下来，再把它送给埃古；究竟他拿去有什么用，天才知道，我可不知道。我只不过为了讨他的喜欢。

〔埃古重上。

埃　啊！你一个人在这儿干么？

哀　不要骂！我有一件好东西给你。

埃　一件好东西给我？一件不值钱的东西——

哀　吓！

埃　娶了一个愚蠢的老婆。

哀　啊！当真？要是我现在把那方手帕给了你，你给我什么东西？

埃　什么手帕？

哀　什么手帕！就是那摩尔人第一次送给苔丝德梦娜，你老是叫我偷了来的那方手帕呀。

埃　已经偷来了吗？

哀　不，不瞒你说，她自己不小心掉了下来，我正在旁边，趁此机会就把它拾起来了。瞧，这不是吗？

埃　好娘子，给我。

哀　你一定要我偷了它来，究竟有什么用？

216

埃　哼，那干你什么事？（夺帕）

哀　要是没有重要的用途，还是把它还了我吧。可怜的夫人！她失去这方手帕，准要发疯了。

埃　不要说出来；我自有用处。去，离开我。（哀下）我要把这手帕丢在凯西奥的寓所里，让他找到它。像空气一样轻的小事，对于一个嫉妒的人，也会变成天书一样坚强的确证；也许这就可以引起一场是非。这摩尔人为我的毒药所中，他的心理上已经发生变化了；危险的思想本来就是一种毒药，虽然在开始的时候尝不到什么苦涩的味道，可是渐渐儿在血液里活动起来，就会像火山一样轰然爆发。……①

　　在以上一段戏里对这方手帕一再在台词里重复提到，从这方手帕的来历一直到它今后的用途，都详尽地作了交代。并且在重要关头上，一连重复了三次：哀米莉霞先提到这块手帕"要是我现在把那方手帕给了你……"，埃古就问："什么手帕？"哀米莉霞强调说："什么手帕！"连埃古再上场前，奥瑟罗和哀米莉霞都提到手帕，总共重复了七次。并且那块手帕的来历：奥瑟罗赠给苔丝德梦娜第一件礼物，也重复了两次。中国戏曲里也常用一再重复的方法来突出重点，譬如甲说："你真的要杀人？"乙说："我真的要杀人。"甲又说："你果然要杀人？"乙说："我果然要杀人。"

　　戏剧在舞台上演出时，重要关键如果听不清楚或疏忽过去，就无法回过头来再听再看，所以重要关键必须再三重复。有人说，台上要做什么，必须事先告诉观众你将做什么；做的时候，你又须告诉观众你正在做什么；做完之后，你又须告诉观众已经做了什么。这样才能引起观众注意，牢牢记住。又有人说，重要关键至少说三遍，第一遍是给全神贯注的观众听的，第二遍是给一般观众听的，第三遍是给大多数粗心大意没有听清第一、第二遍的观众听的②。

　　（二）大写特写　这就是对重点细节必须大做文章。中国戏曲有一

---

① 莎士比亚：《奥瑟罗》第三幕第三场。
② 哈密尔顿：《剧场理论》。

特点，"有话即长，无话即短"，也就是说，重要的戏大写特写，不重要的戏，一笔带过。例如《四进士》在情节上是比较复杂的，线索是比较多的，但在重要环节上，却大写特写，例如盗信、抄信一场，宋士杰偷进公差房门，盗出书信，秉烛阅读，把书信全部抄在衣襟上，有大段的做工和唱工，细致详尽到了极点。又如《拾玉镯》里围绕玉镯大写特写：傅朋把玉镯取下放在门口地上，躲在一边偷看。玉姣等傅朋走后跑出门来，看见玉镯，又惊又喜，但又不敢去拿，她让自己的手帕有意地落在玉镯上，拾手帕把玉镯带了起来，进门关门，取出玉镯，戴上手臂。赏玩一番，出门遇见傅朋，又急着把玉镯取下来送还傅朋，傅朋叫她收下。后来媒婆来敲门，为了藏起玉镯又有一段细致的戏，媒婆进来，在玉镯上又大做文章；玉镯这一小小道具成为全剧最突出的重点。话剧里也是一样。每一幕里总有重点的场面，每一场里总有重点的戏，并且高潮圈里的戏总是全剧的重点，大写特写。例如《甲午海战》第七场暗转以后的一段戏是全剧的高潮，不仅写得紧张紧凑，并且细致曲折：一场海战正在激烈进行中，不幸舰队里出了奸细，私通敌人，奸细刘副总指挥故意把舰队排成一字，旗舰因此四面受敌，帅旗被击落，丁汝昌受重伤，在这危急关头，刘副总指挥还下令各舰各自照顾自己。邓世昌于是命令在致远舰上升起帅旗，命令各舰协助主舰突出重围，战局转危为安，日本旗舰被我打中起火。正要追赶前去打沉它，不意前后炮都出了毛病。一检查，美国制造的炮弹里面装的全是沙土，不能发射。日本舰队看到致远舰发不出炮，就围攻上来，日本旗舰转舵来追，迫近致远舰，邓世昌看大势已去，便叫全船水手列队，下令全舰官兵下救生艇逃难，他自己留在舰上殉国，但众水手不肯走。这时一声巨响，致远舰被日本鱼雷击中下沉，邓世昌率全舰官兵，下跪致礼。日主舰发来信号，要求致远投降。邓世昌和全舰官兵誓死不降。一声巨响，炮弹落在舰上，形势更加危急。邓世昌号召全舰开足马力，向敌舰猛撞，与敌人同归于尽。全舰官兵拔剑举枪，喊声震天。幕亦急落。这一场戏是细致详尽，大写特写。

（三）重点位置　每一幕或场的开始与结尾，都是最引人注意的重要位置。戏的开场（即第一幕或第一场的开始）前面已经谈得很多，是给观众深刻印象的重要位置，必须造成一定的气氛、气势和情调，人物和事件的介绍要清楚，要抓住观众的兴趣，渐渐把观众带进规定的戏剧情境中去。以后几幕的开场要增加一些新的冲突因素，作些新人物和情况的介绍，增加观众的兴趣，也是极其重要的。每一幕的开始一般宜静不宜动，尤其新的布景，新的地点，要让观众有时间先欣赏一下布景，辨别清楚新的场合和环境，所以有许多戏幕一打开往往"台上空无一人"，或台上的人很少，安静地坐在那儿或在做一些安静的工作，灯渐渐开亮，有一二分钟的停顿，然后戏再开始，这是完全合乎观众要求的。观众是心无二用的，尤其在一堂新的布景面前，他先要辨认一下，欣赏一下，然后再听台上人谈话或看台上人行动。幕一开始由静到动是极其自然的。要是幕一打开就是一堂新的辉煌的布景，前面乱哄哄的一大堆人，吵吵嚷嚷，观众就像堕入五里雾中，一点也摸不着头脑；如果这样延续四五分钟，观众仍然看不懂，那么观众就会感到厌烦而失去兴趣。每一幕或场的开始必须利用来交代剧情的重要关节。

一幕或一场戏的终了总是全幕全场最重要的地方，有经验的剧作家和导演不肯轻易放过这一关键性的时刻，总要把最重要最紧张的情节放在一幕或一场的结尾。它是承上启下的转折点，剧情发展到这儿必然起变化，又推向更紧张更重要的剧情发展，造成观众热切的期待，希望知道下面怎么样。幕要下得有力，下在最紧张的时刻，引起观众紧张的情绪和强烈的反应。有的剧作者不懂得这一点，导演在排演时往往重新加以安排，使落幕有较强烈的效果。莎士比亚最懂得每一幕结尾是重点突出的最重要的地方，例如在《奥瑟罗》第一、第二两幕的结尾几乎都是埃古的重要的长段独白，第一幕结尾的独白说明他的动机和阴谋：

埃　古　……我总是这样让这些傻瓜掏出钱来给我花用，因为倘不是为了替自己解解闷，打算占些便宜，那我浪费时间跟这样一个呆子周旋，那才冤枉哩（以上说明埃古的卑鄙性格——引者注）。我恨那摩尔人；有人说他和我的妻子私通，我不知道这句话是真是假；可是在这种事情上，即使不过是嫌疑，我也要把它当作实有其事一样看待（以上是埃古嫉妒和陷害奥瑟罗的原因之一——引者注）。他对我很有好感，这样可以使我对他实行我的计策的时候格外方便一些（为奥瑟罗轻信埃古伏了一笔——引者注）。凯西奥是一个俊美的男子；让我想想看：夺到他的位置（这是他陷害凯西奥和仇恨奥瑟罗的原因之一——引者注），实现我的一举两得的阴谋；怎么？怎么？让我看：等过了一些时候，在奥瑟罗的耳边捏造一些鬼话，说他跟他的妻子看上去太亲热了；他长得漂亮，性情又温和，天生一种媚惑妇人的魔力，像他这种人是很容易引起疑心的（埃古的阴谋全盘托出——引者注）。那摩尔人是一个坦白爽直的人，他看见人家在表面上装出一副忠厚诚实的样子，就以为一定是个好人；我可以把他像一头驴子一般牵着鼻子跑（奥瑟罗的忠厚老实容易受骗的性格也全部交代了，为他今后的轻信先伏下一笔——引者注）。有了！我的计策已经产生。地狱和黑夜酝酿成这空前的罪恶，它必须向世界显露它的面目（预示悲剧性情节的发展已在这儿发动了，造成观众热切的期待——引者注）。

这一段独白是全剧关键所在，是剧情的开端，是戏剧冲突的第一个浪潮，造成全剧总的悬念。《奥瑟罗》第二幕的结尾还是埃古的独白：

埃　古　……我还要做两件事情：第一是叫我的妻子在她的女主人面前替凯西奥说两句好话；同时我就去设法把那摩尔人骗开，等到凯西奥去向他的妻子请求的时候，再让他亲眼看见这幕把戏。好，言之有理；不要迁延不决，耽误了锦囊妙计。

第一步阴谋已经得逞，现在展开阴谋的第二步，更具体更毒辣了，并且预示了今后剧情更紧张地向高潮发展，造成了观众心里更大更迫切的悬念。

但一幕一场的结尾的重点突出和落幕落在紧张的环节上并不是一回

事，如果把每一幕每一场的落幕都落得紧张突出，不一定是最好的，因为这样做就有点虚假人为、矫揉造作的痕迹。有的作家和导演喜欢一个安静自然的结尾，或有几幕的落幕落在紧张环节上，但有几幕落在平静的结尾上，但无论怎样一幕或一场的结尾总是重要环节重点突出的地方。例如《雷雨》第一幕的结尾，周朴园责备儿子周萍的一段话是重点，充分揭露了周朴园的伪善和淫威，戏剧冲突的根源和开端在这儿点得很清楚，颇有"山雨欲来风满楼"之势。许多导演安排在这紧张关头上的落幕，但也有根据原作以平静的结尾结束：

周朴园　来人啦。（自语）哦，我有点累啦。
　　　　　〔周萍扶着周朴园至沙发坐下。
　　　　　〔鲁贵上。
鲁　贵　老爷。
周朴园　你请客人到这边来坐。
鲁　贵　是，老爷。
周　萍　爸，您歇一会吧。
周朴园　不，你不要管。（向鲁贵）去，请进来。
鲁　贵　是，老爷。（下）
　　　　　〔周朴园拿出一支雪茄，周萍为他点上。周朴园徐徐抽烟，端坐。

——幕　落

这样结尾更富于生活气息，更自然些。

　　（四）显明对照　对照也是重点突出的方法之一。这种方法在小说里也经常用，但在戏剧里由于篇幅较短，用得更为突出。对照一般有三种：人物对照、细节对照和台词对照；在戏里更讲究"讽刺对照"。

　　人物对照：一出戏里对立面人物往往在性格上有显著差异，在对照下他们的性格更鲜明更突出了。例如在《黑旋风李逵》一剧里，鲁莽粗暴的李逵和稳重细心的宋江形成鲜明的对照；在《将相和》里谦让有礼的蔺相如和恣肆傲慢的廉颇形成对照；《十五贯》里实事求是为民请命的况钟和主观武断沽名钓誉的过于执形成对照；《红楼梦》里的林黛玉和薛宝钗，袭人和晴雯，《奥瑟罗》里的奥瑟罗和埃古，《烈火红心》里许国清和钱行美，《甲午海战》里的邓世昌和方仁启，《决裂》里的别尔谢涅夫舰长和什尔别中尉，《伊索》里的伊索和克桑弗……都是对照的人物。对照人物往往有相反的性格和要求，有矛盾对立的意志，相互衬托出鲜明深刻的形象。

细节对照：悲剧场面之后紧接着轻松愉快的喜剧场面，使悲剧场面更鲜明突出，使观众在压抑低沉的悲痛心情之后在喜剧场面里舒展轻松一下。莎士比亚是最善于用细节对照的能手，在每一部不论是悲剧和喜剧里都可以找到这样的例子。《麦克佩斯》第二幕第二场麦克佩斯和他夫人杀死国王的压抑低沉的场面之后，紧接着是司阍人的插科打诨，引得观众发笑。《威尼斯商人》第四幕法庭一场尖锐严肃的斗争之后，接着来一段为戒指而起误会的闹剧穿插。《哈姆雷特》在哈姆雷特参加莪菲莉霞的悲痛的葬礼之前先来一场他和掘墓人的风趣谈话。中国传统戏曲和小说里也常用这种细节对照的写法来加强效果，例如《红楼梦》在林黛玉焚稿断痴情气绝身死之后，紫鹃走出房来透一口气（观众读者也要透一口气），看见天色晴朗，月白风清，一阵风传来笙歌弦乐之声，这与黛玉悲惨的死去形成对照。《团圆之后》一开场（第一场）台上挂灯结彩，红烛高烧，儿子中状元，衣锦荣归，新媳妇进门，拜堂成亲，还有皇上的封诰到来，三喜临门，一派欢乐气象，但就在这儿种下了悲剧的祸根，与最后一幕全家惨死，形成极其强烈的对照。《梁山伯与祝英台》在最悲痛的"楼台会"之前是一场富于喜剧风趣的"十八相送"，也造成鲜明的对照。

细节的对照往往是最富于戏剧性的讽刺对照。所谓"讽刺对照"是说一切努力是向甲的方向发展，但结果适得其反，偏偏向甲的相反方向发展。麦克佩斯弑君之后，追杀王储，谋害亲信，清除异己，独断独行，目的在于巩固他的王位，但这些努力的结果，适得其反，促使他四面树敌，孤立无援，加速了他的覆灭。《团圆之后》里叶氏自缢身死后，施佾生和柳氏想尽一切办法来保持婆母的名节，状元的地位，施氏的门风，但结果适得其反，身败名裂，全家死难，这就是讽刺的对比。《雷雨》第四幕将近结尾时周萍已决心不顾一切带四凤出走，鲁侍萍和鲁大海也已答应他们远走高飞，不再追究，看来可以"圆满"解决，但周朴园的突然出现，把一切希望化为泡影，适得其反，是讽刺细节对比的一例，也是由顺境突转为逆境的悲剧性的突变。川剧《乔老爷奇遇》里乔溪误入花轿，被抬到恶霸蓝木斯家里，观众以为乔溪必将遭殃，自投罗网，不意他因此和蓝秀英成就了美满姻缘，这是由逆境突转为顺境的喜剧性的讽刺对照。讽刺对照造成戏剧性的悬念，观众感到兴趣的是明知会有变化，造成期待和悬念，但等突然变化时，又感到意外而吃惊。对照是造成戏剧性悬念的最好手段。最好的喜剧演员常常用最严肃最认真的态度去做一些可笑滑稽的事，是最有喜剧效果的，也是一种对照的作用，也就是说，观众感觉到在人物所说的极其严肃的话和所做极其严肃的事，和当时极其滑稽可笑的处境形成对照时，就会产生喜剧效果。近代最著名的喜剧演员卓别林是最懂得这个道理的。

语言对照：主要表现在两人的对话，一悲一喜，一智一愚，一紧一松，形成对照；或心里所感受的和嘴上说的刚好相反，都是富于戏剧性的语言对照。譬如说，一个人嘻嘻哈哈，另一个人哭哭啼啼；或一个人急得要命，另一个人轻松泰然；或者，你心里很痛苦，但嘴上却说我很快乐。又譬如一对情人，心里相互热爱，嫉妒对方跟别人相好，但嘴里却说："我一点也不爱你。你要去爱别人，我毫不在乎。"具体的例子可举楚剧《葛麻》：葛麻表面上处处帮着土财主马铎要穷秀才张大洪退婚，但实际上他处处帮着张大洪和马铎作斗争，并且葛麻是一味开玩笑，而马铎却十分严肃，认以为真。女婿张大洪来到马家，葛麻要马铎给他一件新衣服穿：

葛　麻　你老人家穿得这样好，你看他穿得这么坏，要是来个把客人也观之不雅，顶好是借件把衣服让他穿起来。

马　铎　怎么，老夫要他来了，退婚文书未写，还能把衣服给他穿？

葛　麻　你把一件衣服给他穿在身上，你晓得他心里儿会喜欢，叫他写的时候，提笔就写，拿笔就画，退婚文书写了，我可以剥得下来的。

葛麻又劝他给张大洪二十两银子：

> 葛　麻　……把钱给他，穷人见了白银子，心里儿喜欢，叫他写退
> 婚文书也写得快些，退婚文书拿在我们手里，这衣服剥得
> 下来，银子也拿得过来的。

一切反语、双关语都是语言对照的一种。甲说的是东，而乙理解的
是西，误会变成笑话。例如，《梁山伯与祝英台》里"十八相送"一场
戏，祝英台用比喻来说明她是女的，并愿意和山伯成双作对，但梁山伯
不但不懂得，反怪她"胡言乱语"；两人的心情，一个轻松喜悦，一个
严肃认真，也形成对照，通过语言表达出来：

> 银　心　（唱）前面到了一条河，
> 四　九　（唱）飘来一对大白鹅，
> 祝英台　（唱）雄的就在前面走，
> 　　　　　　　雌的后面叫哥哥。
> 梁山伯　（唱）未曾看见鹅开口，哪有雌鹅叫雄鹅！
> 祝英台　（唱）你不见雌鹅对你微微笑，
> 　　　　　　　她笑你梁兄真像呆头鹅！
> 梁山伯　（唱）既然我是呆头鹅，
> 　　　　　　　从此莫叫我梁哥哥。
> 　　　　　〔梁山伯生气，祝英台向之赔罪。
> 祝英台　梁兄……
> 银　心　（唱）眼前一条独木桥，
> 　　　　　〔梁山伯先上了桥。
> 梁山伯　贤弟，你快过来啊！
> 祝英台　（唱）心又慌来胆又小。
> 梁山伯　（唱）愚兄快扶你过桥去，

〔梁山伯扶祝英台过桥，至桥中心。

祝英台　（唱）你我好比牛郎织女渡鹊桥。

合　　唱　　　过了河滩又一庄，
　　　　　　　庄内黄狗叫汪汪。

祝英台　（唱）不咬前面男子汉，
　　　　　　　倒咬后面女红妆。

梁山伯　（唱）贤弟说话太荒唐，
　　　　　　　此地哪有女红妆？
　　　　　　　放大胆量莫惊慌，
　　　　　　　愚兄打犬你过庄。

祝英台　（唱）眼前还有一口井，
　　　　　　　不知井水多少深？（投石井中）

梁山伯　（唱）井水深浅不关紧，
　　　　　　　还是赶路最要紧。

〔祝英台要梁山伯照影，遂相扶至井前俯视。

祝英台　（唱）你看井里两个影，
　　　　　　　一男一女笑盈盈。

梁山伯　（唱）愚兄明明是男子汉，
　　　　　　　你不该将我比女人！

合　　唱　　　过一井来又一堂，
　　　　　　　前面到了观音堂。

梁山伯　（唱）观音堂，观音堂，
　　　　　　　送子观音坐上方。

祝英台　（唱）观音大士媒来作，
　　　　　　　来来来，我与你双双来拜堂。（拉梁山伯同跪）

梁山伯　（唱）贤弟越说越荒唐，
　　　　　　　两个男子怎拜堂？
　　　　　　　走吧！

合　　唱　　　离了古庙往前走，

银　　心　　（唱）但见过来一头牛，

四　九	（唱）牧童骑在牛背上，	
银　心	（唱）唱起山歌解忧愁。	
祝英台	（唱）只可惜，对牛弹琴牛不懂，	
	可叹梁兄笨如牛。	
梁山伯	（唱）非是愚兄动了怒，	
	谁教你比来比去比着我？	

这是通过语言对照反映出两人截然不同的心理状态。

第二，悬念。

悬念在心理学上是指人们急切期待的心理状态。戏剧结构在情节安排上，不断造成观众这种急切期待的心理状态，是引起观众兴趣的最重要的艺术手段。所以造成悬念在戏剧创作上是重要结构技巧之一。贝克说：悬念"就是兴趣不断地向前延伸和欲知后事如何的迫切要求。无论观众是否对下文毫无所知，但急于探其究竟；或对下文作了一些揣测，但渴望使其明确；甚至是已经感到咄咄逼人，对即将出现的紧张场面，怀着恐惧；——在这些不同情况下，观众都可能是处在悬念之中。因为，不管他愿不愿意，他的兴趣都非向前直冲不可。"[1] 亨脱说："悬念是……戏剧中抓住观众的最大的魔力。"[2] 他又说："'使观众笑，使观众哭，使观众期待'是一句对剧作家很好的箴言。可是我们很容易回想起有许多伟大的剧作并不让观众笑，还有其他一些剧本不使观众掉一滴眼泪，但要是一部戏在任何地方不使观众期待，那就得好好地找一找原因。我们不用辩论就可以证明紧张这个效果必须在戏里产生得越早越好，并且要保持得越长越好。……舞台上的惊人之事必须早有预示，突然发生的事必须让观众早就料到。这是写作技巧的有力的考验。……戏剧的悬念，或戏剧的讽刺——是差不多所有一切成功的戏剧效果的源泉、根据和生命。"安得罗斯说："引起戏剧兴趣的主要因素是依靠悬念。悬念主要是热切的好奇心——当然是感情的——想知道从已知的原

---

[1]　贝克：《戏剧技巧》。
[2]　亨脱：《现代剧》。

因中会得出什么结果，并且从这些结果中又会得出什么样的后果。"① 沙珊说："期待混合着猜疑不定是剧场的诱惑力之一。"阿契尔把悬念和紧张看成是相辅相成不可分割的东西。他说："戏剧结构的主要秘密就在紧张一词里。产生、维持、悬置、提高、解决紧张状态——这就是戏剧家的技能的重要目标。什么叫做紧张？很显然，紧张就是心理上向前伸展。这就是戏剧观众最有特点的一种心理状态。如果观众的心理不向前伸展，那么他的身体立刻会因静止和阻滞而感到疲倦。注意是紧张联带产生的心理活动。当我们向往着即将到来的事，也就注意当时当地发生的事情。紧张这词儿有时不仅用以表达观众的心理状态，也表达舞台上人物之间的关系。'一场高度紧张的场面'首先是演员们在舞台上经受着感情强烈的紧张状态。但归根结底它是使观众紧张的一种手段。……虽然紧张一经发动，就不能让它松弛下来，并且必须使戏一幕幕更紧张起来；可是有时候暂时把紧张延宕一下，不但没有坏处，并且还有很大的好处。换句话说，向前伸展的紧张并不因此而松弛，只是退到我们意识的背景里去，而让其他看起来与主线无关的一些事件推到前面来。可是我们清楚地知道把紧张暂时延宕一下，并不减弱紧张。"② 并且在紧张的主要事件再次出现时，便显得更紧张而有力，就像用手拍球一样，越压得重，球再弹起来也越高。阿契尔把悬念比作德谟克列斯头上的剑③，这把剑悬在空中，不知什么时候会落下来造成灾难。这把剑就是紧张的象征。即使在喜剧里某些人物头上也有一把剑，我们知道这把剑总有一天会落下来，因此我们的注意力暂时引开也无所谓。

在中国戏曲里悬念没有专门名词，但李渔所谓"收煞"与悬念的涵义有所近似。他在《格局》一章的《小收煞》里说道，收煞"宜紧，忌宽。宜热，忌冷。宜作郑五歇后，令人揣摩下文，不知此事如何结果。如做把戏者，暗藏一物于盆、盎、衣、襟之中，做定而令人射覆，此正做定之际，众人射覆之时也。戏法无真假，戏文无工拙，只是使人想不

① 安得罗斯（Charlton Andrews）：《编剧技巧》（The Technique of Playwriting 1915）。
② 阿契尔：《剧作法》。
③ 古代专制君王笛奥尼修斯请德谟克列斯到宫中来赴宴，表示他富有资财，尽情欢乐，但在宴饮中德谟克列斯发现他头上悬挂着一把蛇形的利剑，他的欢乐立即全部消逝。这故事源出贺拉斯。

编剧理论与技巧　第四章　戏剧结构

到，猜不着，便是好戏法、好戏文。"①他又在《大收煞》中说道："水穷山尽之处，偏宜突起波澜，或先惊而后喜，或始疑而终信，或喜极、信极而反致惊疑，务使一折之中，七情俱备，此为到底不懈之笔，愈远愈大之才……"②使人想不到，猜不着，水穷山尽之处，偏宜突起波澜，都是戏中应用悬念之处。总之，悬念可以说是在同情主人公的遭遇的情况下，带有感情的热切的期待和好奇心——从已知的迹象急于要知道它的后果怎么样。举一个简单的例子：甲乙两人相互仇恨，约在某处见面，甲来时刚好乙离开。但乙一定马上就回来，在等待的时候就造成了悬念。我们知道他们两人一见面一定会冲突，但到底冲突没有，冲突到什么程度，冲突的结果又将怎么样，观众急切地等待着看下面的戏。

悬念是编剧技巧在观众中造成急切期待的心理状态，但也反映了世界上一切事物发展的必然规律。社会生活是复杂的，矛盾的发展受着各种各样因素的影响和制约，必然迂回曲折有进有退，很少是直线发展的。在迂回曲折的发展中必然会产生想不到、猜不着、悬宕、变化的情况。在生活里和戏里常有出乎意料之外，但又在情理之中之事，所以要懂得如何在戏里安排悬宕、吃惊、迂回曲折的情节，首先必须熟悉生活中事物发展的规律，其次才把生活的发展规律如何技巧地安排到戏剧的结构里去。悬念的戏剧技巧是生活发展的规律在戏里集中和典型的反映。我们必须按照它来安排人物和冲突，使戏里有一个总悬念之外，还有无数的小悬念，一步步深入下去，引人入胜，使观众富有兴趣地一场场看下去；观众必须时时刻刻急切地想知道下面怎么样，怎样发展，为剧中人提心吊胆。剧本最忌观众看不上五分钟，就能把收场怎么样和怎样达到这收场，说个大概不差。戏最忌一览无余；戏必须是"山穷水尽疑无路，柳暗花明又一村"。妙处就在"疑"字上，疑就是悬念。如果不疑而肯定是没有路，忽然出现"柳暗花明"，那只能造成"吃惊"，不能造成"悬念"。一览无余就是无"疑"，无悬念，正如李渔说的："猜破而后出之，则观者索然，作者赧然，不如藏拙之为妙矣。"③意思就是说：不懂得如何在戏剧结构中应用悬念，是决不能写出好剧本来的，还

---

①③ 李渔：《闲情偶寄·小收煞》，国学研究社 1936 年版，第 38 页。
② 李渔：《闲情偶寄·大收煞》，国学研究社 1936 年版，第 38 页。

是不写的好。

造成悬念必须具备两个必要条件：第一，造成悬念的前提必须交代清楚；第二，必须赢得观众的同情。如果造成悬念的前提，也就是造成悬念的情境和人物关系，交代得很紊乱，使观众糊里糊涂，或者观众只看到过去的一些情况，联系不到今后的发展前景，就造不成悬念。情境和人物关系不清楚，观众对今后的发展就无所期待，因此剧情的发展对观众来说就毫无意义。前提的清楚交代满足了观众的理智要求，而赢得观众同情是满足他们的感情上的需要，二者是缺一不可的。如果观众对剧中人物采取中立态度，毫无爱憎，那么观众对他们的命运也决不会关心。如果剧作者使观众对剧中人物有深厚的爱憎感情，那么观众对剧情的发展越来越感到兴趣，于是就要求剧情的合情合理的发展，而剧情合情合理的发展就是戏剧前提的逻辑性。观众所关心的一方面是在于主人公或反面人物的成功或失败，而另一方面在于剧情发展的逻辑合理。逻辑合理的剧情发展和对人物的浓厚爱憎感情是构成戏剧悬念的两个缺一不可的重要元素。有感情的期待就是悬念。悬念要造成观众愿意猜测，但他的猜测必须不太成功。他所猜测的就像幽暗的玻璃后面隐隐约约的憧憬。如果一切都能猜测到底，一览无余，戏就没有了。

悬念大致有三种情况：第一种，观众什么都不知道，而愿意明确究竟；第二种，观众知道一点儿，愿意肯定更多或更详尽的细节；第三种，观众知道很多，但用欣赏或恐惧的态度期待事态的发展。在这三种情况下，有一点是相同的：即最有兴趣的事情还未到来，并且决不使观众失望。第一种悬念一般产生在戏刚开场的时候，好奇心使观众对台上的一切发生兴趣。第二种悬念是在剧情进展中，从已知的情况中使观众发生猜疑，观众已开始猜测，但急于把他们的猜测加以证实。第三种悬念是在剧作者已把即将发生的事有意地交代出来，或预示了即将发生事件的概况，观众深刻地关心着事件的发展，尤其关心着这事件对剧中人物所产生的各种反应。在这种情况下，观众知道事件的发展趋势，远比剧中人物多得多。但除了剧作者之外，谁也不知道剧中人物会怎样反应。观众总是急切地、紧张地、甚至痛楚地、但惊喜地在猜疑不定的心理状态下观察着剧中人物的反应。猜疑不定伴随着同情的兴趣，是悬念产生的源泉。

　　悬念还可以用提问题和作解答来解释。全剧有一个总问题，也有一个总解答，这总问题就是全剧的总悬念，常常在第一幕里就提出了这个总问题，而用全剧的篇幅来一步步解答这个总问题。例如《烈火红心》在第一场结尾就提出了这个总问题：复员军人许国清能不能制造世界科学尖端产品电偶管？这就是《烈火红心》的总悬念。又如朝鲜名剧《红色宣传员》，第一场结尾就提出了一个总问题：第八作业班的生产落后情况非常严重，组员有不少落后分子，如何才能把这落后生产班改变成先进生产班呢？以后的六场戏就是逐步解决这个总问题的解答。也有从一系列小问题开始，直到剧本终结时观众才体会到这些小问题的逐步解决就说明了一个总问题。例如《玩偶之家》在第一幕的结尾只是向观众提出娜拉如何才能使债权人柯洛克斯泰不向她丈夫告密？她要求丈夫不把柯洛克斯泰辞退，她失败了；她想向阮克医生借钱来还债，也失败了；林丹太太去找柯洛克斯泰，也没找到，柯洛克斯泰把告密信丢进信箱里，问题在娜拉是如何使丈夫不去开启信箱，拖延时间，成功了；林丹夫人劝说柯洛克斯泰改变态度，也成功了；最后借据退回来了，夫妻之间的风波平息了，但最后一个问题却是全剧的总问题：娜拉同这样一位丈夫能不能共同生活下去？娜拉的出走回答了这个问题。像这样的剧本把总问题放在最后，或在许多小问题综合起来才能看出总问题，是另一种总悬念的结构方法。如果问题（不论老问题或小问题）提出之后，得到全部解决，那么戏剧动作就停住不前了。所以全部问题的解答必须在剧本的结尾。在结尾之前任何地方，如果问题和解答得到平衡，那么兴趣和悬念就立即消失，而戏也就在剧本中间夭折了。如果剧作者要避免这样的结局而取得相反的效果，可以用半解答，似是而非的解答，引起更迫切问题的解答等方法来解决。提问题和作解答可以比作记账的借贷两方。在戏开始时，贷方必须多于借方，在戏的进展中有借有贷，逐渐趋于平衡，但新问题不断产生，使问题的增加快于和多于解答，使借贷双方一直保持不平衡的状态，并且问题越来越严重，悬念越来越增大，直到最后结尾。

　　总之，悬念的造成决不是观众完全无知——完全无知只能造成观众吃惊（以后还要详谈）——而是略知端倪，先有预兆或预感，或早在意料之中。"早在预料之中"是悬念中最重要的一种，亦即前面所说的第三种，观众早就清楚事态发展的可能趋向，早已料到它的必然变化，但观众仍然急切地关怀和期待的主要原因是看剧中各种人物对这事态发展的不同的具体反应。有人说剧作者必须时刻把观众看成知心朋友；可以对剧中人保守秘密，但与观众必须分享秘密；剧中人不知自己的命运，但观众却早已料到剧中人的未来动向；剧作者必须和观众亲密合作，共享秘密，像神仙一样，高坐在云端之上，洞察过去与未来，无所不知，无所不晓，但又有同剧中人同甘苦共命运的爱憎感情，和他们一样喜怒哀乐，对他们的厄运有切肤之痛，对他们的幸福有同享之乐。这是造成戏剧悬念的又似超脱又像和剧中人同样深切感受的微妙境界。最显著的例子是曹禺的《雷雨》，在第一幕里我们已经看到这半封建半资产阶级的家庭里人物之间的错综复杂的关系，在后母与长子和同母兄妹的恋爱纠纷中必然会演变成一出不可避免的悲剧结局；到第二幕这种关系观众看得更清楚了，但剧中人却仍然懵懂无知，根据各人的性格和意志，向悲剧的深渊里奔去，我们观众可怜他们，但又同情他们。我们欣赏的不是这部戏的离奇曲折的情节，而是他们对这家庭纠葛的各种不同的性格反应。《雷雨》的情节是比较简单的，变化从头至尾并不大，至第二幕鲁侍萍上场后，观众对人物间错综复杂的关系和情节所提供的总问题（总悬念）已一目了然，观众热切地紧张地期待着的悬念主要是看各个人物对这错综复杂的家庭纠葛如何作进一步的性格反映。《雷雨》第一幕通过人物之间的长段对白（四凤与鲁贵，鲁贵与大海，四凤与繁漪，繁漪与周萍，繁漪与周冲，周朴园与繁漪，周朴园与周萍等），观众对这家庭三十年来的复杂情况已了如指掌，在周朴园强迫繁漪吃药第一次激烈冲突中，就使观众意识到这一个家庭埋藏着一颗随时可以爆炸的炸弹，等到周朴园在第一幕结尾向周萍作严厉的斥责时，已是山雨欲来风满楼，响起了第一个闷雷，造成了全剧总的悬念。到第二幕，作者安排了一连串的悬念，一个比一个紧张，冲突越来越尖锐。最初四凤和周萍在谈话，四凤知道周萍要走，四凤的母亲又回来了，四凤为了挽救她命运的危机，苦苦哀求周萍带她一起走。但周萍拒绝了，只答应当天晚上十一点钟，到她家去看她，以红灯为号。这是一个悬念，一个问题，要到下一幕才能得到解答。接着是周萍和繁漪交谈的前后两场戏。繁漪知道周萍要走，并且知道周萍爱上四凤，但为挽救自己的命运，坚决地要求周萍留下来。第一次要求被拒绝时，她就警告周萍说："我希望你明白我刚才说的话，我不是请求你，我希望你用你的心想一想，过去我们在这屋子里说的许多许多的话。一个女子，你听着，不能受两代的欺侮！"她说这样可怜而又强硬的话，她打算怎么办，这是一个悬念。第二次（在第二幕结尾）她再次要求被拒绝时，她深沉地说："小心，小心！你不要把一个失望的女人逼得太狠了。她是什么事都做得出来的。"周萍说："我已经打算好了。"繁漪接着说："……小心，现在风暴就要起来了！"这样针锋相对的冲突几乎到了爆发的边缘，但作者有意在这里让周朴园来打断他们的谈话，造成极其紧张的悬念。到了第三幕，观众急于要知道这一系列悬念的解答。快到十一点了，屋子里许多人睡了，只留侍萍和四凤母女二人。侍萍觉察到四凤行动上有些失常，担心她重犯自己三十年前的错误，急切地追问她和周家两位少爷的关系。四凤矢口否认，侍萍要她一辈子不再见周家的人，并且要她起誓。观众看到这里，悬念加深加重了，急于要知道周萍到来时四凤将如何对待，侍萍到外面屋去安歇以后，周萍果然来敲窗户，四凤不让他进来，要他走；他假装走开。四凤开窗，他就跳了进来。他喝醉了酒，说了些疯话。在雷声闪电中观众看见繁漪站在窗口看着四凤和周萍——这在观众并不意外。接着一场格斗，周萍从大门跑了出去，四凤也狂奔而去，这样就造成最后的更大的悬念，留到第四幕去解决。

要掌握戏剧悬念的技巧首先要懂得"抑制"或"拖延"的艺术手法。重要情节的交代和重要性格的揭露必须一点一滴地流露出来，不能一泻无余，这样就造成全剧一系列的悬念和逐步的解答。许多剧作家都把"抑制"或"拖延"手法的应用看成是制造戏剧危机的重要手段，是写好剧本的决定性技巧。有人把"抑制"或"拖延"比作打纸牌，最会打牌的人总是把最好的王牌放在最后打，王牌才起巨大的作用。在开始打的时候，总是先把小牌打出去，然后在紧要关头上才放出王牌去。写剧本也是一样，有经验的剧作家不把王牌用在第一场。他懂得如何安排重要与不重要的情节，根据"抑制"或"拖延"的原则，安排得非常恰当，让不重要的情节在剧本开头发挥出它们最大的作用，然后把重要的情节在以后几场里一点一滴地安排进去，让它们都发挥出应有的作用。最好的王牌总是保留到高潮到来时才放出去，造成剧情最紧张最富于戏剧性的转机，也是全剧总悬念的最后解答。所以高潮总是全剧一系列悬念和总悬念的不可避免的集中的总爆发。最有本领的剧作家，往往是懂得如何在奔腾澎湃的剧情发展中悬崖勒马，在风暴到来之前突然宁静，在悬崖绝壁之前豁然开朗，另辟天地；他有挽狂澜于既倒之力，又有拖住高潮不让它有一泻无余之势。这看来好像是技巧，但实则是事物发展的一般规律。任何事物的发展都不可能是直线上升的，而是迂回曲折，反复进退，最后才达到目的的。剧作家必须掌握事物矛盾发展的规律，才能掌握悬念安排、抑制拖延的艺术技巧。独幕剧《妇女代表》的高潮处理很可以说明"抑制"和"拖延"在高潮中的用法。丈夫王江回到家里不见妻子桂容，又经王老太太的挑唆，王江怒气冲天，马上要出去找桂容同她算账。看来戏写到这里，高潮就在眼前了，只要桂容一回来，立时可以爆发出最大的冲突，戏就可以结束了。但剧作者却用抑制和拖延的手法制造了一系列悬念，使高潮发展得迂回曲折，反复进退，有抑有扬，有顿有挫，不但使得高潮更紧张有力，并且也更符合生活的真实。王江要出去找桂容，王老太太阻拦，她自己出去找桂容。这儿就造成一个悬念，桂容必然会回来，说不定马上就回来，只要她一踏进门，夫妻一发生冲突，戏就到了高潮了。但是作者在这儿就用了抑制和拖延的手法。王江在家里等桂容回来，门外有人声，但进来的不是桂容，而是牛大婶。她见了王江，又说了桂容许多坏话，使王江火上加油，气得直跳，不管一切地冲出门去找桂容。情况看来更严重了，悬念也加深了。接着桂容回来了。王江出门，桂容回来，不让他们立即会面是作者有意这样安排的，这就是拖延的高妙手法，不然冲突就得爆发。桂容与牛大婶的一段戏是拖延高潮的一段插曲，但它本身也极为重要，说明桂容的关心群众、帮助群众，也伏下了牛大婶今后改变态度的根据。观众在看这一段戏时，更着急要看下面的高潮。牛大婶喜出望外地答应去区上学新式接生，高高兴兴地走了。接着王江回家来，裤脚也挂破了，和桂容说不上几句话就冲突起来，王江到外屋去拿了一根牛鞭子，动手就打。看来戏一下子到了高潮了，但作者悬崖勒马，把冲突又缓和下来。一方面由于牛鞭子被王老太太夺去了，一方面由于桂容表示极度的忍让。等王老太太替他们铺好了床，王江洗好了脚，看来风暴已过，冲突已经缓和了，但翠兰在屋外叫："桂——容——嫂——子，牛大姊请你去一趟!"桂容回答："啊——知道啦，我就去。"于是平地起风波，掀起了汹涌的大浪。一个坚决要去，一个坚决不让去，于是发生高潮性冲突，王江又去拿了鞭杆子来打，但桂容这次不再忍让示弱了，将鞭杆子夺下，一折为二；王江又拿鞋子来打，桂容跳上炕去，将窗纸撕开，向外喊叫，王江才"将举起的手放下"，气焰稍稍收敛，在王老太太竭力劝阻下，把王江推进内屋去，形势稍有缓和。但等王江从内屋冲出来，最后喊出："你给我滚!"于是戏真正达到了高潮，两人决裂了! 从这个例子，我们可以看到剧作者如何在高潮中应用"抑制"和"拖延"来加强悬念和高潮，使悬念和高潮更具有戏剧性和更透彻地体现主题的思想性。但同时我们得注意，这些抑制和拖延不是人为的，不是作者硬加在人物身上，故弄玄虚似的，而是根据人物性格和事物发展的规律来安排的，（王江是有封建思想的丈夫，他以为老婆是可以用武力来压服的，所以他一再动手打人；而桂容是在党教育下的农村新妇女，她虽然在一定限度内表示忍让，但到忍无可忍的时候，必然起来反抗。两种性格，两种思想造成这场迂回曲折的高潮冲突。）仔细检查一下，每一个波折都是合情合理的，必然的，非此不可的。但这样的波折加强了戏剧性、兴趣性和艺术性。

悬念的造成依靠"抑制"和"拖延"技巧的应用，事实上就在于剧情细节的妥善安排。中国的章回小说就一向善于在重要关键细节上卖关子，故意不马上说出来，或插上一段其他情节，拖延一时；或在紧要环节上突然结束章节，说什么"欲知后事如何，且听下回分解"。戏剧里也是一样，悬念的造成在于剧情细节的艺术的安排——这就是结构技巧中的主要内容。韦尔特说得好："一出好戏最主要的是好的细节安排的实际练习。要把戏剧场面一个接一个地合乎逻辑地排列起来是很简单的；要把戏剧场面一个接一个地合乎兴趣地排列起来同样也是很简单的。但安排场面既要合乎逻辑，又要合乎兴趣，可就非常不简单了。剧情细节的安排不仅要自然，并且要有丰富感情，在这之后才能安安稳稳地接上高潮。这个困难，很清楚的，必须在剧情酝酿中加以克服。"[①] 剧情细节的前后安排有时煞费心机，有时把情节安排调动一下就产生显著的不同效果。贝克曾说过："次序的改变（指戏剧情节）能大大加强悬念。"[②] 他举易卜生的《罗斯满庄园》一剧为例，最初的稿本罗斯满的"忏悔"原在第二幕里，后来易卜生把它移到第一幕去，大大加强了第一幕的悬念。"不同的安排，大大加强了剧本的动作性。观众知道了他是'他祖先信仰的叛教者'，热切地想看到他在第一幕所交代的环境里会出什么事情。在易卜生早期的版本里，读者只感觉到剧本里有神秘之处等待解决，但并不能集中观众注意力的东西，如同悬念的令人注目的因素。"

用抑制和拖延来造成悬念一般是用穿插或间隔等方法来安排情节，例如主线上某一情节搁置起来，把副线上某一情节穿插进去，然后在适当时间再把主线接上去。但最好的抑制和拖延方法是新事件的产生或新力量的参加。劳逊曾经说过："但是真正的力量并不来自拖延，而是要通过新力量的导入，借以造成一种新的力量的平衡，因而使拖延变成必需的、而且是进展的。这就增加了紧张性，因为情势中所固有的爆发的可能性也因之增大了，并且将在高潮来到时必然爆发。"[③] 所以拖延决不是有意"卖关子"，或故弄玄虚的手段，而是加强紧张的戏剧性，加强感染力量。加强高潮爆发的必然性，正如克劳斯[④] 说的："拖延永远应该起到扩大原有动作的作用。"

但是悬念一经引起，就不应让它拖延太久，以致失去悬念应有的效果，拖延太久，可能会使观众感到不耐烦，或者观众把注意力转移到别处而忘却这一悬念。不要一意地到处制造不必要的悬念，也不要让次要的悬念掩盖住主要的悬念。既然造成悬念，提出问题，必须在适当地方

---

① 韦尔特：《独幕剧编剧技巧》。
② 贝克：《戏剧技巧》。
③ [美] 约翰·霍华德·劳逊著，邵牧君、齐宙译：《戏剧与电影的剧作理论与技巧》，中国电影出版社1961年版。
④ 克劳斯（Krows），美国现代戏剧理论批评家。

解决悬念，解答问题，切不可悬而不决，问而不答。悬念不能及时得到解决，就像演员误场一样使观众感到不耐烦。有时台上的演员不能不等待别的演员上场才有戏可做，而在时间上不能一下子就到，这中间有一段必要的空隙，造成悬念的极好机会，导演和演员必须充分利用，如果在这段空隙时间里，把观众的注意力引导到别的事件上去，那就破坏了悬念。譬如说，有人来看女朋友，仆人把他引进书房，仆人去通知女主人，他在台上等候；在这段空隙的时间内，如果他翻翻桌子上的书，又看看墙上的画，茶几上的摆设……那就会破坏悬念，把观众的注意力引到别的东西上去。但如果他一上场就很紧张，急于要见到那位女朋友，坐立不安，一会儿听门外的声音，一会儿开门看看，做出各种等待得不耐烦的动作，那么悬念不但不破坏，并且加强加深，使观众更紧张。悬念宜持续，不宜中断，宜集中，不宜分散；抑制和拖延决不等于中断；悬念可以多种多样，但必须分清主次，切忌喧宾夺主。

第三，吃惊。

吃惊和悬念有密切的联系，但又有显著的区别。悬念是使观众提心吊胆，惴惴不安，也包含着吃惊，但这吃惊是有准备的吃惊，是在意料中的出乎意外。一般所谓吃惊是指观众毫无准备的吃惊，是突如其来的意外变化，是完全出乎意料之外的震动。贝克曾说："在吃惊的应用上，剧作家几乎完全依靠他的戏剧情节。悬念允许他用剧中人物的性格刻画来使戏剧情节复杂多变。换句话说，吃惊是戏剧情节造成的，而悬念是人物性格造成的。"[①] 这就是说悬念是从人物性格的刻画中得到的，而吃惊一般是从情节安排上得来的。所以一般剧作家重视悬念而轻视吃惊，认为悬念是戏剧结构中必不可少的重要技巧，而吃惊只是人为地耍弄技巧，反而贬低了戏剧价值。柯勒律治曾把莎士比亚和小仲马作一比较，莎士比亚是善于用悬念的剧作家，而小仲马是善于用吃惊的剧作家，他认为莎士比亚比小仲马高明得多，他说："我们吃惊地看流星飞射，比之在预定时刻观望日出，吃惊要比期待（悬念）就像流星比日出要低得很多。"[②] 这种看法虽然基本上是正确的，但还不够全面，因悬念用得不

---

① 贝克：《戏剧技巧》。
② 柯勒律治：《文学余论》（Literary Remains）。

当的时候，也可以造成人为的故弄玄虚，摆噱头，"空吊胃口"，结果使观众失望，是很不好的。吃惊有好有坏，不能一概而论，吃惊用得好也和悬念一样，能保持和提高戏剧性兴趣，但必须用得谨慎，用得恰当，在戏剧结构技巧中占有一定重要的地位，这样的例子在成功的作品里随处可以找到。

亚里士多德是极其重视吃惊的。我们再次摘引他在《诗学》第九章里的一段话："悲剧所摹拟的行动，不但要完整，还要能引起恐惧与怜悯之情。如果一桩桩事件是意外的发生而彼此间又有因果关系，那就最能〔更能〕产生这样的效果；这样的事件比自然发生，即偶然发生的事件，更为惊人（甚至偶然发生的事件，如果似有用意，似乎也非常惊人，例如阿耳戈斯城的弥提斯雕像倒下来砸死了那个看节庆的，杀他的凶手；人们认为这样的事件并不是没有用意的），这样的情节比较好。"他的意思是说：要使悲剧在观众中产生恐惧和怜悯的感情，悲剧的事件（情节）必须是两种：一种是"事件是意外的发生而又有因果关系"，另一种是"偶然发生的事件"但"似有用意"；造成吃惊的"情节比较好"。意大利诗人詹巴蒂斯特·马里诺[1]说过："激起人们的惊讶，这是人间诗人的任务；无力使人惊讶的诗人，还是让他去当马夫吧！"我们写文章，讲故事，编剧本，必须有"惊人之笔"。引人入胜的剧情发展一定是不断的"惊人之笔"，不断地使人惊讶不止，处处出人意料之外。但这出人意料之外的事情，又是完全合情合理的。最好的戏剧情节总是使观众惊讶，而在惊讶中又看到生活的真理，觉得合情合理，真实可信。所以韦尔特说："吃惊的效果不在于惊讶，而在于真理。事件的突然出现给吃惊以力量，但它的合情合理才使它放出光芒。并且，请大家记住，真理在极大的程度上常常是叫人吃惊的。"[2]

所以，吃惊有两种：一种是有根有据的吃惊，合乎逻辑的吃惊，以人物性格的合理变化为原因而产生的吃惊，能推动剧情前进的吃惊——这是我们在剧本中所要追求的吃惊；另一种是纯粹耍弄情节技巧的吃惊，没根没由的偶然的吃惊，只能使观众震动而毫无意义的吃惊——这

---

① 詹巴蒂斯特·马里诺（Giambattista Marino 1569—1625），意大利诗人。
② 韦尔特：《独幕剧编剧技巧》。

是我们在剧本中所要竭力避免的吃惊。第一种吃惊的例子在许多成功的剧作里都可以找到，例如《炼印》里杨传当上了假按院之后，顺利地为人民伸冤雪恨，惩罚了贪官豪绅，满以为新按院假道完婚，起码有一个月的时间，但三天之后真按院突然出现，不但出乎杨传的意料之外，并且也出乎观众的意料之外。这是出乎意料之外的吃惊，但这吃惊是合乎情理的，真按院深怕违犯官场法规，完婚之后立即兼程赶来，提早到任是合乎逻辑的，也是合乎真按院的人物性格的，是推动剧情向前进展的吃惊。由于真按院的突然到来，引出了真假按院炼印的一场好戏，使戏奔向高潮。再如《雷雨》第三幕中周蘩漪突然出现在四凤卧室的窗口，事先没有提起过，完全出乎观众意料之外，使他们大为吃惊。但这吃惊也是合乎逻辑的，合乎蘩漪的性格发展的，是推动剧情向前发展的；蘩漪在第二幕里向周萍两次提出严重警告，又问过四凤她家住在哪儿；蘩漪的性格在第一、第二幕中已明白指出她在迫不得已时是什么事都干得出来的，她所想望的东西是不惜用任何手段去争取的，所以蘩漪的突然出现在四凤的窗口是出人意料之外而又合乎情理之中的。并且由于她的倒扣窗页，才使鲁大海闯见周萍在四凤房里，才使周萍不得不夺门而走，因此得以展开第四幕的剧情和最后的高潮。再举一个独幕剧作例子：《同胞姐妹》[①]中姐妹二人和她们的丈夫为了争夺父亲的遗产，各不相让，正吵嚷间，父亲酒醉（姐妹误以为他死了）醒来，突然由楼上走下，不但使姐妹和他们的丈夫大吃一惊，并且使观众也惊讶不止，但这吃惊是这出戏的主要关键，是揭示主题的重要情节，使姐妹二人的贪婪自私的性格暴露无遗。虽然酗酒昏睡与真正死去不应该分辨不出来，但在利令智昏只顾争夺遗产而不去细心考察，这种误会也是可能的，合乎逻辑的，合乎人物性格特征的，也是推动剧情进展的。以上这些吃惊都是富于戏剧性的，是揭示生活真理的好戏。

第二种吃惊是没根没由的偶然的，纯粹耍弄情节技巧的，毫无意义的吃惊；这种吃惊的例子就像传统剧目《碧桃花》，在戏剧进展中突然出现一个仙姑，把胡公子用仙风吹得无影无踪，于是胡公子的父亲诬陷

---

① 《同胞姐妹》是由顾仲彝根据"Dear Departed"一剧改编而成的，见《好剧本》第一辑，潮锋出版社1930年版。

碧桃庵里尼姑洪素秀是谋害公子的凶手。判成死罪，正要行刑时，仙姑又刮起一阵风把胡公子送了回来，救了洪素秀。这位仙姑的突然出现是无根无由的，非常偶然的，不合逻辑的，也不能揭示人物性格的。虽然它影响着剧情的发展，但使剧情发展得更不合情理，更不能令人信服。这就是我们常说的："戏不够，神仙凑。"不仅是神仙，还可以出现侠客，如"十三妹"或其他突如其来的无根无由的第三者，把进入绝境的剧情一下子扭转了局势，解决了困难。这一些吃惊是要弄技巧的最廉价的结构手法，不但不符合生活真实，并且也是使观众感到厌恶的一种陈旧手法。

纯粹以情节的吃惊来吸引住观众的剧本，最典型的例子是一般的侦探戏，如欧洲风行一时的英国福尔摩斯侦探戏或法国亚森罗平的侦探戏。这种戏的开场往往是幕正在拉开时听见一声枪响，灯亮时只见一个人卧倒在血泊中，亲人们奔进来一看，已经死了，于是侦探进来检查，追缉凶手，怀疑每一个人是暗藏的杀人犯，一个个证明不是，到最后那最不受人怀疑的人倒反是凶手，案情大白，戏亦结束。刘沧浪等写的《第一计》，劳动模范叶素琼被谋害，公安侦察人员在医务人员中一个个怀疑过来，到最后查明凶手就是她的最亲密的丈夫夏奇，不免使观众大吃一惊。法国剧作家汉费尤[①]写过一个有趣的剧本，名叫《谜》，把"谜"的解答一直保留到最后。开幕后我们就知道戏中的两个妯娌，其中有一个欺骗了丈夫，但问题是——哪一个？剧作者的巧妙之处就在于保守秘密，不知道秘密的观众在观剧的全部时间内采取侦察员找寻线索的态度。他们一直在东猜西猜究竟哪一个是坏女人；他们集中精力在猜谜的游戏上，没有时间去考虑剧本的情感反应了。这种纯粹猜谜式的理智游戏，并非是真正的艺术欣赏。所以，这一类侦查凶手或猜谜的纯理智的令人吃惊的剧本只能使第一次看戏不知其秘密的观众感到兴趣，等知道了秘密或猜出了谜之后再看第二遍，就索然无味了。

这里就牵涉到一个在剧作家中间常有争论的问题：对观众要不要保守秘密？有人主张对观众绝不应该保守任何秘密；但也有人主张保守秘

---

① 汉费尤（Paul Ernst Hervieu 1857—1915），法国著名记者与戏剧家，他以写作伦理性的悲剧而著称。

密是加强戏剧性造成悬念的有效手段。主张对观众不保守秘密的人认为对观众保守秘密是不可能做到的事。一个剧本首次上演，也许绝大多数观众不知道这秘密，因此观众对秘密的揭发感到兴趣，感到振奋，但演了几场之后，观众在茶余饭后闲谈时早把秘密传播开了，因此，有的知道了剧情之后再来看戏，有的来看第二遍第三遍，那时对大多数观众来说，秘密已经不存在了，那些人的兴趣并不在于秘密揭露所引起的吃惊，而在于欣赏这些突然事变对上场人物的反应，对人物性格的揭示，对剧情所引起的情感感染；在于欣赏这些突然事变所引起的悲剧或喜剧情境，所引起的紧张的剧情演变，所引起的发人深思的生活真理或主题思想……总而言之，吃惊所引起的应该是耐人寻味的艺术欣赏，而不是观众对剧情发展的好奇心的满足。侦探戏、紧张的情节戏、猜谜一般满足人们好奇心的戏都只能使第一次看戏的观众感到兴趣，第二次第三次看时就索然无味了。其次，他们认为观众看戏的兴趣不在于从无知到有知，而在于他处在无所不知无所不晓的地位，高高地在云端里超脱于尘世之上，俯视众生，熙熙攘攘，像盲人一样东碰西撞。在戏剧中常常出现这种情形：剧中人不但不知道自己的命运会怎样，并且互不了解，暗中摸索，但观众却看得清清楚楚，了如指掌，好像观众有超人的智慧，透视一切内幕，看得比剧中人更全面更广阔，在崎岖曲折的人生道路上，洞察一切艰险阻难，没有时间和地点的隔阂，正像阿契尔说的：观众“在剧场里的座位就像伊壁鸠鲁的奥林帕斯山①上的皇位，在那儿我们可以对人类命运的复杂反应看得清清楚楚，无所不晓，但又袖手旁观，不负责任。”② 例如我们看《雷雨》，早就知道周萍和繁漪的暧昧关系，周萍和四凤是同母的兄妹，周朴园已死的太太就是鲁侍萍，但剧中人却只有部分知道，有的直到最后结束时才知道。又如莎士比亚的《奥瑟罗》里奥瑟罗对自己的婚姻充满着幸福感和未来美好生活的信心，而观众却早已知道他的悲惨命运。这样就比观众也跟奥瑟罗一样无知，跟着事态的发展而一再吃惊，其兴趣不知要大多少倍。我们观众知道了娜

---

① 奥林帕斯山（Olympus），希腊雅典城外最高的山，传说希腊诸神均住在山顶上，俯瞰尘世，一览无余。
② 阿契尔：《剧作法》。

拉最后将离开家庭而出走的时候，对她在第一幕里热爱丈夫和留恋"幸福"家庭的行动感到更富于戏剧性了。又如英国 18 世纪喜剧作家谢立丹的《造谣学校》里有一场戏，提兹尔夫人躲在屏风后面，偷听台上讲话，作者让观众知道屏风后面躲的是谁，并且让观众看见她在屏风后面的一切反应。但当时就有批评家指责谢立丹这样写法并不高明，她说："毫无疑问如果作者能够瞒过观众像瞒过剧中人物一样，不让知道谁躲在屏风后面，那么屏风倒下来时可以使观众发现提兹尔夫人在后面，会跟剧中人物一样大吃一惊，这样在艺术上就高明得多了。"① 这种看法完全与事实相反，因为真正的戏不是在屏风前面，而在屏风后面；观众感兴趣的是看提兹尔夫人的反应，一会儿恐惧，一会儿羞辱，一会儿失望，是她的复杂的内心活动。

主张对观众保守秘密的人认为保守秘密是造成悬念，造成紧张，加强戏剧性的有效办法。戏剧最忌开门见山，一览无余，所以必须保守一定的秘密。许多好戏都是通过秘密一点点揭露出来而不断加强观众对剧本的兴趣的。一般情节曲折的戏都必须依赖保守秘密来逐步展开冲突，例如秦腔《赵氏孤儿》一剧是以剧情曲折来引人入胜的。赵朔和屠岸贾正面冲突以后，赵朔被杀，赵家满门抄斩，公主逃入王宫避难，孤儿赵盾出生后，十分危急，幸而程婴挺身而出，假扮医生入宫救孤儿，正要抱孤儿出宫，屠贼突然带兵前来搜宫，程婴将孤儿装入木匣内，从后门溜走，宫女卜凤与屠贼正面斗争，拖延时间，孤儿得安然出宫。接着屠岸贾命令全城百姓三天内交出孤儿，程婴与公孙杵臼的定计是把秘密先告诉观众，然后按计进行的一场激烈斗争，还包含着不少小秘密的一一揭露，造成不少使观众吃惊的场面。最后十五年后韩厥带兵还朝是出人意外的吃惊，造成复仇杀贼的必不可少的重要条件。这出戏里安排了不少使观众吃惊的有力好戏。再如莎士比亚的《麦克佩斯》也是用不断吃惊的曲折情节来吸引住观众的兴趣的。麦克佩斯凯旋还朝路遇女巫，先是一个叫观众吃惊的场面，女巫的预言一一应验，也是一个个叫观众吃惊的细节，最后弑君篡位，但众叛亲离，危机四伏，麦克佩斯再去找女

<hr>

① 奥立奋脱夫人（Mrs Oliphant）：《英国作家们》(English Men of Letters)。

巫，女巫安慰他两件事：第一，除非不是女人生下来的人才能杀害麦克佩斯；第二，"除非有一天勃南的树林会向邓西嫩高山移动"，麦克佩斯的王位是不会倒的。这不仅使麦克佩斯的慌乱的心安静下来，并且也使观众猜疑这两个预言将来怎样应验。但等麦克佩斯的对手军队砍下树木，高举树木向前进发的时候，由远处看来就像树林移动似的，不但麦克佩斯大吃一惊，就是观众也吃惊不小。最后麦克佩斯对迈克特夫说，除非不是妇女生下来的人才能杀死他。迈克特夫回答说，他就不是妇女正常地生下来的，而是未按规定时间从母腹中剖腹而生的。这也不仅使麦克佩斯大吃一惊，并且使观众在吃惊中解答了女巫的谜。总之，在情节比较曲折的剧本结构里多少总得包含着大大小小的吃惊。

这派主张的人还认为有些剧本的秘密观众可能是早已知道的，但在入场观剧时往往集中精力在当前表演的剧情中，把后面已知的情节暂时忘却，仍然用不知如何发展的心情来欣赏它。所以在应当吃惊的时候就同完全无知的观众一样也会享受到吃惊的乐趣，并不因为已经知道而不感到吃惊。所以好的剧本观众虽然看过好几遍，但每看一遍，仍然能经受一次新的吃惊。这当然要看什么样的秘密。秘密所带来的丰富内容，人物性格的揭露，主题思想的联想，是使观众一再吃惊而不厌的主要原因。一般浅薄的吃惊，纯技巧的吃惊，例如有些侦探戏，就只能使观众在第一次观看时发生兴趣，看第二遍时就索然无味了。理论家所反对的就是这一类吃惊。例如莱辛说过："随随便便地造成的突变是永远不会搞出什么伟大的作品的。"他把这类剧本描写成"一堆技巧上的小聪明，最多只能引起一次短暂的惊奇"[1]。阿契尔也说过："我觉得剧作者一直是在和我们开玩笑——把这些毫无意义的、间暂的惊吓强加在我们头上。"[2]

所以，吃惊不应一概否定，要有区别，要用得恰当。秘密可以保留，不让观众一下子全知道。要根据戏剧情节发展的需要，一点点泄漏给观众，造成逐步紧张的戏剧气氛，造成曲折多变的戏剧结构。把秘密保守起来直到最后使观众大吃一惊常常是危险的，并且是愚蠢的；把所

---

[1][2] 见［美］约翰·霍华德·劳逊著，邵牧君、齐宙译：《戏剧与电影的剧作理论与技巧》，中国电影出版社1961年版。

有秘密在戏的头几幕一下子泄漏无余，戏可能在头上很紧张，但越到后来戏就会完全松弛下去，甚至成为瘫痪状态，只能平铺直叙，把故事敷衍完毕了事，这不仅不合戏剧结构的要求，并且也不符合真实生活发展的普遍规律。最重要的是作者要根据需要有的秘密早泄露，有的秘密却要留到最后，一点一滴地放出来，这分寸的掌握全在作者对生活的熟悉和艺术技巧的熟练应用，没有一个准则可以机械地规定下来。有人把它比作钢琴家的艺术，轻重缓急高低抑扬正好扣人心弦，使听众受到感动。不过最重要的吃惊往往留到最后，有人把这重要的吃惊艺术称为"戏剧性突变"[①]。这种突变往往发生在剧本的结尾，这是极其重要的结构技巧之一，将在下面作专题来阐述。现在要说明的，只是"戏剧性突变"中的吃惊成分。这种突变往往是用吃惊的情节来完成的，例如芗剧《三家福》最后的突然转变是用黄氏的丈夫施泮的突然出现来完成的。这人物在前面没有露过面，也不知他什么时候能回来，但在剧情误会最深、纠纷不可开交的时候，他的突然出现扭转了剧情发展。他的出现是突然的，令人吃惊的，但造成全剧的戏剧性突变。又如《同胞姐妹》一剧，姐妹正在争吵得最激烈难解难分的时候，魏亚伯"死"而复活，突然出现在舞台上，造成全剧戏剧性突变，纠纷一下子解决了，而这魏亚伯的出现是完全出人意料之外，使观众大吃一惊。在这两个戏里施泮和魏亚伯都不是主要人物，只在戏的结尾处出现一下，但他们的出现是有根有源的，合乎逻辑的，是吃惊的艺术的应用。这也说明这样的吃惊往往产生在有两条线索的剧情里，有主线与副线，而吃惊往往是由副线的突然出现或再现中造成的，而不是主线自己造成的，这是值得我们注意的结构问题：正副线往往各自发展，好像关系不大，但等两线交结在一起时就出现了全剧的突变，而这突变往往由于副线的人物或情节的突然出现或再现中造成的。所以有人主张吃惊只能用于副线，不能用于主线，而主线的变化主要依靠悬念，不是吃惊；主线中如果用吃惊来转变，就会贬低主线的价值。这种说法值得我们很好研究，并把它在实践中试验。

---

① "戏剧性突变"在英文称为 Dramatic Punch，见韦尔特的《独幕剧编剧技巧》。

第四，"突转"与"发现"。

这两个名词可能在中国青年作者中间是比较生疏的，但这结构技巧在中外古今的剧作中是极其常用的，到处可以找到，只是我们平时不太注意罢了。这两个词儿最早见于亚里士多德的《诗学》，它的第十、第十一两章专谈这个结构技巧。"突转"（Poripetiu）是指剧情突然急剧发生变化，往往是一百八十度的大转变，所谓"由逆境转入顺境，或由顺境转入逆境"①。本来一出戏，不论是悲剧或是喜剧，就其整个情节结构来说，都是"由顺境转到逆境，或由逆境转到顺境"，不过这种转变是逐渐进行的，并且观众很早就感觉到这种转变。例如：《梁山伯与祝英台》一剧，从祝员外来信要祝英台回家开始，戏已开始由顺境转到逆境，到"楼台会"已达到了逆境的高峰。又如：《雷雨》，从第一幕周萍决定离开家不肯带四凤去，鲁侍萍又快到来，已由顺境开始转向逆境，到最后四凤触电而死、周萍开枪自杀，逆境达到了高峰。再就喜剧的整个剧情来说是由逆境转到顺境，例如《望江亭》从第一场杨衙内追求谭记儿。白士中带了谭记儿出走，已开始由逆境转向顺境，到杨衙内在公堂上交不出圣旨失败止，顺境达到了最高峰。但这些全剧情节的转变并不属于我所指的"突转"的范围之内；我所指的"突转"是指全剧某一场中剧情的突然转变，并且这种转变是剧中人物和观众所意料不及的一百八十度的突然转变，这种转变往往是最富于戏剧性的。懂得如何在情节中安排这种"突变"或"突转"的，就懂得如何加强戏剧性，如何写戏了。"发现"（Anagonisis）是指从不知到知的转变，这一般是指两个方面：人物自己和观众；人物发现他们和对方有新的关系或新的认识，观众也从"发现"的情节中对人物发现新的关系和认识。"突转"和"发现"往往是同时进行的，或一先一后地进行的，但也可以各自单独进行的。为了使大家更清楚地了解这两种技巧的特点和用法，我先举一些例来说明一下。

京剧《将相和》中"渑池会"一场，秦王盛气凌人，不可一世，原想当众羞辱赵王，但结果秦王反受蔺相如的羞辱，狼狈不堪——这是

---

① 亚里士多德：《诗学》第 7 章，见《诗学·诗艺》，中国社会科学出版社 2009 年版，第 22 页。

一百八十度的"突转",并且秦王从此不敢再轻视赵王,有了新的"发现",新的认识。而观众目睹蔺相如不畏强暴,据理力争,对蔺相如的勇敢和机智也有了新的"发现",新的认识。京剧《乌龙院》的"坐楼杀惜"一场,阎婆硬拖宋江到乌龙院来,倒锁在惜姣的房里,原想使他们夫妻之间言归于好,宋江勉强在乌龙院坐待天明,也是原想息事宁人,重修旧好,不意结果适得其反,两人大吵一场,相互格杀而终。阎惜姣一心想借此机会杀害宋江,但结果反被杀害;宋江一再忍让,原想忍气吞声和平解决争端,不意结果他不得不拔刀行凶,走到另一极端;这都是事与愿违,向相反的方向"突转",而通过这些"突转",宋江对阎惜姣的毒辣心肠有了新的"发现",新的认识。观众也通过这些"突转"对阎惜姣和宋江的性格有了新的"发现",新的认识。再如《雷雨》第四幕中,周萍已在鲁大海的督促下答应带四凤远走高飞,鲁侍萍上场后,也同意他们双双出走,不过要求他们走得越远越好,永不回头,看来他们的恋爱问题暂时可以得到圆满解决,但繁漪的突然出现,把周冲叫出,竭力阻挡他们出走,但周冲和繁漪还不能改变他们出走的决心,于是繁漪又叫出周朴园来,而周朴园把周萍和四凤的兄妹关系指破之后,于是来了一个一百八十度的"突转",不但使他们无法出走,并且驱使他们走上毁灭的道路,一个触电而死,一个开枪自杀——这是极其富于戏剧性的"突转",并且通过这"突转",使他们和繁漪都有了新的"发现"、新的认识,而这"发现"是无可挽救的悲剧的根源。

在西洋戏剧中,最早应用"突转"和"发现"的是希腊悲剧,例如索福克勒斯的《俄狄浦斯王》的第三场,来自科任托斯的报信人,他来报告俄狄浦斯他的父亲(其实是嗣父)波吕玻斯已经死了,特来迎接他回去继任王位。但俄狄浦斯怕娶波吕玻斯的妻子为妻,不敢回去。报信人为了安慰俄狄浦斯,指出他并不是波吕玻斯的儿子,而是拉伊俄斯的牧人把他由拉伊俄斯的妻子伊俄卡斯手中接过来转送给他的。报信人这番安慰话是"突转"的开始,他原意要解脱俄狄浦斯的厄运,但结果揭穿了神示的秘密,把俄狄浦斯推入毁灭的深渊,而报信人的这一行动的结果是出人意外的。又如忒俄得克得斯的《林叩斯》一剧中,林叩斯被人带去处死,达那俄斯跟在他后面去执行死刑,但结果达那俄斯反而被杀，而林叩斯却得救。莎士比亚的《威尼斯商人》第四幕"法庭"一场是"突转"的极好例子。夏洛克带着胜利的妄想走上法庭，带着磨快的刀准备割安东尼奥身上的一磅肉。法庭上的公爵和所有的陪审的贵族们明知夏洛克不该如此，但"法律"在他这一边，无法挽救，都带着暗淡的心情不得不依法开庭。夏洛克得意忘形，肆无忌惮，安东尼奥和巴萨尼奥垂头丧气，痛苦万分。但等鲍细霞一上场，她以辩护律师身份出庭审讯，她看过借据，问明案情，认为一切都合乎法律手续，于是夏洛克更得意了，拔出刀来，准备割肉。鲍细霞再三向夏洛克建议让安东尼奥还三倍的钱，取消借据，但夏洛克坚持不允。安东尼奥见大势已去，愿意为朋友牺牲，向巴萨尼奥诀别，叮咛一切。鲍细霞于是宣判：法律准许夏洛克在安东尼奥身上割一磅肉，但不能多割一点点或少割一点点，并且不能流一滴血，因为借据上只写了一磅肉；如果违犯了它，夏洛克就得抵罪。这一句话就使整个局势起了一百八十度的"突转"，夏洛克失败了，安东尼奥胜利了。夏洛克要求安东尼奥赔偿他三倍的钱，但鲍细霞说不能，不但不能还钱，并且由于夏洛克不遵守借据，要把他的全部财产没收，一半归公，一半归安东尼奥。通过这场"突转"，全法庭的人"发现"这位年轻美貌的律师是一位聪明而又博学多能的青年，观众也从此"发现"鲍细霞的勇敢和机智，也清楚地认识了夏洛克的残忍和贪婪。再举易卜生的《玩偶之家》为例。在这剧本里有两场很好的"突转"和"发现"。第一场是第一幕里柯洛克斯泰的突然来到娜拉的家里，在他出现以前娜拉是多么快活和兴奋，她活泼跳跃真像一只无忧无虑的小鸟，她想到自己苦难的日子快过去了，丈夫当上了一家银行的经理，收入大大增加了，隐瞒丈夫的私人债务也快还清了，以后再也不用为还债而深夜抄写和节衣缩食了，她丈夫表面上对她也很亲爱，还有三个可爱的孩子，她婚后第一次过一个无忧无虑的圣诞节，所以她上街去买了特别多的礼物带回家来，她高兴得好像在云端里飘荡一样。但柯洛克斯泰的突然到来，就像晴空出现乌云一样，在她心灵上遮上了阴影。柯洛克斯泰再次出现时，娜拉才知道他将被她丈夫开革，柯洛克斯泰要求她在丈夫面前说情挽回这件事，不然他将泄漏她的秘密借款假签父名的实情来威胁她丈夫。娜拉于是从云端里一跤跌入忧闷的深渊里。她向丈夫求情不要开革柯洛克斯泰，但丈夫毅然拒绝，于是她的忧愁越来越深。这是一个极好的"突转"，从顺境一下子转到逆境，并且从这"突转"中她才开始"发现"她的一番救丈夫的行动在"法律"面前是犯罪！她开始怀疑这种"法律"。观众通过这场"突转"，开始"发现"娜拉和海尔茂之间的不平等不公正的夫妻关系，"发现"资产阶级法律对妇女权利的侵犯。第二次"突转"的例子是第三幕的结尾，当海尔茂读到柯洛克斯泰的告密信后，大发雷霆，声色俱厉地责骂娜拉断送了他的前程，损害了他的名誉地位，要她隔绝子女，不再为害他的家庭。但等海尔茂接到柯洛克斯泰的第二封信，退还娜拉的借据，他又突然欢呼"我没事了！我没事了！"他不但马上"饶恕"了她，并且要恢复以前"幸福的家庭"生活，但娜拉却拒绝了。这是一个一百八十度的"突转"，但通过这"突转"，娜拉"发现"她的丈夫是个卑鄙自私透顶的家伙，娜拉说："你不了解我，我也到今天晚上才了解你。"她又说："这些年我在这儿简直像个要饭的叫化子……我靠着给你要把戏过日子。"她"发现"之后，决定离开这个"玩偶之家"。观众也通过这"突转"，"发现"资产阶级社会里男女地位的不平等，男子把女子当玩物，也"发现"娜拉"性格的转变"。

以上这些例子都说明最富于戏剧性的场面往往是由"突转"和"发现"构成的。这种例子在大多数的优秀剧本中都可以找到，毋庸我在这里多举了。这些剧本中的"突转"和"发现"不是纯粹戏剧中的结构技巧，不是剧作者用玄思妙想虚构出来的，而全部来源于生活。在日常生活中我们常常会遇到"突转"和"发现"；我们常常说："因祸得福"或"因福得祸"，"塞翁失马，焉知非福"。这就是"突转"。我们还常说："阴谋害人者常常害了自己"，"玩火者自焚"，"搬石头砸自己的脚"，"智者千虑必有一失"，"聪明反被聪明误"，"作法自毙"，"好心做了坏事"等等，都说明生活中的种种"突转"现象。我们在旧社会里常常看到一些一心想发财的人，财迷心窍，反而被财害死的。还有一些一心想做官的人，钻营拍马，到处奉承，结果一败涂地，穷困而死。一些骗子手，能言善辩，巧于辞令，但往往因一句话偶然说错，露出破绽，被人揭穿。一个自以为身体非常健康的人，偶因小疾去看医生，但医生检查结果，身患大病，命在旦夕。在法庭审讯革命者，革命者侃侃而谈，大事宣传，审讯者反而成了被审讯的犯人，而被审讯者反而成了审讯者。在法律诉讼中常常看到被告变成原告，原告反成为被告。乘兴而来，败兴而去的事在生活中比比皆是。善于在生活中观察、概括、集中这些"突转"事件的作者就是有才能写戏的人。

最早提出"突转"和"发现"这结构技巧的是亚里士多德，他在《诗学》第十章上写道："情节有简单的，有复杂的。所谓'简单的行动'，指按照我们所规定的限度 ① 连续进行，整一不变，不通过'突转'与'发现'而到达结局的行动 ②；所谓'复杂的行动'，指通过'发现'或'突转'，或通过此二者而到达结局的行动。"他的意思是说，凡是情节结构中有"突转"和"发现"的，就是复杂的情节（或称行动），凡没有"突转"和"发现"的，即全剧情节逐渐地由顺境转到逆境或由逆境转到顺境的，都是简单的情节。他接着说道："但'发现'与'突转'必须由情节的结构中产生出来，成为前事的必然的或可然的结果。两桩事是此先彼后，还是互为因果，这是大有区别的。"亚里士多德在这里特别强调"必须由情节的结构中产生出来，成为前事的必须的或可然的结果"，即"突转"情节看来在戏里出现得很为突然，但它必须有前因后果，要合情合理，决不是偶然的。例如娜拉的突然决定离开"幸福的家庭"，毅然出走，决不是偶然的，而是必然的，是有一定的前因才有此后果的。四凤和周萍由双双出走而"突转"为毁灭，决不是偶然的，而是必然的。"必须由情节的结构中产生出来"，这是值得我们注意的。有些中国戏曲剧本中，在公子或小姐蒙难的时候，忽然出现了神仙或义士搭救，虽然这也是"突转"，但是偶然的，不是必然的或可然的，所以是不足取的。亚里士多德在《诗学》第十一章里写道："'突转'指行动按照我们所说的原则转向相反的方面。这种'突转'，并且如我们所说，是按照我们刚才说的方式，即按照可然律或必然律而发生的。"接

---

① 这里所说的"限度"是根据《诗学》第七章所规定的："按照我们的定义，悲剧是对于一个完整而具有一定长度的行动的摹仿（一件事物可能完整而缺乏长度）。所谓'完整'，指事之有头，有身，有尾。"意即完整而又有一定长度的行动。

② 指由逆境转到顺境或由顺境转到逆境的结局。

着他举了《俄狄浦斯王》和《林叩斯》两剧中的例子，他说："——这都是前事的结果；'发现'，如字义所表示，指从不知到知的转变，使那些处于顺境或逆境的人物发现他们和对方有亲属关系或仇敌关系。'发现'如与'突转'同时出现（例如《俄狄浦斯王》剧中的'发现'），为最好的'发现'。"这句话我认为非常重要，戏剧性的"突转"常常是和"发现"同时出现的，前面所举的剧本例子都是"突转"和"发现"同时出现的，不过这些"发现"主要是性格的、精神的、道德的和对事物认识的"发现"和人物与人物之间的新的关系（如发现为亲属或仇敌）的"发现"。但此外，亚里士多德还指另一种"发现"，他说道："此外还有他种'发现'，例如无生物，甚至琐碎东西，可被'发现'，某人作过或没作过某事，也可被'发现'。"这一类"发现"亚里士多德是指一些无生命的实物或做过的事实的被"发现"。这一类的"发现"，他用专章（第十六章）论述，对结构技巧上的实物"发现"的应用给我们有很大启发，这里简单地介绍一下，并设法用古典戏曲上吻合的例子来作说明，而把亚氏原用的希腊悲剧的例子省略不引了。

亚里士多德把这一类的"发现"分为五种："第一种是由标记引起的'发现'。"而这标记又有二种，第一，"标记有生来就有的"。例如京剧《朱砂痣》中的"痣"，在战乱中失散的儿子，这儿子唯一可以认出来的标记是他身上的朱砂痣，后来由这颗痣发现了他们的儿子。第二，"也有后来才有的，包括身体上的标记（例如伤痕）和身外之物（例如项圈）"。例如《珍珠记》的米团里的半粒珍珠，使高文举发视他的发妻王金贞已到了相府；又如京剧《法门寺》里傅朋赠给孙玉姣的玉镯引起了一场官司，到后来弄清玉镯的来历，才发现他们是冤枉的；又如《碧玉簪》里的碧玉簪被孙卖婆盗去，诬陷李秀英与人有染。等弄清玉簪被盗经过，才发现秀英是清白的。"第二种是诗人拼凑的'发现'。"所谓"拼凑"是指不止一件实物或用多种多样的方法而言。例如京剧《乌龙院》的"坐楼杀惜"一场中，阎惜姣在宋江失落的文书袋内摸到金子一锭和晁盖书信一封，才发现宋江和梁山"强盗"有来往。又如越剧《盘夫索夫》中严兰贞从偷听曾荣自言自语，才发现曾荣是严家的对头。"第三种是由回忆引起的'发现'，由一个人看见什么，或听见什么时有所领悟而引起的。"例如京剧《霸王别姬》里虞姬在帐中听见四面楚歌，才发现军心涣散，大势已去而悲戚起来。"第四种是由推断而来的'发现'。"例如昆剧《十五贯》里况钟在凶杀现场中发现一些散落的钱币和一件赌具，才推断这杀人犯一定是个赌徒，由此而怀疑娄阿鼠。婺剧《双金印》那董永在水牢中发现死尸身上有金印，就断定那死者就是失踪的钦差。"第五种此外还有一种复杂的'发现'，由观众（或译'另一方'）的似是而非的推断造成的。"所谓"复杂"是指一次以上的"发现"，首先一次的"发现"并没有成为事实，到第二或第三次才成为事实。莎士比亚的《麦克佩斯》，女巫向心怀疑虑的麦克佩斯说，他不会死的，除非勃南森林突然移动和杀死他的人不是女人生下来的。麦克佩斯可能在当时得到安慰，认为自己是处于永远不败之地；但观众却很怀疑这种似是而非的"保证"。到最后麦克佩斯和观众才发现这种保证是双关的，似是而非的。亚里士多德在介绍了这五种"发现"之后总结说："一切'发现'中最好的是从情节本身产生的、通过合乎可然律的事件而引起观众的惊奇的'发现'。……唯有这种'发现'不需要预先拼凑的标记或项圈。次好的是由推断而来的'发现'。"

亚里士多德把"发现"分为两大类，第一类是人物与人物之间的关系的"发现"，是与"突转"同时出现的"发现"，而另一类就是上节所说的"无生物，甚至琐碎东西"的"发现"；他在第十一章里总结说："但与情节，亦即行动，最密切相关的'发现'，是前面所说的那一种，因为那种'发现'与'突转'同时出现的时候，能引起怜悯或恐惧之情，按照我们的定义，悲剧所摹仿的正是能产生这种效果的行动，而人物的幸福与不幸也是由于这种行动。"他又说："'发现'乃人物的被'发现'，有时只是一个人物被另一个人物'发现'，如果前者已识破后者；有时双方须互相'发现'……"

"突转"和"发现"之后，还有"苦难"。亚里士多德说道："'突转'与'发现'是情节的两个成分，它的第三个成分是苦难。……苦难是毁灭或痛苦的行动，例如死亡、剧烈的痛苦、伤害和这类的事件，这些都是有形的。"苦难就是悲剧的"突转"与"发现"的结果，例如俄狄浦斯王发现自己是弑父娶母的罪人之后，他自挖双眼流放到他乡去；麦克佩斯发现自己毫无生路，战斗至死；娜拉发现自己是丈夫家中的玩物，离家出走。悲剧的结果那主人公必然遭受苦难，而喜剧的结果那主人公必然获得幸福。但在一出戏的对立人物来说，一方面遭受苦难，另一方面获得幸福，例如在《威尼斯商人》的"突转"与"发现"之后，安东尼奥、巴萨尼奥、鲍细霞获得幸福，而夏洛克遭受沉重的失败。但人物有主次之分，戏剧冲突也有悲剧的与喜剧的区别，所以"突转"与"发现"及其结果就有悲剧的与喜剧的不同区别。悲剧的"突转"与"发现"及其结果一般是生死的斗争，必然是严重的，虽然当时的结果是暂时转向顺境，但这顺境还是暂时的，不稳定的，造成后面更大的悲剧性冲突和更大的苦难的后果。例如《秦香莲》中"杀庙"一场，是悲剧性的"突转"和"发现"的最好例子。韩祺奉陈世美之命去庙里杀害手无寸铁的毫无反抗能力的秦香莲和两个孩子，毫无疑问秦香莲和两个孩子必遭毒手，但结果适得其反，韩祺自刎而死，秦香莲和两个孩子反而没有死，并且拿了钢刀去包拯那里控告陈世美。这个"突转"虽然在秦香莲说来是"因祸得福"，在韩祺说来是慷慨就义，但仍然是悲剧性的"突转"，通过这个"突转""发现"陈世美的毒辣心肠和韩祺的侠义性格。喜剧性的"突转"是由逆境转到顺境，一般是轻松愉快的，冲突是不严重的。例如《救风尘》的第四折是个喜剧性的"突转"，在第三折里赵盼儿驾着车马带着财物，假意儿要嫁给周舍，周舍是有经验世故的人，怕她反悔，要她起誓，她就起誓，周舍要去买酒肉和红罗作聘礼，赵盼儿说她车上都有，还说："周舍，你争什么那？你的便是我的，我的就是你的。"周舍看她死心塌地要嫁给他，十分满意。到第四折，他回家休了宋引章，并立即把她赶出家门。他回到旅馆，赵盼儿和宋引章都已经走了，在路上赵盼儿知道周舍会赶上来，把一张假休书和宋引章身上一张真的调换一下，等周舍赶上来抢去假休书撕得粉碎，赵盼儿告诉他那撕去的是假的。周舍又纠缠赵盼儿不放，周舍说："你也是我的老婆。"赵盼儿说："我怎么是你的老婆？"周说："你吃了我的酒来。"赵说："我车上有十瓶好酒，怎么是你的？"周说："你可受了我的羊来。"赵说："我自有一只熟羊，怎么是你的？"周说："你受我的红罗来。"赵说："我自有大红罗,怎么是你的?"周说："你曾说过誓嫁我来。"赵喝道："俺须是卖空虚,凭着那说来的言咒誓为活路。……遍花街请到娼家女,哪一个不对着明香宝烛,哪一个不指着皇天后土,哪一个不赌着鬼戮神诛?若信这咒盟言,早死的绝门户。"再如喜剧中常用的误会法,误会越来越深,几乎到了决裂的地步,但误会突然解除,言归于好,就成为喜剧性的"突转"。例如滑稽戏《老马的休息日》,马天民一再因公而误私约,到最后刘萍邀请他到她家里吃饭,他又误了时间,刘萍非常生气,置之不理。看来这段婚姻已濒决裂,马天民也已拿了帽子准备离去,突然那送猪的老农民,刘萍的父亲出现在门口,拉住了马天民,向大家说明他跳到水里救起小猪的一段勇敢事迹。于是误会顿然消除,两人又言归于好。这就是喜剧性"突转"的例子。

"突转"虽然不能说是所有戏剧性场面必不可少的成分,但在许多优秀剧作的戏剧性场面里往往可以找到它。阿契尔说:伟大场面十分之八九是由"突转"造成的 ①。而这些场面中给观众印象最鲜明、最突出、最生动的往往是"突转"的情节,并且"突转"又常和"发现"同时产生。"突转"和"发现"的表现形式是千变万化的,大体可以有以下三种:第一种是人物命运的顺转或逆转;第二种是人物的道德精神状态的顺转或逆转。如幻想的破灭,假象的揭穿,希望的毁灭等等。以上两种往往同时产生,前面所举过的剧本都可以作为例子。第三种是人物的真实身份的揭露,这一种例子在西洋古典剧作里非常多,如乔装平民、乞丐或强盗的公爵或皇帝,到最后暴露出真实身份而引起急剧的"突转";在中国戏曲里也不少,如《赵氏孤儿》到最后一场,认贼为父的孤儿赵盾,最后才发现自己与义父屠岸贾有杀父之仇,于是倒戈相向,亲自杀死了屠贼。又如《双枪陆文龙》、《举鼎观画》都有同样的"发现"与"突转"的情节。再如女扮男装的许多剧本,如《孟丽君》、《辛安驿》等,都在最后揭穿女性真面目时,剧情立即起了"发现"与"突转"。

有人说"突转"与"发现"是编剧艺术中最富于戏剧性的技巧,是最集中最精粹的戏剧转机。这种说法并不是没有理由的。

---

① 阿契尔:《剧作法》。

第五章　戏剧人物

　　确立主题，安排情节，塑造人物，写好台词是一个剧作者必须努力做好的四个重要方面。但这四个方面是有机的整体，不是四个各自可以独立存在的部分，也不是可分先后的四道工序。在孕育剧本的主题思想的时候，剧作者的脑子里必然有一些人物、一些情节、一些台词开始活动起来，逐渐明确形成起来，待到主题思想初步确立的时候，人物、情节和台词就都有了一定的轮廓和雏形；主题思想的种子胚胎里已具有以上四个成分的萌芽，就像一个婴儿在母亲胎里孕育的时候，究竟先生身体的哪一部分，恐怕也难以分出程序来。可是，虽然不能分，但哪一部分是主导的，先有了它，才能促使其他部分成长，那是应当搞清楚的。在剧本创作中，人物塑造是主导部分，有了人物的雏形之后，才能安排情节，孕育在作家脑子里的主题思想才有形象的具体表现的可能，而台词主要是根据人物性格写出来的。剧作家的具体实践也证明了这一点，剧作一般是从人物开始的，剧作家的精力在创作过程中也大半花在人物的塑造和表现上。所以按程序说，人物塑造一章应放在《戏剧结构》一章之前，但我感到人物塑造的艺术技巧比较难学，有时甚至感到难以捉摸，所以根据先易后难的原则，我才决定把它放在《戏剧结构》之后。

一、人物塑造在戏剧创作中的重要性

　　许多人认为只要懂得如何结构一个剧本，就可以写剧本了，其实大谬不然。戏剧情节必须从人物性格里派生出来才是好的戏剧情节。

"……情节，即人物之间的联系、矛盾、同情、反感和一般的相互关系，……某种性格、典型的成长和构成的历史。"① 剧本的整个结构都是为了刻画人物性格而存在的。贝克说："在戏剧里，毫无疑问对观众起最强的直接影响的是动作。可是如果剧作家要和观众畅所欲言地沟通思想，那么写好台词是不可缺少的。而一部戏的永久价值却在于人物塑造。"② 韦尔特说："作最后分析时，人物是一切好戏的根源。"③ 他又说："主题仅不过是人物的总的估价；情节仅不过是人物在行动中。个别的人物本身就是人世的一部分。能使人信服。而对剧作家来说，是高于一切。……人物是剧作家与观众之间的思想通道。在人物里抽象的思想成为具体的形象——并且有说服力。人物是动作的主宰，又是动作的目的。从人物性格的逻辑展示中，故事就发展了；在故事的发展中才产生人物性格的变化。动作从人物中诞生，也在人物中找到了它的目的。"埃格列说："人物是我们写作时不得不注意的基本材料，所以我们必须了解人物，了解得越透彻越好。"④ 以上这些引文都说明人物塑造在理论上的重要性。

我们再看看剧作家在创作实践中怎样重视人物性格的塑造。试举易卜生的创作经验为例，他在谈到他的创作方法时写道："当我写作时我必须单独一个人，如果我有一部戏的八个人物跟我作伴，我是够热闹了；他们使我忙碌起来；我必须设法认识他们。而和他们交朋友的过程是缓慢而痛苦的。按常规，我的戏有三套人物，这三套人物是各不相同的，我的意思是说在性格特点上不同，不是三种处理方法。当我第一次坐下来对我的素材进行工作时，我感觉到好像在旅途上认识新朋友一样；首先我们相互介绍认识了，谈谈这个谈谈那个。当我写下来的时候，我已经了解得他们很清楚了。我了解他们好像和他们在一避暑地方相处有一个月之久，我已经掌握了他们性格中的主要特征和他们的小小的特点了。"⑤ 由此可见剧作家写作一开始就集中全部注意力在人物性格的认识上和熟悉上，而在写作过

---

① 高尔基：《文学论文选》。
② 贝克：《戏剧技巧》。
③ 韦尔特：《独幕剧编剧技巧》。
④ 埃格列（Lajos Egri）：《戏剧写作艺术》(The Art of Dramatic Writing)。
⑤ 见《易卜生的工作室》。

程中就致力于如何刻画人物、创造人物的艰巨工作上。

这看来很清楚、很明白，但在西洋戏剧理论家中还有不同的看法。他们认为在剧本里人物不是主要的，情节才是主要的；人物是从属于戏剧情节的，不是情节从属于人物的。这一派的最老的代表就是古希腊的亚里士多德。他在《诗学》第六章里，谈到悲剧的"六个成分"（即情节、性格、言词、思想、形象与歌曲）时，认为在戏剧创作里情节是最重要的，人物是次要的，人物从属于情节，而不是情节从属于人物。亚里士多德这种说法对后代戏剧理论家有很大影响，许多西洋编剧理论与技巧的书里往往对人物塑造极不重视。例如阿契尔的《剧作法》一书中谈人物性格与心理的一章，只占全书四百余页中的十页不到。当然篇幅多少并不一定与重要性成正比例，重要的题目也许内容比较简单，少谈一些也未始不可。但他在这一章的开头就说人物塑造是无规律可循的。他说："情节的创造与安排，虽然不一定要立下许多法则来，但还可能找到一些言之成理的理论性指导；但是观察、渗透和重新创造人物的才能是无法学得会的，也无法作出有理论性指导的规则来。……人物塑造的特殊规则就像要求一个人长到六英尺高的规则一样。或者你已经有了，或者就永远不会有。"他在这不到十页的一章里只谈到关于人物塑造的两个小问题，一个是人物要不要发展。另一个是人物塑造时要不要用心理分析。他对这两个问题的论点将在以后几节里再作讨论。劳逊对人物塑造的看法也深受亚里士多德的影响。他的重要理论著作《戏剧与电影的剧作理论与技巧》一书，谈论人物塑造的也只有短短的一章《人物描写》。只占七页多一点（译文占九页不到），占全书（电影部分除外）三百〇二页（译文三百七十八页）的三十分之一弱。同阿契尔一样不重视人物塑造问题。并且他肯定了亚里士多德的看法是正确的，他在这一章里写道："性格不仅如亚里士多德所说的是'附属于动作'，而且，我们只有通过性格所附属的动作，才有了解性格的可能。这说明了为什么剧本中必须具有结实的社会背景；剧作者把环境体现得愈彻底，我们就愈能深刻地了解性格。一个孤立的性格是不成其为性格的。"他不但完全同意亚里士多德的论点，并且还强调只要把"社会背景"描写好了，人物性格自然而然地鲜明突出了。我们不否认社会背景写好了可

编剧理论与技巧　第五章　戏剧人物

255

以帮助人物性格鲜明突出，但单单靠社会背景的描写，而不主要依靠人物塑造本身，那是非常片面的。

　　毛主席《在延安文艺座谈会上的讲话》里指示我们：对一个文艺工作者来说，"这个了解人熟悉人的工作却是第一位的工作。"他又说："革命的文艺，应当根据实际生活创造出各种各样的人物来，帮助群众推动历史的前进。"明代孟称舜在他的《古今名剧合选序》里说过："撰曲者不化其身为曲中之人，则不能为曲。"剧本中感动人教育人的主要是人物，不是情节。人物能"帮助群众推动历史的前进"，因为剧中人物的高贵品质，仗义行为，不屈不挠的精神激励我们，感动我们，教育我们。一部好戏，或者一部好的小说，也许看了很久，情节都忘怀了，但生动鲜明的人物形象却永远栩栩如生地活在我们头脑里。大义凛然、不畏强暴的关羽（关汉卿的《大刀会》），足智多谋、料事如神的诸葛亮，嫉贤忌能的周瑜，谨慎忠厚的鲁肃（京剧《群英会》），热情奔放的罗密欧（莎士比亚的《罗密欧与朱丽叶》），郑重而又优柔寡断的哈姆雷特（《哈姆雷特》），向往自由生活敢于反抗的卡杰琳娜（奥斯特洛夫斯基的《大雷雨》），温柔活泼如小鸟而又热爱独立自由的娜拉（易卜生的《玩偶之家》）等等无数鲜明形象将永远留在我们的记忆里，像最亲爱的朋友一样，而这些剧本之所以永垂不朽，就是因为它们有这些永垂不朽的人物形象。

　　当然，没有生动鲜明的人物性格而只有曲折离奇情节的，也还是戏，不过是不太好的戏；不是我们所应推崇的好戏罢了。"情节戏"、"闹剧"和"滑稽戏"就是这一类型的，人物性格比较简单，而情节曲折巧妙，它能吸引住观众，但等观众一出戏院很快就把它们忘了。亚里士多德也曾经说过："悲剧中没有行动，则不成为悲剧。但没有'性格'，仍然不失为悲剧。"① 所以在舞台上实际演出的剧目中，可以分成两种：一种剧本中的人物是作为动作的解释者而存在的，另一种是作为动作的创造者而存在的；为了解释动作有时不能不出现削足适履的现象，为了适合情节的变化，人物性格不得不突然改变，于是前后矛盾，动机

---

　　①　亚里士多德：《诗学》第 6 章，见《诗学·诗艺》，中国社会科学出版社 2009 年版，第 18 页。

不明；作为情节的创造者的人物一般写得有血有肉、生动鲜明，给观众留下深刻的印象。但如果只顾人物刻画，不管剧情的发展，不管情节与情节之间的逻辑性和连贯性，一意用各种细节来刻画多方面的人物性格，因此戏的进展停滞不前，或进展得非常缓慢，那也是另一极端的偏向，不值得鼓励和提倡的。所以人物塑造和情节结构之间的恰当关系，剧作者心里必须搞清楚：不能强调情节结构而牺牲人物塑造，也不能强调人物塑造而牺牲情节结构。它们必须取得和谐的统一。但在初学者说来，强调情节结构而不顾人物塑造的毛病恐怕比较普遍；在善于刻画人物形象的老作家说来，往往对情节结构重视不够，或者根本看不起它，那也是不合适的。

　　人物塑造和情节结构都是重要的，缺一不可，但人物第一，结构第二；情节结构必须以人物性格为依据，从人物性格中诞生出情节来；不是先有情节结构，再把人物一一安插进去。我们如果先把人物研究透了，情节自然而然地在性格中产生了；如果先把情节安排定了，再去找人物，那人物必然跟着情节走，受情节支配，很难塑造出有鲜明生动性格的人物来；这种人物在外国戏剧术语里就称为"受结构支配的人物"[1]。先有人物再有结构就像女人生孩子是顺产，而先有结构再有人物必然是难产。有人比作造房子，人物是剧本的基础，基础先打好，再一层层造房子，那房子一定造得很稳固；先有结构再写人物，就像造屋不打基础，房屋就不牢固。许多作家的剧本里人物写不好，不是因为他不会塑造人物，而是由于他先把剧本的情节结构搭好，于是人物就受了结构的约束，不能自由生长而僵化了。我们知道人物的个性里不仅有他性格的特征，并且还包括他的环境，他的遗传，他的兴趣，他的信念，他的理想，甚至于他的诞生地区的地方特点，所以只要把人物的各个方面都了解清楚了，摸透了，情节就自然而然地很容易地产生了。人物性格里面包含着情节。英国剧作家高尔斯华绥曾经说过，人物创造结构，不是结构创造人物，"人物就是情境。"[2]许多伟大的文学家和戏剧家创造了

─────────────

[1]　即英文 Plot-ridden characters。

[2]　高尔斯华绥（John Galsworthy 1867—1933）：《关于戏剧的几点滥调》（Some Platitudes Concerning Drama）。

257

不少伟大的生动鲜明的人物，追究他们为什么能创造出这样栩栩如生的人物，主要是他们的创作方法是从人物着手的，例如契诃夫的剧本情节往往非常简单，剧情进展得有时非常缓慢，但人物却非常生动鲜明，活跃突出，而观众就会对这些人物印象深刻并且百看不厌。斯克里布是戏剧结构的天才，"佳构剧"的创造者，但他的戏只是昙花一现，现在不再有人演他的戏或读他的剧本了，因为他的戏里没有真实的人物。马克思说，人是各种社会关系的总和，所以人和环境是分不开的；什么样的人就会做出什么样的事，一个勇敢的人不可能在卫国战争中做逃兵。一个贪生怕死的人决不可能在前线立战功。

如果我们在有鲜明人物性格的两个剧本里，把两剧的人物对调一下，那会产生什么结果？譬如，我们把《望江亭》里的谭记儿换上《红楼梦》里的林黛玉，她敢不敢假扮渔家女到杨衙内船上去偷那圣旨和上方宝剑？林黛玉的性格决定她不会这样做。那么她如果做了白士中的妻子，听说杨衙内拿了圣旨和上方宝剑来杀白士中，按她的性格，她会怎么办？我看最可能是她劝丈夫赶快逃走，或赶到京里去告状，而她自己一定哭哭啼啼向丈夫告别之后，自刎而死。当然这是假定，是猜想，林黛玉可能做出更符合她性格的行动来，但她决不会像谭记儿那样假扮渔家女去耍弄杨衙内，那倒是肯定的，因为这样做不符合她的性格。谭记儿的性格决定这出戏是喜剧，而林黛玉的性格就决定它是悲剧。又如《炼印》里的杨传换上《群英会》里忠厚老实的鲁肃，当然像鲁肃这样的人首先在《炼印》这样的假冒按院的情节根本不可能发生。但如果鲁肃被别人怂恿、逼迫，他不能不去假冒按院，那么等真按院一到，他一定害怕得只有设法逃走或自缚请罪两条路，喜剧也将发展成悲剧。再假定莎士比亚的两部戏《罗密欧与朱丽叶》和《哈姆雷特》的两位男主人公罗密欧和哈姆雷特对调一下，在新的《罗密欧与朱丽叶》里，哈姆雷特如果和朱丽叶一见钟情，热烈相爱，哈姆雷特会怎么办？很可能，根据他的性格，会一再考虑，迟疑不决，向朋友征询意见，向父亲请求与凯普莱脱家族和解。可是正在考虑商量的时候，朱丽叶早就出嫁给巴里斯做贵族夫人去了。新《哈姆雷特》里罗密欧回到丹麦听说他父亲被叔父害死，又见了他父亲的鬼魂。根据罗密欧的性格，他一定凭一股热情，闯进宫去，把叔父克劳迪斯杀了，戏也就演不下去。再如《玩偶之家》里娜拉和林丹夫人对调一下性格；林丹夫人是阅历较深的，一向谨慎小心的，首先她不会做假签父名的"违法"的事，那她丈夫早就病死了，戏也就无从发生。即使她被迫这样做了，当事情发作的时候，根据一个有阅历的妇人必然会把真相告诉丈夫，让他从"法律"上来解决这个问题，戏也就根本不会那样发展了。以上这五个戏的例子说明人物性格一变，剧情也得跟着变，好的剧本的剧情总是根据人物性格来安排的，不是人物根据剧情来决定的。贝克这样说过："常有这样的事情发生：一个作家的对话写得很好，他的戏剧情境也掌握得很好，但是他发现自己写不下去了。他大体上知道他要写的情境是怎么一回事，但是他不能推动他的人物在这情境里自由地自然地行动。尤其是，那些过场性的次要场面，更奇怪地难写。……原因不是太难找的。在生活里，对于一个人的了解，非得一次、两次，乃至三次和他见面不可；这还只就简单的，肯暴露自己的人而言。作家在某些戏剧情境中发生阻塞不通停滞不前，是由于作者对于那些情境不认为是人物所创造的，而认为作者可以强迫人物在某些情境中这样或那样活动。高尔斯华绥曾经指出过，'人物就是情境。'情境之所以这样存在，是因为人物是这样的，他有内心冲突，或和别人或和他的环境发生冲突。把人物改变一点儿，情境就得改变。在情境里增加一些人，立刻会影响原来在那儿的几个人物，于是就得改动情境。"[1]他接着说："当你在一场戏中写不下去的时候，不要为等待写作冲动而搁笔，而要完全停止写作。研究那场戏剧情境，不要为研究情境而研究情境，而要研究在情境中的人物。……如果仔细研究了人物性格以后仍无结果，可将这场情境和在这场情境发生以前的人物历史加以联系来研究。不止一次地一个剧作家在仔细地写出了一个人物或几个人物的历史之后，就能很满意地写出那场戏来。人物历史的细致了解帮助他看清楚这个人物或这些人物能不能进入这一场戏剧情境中去，如果能，怎么进入？"他在后面举例说，像《奥瑟罗》这样的故事（即以坏人挑拨离间一对恩爱夫妻的故事），在英、法、德、意、美等国

---

[1] 贝克：《戏剧技巧》。

的戏剧里，至少可以找到五十个同样题材的剧本，但"莎士比亚的《奥瑟罗》是最佳的杰作，因为它有真正的人物。莎士比亚对奥瑟罗、埃古、苔丝德梦娜、卡西奥等人物熟悉到这样程度，他们的性格与性格之间的相互关系和影响的交叉活动造成每一个十分完美的戏剧情境。换句话说，虽然一个富于戏剧性的情境，无疑的是戏剧的金银宝库，但这宝库是否能发展成新鲜的有意义的戏，要依赖于对情境中的人物的细致的研究。要产生这样一个戏剧性情境，人物应该怎么样？不仅是人物单独应该怎么样，而是在规定的情境中人物应该怎么样？就是剧作者知道了这一点，他还必须回过头去研究人物以前的历史，这样他才能正确地知道他在这个情境中应该怎样行动，又怎样把行动贯穿到以后的情境里去。"

但也有一种情况：有时推动作家写剧本的是一个对他非常有兴趣的或非常激动他的情境或场面，在他没有塑造人物之前，那动人的场面在他心里早就形成了，成熟了，在这种情况下，作家不得不竭尽一切力量来塑造出适合于这种情境或场面的人物，使人物和情境或场面很好结合起来。这种努力当然是很艰巨的，但有丰富生活经验和有丰富想象力的天才作家也能做出很好成绩来。莎士比亚就是一个例子，他的剧本的故事都是现成的，取材于意大利的传说故事或其他剧作家的作品。但他能在现成的情节和场面里创造出鲜明生动的人物来。但在初学者说来，这总是一种危险的尝试，为了一个动人的高潮场面而不得不勉强设计出在那场面之前发生的一系列说明性场面，这些场面常常是缺乏戏剧性的，而是说明性的。写历史剧就有这个困难。历史情节往往是固定的，有的是尽人皆知的，作者无法篡改，随意篡改就不成其为历史。在这种情况下，就似乎只能先有情节或场面，后有人物。正确解决这个困难问题的办法，还是从研究历史人物入手，如果你把历史人物摸清楚了，就能在无数的历史材料中找出最能和这固定场面串连起来的其他场面，在一个确切的主题思想指导下，写出有血有肉的人物。

过分强调人物性格的突出描绘，而不顾情节结构的完整性、紧凑性和连贯性，是剧本写作中的另一偏差，也是不好的。上海演出的越剧《则天皇帝》，作者着重写武则天这人物在各个方面的性格表现，写她的野心，她和皇后的争风吃醋，她对反对她的贵族的镇压，她的广开贤路和任用女官，她的深入民间，她的公正审判，她的变法图强，她和太子贤的冲突……等等，把武则天大半生的事迹都罗列上去，把武则天这人物的性格的各个方面都用事实来说明了，武则天的性格是写得很详尽了，但没有重点突出，没有中心，表达性格的各个情节之间没有有机的联系，只是表象罗列。这样写法就像一篇流水账，既没有突出的情节，也没有突出的性格。郭沫若的话剧《武则天》在这一点来说是值得推崇的。它集中在裴炎的叛乱事件上，武则天的性格也突出表现她的仁爱、英明、勤奋、果断的一面，它主题突出，人物鲜明，情节紧凑，作品完整，从人物性格来安排情节结构。因此在人物与情节的完美结合上是值得我们学习的。

总之，人物决定情节是顺水推舟，容易取得戏剧效果，戏剧的完整性、紧凑性和主题的鲜明性。但情节结构也是重要的，不可忽视的；人物塑造和情节结构必须有机地结合起来，以人物塑造为基础的前提下，安排好情节结构。

既然人物塑造在戏剧创作中占那么重要的地位，那么戏剧人物的塑造有没有一定的理论规律可循呢？把人物塑造好有没有值得介绍的方式方法呢？

阿契尔否定人物塑造有理论规律可循，这在本节开头已经谈过，不再重复了。劳逊也认为人物塑造是无理论规律可循的，他说："将性格描写当作一门独立的技巧来研究曾带来很大的恶果：使戏剧在理论和实践上都陷入无穷的混乱状态。那些听从了高尔斯华绥的话'性格就是情境'去努力将他们的情节变成随性格的需要而变更的剧作家们，无一不是以失败告终的；他们为了照顾性格描写而导入的图解性材料反而阻碍了性格的发展。它们不但没有成为性格材料，反而成了不听使唤的情节材料。"① 他又说："我们可以研究剧本的形式，外在的部分，但内在的部分，剧本的灵魂，却极不容易掌握。"他所谓"剧本的内在部分"指的就是剧本的人物。他认为一个剧作家要把人物写好，必须应用"图解性

---

① ［美］约翰·霍华德·劳逊著，邵牧君、齐宙译：《电影与戏剧的剧作理论与技巧》，中国电影出版社1961年版，第351页。

材料"，而在剧本中"图解性材料"越多，越引起剧本结构的混乱，结果必然惨败。所以他反对作家把人物描写作为首要任务，也反对谈论人物描写的方法。他认为只要把情节结构安排好了，人物自然而然地就刻画出来了。他反对"戏剧理论中常常流传着这样一种说法：即性格是一种独立的实体，它可以通过某种神秘的方法来加以刻画。现代的某些戏剧家继续膜拜着所谓独特的心灵；他们觉得在舞台上出现的各个事件只是为了要说明与事件有关的人物的内心状态，而这种内心状态则是超乎事件总和之上的"。当然我们反对为写人物而写人物，也反对把性格看成神秘的"独特的心灵"而去作奥妙的探索。更反对把人物的"内心状态"看作是"超乎事件总和之上的"。我们认为人物性格不是神秘莫测的，不是奥妙得无法捉摸的；我们应当用科学方法来研究、分析人物性格，从已有的创作实践经验中找出共同的规律和法则来加以研究探讨，来帮助初学者掌握这些比较困难的戏剧人物塑造的一些重要手法。

剧本中的人物总是从生活中来的。剧作者必须深入生活，观察各种各样人物，这我在第一章里关于深入生活和如何深入生活的一段里已经谈过，不再重复了。从生活中观察得来的人物，还须分析、研究、概括、集中，从而创造出典型人物，也是不在话下了。人物的第二个来源是读各种各样的书，尤其是传记，自传、回忆录、日记、访问记、人物报道、人物素描等等，读了之后还须作摘录和分析。古今中外的长篇小说、短篇小说和其他文艺作品也常能使我们对人物的认识丰富深刻起来，大作家对人物的心理分析对我们有很大启发和借鉴作用。《三国演义》、《水浒》、《红楼梦》等巨著不但可以丰富我们对人物认识的宝库，并且也提供给我们描写人物的榜样。巴尔扎克、托尔斯泰、契诃夫、狄更斯、哈代、萨克雷等的丰富多彩的小说巨著都应该列为我们的必读书目，它们会使我们懂得怎样创造时代的典型人物。人物的第三个来源是传闻，倾听朋友们对熟悉人物的描绘与叙述。有时我们访问英雄人物所得的，往往不及倾听熟悉这些英雄人物的朋友们的有声有色的描绘和叙述。我们不可能直接接触各种各样伟大人物和英雄模范，但我们在和朋友们闲谈时可以听到许许多多关于这人物的传闻轶事。这种机会让我们认识很多英雄人物，并且是很细致很生动的认识，但我们往往不很注意。我们要善于倾听，又要善于创造这种机会，向朋友们发问请教。以上三种来源可以兼收并蓄同时进行，那么对于人物的深刻认识就缩短了时间过程，加强了深度和广度。

二、戏剧人物的分析

欧洲从 19 世纪以来，有许多作家认为人物性格是神秘的，深奥不可测的，于是他们就走上变态心理、神秘主义的歧路，把人写成荒诞古怪的东西；也有人简单化地把人看成野兽，只有情欲和本能。当然这些看法都是没落阶级唯心主义形而上学的反动观点，不值一驳的。人的个性是比较复杂的，但也不是不可理解的。尤其近代心理学有了很大的发展；马克思、恩格斯的辩证唯物主义学说把心理学大大推进了一步。近代心理学，尤其是性格心理学（或称个性心理学），对我们分析人物、理解人物、创造人物有很大的帮助。虽然这门科学还很年轻，但对人的个性已有了科学的分析。我现在从一个剧作家的角度来分析一下人物的实际构成因素。

马克思把人的实质确定为"社会关系的总和"[①]。尼·德·列维托夫在《性格心理学》的《绪言》里说："人的个性始终是一定的社会经济结构的代表者和一定的阶级的个性。个性是在一定的生产条件和社会条件中形成的。"为了更切合实际，更具体地安排性格特征，我们可以把人物用三种尺度来衡量，犹如对一物体我们用长、宽、高三种尺度来衡量一样。那三种尺度是人物的社会性方面，性格心理方面，形体外貌方面。这三个方面也是不可分割的整体，就像物体的长、宽、高三种尺度是为了衡量便利起见，才这样分的，但物体却只有一个不可分割的整体。这三个方面不仅不可分割，并且始终是相互影响、相互制约、相互渗透的。我们对人物有了这三方面的认识，并且把它们有机地结合起来，我们可以说对那人物是了如指掌了，写作时也有尺度在心里了。

首要的尺度是社会性方面。在这一方面阶级分析是重要的武器。阶

[①] 马克思：《费尔巴哈论纲》。

级成分是人物形象的基础，不了解人物的阶级成分就很难了解这个人物。掌握阶级分析的能力是写好人物重要的先决条件。毛泽东同志在1926年对当时中国半封建半殖民地的中国社会作阶级分析时，就有地主阶级、买办阶级、中产阶级、小资产阶级、半无产阶级、无产阶级、游民无产者等区别。在政治上应当分清敌、我、友的界限，在艺术上就必须按照这种区别而加以精确的有分寸的对待，才能创造出各个阶级的典型人物来。

了解人，首先应了解其阶级出身、阶级成分，此外，还要了解人物所受的教育。学校教育对一个人的思想影响很大。家庭出身应包括在阶级出身之内，因为家庭的区别主要是阶级的区别，也就是经济、政治地位的区别。但家庭成员的思想与行动对人物的影响是极其巨大的，例如列宁的父亲是地方教育界中有地位的人，列宁的家庭不是无产者，但父、兄的革命思想和行动却给列宁极大的影响。有了岳母，才有岳飞；有了周朴园，才有他的继承者周萍（《雷雨》）。所以要了解一个人物，必须了解他的家庭成员对他的思想影响。职业也是决定人物性格的重要因素。工人、农民、教师、医生、军人、律师、牧师、干部、科学家、工程师……都各有各自的职业特征，这种特征也成为人物性格的一部分。剧作者不仅要熟悉他们的职业语言，行话、口头语，并且要掌握受职业影响的性格特点。社会关系和社会地位也是了解人物性格的重要关键。政治态度是除阶级成分之外了解他政治面貌的重要枢纽。他是共产党员，民主党派成员或无党派民主人士；在党内或民主党派内或政治活动中占什么地位，起怎样作用；他在政治、社会活动中采取什么态度；群众对他的看法怎样；他在政治思想上还存在什么问题，等等。

宗教信仰也能影响他的性格。他是信哪一教的，或是无神论者；他对宗教的态度如何；他有没有任何迷信观念（虽然他不信宗教，但可能还有一些迷信思想）。他有什么业余爱好。他喜欢下棋、钓鱼、唱歌、运动、游山玩水、看戏、看电影、看小说；他在假期作些什么娱乐活动；他喜欢作什么业余科学技术活动；他喜欢喝酒、抽烟或其他；在休息时他喜欢热闹还是安静，等等。

以上阶级成分、教育情况、家庭成员的影响，职业、社会关系、社会地位、政治态度、宗教信仰、业余爱好等都是了解人物的社会性方面的性格的必须掌握的资料，作者能了解得越清楚越好，对他的人物描绘起决定性的作用。

第二个重要尺度是了解人物的性格心理方面。外在的社会关系（经济的、政治的、教育的、宗教的、社会的）反映在他的心理上，结合他的个性，就形成性格。所以他的性格心理一方面和他的社会性的一方面不仅是有密切联系，而且是不可分割的整体。社会关系是客观地存在着的，性格心理是他对外在社会关系的主观认识和他的性格表现。主要包括倾向性（他的世界观、人生观）、气质（情绪兴奋的速度和强度）、兴趣（注意、愿望、理想）、情感（热情或冷淡）、意志（坚强或软弱）、能力（理智、智慧、天资）、想象（丰富或贫乏；或幻想、空想）等。

倾向性是人物对于现实所体验到的经过选择的态度，而这种态度可以表征他的特性，影响他的活动。倾向性是指带有指导性的目的和动机的内容而言，其中包括影响人物的行为的那些有意义的态度。世界观是对于自然和社会的观点的总和，它是倾向性的基础。世界观、人生观是一种信念，因为它是可以深刻影响人物活动的内在主宰。

气质是以神经系统类型为基础的个性心理表现。一般把人的情绪兴奋的快慢强弱分为四种气质：情绪兴奋发生得快而且强烈的是胆汁质；发生得快但是薄弱的是多血质；发生得慢但是强烈的是抑郁质；发生得慢而且薄弱的是粘液质。情绪是可以引起行动的冲动；而情绪兴奋和抑制过程是人的心理过程和行为的动力。

兴趣是人物对种种对象和生活现象的一种充满情绪色调的态度，这种态度表现在力图认识并掌握这些对象和现象上。兴趣总是从注意开始的，而一个人注意这个不注意那个是和倾向性密切相关的。兴趣引起行动的愿望，借以实现他的愿望，兴趣总是含有认识、情绪和意志三个方面。一个人的最高愿望就是他的理想。

情感是表现一个人关于现实的那种对个性有重大意义的态度。它和倾向性是有密切联系的。热情是人的倾向性的形式之一。所谓热情就是鲜明地表现出来的一种积极性的情绪状态，这种情绪状态强烈地影响着人物的意识和活动，人在长时期内，有时甚至终身都受着它的支配。我们在第三章引用过列宁的话，他说："……如果没有'人的情绪'，人就决不会，而且也不可能去寻求真理。"[①] 一个人如果对工作和信念没有所必需的热情，那就表现出他的意志是薄弱的，他的性格是不坚强的。情感还有所谓高级情感，一般指道德的情感、理智的情感和审美的情感。无论热情或高级情感，都是随着对象而改变的，时代不同，社会阶级不同，这些情感就有完全不同的心理内容。

意志是反映社会需要的心理活动过程的一个方面。它表现在自觉地提出行动的明确的目的性上，表现在达到这一目的的坚决性或决心上，而且表现在为了克服那些阻碍目的实现的障碍所必需的积极性、组织性和刚毅性上。意志活动始终是一种自觉的和有一定目的的活动。在阶级社会中，意识和意志（即自觉的和有一定目的的心理活动）都是带有阶级性的。我们在戏剧里特别强调自觉意志。意志是人一切活动的内在原因，是主要原因。意志和智慧与情感是密切联系着的，并且受倾向性直接指导的。当知觉过渡到观察，无意注意过渡到有意注意，回忆过渡到追忆，被动想象过渡到主动想象，平静的思维过渡到解决任务的紧张思维，都会引起意志的积极性。一切有目的性的活动都是意志的活动。

能力是人物性格的重要特征之一。能力包括智慧（理智）、天资（禀赋）、知识、技能等。智慧又有各种不同的品质：智慧的明确性，智慧的速度或机敏性，智慧的广度，智慧的强度（这些与思维是分不开的），智慧的创造力（这又与记忆和想象是分不开的），智慧的判断力等。人的智慧的个性特征都是在劳动过程中产生的，在劳动中形成和发展起来的，正像马克思认为的：个人的天赋才能的差异，与其说是劳动分工的原因，毋宁说是劳动分工的结果。智慧和意志之间的关系是比较复杂的，但一般说来，性格坚强的人往往是智慧发展的人，反之，性格极端软弱的人通常未具备高度发展的智慧。但也有相反的情况：颇有才华、智慧、知识的人，由于意志薄弱，思想动摇，目的要求不明确，虚度一生，毫无成就。理智和情感常常发生矛盾，有些人的理智倾向性强，凭推理的动机去行动；有些人情绪倾向性强，则往往凭自己的心

---

① 《列宁全集》第20卷。

266

向，直接的感情和热情去行动。但在正确的世界观的指导下，两者是可以取得一致的。天资或称禀赋，有人把它看成是先天的，生下来就有的。其实生下来就有的只是可能性而已，先天的素质还得靠后天的教育培养、辛勤学习才能获得超乎一般水平的天资和禀赋，所以天资是指思维、创造性的想象以及和它们联系着的理解的记忆和观察力的优良品质。

想象是一切伟大人物（不论是革命家、科学家或艺术家）所共有的重要特征，它和倾向性是密切联系着的。性格表现在倾向性中，而这种倾向性大都是随着计划、对未来的看法——它们都是想象的产物——而转移的。想象不能脱离实际的基础，脱离实际的想象是空想，是白天做梦。所以想象有人说是对现实的直接反映的自然补充和继续。人所想象的东西往往烙上了性格的印痕，并且想象的内容大都又取决于性格。情绪在想象和性格之间的相互关系上起着巨大的作用。一个人的需要、生活途径和对周围现实的态度都可以从他想象活动中表现出来。这一切，都可以深刻地描绘出一个人的心理风貌。

通过以上这些心理状态和心理活动的分析和了解，就可以知道人物的精神面貌和内心变化，因此塑造出更生动真实的人物来。

第三个重要尺度是了解人物的形体外貌方面。人物的形体外貌的描写是直接给观众深刻印象的，一看就清楚的，最形象化的。作家对人物性格的刻画总是从他的形体外貌入手的，并且他的性格发展处处结合他的形体外貌的；观众认识人物也总是从他的形体外貌入手的。我国戏曲舞台上对某些熟悉的历史人物已经逐渐形成固定的容貌（脸谱）和服装，把它们看成人物性格不可分割的一部分。例如，诸葛亮是一位中等身材，面容清秀，羽扇纶巾，道冠道袍，不论他深山隐居，在朝为相，或行军挂帅，他的服装扮相总是一个样子；张飞总是身体魁梧，满脸胡子，花白盔甲，声如洪钟；武松总是黑色武士打扮，身强力壮，面貌英俊而又威武，因此他的外貌总是和他的刚强、勇猛的性格结合在一起；武大郎是身材矮小，面貌丑陋，行动笨拙，因此他的外貌是和他的忠厚懦弱的性格结合在一起。我们在日常生活中也常以面目清秀和聪明智慧结合在一起，"长颈鸟喙"和奸诈阴险结合在一起。虽然我们说"人不可以貌相"，有的人容貌看来很丑陋，但他的思想和精神面貌是很美的，伟大的人物不一定个个都长得魁梧的，但形体外貌和性格是有一定的关系存在。在文艺作品中的人物经过艺术渲染和创造，总设法把人物的性格和他的形体外貌在一定范围内统一起来。譬如说，我们知道雷锋的身材是比较矮小的，但他的精神性格是伟大的，因此他在舞台上出现时不必一定要挑选一个身材矮小的演员去扮演他；舞台上的雷锋可以比真人高一点，魁梧一点，使他的形体外貌更好地和他的伟大性格一致起来。

中国的古典小说是最善于从形体外貌来描写人物的性格特征的，例如《红楼梦》第三回中对贾宝玉的形体外貌的描写就非常细致："……及至进来一看，却是位青年公子，头上戴着束发嵌宝紫金冠，齐眉勒着二龙戏珠金抹额，一件二色金百蝶穿花大红箭袖，束着五彩丝攒花结长穗宫绦，外罩石青起花八团倭缎排穗褂，登着青缎粉底小朝靴；面若中秋之月，色如春晓之花，鬓若刀裁，眉如墨画，鼻如悬胆，睛若秋波，虽怒时而似笑，即瞋视而有情，项上金螭缨络，又有一根五色丝绦，系着一块美玉。"作者还嫌不够，让贾宝玉换上便装之后，对他的容貌服饰又描写一番道："一回再来时，已换了冠带：头上周围一转的短发，都结成小辫，红丝结束，共攒至顶中胎发，总编一根大辫，黑亮如漆，从顶至梢，一串四颗大珠，用金八宝坠脚；身上穿着银红撒花半旧大袄，仍旧带着项圈、宝玉、寄名锁、护身符等物；下面半露松绿撒花绫裤，锦边弹墨袜，厚底大红鞋：越显得面如傅粉，唇若施脂；转盼多情，语言若笑；天然一段风韵，全在眉梢；平生万种情思，悉堆眼角。"再看《水浒》第三回里如何描写鲁智深的形态服饰："头裹芝麻罗万字顶头巾，脑后两个太原府纽丝金环，上穿一领鹦哥绿纻丝战袍，腰系一条文武双股鸦青绦，足穿一双鹰爪皮四缝乾黄靴。生得面圆耳大，鼻直口方，腮边一部络腮胡须，身长八尺，腰阔十围。"鲁智深的形体描绘是为他的莽撞急躁、义侠心肠的性格立下了基础。

我们当然不相信江湖术士的"相面"的鬼话，也不相信欧洲的"人相学"的反科学的理论。[①] 但文学戏剧里是允许借助于形体外貌来突出

---

① "人相学"曾盛行于19世纪的欧洲。这种学说，古希腊亚里士多德也提到过，他说直线式眉毛表示性格温柔，眉毛接近鼻根表示不满情绪和烦闷，眉毛低垂表示嫉妒心。

人物的性格特征。尤其在表演艺术上，演员要尽量利用声容笑貌、眼神手势、姿态服装来突出人物的性格。我们编剧者除了动作与对话之外，更要充分利用这些外形上的手段来写好人物。眉毛眼睛总是最好表达人物性格的工具，例如《红楼梦》第三回描写王熙凤时说："一双丹凤三角眼，两弯柳叶掉梢眉"，描写贾宝玉时说："睛若秋波"，又说"转盼多情，语言若笑，天然风韵，全在眉梢，平生万种情思，悉堆眼角"，描写林黛玉时说："两弯似蹙非蹙笼烟眉，一双似喜非喜含情目"。《水浒》第二十三回描写武松："一双眼光射寒星，两弯眉浑如刷漆"，又描写李逵道："交加一字赤黄眉，双眼赤丝乱系"。《三国演义》第一回描写关羽是"丹凤眼，卧蚕眉"，张飞是"豹头环眼"，莱蒙托夫在描写皮却林的眼睛时指出："当他笑的时候，他的眼睛却不笑……这是坏脾气的，或是深刻而经常忧伤的表征。从半垂的睫毛后面，它们用一种磷样的光在闪烁，如果可以这样形容的话。这不是衷心的热情或放佚的遐想的反映：这类似光滑的钢的闪光。——眩眼，但冷森森的；他的瞥视——短促，却锐利而逼人，给人留下一种粗鲁探问的不愉快的印象，并且若不是这么淡漠地宁静，很可能被看作是骄傲的。"[1] 以上是用眼睛眉毛的描写来刻画人物性格的一些例子。还有用习惯动作，如手势，用服装和小道具，如扇子、手帕、念珠、拂尘、武器等，来表现性格。反过来，人物性格的变化也能引起人物外貌上的变化。在戏曲里常有变脸的一种方法。例如京剧《伐子都》里的子都原来是一个漂亮英俊的武将，一箭射死了颖考叔之后，由于畏罪而感到内心剧烈痛苦，神经失常，脸上涂上白灰，完全变了一个人。又如《坐楼杀惜》里宋江第二次上场时脸上涂上一层油，表示他心理上起了变化。这是在演出上善于用外貌的变化来刻画人物性格变化的好例子。在话剧里虽然不能用戏曲那样夸张的手法，但在表演和服装上，也可以充分利用它来表达人物性格和性格变化。在《玩偶之家》里的娜拉，在第一幕的开始和第三幕的结尾，娜拉的性格完全不同，原先是一个天真活泼的无忧无虑的年轻家庭主妇，穿着比较鲜艳的服饰，但到第三幕离开家庭时变成一位极为庄

---

[1] 莱蒙托夫（М.Ю.Лермонмов 1814—1841）：《当代英雄》(Герой Нащего Времени)。

重严肃的女子，脸上一丝笑容也没有，演员在表演上很严肃认真，侃侃而谈，并且她的服装也改为朴素的出门的衣帽，来烘托她性格上的巨大变化。

一个人身体上有了缺陷会影响他的思想和性格。这种缺陷或是遗传的，或是后天的。残疾的人会对世界的看法比较悲观，当然也有不少例外，例如四川省的残疾军人顽强学习，组织乐队，到全国各地演出，他们都是乐观的。他们是具有高度共产主义觉悟的人就能打破常规。有病的人才知道健康的可贵，健康的人就不大体会自己健康的幸福。年老的人的想法在许多方面和年轻人不同；老当益壮固然是对的，但也有心有余而力不足的时候，会引起一些年轻人所无法理解的苦闷。贺拉斯在《诗艺》里说道："我们不要把青年写成个老年人的性格，也不要把儿童写成个成年人的性格，我们必须永远坚定不移地把年龄和特点恰当配合起来。"① 许多人有优越感或自卑感，虽然原因很多，但形体外貌的差异往往是重要的原因之一。莎士比亚的《理查三世》里的主要人物理查三世，他的妒贤忌能，冷酷残忍，弑兄篡位，夺人妻室的种种罪行写得那么真实可信，因为莎士比亚把他描写成一个丑陋的跛子，有强烈的自卑感而又好强逞能，因此不择手段，残酷到了疯狂的程度。莎士比亚对这个人物的性格刻画处处都从他的生理缺陷出发而获得极大成功。剧作者对剧中人物中男、女、老、少，丑的美的，有病无病的不同心情和性格都应当有设身处地犹如亲身经历的体会，才能在他们的性格中写出深刻的区别来。

剧作者要能够做到"化其身为曲中之人"，必须把人物的各个方面了解得既深且透，不惜把创作的大半时间花在人物性格的了解和熟悉上。我们从以上人物性格的三个方面的分析中，可以断言：人物的性格特征决不是神秘莫测、不可了解和分析的东西，而是可以用科学的尺度去衡量，去分析研究的。我们对于人物了解得越多越深越好。贝克不是曾经说过，如果剧作家有一场戏写不下去，最好的办法是停下来，把人物的过去历史很详细地了解一下，研究他能不能进入这一场戏里去。写

---

① 贺拉斯：《诗艺》，见《诗学·诗艺》，中国社会科学出版社 2009 年版，第 93 页。

每个人物的传记是一个剧作家常用的办法，甚至于从他的幼年写起。虽然所写的材料也许在剧本里用得很少，甚至于丝毫用不进去，但为彻底了解人物性格的来龙去脉，这样做还是很需要的。作家所准备的材料可能只用五分之一或十分之一，但这种准备还是必要的。

但有一些戏剧理论家反对做人物的历史研究，例如马休斯就曾这样说过："在答尔丢夫的阴影跨进奥尔恭的幸福家庭的门槛之前，他到底是怎样一个人？在这之前他犯过什么罪行，闯过什么祸，莫里哀没有告诉我们，看来好像他也无法告诉我们。可能他会这样解释：这没关系，答尔丢夫就是这个样子，就像我们看见的那个样子；我们只要看着他听着他，了解他一切需要了解的东西。……我们在阿腾的森林里碰上了悲哀的捷克斯（Jaques），他在那儿说教，又和在那儿偶然碰上的小丑斗嘴；他一讲了话，我们就认识他，就像一个我们遇到过好多次的人一样，但是他是谁？他在贵族里是什么级？他从哪儿来？什么事情把他带到野外来，又带到那绿色树林里的深处，莎士比亚一点也不让我们知道；说不定他自己也不知道。"① 这种武断的说法是荒谬的，这说明马休斯不是一位剧作家，他不懂得一个剧作家对于剧本中每一个人物都要了解得很详细，虽然他不一定，并且也不可能把他所了解的东西都放进剧本里去。我们可以找到很多证据，证明剧作家对人物的了解是无微不至的。试以易卜生为例，他承认他要认识剧中人物，有时要花上一二十年的时间才能真正了解他。他对人物的许多细节都能了如指掌。例如有人问他为什么《玩偶之家》的主角叫"娜拉"，他回答道："喔，她的全名是丽奥娜拉（Leonora），但当她是个孩子的时候就缩短成娜拉。当然，你知道她被父母宠坏了。"还有一个有趣的关于易卜生的小故事，有一次他和另一位挪威的剧作家根那·黑堡② 谈话，谈到易卜生的《当死人醒来的时候》里的人物爱琳时，黑堡坚持爱琳那时至少四十岁了，但易卜生说她只有二十八岁。第二天黑堡接到易卜生来信说："亲爱的根那·黑堡：你对，我错了。我查了一下我自己的笔记，爱琳是有四十岁

---

① 马休斯：《戏剧研究》。
② 根那·黑堡（Gunnar Heiberg 1857—1929）挪威诗人，是继易卜生之后的著名戏剧家。

编剧理论与技巧　第五章　戏剧人物

271

了。易卜生。"易卜生对每一部戏的人物都在头脑里转来转去好多时候，渐渐地摸清他们的心理状态和心理变化，直摸到他们的"灵魂深处"，才把他们写进剧本里去。他用创造性的想象力摸清人物的过去历史，甚至于了解人物的宗族家谱。总之，我们必须了解人物到这种程度：不论你把人物放在任何戏剧情境里，你清清楚楚知道他会在这情境里怎样行动。

为了便于记忆起见，我们不妨把上面谈过的了解和分析人物性格的主要三个方面，归纳列表如下：

（1）人物性格的社会性方面：

　　阶级成分，阶级出身

　　家庭影响

　　教育

　　职业

　　社会关系和地位

　　政治态度

　　宗教信仰

　　业余爱好和娱乐等

（2）人物性格的心理方面：

　　倾向性

　　气质

　　兴趣

　　情感

　　意志

　　能力

　　想象等

（3）人物性格的形体外貌方面：

　　性别年龄

　　身材

　　容貌

姿态

眼睛

服装

健康情况

遗传等

上面所列性格三方面的内容极不完备，也不是要大家根据它来替人物填表格。人是活的生命，不是没有生命的物质。人是血、肉、骨等物质组成的，但把血、肉、骨等放在一起，不一定能创造出一个人来。如果为了创造一个人物把上面表格中每一项填得满满的，也不见得一定能创造出一个生动真实的人物来。按照上面表格所了解的各项情况，只是素材、原料而已，就像造一所房子之前，我们把砖、石、木材、钢条、水泥和其他一切需要的材料都准备好，但材料齐备并不等于屋子盖好了。我们还要进一步研究造什么样的房子，如何造法。这和建成房屋还距离很远哩。塑造人物比造房子还要复杂得多。所以有了塑造人物的素材以后，我们必须进一步研究如何在剧本中创造典型人物。

三、如何创造戏剧的典型人物

恩格斯说："现实主义的意思是，除细节的真实外，还要真实地再现典型环境中的典型人物。"[①] "再现典型环境中的典型人物"是艺术创造的最高目标。要创造"典型人物"，必须首先弄清楚什么是"典型"。简单说来，典型是形象思维的产物。但什么是"形象思维"？别林斯基说："哲学家用三段论法，诗人则用形象和图画说话，然而他们说的都是同一件事。政治经济学家被统计材料武装着，诉诸读者或听众的理智，证明社会中某一阶级的状况，由于某一种原因，业已大为改善，或大为恶化。诗人被生动而鲜明的现实描绘武装着，诉诸读者的想象，在真实的图画里面显示社会中某一阶级的状况，由于某一种原因，业已大为改

---

① 恩格斯：《致玛·哈克奈斯》，见《马克思恩格斯选集》第 4 卷。

善，或大为恶化。一个是证明，另一个是显示，可是他们都是说服，所不同的只是一个用逻辑结论，另一个用图画而已。"① 换句话说，科学家通过逻辑思维得出抽象的概念，以说理的方法影响人，而诗人、戏剧家通过形象思维创造典型形象来感动人。科学家最初从形象和具体表象出发，研究社会现象和它的变化，归结出一些共同规律，以抽象的概念表达出来，以说服人为目的。艺术家也从形象和具体表象出发，研究社会现象和它的变化，得出一种思想，然后用某种形象来表现自己的思想，以感动人为目的。所以科学家和艺术家在研究社会现象的时候，有许多共同的地方，不过科学家以逻辑思维为主，而艺术家则以形象思维为主，主要不同的地方，在于最后表现方法上，科学家研究结果得出抽象的概念，而艺术家则把研究的对象用典型化的方法，用生动具体的人物和事件来表达他的思想。艺术家在研究和创作过程中必然用形象思维的方法，也用逻辑思维的方法，因为没有这种抽象的逻辑思维，我们的思想就不能深入现实的本质。我们的典型形象必须具有揭露本质的思想，没有思想就没有内容，没有内容的形象就不是艺术的典型形象。到底一位艺术家须用多少逻辑思维，或是怎样应用逻辑思维，要根据个别的艺术家的特点来决定，但他们研究和创作的过程中必然要用逻辑思维，那是毫无疑问的，不然他创造不出真正的典型形象来。但也决不是像某些人所说的，先用逻辑思维，得出抽象的概念来，再把抽象的概念加以形象化；这样制造出来的形象必然是图解的形象，或是杜撰的形象，决不是活生生的人物。

　　典型化就是用形象来概括思想，就是说，在一个具体现象或形象中表现出一系列同类现象或形象的基本特征。要把同类现象或形象的基本特征概括起来必须先有一个分析的过程，分析之后才能概括，所以艺术家在创造典型现象或形象的时候，不但要有观察的能力，并且要有分析概括的能力，通过分析概括，才有深刻的思想。巴尔扎克说过："当思想变成了人物的时候，它就能具有能动的力量。"② 抽象的概念只能说服人，而典型形象（即具有思想的形象）就能感动人。地主压迫剥削农

---

① 《别林斯基选集》。
② 巴尔扎克：《〈人间喜剧〉序》。

民，只表达了一种抽象的思想，但当地主黄世仁压迫杨白劳和喜儿的艺术形象出现时，不但使观众认识地主压迫农民的真理，并且能激起观众的愤恨和打倒地主的行动。这就是典型形象的巨大感染力量。所以，典型形象的第一个条件就是它必须要有内容，有思想，有一定的关于现实的概念。例如，哈姆雷特的典型性就是莎士比亚时代最先进的人文主义思想的表现者；娜拉的典型性就是易卜生时代妇女解放和妇女独立思想的表现者；阿Q的典型性就是鲁迅对当时中国半封建半殖民地条件下的现实的概括的揭示。这就是典型性中的主要的一部分，是人物性格的共性。

但单有共性是不能写活一个人物，除了共性之外，一个典型人物还须有他自己独特的个性，这个性是他和同一类型的人不同而独有的地方；并且共性必须通过个性表达出来。在艺术形象中一方面包含有在概念中以理智来理解的概括内容，同时也具有在表象中以感性来理解的具体个性的东西。俗话说"人之不同，犹如其面"，那么世界上有多少不同的面孔，就有多少不同的个性。典型形象是既有个性，又有共性——即它是思想内容的个别体现者。典型形象如果缺乏了思想内容，就不能反映现实本质的任务。所以典型化就是艺术所特有的用艺术形象深入概括生活的本质的方法，而典型化的体现者就是艺术形象。艺术的真实反映生活是同典型化分不开的。通过作品中所创造的一系列的典型形象，通过典型环境中的各个典型性格的冲突，艺术家从现实的全部具体性和多方面性中揭示出现实发展的规律。典型中的共性总是最本质的东西，是作者经过多方面观察、研究、分析，概括出来的。典型性格中的共性主要是阶级共性、时代特征、职业共性等。一个缺乏共性的人物必然是奇形怪状的，或者是疯人院里的人物，一个不是现实的人，是作者杜撰出来的。这种个别的特点可能在真人中找到，但把个别的、稀有的东西当成了规律，总是不典型的。典型形象总是艺术家对于各种人、对于各种现象、对于生活和现实中各种特点的大量观察的概括。

高尔基说得好："主人公的性格总是从他的社会集团、他的队伍中的各种各样的人们身上所采取的许多个别特点构成的。为了大概真实地写出一个工人、一个神甫、一个小店铺老板，必须很好地认识清楚成百个神甫、工人和小店铺老板。"①从生活中看到某一个人，把他一模一样地搬到作品中来，那是自然主义的方法，这样的人物往往缺乏典型意义。高尔基又说，只描写一件事实也不能创造出现象中典型的、能说服观众的、具有艺术真实的性格。艺术家应该把一个人捉摸透，应该学会把他整个阶级的特点写到一个人的身上去。而他的整个阶级的更清楚的特点，仍是艺术家从大量的对于这个阶级的不同的代表人物的观察中抽出来的。

"典型"正像生活中一切现象一样，是处在"过程当中"，是处在"运动当中"。典型和时代的发展是分不开的。对典型一般有两种错误的看法：一种，就像上面所谈到的，把最常见的最普遍的东西当作唯一的"典型"，但我们必须从"发展"或"运动"观点来看问题，今天还是不常见的不普遍的新生力量，但从它的倾向、发展远景来看，它是欣欣向荣的，日益强大的，在不久的将来将成为常见的、普遍的、是时代的主流，那它就有典型性；反过来，今天看来还是普遍的，貌似强大的，但它日趋没落，迅速衰退，那它就不是时代的主流，不是时代的典型。一切不常见的、不普遍的萌芽状态的新生事物，我们的艺术为它创造典型，就在于要促使它在生活中迅速成长，获得胜利。我们在作品中创造出有高度共产主义风格的具有高贵品质的典型人物，也许有人说这种人物是不够典型的，因为他们在生活里是很少有的。但是我们说这是最好的典型，因为他们代表的是时代的主流，今天虽然还稀有，但不久的将来他们将成为常见的普遍的人物。还有一种对典型错误的看法，是另一极端，把典型和普遍的常有的现象割裂开来，认为典型的英雄人物是高于群众的特殊人物。这种脱离群众脱离现实的幻想式的人物，把他们描写成神一样的超人，也是不真实的，不典型的。"典型"的概念是一个辩证的概念，它包含有"普遍的"、"常见的"和独特的、个别的事物的统一。一般必须通过特殊表现出来，人物的共性必须通过个性表现出来，共性与个性的统一是塑造人物的重要关键，共性和个性统一的人物才是典型人物。恩格斯说过："每个人都是典型，但同时又是一定的单

---

① 高尔基：《我怎样写作》，见《论文学》。

个人，正如老黑格尔所说的，是一个'这个'，而且应当是如此。"①

　　一般说来，人物性格的社会性方面是典型性格的共性基础，而人物性格的心理方面和形体外貌方面是典型性格的个性基础。

　　历史剧的典型人物是根据所处历史时代的不同，历史环境的不同，人物所处的社会阶层和社会地位不同，各个时期先进思想和理想的不同，而产生千差万别的典型人物，但他们必然受历史局限性和阶级局限性的制约，决不可能赋以他们的时代和他们的出身（阶级、阶层）所不可能有的思想感情，决不可能把今天时代的思想感情强加在他们身上，他们性格中的高贵品质必然和我们现在认为是高贵品质的有共同之处，但又有不同之处；没有共同之处，我们就无法理解他们、同情他们和学习他们；不同之处就是历史时代不同，环境不同，人物所处的地位不同，不然他们就不符合历史真实。例如《赵氏孤儿》里的程婴。他为救忠良和报仇而忍痛舍亲生，这种舍己为人的可敬可爱的性格是我们理解的、同情的、崇敬的，但在他的历史时代里，在他的舍己为人的行为中还带有"报恩"的思想；并且，他为什么不想别的办法来铲除奸党，而要忍辱负重十余年，把希望寄托在孤儿身上，这是历史环境的局限性和他本身的阶级局限性所规定了的，不然他不是程婴，而是另外一个人了。《甲午海战》里的邓世昌，在剧本里描写他受到李鸿章的申斥和处分后，有一场戏表示他有消极引退的思想，赋诗钓鱼，不问政治，这样写法是符合历史真实的，因为邓世昌究竟是士大夫阶级出身，又处在朝政腐败投降主和思想十分嚣张的历史时代，邓世昌这样做是可以理解的。在目前历史剧中典型人物创造得好的有田汉的《关汉卿》和郭沫若的《武则天》。现代剧目中有《万水千山》里的李有国，《妇女代表》里的张桂容，《烈火红心》里的许国清等。

　　戏剧中的典型化不仅把剧本的主要人物写得富有典型意义，并且要把一切人物，不论主要的次要的，搭配得富有典型意义，还有，把人物之间的矛盾冲突所构成的情节要安排得富于典型性和戏剧性。人物搭配（或称综合）和情节安排就是创造典型环境。恩格斯说"再现典型环

---

① 恩格斯：《致敏·考茨基》，见《马克思恩格斯选集》第 4 卷。

境中的典型人物"，意思是说，没有典型人物就没有典型环境，反过来，没有典型环境，也就没有典型人物。思想通常总是通过一系列形象的体系揭示出来的。一个孤立的形象不能揭示复杂现象的思想。一个剧本总是一部复杂的形象体系，这些形象集中在一起共同来揭示某种思想。一个音不能构成曲，一种乐器不能构成乐队；有高低音符搭配起来才能成曲，由各种各样乐器搭配起来才能成为乐队。同样道理，一群人才能搭配成戏，一群典型人物才能搭配成典型的戏剧情节，揭示出现实生活的真理和本质。别林斯基说过："不是个别的和偶然的，而是共同的和必然的，它将得出其所处的整个时代的特色与意义。"① 杜勃罗留波夫也说过："……艺术家不是一块只反映现在一刹那的照相感光板；要是这样，在艺术作品里既不会有生活，也不会有意义。艺术家用他那富于创造力的感情补足他所抓住的一刹那的不连贯，在自己的心灵之中，把一些局部的现象概括起来，根据散见的特征创造一个浑然的整体，在看来是不相连贯的现象之间，找到生动的联系和一贯性，把活生生的现实中的纷纭不同而且矛盾的方面融合而且改造在他的世界观的整体中。"②

要创造一个典型人物果然不易，但要搭配和综合人物和情节成为有高度典型思想的戏就更困难了。

人物的搭配，首先是正反面人物的对立，这样才能引起矛盾冲突。正反面人物不仅在思想上不同，并且在外形上，脾气和说话上都有显著的差异，比如说一个是粗心大意的，另一个是考虑周详的，一个是勇敢的，另一个是胆小的，一个是拘谨而有礼貌的，另一个是自由散漫、随意任性的。正反面人物性格的对立主要根据主题思想来确定，为了突出他们的对立性格，两方面的差别越显著越好。虽然他们同属于一个阶级一个类型的人物，也得在性格上找出他们之间的显著差别来。最好的例子是《玩偶之家》里海尔茂与娜拉夫妻之间的性格差别。两人都属于资产阶级中下层，家庭环境、教育、社会地位都仿佛是一致的，他们相亲相爱，看来是个幸福和谐的家庭。他们两人主要不同的地方是思想，一个是资产阶级男权思想的代表者，一个是女性人格独立的追求者（这思

---

① 别林斯基：《文艺思想》，见《别林斯基论文艺》。
② 《杜勃罗留波夫选集》第 2 卷。

想在第一、第二两幕里还潜伏着，到第三幕结尾才暴露出来）。易卜生为了强调对立人物的差异，在他们的脾气、生活习惯、生活信念（即人生哲学，如海尔茂主张不欠债，而娜拉认为必要时应该举债）等方面形成显著的对比；又如海尔茂办事严格认真，娜拉却随意任性；海尔茂以一家之主自居，唯我独尊，他的话就是法律（海尔茂决定辞退柯洛克斯泰，由于娜拉的请求，反而提前送出退职信），他随时随地以长者自居，教训娜拉（教训她不可欠债，不许她买甜饼干吃），高兴时给她一笔钱（决不在她请求时给她，表示男权社会里男子独揽经济大权的恩赐态度），而娜拉在表面上处处依顺他、服从他（虽然心里是不太服气的，是反抗的，但由于她爱他，所以一切都让他）；海尔茂头脑冷静，说话准确简短，不愿撒谎，而娜拉则感情用事，说话随便，乱编谎言；海尔茂是个成熟的大人，娜拉好像是个幼稚的孩子。总之，海尔茂和娜拉处处都是相反的，这样相反性格的搭配就形成典型的性格对比，引起典型的思想矛盾，典型的意志冲突。假定海尔茂娶的不是娜拉，而是林丹夫人，那就不能形成性格对比了。林丹夫人是个饱经风霜的人，有阅历，懂世故，对海尔茂的男权社会一定比娜拉了解得多，她不会去做违反法律的事，去冒名签字；如果做了，等柯洛克斯泰一威胁，她也不会那么毫无办法地去对付。他们夫妻之间可能有些争吵，但决不会引起那么尖锐和严重的冲突。主要原因林丹夫人的性格和海尔茂的性格相同之处较多，不能构成显著的性格对比。有了显著性格对比，才能引起尖锐的冲突，才能构成势均力敌的斗争场面。

不仅主要人物要形成鲜明的性格对比，就是在次要人物之间，次要和主要人物之间也要有显著的不同性格。例如《玩偶之家》的柯洛克斯泰和海尔茂不同，柯洛克斯泰是比较热情的，虽然他逼迫娜拉、威胁娜拉不能不引起观众的反感，但他迫于生计，家里有一群孩子等着哺养，观众了解他的情况后会给予一定的同情，并且最后听从了林丹夫人的劝告，立即把借据无条件地退还给娜拉，是值得赞美的。而海尔茂的冷酷无情、自私自利的性格和柯洛克斯泰形成对比。阮克医生虽然是海尔茂家里的常客，经常来和海尔茂作伴谈天，但阮克医生看来生活比较散漫，悲观忧郁，性情怪僻，与海尔茂也完全不同。这样五个完全不同的人物构成错综复杂的矛盾冲突，严密紧凑的剧情发展，正好阐明剧本的主题思想。再如《红色宣传员》的所有主要次要角色，李善子和对立面官弼、崔镇午、李福善婶子都是鲜明的对比：李善子的共产主义高尚风格，和他们三人的个人主义思想是两种思想的对立；就是在三个落后分子的思想中又有显著的不同：官弼看不起农村劳动，一心想到城里去另找工作；崔镇午的保守自私；李福善婶子对干部的不信任，怨天尤人。此外，李善子和生产班班长在作风上又是大不相同，一个循循善诱，一个生硬武断。再加上正确领导的党委员长和一群积极的青年团员，就构成典型的朝鲜新农村的典型环境。

中国戏曲剧本中人物的鲜明对照是一个传统的优点。例如京剧《群英会》中周瑜与诸葛亮，诸葛亮与鲁肃，周瑜与蒋干等都有鲜明的性格对比，各不相同，形成错综复杂的矛盾冲突，构成五彩缤纷的好戏。《十五贯》中况钟与过于执的对比，况钟与周忱的对比，况钟与娄阿鼠的对比，造成戏的许多尖锐冲突。《炼印》中杨传对李亨厅、肖太师的对比，杨传与陈魁的对比；就是在杨传与李乙之间也有鲜明不同的性格，杨传胆大心细，李乙胆小怕事，他们两人之间的性格矛盾加强了全剧的主要矛盾。就是在极其轻松的喜剧里，在性格的基本特征上是一致的，但在某一种思想、作风上有差别，也能形成对比，引起意志冲突，构成好戏。例如《评雪辨踪》一剧中的吕蒙正与刘翠屏两人的性格大体上是一致的，但男的书生本色，多猜疑而又自高自大，而女的是位善良温娴的女子，看到他心存猜疑，实在又恼又可笑，有意地逗他一下，装作痴呆，一时误会，两方面就冲突起来，一个认真，一个装假，就有了性格差异。当然由误会造成的冲突，有了意志冲突，也就有了戏剧冲突。但没有性格差异的意志冲突，虽然也能构成戏，但人物性格一般不易突出。

总之，人物搭配需要鲜明的不可调和的性格对比，因此发生冲突时就从一个极端走向另一个极端。所谓"不可调和"，是说戏剧冲突必须是不能妥协的意志冲突；冲突的双方不是甲方转化到乙方，就是乙方转化到甲方；不妥协的意志斗争才是戏剧性的。戏剧的主人公总是有不可动摇的坚定的坚持到底的意志的人物，他们代表着两种不可调和的政治斗争或思想斗争。例如法西斯对民主，自由对奴役，集体主义对个人主义，马列主义对修正主义，资本主义对社会主义，宗教思想对无神论等，而每一种冲突中可以出现各种各样的性格的对立人物，他们的斗争的方式不管是悲剧性的或是喜剧性的，总是甲方战胜乙方，或乙方战胜甲方，没有丝毫妥协的余地。在悲剧中，例如《哈姆雷特》里的王子坚持要为父报仇，找寻凶手的确凿证据，牺牲爱情，牺牲生命，在所不惜。《梁山伯与祝英台》里的两位青年男女，为了争取婚姻自由，不惜牺牲一切，以殉情告终。在正剧中，也是一样，《玩偶之家》里的海尔茂始终没有改变态度，到最后娜拉要出走时，海尔茂只是用女子对丈夫对儿女的天职的一番旧道理（仍然是男权社会的道理）来挽留她，丝毫不表示服罪认错，而娜拉一旦觉悟之后，决心出走，也是绝不妥协，义无反顾。《烈火红心》里的许国清，不管他碰上多少困难，专家的不合作，落后工人的起哄，动摇分子的反对，技术上的困难，他意志坚定，奋斗到底，决不中途妥协。就是在喜剧中，也是一样，例如《伪君子》里的奥尔贡，始终不听子女们的劝告，死心塌地地相信伪君子答尔丢夫，子女们越劝得厉害，他越相信伪君子，把家财一起交给他，连老婆被伪君子调戏他都不信，不表示妥协，直到最后证据确凿，亲眼目睹，他才一百八十度的转变过来。《炼印》里的杨传，假冒按院大人去平反冤狱，也是意志坚定，坚持到底的，真按院来了，他也不表示妥协，设法击败真按院，事情办完后再离去。《样样管》里的吴立本和厂党委书记也都是意志坚强的，厂党委书记两次把吴立本用汽车"押"回家去，但吴立本想尽方法逃了出来，他们两人也从来没有表示妥协过，这样才能构成尖锐的戏剧冲突，构成好戏。没有坚强意志的人物不能作为戏剧的对立人物。所以在写对立面人物的时候，也要意志坚强，坚强到底；对立面人物意志的坚强就显得正面人物更坚强；两方面势均力敌，才能构成好戏。

在结构或分析一部戏的时候，必须把人物排成对立的阵营，正面阵营和反面阵营，本来反面阵营强于正面阵营，但在斗争的过程中形势逐渐起变化，本来在反面阵营的逐渐转移到正面阵营来，于是形势逐渐变化，但在表面上两方面还是势均力敌，斗争尖锐，直到最后决战，一面全胜，一面崩溃，矛盾统一，冲突结束。正反两个阵营中的人物不但数量上起变化，对抗的力量上起变化，并且正反双方的人物本身也在起变化，正面主角意志虽然不变，并且最后取得胜利，但性格上也不断起着变化。从总的剧情来看，人物阵容的变化，剧情的变化总是幅度很大的，"从顺境转到逆境，或从逆境转到顺境"，从成功到失败，或从失败到成功，从爱到恨，或从恨到爱。例如独幕剧《妇女代表》，正面阵营原来只有张桂容和翠兰二人，反面人物有王老太太、王江、牛大婶，戏一开始反面阵营看来势强力大，占压倒优势，而正面阵营势单力薄，处于劣势。但到后来牛大婶转到正面阵营里来了，接着在高潮中，王老太太也转过来了，王江孤立无援而失败了。这个阵营的改变说明新农村里新旧势力的对比，在新政府和群众的支持下，在新干部（如张桂容）的处处为群众谋福利的新作风影响下，新的势力必然能战胜旧的势力而取得胜利。这样的人物转化，剧情转化是符合新农村的形势的，所以是典型的。《红色宣传员》是最落后的生产班转变为最先进的生产班，落后的农民一个个转变成积极分子，而李善子的具有共产主义思想和作风的性格也因此得到进一步的发展。《第二个春天》里的海鹰号舰艇是从试验失败到成功，而年轻的女专家由不成熟到成熟。

剧情的转变是和人物性格的转变分不开的，剧情转变大，人物性格的转变也大，一般在悲剧和正剧里剧情和人物性格的转变幅度比较大，在喜剧和闹剧里转变幅度比较小。在大转变里还有无数的小转变，例如一部戏的总转变是由爱到恨，而其中小转变可以由忍受到不能忍受，由冷淡到烦躁。剧情转变幅度大的，如由爱到恨，那么人物的搭配必然和转变幅度小的如由冷淡到烦躁，完全不同；在幅度大的人物性格的对立必然强烈而又尖锐，例如哈姆雷特与克劳迪斯的对立，在幅度小的人物性格的对立必然较弱，如契诃夫《樱桃园》中一些人物的对立，如《评雪辨踪》里吕蒙正和刘翠屏的对立。人物性格的对立（或称搭配）必须根据剧情转变幅度大小来决定，如果你把契诃夫的人物对立放到《哈姆雷特》里去，或把哈姆雷特和克劳迪斯放进《樱桃园》里去，两个戏的剧情都得大大改变，不然这些人物的性格是无法表达的。从这儿我们也可以看出：典型人物性格是决定典型情节的主导因素，这是现实生活所规定了的不能勉强塑造的。

剧情转变和人物性格对立、转变的幅度大的，可以构成尖锐的富于戏剧性的典型性强的戏剧冲突，但剧情转变和人物性格对立、转变的幅度小的，也一样能构成尖锐的富于戏剧性的典型性强的戏剧冲突，主要看你对立着的人物性格写得鲜明、真实、深刻与否，看你从性格出发的情节安排得恰当与否。契诃夫和高尔基大部分的剧作都是属于后一种类型的，即转变幅度不大，但人物刻画鲜明、真实、深刻，所以人物意志的对立冲突仍然极其尖锐、富于戏剧性而又有典型意义的。描写人民内部矛盾冲突的戏就属于这一类型，所以要写好人民内部矛盾的戏，首要的任务是把人物性格写好，人物对立矛盾写好，情节和冲突安排好。《红色宣传员》之所以成功，主要就在于作者把人物写好了，人物对立矛盾写好了，由性格出发的情节安排好了，三者配合好了，真实地概括了生活，真正做到了在"典型环境中的典型人物"的高度思想性和艺术性密切结合好了。在武玉笑的《远方青年》里人物典型形象塑造得很好，人物搭配得也不错，但剧情安排上还存在着缺点，也就是说，在"典型环境"的创造没有赶上"典型人物"的高度水平，整个剧本的典型意义就受到影响①。

人物的心理状态分析得越细越好，在同一类型的人物之间如能掌握他们性格上的特点，掌握他们性格特点的差异，也能构成尖锐的矛盾冲突。例如《李双双》（李准的短篇小说，后改成电影）中的李双双和她的丈夫喜旺都是贫农出身，都是农业合作化运动中的积极分子，都是生产能手，都是公社里的好社员，他们又是一对恩爱夫妻，从大的方面来看他们是属于一个类型的人物，他们热爱劳动，热爱公社，热爱幸福的小家庭，性格上差别不大。但由于作者掌握了两人性格上差异的本质，构成了鲜明的性格对立。李双双一心为公，关心集体，身上闪烁着共产主义大公无私的精神，喜旺一心想做和和气气的好人，不肯得罪人，小资产阶级思想比较严重，作者掌握了这两人的特点，把两个性

① 详见顾仲彝的《初读新剧本〈远方青年〉》一文，《戏剧报》1963 年 4 月号。

格对立起来，在一系列正好表达他们性格对立的情节上，发生了尖锐的不可调和的冲突，构成了一部很好的戏。并且这两个人的性格特点是两种阶级思想，集体主义和个人主义的本质差异，于是两个性格就成为典型性格，两人的冲突成为典型的两种思想的冲突，于是整部戏就富于典型意义了。他们的冲突从李双双为了邻居拿了公社的木材吵嘴开始，后来又为义务劳动（开渠），队长的工分补贴问题，记工分问题到最后队长作弊喜旺知情不报问题，形成越来越尖锐的冲突。几乎闹到感情破裂的地步。这样小小的性格差异而能发展成这样尖锐的矛盾冲突，这说明作者掌握了典型性格，做好了典型性格的对立搭配工作，安排好了一系列典型情节，不但人物写活了，并且整个戏富于典型的思想意义。人物性格中的心理状态分析得细致而深刻，又能掌握住情节的恰当分寸，是写好人民内部矛盾，创造典型性格、典型冲突、典型事件的关键。思想认识不同，觉悟程度不同，就可以形成各种各样的性格对立。我们一定要掌握人物目前的情况，也要判断他今后的趋向，他的优点和他的缺点，而最主要的是他的性格特点。掌握好了各个人物的性格特点，才能搭配成一出好戏。世界上的人不可能只分黑白两种，有各种深度的灰色，还有其他颜色的人物，配搭成丰富多彩的生活图景。

典型化的另一重要意义是在剧本中写出人物的成长、发展或变化。世界上一切事物都在变化和发展中，人物也不例外。虽然剧本的篇幅小、时间短，不可能像小说里的人物有充分发展和变化的可能，但还得要写人物的发展和变化，不然这些人物不符合生活真实，也就不典型。戏剧是危机的艺术，危机是冲突的转折点。人物在一次次冲突中揭示了性格的变化或发展。人物经过这样一系列冲突之后，性格必然随之而起必要的变化，思想感情，甚至于世界观，都得随之而起变化。如果一部戏或小说里的人物从开头到结束始终不变，那这部戏或小说一定是一部坏戏或坏小说，因为它们不符合生活的真实。

戏剧既然是危机的艺术，那么剧情和人物性格的发展和变化必然比小说还要快，还要剧烈，还要紧张，因此幅度也往往比较大。我们看看中外古今的优秀剧作中人物性格变化较大的一些例子：

《西厢记》	崔莺莺	由严守礼教的闺阁小姐变成大胆去西厢会张生的背叛礼教的女性。
《穆桂英挂帅》	穆桂英	由消极退隐转变为积极抗敌救国的女英雄。
《罢宴》	寇 准	由奢华铺张大庆寿辰到罢宴。
《将相和》	廉 颇	由傲慢无礼转变为负荆请罪。
《乌龙院·坐楼杀惜》	宋 江	由文弱书生转变为杀媳并上了梁山。
《奥瑟罗》	奥瑟罗	由爱转变到恨。
《麦克佩斯》	麦克佩斯	由功高爵显的大将转变成众叛亲离的暴君。
《蠢货》	蠢 货	由鲁莽的蠢货转变为温柔的情人。
《玩偶之家》	娜 拉	由幼稚的家庭少妇转变为具有妇女解放先进思想的新女性。
《马门教授》	马门教授	由不问政治的学者转变为群众革命的鼓吹者。
《雷雨》	繁 漪	由封建买办资产阶级家庭主妇转变为争取自由的叛逆者。
《关汉卿》	关汉卿	由安分守己的太医转变为反抗暴政鼓动革命的英勇战士。
《北京人》	愫 方	由忍辱认命的封建妇女转变到脱离封建家庭敢于走入社会的女性。

　　以上这些例子说明要写活一个人必须让人物在剧本中有一定的成长和发展，不过有的改变的幅度大些，有的幅度小些。写人物的成长和发展的最大困难是要写得他自然可信，不是跳跃式的、没有充分理由和动机的突然改变，或只是在幕后改变，台上再次出现时已经是改变过了的。这需要作者首先在改变前作好充分准备，预先有伏笔和暗示；其次改变要有层次，要让观众看到他改变所经历的几个阶段，不是跃进，而是逐步前进。例如《玩偶之家》里娜拉从一个幼稚的家庭妇女改变成一个争取妇女解放的新女性。这样巨大的改变，恐怕在现实生活里要经过一二年或更多些的时间才能达到这样成熟的程度，但在戏里必须缩短，现在只经过两天的时间，实在是太短了。可是易卜生为了使娜拉的改变自然可信，做了不少准备的工作，在前两幕里设下了不少伏笔。她在第一幕里表面上看来对丈夫非常驯服，但骨子里是不满丈夫违拗丈夫的；丈夫不准她吃杏仁甜饼干，但她偷偷地买了，吃了，丈夫察觉了，她当

面抵赖。丈夫教训她不欠债，不借钱，她就冷冷地走开，说道："好吧，随你的便。"海尔茂批评娜拉的父亲，说他的坏话，娜拉心中不服，她说："我但愿能像爸爸，有他这样的好性格，好脾气。"在第一幕里作者尽量地把他们夫妻两个对立的性格写得非常突出，为他们今后不可调和的冲突打好基础。柯洛克斯泰的突然出现，从他那儿使她第一次知道她过去救丈夫而借钱的事是违法的，她迷惑不解。后来她为柯洛克斯泰说情而遭拒绝，又听丈夫说犯过假冒签名的柯洛克斯泰对儿女都有坏影响，不能不使她大吃一惊。在第二幕里她再次恳求丈夫，不但被拒绝，并且促使他提前发出那封退职信，这才使她从吃惊到初步觉醒，开始怀疑她丈夫的为人，但她还是以权威看待丈夫，相信丈夫这样做是对的，还没有动摇她对他深厚的爱情。等柯洛克斯泰再次上场，口头威胁不算，还看他把告密信丢入信箱内，她才认识到事态的严重性，为了不牵连丈夫，她决定自杀。在第二幕结尾她在数着还有多少时间可以活。从第二幕结束到第三幕开始大约过了一天半的时间，在这一天半之内，她把问题全盘考虑过了，她想到男权社会的法律对女子人格的侮辱，开始认识到海尔茂的真面目，但她还存有一线希望，等待奇迹发生。这一天半时间是娜拉性格转变的紧要关头。当他们从舞会回来，由于一天多的思考，对自杀的念头已冲淡了一半，她衷心希望奇迹发生。但海尔茂看了柯洛克斯泰的告密信后暴跳如雷，顿然使娜拉彻底觉悟。她在一天半时间内所最怕发生的事发生了，奇迹的希望破灭了，自杀的念头也因此打消了，她的理智突然升起，控制了她的一切。所以她对丈夫的发怒淡然处之，一切疑虑、苦闷、担心、惊慌都烟消云散了，她顿时清醒得像冷静的哲学家一样，并且已经选择好另一条出路——出走。娜拉从惶惑到吃惊，从吃惊到怀疑，从怀疑到觉醒，从觉醒到认识事态的严重，从认识到决定自杀，从决定自杀到希望奇迹，从奇迹幻灭到决心出走，是一步步转变过来的，易卜生交代得十分清楚。再看莫里哀的《伪君子》里奥尔恭的性格发展也是层次分明的：他首先看到答尔丢夫在教堂里祷告的时候非常虔诚，使他对答尔丢夫发生好感，招他到家里来住，在家里看他恭顺有礼，便从好感发展到信任，信任他到这种地步，把有关生死的秘密信件连同小匣子交给他保管，再从信任发展到崇拜，愿意把女儿嫁给他。奥尔恭的性格发展是逐步的，不是跳跃的，所以是可信的。并且他的性格变化是用他的一连串错误的事实来说明，因此是非常清楚的。他的第一个错误是把答尔丢夫带到家里来住，第二个错误是把有秘密信件的匣子交给他保管，第三个错误是强迫女儿嫁给他，第四个错误是把一切财产过户给他管理；错误越来越严重，泥沼越陷越深，一错百错，成为连锁反应，合理自然，顺流而下。到最后目睹坏蛋向妻子求欢，才从盲目信赖一跃而成大彻大悟，也是合理而可信的。

但奥尔恭犯第一个错误时决不是偶然的，决不是无缘无故的。错误必然有来源，就像植物有根一样。一棵草在泥土里决不是偶然长出来的，它一定有一粒种子落在泥土里，到了春天种子先在泥土里生出须根，然后再长出地面，成为一棵草。人做一件事也是一样，先要在心里有个动机，遇到适宜的气候时，这动机就发展成欲望，意向而成意志，有了意志便开始行动。所以在戏里任何人物的行动都得有动机和意志在行动的后面；没有动机和意志的行动是不能令人信服的。比如一个人心里有一颗"野心"的种子，它在逐渐生长，在生长的时候必然遇到其他力量的压制，发生矛盾，"野心"的种子就在人心里的矛盾中长大起来，到了适当时机，动机就在心里形成决心，有了决心就开始行动。从动机到行动是心里内部矛盾的发展，有了行动便和其他人的意志发生冲突，成为外部矛盾；外部矛盾引起他心里新的决心，新的决心又形成新的行动，新的行动又引起和别人新的冲突，这样相互推移，一直到矛盾统一后再出现新的矛盾为止。这粒"野心"的种子的来源可以在他性格的社会的、心理的、外貌形体的三个方面找根源。种瓜得瓜，种豆得豆，决不会种瓜得豆或种豆得瓜。人物性格的发展和变化必须根据他的性格特点而来的。不根据人物性格特点的性格发展是不能令人信服的。娜拉性格中的反抗性、独立自主的要求，剧作者早在第一幕一开场就埋下了种子，所以到第三幕结尾她采取反抗和出走的行动是令人信服的。

人物行动的动机必须交代清楚，也就是说，人物的一切行动必须符合他的性格。有些剧本的人物一开头就使观众感到不可信，有的人物性格变化没有充分的理由，有的人物在前面几幕性格很一致，但到最后一幕他的行动成为不可理解。莱辛曾经讲过一个笑话，有一天戏院里演出一个悲剧，女主人公在最后一幕里无缘无故地突然死去，一位观众问他的邻座道："她怎么会死的？"那邻座回答道："怎么会死？因为到了第五幕。"莱辛说："第五幕的确是一种恶毒的病，使多少人在前四幕看来可以活得长的，就这样断送了性命。"① 中国戏曲剧本往往用大团圆结束，有的也非常勉强，不符合性格发展的逻辑。例如旧本《十五贯》的结尾，熊氏弟兄不但冤情大白，并且都做了官，结了婚，皆大欢喜大团圆结束。也有相反的例子，如话剧《桃花扇》的前六场戏一直把侯朝宗作为正面人物来写，虽然写得软弱些，但还不失为一位有志气的文人，但到第七场他忽然穿了清朝的装束上场，不但使李香君大吃一惊，在观众来说也大大出乎意外。这种性格的突然改变，在前几场里他的动机是表现得不够清楚的。动机写得好与不好，第一要写得清楚，点得清楚，或暗示得清楚。如果观众不明白他为什么这样做，那么戏就软弱无力了。其次，性格发展要逼真可信。但人物的行动也有因民族和社会风尚的不同而有所差异，例如西洋人看了我们的《梁山伯与祝英台》，常常觉得奇怪，问我们为什么祝英台在"十八相送"的一场里不直截了当地向梁山伯说明她是女子呢，因为西洋女子在这种情况下是会那样做的，但在当时从小受过封建礼教熏陶的中国女子就绝不会那样做。有些现代青年人看了《梁山伯与祝英台》也会奇怪，问他们在"楼台会"一场为什么不商量设法逃走呢。可是在当时的社会里这样做也是不可想象的事。所以在考虑性格发展的逻辑行动时，必须顾到民族特点和时代特点。还有一些人物行动按理说是不能令人相信的，但作者如果处理得当，也能使观众信以为真。例如《威尼斯商人》里夏洛克借钱给安东尼奥，不要利钱，只要割他身上一磅肉，这种要求是荒谬到了极顶的，但莎士比亚强调了夏洛克对白种人的民族仇恨，这种事也就成为可信了。这是把动机写好就能把荒谬的行动变成逼真可信的好例子。如果在剧本创作中排斥这种在生活里看来是荒谬的行动，那将使戏剧创作蒙受多大的损失！古典戏剧中有多少这样荒谬的行动，例如公差假扮按院（《炼印》），太守的妻子假装渔家女去耍弄宰相的儿子（《望江亭》），孙悟空七十二变

---

① 莱辛：《汉堡剧评》。

（《三打白骨精》），人鬼幽会，死而复活（《牡丹亭》），博士出卖自己的灵魂（《浮士德》），孩子梦游仙境（《青鸟》），等等。

　　除了用清楚和合乎情理作为动机的考验之外，另外有一个考验方法是看人物的语言是否符合人物性格特征和性格发展。语言是表达性格最重要的手段。性格化的语言是戏剧语言最高标准之一。语言能表达出人物的心理状态和内心活动就是性格化的语言，既要准确，又要含蓄，又要精炼，又要能表达人物的意志活动。这对剧作者是最大的考验，又是最艰巨的工作。表达性格发展或变化的台词，除了内心独白和旁白外，必须有富于潜台词的对话。潜台词就是台词的弦外之音，通过台词和动作可以让观众看得清清楚楚他心里在想什么，起什么变化。一出独幕剧要让人物的性格、思想起相反的变化是件极不容易的事，但也有这样的例子。爱尔兰作家格莱葛瑞夫人的《月亮上升的时候》[1] 是不易多得的好戏。戏很短，但巡长从想得赏格逮捕革命者到放弃赏格释放革命者，其间意志改变的过程通过台词表达得十分清楚，并令人信服。巡长带了两个警察来海边码头上逮捕越狱的革命者。他有妻子儿女，十分需要这一百镑的赏格，并且还有升级希望；他身为巡长，不管他是否同情革命，职责所在，他必须依法办事。所以他上场的时候，一心要抓住革命者，领取赏格。但他是爱尔兰人，也曾同情过革命，这是他性格转变的基础。这个基础作者在戏一开场就埋下伏笔：他在念完布告以后，就说："他们都说，他非常了不起；他们整个组织的一切计划，都是他想出来的。"这句话就说明他对革命者的崇敬之心。还有，警察乙的话（他说："假使我们真把他逮捕了，除了挨百姓的痛骂以外，我们什么都得不到。也许我们自己的亲戚都要痛骂我们的。"）对他也有一定的影响。但当时他的意志是要逮捕革命者，他听了警察乙的话之后说："呃，当了警察，就得尽警察的责任。要保卫法律，维持治安，整个国家不都仗着我们吗？"从巡官对付革命者（假装卖歌词的男人）的态度上可以看出他是忠厚老实（他对男人所讲的"逃犯"的可怕形象，信以为真）和胆小怯懦（把男人留下来帮他看守码头）。革命者于是唱革命歌曲来

---

[1]　俞大缜译：《格莱葛瑞夫人独幕剧选》，人民文学出版社。

打动他，引出巡长在年青时候也曾倾向过革命的一段话：他如果不参加警察队伍，没有妻子儿女，他可能也参加革命①。这一段话是他性格意志转变的转折点，从此他的思想感情已倾向于革命，他虽然嘴上还好像很硬，但心里已软下来了。以下一段台词富于潜台词，富于内心冲突：

男　人　巡官，您虽然穿着警察制服，系着腰带，您脑子里面也许有过这种思想：还不如跟着格兰纽爱尔走哩。

巡　官　我怎么想法，和你不相干。

男　人　巡官，也许您还是会向着国家这一边的。

巡　官　（从木桶上跳下来）你不要和我说这类的话。我有我的责任，我也知道我的责任是什么。

他的内心矛盾越来越激烈，虽然接着他叫男人别唱。

巡　官　你如果再唱下去，我要把你逮捕起来。
　　　　〔下面他吹着这个调子来回答他。

巡　官　这是一个信号。（站在男人和台阶当中）你不许从这儿过去……向后退远一点……你是谁？你不是唱民歌的。

男　人　你用不着问我是谁，那张布告会告诉你的。（指着布告）

巡　官　你就是我想要逮捕的人吗？

男　人　（摘下帽子和假发，巡官接过帽子和假发）我就是他。逮住我有一百镑的赏格。我有一个朋友在下面那只船里面。他可以把我带到一个安全的地点。

巡　官　（还是望着帽子和假发）真是可惜！可惜！你骗了我了。你真会骗我。

─────────────────

① 原来巡官的台词是这样的："……假使不是因为我有老婆，有家，假使当时我没有加入警察的队伍，那么此刻可能是我从牢里面逃出来，藏在黑角落里的人，此刻倒坐在我现在坐的这个木桶上面。也许我现在正偷偷地想从他这儿逃走，也许他是守法的，我是犯法的，我也许想一枪打中他的脑袋。我也许有一块石头，干你说的他干的那种事……不，我自己干……"（见《格莱葛瑞夫人独幕剧选》）。

男　人　我是格兰纽爱尔的朋友。逮住我就可以拿到一百镑。

巡　官　真是可惜！真是可惜！

"真是可惜！"是一句富于潜台词，富于内心冲突，富于意志踌躇，富于性格变化的好台词。正在这时候，警察甲乙两人回来了。这迫使他作出最后决定——

巡　官　我的同事们来了……

男　人　你不会把我出卖……我是格兰纽爱尔的朋友。（溜到木桶后面）

巡官的最后的关头到了，从下面的对话中就知道他经过一场激烈的内心的冲突之后，作出了最后的决定——

警察甲　有人上这儿来过没有？

巡　官　（稍停）没有。

警察甲　一个人都没有吗？

巡　官　一个人都没有。

在这儿巡官已从戏开场时作了一百八十度的转变，而转变过程却极其自然而可信。

　　人物意志作一百八十度转变的在上面已经举过两个例子：《玩偶之家》的娜拉和《月亮上升的时候》的巡长。但这样大幅度的意志转变和性格变化在古今中外的剧本中究竟还是少数。在短短两三小时内使人物的意志和性格发生这么大的转变确有很多的困难，不像小说有充分篇幅和较长的时间可以做到。就是娜拉在三天之内起那么大的变化，还有人认为不大可能，不大可信，认为"近代戏剧中娜拉是最令人吃惊的例子"[1]。当然，人物性格和意志必须要有发展和变化，如果一个人物始终

----

① 　阿契尔：《剧作法》。

编剧理论与技巧　第五章　戏剧人物

291

不变，从头到尾抱着同一的态度，正如阿契尔说的："这种人物其实并不能算是人，只是两三个特征的化身，这些特征在出场十分钟内就已表现无遗，以后便只是不断地重复再现，正像一个循环的小数似的。"而变化太大又很难令人信服，正像屈莱顿说的："我们这些考虑不太周详的祖先们的弱点之一就在幕下落的时候让人物性格起实际上完全相反的变化。"① 有的作家把较大的性格转变放在幕后，即幕与幕之间，这也不是妥善的办法，观众要求亲眼看见他们在性格和意志上起变化。剧中人物的命运可以有，并且应当有比较大的变化，从顺境转到逆境，或从逆境转到顺境，但人物性格不一定跟着起那么大的变化。当然，在可能的范围内，性格和意志发展或转变越大越好。所以性格发展的另一意义，也许可以说在戏剧中更重要的意义，是性格的逐步揭示和表现。人物在每一危机中是揭示性格的好机会，最大危机是揭示性格最深刻的地方；在一个剧本里有不少危机性的事件，每一危机中的意志冲突揭示出人物性格的某一方面，在最大的危机中，亦即高潮中，人物揭示出他性格中最深刻最隐藏的一面。观众也在人物性格的逐步揭示中，逐步认识这人物的性格，认识也就越来越深刻越全面。危机是人物性格的考验场所，一个人遇到危险境地时才显露出他的勇敢来，遇到要他牺牲生命时才显示出他的真正的爱来，遇到诱惑或威胁时才显出他的刚强意志和高贵品质来。人物性格的发展主要是人物性格的逐步揭示。例如《关汉卿》里的元代大戏剧家在阿哈马要求他修改剧本时是一个危机，他坚决不改，就在这危机中显示出他的刚强性格和坚定意志；到监牢里王和卿以死来威胁他，以高官厚禄来引诱他时，这是一个更大的危机，关汉卿表示不屈服，又揭示他富贵不能淫、威武不能屈的高贵品质。关汉卿的刚强性格、坚定意志和不受利诱威胁的品质早已有之，并非是性格发展而来，但在剧本中却逐步地揭示出来，使观众对这人物的认识越来越深刻。有人认为近代戏剧只有性格揭示，没有性格发展，这也不符合事实。人物性格必须发展，性格总是在内外矛盾中逐渐成长和改变，世界上没有不变的事物，也没有不变的性格。

---

① 屈莱顿：《论戏剧诗》。

所以，我们可以作这样的结论：性格必须发展和变化，但发展和变化的幅度要根据具体性格的本质和环境的压力来作决定。在写人物性格发展或变化的同时，必须在剧本中逐步揭示性格，越揭示越深刻，最后创造出鲜明生动丰富多彩的人物形象。

四、如何在剧本中表现人物

现在我们来谈谈有关人物性格表现的一些具体问题。

剧作者在研究、熟悉剧中人物的时候，必须对每一人物不论是主要的或次要的，了解得越多越细越透就越好，但在具体表现这些人物时不可能把一切人物都一视同仁，加以细致的刻画和描绘。这仍然是戏剧的篇幅问题。戏剧受时间和空间的严格限制，在两个半小时内，一个剧本中的人物必须分出主次，重点突出——这是戏剧艺术的局限性，也是它的艺术特征。剧作者在安排人物时必须分为主要的、重要的和次要的三类，或把他们分成主角和配角两类。对主角必须给以较大的表现篇幅，细致的描绘和心理的分析，对配角只要突出他们主要性格特征就可以了。至于跑龙套式的一些角色，在戏里只是起造成气氛、加强声势的作用，只要从服装和姿态上能让观众一眼就识别他们是何等样人就可以了。在人物表现上也应当严格遵守重点突出的普遍的艺术原则。有些戏里配角过分突出，喧宾夺主，不但损害了戏的完整统一性，减弱了主角的应有地位，并且往往引起观众在视听上的混乱，分散了他们的注意，冲淡了主题思想的集中贯彻。

为了便利起见，从表现人物性格的角度上来看，我们不妨把人物分为三类：只有一般性格特征的类型人物，有特殊性格特征的性格人物，精雕细琢的心理分析人物（或简称心理人物）。在一个剧本里，按常规来说，主要人物（主角）应当是心理人物，重要人物（重要的配角）是性格人物，而次要人物（次要配角）是类型人物。

类型人物是以共性为主要性格特征的。中国戏曲里有不少定型的类型人物作剧本的配角，如媒婆（彩旦）、纨绔子弟（丑）、机灵的丫头（小旦）、奸臣（白面净）、军师（末）、将士（武行）、贪官（丑）……

等都是。西洋的传统戏里也有不少定型的类型人物，如吹牛的兵士、狡猾的仆人、傻小子、聪明的女仆、醉汉、饶舌的女人、流浪汉、唱歌谣者、赌棍、游方僧等。这些人物，由于他们不是剧中主要人物，只要使他们类型共性清楚可辨，就完成了任务，尤其在独幕剧里，篇幅有限，除了一两个主要人物外，其余的一般都是类型人物。例如，前面举例的《月亮上升的时候》里警察甲、乙就是类型人物，类型人物一般没有发展和变化，在剧中前前后后出场时，总是把他们性格中最主要的特点一再重复而已。在喜剧里，尤其在闹剧里，类型人物用得比在悲剧和正剧里更广泛、更普遍。喜剧、闹剧有时以情节为主，人物主要突出那性格被讽刺被夸张的一面，所以很容易流为类型人物。例如，莫里哀笔下的悭吝人是根据传统喜剧的悭吝类型人物，稍加性格化而成的，所以仍然带有类型的性质。

从戏剧史来看，早期的戏剧里都是类型人物，后来经过文人的加工后，才创造出性格来。例如中世纪宗教剧里的人物都是类型人物，非常简单，三个玛丽，一无区别。宗教剧后来发展成"道德剧"，以抽象概念为性格，如美德、公正、嫉妒、邪恶……都是，一听到他们的名字就知道他们的性格。到了16、17世纪才把类型人物逐渐性格化，而真正写好人物的剧作家为数也不多。西洋戏剧中人物达到高度性格化是在19世纪中叶以后。中国最早的古典戏曲宋、元杂剧里的人物一般说来都是非常简单的，后来经过历代文人的加工和艺人的创造，才逐渐鲜明丰富起来。但类型人物有一个好处，观众一看就明白他是何等样人，加上如西洋喜剧的类型假面具，中国戏曲的脸谱和装束，观众不假思索就能一目了然；这也是它们受到欢迎的一个原因。

在一出人物较多的剧本里，极其不重要的角色可以而且应当用类型人物，让观众一见就认识，不让这些人物多占宝贵的篇幅，而让主要人物多占篇幅，多加描绘，多引起观众的注意。不然的话，就会喧宾夺主，削弱了主要人物，破坏了全剧的有机完整性，也损害了主题思想的突出。例如川剧《秋江》是《玉簪记》中的一折，作为单独一个折子戏演出，这是一部很好的轻松喜剧，尤其老船夫幽默风趣，生动鲜明。但在整本《玉簪记》来说，这样演法，船夫的性格过于突出，这一折戏老船夫成了主角，而陈妙常反而成为配角了，反封建的严肃正剧变成轻松的喜剧，格调也不一致。所以在《玉簪记》整本演出中，这一场戏的演法就得完全改动，压缩老船夫的篇幅，突出陈妙常焦急追赶的戏，才能使这一折和其他几折和谐一致。不过，话也得说回来，类型人物也不能描写得模糊不清，而只须把人物性格的共性特征突出出来，避免不必要的发展和变化；但如有发展和变化，也不让他们在台上当众进行，而在幕间台后，事后补行交代一下就可以了。一般说来，次要人物的发展和变化可以比主要人物大，因为他不在台上发展和变化，不占篇幅，只要转变得合乎情理，由于他是次要人物，观众也不会认真追究。就最近新创作的话剧来看，我认为《远方青年》中的次要人物玛依拉和亚尔买买提是写得极为成功的。他们两人都是属于类型人物（不安心于牧场工作的落后青年），前后出场只短短三次，第三次出场突然转变了，由他们自己用台词补叙转变经过，观众对他们还是信服的。类型人物的描绘，虽然不是精雕细琢，只是淡淡几笔，但要写得轮廓清楚，是需要相当功力的。萧伯纳在好几个剧本里对不重要的人物作不必要的细致描绘，是得不偿失的。导演和演员也应当注意这一点，不能让扮演次要人物的演员在台上大显才能，大加发挥，而破坏了整体。

对剧本中主要人物应有鲜明性格和细致的心理分析。性格人物和心理人物是有一定差别的。阿契尔写道："性格描绘是人的本性的表现，大家能认识、了解和接受的性格特征。心理分析是人物性格的挖掘，把在我们知识范围内还不知道、不理解的深奥莫测的心灵领域揭露出来。"[1] 这种说法未免过于神秘。韦尔特写道："性格描绘是辨识人物，心理分析是揭示人物。性格描绘表现人物性格的已知领域，而心理分析是揭露人物性格和品质的根源。"[2] 性格描绘和心理分析只是深度上的差别，没有性质上的区分，因为不管是性格描绘或心理分析在戏里主要通过演员的动作和语言来表达，前者是通过行动和语言来揭示性格特征，后者是通过行动和语言来挖掘内心活动和心理变化。

前面我们已经讲过人的性格是复杂的多方面的，心理活动是变化多

---

[1]　阿契尔：《剧作法》。
[2]　韦尔特：《独幕剧编剧技巧》。

端的，在一出两个半小时的演出里，不可能把一个即使是最重要人物的性格和心理活动全部都交代出来。在小说里比较可以表现得多方面些，而在戏里必须重点突出。那么应当突出性格和心理的哪一方面呢？这虽然要根据剧本的主题思想来作具体规定，但大体上我认为要突出人物的意志和动机两个方面。意志已在《戏剧冲突》一章里讲过，动机也在本章第三节里谈到，我不在这里重复了。不过还有一些言而未尽之处，我想在这儿补充几句。意志是人物行动的性格根据和动力，动机是形成意志的基础；意志是在戏剧动作中具体表现出来，动机是意志活动的心理过程，也必须用动作和细节表现出来；两者有密切的联系和不可分割的关系。一个性格软弱（即意志软弱）的人不能够担负起贯串全剧的冲突，所以这样的人不能选来作为剧本的主要人物。剧作者需要的人物，不仅应该愿意斗争，并且要有坚强的决心和持久的毅力把斗争进行到底。主人公刚一出场可能是个软弱的人，但他必须愈战愈强；主人公一出场也可能是个坚强的人，但他愈战愈弱，可是他即使软弱下去，也还须保持韧性和持久的毅力，忍受他的羞辱到底。有许多人看来不是好斗的人，在强者面前总是退让忍受，但他们总是最后得到胜利，比如慈祥温厚的母亲（例如《我的一家》里的母亲），以柔克刚，坚韧不拔，他们实在是最坚强的人。哈姆雷特常常被认为意志薄弱的人，迟疑不决，踌躇不前，其实不然，他为父报仇的决心是非常坚定的，不过他要掌握足够的证据之后才肯行动，这是他的性格特征；他为了决心报仇，忍心抛却心爱的我菲莉霞，置之于绝望之境而不顾，为了避免叔父的猜疑而装疯，都表示他坚定不移的意志和忍受一切的毅力。所谓软弱的人总是克服不了自己内心矛盾的人，总是下不了决心的人，只有意愿而没有行动的人。其次，人物写得意志软弱还由于环境压力或对方意志写得不够坚强所致，那不是人物本身的问题，而是作者的问题，这往往由于作者的主题思想立得不够明确肯定，或者作者没有把人物放在最适宜表现他意志的戏剧情境中，使他的意志无从发挥出来。或者作者没有安排好适当的环境（一连串的情节），让人物的意志得到培养与锻炼。人总是在一定的情境中才能充分表现他的性格和意志。泼辣斯说过："人物性格的显示不靠别的，只靠把人物放在一定的社会关系中。"①贝克也说："环境越表现得透彻，人物也能了解得更深刻。"②他还说："人物是附属于动作的，因为动作，不管它的范围多么有限，表示了'一定的社会关系'，而社会关系一定比任何个人的行动要广阔得多，所以它决定着人物的行动。"人在没有下定决心时，是不会行动的，如果剧作者写出的人物还在意志形成的过程中，当然他不可能有明确的行动；于是作者强迫他行动，这种行动就不可能表达性格和意志了。例如《坐楼杀惜》的宋江，如果没有下定决心要取回那封有关他身家性命的信，他就不会和惜姣冲突，不会做出一连串的行动，直到最后杀死惜姣。宋江对女子一向是宽大忍让的，不肯和她们无端争吵的，在一般情况下要他和惜姣作生死斗争，他是极不愿意的，那么戏剧冲突就很难造成。但当发生了梁山的密信被她偷盗了去，在这样特殊的人物关系中，他的意志马上坚强起来，非收回那封信决不罢休，于是他和惜姣争吵起来，甚至于最后用刀杀了惜姣。宋江的坚强决心和他与他本性相违背的杀人行动，要不是放在这样的戏剧情境中，是无法表现出来的，如果作者强迫宋江这样做，那就不但观众不相信，并且没有这种特殊情境他也决不会那样做。所以要创造典型人物，你须先有典型环境。寻找必要的戏剧情境是写好人物的必要前提和先决条件。所以严格地说，有性格的人，只要把他放在适当的戏剧情境中，总可以表现出他的坚强意志和斗争性来。

为什么在戏剧中表现人物性格只着重动机和意志呢？这是戏剧艺术的特点：即剧中人性格主要以人物行动表达出来所决定的；一方面戏剧人物比小说的人物要简单得多，另一方面戏剧人物性格的各个方面（倾向性、气质、能力、兴趣、性格特征等）必须通过动机和意志表达出来。由于剧场的空间、时间的限制，戏剧的主人公须具有更集中、更突出的性格。黑格尔在《美学》一书中写道："戏剧中的主角大半比史诗（即今之小说——引者注）中的主角较为简单。要显出更大的明确性，就须有某种特殊的情致，作为基本的突出的性格特征，来引起某种确定

---

① 泼辣斯：《戏剧的技巧》。
② 贝克：《戏剧技巧》。

的目的,决定和动作。"①他又说:"主人公是在一定的地区和目标的范围内,制造一种单纯的情欲和另一种相反的情欲之间的尖锐冲突。……戏剧作品中的人物为了一种特别的情欲所主宰,因而我们就能清晰地看到性格的主要特征。"这里所说的"情欲"就指的是"人物的动机和意志"。他接着说,因此比起小说来,戏剧在人物描写上"就具有更多的思想、感情和憧憬的紧张性与集中性。人物的单纯情欲(欲望、即人物性格的主要特征)和强烈的情绪,就使得他的性格、他的形象分外鲜明而准确,于是作者的语言、叙述和描写成为不必要了,人物也就在自己的情绪的推动下,用自己的语言、行动来表现自己了。主人公的单纯情欲(主要情绪)往往是不难一望而知的"。戏剧里的人物主要表现他的情欲(动机和意志),并且表现的时候比小说更集中更紧张,并带有更强烈的情绪,他主要依靠自己的语言和动作来表达,用不着剧作者用语言来说明、叙述和描写。戏剧的人物必须单纯、准确、清晰、目的性强、富于动作性,还有情绪强烈。这是戏剧人物性格的特征。

情绪强烈是戏剧人物的重要特点。没有强烈情绪的人很难做戏剧的主人公。中外古今成功的剧作里主人公几乎没有例外地一定是感情丰富、情绪强烈的人。古希腊悲剧中的普罗米修斯、俄狄浦斯王、美狄亚等,莎士比亚悲剧中的哈姆雷特、奥瑟罗、李尔王、麦克佩斯,易卜生剧本中的娜拉、斯托克医生、海达、盖勃勒等,中国元代剧作家关汉卿写的窦娥、关羽、谭记儿、赵盼儿等,王实甫的崔莺莺,汤显祖的杜丽娘,洪升的李香君,戏曲中的梁山伯、祝英台、白素贞、王宝钏、张飞、秦琼、秦香莲、武松、林冲等,中国现代话剧中的周繁漪、愫方、勾践、关汉卿、邓世昌、李有国、许国清、郭大娘、罗舜德、张桂容等,没有一个不是感情丰富、情绪强烈的人。就是你写一些头脑冷静、理智较强的人,如亚里士多德、达尔文、班超、李时珍、别林斯基、詹天佑等人,在剧本里不能强调他理智上的成就,而要突出他们的感情生活,写他们对事业、对人民的强烈情绪。戏剧人物的行动总是从感情出发,多于从理智出发,人物性格中有强烈感情的才能感染人,激动

---

① 黑格尔:《美学》第1卷。

298

人。我们歌颂科学家的创造发明，不是歌颂他们的发明本身，不是歌颂他们超人的智慧和渊博的学识，而是歌颂他们为拯救世人的疾苦的动机和决心，和他们的发明给人类带来巨大的幸福。为自己的名誉地位而进行发明的科学家，在剧本里是没有地位的。因此剧本的主人公必须赢得观众的同情，观众对人物没有同情就引不起他的兴趣，造不成悬念，也得不到情感的反应。你对人物有了同情就有亲切之感。所以有人说剧中人物不应当好到完整无缺，成为超人，也不应该坏到跟魔鬼一样，不能理解。这不是说好人一定要写缺点，也不是说坏人要值得你同情，而是说好人要值得你同情，坏人要让你理解。把人物写成像超人的天使和地狱的魔鬼这些在我们感情以外的人世上不可能存在的形象，是不能引起我们同情或理解的，就不能激动我们的感情。但剧本中的好人和坏人是艺术家集中概括社会上的好人和坏人而创造出来的典型形象，所以比我们熟悉的好人要高一头，但和我们还有许多相同之处，他是群众的一员，但又比普通人高一些；如果他不比我们高一点，我们对他的同情、我们对他的爱，也就不可能比一般人更强烈。反过来，坏人也是如此，如果剧本中的典型坏人不比我们熟悉的坏人更坏一些，那么我们对他的憎恨、厌恶，不会比一般坏人更强烈一些。当剧中的好人应该得到这种或那种幸福而得不到的时候，我们才对他表示同情；当坏人不应当得的权势而偏得了的时候，我们才对他表示反感或憎恨。同情程度的深浅决定于他应该得到什么和得不到什么之间的差距而有所区别，憎恨也是一样。娜拉之所以赢得我们的同情，是由于她那样热爱丈夫，为了拯救丈夫的生命而去做违"法"的事，事发之后她又甘愿牺牲自己来挽救丈夫的名誉地位，她这样善良无私的品质应该得到丈夫和社会的崇敬和表扬，得到家庭的幸福，但一切适得其反，她得到的是咒骂、轻蔑、家庭的破裂、法律的制裁，因此她赢得我们深厚的同情。但娜拉不是一位超人，不是一位妇女解放运动的事业家，她是一个普通的家庭妇女，她曾是丈夫的驯服的小鸟儿，没有明显的反抗的意志，但她一旦觉悟之后，她敢想敢做，毅然出走——这是她比普通家庭妇女高一头的地方，这样的人物才赢得观众的同情和崇敬。海尔茂也不是一个十恶不赦的坏蛋，他在资本主义社会里还是一位循规蹈矩的恪守本分的好丈夫，但他的夫权思想和维护男权社会法律方面却又是个顽固堡垒，引起我们对他和他所代表的社会的反感和憎恨。他们一方面是普通的人，和我们自己有许多相同的地方，但又有显著不同之点，高人一头或坏得更突出，才能引起我们强烈的同情和憎恨。

如果我们在戏里把主人公写得冷冰冰的，毫无感情的，那么即使他说一些正确的话，做一些正直无私的事，而仍然引不起观众的同情，这是因为作者没有把人物的感情写出来。只写抽象的品质，性格的概念，而没有人的情感，那就好像人只有骨骼，而没有血肉；人物只有概念而没有情感就不是真正的人，观众不会对他有情感的反应。人发生情感时总是在他有了欲望的时候，他的欲望有高有低，有追求人类自由解放的欲望，也有追求自由恋爱的欲望，当他在追求正当的欲望时，遇到了障碍不能顺利达到他的目的时，人们就对他发出同情。如果他所追求的是不正当的，非正义的，我们就发出反感或憎恨。所以正面主人公所追求的总是正当的，正义的，合理的，自然的；反面人物就恰恰相反。要写得人物有强烈的感情必须写好人物的动机和意志。动机不明意志不坚强的人物决不可能有强烈的感情，也引不起观众强烈的情感反应。动机主要说明人物内在的心理活动，意志主要表现为外在的行动，内在的心理活动和外在的人物行动结合起来就成有骨骼有血肉的活的人物。

现在我们来谈谈在剧本中表现或揭示人物性格的一些具体的常用的方法。

第一，最有效的方法是通过人物的行动。中国有一句谚语："事实胜于雄辩。"外国也有一句谚语："动作比说话讲得响亮。"动作不仅能清楚地说明性格，并且给观众不易磨灭的印象。这是最生动的方法，也是最经济的方法；有时一个鲜明的动作只花几秒钟的时间，但比说上半小时还要清楚，还要印象深刻。这种动作是形体的也是内心的，这种动作可能很微，一举手，一皱眉，但它能表达性格，又是性格形成过程的表现。尤其在危机或高潮中下定决心时所表现的动作，最能揭示性格的深处和表达性格的转变。在危机或高潮中人物必须要有行动，并且必须是性格的行动，这样的危机或高潮才能给观众一个难忘的印象。用话来说明危机或高潮，而不用人物的动作，那是危险的，人物性格既无法具体揭示出来，危机或高潮也会变得软弱无力。例如，《将相和》里蔺相如在秦王阶下油锅当前，不动声色，但在廉颇挡道时，他三次让道，这两种行动看来是相反的，但把对外敢于斗争对内忍让以求团结的蔺相如写活了。《黑旋风李逵》中的李逵，大闹忠义堂和负荆请罪两种行动也把莽撞而又勇于改过的李逵的可爱性格揭示出来了。《四进士》中宋士杰闯公堂告贪官，官要打他四十大板才能准状，他就甘愿挨打，自己扑在地上叫衙役打，这种行动充分揭示了他见义勇为不畏强暴的性格。《妇女代表》中张桂容对丈夫王江一再让步的许多行动和最后跳上炕去，大声喊叫，打开箱子，取出地契等行动深刻地生动地刻画出了农村新妇女的性格特征。《甲午海战》中方仁启扯白旗，邓世昌扯帅旗的行动，显示了一个卖国投降一个为国捐躯的两个相反的人物性格。这种例子举不胜举，尤其在危机或高潮中，都有或大或小的强烈行动，充分揭示了主人公的特定性格。

揭示人物性格的行动不仅限于危机或高潮中的行动，任何其他行动或行动细节都能揭示性格。有时人物的某一方面性格不可能在危机或高潮的大行动中表现出来，那么就得添上一些专为揭示性格的行动细节，来揭示性格。这些行动细节可能与剧本的主题思想和戏剧冲突无关，但为了揭示性格，添上这些细节是完全可以允许的，有时甚至是必要的。不过这些细节行动必须简短有力，和其他行动有紧密的联系。例如，在莎士比亚的《恺撒遇弑记》一剧里有几段描写勃鲁脱斯仁慈和蔼性格的细节行动，真是莎士比亚的神来之笔：第四幕第三场，勃鲁脱斯带兵日夜征战，疲惫不堪；到了晚上还要和凯歇斯在营帐里争吵，凯歇斯离去时已是深夜，但勃鲁脱斯心事重重还不想睡，而侍候他的人却倦得眼都睁不开来，勃鲁脱斯看到了，十分不忍，他对琉歇斯说道：

> **勃** 什么！你说话好像在瞌睡一般？可怜的东西，我不怪你；你睡
> 得太少了。……

后来兵士伐罗和刻劳迪斯二人进帐来保卫他，他对他们说：

勃　请你们两个人就在我的帐内睡下，也许等会儿我有事情要叫你
　　们起来到我的兄弟凯歇斯那边去。

伐　我们愿意站在这儿伺候您。

勃　我不要这样！睡下来吧，好朋友们！……

这一小段行动细节多么生动地写出了勃鲁脱斯性格中仁慈和蔼的一面，他的民主精神，他对兵士们的关心和爱护，好像对自己的儿女一样。这一段细节看来跟全剧主要动作关系不大；主要动作（如和凯歇斯合谋杀死恺撒，和安东尼对抗等）只揭示他性格中热爱民主、反抗独裁、公正无私等方面；但如果只写勃鲁脱斯的这几方面性格，而不写他的仁慈和爱这一方面，他的性格是不全面的，也不一定得到观众深刻同情的，所以莎士比亚就在这儿顺便补上一笔，真是难能而可贵。后面，他又补上一笔，勃鲁脱斯不仅是位政治理想家，并且是位好学不倦的学者，虽然在军务繁忙、日夜征战的时候，他每天晚上在军营里临睡之前总要看一会书，这一小小行动细节，把勃鲁脱斯写得更栩栩如生了。学者常是健忘者，他临睡常常找不到书放在哪儿，有时就责怪他的侍仆，下面就是他和侍仆琉歇斯一段对话：

勃　……瞧，琉歇斯，这就是我找来找去找不到的那本书（他从睡
　　衣口袋里取出那本书——引者注）；我把它放在我的睡衣口袋
　　里了。

琉　我原说您没有把它交给我。

勃　原谅我，好孩子，我的记性太坏了。……

这些细节看来和戏的主要冲突没有多大关系，但作者轻轻带上一笔，把人物写得活龙活现。再如《俄狄浦斯王》[①] 最后一场，俄狄浦斯已把自己的眼睛挖瞎了，再次上场，请求克瑞翁让他和两个女儿最后会面一次，这个行动与全剧主要冲突完全没有关系，作者加此一段是为了表

---

① 索福克勒斯：《悲剧二种》。

现俄狄浦斯性格的另一方面；在此以前俄狄浦斯的性格只表现了他的刚强的一面，没表现他温柔多情的一面，这段戏纯粹是为了性格描写，使观众更同情他的悲惨遭遇。你看他说得多么可怜而又多情：

> **俄** 提起我的女儿，克瑞翁，请不必关心我的儿子们；他们是男人，不论在什么地方，都不会缺少衣食；但是我那两个不幸的、可怜的女儿——她们从来没有看见我把自己的食桌支在一边，不陪她们吃饭；……请你照应她们，请特别让我摸着她们悲叹我的灾难。答应吧，亲王，精神高贵的人！只要我抚摸着她们，我就会认为她们依然是我的，……（二侍从进宫，随即带领安提戈涅和伊斯墨涅自宫中上）啊，这是怎么回事？看在天神面上，告诉我，我听见的不是我亲爱的女儿们的哭声？是不是克瑞翁怜悯我，把我的宝贝——我的女儿们送来了？我说得对吗？……

这一场细节行动丰富了俄狄浦斯的性格，加强了他的悲剧性。

在中国现代话剧创作里，也可以找到不少这种细节行动的例子。例如《雷雨》第一幕一开场鲁贵向四凤借钱这一细节，与全剧戏剧冲突没有多大关系，但通过这借钱突出了鲁贵好赌、嗜酒、生活腐化的性格。《关汉卿》第三场关汉卿在阿合马的别墅里救出秋燕一段戏，跟全剧戏剧冲突关系不大，但突出了关汉卿轻财仗义的高贵性格。《桃花扇》李香君用头撞出血来，血滴在扇面上，杨文聪看到之后，就把血画成一朵桃花；这个细节与全剧主要冲突关系也不大，只表现了杨文聪把别人的痛苦当作艺术来欣赏，揭示杨文聪的性格，他不关心别人疾苦，不关心国家前途，在这种国破家亡的乱离时代他仍然有这样"雅兴"。《远方青年》里艾利向亚尔买买提借鸟枪打野禽来改善生活，也是一个性格化的细节行动。在电影《林则徐》里，林则徐怒极击桌，把茶杯打碎，他仰首看见墙上"制怒"的座右铭，立即克制自己，从仆人手里拿过揩布，把桌子亲自揩抹干净，这也是表现性格的细节行动。总之，这些细节行动与全剧主要冲突和情节关系都不大，可有可无，但极其鲜明地表达了人物性格，所以一般称为"性格细节"。剧作者必须善于创造和安排这种细节行动，大有助于人物性格的揭示。但也必须注意，这种细节要简短明了，不能喧宾夺主。顺手一笔带过，使之自然而又合理，不露丝毫斧凿之痕。

第二，语言（台词）也是表现人物性格的重要手段之一，这是毋庸多说的。不过戏剧的性格语言不仅要有动作性，并且是表达意向、愿望、决心的语言；这将在下一章里作详细讨论，不在这里多说了。我想在这儿谈一下最能表达性格的内心活动和心理状态的独白、独唱和旁白、旁唱。

独白、独唱和旁白、旁唱（又称背供、背唱）是表现性格的最古老的也是最简便的方法。它们是人物性格的自我揭露。在真实生活里除了一些好吹牛的、自命不凡的、多嘴多舌的才会夸夸其谈地讲他自己，一般有涵养的、谨慎小心的或虚心的都不肯自由自在地讲他自己，有时连话都讲得很少。所以在更接近现实生活的话剧里，用独白或旁白总感到不自然，不真实，所以在一味追求真实感的西洋戏剧里，从 19 世纪后半期起就开始少用或废弃不用了。在近代西洋剧本里很难找到一句独白或旁白。在中国戏曲里，不论是在传统剧目里或现代新编剧目里，却大量应用独唱、独白、旁唱、旁白来表达人物性格和内心活动，几乎成为表现性格最重要的不可缺少的手段之一。在写意为主的戏曲里，我们对它从来没有不自然不真实的感觉，这是舞台传统、观众习惯、艺术形式所规定了的。话剧的表演方法比戏曲更接近于真实生活，与戏曲有显著不同，但如果作硬性规定说话剧不能用独白、旁白，那也是过于武断的；主要看作者用得是否恰当，是否有助于性格揭示和剧情进展。在中国话剧中用独白、旁白，用得好的也有不少例子，例如曹禺的《家》中，第一幕第一景里觉新正要被牵出去举行婚礼之前，一个人在新房里的一段独白：

觉　新　（沉浸在苦痛的思索里，几乎未留心她们已经出去，恍恍惚惚地踱来踱去，顺手取起一枝梅花，望了望，又苦痛地掷在桌上，沉闷而忧郁的声音，低低地说出来）

啊，如果一万年像一天，一万天像一秒，

那么活着再怎么苦，

也不过是一睁眼一闭眼的工夫。

做人再苦，也容易忍受啊！（略顿）

因为这一秒钟生，下一秒钟就死，

睁眼是生，闭眼就是死，

那么"生"跟"死"不都是一样的糊涂？

就随他们怎么摆布去吧！

反正我们都是早晨生，晚晌死，

连梦都做不了一年的小蠓蠓虫，

唉，由了他们也就算了。

（到此仿佛完全静止，但突又提起精神）

不过既然活着，就由不得，

你想的这么便宜，

几十年的光阴，

能自由的人也许觉得短促，

锁在监牢里面的，

一秒钟就是十几年，

见不着阳光的冬天哪！（深沉地）

活着真没有一件如意的事，

你要的是你得不到的，

你得到的又是你不要的。

哦，天哪！

　　这段独白活生生地揭示出觉新忧郁阴沉的软弱性格，使观众听后立刻进入到他的内心深处，怜悯他，但又觉得他太软弱。第二景的结尾处觉新和瑞珏两人各自向观众的几段旁白，把两人的心事和内心矛盾和盘托出，使两人的性格特点全部展示在观众面前。它们都是极好的性格表现的独白和旁白。

　　莎士比亚也是最善于用独白和旁白来揭示性格的好手，例如《奥瑟罗》里埃古的阴险毒辣像蛇一样的可怕性格，和他诡计多端的内心活动，主要是通过几段独白揭示出来的，例如第一幕第三场结尾埃古的一段独白，把埃古破坏奥瑟罗和苔丝德梦娜的幸福生活的动机和手段说了出来：

> 埃　古　……我恨那摩尔人（指奥瑟罗）；有人说他和我的妻子私通，我不知道这句话是真是假，可是在这件事情上，即使不过是嫌疑，我也要把它当作实有其事一样看待。他对我很有好感，这样可以使我对他实行我的计策的时候格外方便一些。凯西奥是一个俊美的男子；让我想想看：夺到他的位置，实现我的一举两得的阴谋；怎么？怎么？让我看：等过了一些时候，在奥瑟罗的耳边捏造一些鬼话，说他跟他的妻子看上去太亲热了；他长得漂亮，性情又温和，天生一种媚惑妇人的魔力，像他这种人是很容易引起疑心的。那摩尔人是一个坦白爽直的人，他看见人家在表面上装出一副忠厚诚实的样子，就以为一定是个好人；我可以把他像一头驴子一般牵着鼻子跑。有了！我的计策已经产生。地狱和黑夜酝酿成这空前的罪恶，它必须向世界显露它的面目。（下）

这是埃古心中对奥瑟罗的阴谋诡计的总的蓝图。到第二幕第一场结尾的一长段独白把仇恨奥瑟罗的毒辣心肠揭得更深一层，他假想他一半儿也爱苔丝德梦娜，奥瑟罗"夺去了我在她心头的地位"，一半儿是"为了报复我的仇恨……这一种思想像毒药一样腐蚀我的肝肠，什么都不能使我心满意足，除非在他身上发泄这一口怨气，……用诡计捣乱他的平和安宁，使他因气愤而发疯。"

在现代话剧里旁白用得好的，可以举《槐树庄》为例。中农李满仓的自私自利的发家思想是他向观众的旁白中交代出来的。第一幕里李满仓在土改时认为土地平分，牲畜也要平分，所以他把驴卖了，后来发现政策上牲畜不平分，他于是又去买了一头驴，赔了一些钱，他就向观众叽咕道：

李满仓　（对观众伸三个指头）卖驴卖了这个数儿！这会儿买，（伸
　　　　　五个指头）得这个数儿！你说这人要是倒了霉……（且说
　　　　　且下）

后来他买了赵和尚的地，等到办高级社的时候，土地归公，他又懊悔
起来：

李满仓　……（对观众）我早知道有这一天，我就不买地！这忽拉
　　　　　一下子归公啦！给人服了务啦！……

他于是把门前的大树砍了卖了，有人责问他，他说那树是他的，随后他
转向观众说：

李满仓　……（指自己的胸脯对观众）我的！我不能眼看着叫它归
　　　　　了公！（下场）

　　这几段旁白把李满仓自私的小资产阶级思想和感情活生生地刻画出
来了。
　　在戏曲里旁白是广泛地应用着，我们常常看见两人争辩，忽然一人
说一声"啊呀，且慢"，于是独自走到台口，向观众说出心事，斟酌一
番，下定决心，说："我就是这个主意，我就是这个主意！"于是他再
回去和对手交谈。这样有时较长的旁白就会把戏停顿下来，直到旁白结
束，旁白者回到戏里，戏再继续下去。所以在话剧里应用这种性格旁白
时，越短越好，一晃即过，使戏不致停顿下来。
　　第三，通过次要角色的嘴，来描绘、判断主要角色的性格。这种描
绘和判断一定带有说话人的主观看法，是朋友说得更好一些，是敌人说
得更坏一些，观众接受时必须打一折扣。如果对朋友说了坏话，对敌人
说了好话，那么观众就得辨别说话者的用意，或是讽刺说反话，或是
故意颠倒是非。只有观众相信某人比较公正，说话才能相信。总之，别

人的描绘和判断只能作为假定，要观众亲眼看见他所作所为，才能作出最后的判断，真正了解他的性格。这种方法用得好，不但能揭示被描绘和判断的人物的性格，并且也能了解说话人的性格，做到一箭双雕的好处。例如《伪君子》第一幕第五场奥尔恭介绍答尔丢夫的一段描绘，既刻画了答尔丢夫性格的外表一面，也写出了奥尔恭容易被表象迷惑的愚蠢的性格：

> **奥尔恭**　唉！倘若你知道我是怎样遇见的他，你也会像我这样地爱他的。每天他都到教堂来，和颜悦色地紧挨着我，双膝着地跪在我前面；他向天祷告时那种热诚的样子引得整个教堂的人都把目光集中在他身上；他一会儿长叹，一会儿闭目沉思，时时刻刻毕恭毕敬地用嘴吻着地，每次当我走出教堂，他必抢着走在我的前面，为的是到门口把圣水递给我。他的仆人一切举动都模仿着主人，我就是从他那里打听到答尔丢夫的窘状和为人。有时我送点钱给他用，但是他每次都很客气地退还我一部分。"太多了，"他说，"一半已经太多，我实在不配您这样怜恤我。"有时我一定不肯收回，他便当着我的面把钱散布给穷人；后来，上天教我把他接到我的家里，自从那时起，我们这里一切都显得兴旺起来。我看得很清楚，他对我家一切都要加以督责，为了维护我的名誉，就是对我的太太，他也异常关心；谁跟她做一个媚眼，他都要告诉我，他所表示的那股醋劲比我本人还大六倍。你绝不会相信他对上天的虔诚已升高到什么程度：一点点小事他也要扣在自己身上认为罪孽深重，甚至任事没有他也会感到难受；他竟然到了这个地步，就是有一天他祷告的时候捉住了一个跳蚤，事后还一直埋怨自己不该生那么大的气竟把它捏死。

　　奥尔恭非常诚恳地说这段话，但观众却清清楚楚地看到一幅伪君子肖像的素描。

有些剧本在主要人物未上场之前，先由别的人物为他作一番介绍，使主要人物上场时观众已有所认识，不至于完全陌生，这对主要人物性格的认识有很大帮助。莫里哀《伪君子》的答尔丢夫就在第一、第二幕里作了充分的介绍，有正面的看法，也有反面的看法，答尔丢夫在第三幕第二场出现时，观众对他已经非常熟悉了。又如川剧《谭记儿》在主角谭记儿出场之前，先由白道姑向白士中作了如下的介绍："本城有一少妇谭记儿，乃学士李希颜之妻，李学士不幸已去世三年了，可怜谭记儿孀居愁苦，常到观中来与我闲坐。此人聪明能干，有貌有才，少年守寡，实为可惜。若得她为我儿内助呀，我包管潭州的百姓都要少遭冤枉官司哟！"观众听了，预先知道她"聪明能干，有才有貌……包管潭州的百姓都要少遭冤枉官司"，那么她以后几幕的行动就不会使观众惊讶了。又如《雷雨》在第一幕周朴园和周萍两个主要人物未出场之前，先由鲁大海对他们的性格作了介绍：对周朴园，他说"这个老混蛋，你说他开煤矿，他是个官，你说他是官，他开煤矿。妈的，这两年我在矿上看够了他做的事"。他对周萍只是淡淡一句，说在花园里看见一个半死不活的青年，脸色苍白，把周萍的轮廓也清楚地勾画出来了。

　　第四，要刻画好人物性格必须写好人物的上场和下场。在生活里我们进门出门的动作总是带有性格特征的。例如鲁莽的人一开门就闯进来，也许门也不关，就一直向里奔；而性情温和的人一定轻轻地开门，轻轻地关门，有礼貌地向室内的人打招呼，然后轻轻地进来。有时大客厅里举行着宴会，庆祝寿诞，客人都已到齐，济济一堂，而青年主人却反而迟到；最后那青年主人到了，如果他是一位傲慢无礼的青年，一定满不在乎地懒散地走进来，向客人们随便招呼一下；他要是拘谨有礼的人，一定匆匆进来，向大家拱手道歉，说明理由，请大家原谅，表示出窘迫不安的样子。在戏里上场下场是描绘人物的最好机会，不可轻易放过。在中国戏曲里主要人物上场，根据他的身份地位、文官武将和性格特征，由各种不同音乐伴奏来烘托，用各种不同的亮相，引子，上场诗，自报家门等来说明，其目的在于把人物的社会地位和性格特征先向观众交代一番，使观众对他一进场就有初步的认识。但这种程式化的上场也有人反对，认为这种老套子过于陈旧，是说唱形式中遗留下来的，本身不是戏，是作者借演员之口所作的极不自然的说明和解释，这样揭示性格只是概念，没有和行动结合起来，呆板枯燥，观众熟悉了戏之后，这一段解释是多余的，真正的戏总是在自报家门以后才开始。后来有些戏里已经把引子、定场诗废弃不用，例如只作简单的自我介绍，或念两句简单的上场诗，例如《打渔杀家》、《乌龙院》等。整理出来的传统剧目也大都不用这老套子，如《十五贯》、《团圆之后》、《将相和》等，这有一定道理。主要原因是这些引子、上场诗、自报家门等只是说明，不是戏。有些戏不需要对主要人物的性格先作说明，让他自己在戏剧行动中逐渐揭示出来，对观众的印象比长篇说明来得有力而具体。例如《将相和》的主要人物蔺相如，到第四场才出场，只有谬贤一段简单的介绍，蔺相如就上场，念两句上场诗，就立即进入戏中。《十五贯》中况钟也到第四场才上场，也只作了一段简单的自我介绍，其他俗套，一概不用。人物的性格揭示主要依靠在剧情进展中的戏剧动作。这种主要人物上场较迟的办法是比较好的，一方面在主要人物上场之前已把戏剧情境、时代背景大体上交代清楚，另一方面在主要人物上场之前已把他们的身份、地位、性格等充分地作了介绍，那么主要人物上场时也就更有力。

西洋剧本中主要人物上场一般也较迟，最突出的是《伪君子》，答尔丢夫在第三幕才开始上场，这是非常特殊的例子。一般主角上场总是在第一幕的中间或结尾，例如《罗密欧与朱丽叶》的罗密欧是在第一幕第二场上场，朱丽叶是在第三场上场。《麦克佩斯》的主角是在第一幕第三场上场。《奥瑟罗》的主角是在第一幕第二场上场。《大雷雨》中的卡杰琳娜是在第一幕第五场上场。《钦差大臣》中的赫列斯达柯夫是在第二幕第二场才上场。但也有一开幕就出场的，如《玩偶之家》的娜拉，《尤利乌斯·伏契克》的伏契克……当然，问题不在于出场早或迟，而要出场得有性格特征，出场得给观众深刻的印象。娜拉虽然一开幕就出场，但出场得有性格，给人深刻印象。娜拉带了圣诞树，买了许多圣诞礼物，嘴里嚼着糖饼，跳跳蹦蹦地高高兴兴地出场，说明她天真活泼的性格和愉快兴奋的心情，这是一望而知的。伏契克和他的妻子在花园中相会，说明在德寇残酷统治下的布拉格，伏契克作为党的地下领导者，时时刻刻在危险中，但他坚强、乐观、机警、风趣，每隔一二星期和他妻子在公园里偷偷地会面一次，主要还是为了工作。所以每一人物上场必须要挑选最适当的时刻，最适当的动作，最适当的戏剧情境，以便突出他性格中最主要一方面。其次，人物上场前要有充分的准备，人物的准备主要为了他能一上场就进入戏里去，就能参加到戏剧冲突里去，如果观众对这人物了解不够，而突然间跳到斗争中去，观众就会感到惘然，无所适从，因此失掉兴趣；准备就是为了告诉观众他是怎样一个人，他和周围的人和环境是怎样的关系，然后观众就会热切期待他的出场，所以需要告诉观众的东西越多，主要人物的出场就越要推迟。再其次，人物上场的动机要明确，要有充分的理由，不是无缘无故地随随便便的上场。

人物下场和人物上场一样的重要，它也是表现人物性格的最好机会。下场好的例子也很多，我略举几个例子：《将相和》第十九场，蔺相如被廉颇三次挡道，他连让三次，最后一次他下场前唱道：

蔺相如 （唱）两次三番为那桩？
依仗年迈功劳广，
这样的欺人理不当。
罢罢罢怒气忍心上，
怕的是手足相残于国有伤。
罢宴回府。

众 罢宴回府。
〔蔺相如带原人下。

这样的下场是性格化的。《十五贯》第六场"疑鼠"，过于执看况钟东查西问，心里很不耐烦，最后况钟查见地上有灌铅的骰子一对，又向四邻盘问，过于执生气地道：

过于执 大人！（唱【刘泼帽】）
深究此物，

空费心肠，

想搜罗，

车载斗量！

况　钟　（接唱）要深究，

　　　　哪怕费心肠！

　　若是贵县另有要事，无心查勘，（接唱）

　　　　请先回，

　　　　留我一人也无妨。

　　过于执就此拂袖下场。这下场正好说明他的主观主义和官僚主义。《玩偶之家》中娜拉最后的出走完成她性格发展的最高点：她向丈夫说了一声"再见"，就从门厅走出去；最后楼下砰的一响传来关大门的声音。这砰的一响说明她的义无反顾的最大决心。《伊索》中伊索在最后一场下场时，也有同样的效果，他一手拿着金器，一手拿着那张使他得到自由的纸张，说道："……无论哪一个人，都成熟得可以得到自由了，而且只要是需要的话，就能为它而死！"他以勇敢的步伐走向门口，续说道："走吧！那里是你们给自由人准备的深渊……在什么地方？在什么地方？"他一直向外走，门外响起了人民的喧哗声。伊索的热爱自由的性格特征在这勇敢的下场里得到了最强烈的表现。

　　莱辛在《汉堡剧评》里批评有些剧作家对人物上场下场的动机不加注意，他说："人物只说为什么上场是不够的，我们应该从关系中看出他们必须上场的具体理由。人物只说为什么要下场也是不够的，我们应当在事后亲眼看到为了那个缘故才下场的。不然的话，作者放在人物嘴里的只是借口，不是理由。"的确，剧本中最忌无缘无故的上场和无缘无故的下场，一会儿上，一会儿下，没有充分的性格上和情节上必要的理由，好像剧作者需要他时，他就上场，不需要他时他就下场，上下场必须有正确的动机，而动机总是和性格分不开的。

　　第五，用舞台布景、灯光、音乐效果、音乐伴奏、登场人物、事件细节等来烘托主要人物的性格特征，所谓"烘云托月法"。例如《雷雨》的布景，周公馆的客厅，其布置有古老笨重的红木家具，也有西式的沙发圈椅，有古董摆设，又有西洋油画，中西合璧，幽暗沉闷，正好烘托出周朴园的封建大地主兼买办资产阶级的性格特征。在戏曲演出里人物上场都用各种不同的音乐伴奏和伴随人物的出场来烘托出主要人物的身分地位和性格特征，例如《贵妃醉酒》中杨贵妃出场就由一对对宫女、太监、力士等欢乐隆重的场面伴奏中上场，造成豪华庄重帝王家的气派和气氛，然后杨贵妃上场。武将上场一般是起霸，但张飞上场和李逵上场的起霸架式不同，音乐气氛也不同。小丑花旦上场用小锣。这些都是为了烘托人物。

第六，用同一类型的次要人物来陪衬主要人物；描绘了次要人物也就丰富了主要人物，从次要人物的思想行动中看到了主要人物的思想行动，从次要人物的遭遇来陪衬出主要人物的未来遭遇。例如《日出》一剧中，作者写李石清这人物来陪衬主要人物潘月亭，而写了潘月亭又陪衬出来未上场的金八，李石清是潘月亭的影子，而潘月亭又是金八的影子，一个比一个厉害，但又是一丘之貉，写了李石清就丰富了潘月亭的性格。在《双玉蝉》里三叔和三婶一对人物陪衬了曹芳儿和沈梦霞一对人物，三叔和三婶的悲惨遭遇，使观众看到曹芳儿和沈梦霞两人必然会有同样的遭遇，加强了他们的悲剧性格。在《红楼梦》里袭人陪衬了薛宝钗，晴雯陪衬了林黛玉，因此通过袭人的言行我们更进一步了解薛宝钗的性格，通过晴雯的遭遇，加强了林黛玉的悲剧性格。当然，陪衬人物不可能和被陪衬的人物同样性格或同样命运，只要有一点相同就能起陪衬的作用。陪衬在喜剧里往往起加强喜剧性的作用，例如，《威尼斯商人》里葛兰西诺是陪衬巴萨尼奥的，娜丽莎是陪衬鲍细霞的，他们（葛兰西诺和娜丽莎）同主人们一起订了婚，也为了戒指吵了架，加强了全剧的喜剧趣味。英国哥尔斯密斯的《屈身求爱》一剧里也有一对男女朋友和男女主角一同求爱，一同遭到挫折，最后一同结婚。

第七，用对比的方法来突出人物的性格。对比之下，黑则更黑，白则更白。对立面人物必须在性格上或在性格的一个方面是对立的，使对比着的性格更加鲜明突出。陪衬和对比是剧中人物搭配的最高原则。例如京剧《群英会》里，机智的孔明和忠厚的鲁肃形成对比，急躁的周瑜和冷静的孔明也形成对比，使三人的性格相得益彰；在《将相和》里，蔺相如和廉颇是对比；在《黑旋风李逵》里鲁莽急躁的李逵和老成持重的宋江是对比；在《十五贯》里实事求是的况钟和主观武断的过于执形成对比；在《玩偶之家》里娜拉和海尔茂是对比；在《奥瑟罗》里奥瑟罗和埃古是对比；在《威尼斯商人》里安东尼奥和夏洛克是对比；在《关汉卿》里关汉卿和叶和甫是对比。不仅主要人物之间要有对比的性格，并且主要人物和次要人物之间，次要人物和次要人物之间也有对比，例如在《将相和》里的秦王和赵王也是对比，一个骄横暴戾，一个彬彬守礼；在《群英会》里蒋干和黄盖也是对比，一个到敌国去作说客，利用旧交作政治上的投机，一个是去敌国诈降，忠心耿耿为国效劳；在《十五贯》里况钟与周忱也是对比，一个是为民请命，不计个人得失，一个是明哲保身，一切为自己的爵禄打算；在《玩偶之家》里娜拉和林丹夫人也是对比，一个是天真幼稚、相信奇迹，一个是老于世故、熟谙人情；在《奥瑟罗》里埃古与凯西奥也是对比，一个阴险毒辣，一是温厚善良。

第六章　戏剧语言

　　高尔基说："文学的第一个要素是语言。语言是文学的主要工具，它与各种事实、生活现象结合在一起，构成了文学的材料。"[1] 他又说："文学的根本材料，是语言——是给我们的一切印象、感情、思想等以形态的语言，文学是借语言来作雕塑描写的艺术。"[2] 戏剧语言也是一样，它是阐明主题、描绘冲突、刻画人物的主要手段；它是剧本的基本材料。亚里士多德把语言规定为悲剧的"媒介"，他说："它（悲剧）的媒介是语言，具有各种悦耳之音，分别在剧的各部分使用；（所谓'具有悦耳之音的语言'，指具有节奏和音调〔亦即歌曲〕的语言；所谓'分别使用各种'，指某些部分单用'韵文'，某些部分则用歌曲。）"[3] 戏剧语言既然是戏剧的主要手段、工具、或媒介，一切得通过它来表达，其重要性自然不言而喻。

　　话剧与戏曲在确立剧本的主题思想、规定戏剧冲突、安排情节结构、刻画人物性格等方面有极大的共同之处，但在戏剧语言的形式上和写法上却大不相同。话剧的语言以对白为其全部主要内容，并且接近生活语言，而戏曲的语言则以歌唱与宾白并重，并且在宾白中又以韵白为主。不过两种语言的指导原理和法则却是一致的——即戏剧语言，不论话剧的或戏曲的，是具有共同的规律的。本章内容着重共同原则的阐述，不打算把它们分开来作更具体的方法上的分析。

---

[1]　高尔基：《和青年作家谈话》；见《论写作》。

[2]　高尔基：《论散文》；见《马克思主义的文艺》。

[3]　亚里士多德：《诗学》第 6 章；见《诗学·诗艺》，中国社会科学出版社 2009 年版，第 16 页。

一、戏剧语言的作用

戏剧语言在剧本里到底起多大作用，有许多不同的看法，有不少人看不起戏剧语言，认为只要会说话就能写好台词；台词只不过把日常生活语言搬上舞台，既不用文学的修辞，更无需华丽深奥的词藻；他们认为"在一切文学写作中再没有比写喋喋不休的无需连贯的台词更容易了"①。有一位剧作家坦率地写道："当我的主题是好的，当我的大纲（指结构）写得很清楚很完整的时候，我可以把戏交给我的仆人去写台词，只要他有了戏剧场面的支持，这部戏就成功了。"② 有人说台词是剧本中最不重要的因素："只要用机智和聪明装饰起来就很有价值了。"③ 也有人认为台词只不过是剧本的外衣罢了。剧本最后分析起来主要的是无声的动作，台词是剧本的装饰品而已。这些看法显然都是错误的，容易使初学者忽视对语言的用心学习和锻炼。轻视戏剧语言不外来自下面三个方面：第一来自成熟的作家，他们已经掌握了语言的丰富语汇，熟练的技巧，所以他们只要把情节结构安排好了，写台词轻而易举，不到几天就把剧本写出来了，因此觉得很容易写；第二来自初学写作的人，他们只看表面现象，还不熟悉戏剧语言的特性，不知道写台词的甘苦，就认为戏剧语言只要把日常生活的说话搬上舞台就成了；第三来自批评家，他们没有实践经验，不知道戏剧语言的本质，为了鼓励新作家勇于写作就说得过于轻松。但是我们仔细研究一下古今中外的成功剧作的台词之后，就会感到剧作家要写好台词绝对不是轻而易举的事；戏剧语言是剧本的重要的有机部分，它在剧本里同情节结构和人物塑造占同样重要的地位。有人说戏剧台词是世界上最难写的散文，因为它既要表达人物的性格，推动剧情向前进展，说明一切事物的真相和心理活动，又要有感动人教育人的力量。它既是叙述性的，又是抒情性的，又是戏剧性的。

---

① 哈密尔顿：《舞台上看见的》（Seen on the Stage）。
② 斯克里布所说，引文见刘易治（R. Leuis）：《独幕剧的技巧》（The Technique of the Oneact Play）。
③ 刘易治：《独幕剧的技巧》。

要学好写好戏剧语言，既要深入生活，又要有深厚的文学艺术的修养。毛主席说过："语言这东西，不是随便可以学好的，非下苦功不可。"[①] 的确，要学好语言不易，要写好戏剧语言更难，非下苦功不可。

还有人认为戏剧语言的作用只是为戏剧动作"填空当"而已，就是说，戏剧动作停止以后，语言才开始。他们认为戏剧主要是动作，一出好戏首先应该是一出好的哑剧。这种把动作和语言对立起来，把动作看作戏剧的一切，也是极其片面的。我们到剧场里去看戏，不仅是看演员们怎样动作，还要听他们怎样说话。在我们日常生活里我们是用动作和语言来表达我们的思想和感情的。舞台上也是一样，动作和语言是相互支持的，相互为用的。语言是动作的继续，所以语言也是动作的一种。动作和语言在形式上是两种东西，但在表达思想、感情上，是一样东西，不可分割的。有人认为语言只起说明动作的作用，所以语言只是动作的重复。其实不然，语言也能起动作的作用，例如，内心动作主要靠语言表达出来。事实上，剧本里有许多剧情转变不能用动作来表达，而必须用语言来传达；有时，动作也能表达，但没有语言传达来得清楚和有效。人物性格和内心动机主要依赖语言表达出来。动作固然很重要，但动作没有语言的帮助，动作的目的性和动机是无法使观众了解的。剧作者必须懂得时间的经济和注意力的集中：凡是能用动作表达的，当然可以不用语言或少用语言，但当语言更能表达的时候，那么动作和语言必须结合起来，两者同时应用；但如只能用语言来表达时，那么语言必须有动作性，充分发挥戏剧语言的作用。至于哪儿用动作多些，哪儿用语言多些，哪儿动作和语言同时应用，要根据具体情况来决定，使动作和语言搭配得恰到好处，是戏剧家高度才能的表现。总之，用语言代替动作是不好的，这样语言就会妨碍剧情的进展，成为喋喋不休令人生厌的"话"剧，但用动作来代替必要的语言，也是不好的，并且往往是不可能的。

要了解戏剧语言的重要性，首先要懂得戏剧语言的作用。戏剧语言的作用大致分以下几种：叙述说明，过场连接，推动剧情进展，揭示人

---

① 毛泽东：《反对党八股》。

物性格和在危机时刻表达人物的思想感情。当然，不是所有台词必须都是富于戏剧性的，但大多数台词必须是戏剧性的。我们知道戏剧的基础是危机，一本戏总是由许多小危机汇总成大危机。戏剧性强的语言总是和一系列的危机是一致的，而在比较平静的场面中，语言也就平静下来，和日常生活中的语言差不多。

戏剧语言的第一个作用是叙述说明。一部戏里总有许多事实在戏开场前发生的，在幕与幕之间发生的，必须在戏里交代。这种叙述说明一般放在第一幕的开场里，例如《雷雨》的第一幕，《枯木逢春》的序幕，《烈火红心》的第一幕，《甲午海战》的第一场都是。有时叙述说明的语言分散在全剧各幕里，如《日出》、《万水千山》、《槐树庄》、《茶馆》等。以上两种叙述说明的语言都必须和戏剧动作结合起来，不是为叙述说明而说这些话，而是戏在向前运动中自然而然地捎带出来的。叙述说明的语言不但不把戏剧进展停顿下来，并且还要能对剧情起推动作用，才是最好的叙述说明的语言。叙述说明的语言在一般剧本里占的比重比较大，用得好与不好会影响剧情进展的速度；用得不好，观众只觉得台上的人物老在说明情况，回忆往事，解释这，交代那，啰啰嗦嗦，喋喋不休，戏的进展非常缓慢，甚至于停滞不前，观众立刻会感到厌烦而失却兴趣。戏必须时时刻刻在进展中，有时快一些，有时慢一些，但必须不断地前进，不断地紧张，才能吸引住观众看下去。剧作者必须懂得如何把说明性的台词和危机结合起来，并把这些台词组织到戏剧的动作中去，这需要高度的熟练技巧和长期的锻炼，才能得心应手，把说明性的台词写成富于戏剧性的台词。

戏剧语言的第二个作用是过场连接。一出戏总是由许多戏剧情境组织而成的。这些戏剧性场面是各自独立的而又有密切联系的，但从一个场面转到另一场面必须用语言把它们连结起来，连接得好可以天衣无缝，自然地一场场发展下去，浑然整体；连结得不好就有断续折裂之痕，戏就断断续续，气势中阻，流水梗塞。大家知道过场戏最难写好，而过场戏一般都用语言来交代。中国戏曲里往往由戏中人到二道幕前来说明、交代一下，立即二道幕开，戏也就接到下一场去。这当然是最简单最朴素的方法，但往往因为缺乏戏剧性、紧张性，演员走出舞台画框来直接和观众说话，使戏中断下来，影响到戏的连贯性和紧张的持续性。于是有些杰出演员就用丰富多彩的表演艺术来填补这个空当。例如《徐策跑城》中《跑城》一场，恐怕原来是一场过场戏，接下去是上殿奏君。这一场戏原来的目的是用一大段唱来倒叙十几年前的往事，并且薛蛟已长大，并搬来了薛刚大队人马，心里十分兴奋和喜悦，边唱边舞，接到下一场去，可是后来由于表演有特色，就成了单独存在的折子戏了（山西蒲剧的演出，仍把这场戏作为精彩的过场戏）。话剧的过场戏一般在下一幕的开场，除了两幕之间没有时间和情节的间隔无需加以过场的以外，一般在下一幕开场时要交代一下在上一幕落幕以后和下一幕开幕以前所发生的情况与变化，再接上另一戏剧性场面。例如郭沫若的《武则天》，第二幕第一场是过场戏。第一幕与第二幕之间相隔一年半，在这一年半内，上官婉儿跟随武则天司笔札，得到武则天的信任，而婉儿对武则天的看法也大大改变——她现在认识到武则天和蔼可亲、心地善良而又精明能干。这一场戏又说明裴炎和太子贤进一步勾结谋反，在东宫暗藏兵器。于是再连接上赵道生在太子的指使下杀害明崇俨大夫的案件，由武则天亲自审问，揭露了太子贤的叛逆行为。到第三幕第一场开场一段又是连接前后情节的过场戏——赵道生在前场被判罪以后，由于武则天的仁慈，赦免了他的死罪，发送到大奉先寺做和尚，中间有四年的间隔；在这四年中裴炎、骆宾王已勾结了徐敬业准备内应外合，把武则天王朝推翻，由于赵道生和郑十三娘的告密，阴谋败露。这种过场台词既要能简括地说明情况和问题，又要本身有戏剧性，是极不容易写好的语言。为过场而过场总是不好的，把戏剧的进展延缓了，平铺直叙，像说故事一样，缺乏戏剧性。说明过多过少都不好。于是有的剧本里就用第三者在幕与幕之间出来作一些连接过场的说明台词，贯串全剧。这第三者可能是剧情经过的参与者或旁观者，用回忆、追叙、慨叹、批评的方式在幕间不断出现。有时由剧中人物之一扮演，有时参加到戏里去，有时又单独出现，作为目睹者加以解释和批评。例如《丽人行》中的报告员，戏由她开场，过场一直到结束，他的过场台词有解释，有批评，有过场性的叙述。又如《第二个春天》里的女记者，戏由她开始，介绍主要人物，幕间又由她来作过场说明，最后由她结束，但有时又参加到戏里去，作为一个不重要的人物出现。再如《茶馆》里的数来宝大傻杨，用说快板的方式，作幕与幕之间的过场连接的叙述说明。作者老舍在附录里解释道："此剧幕与幕之间须留较长时间，以便人物换装，故拟由一人（也算剧中人）唱几句快板，使休息时间不显着过长，同时也可以略略介绍剧情。"其实这数来宝的大傻杨的真正作用是连接过场，承前启后，说明时光的流逝，王朝的改换，人物的兴衰，一代不如一代。他又参加到演出中去，像一根不断的线，把全剧串连起来。例如第二幕幕前的快板词：

> **大傻杨** 打竹板，我又来，数来宝的还是没发财。
> 现而今，到民国，剪了小辫还是没有辙。
> 王掌柜，动脑筋，事事改良讲维新。
> （低声）动脑筋，白费力，胳臂拧不过大腿去。
> 闹军阀，乱打仗，白脸的进去黑脸的上，
> 赵打钱，孙打李，赵钱孙李乱打一炮谁都不讲理。
> 为打仗，要枪炮，一堆一堆给洋人老爷送钞票。
> 为卖炮，为卖枪，帮助军阀你占黄河他占扬子江。
> 老百姓，遭了殃，大兵一到粮食牲口一扫光。
> 王掌柜，会改良，茶馆好像大学堂，
> 后边住，大学生，说话文明真好听。
> 就怕呀，兵野蛮，进来几个茶馆就玩完。
> 先别说，丧气话，给他道喜是个好办法。
> 他开张，我道喜，编点新词我也了不起。（下）

接着幕拉开，出现茶馆的改良布置，王掌柜已经四十多岁的壮年了，观众由于听了大傻杨的过场台词，就能立即进入新的戏剧情境中去。

戏剧语言的第三个作用是推动剧情向前进展。有时在戏里无法用动作来推动剧情，而只能用语言来推动剧情向前进展，并且达到规定的效果。这种语言的动作性非常强，不但能推动当前的剧情向前进展，并且

推动今后一系列的剧情进展，而为最后结果作好了充分准备。这种语言是真正戏剧性的语言。例如《胆剑篇》第一幕里伍子胥命牙将被离进庙搜杀越王勾践，被范蠡一番话说得他改变主意，叫被离放下剑来：

伍子胥 （断然）拿我的军符来！（从裨将手中取来军符，交与被离）去吧。

被　离 （严肃地）领上将军令。（立刻领着右军的士兵向禹庙冲去）

希　虎 （拦住）被离牙将，你要做什么？

被　离 （举起军符）奉伍相国军符，进庙搜杀！

希　虎 不成，告诉你，就是伍相国自己来了，也是不成的。

伍子胥 （瞋目）怎么讲？（奋步前进，后随执戈武士）

希　虎 （大惊恐）伍相国！

〔希虎拱手，伍子胥带着被离正要进庙。

范　蠡 （大喝一声）谁敢进去？（一手执剑，一手抓住伍子胥的衣袖）

〔被离和兵士们一时僵立在那里。

伍子胥 （措手不及，却不动声色）范大夫，你身为吴国的俘虏，吴国用厚礼相待，不解衣冠，不去佩剑，你不知感恩图报，难道你还敢对吴国的相国大臣动起刀剑吗？

范　蠡 （瞋目怒视，目眦尽裂）我敢！敢！敢！越国大夫并非犬羊，在这样的时刻，他就会勇若虎豹，矫若猿猴，动若闪电。

伍子胥 你要怎样？

范　蠡 伍相国，我当你是吴国的忠臣，天下的人杰。四海之内，哪一个不知道信义无双的伍相国？但是大王被俘之后，我们献出美玉良金和国家的宝器，为的是保下他的性命。贵国大王已经应允下来。当时并不见相国拔剑相持，今天却在我们背后出尔反尔，动起手来，难道吴国的相国可以这样对待四海的公论吗？伍相国如果以诺言为重，就不要再动这个念头，不然，五步之内，血溅越国土地，天下震惊，二人同尽！伍相国，到了今天，越国人是没有一个怕死的。

伍子胥 你是英雄，是圣贤之臣。但是这样死心塌地地辅佐勾践，对你未免太可惜了。

范　蠡 为了越国，为了大王，范蠡粉身碎骨都是不够的。

伍子胥 范大夫，我能亲眼看见越国人这样的气概。（严肃地）这才叫我睁开了眼睛：越国的事情比我方才想的（语重心长地）要严重得多了。（对禹庙门前举着剑的被离）被离，把剑放下！

范蠡的忠义之气感动了伍子胥——这是无法用动作来表示的，只能用语言来传达。

戏剧语言的第四个重要作用是揭示人物性格，并在戏剧大小危机中展现出他们的思想和感情。这种语言总是在剧本的大小高潮（危机）中出现的，和大小高潮结合在一起。一个人总是在最危急的时候，显露出他性格的本质，展示出他最深藏的思想和强烈的感情。这种语言在戏剧里是最富于戏剧性的语言，是戏剧语言的主要形式，是感动观众最深刻的语言。这种语言不仅说的内容重要，并且如何说法，用什么语调，都是非常重要的。这种例子在每一出成功的剧作（人物鲜明生动、情节紧张紧凑的好戏）里都可以找到好几段。我现在只举两个例子：一是曹禺的《北京人》第二幕结尾一段富于戏剧性的高潮场面。在这一段精彩的戏里人物之间的冲突非常尖锐，人物性格在冲突中赤裸裸的揭示出来，人物的思想、感情在最严重的考验中暴露无遗。思懿拿到了愫方偷偷给她表哥（思懿的丈夫）的信，存心当面侮辱可怜的愫方，借此进一步控制那软弱无用，自甘堕落的丈夫——文清。

　　〔……文清由卧房走进。思懿走到八仙桌前数钱。

文 （焦急地）你究竟要怎么样？

思 （翻眼）我不要怎么样。

文 你要怎么样？你说呀，说呀！

思 （故意作出一种忍顺的神色）我什么都看开了。人活着没有一点意思。早晚棺材一盖，两腿一伸，什么都是假的。（走向自

己的卧室）

文　你要干什么？

思　（回头）干什么？我拿账本交账。（走进屋内）

文　（对门）你这是何苦，你这是何苦？你究竟想怎么样？你说
　　呀！（思懿拿着账本又由卧室走出）

思　（翻眼）我不想怎么样。我只要你日后想着我这个老实人待你
　　的好处。明天一见亮，我就进尼姑庵，我已经托人送信了。

文　哦，天哪，请你老实说了吧。你的真意思是怎么回子事？我不
　　是外人，我跟你相处了二十年，你何苦这样？何苦这样？

思　（拿出方才愫方给文清的信，带着嘲蔑）哼，她当我这么好欺
　　负，在我眼前就敢信啊诗啊地给你递起来。（突然狠恶地）还
　　是那句话，我要你自己当着我的面把她的信原样退给她。

文　（闪避地）我，我明天就会走了。

思　（严厉）那么就现在退给她。我已经替你请她来了。

文　（惊恐）她，她来干什么？

思　（讥刺地）拿你写给她的情书啊！

文　（苦闷地叫了一声）哦！（就想回转身跑到卧室）

思　（厉声）敢走！

　　〔文清停住脚。

思　（切齿）不会偷油的耗子，就少在猫面前做馋相。这一点点颜
　　色我要她——

　　…………

　　〔愫方拿着蜡烛由书斋小门上。

愫　（低声）表哥找我？

文　我——

思　是，愫妹。（把信递给文清）怎么样？

文　哦。（想走）

思　（厉声）站住！你真的要逼我撒野？

文　（哀恳地）愫方，你走吧，别听她。

　　〔愫方回头望思懿，想转身。

思 （对愫方）别动！（对文清，阴沉地）拿着还给她。

〔文清屈服地伸手接下。

〔愫方痛苦地望着文清，僵立不动。

思 （狞笑）这是愫妹妹给文清的信吧？文清说当不起，请你收回。

〔愫方颤抖地伸出手把文清手中的信接下。

〔文清低头。

〔静寂。

〔愫方默默地由书斋小门走出。

〔文清回头望愫方走出门，忍不住倒坐在沙发上哽咽。

思 （低声，狠毒地）哭什么，你爹死了？

文 （摇头）你不要这么逼我，我是活不久的。

思 （长叹一声）隔壁杜家的账房晚上又来逼账了，老头拿住银行折子，一个钱也不拿出来。文清，我们看谁先死吧，我也快叫人逼疯了。（匆忙地由书斋小门下）

〔文清失神地站起来，缓缓地向自己的卧室走。

接着曾家失了业的姑爷江泰在房里发酒疯，大嚷大叫，把老头儿曾皓吵醒了，只穿了夹衣从书斋内出来——

皓 （慌张地）出了什么事？什么事？（低声对愫方）你，你让我看看是谁，是谁在吵？你快去给我拿棉袍来。

〔愫方由书斋小门下。江泰还在屋内低微地哼哼，曾皓瞥见文清卧室的灯光，悄悄走到他的门前，掀开帘子望去。

屋内文清的声音（喑哑）谁？

皓 谁？（不可想象的打击）你，没走？

〔文清吓昏了头，昏沉沉地竟然拿着烟枪走出来。

皓 你怎么又，又——

文 （低头）爹，我——

〔曾皓惊愕得说不出一句话，摇摇晃晃向文清身边走来，文清吓得后退，逼到八仙桌旁，曾皓突然对文清跪下。

皓　（痛心地）我给你跪下，你是父亲，我是儿子。我请你再不要
　　抽，我给你磕响头，求你不——（一壁就要磕下去）……

文清吓得叫了声"妈呀！"从大厅门跑了出去。曾皓突然中了痰厥，瘫
在沙发旁边。愫方拿了棉袍上来，看见大惊，忙把他扶入沙发——

皓　（睁开一半眼，细弱地）他，他走了么？
愫　（颤抖）走了。
皓　（咬紧了牙）这种儿子怎么不（顿足）死啊？不（顿足）死
　　啊！（想立起，舌头忽然有些弹）我舌头——麻——你——
愫　（颤声）姨父，你坐下，我拿参汤去，姨父！

她从书斋跑下。江泰突然由房内跑出来，把妻子文彩反锁在房内，看见
曾皓呆瞪瞪的坐着——

江　……啊，你在这儿打坐呢！
　　〔曾皓目瞪口张。
江　你用不着这么斜眼看我，我明天一定走了，一定走了，我再不
　　走运，养自己一个老婆总还养得起。（怨愤）可我走以前，你
　　得算账，算账。
　　〔文彩在房内大声喊叫开门。
江　你欠了我的，你得还。我一直没说过，你不能再装聋卖傻。我
　　为了你才丢了我的官，为了你才亏了款。人家现在通缉我，我
　　背了坏名声，我一辈子出不了头，这是你欠我的债，你得还，
　　你不能不理！你得再给我一个出头日子。你不能再这样不言
　　语。（大声）你看清楚没有？我叫江泰，叫江泰！认清楚！你
　　的女婿，你欠了我的债！曾皓，曾皓，你听见没有？……我知
　　道你有的是存款，金子，银子，股票，地契，（忽然恳切地）
　　哦，借给我三千块钱，就三千，我做了生意，我一定要还你，
　　还给你利息，还给你本，你听见了没有？……你笑什么？你对

我笑什么?(突然凶猛地)你怎么还不死啊?还不死啊!……

于是大家闻声跑了进来,发现曾皓已痰厥过去,中了风,参汤也灌不下,愫方叫打电话去请医生来,众人慌作一团,但——

思　(突然)别再吵了,别等医生来,送医院去吧。
愫　(昂首)姨父不愿意送医院的。
思　(对陈奶妈)叫人来!
　　…………
文　(哽咽)怎么了?怎么了?
思　哼,怎么了?(气愤地)你看,(把手里曾皓的红面折子扔在文清的眼前)这才怎么了呢!……(对张顺)立刻抬到汽车上。
　　〔张顺正要抱起老太爷。
愫　(忽然一把拉住曾皓)不能进医院,姨父眼看着就不成了。
　　〔老人说不出话,眼睛苦痛地望着。
　　〔张顺望着愫方,停住手。
思　(拉开愫方,对张顺)抬!
　　〔张顺把曾皓抱起,向大客厅走。
霆　(哭起来)爷!爷!
思　别哭了。
文　(跟在后面)爹,我,我错了。

抬到门口,老人的手忽然紧紧抓着那门扇,坚不肯放。

霆　(回头)走不了,爷爷的手抓着门不放。
思　用劲抬!
愫　(哀痛地)他不肯离开家呀。(大家又在犹疑)
思　抬,抬!救人要紧,听我的话还是听她的话?抬!
　　〔张顺硬向前走。
愫　他的手,他的手!

思　（对曾霆）把手掰开。

霆　我怕。

思　笨，我来。

文　爹！爹！

霆　（恐怖地指着）爷爷的手，爷爷的手！

　　〔思懿强自掰开曾皓的手。

文　（愤极）你这个鬼！你把父亲的手都弄出血来了。

思　抬！（低声，狠恶地）房子要卖，你愿意人死在家里？

　　他们就这样把曾皓抬出去了，幕亦下落。在这一段对话和动作里把思懿、文清、愫方、江泰、曾皓等人物的性格、意志、思想、感情、品质等深刻地生动地揭示出来了。这种对话可长可短，长的像江泰的长篇大论，短的像思懿的"抬"一个字，都说出了他们的性格特征和当时当地的思想感情，这种性格化的语言是最难能而可贵的了。

　　以上四种作用是戏剧语言必须要达到的目的，任何戏剧语言决不能成为情节结构和人物塑造的障碍，也不能作为装饰品或外衣而存在。戏剧语言是同主题思想、戏剧冲突、人物形象和情节结构有机的结合起来，成为有机的整体。每一句台词在剧本里必须有它存在的理由，起到叙述说明、过场连接、剧情推动、性格揭示和思想感情表达等作用。最好的剧本里找不到一句多余的台词或一段可有可无的对话。剧作者在写每一句台词的时候，必须心中有数，要它起什么样的作用，并且记住最好的台词总是同时能起好几个作用，一方面揭示性格，一方面推动剧情和表达思想和感情。像上面所引的《北京人》一段台词，江泰的话是揭示性格、推动情节，而又叙述往事，思懿的话是推动剧情，揭示性格，同时表达强烈的思想感情。

二、戏剧语言的特性

　　戏剧语言虽然是文学语言的一种，但与诗歌的语言和小说的语言有极大的不同。古代话剧语言虽然也用诗体来写（直到 19 世纪中叶以后，

327

編劇理論與技巧　第六章　戲劇語言

才废除诗剧），但戏剧诗和诗歌的诗是完全不同的两回事。诗歌的诗是以抒情为主，以抒发对生活的感情为主要内容。史诗（发展成近代的小说）与戏剧的语言有它们共同之处，但又有各自的特点。它们都是叙事性的，但史诗的叙述故事是用第三者的口气追述已经发生过的事情，而戏剧是用人物的嘴来叙述过去的和主要的正在发生的事情。这两种不同的叙述情境就形成两种完全不同的情调色彩、情绪感染、紧张程度和方式方法。小说和戏剧语言在叙述故事的同时，也需要一定的抒情性，但由于情绪感染有直接间接之分，故事进展有快慢之别，抒情方式也大不相同，一般说来戏剧语言的抒情比小说要强烈，要紧张，而小说语言则较细致，较缓慢。还有，戏剧受到时间和空间的严格限制，戏剧语言一般要比小说语言精练、有力、一击中的；而小说语言委婉细腻，层层深入。小说改编剧本，如果把小说里的对白照抄照搬，势必冗长拖沓，剧情进展必然缓慢。所以在改编时必须根据戏剧语言的特性加以修改和创造。而戏剧语言的特性归纳起来可以分以下三点来说明：

第一，戏剧语言必须富于动作性。戏剧的特征是冲突，矛盾冲突构成事物的运动和发展，戏剧情节和人物性格是在矛盾冲突中迅速进展，构成紧张的戏。戏剧语言是戏剧的有机组成部分，是表达戏剧冲突的主要手段，所以剧本里的台词必须富于动作性。有人把戏剧语言看成是戏剧动作的装饰品，在许多剧本中把对话和情节看成是各不相关的，并行的东西，没有把语言和动作很好地结合起来——那都是错误的。戏剧语言在剧本里如果不能推动剧情向前进展，那句话就没有价值。劳逊说得好："话是动作的一种，动作的一次压缩和外延。一个人说话，这也是在做动作。"[1] 他又说："语言使人类活动的范围大为开阔。事实上，假如没有语言，有组织的活动将是不可能的。……对话可以使剧作者在广大的事件范围中展开动作，从而构成戏的背景。关于其他事件的报道（观众从对话中知道或意识到），足以增加情绪的紧张，导向压缩和爆发，这一切便构成动作。"

劳逊把语言看成是动作的一种，是跟斯坦尼斯拉夫斯基的看法一致

---

[1] ［美］约翰·霍华德·劳逊著，邵牧君、齐宙译：《戏剧与电影的剧作理论与技巧》，中国电影出版社 1961 年版。

的，后者也把语言称为"语言动作"。戏剧语言总是和手势、表情和形体动作结合在一起的。它是内心动作的具体表现，它是表现人的思想、感情的最有力的手段。

有动作性的台词必然表示说台词的人物的意愿、意图或意志。不表示意愿、意图或意志的台词就缺少动作性。意愿、意图或意志表示得愈强烈，动作性也就愈强。例如《关汉卿》第六场里下面几句台词就表示人物坚强的意愿：

关汉卿　我已经决定了，宁可不演，断然不改。

王和卿　可是刚说的，已经不能够不演啊。

朱廉秀　（决心）那么，照样演，不改。

王和卿　那怎么能瞒得过这些老奸巨猾？你没有听得郝祯说："不改不演，要你们脑袋"吗？

朱廉秀　（想了一下）这么办吧，和卿先生，请您设法让汉卿连夜离开大都。（对关汉卿）汉卿，你走吧。这里的事由我承担，你放心，我宁可不要这颗脑袋，也不让你的戏受一点损失。

关汉卿　那怎么成，不要脑袋就都不要吧！

又如《胆剑篇》第一幕中有一段戏剧语言和动作紧密结合的好戏：

夫　差　（顿时心中恼怒起来，忽然起立，拔出了剑）现在我命王孙雄大夫坐镇越国。谁敢不听吴国号令的，就如同这顽石一样！
〔一剑刺进石崖里。
〔武士们相顾失色。

伯　嚭　大王真是神力惊人！

夫　差　留给你们做不臣服寡人的警戒吧。今后，谁敢碰一碰这"镇越神剑"的，王孙雄，——

王孙雄　（躬身）在。

夫　差　你就灭他的全家，夷他的九族，杀尽当地的老小。（转对希虎，指勾践，傲然）把这大禹的末代子孙送上船去。

〔夫差略一挥手，杀气森严的武士们和吴国官员一起簇拥着大王，威严地走下。

〔台上留下越国的君臣，大家沉默。

勾　践　（仰天痛呼）大禹的末代子孙！（一抬头，望见崖石上插着的"镇越神剑"，冲前欲拔）

〔范蠡、文种及群臣慌忙跪下谏阻。

范　蠡
文　种　（匍匐在地）大王！——

勾　践　（强自抑制）大禹的末代子孙！

文　种　（安慰地）大王珍重。百姓还要求见大王呢！

勾　践　我没有面目见百姓！（望见范蠡身上的佩剑，愤不欲生，上前拔剑）

〔范蠡按剑，跪阻。

范　蠡　大王！——

……

这是多么富于动作性的戏剧语言啊！形体动作、内心动作和语言动作结合得丝丝入扣，铿锵如落地钢剑的响声。每一句话都表示出说话人的意愿、意图或意志，或直接表示，或含蓄隐晦，或间接暗示，但观众却都听得清清楚楚。戏剧台词必然含有意图，它和整个场面一样，戏剧台词可以具有有意识的行动，也可以有无意识的行动。不管意识的程度如何，其中的意图是必要的。有动作性的台词常有：请求、探询、调查、质问、商议、宣誓、讹诈、迷恋、诱惑、谄媚、责备、控告、欺侮、凌辱、挑战、攻击、警戒、劝告、防止、辩护等等。就是在沉默中也可以表示意图，表现反抗、不屑作答、轻蔑侮辱、掩盖威胁、忍气吞声等等。演员就要根据人物的欲望、意愿、意图、意志的发展连成一条线，这条线就是角色的行动线。这条行动线就像画家画一连串的山峰的轮廓，而戏剧语言就像在轮廓内涂上各种各样的颜色，成为一幅美丽完整的山水画。单有人物动作的行动线而没有语言加以说明、解释，就无法知道人物的意愿、动机、心理变化，那么行动也就失去了意义。高尔基说："文学家在从事创作时，既要把行动变成语言，同时也要把语言变成行动。"① 反过来，语言而不能配合行动，语言而缺乏行动性，那语言就成为脱离戏剧动作的"无稽之谈"，阻碍了戏剧行动的进展。例如有些剧作家喜欢在戏里写一大段与主题和剧情无关的俏皮话或哲理的话来显示他们的风趣幽默或渊博的学问，没有顾到戏的动作线和剧情进展却因此而停滞下来。戏剧台词决不是一群聪明人的无目的的闲聊，沙龙文人的笑谈，也决不是哲学家们的辩论，而是推动剧情向前进展的有动作性的语言。

　　第二，戏剧语言的另一特性是性格化。人物在台上说话必须根据他自己的性格、思想、感情来说话，农民说农民的话，工人说工人的话，战士说战士的话，学生说学生的话，教授说教授的话，根据他的时代、生活环境、教养、传统习惯，还有他个性的特点，说他自己独特的话。作者不能让许多人物说同样的话，也不能让他们做作者的传声筒。戏剧语言之难写就在于此。作者在写人物的台词时，必须设身处地，了解人物的思想感情，他的文化程度，生活经验，个性特点，在规定情景下他必然会这样说话。作者要熟悉人物到这种程度，能假想自己就是他，他的思想活动，感受，反应，完全真实无讹，才能写出切合人物口吻的正确语言。贺拉斯在《诗艺》里说："如果剧中人物的词句听来和他的遭遇（或身分）不合，罗马的观众不论贵贱都将大声哄笑。神说话，英雄说话，经验丰富的老人说话，青春、热情的少年说话，贵族妇女说话，好管闲事的乳媪说话，走四方的货郎说话，碧绿的田垄里耕地的农夫说话……其间都大不相同。"② 李渔对戏剧语言，也主张"语求肖似"。他说："言者，心之声也，欲代此一人立言，先宜代此一人立心。若非梦往神游，何谓设身处地。无论立心端正者，我当设身处地，代生端正之想；即遇立心邪僻者，我亦当舍经从权，暂为邪僻之思。务使心曲隐微，随口唾出，说一人肖一人，勿使雷同，弗使浮泛，有《水浒传》之叙事，吴道子之写生，斯称此道中之绝技。果能若此，即欲不传，其可

---

① 高尔基：《和青年作家谈话》；见《论写作》。
② 贺拉斯：《诗艺》，见《诗学·诗艺》，中国社会科学出版社 2009 年版，第 90 页。

得乎？"① 他在《戒浮泛》中又说："填词义理无穷，说何人肖何人，议某事切某事……"不能表达人物性格、身分、意图的就不是戏剧语言。戏剧语言最忌所写的台词可以由任何人来说都一样，因为大家说的都是作者的语言不是各人有性格的语言。

老舍说得好："剧作者则须在人物头一次开口，便显出他的性格来。……闻其声，知其人。"② 老舍在《茶馆》里就做到了这一点。例如唐铁嘴一上场第一句话：

唐铁嘴 （惨笑）王掌柜，捧捧唐铁嘴吧！送给我碗茶喝，我就先给您相相面吧！手相奉送，不取分文！（不容分说，拉过王利发的手来）今年是光绪二十四年，戊戌，您贵庚是……

一个油滑而又可怜的江湖相士的嘴脸，已经活龙活现地出现在观众面前了。再看王利发（王掌柜）的第一句话：

王利发 （夺回手去）算了吧，我送给你一碗茶喝，你就甭卖那套生意口啦！用不着相面，咱们既在江湖内，都是苦命人！（由柜台内走出，让唐铁嘴坐下）坐下！我告诉你，你要是不戒了大烟，就永远交不了好运！这是我的相法，比你的更灵验！

这位年轻能干、世故深、心地善良的王掌柜已经清楚地勾画出来了。他们两人的话只有他们会说，不能互换，也不能交给别人去说。还有刘麻子上场的第一句话配合着鲜明的动作，更生动地刻画了他的典型性格：

〔纤手刘麻子领着康六进来。刘麻子先向松二爷、常四爷打招呼。

---

① 李渔：《闲情偶寄·语求肖似》，国学研究社 1936 年版，第 29 页。
② 老舍：《戏剧语言》；见《剧本》月刊 1962 年 4 月号。

刘麻子　您二位真早班儿！（掏出鼻烟壶，倒烟）您试试这个！刚
　　　　装来的，地道英国造，又细又纯！

常四爷　唉！连鼻烟也得从外洋来！这得往外流多少银子啊！

刘麻子　我们大清国有的是金山银山，永远花不完！您坐着，我办
　　　　点小事！

他一上来就掏出鼻烟壶向熟人推销外国鼻烟，说明他是一个专销洋货的
商人，又带着一个乡下人来谈买卖人口的事，所以他一上场一开口就知
道他是个贩卖人口兼做洋货生意的坏蛋。

　　说明交代的戏剧语言也跟小说大不相同：小说里的说明交代语言是
由作者叙述的，用第三者口气，比较客观的。但戏剧里的说明交代，虽
然目的是一样，但必须也是性格化的语言，带有他个人的观点和感情，
他的见解和色彩。

　　戏剧说明最忌为说明而说明；它总是在剧情进展中顺便带出来的，
目的在于推动剧情和描绘人物性格。回忆往事、性格揭示和剧情进展合
而为一，相互影响，相互推动，才是最好的说明性的戏剧语言。例如，
菊池宽的《父归》里的下面一段对话：

母　喂！贤儿，你父亲既是那样说了，又是父子们久别重逢，快斟
　　　上一杯，祝贺祝贺呀。

　　〔贤一郎不应。

父　那么，新儿，你替我斟上一杯吧。

新　是。（忙举杯敬父）

贤　（坚决的样子）放下！！没有敬酒的道理。

母　说什么话，贤儿！

　　〔父怒视贤一郎，新二郎和胤姑，低头不语。

贤　（昂然）我们没有父亲。我们哪里有那种东西。

父　（抑着激烈的愤怒）什么？

贤　（很冷地）我们若有父亲，也不至于我八岁的时候，母亲牵着
　　　我的手，从筑港去投水。那时候幸亏母亲误投在水浅的地方，

才被人家救了。我们若有父亲，我也不至于从十岁起便替人家当小使。我们因为没有父亲，所以把小时候一点乐趣也没有地过去了。新二郎你记得你在小学校的时候，没有钱买纸买墨，急得哭起来的事么？你记得你连教科书也买不完全，拿着抄本去上学，被朋友们嘲笑得哭起来的事么？我们哪里有什么父亲，若有父亲，也不至于受那样的亏苦了。

〔珍娘和胤姑泣着。新二郎流着眼泪，老父由愤怒转变做悲伤。

新　但是，哥哥！既然母亲已经那样和睦着，凡事都请忍耐些吧，好不好？

贤　（更冷酷地）母亲是女人，她心里怎么想的，我不知道，但是假如我有父亲，那便是我的仇敌。我们小时候挨了饿，或是受了委屈，一埋怨母亲，母亲总是说："都是你们父亲的缘故，若要埋怨，埋怨你们的父亲吧。"我们若有父亲，那便是从小时候就磨折我们的仇敌。我十岁起就在县衙里面当小使，妈妈在家里糊洋火盒子。有一次母亲一个月没有洋火盒子糊，可怜母子四人只好每天不吃午饭。这事难道都忘记了么？我所以拼命用功，无非想报这仇恨；无非想成功之后回转头来瞧瞧那抛弃了我们的人吧。无非想使人家知道我们虽被父亲舍弃了，也能成个自食其力的人吧。我的脑筋里一点也没有留过父亲爱我的印象，我的父亲到我八岁为止总是在外面喝酒作乐，全不顾家里的事。结果便借下许多不正当的债，带了情妇跑了。并合自己的老婆和三个孩子的爱，还抵不得那个妇人呢，我的父亲跑了之后，连母亲替我储蓄起来的那十六块钱的存折都不见了。①

以上的对话，不仅各个人物表示了对父归的不同态度，说明了二十年来所发生的往事，并且表达了各人的思想、感情和性格。再如《雷雨》第一幕鲁贵的许多说明性的台词，也都不是为说明而说明，而是在表达人物的欲望、意愿的规定戏剧情境中，揭示了人物的思想、感情和

---

① 菊池宽：《父归》；见《近代独幕剧选》。

性格，而往事说明看来倒反而好像是无意之间顺便带出来似的。在规定的戏剧情节进展中，人物带着某种愿望、目的说到别人的情况和为人——实则就是说明——在他对别人的态度和批评上也揭示了自己的性格。例如，鲁贵在说到鲁侍萍时，他的用意是贬低别人来抬高自己，而目的在于向四凤要钱：

> 贵　讲脸呢，又学你妈那点穷骨头，你看她，她要脸！跑他妈的八百里外女学堂里当老妈。为着一月八块钱，两年才回一趟家。这叫本分？还念过书呢！简直是没出息。

在鲁贵这段台词里介绍了鲁侍萍的情况（在八百里外女学堂里当老妈，八元一月工资，二年回家一次，念过书），说明了她的性格，同时在表明他对侍萍的态度和看法中揭示了自己卑劣的性格：看不起老老实实用辛勤劳动来养活自己的鲁侍萍，说她穷骨头，不要脸。鲁贵还谈到鲁大海时说：

> 贵　……就说你哥哥，没有我，能在周家的矿上当工人么？叫你妈说，她成么？——这样，你哥哥同你妈还是一个劲儿地不赞成我。这次回来，你妈要还是那副寡妇脸子，我就当你哥哥的面上不认她，说不定就离了她，别看她替我养个女儿，外带来你这个倒楣蛋的哥哥——
>
> 四　爸爸。您……
>
> 贵　哼，谁知道是哪个王八蛋养的儿子。
>
> 四　哥哥哪点对不起您，您这样骂他干什么？
>
> 贵　他哪一点对得起我？当大兵，拉包月车，干机器匠，念书上学，哪一行他是好好地干过！好容易我荐他到了周家的矿上去，他又跟工头闹起来，把人家打啦！

这一段台词说明鲁大海的情况和性格（他是侍萍带到鲁家来的。当过大兵，拉过包月，干过机器匠，现在矿上做工还是鲁贵荐的生意，但他和他妈一直反对鲁贵），也说明了鲁贵与侍萍不睦，同时也揭示了鲁贵的下流（骂侍萍与大海说"谁知道是哪个王八蛋养的儿子"），他的傲慢和得意（要和侍萍离婚，大海当矿工还是他的功劳）。

第三，戏剧语言的第三个特性是诗化。诗化并不是说要把台词写成韵文。古希腊的历史和哲学都用韵文写，但它们并不是诗，而近代的小说和戏剧都用散文写，但它们却富于诗的成分。诗的成分是一切艺术必不可少的因素，正像黑格尔说的："诗的适当的表现因素，就是诗的想象和心灵性的写照本身，而且由于这个因素是一切类型的艺术所共有的，所以诗在一切艺术中都流注着，在每门艺术中独立发展着。"① 但诗在戏剧里主要表现在语言里，诗是思想与想象的结合，通过语言表达出来，小仲马说："戏剧家和诗人一样，也是一个语言艺术家。"劳逊也说："对话离开了诗意便只具有一半的生命。一个不是诗人的剧作家，只是半个剧作家。"② 李·西蒙孙也说：剧作家不能使他的人物"在他们的高潮时刻变得热情洋溢和光彩焕发，其原因在于他不能或不愿使用辉煌热烈的诗的语言。"③

诗的戏剧语言的主要特征是：感情充沛，形象化和精炼。这三者都是戏剧语言的特点，合起来说，戏剧语言必须是诗的语言。

戏剧语言的诗化首先表现在它的热情洋溢、感情充沛上，它是"灼热的语言"，是戏剧语言的抒情性。刘易治说："戏剧语言的最主要的特征是感情的自然流露。"④ 戏剧语言是从带有情绪的人物和激动的剧情中自然地生发出来的，所以必然带有感情。西方有句谚语："从饱满的心里用嘴讲话"⑤，对戏剧语言来说，特别确切。人物在充满着感情时说话是毫无拘束的，没有保留的；人物在紧张情绪越来越高的时候，说话也就越来越激动，说话也更有声有色，丰富多彩。人在激动时候说的话总是比较简短、尖锐、生动，看来是不假思索的，但很能感动人。这样的

---

① 黑格尔：《美学》第一卷。
② ［美］约翰·霍华德·劳逊著，邵牧君、齐宙译：《戏剧与电影的剧作理论与技巧》，中国电影出版社 1961 年版。
③ 李·西蒙孙（Lee Simonson 1888—?）：《舞台装置就绪》(The Stage is Set)。
④ 刘易治：《独幕剧的技巧》。
⑤ 英语原文是 "Out of the abundance of heart the mouth speaks"。

讲话决不可能是四平八稳的，做作的，空洞抽象的。这样的例子在好的剧本里到处可以找到，在《万水千山》第三幕，红军长征到了大渡河，河宽浪大，水急多礁，所有船只全给敌人撤到对岸去，在对岸敌人派重兵扼守，又逢大雨，河水不断上涨，渡河十分困难：

〔王德强、朱连长急上。

王德强
朱连长　报告营长！西北边下起雨来了！河水也涨了！

赵志方　涨了多少？

王德强　涨了五六寸。

赵志方　你们听着！摆在我们面前的是困难，也是胜利！大渡河是我们的敌人，也是我们全军的生命线。战胜困难就是战胜敌人！就是爬，我们也得爬过去。明白不？如果渡不过河去，不是我们向回走，而是革命向后退！

王德强
朱连长　明白！

赵志方　现在你们快回去赶造木筏子，多一只木筏子就是多一分胜利。把精神振作起来！快！

王德强
朱连长　是！（下）

赵志方　（怒视着天空，又看看那波涛滚滚的大渡河）大渡河！
〔二虎急上。

二　虎　报告营长！连长叫我来向你报告，河水又涨了！

赵志方　涨了多少？

二　虎　又涨了一尺多！

赵志方　去告诉你们连长，加紧造木筏子。

二　虎　是！（下）
〔天空打了一个霹雳。

赵志方　（看看天，看看地图）他娘的，你下雨吧！下吧！你涨水吧！涨吧！雨大我的决心更大，水涨我的决心也涨。我今天非过河不可。

〔二虎急上。

二　虎　报告营长，连长叫我来向你报告！河水又涨了！

赵志方　涨了多少？

二　虎　又涨了一尺多！

赵志方　去告诉你们连长，只要水淹不到天边，我们是一定要渡河的。

二　虎　是！

赵志方　还有！水涨船也会高，用不着大惊小怪！再涨一丈也不要
　　　　来报告了！

二　虎　是！（下）

这是多么富于感情的对话！再看《霓虹灯下的哨兵》第三场里一段对
话，陈喜思想上有了问题，南京路的香风吹昏了他的头脑，把一双布袜
子丢了，爱人春妮来看望他，他也不理，春妮气得要走，连长到各排去
巡查回来，也发现三排有问题——

　　　　　　〔鲁大成上。

鲁大成　老路，刚才我到各班去转了一圈。一、二排情况不错，你
　　　　看，一排的决心书，二排的保证书。三排可倒好，赵大大
　　　　打了个报告放在连部，要求离开南京路，到有仗打的地方
　　　　去。还有童阿男，跟个女学生去吃馆子，到现在还没回
　　　　来！这些兵，这——都是些什么兵！

洪满堂　这儿还有个好样的呢！

鲁大成　什么？（费解）

洪满堂　陈喜嫌春妮跟不上趟了！

鲁大成　啊？

洪满堂　（捡起老布袜）瞧，甩啦！

鲁大成　好哇！（接过布袜）香风吹进骨髓里了！他人呢？（走）

路　华　连长，别走，我们三个人都在这儿，马上开个支委会。

鲁大成　完全同意。马上召开支部大会。非把他找回来整一顿不可。

（把布袜塞进挎包）通讯员，通讯员！

路　华　连长，整一顿，怕不解决问题吧！

鲁大成　任务这么紧，随他胡闹下去，三排非趴在南京路上不可！
　　　　（对路华）这些人早整一顿早好了，都是叫你惯的！

洪满堂　连长！

春　妮　同志们，都怪我春妮不好，给你们领导上添麻烦。（走）

路　华　春妮！

春　妮　（回头）我看清楚了，这里工作很重要，像在前线打仗一
　　　　样。我这次回去，一定高高兴兴工作，一定像过去一样支
　　　　援你们打胜仗。（奔下）

鲁大成
路　华　春妮……

〔沉默。

洪满堂　就让她这样走了？他们用小米把我们养大，用小车把我们
　　　　送过长江，送到南京路上，就让她含着眼泪回去了？乡亲
　　　　们知道了会怎么样？……怎么都不吭气啦？耷拉着脑袋
　　　　干啥？不然向上级打个报告，要求把我们这伙人撤下来
　　　　吧……

鲁大成　什么什么？！撤退？你开什么玩笑！（激奋起来）我当班
　　　　长的时候，你就是个老兵，我们这个连的底细，你还不清
　　　　楚？你说，我们什么仗没打过？什么炮弹没挨过？什么阵
　　　　地没守过？撤退？不错！原先叫我们站马路，我思想没扭
　　　　过弯来，可是，既然来了，钉子就钉在这个阵地上了！有
　　　　党和上级领导，打不退这股资产阶级香风我就不姓鲁！

这些话充满着多么强烈的无产阶级革命的激情啊！再看武玉笑的《远方
青年》第二幕第三场老年土专家卡生拜克的一段充满激情的话（青年兽
医把他最宝贵的种马治死了，他满腔悲愤地来责问沙特克）：

卡生拜克　老弟你们走开！……（心情沉重地伸出两只画满黑道的

颤抖的手臂逼向沙特克）年轻人，你睁大眼睛看看我画满道道的这两只手！（痛心地）……我像爱护自个的眼珠一样日日夜夜服侍着它（种马——引者注）。总想，我们马队有那样一匹金子般的大种马，一次交配二十四匹，两次交配四十八匹！受胎打上四十六，成活打上四十四。十年内，一代两代发展下去要给国家生产多少优良的骏马？值多少钱呀？我两手画满了道道设法画出这个大数目！想想吧，……想想我这个旧社会没有穿过一双靴子的牧羊人，老了老了，共产党给了我生活的力量，给了我光荣的信任，我给国家养上了高骡子大马！五九年我又从草原到了遥远的北京！见到了我们福星，恩人毛主席！天哪，我双手握住他那只又厚又大又热的手，我的心像冰山溶化了，眼眶发热，涌出了幸福的泪水，高兴得话都说不出来。一个一辈子钻在山里放牛放羊的老哈萨克竟成了对国家有用的人！可是偏偏在我当了养马英雄的第二个春天，马驹，马驹流产到夏特。种马，种马倒在我的马厩。像毒蛇咬着我的心！可我信任你，相信你矫健的翅膀能保护住我们养马人的光荣！我像宝石一样把你捧在我的手心！可你们这帮有学识有手艺的年轻人却给我老卡生拜克留下一笔我再活一世都还不清的重债！（一把撕下胸前的奖章，啪的放到桌上）奖章你挂上，你留马场，我进法院！让天雷把我劈在路上（转身走去）。

这些话里充满着多么汹涌澎湃的激情啊！充满着感情的语言必然富于含蓄，他所表达的意思必然比他说的话多，也就是说，它是富于潜台词的，他暗示的意思多于他直接告诉我们的。亚里士多德曾经说过："一个听者常常同情一个有感情的说话者，虽然他说的也许是绝对没有价值的。"好的戏剧语言总是渗透着说话人的感情，表达他在某种情境中的浓厚情绪。

诗化的另一个含意是形象化。诗的语言总是最形象化的语言，不是抽象的语言。形象化的语言才能感动人。劳逊说得好，诗意的语言，"这不是一般所谓美不美的问题，而是要求它有现实的色彩和感觉。真正的诗意的对话会使听的人产生一种可见的感觉。"[1] 有诗意的语言是有声、有色、有味的形象化的语言。爱尔兰戏剧家沁孤说道："每一段对话都必须要像一颗核桃或一只苹果似的充满了芬芳的气味，而这种对话是决非那些在闭口不谈诗歌的人们中间工作的人所能觉得出来的。"[2] 人民的语言本来是形象化的，有声有色的。善于吸收群众语言的都能写出比较好的戏剧台词。他们善于利用谚语、比喻、对比、俚语、形象化的动词和形容词，使语言听起来有声有色，扣人心弦。伟大的戏剧家可以说都是伟大的语言学家，他们的语言丰富多彩，主要他们广泛吸收群众的形象化语言。中国古典戏剧家如关汉卿、王实甫、汤显祖、李渔等，外国伟大的戏剧家如莎士比亚、莫里哀、奥斯特洛夫斯基、高尔基等，都是善于吸收群众语言而给以加工提炼的伟大语言学家。例如，关汉卿的《救风尘》，到处可以找到生动风趣而又形象化的语言。第三折中一段对白，赵盼儿假意儿要嫁给周舍，借此使受苦的宋引章得以摆脱，她劝周舍把宋引章休了，她就可以嫁给他，但周舍怕她骗他，所以问道：

（周舍向旦云）你你，你孩儿肚肠是驴马的见识，我今家去把媳妇休了呵，你你，你把肉吊窗儿放下来，可不嫁我，做的个尖担两头脱。你你，你说下个誓着。（正旦云）周舍，你真个要我赌咒？你若休了媳妇，我不嫁你呵，我着堂子里马踏死，灯草打折臁儿骨。你逼的我赌这般重咒哩！……

这些形象化语言是多么有声有色！在现代剧作家中老舍是善于用形象化语言的能手之一，我只从《茶馆》里摘录几句就可见一斑了：

---

① ［美］约翰·霍华德·劳逊著，邵牧君、齐宙译：《戏剧与电影的剧作理论与技巧》，中国电影出版社 1961 年版。
② 沁孤（John Synge 1871—1909）：《〈远方健儿〉序言》。

常四爷 要抖威风，跟洋人干去，洋人厉害！英法联军烧了圆明园，尊家吃着官饷，可没见您去冲锋打仗！①

………………

唐铁嘴 我改抽"白面"啦。（指墙上的香烟广告）你看，哈德门烟是又长又松，（掏出烟来表演）一顿就空出一大块，正好放"白面儿"。大英帝国的烟，日本的"白面儿"，两大强国侍候着我一个人，这点福气还小吗？②

………………

崔久峰 ……可是他那点事业，哼，外国人伸出一个小指头，就把他推倒在地，再也起不来！③

李之华的《反"翻把"斗争》里的对话用的全是东北方言，有不少精彩的形象化的语言。我举几个例子：

孙林阁 叫我说你们呀——真是有福不会享！他当个农会主任，派个人割庄稼，派个车拉回家，派个牲口打打场。舌头尖儿一转，上嘴唇碰下嘴唇，谁敢不去！只要吱一声儿，就等着拿现成的不好？④

………………

赵广明 周万芳一家都燎"跑"啦，大伙儿敢说话。孙林阁光把东西捣腾出去，人可到了儿没离屯。你忘记人常说那句话："死了的老虎，人还不敢上前呢！"他早先害人太"邪唬"（厉害）啦。不用说别的，就拿我那小孩子说吧：一听见孙林阁在院户外咳嗽，警察的洋刀鞘子碰着皮鞋哗拉拉的响，吓得就奇哭乱喊"哓"叫唤！⑤

---

① 常四爷责备在兵营里当差的二德子，只会欺压自己人，不敢打洋鬼子。见《茶馆》第一幕。

② 唐铁嘴在第一幕里是抽大烟的，现在改抽白面。见《茶馆》第二幕。

③ 秦二爷又办工厂，又开银号，他代表提倡"实业救国"的资本家。见《茶馆》第二幕。

④ 孙林阁是地主，他见了农会主任的妻子刘二嫂说这番话的。

⑤ 赵广明是老农民，他在说地主孙林阁没打倒，农民们还怕他，不敢说话。

刘振东 ·········· 他那叫瞎扯淡！黄皮子给鸡拜年——没安着好心。①

范永和 ·········· 你们跟秋后的野鸭一样，见着黄豆就伸嘴儿，也不看看下着夹子下着套儿没有！②

在唱词里更需要形象化的语言。试举《刘三姐》歌剧里几段富于形象化的语言为例：

刘三姐 一把芝麻撒上天，
我有山歌万万千，
唱到京城打回转，
回来还唱十把年。
··········

老渔翁 上山砍柴要用刀，
出门过河要架桥，
僮家用歌来问话，
无歌你就夹尾逃。
··········

刘三姐 州官出门打大锣，
和尚出门念弥陀，
皇帝早朝要唱礼，
种田辛苦要唱歌。

形象化的语言是最能激动人心的语言，它有煽动性，能激起听众强烈的感情，并驱使他们行动起来。最有趣的例子是莎士比亚的《裘力斯·恺撒》中勃鲁脱斯和安东尼二人在恺撒遇弑后向群众的两篇演说，

---

① 刘振东在说地主孙林阁向刘二嫂说好话，并不安着好心。
② 范永和是民兵队长，他责怪农民们轻易相信地主放田，那是设的圈套，要害农民。

勃鲁脱斯的演说简短有力，逻辑性强，而安东尼的演说处处用形象来感动人，娓娓动听，激发群众起来反对勃鲁脱斯，把他的房子烧了，把他和他的同伙赶出城去。勃鲁脱斯的演说中最精彩的几句是：

勃 各位罗马人，各位亲爱的同胞们！请你们静静地听我解释。为了我的名誉，请你们相信我；尊重我的名誉，你们就会相信我的话。用你们的智慧批评我；唤起你们的理智，给我一个公正的评断。要是在今天在场的群众之间，有什么人是恺撒的好朋友，我要对他说，勃鲁脱斯也是和他同样的爱着恺撒。要是那位朋友问我为什么勃鲁脱斯要起来反对恺撒，这就是我的回答，并不是我不爱恺撒，可是我更爱罗马。你们宁愿恺撒活在世上，大家作奴隶而死呢，还是让恺撒死去，大家作自由人而生？因为恺撒爱我，所以我为他流泪；因为他是幸运的，所以我为他欣慰；因为他是勇敢的，所以我尊敬他；因为他有野心，所以我杀死他。我用眼泪报答他的友谊，用喜悦庆祝他的幸运，用尊敬崇扬他的勇敢，用死亡惩戒他的野心。……

这是用理智、用逻辑、用抽象的理性来说服群众，当时群众确是被说服了，赞成了勃鲁脱斯的行动。但等到安东尼抬着恺撒的尸首上场，向群众用形象化的语言来激发群众：

安 各位朋友，各位罗马人，各位同胞，请你们听我说：我是来埋葬恺撒，不是来赞美他。人们做了恶事，死后还免不了遭人唾骂，可是他们所做的善事，往往随着他们的尸骨一齐入土；让恺撒也是这样吧。……他是我的朋友，他对我是那么忠诚公正；然而勃鲁脱斯却说他是有野心的，可是勃鲁脱斯是一个正人君子。他曾经带许多俘虏回到罗马来，他们的赎金都充实了公家的财库；这可以说是野心者的行径吗？穷苦的人哀哭的时候，恺撒曾经为他们流泪；野心者不应当这样仁慈的。然而勃鲁脱斯却说他是有野心的，可是勃鲁脱斯是一个正人君子。你们大

家看见在卢钵葛节的那天，我三次献给他一顶王冠，三次他都
拒绝了；这难道是野心吗？然而勃鲁脱斯却说他是有野心的，
可是勃鲁脱斯的的确确是一个正人君子。

接着他拿出代表恺撒对人民群众的爱的遗嘱，又走到尸体旁边指给
群众看那些叛国者刺在恺撒身上的许多伤口，其中勃鲁脱斯的剑正好刺
在他的心脏，又形象地描绘恺撒看见他最亲爱的朋友勃鲁脱斯下这样的
毒手，"他的伟大的心就破碎了；他的脸给他的外套蒙着，他的血不停
地流着，就在邦贝像座之下，伟大的恺撒倒下了。"于是群众被激动得
像疯子一样，立刻暴动起来去烧勃鲁脱斯的房子……安东尼之所以能激
发群众起来，是由于他善于用形象化的戏剧性语言。

诗化语言的另一个特性是精炼。诗的语言总是最精炼的；一首五言
绝诗只有二十个字，但它要写出意境、思想、感情，而成为有头有尾的
完整艺术品。戏剧语言必须和诗的语言一样精炼，字斟句酌，一字重千
金。诗人为了一个字的推敲，往往日以继夜，废寝忘食。但诗人说的
是自己的话，精炼还比较容易，而戏剧家说的是别人的话，要精炼别人
的话一定比精炼自己的话更难一些，往往要从别人几百句话里精炼成一
句话，而这句话能表达出说话人的思想、感情、精神、语气、特用字
汇，而且要符合他的性格特征。诗有格律的限制，而戏剧语言有时间与
空间的限制，其严格程度不下于诗的格律。戏剧家在修改自己的剧本时
最大的努力是放在删减它的语言上，要修改到说话虽少而涵义丰富，潜
台词多，一句话可以代替几十句话，并且比几十句话有更多的内容和涵
义，也更清楚明了。马休斯说："既然动作要紧凑紧张，所以对话也必
须精炼、有力。我们在戏院里只能有很短的时间，必须削除每一个人物
的台词中的重复、题外之言和不相干的话，而这些东西在日常生活的谈
话中是极其泛滥的。"[1] 剧作者不应把日常生活语言照搬过来，而在日常
生活语言中提炼出精华，使这句话在某人性格和某种环境之下必然这么
说，并且这句话也必然能推动剧情向前发展，以最少的字表达出最多的

---

[1] 马休斯：《戏剧研究》。

意思。削减语言比扩张语言更为重要。要能做到用一句话表达一生的事迹，用一个字说出一个宝贵的生活经验。

英国当代剧作家潘力斯脱列曾经说过："我如果向一班年轻的剧作者讲话的话，我要告诉他们：最重要的，要避免作不重要的喋喋不休的讲话，像宴会上的谈话一样。我们的散文剧使明智的观众感到平淡、厌烦的最重要的原因是这种语言。不要以有礼貌的宴会女主人对待客人的态度来对待观众，感觉到你不能不把谈话延续下去。只要你了解人物的心里想些什么，有时候你应当让他们不说话，或说很简短的话。但等他们被感情冲动时，让他很有口才地倾泻出来，让他们说出丰富流畅着实的话来。更多的无声的动作，更多的简短有力的话语，更多的突然的爆发成滔滔不绝的语言——对了，宁愿更多的这种语言，而减少那种半礼貌半解释性的语言，这种语言既不简短有力，又不流畅，没有社会意识的语言，是宴会上的闲聊而已。"[①] 好的戏剧语言决不是日常生活中的语言，决不是普通的一问一答的语言，决不是客厅里的闲聊，决不是咖啡馆里的胡扯，决不是毫无目的的讨论，决不是道听途说的新闻报道，决不是几句讽刺性的俏皮话或开玩笑式的斗嘴，决不是堆砌美丽词藻、矫揉造作的文学语言，而是内容充实、有目的、有方向、意思明确的语言，是能刻画出说话人精神状态和心理活动的语言，是人物内心的语言，是配合紧张戏剧动作的语言。这种语言是从生活语言中精选出来的，是经过作者加工提高的语言，是经过作者再三斟酌推敲出来的语言，是去芜存菁的语言，是人物性格和行动的典型语言，是令人信服而又感到惊异的语言；同时，这种语言是加过工的而又没有加工的痕迹，是精选而又极其自然的语言，是看来很平常而又富有哲理的语言，是有文学性而又是日常生活中的普通语言，是作者精湛的语言而又是符合人物口吻的语言。它是富于矿物质的活的泉水，清澈而又富于营养，质朴而又富于内容，浅显而又富于奥妙。这就是诗的语言，也就是戏剧的语言。

这种精炼的语言的最高表现就成为全剧的警句，百读而不厌，越听越有味。每一伟大的剧作里总有一两句传诵不绝的警句，语短意长，语

---

① 潘力斯脱列（Priestley 1894—　）：《戏剧家的艺术》（The Art of the Dramatist）。

浅意深，说出了生活的真理，道出了作品的主题，留传后世，万古常青。例如关汉卿《窦娥冤》第三折中的正旦（窦娥）唱词："为善的受贫穷更命短，造恶的享富贵又寿延。天地也，做得个怕硬欺软，却原来也这般顺水推船。地也，你不分好歹何为地？天也，你错勘贤愚枉做天！哎，只落得两泪涟涟。"写出了封建社会的黑暗真相，道出了穷苦百姓的心声，也点明了关汉卿写作这剧本的意图和主题。又如《单刀会》的最后两句唱词："百忙里趁不了老兄心，急切里倒不了俺汉家节！"是关羽对鲁肃说的富有无穷涵义的精炼语言。莎士比亚的剧本里也有不少传诵后代的警句和精炼的富有含义的戏剧语言，例如《裘力斯·恺撒》里安东尼说的："人们做了恶事，死后还免不了遭人唾骂，可是他们所做的善事，往往随着他们的尸骨一齐入土。"又如勃鲁脱斯最后自杀时说的一句富有深意的话："恺撒，你现在可以瞑目了；我杀死你的时候，还不及现在一半的勇决。"易卜生的剧作里每一部都有一些精彩的警句，例如《社会支柱》的结尾：

博尼克　……这几天我学会了一条道理：你们女人是社会的支柱。

楼　纳　妹夫，你学会的道理靠不住。（把手使劲按在他肩膀上）你说错了。真理的精神和自由的精神才是社会的支柱。

又如《玩偶之家》剧末里的——

海尔茂　娜拉，我愿意为你日夜工作，我愿意为你受穷受苦。可是男人不能为他爱的女人牺牲自己的名誉。

娜　拉　千千万万的女人都为男人牺牲过名誉。

………………

海尔茂　娜拉，难道我永远只是个生人？

娜　拉　（拿起手提包）托伐，那就要等奇迹中的奇迹发生了。

海尔茂　什么叫奇迹中的奇迹？

娜　拉　那就是说，咱们俩都得改变到——喔，托伐，我现在不信世界上有奇迹了。

海尔茂　可是我信。你说下去！咱们俩都得改变到什么样子——？

娜　拉　改变到咱们在一块儿过日子真正像夫妻。再见。（她从门厅走出去）

　　语简意长是戏剧语言诗化的重要方面，是戏剧语言的特色之一。贝克说过："戏剧是叙事文学中最讲究选择的文艺形式。"[①]一切不必要的细节和枝叶均须删除干净，一则因为使戏不至过分冗长，一则对话的枝叶过多，就会减弱语言的力量。大家知道证据堆砌不一定能说服人，倒不如二三件重要证据说得透彻有力，反能震动人心。这原理同样对写好对话是极有帮助的。非必要，不重复；话精炼，才有锋芒。不懂得对话精炼的人，很难成为真正的剧作家。

　　掌握了戏剧语言的特性之后，我们进而研究它的具体要求和方法。

三、戏剧语言的要求和方法

　　关于戏剧语言的具体要求和达到这些要求的有效方法，一般有以下五个方面的要求，可作为我们写好戏剧语言的努力方向。它们是：（一）贵真实，（二）宜浅显，（三）务含蓄，（四）重机趣，（五）易上口。现将这五个要求分别说明如下。

（一）贵真实

　　戏剧语言要写得真实可信是第一个要求，也是最重要的要求。李渔说："说何人肖何人。"是真实性的第一个方面，人物所说的话不仅必须符合他的身份、地位、性格、思想和感情，并且要符合他的时代、环境、时间和地点。不同的时代有不同的语言，不能让古代人说现代人的话。人在不同的社会环境里，不同的时间里，不同的场合里，也会说不同的话。为什么人们各人说各人的话？主要是各人有他常用的语汇，而

---

① 贝克：《戏剧技巧》。

348

这些语汇跟着他性格、思想、感情的不同，用不同的语法组织成各人不同的语句。每一个阶层的人有他们共同的语汇，但各人又有不同的语汇。工人有工人的语汇，农民有农民的语汇，知识分子有知识分子的语汇，工人和农民的语汇比较生动、形象化，因为他们的语汇是从阶级斗争和生产实践中获得的，而知识分子的语汇比较抽象、概念化，因为他们的语汇大半是从书本上得来的。工人和农民虽然各有自己共同的语汇，但个别的工人和农民又根据自己的生活经历、性格、思想、感情，说出各人不同的话；解放以前和以后工人农民说话又大不相同，因为时代的不同，带来了不同的思想和感情，不同的语汇。所以我们要写好工人或农民的语言，第一件工作是要学会他们的语汇，并且根据他们的性格、思想、感情、社会环境等，写出他们的话来，那样才能写得真实可信，大致不差。我们千万不要以为他们读书少，语汇不多，但事实并不如此，他们有丰富的生活，有他们自己的丰富语汇，并且他们的语言富于形象性和生动性，更能表达出他们的思想和感情，不是我们知识分子的抽象语言所能代替的。我们知识分子看来比工农群众多认得一些书本上的字和词，但仔细检查起来，我们只比工农群众多认识一些同义词和概念词而已。我们所缺少的正是不断从生活中来的最形象的最生动的语汇。戏剧家同时必须是语言学家，就是因为我们非广泛学习人民的丰富的语言不可，不然，就像毛主席说的："语言无味，像个瘪三。""如果一篇文章，一个演说，颠来倒去，总是那几个名词，一套'学生腔'，没有一点生动活泼的语言，这岂不是语言无味，面目可憎，像个瘪三么？一个人……没有和人民群众接触过，语言不丰富，单纯得很，那是难怪的。"① 写文章做演说而带些"学生腔"还可以搪塞过去，但在剧本里写工农兵的语言而带"学生腔"是无法通过的了。

语言真实并不等于照搬生活语言。自然形态的语言里带有不少偶然因素和不必要的重复，经过剧作家加工提炼后，才有更高的真实。剧本里的工农语言不仅是工农群众可能是这样说的，并且必须是非如此说不可，才是最高的真实语言。真实与加工提炼不仅没有矛盾，并且是相得

---

① 毛泽东：《反对党八股》。

益彰的。巧妙与朴素是不相矛盾的，真实的语言总是朴素与巧妙相结合的语言。戏剧语言的文学加工必须以真实为准绳的，凡违背真实的修饰加工，虽然语言写得流畅，典雅得娓娓动听，但是不真实，那是最要不得的。加工是在真实的基础上提高，不是矫揉造作，玩弄词藻。戏剧语言一方面要自然，把生活语言的真实反映出来，而另一方面又须加工提炼，成为精炼语言，成为比生活语言更真实的语言。加工提炼必须以提高语言的真实性为目的。

初学写作者往往喜欢让人物谈完一件事，再谈第二件，谈完第二件，再谈第三件，好像解答数学问题似的，逻辑性看来很强，但是不符合生活真实的。在生活里我们的问题解答总是插来插去的，甲题未谈完就插上乙题，乙题没谈完又插上丙题，于是再回到甲，又再回到丙题。这样的安排不仅符合生活的真实，并且加强了戏剧性，造成必要的悬念与期待，再回到甲题乙题时其深入程度就不同了，愈重复而愈深入，那是戏剧性的必要重复，是重点突出的必要手段，是把戏的经纬线交叉重叠，织成紧密的完整的画面。斯特林堡在他的剧作《酉丽娅小姐》的序言里说："我一直在设法避免法国式对话的整齐的数学的结构方法，而让人物的谈话像生活真实里一样毫无规则地进行着，像一个人心思上的齿轮随意地接触到另一个人的心思上的齿轮，而话题并不彻底谈完。因此，在头上几场戏里，谈话看来是很自然的随便的，然后再捡起来，再深入一步，再重复一遍，再挖掘一下，像一首乐章一样，造成全剧的主题。"[1] 这是使对话取得真实性和戏剧性的重要方法。

上面说过戏剧语言不仅要符合人物性格、思想、感情，还须符合时代，就是说，什么时代的人说什么时代的话；解放前的农民决不可能说出解放以后的一套话。对现代剧或近代剧作这样要求是必要的。但对历史剧尺度就得放宽。例如，三国时期曹操说的话必然和宋代的宋江说的话大不相同。但我们到哪儿去学习三国和宋代的语言呢？《三国演义》和《水浒传》的语言确实不同，但它们都是后代人写的书，它们的语言的真实性的确切程度很难下判断。在这些书的语言中必然渗入作者的明

---

[1] 斯特林堡（J. August Strindberg）：《〈酉丽娅小姐〉的序言》。斯特林堡是瑞典近代剧作家。

代的语言，除了古代语言考据学家，一般人不易分辨出来。戏曲剧本里有各个朝代的戏，有春秋战国时代的，有汉代的，唐代的，宋代的，明末清初的，但它们用几乎是同样的半文半白的语言，我们不能说它们不符合时代的真实。同时我们还得考虑另一问题：即使经过艰巨的考据论证工作而写出了符合历史真实的古代人语言，恐怕观众也无法听懂，所以这种历史真实性失却了现实的真实意义。戏剧语言的时代真实性必须考虑到当代观众的理解能力和审美能力。这就是黑格尔所说的"艺术所必有的反历史主义"。[1] 写历史剧语言的剧作家一方面尽量做到符合历史时代的真实，但另一方面还须考虑当代观众能听懂，因此在必要时掺杂一些现代语是完全可以的。艺术的真实但求神似，不求貌似。但在历史剧中也不宜过多用现代语，以免失去历史的真实感。

为了使戏剧语言真实可信，有的剧作家喜欢用地方俚语土话来创造地方色彩和特定环境气氛。例如《反"翻把"斗争》是用东北地方语言写成的，富有乡土气，又如《抓壮丁》是用四川方言写成的，地方色彩也很浓厚；这些剧本写得很好，但由于用地方语言，在不懂这些话的地区里，演出就可能有困难。所以，我认为要创造地方色彩和环境气氛，可以用一些比较易懂的俚语土话，但不能用得过多，过多观众就听不懂，失去了应有的效果。成功的例子有孙芋的《妇女代表》，他用少量易懂的东北土话掺杂在对话里面，观众听得懂，但又显示了地方的特点。还有，《霓虹灯下的哨兵》也用了一些上海土话，加强了环境气氛，但一般观众都能听懂。这种用法是符合艺术真实的原则的。所以在剧本里用俚语土话必须注意三件事：第一，必须用得正确，不能含糊不清；第二，必须使观众听得懂；第三，方言必须一致，不可以一会儿用东北土话，一会儿用西北土话。

有的剧作家喜欢用歇后语或谚语，来加强真实感和亲切感，增加戏的"味道"，这也是好的。但歇后语或谚语是现成的话，必须要用得恰当，用得精，用得过多反而令人生厌。

要写出符合人物性格、符合真实的语言，剧作者必须对每个人物深

---

[1]　黑格尔：《历史主义与反历史主义》。

入了解，掌握他的思想、感情，能真正设身处地，"化为曲中之人"，用他的思想感情，才能写出他的真实可信的台词来。其中最主要的是感情，正像贝克说的："感情，如果你给它一条自由的路，它自然会找出适当的表现语言。"① 他又说："剧作者在写对话时，应由人物的感情来给予他正确的词句，这样才能把他们的感情传达给观众，并且每一个字都很重要。"因为"人物如果客观地述说事实，他便成了作者的代言人而失去自己的性格了。作者没有真情实感，只好用作为剧中人物的代言人作出干巴巴的报导了"。这和李渔说的："只就本人生发"是完全同样的意思。

(二) 宜浅显

戏剧语言应一听就明白，语浅而意深。观剧不是读书，读诗文可以细细咀嚼，可以反复玩味，而观剧则是顺流而下，一泻千里，不让我们有半刻的停顿。所以戏剧语言必须浅显易懂，言闻意达，流畅自如，激荡人心。李渔在《贵显浅》一章里写道："曲文之词采，与诗文之词采非但不同，且要判然相反。何也？诗文之词采贵典雅而贱粗俗，宜蕴藉而忌分明；词曲不然，话则本之街谈巷议，事则取其直说明言。凡读传奇而有令人费解，或初阅不见其佳，深思而后得其意之所在者，便非绝妙好词。"② 他说的是戏曲填词，但，不言而喻，宾白更宜通俗易懂，浅显明了了。

浅显易懂的日常用语才使观众听起来感到熟悉亲切。黑格尔说过："艺术作品以及对艺术作品的直接欣赏并不是为专家学者们，而是为广大的听众。"他接着说凡是对观众生疏的古典伟大作品，为了使观众接受，必须把作品（包括语言在内）加以改编，"因为美是显现给旁人看的，它所要显现给他们的那些人对于显现的外在方面也必须感到熟悉亲切才行"③。

要做到浅显易懂，首先要遵守修辞学里一条很重要的原则，即一句

---

① 贝克：《戏剧技巧》。
② 李渔：《闲情偶寄·贵显浅》，国学研究社 1936 年版，第 10 页。
③ 黑格尔：《美学》第 1 卷。

话表达一个意思，一段话表达一个思想。譬如说，你在焦急地等一个朋友来，看看天气又快下雨，你就说："啊呀，天气真不好，朋友怎么还不来，我要回家去。"乍听起来，一句话里有三个意思，不相连贯，观众就不懂他说这话的意思是什么。如果说话人的意思着重在"我要回家去"，那么他应该这样说："天快下雨了，恐怕朋友不会来，我还是回家去吧。"三个意思连贯起来，重点突出，我们就听懂了。试以王尔德的《少奶奶的扇子》的原稿和修改稿作一对照，问题就更清楚了：

	原　稿	修改稿
埃林夫人	（进来）您好，温德米尔公爵。你夫人多漂亮呀！真像一幅美女画！	（进来）您好，温德米尔公爵。
温德米尔公爵	（低声说）你来得真鲁莽呀！	（低声说）你来得真鲁莽呀！
埃林夫人	（微笑）这是我一生做的最聪明的事。并且，还有，你今晚上要殷勤地招待我一下。	（微笑）这是我一生做的最聪明的事。你夫人多漂亮呀！真像一幅美女画！并且，还有，你今晚上要殷勤地招待我一下。

原稿和修改稿只把埃林夫人的"你夫人多漂亮呀！真像一幅美女画！"一句从第一段移到第三段，听起来就很顺了。说话的顺序性和连贯性是使语言浅显的一个重要原则。一个意思说完之后，再接上第二个，切忌交叉进行，造成混乱。这种交叉进行式的谈话在日常生活里是常有的，一个意思还未说清楚，另一意思又插进来了，第二个意思尚未交代完毕，第三个意思又插进来了。在戏里就必须一一交代，可以有交叉，但仍须段落分明，章法不乱。既要有交叉，又要头绪不乱，需要严密的安排。例如，《万水千山》第三幕红军强渡大渡河，一夜急行军走了一百三四十里路，在路上又打了仗，一到河边马上进行渡河的准备工作，头绪纷繁，正像赵志方营长说的："现在第一是找船，第二是造木筏子，第三是选择渡口，第四是找几个会划船的本地水手做向导，第五是还要在我们营里选一百名会划木筏子的水手，第六是同志们刚刚打

完仗还需要动员一下，这一切准备工作一定要按时办完。"作者要把这些准备工作的戏一段一段有条不紊地交代出来，既不能没有交代，而又要一一交代清楚，这就显示出作者的安排情节和写好台词（一句一个意思）的本领了。赵营长派钱贵喜去寻找渡口，约定一小时后回来汇报；又派王德强去造木筏子，王德强奉命去了；赵营长要二虎去找宣传队来，要他们去找本地水手，二虎也下去了。于是下面一段戏专讲说服船夫借船的事，赵营长说服不了他，李有国接下去帮他说（这一段戏占全幕比较多的篇幅），终于说服了，找船的问题解决了。接着是几个小穿插，如王德强报告河水涨，团长来信提前一小时半渡河，罗副营长来说子弹不足、炮缺少，审问俘虏，了解情况，赵营长研究渡口问题，接着水势猛涨，困难越来越大，于是到达了这一幕的高潮转折点，团长的到来，子弹的大量补充，还有一门迫击炮、十只木筏子的支援，毛主席、朱总司令马上就到，所有困难都迎刃而解，急转直下，写得有条不紊，头绪多而不乱，全靠语言清楚简练，浅显易懂，全凭语言的一句一意，一段一意思，写得干脆利落，造成紧张的戏剧进展（其实这一幕戏动作很少，全用语言来代替动作），观众在头绪纷繁之中仍然能一一领会，这主要是语言写得浅显、情节安排得清楚的结果。

从上面这个例子，我们可以看到浅显的语言必须写得流利自然，简短精炼，每一句每一段目的性清楚，交叉安排要多而不乱，头绪虽繁而连贯。其次，用字要选得恰当，一字之差可以使意思完全改变。例如易卜生《玩偶之家》第三幕，海尔茂拿到柯洛克斯泰退还借据的信时，高兴地说："你没事了！"后来他修改成"我没事了！"虽然只有一字之差，但含义却有天壤之别。我们在戏剧语言里的用字必须越具体越好，越形象化越好。具体和形象化的语言总比抽象概念的话要确切、生动、有情感，例如在春旱时下了一场雨，我们说："这场雨下得好"，但比起更形象化的说法："春雨贵如油"，就相差很远了。

戏剧语言最忌书生气。说话含意要深，但说得很浅显，才是好台词。李渔说："元人非不读书，而所制之曲，绝无一毫书本气，以其有书而不用，非当用而无书也；后人之曲，则满纸皆书矣。元人非不深心，而所填之词，皆觉过于浅近，以其深而出之以浅，非借浅而文其不深也；后人之词，则心口皆深矣。"① 书生气的语言就是现在的所谓"学生腔"，干巴巴的，抽象概念化。一无生气。剧本里最忌人物满口是新名词，因为只有缺乏工农生活的知识分子才这样说话，这样语言既枯燥乏味，又含糊笼统。易卜生虽然写的是社会问题剧，但他也竭力避免当时流行的新名词；例如《玩偶之家》第三幕最后一段话：

海尔茂　什么叫奇迹中的奇迹？

娜　　拉　那就是说，咱们俩都得改变到——喔，托伐，我现在不信世界上有奇迹了。

海尔茂　可是我信。你说下去！咱们俩都得改变到什么样子——？

娜　　拉　改变到咱们在一块儿过日子真正像夫妻。再见。

要是用"学生腔"来写，大概会写成"我们夫妻完全平等，男女平权，妇女独立自由"吧，那就索然无味了。

剧本里用成语、谚语，甚至于俚语，其目的也无非要使语言浅显易懂，形象化，具体，观众一听就知道什么意思，非常亲切。例如"男子走州又走县，女子围着锅台转"，"淹死会水的，打死犟嘴的"，"她端谁的碗就得服谁的管"，"胳膊扭不过大腿"（均见《妇女代表》），"死了的老虎，人还不敢上前呢"，"黄皮子给鸡拜年——没按着好心"，"咱们就把口袋翻过来，抖落抖落口袋底儿，把零七八碎的东西都给'掬'出来"，"拉了屎还能坐回去？"（均见《反"翻把"斗争》）……都是东北农民几代传下来的老成语，既生动，又形象化，是极好的浅显的戏剧语言。有时我们用地方俚语，不仅烘托出地方色彩，并且也是最形象化的浅显语言。

浅显的语言还贵乎作者自己创造，用比喻、对比、夸张等种种方法来创造出新的浅显而又生动的语言。例如，"刀剑收起，仇恨记下"，"好一夜透雨啊，每一滴都好像滴在我的心里。"（见《胆剑篇》），"让革命骑着马前进"，"革命不是从舒服生活中来的，而是为了将来的舒服生

---

① 李渔：《闲情偶寄·贵显浅》，国学研究社 1936 年版，第 11 页。

活。"(见《万水千山》)等，都是浅显易懂，而又意义深刻。

有些特殊情况单纯作正面解释，既啰嗦，又不易为观众所理解，那么在剧本里可以用问答的方法来一层层解释清楚，不过发问的剧中人必须有充分的理由，不是为发问而发问，而回答的人也必须有他自己的目的而作回答，不是为回答而回答。例如，《玩偶之家》第一幕里，柯洛克斯泰要求娜拉在她丈夫面前说情收回辞退他的成命，娜拉不肯，柯洛克斯泰就把她从前借钱时候冒父签名的犯罪行为来威胁她；这件事情况很特殊而又复杂，不是正面解释所能交代清楚的，于是易卜生就用问答的方法把事实的经过一层层剥给观众看：

柯洛克斯泰 后来我把借据交给你，要你从邮局寄给你父亲，这话对不对？

娜　　拉 对。

柯洛克斯泰 不用说，你一定是马上寄去的，因为没过五六天你就把借据交给我，你父亲已经签了字，我也就把款子交给你了。

娜　　拉 难道后来我没按日子还钱吗？

柯洛克斯泰 日子准得很。可是咱们还是回到主要的问题上来吧。海尔茂太太，那时候你是不是正为一件事很着急？

娜　　拉 一点儿都不错。

柯洛克斯泰 是不是因为你父亲病得很厉害？

娜　　拉 不错，他躺在床上病得快死了。

柯洛克斯泰 不久他果然就死了？

娜　　拉 是的。

柯洛克斯泰 海尔茂太太，你还记得他死的日子是哪一天？

娜　　拉 他是九月二十九死的。

柯洛克斯泰 一点都不错。我仔细调查过。可是这里头有件古怪事——（从身上掏出一张纸）叫人没法子解释。

娜　　拉 什么古怪事？我不知道——

柯洛克斯泰 海尔茂太太，古怪的是，你父亲死了三天才在这张纸上签的字！

娜　　拉　什么？我不明白——

柯洛克斯泰　你父亲是九月二十九死的。可是你看，他签字的日子是十月二号！海尔茂太太，你说古怪不古怪？（娜拉不作声）你能说出这是什么道理吗？（娜拉还是不作声）另外还有一点古怪的地方，"十月二号"跟年份那几个字不是你父亲的亲笔，是别人代写的，我认识那笔迹。不过这一点还有法子解释。也许你父亲签了字忘了填日子，别人不知道他死了，胡乱替他填了个日子。这也算不了什么。问题都在签名上头。海尔茂太太，不用说，签名一定是真的喽？真是你父亲的亲笔喽？

娜　　拉　（等了会儿，把头往后一仰，狠狠地瞧着柯洛克斯泰）不，不是他的亲笔。是我签的父亲的名字。

柯洛克斯泰　啊！夫人，你知道不知道承认这件事非常危险？

娜　　拉　怎么见得？反正我欠你的钱都快还清了。

柯洛克斯泰　我再请问一句话，为什么那时候你不把借据寄给你父亲？

娜　　拉　我不能寄给他。那时候我父亲病得很厉害。要是我要他在借据上签字，那我一定得告诉他我为什么需要那笔钱。他病得正厉害，我不能告诉他我丈夫的病很危险。那万万使不得。

柯洛克斯泰　既然使不得，当时你就不如取消你们出国旅行的计划。

娜　　拉　那也使不得，不出门养病我丈夫一定活不成，我不能取消那计划。

柯洛克斯泰　可是难道你没想到你是欺骗我？

娜　　拉　这事当时我并没放在心上。我一点儿都没顾到你。那时候你虽然明知我丈夫病得那么厉害，可是还千方百计刁难我，我简直把你恨透了。

柯洛克斯泰　海尔茂太太，你好像还不知道自己犯了什么罪。老实告诉你，从前我犯的正是那么一桩罪，那桩罪弄得我身败名裂，在社会上到处难站脚。

这样复杂的特殊情况只能用问答来一点点说明，才能使观众明了真相。再如《雷雨》中周家父子与后母等复杂关系是在第一幕由鲁贵与四凤的一问一答中逐步交代清楚的。

（三）务含蓄

演员最怕剧作家把他的话全都说尽，一点不留余地让他自己来演；观众也最怕剧作家喋喋不休，说得什么都清清楚楚，一点不留余地让他自己体会和思索。戏剧语言要写得浅显易懂，但又必须富于含蓄，话中有话，耐人寻味。最好的台词总是指示清楚，而又内含丰富，是概述明确，而又涵义深远，是外延和压缩相结合的语言，是弦外有音、言外有意的语言。刘知幾言道："言近而旨远，辞浅而义深，虽发语已殚，而含意未尽。使夫读者望表而知里，扪毛而辨骨，睹一事于句中，反三隅于字外。"[①] 这说得实在再透彻没有了。凡是百听不厌的戏剧语言也就是百看不厌的好戏的主要成分。而百听不厌的语言总是蕴藏着丰富的内心语言和心理活动，有弦外之音和语外之意，观众所感兴趣的不是他们说出来的表面意思，而是话中带出来的情绪、内心动态和心理活动之间的意志冲突，也就是人物的潜台词，而这些潜台词是富于内心冲突和戏剧性，是剧本中最精彩的好戏。我们试以《雷雨》第一幕里蘩漪和四凤的一段话来作例子，说明他们的对话中的情绪、内心活动和丰富潜台词。蘩漪躺在楼上装病已有好几天了，周朴园从矿上回到家里已经三天，她锁着房门不肯出来见他，但是到第三天她忽然下楼来，原因是这一阵子周萍老躲着她，并且风闻周萍要走，所以特地下楼来探问一下。她一下楼就碰上四凤，四凤是她的情敌，本来不便向她探询关于周萍的消息，但她不问四凤，又有谁肯真心实意告诉她呢？她不能不抓住这机会探问一下，可是她是主人，四凤是仆人，身份有别，况且两人又同时爱上周萍，蘩漪更不愿在四凤面前暴露自己在热爱周萍的秘密，所以她只能淡淡地随口地问一声：

---

① 刘知幾：《史通·叙事》。

周蘩漪 （望着鲁四凤，又故意地转过头去）怎么这两天没见着大
少爷?

四凤做贼心虚，猛听了有点吃惊，但她也不愿在蘩漪面前暴露她自己在
热爱周萍，所以她的回答也是淡淡的随口的:

鲁四凤 大概是很忙。

"大概"两字是含蓄的，说明她也不大看见周萍，只是听人说他很忙，所
以她猜想他大概很忙。但蘩漪既然特地下来打听周萍的消息，怎么能不追
问下去呢:

周蘩漪 听说他也要到矿上去，是么?

一个用"大概"，一个用"听说"都想把跟周萍的关系撇清。按理说，
蘩漪不该向四凤这样发问，四凤也心想:"你怎么来问我呢? 老实说，
在爱情上主仆是不能相让的，我不便老实告诉你。"

鲁四凤 我不知道。

四凤直截了当地撇清了自己，关上了门，希望她不再问下去。但蘩漪心
想，我既然问了，不能不问个水落石出:

周蘩漪 你没有听见说么?

四凤心想:"我关上了门，你偏问下去，我当然坚持说不知道，但到底
她是主人，我是仆人，不能给她难堪。"所以:

鲁四凤 没有。倒是待候大少爷的张奶奶这两天尽忙着给他捡衣裳。

繁漪如果再追问下去，未免太暴露自己对周萍的关心，所以不得不换个题目问问：

周繁漪　你父亲干什么呢？

这句话是硬逼出来的，实在没有问的必要，不过无话找话，只能随口问一下，其实她怎么会关心起鲁贵来呢？四凤也明白，所以也随口回答了"不知道"，但忽然想起鲁贵刚才嘱咐她问太太的病：

鲁四凤　不知道，——他说，他问太太的病。
周繁漪　他倒是惦记着我。（停一下，忽然）他现在还没有起来么？

周繁漪脑子里只有一个周萍，她嘴里说鲁贵"倒是惦记着我"，心里却在想，"周萍倒不惦记我，有好几天没来看我了。"所以她接下去说"他"是指周萍，但明明在讲鲁贵，忽然转到周萍，不能不使四凤感到吃惊，所以不能不问：

鲁四凤　谁？
周繁漪　（没有想到鲁四凤这样问，忙收敛一下）嗯——大少爷。

繁漪自知失言，但又不能不告诉她。四凤有点生气，但不能不镇静下来，还是把门关上。

鲁四凤　我不知道。
周繁漪　（看了她一眼）嗯？

这一眼里有丰富的潜台词，她好像在说："你这小鬼真坏，在我面前装正经！""嗯？"的一声里就是说："难道你真的不知道么？小心我总有一天揭穿你！"四凤对着繁漪的一眼和她的"嗯"不免做贼心虚，有点胆怯，不能不再为自己撇清：

> **鲁四凤**　我没看见大少爷。

四凤撇得那么清，不能不使繁漪感到恼火，两人的意志冲突就越来越激烈了。繁漪原来装着对周萍漠不关心的样子，但现在情势所逼不能不老实不客气地不自主地追问她：

> **周繁漪**　他昨天晚上什么时候回来的？

繁漪实在不该向四凤提这样的问题，但情不自禁地问了。四凤更心虚了，在繁漪的问句里她好像听出，他什么时候回来只有四凤知道，四凤一面心虚，一面也有点生气了，所以还是用"不知道"来回答，外加了理由：

> **鲁四凤**　（红脸）我每天晚上总是回家睡觉，我不知道。

繁漪看她一问三不知，撇得那么干净，真的发怒了：

> **周繁漪**　（不自主地）哦，你每天晚上回家睡！（觉得失言）老爷回
> 　　　　　来，家里没有人会侍候他，你怎么天天要回家呢？

繁漪第一句话完全是责备的口气，好像说："你真的每天晚上回家睡觉么？哼！你来骗我！"但回心一想，跟女仆争风吃醋，太不像话了，不得不收敛一下，并且为四凤不应该每天回家睡觉找出个理由，所以又补上了第二句话。四凤可不示弱，和她针锋相对起来：

> **鲁四凤**　太太，不是您吩咐过，叫我回去睡么？

四凤振振有词，揭穿繁漪的自相矛盾，因此，繁漪不能不找理由反驳她，但自己也知道这理由不充分：

周繁漪　那时是老爷不在家。

可是四凤也不示弱，她也找个理由掩护自己：

鲁四凤　我怕老爷念经吃素，不喜欢我们侍候他。

她们表面上好像在争论回家的问题，其实她们的内心冲突并不在此，而在于周萍的爱，大家都不敢明说。的确，繁漪理亏，四凤占了上风，但繁漪心想："我不是来跟你争这个，不谈这个。"所以她立刻认输了，"哦"了一声，马上转换题目，仍然想打听周萍的行动：

周繁漪　哦，（忽而抬起头来）这么说，他在这几天就走，究竟到什么地方去呢？

明明她们在谈四凤回家睡觉的问题和侍候老爷的问题，但繁漪一心想着周萍，急于要知道他的消息，所以情不自禁地问她周萍到什么地方去。四凤明知道她问的是周萍，但要掩盖自己与周萍的关系，又不能再问她"他"指的是谁？但如果再问"是谁？"恐怕对繁漪很难堪，两人虽然在争风吃醋，但四凤不能不顾到自己的身份和尊敬对方的地位，所以她装着胆怯地问：

鲁四凤　（胆怯地）您是说大少爷？
周繁漪　（注视着四凤）嗯。

这次繁漪的注视和前面的注视完全不同，前面的注视是傲慢的，蔑视的，这次的注视是有恳求的意思，好像说："好啦，你别再装假了，你明明知道，何必再问呢？我也顾不得面子了，恳求你告诉我吧！"四凤看到她那可怜的眼光，也未免软了一下，所以她的回答比以前温和一点：

362

鲁四凤 我没听见。

鲁四凤也觉得自己的回答太使她伤心了，所以接下去：

鲁四凤 ……（嗫嚅地）他，他总是两三点钟回家，我早晨像是听见我父亲叨叨说下半夜给他开的门来着。

鲁四凤说前半句时，可以说不打自招，她自己觉察到，马上为了掩盖自己，不能不说好像是父亲早上说过半夜里为大少爷开门来着。繁漪很高兴四凤肯透露一下消息，所以又情不自禁地追问下去：

周繁漪 他又喝醉了么？
鲁四凤 我不清楚。（想找一个新题目）——太太，您吃药吧。

四凤自己发觉讲得太多了，又缩了回来，说"我不清楚"，于是岔到别的题目上去，中断了这一段对话。

这一段台词是富于含蓄的台词的好例子，说话很简短，但富于说话人的情绪、内心动态和心理活动，表面上的意思和实质上的涵义都清楚地传达给观众，使观众在语言里听到她们的弦外之音和她们之间的意志冲突。这一段对话的主要作用是说明性的，但只要台词写得富于含蓄，也就富于戏剧性了。

明确和含蓄决不是对立的，而是统一的，好的戏剧台词总是既明确，又含蓄，既易懂，又有回味。富于潜台词的语言就是富于含蓄的语言，是外延与压缩统一的语言。平淡的语言只要富于含蓄也是富于戏剧性的语言；劳逊说过："为了要使这平淡的一刻戏剧化，表现平淡之中所内涵的一切潜力和危险，剧作者必需使用这样一句平常而又意味深长的话，来引起我们的怜悯和恐惧。"[①] 他还说："造成压缩的方法不一定是通过热情激烈的对话；突来的对比、中断、冷场、出人不意的片刻的沉

---

① [美] 约翰·霍华德·劳逊著，邵牧君、齐宙译：《戏剧与电影的剧作理论与技巧》，中国电影出版社 1961 年版。

默等，也能造成压缩。"

含蓄的重要手段之一是高度提炼，一吨纯钢是从几吨铁矿石提炼出来的。安得留说："戏剧创作工作主要是提炼工作：剧作者对这主题所应有的思想都得想到，所包含的感情都应体会到，但他交给观众的只是这些思想和感情的本质。因此一句话要概括二十页的话，一个字要包括二十句的意思。观众是作家的合作者，作家只给他一点儿，只说了最扼要的话，但他完全能领会，只要那句子说得很恰当，只要那字选得很确切。"[1] 李渔也说："意则期多，字惟求少。"[2] 他又说："凡作传奇，当于开笔之初，以至脱稿之后，隔日一删，逾月一改，始能淘沙得金，无瑕瑜互见之失矣。"

（四）重机趣

什么是"机趣"？李渔说："'机趣'二字，填词家必不可少。机者，传奇之精神；趣者，传奇之风致。少此二物，则如泥人、土马，有生形而无生气。因作者逐句凑成，遂使观场者逐段记忆，稍不留心，则看到第二曲不记头一曲是何等情形，看到第二折不知第三折要作何勾当，是心口徒劳，耳目俱涩，何必以此自苦而复苦百千万亿之人哉！故填词之中，勿使有断续痕，勿使有道学气。"[3] 根据他的看法，所谓"机"就是要语言顺序连贯，前后呼应，气势流畅，神采奕奕；所谓"趣"就是语言生动风趣，富于情感，新颖可取，无道学气。戏剧语言必须是引起观众兴趣的语言，使观众听了津津有味，兴致盎然，切忌陈词滥调，呆板乏味，要做到这样，决不是一件轻而易举的事，这需要作者熟悉生活、下苦功。这风趣机智的语言，既不是文学的语言，可以从书本子中学得来的，也不是街头巷尾听来就可以照搬的，而是作者在生活语言的基础上，加以精心结构，要做到妙笔生花，妙趣横生，看似信手拈来，不费力气，但恰恰煞费苦心，屡经推敲、选择、锻炼、苦思才能做到的。李渔认为这种才能是"性中带来"，"性中无此，做杀不佳"。这未免看得

---

① 安得留：《戏剧写作的技巧》。
② 李渔：《闲情偶寄·文贵洁净》，国学研究社 1936 年版，第 31 页。
③ 李渔：《闲情偶寄·重机趣》，国学研究社 1936 年版，第 12 页。

过于神秘了。我们只要勤学苦练，天下没有做不到的事，并且对机趣的语言的构成因素还可以作一些分析研究。

机趣的语言总是感动人的语言，能使观众哭，也能使观众笑，引起观众强烈的情感反应，这在前一章里已谈过，这里补充一下，有时作者用逗人笑的语言来引起观众的悲痛，也有时用严肃的语言来引起观众发笑。在笑中感到悲痛是最深刻的悲痛，在严肃中发笑才是真正的可笑。剧作家常用这种相反的手法来引起强烈的感情或讽刺，是极其难能而可贵的。例如，老舍的《茶馆》里就有这样两段相反的戏。寓悲痛于笑声中的第三幕一段戏：王利发已被国民党逼得无路可走，准备自杀，秦仲义实业救国破产，走投无路，常四爷穷到沿街卖花生米，三人碰在一起，越讲越泄气。最后——

秦仲义 四爷，让咱们祭奠祭奠自己，把纸钱撒起来，算咱们三个老头子的吧！

王利发 对！四爷，照老年间出殡的规矩，喊喊！

常四爷 （立起，喊）四角儿的跟夫，本家赏钱一百二十吊！（撒起几张纸钱）

秦仲义
王利发 一百二十吊！

他们一面绕着桌子转，一面撒纸钱，一面喊，引起观众哄堂大笑，但这笑声带来非常沉重的悲痛。这是用喜剧的语言来达到悲剧的效果的一例。再如同剧第二幕的结尾，两个特务来抓逃兵，逃兵答应把抢来的钱分一半给他们：

王利发 （在门口）诸位，大令过来了！

老　陈
老　林 啊！（惊惶失措，要往里边跑）

宋恩子 别动！君子一言：把现大洋分给我们一半，保你们俩没事！咱们是自己人！

| 老 陈 | 就那么办！自己人！ |
| 老 林 | |

〔"大令"进来，二捧刀——刀缠红布——背枪者前导，手
捧令箭的在中，四持黑红棍者在后。军官在最后押队。

吴祥子 （和宋恩子、老陈、老林一起立正，从帽中取出证章，叫
军官看）报告官长，我们正在这儿盘查一个逃兵。

军 官 就是他吗？（指刘麻子）

吴祥子 （指刘麻子）就是他！

军 官 绑！

刘麻子 （喊）老爷！我不是！不是！

军 官 绑！（同下）

本来一个老百姓被误认为逃兵绑出去杀头，是一件严肃悲惨的事，但被
绑的是贩卖人口的刘麻子，却引得观众哄堂大笑。

造成机趣语言的另一因素是风趣幽默的话。这种风趣幽默的话，不
论在悲剧和喜剧里都可以找到，不过最多在喜剧里找到。在悲剧里只作
为调剂气氛而插上一段风趣的对话；可是在喜剧里却以逗人笑乐为主，
不能不大量采用风趣的对话。这些风趣幽默的话，可以分成三种：一种
是作者自己的风趣话，一种是人物性格的风趣话，另一种是戏剧情境所
造成的风趣话。这三种风趣话中，第二、第三两种是好的，根据人物性
格和戏剧情境而自然产生出来的，是可以用来阐明主题思想和推动剧情
向前发展的，是符合人物性格和戏剧情境自然而然地发展出来的，是可
信的，真实的。只有第一种是作者自己的风趣话，硬加到剧本里去，既
不符合人物性格，又与剧情无关，仅为逗乐观众而已。这在我们中国滑
稽戏里非常丰富，称为噱头，有的是符合人物性格的噱头，有的是喜剧
情境中自然而然产生的噱头，但也有不少所谓硬噱头，是作者硬塞在演
员嘴里说来给观众逗乐的，与剧情和人物性格丝毫没有关系。例如《少
奶奶的扇子》[①] 第三幕三个男绅士从夜总会里出来，到刘伯英住的旅馆里

---

① 原为王尔德（Oscar Wilde 1856—1900）的喜剧《温德米尔夫人的扇子》(Lady
Windmerels Fan)；后经洪深改编成中国话剧，题名为《少奶奶的扇子》。

闲谈，少奶奶和金女士都躲在后面不敢出来。这一幕只有结尾处发现少奶奶的扇子才引起冲突，前面的闲谈只是消磨时间，没有戏，而在这些闲谈中的俏皮话是作者硬塞在人物嘴里，既不符合说话者的性格，也并不推动剧情向前进展，是王尔德自己的毫无意义的风趣幽默语言，逗人一笑而已。例如：

李不鲁　等到一个女人，知道一个男人是多么大的混蛋，就十分危险了。结果是两个人会结婚的。

　　　　…………

张亦公　闲话是最有趣的。一部二十四史，都是闲话。比方闲话中夹了许多道学话，那就变了攻击人诽谤人的坏话了。我从来不道学，男人道学，大半心怀叵测；女人道学，准是其貌不扬。好好的女人而道学，就是自暴自弃了。幸而中国女人，都通达这层妙理，都不肯丝毫道学。

　　　　…………

李不鲁　（长叹）咳！一个人结了婚，连一点丈夫气都没有了。结婚的害处，同鸦片烟一样，可是比鸦片烟还要费事，还要费钱。

　　　　…………

李不鲁　恭喜恭喜天下有两种悲剧：一种是你所要的，想的，念的，不能到手，还有一种是你所要的，想的，念的，居然到手。第一种更糟，第二种更悲！

以上这些话是资产阶级文人玩世不恭、言不由衷、开玩笑式的俏皮话，仅逗人一笑而已。但也有俏皮话用得好的，可以揭示性格，推动剧情向前进展，又能逗人笑乐，那就是富于机趣的好台词。例如曹禺的《日出》第三幕顾八奶奶和潘月亭一段对话，顾八奶奶的话是符合她性格的，同时又能引得观众发笑：

顾　　……你们男人什么都好，又能赚钱，又能花钱的，可是就有一样，不懂得爱情，爱情的伟大，伟大的爱情，——

潘　　顾八奶奶是天下最多情的女人！

顾　　（很自负地）所以我顶悲剧，顶痛苦，顶激烈，顶没有法子办。

又如《关汉卿》第四场：

关　忠　您自己是大夫，老劝人家别熬夜，说熬夜伤神，怎么自己
　　　　倒犯了哩？

关汉卿　你不懂。这完全是两码事，当医家劝人别熬夜，当作家就
　　　　得熬夜。

第五场王和卿上：

王和卿　（望了他们一眼，急退）哎呀，我来得不是时候。

关汉卿　怎见得呢？

王和卿　瞧这个局面，还容得第三个人来打扰吗？

关汉卿　我们唱地蹦子，正差一个小丑。

王和卿　也不照照镜子，你还好意思扮小生吗？

这些都是符合性格的俏皮话。还有一种风趣的语言，本身不一定可笑，
但在某喜剧情境中就显得可笑而富于机趣了。例如，川剧《香萝帕》第
五场，赵小姐在第三场把欧阳公子藏在衣箱内，陪着母亲去姨妈家拜
寿，被姨母留住一晚，到第五场她赶回家来，以为公子还在箱内，其实
箱内已换了她母亲，但赵小姐不知底蕴：

　　　　　　　〔赵蕊芝、兰香同进房门。

赵蕊芝　母亲！母亲！

兰　香　夫人！夫人！（见无人，心稍安）

赵蕊芝　（唱）幸喜得母亲去未露形藏！
　　　　兰香，你快到楼下去看倒，免得夫人又闯来了。

兰　香　是。（下）

赵蕊芝　（一面脱衣）郎君，真是对不起，把你委屈了，实在是姨
　　　　妈留客留得太狠了，没得办法，你都怕饿坏了吧？

赵夫人　（含糊地）唔！

赵蕊芝　郎君，真是难为你了！我给你包了多少"杂包"回来，给
　　　　你吃。

　　　　〔赵蕊芝刚把箱子揭开一点儿，有家人在幕内白："有请夫
　　　　人！"赵蕊芝闻声惊诧，不敢把箱子全打开，夫人伸出手
　　　　来，赵蕊芝把点心递一个给她，并不住向楼下张望，随后
　　　　每次递点心时，赵蕊芝均心神不安，背向箱子，一面张望
　　　　楼下，一面背着手递点心给赵夫人。

赵蕊芝　郎君，你慢慢吃，莫梗倒了。这种点心，是我平素最喜欢
　　　　吃的，我都没有吃，特地包回来给你。

赵夫人　哎哟，把我梗死罗！

赵蕊芝　啊！我去给你倒杯茶来。

　　　　〔赵蕊芝倒茶，走近箱子，赵夫人突地开箱盖站起来，蕊
　　　　芝大惊，杯落地。

赵蕊芝这些话如果对公子说，就很平常，并不可笑，但她对夫人说时，
就十分可笑了。又如《乔老爷奇遇》第六场，乔溪误入花轿，被抬到蓝
木斯家，送入小姐房内，蓝秀英误以为他是女的，盘问他：

秋　菊　新奶奶，我们小姐都来了，在问你家住哪里？姓甚名谁？

乔　溪　（惊，茫然）……（背白）你叫我怎么说嘛！

秋　菊　你怎么不开腔？说嘛。（向蓝秀英）哎呀，小姐，这个新
　　　　奶奶像是哑巴呀！（再问乔溪）你说呀！

乔　溪　（背白）我怎么说嘛！

秋　菊　（与蓝秀英眉眼，蓝秀英示意秋菊追问）问你哟，你怎么
　　　　来的啊？

乔　溪　抢来的。

蓝秀英　抢来的！果不出我之所料！这一女子，我问你，他是怎样把你抢来的？你快快对我明言，我领你去见老夫人，好放你逃生。

乔　溪　（惊，背白）要见老夫人呀！……见了老夫人，哎呀，那才糟糕！

秋　菊　你快说嘛，说嘛！是怎样把你抢来的嘛？

乔　溪　我……我……甘愿来的。

蓝秀英　（背白）甘愿来的！……

乔　溪　是呀，是呀，甘愿来的。

蓝秀英　（一怔）怎么，她的声音如此粗莽？

乔　溪　（慌忙掩饰）人家，是，是，是哭嫁哭哑的。

秋　菊　小姐，我听人家说，乡下新姑娘出嫁要哭七天七夜哩。我去给她捧杯茶来！（见蓝秀英表示不愿她去）我去去就来。（下）

蓝秀英　你不要……！（见秋菊下，徘徊，背白）她是抢来的，时而她又说是甘愿来的，这，这，这！……（打量乔溪的衣服在抖动）她的衣服怎么这样不合体呀！

乔　溪　贫家小妇，我是借来的。

蓝秀英　（突然看见乔溪的脚）你那双脚……！

乔　溪　（跷脚）我这双脚……？

蓝秀英　好大哟！你像不是……！

乔　溪　（急作声明）我是个女子。

蓝秀英　（误听）唉！你是个举子！

乔　溪　我是个女子。

蓝秀英　你时而说是举子，时而又说是女子，你究竟是个举子或是个女子？赶快说出实话，如若不然，我就要喊叫！

乔　溪　小姐，哎呀，喊不得！（慌忙间无意揭下盖头，露相）

在乔溪乔装女子的喜剧情境下，这些对话才可笑，要是乔溪换上乡下姑娘，就并不可笑了。

机趣语言中带有讽刺、嘲弄意义的，在中国传统戏曲中，就称为"插科打诨"。插科打诨的历史悠久，在唐宋参军戏里就已经采用，到元杂剧时就被吸收到演出中去。原来是戏剧情节以外加进去的插曲，由净丑说说笑笑，逗人欢乐，使观众不致在观剧中间打瞌睡。李渔曾说：科诨"乃看戏之人参汤也。养精益神，使人不倦，全在于此。"[①] 后来逐渐与剧情融合为一，成为剧情中有机的一部分。科诨一般用夸张手法来嘲讽日常生活中一切不合理的现象，正如列宁说的：打诨是"戏剧艺术的一个特殊形式"，是"对大家承认的东西抱着讽刺或怀疑的态度"，用"稍稍加以歪曲"的方法揭露社会生活的真相，"指出日常习俗的不合理。"[②] 例如，关汉卿在严肃的悲剧《窦娥冤》里却插上太守向告状人下跪迎接，说"来告状的都是下官的衣食父母！"这下跪和衣食父母的说法是夸张手法，把真实生活"稍稍加以歪曲"，但揭示了生活的本质。最早只有净丑出场来科诨，后来扩大了，生旦也有科诨，便把科诨成为戏剧的有机部分，与人物和情节融为一体了。李渔说："科诨二字，不止为花面而设，通场脚色皆不可少。生、旦有生、旦之科诨，外、末有外、末之科诨，净、丑之科诨，则其分内事也。然为净、丑之科诨易，为生、旦、外、末之科诨难。雅中带俗，又于俗中见雅。活处寓板，即于板处证活。此等虽难，犹是词客优为之事，所难者，要有关系。关系维何？曰：于嬉笑诙谐之处，包含绝大文章，使忠孝节义之心，得此愈显。"[③] 他的主要意思是说，科诨不是仅为博取观众欢笑，而要在欢笑中得到教训，明白道理。

插科打诨在中国古典戏曲中大概有以下几种用法：（一）脱离情节脱离人物专为科诨而科诨的用法，例如杂剧《蝴蝶梦》第三折，王三被判死刑，明天就执行，王三问狱卒张千如何死法。张千说："把你盆吊死，三十板墙丢过去。"王三道："哥哥，你丢我时放仔细些，我肚子有个疖子哩。"接着王三唱《端正好》，唱了第一句，张千以演员和观众的身份问道："你怎么唱起来？"王三也以演员和作者的身份解释道：这

---

① 李渔：《闲情偶寄·科诨第五》，国学研究社 1936 年版，第 33 页。
② 见《回忆列宁》，中国青年出版社。
③ 李渔：《闲情偶寄·重关系》，国学研究社 1936 年版，第 34 页。

"是曲尾"。（二）科诨与人物性格结合起来的用法：例如《破窑记》里吕蒙正和刘翠屏被刘父赶出家门后，住在破窑里，邻居寇准为他们抱不平，他闯进刘府去，口称"谁是叫化的？我是你新招的女婿吕蒙正之兄长寇平仲是也。我是你亲家伯伯哩。"寇准成为风趣人物，使全剧生色不少。又如《看钱奴》，财主贾仁买落难秀才的儿子，但不肯出钱，反要秀才出生活费，后经门馆先生再三求情，他才给了一贯钞。秀才嫌少，财主说："一贯钞上面有许多的宝字，你休看得轻了。"（三）与剧情结合在一起，例如《秋胡戏妻》，梅英在桑园里采桑，天热脱了衣服，不意阔别十年的丈夫秋胡回家闯进园来，妻已不认得丈夫，慌忙穿起衣服，梅英自语道："何人，却走到园子里面来，着我穿衣服不迭。"一个咏诗调谑，一个窘态万状。

科诨与人物性格和剧情发展融合为一之后，就发展成为喜剧。引人逗笑的噱头最好从人物性格和剧情发展中自然产生，才是最好的科诨。李渔说过："科诨虽不可少，然非有意为之。如必欲于某折之中，插入某科诨一段，或预设某科诨一段，插入某折之中，则是觅妓追欢，寻人卖笑，其为笑也不真，其为乐也，亦甚苦矣。妙在水到渠成，天机自露。我本无心说笑话，谁知笑话逼人来，斯为科诨之妙境耳。"[1] 李渔是懂得喜剧三昧的伟大理论家。勉强使人欢笑，往往适得其反，在人物性格和剧情发展中自然产生出来的喜剧语言，作者和人物都不是有意逗人笑，却才能真正逗人欢乐。

机趣二字还有一个重要解释，就是机趣的语言必须前后呼应，一脉贯通。风趣的话决不是突然来的，它必须是有根有源，有来龙去脉，瞻前顾后，才能妙趣无尽，回味隽永。要是突然来句风趣的话，只是昙花一现，无准备，无回味，风趣也就大为减色。李渔说过："故填词之中，勿使有断续痕，勿使有道学气。所谓无断续痕者，非止一出接一出，一人顶一人，务使承上接下，血脉相连，即于情事截然绝不相关之处，亦有连环细笋，伏于其中，看到后来方知其妙，如藕于未切之时，先长暗丝以待，丝于络成之后，才知作茧之精，此言机之不可少也。"[2] 一切

---

① 李渔：《闲情偶寄·贵自然》，国学研究社 1936 年版，第 35 页。
② 李渔：《闲情偶寄·重机趣》，国学研究社 1936 年版，第 12 页。

妙语趣话都要"有连环细笋，伏于其中"，前呼后应，暗通血脉，"看到后来方知其妙"。丁西林在译批《十二镑钱的神情》里写道："这种前呼后应在话剧中起微妙的作用，如果我们把话剧的结构比作骨干，这种呼应是贯通骨干的神经。这也是中国文艺的一种传统的手法。在中国古典的文艺作品中这种呼应的例子甚多。"①就拿《十二镑钱的神情》来说，呼应的台词都是极妙的机趣语言，例如，爵士哈利一进门发现那打字员就是他的前妻，非常看不起她，认为她自甘堕落，不愿做有四个听差侍候的爵士夫人，而去作一个十五先令一星期的打字员。爵士向她说道：

爵　士　不错，不错。今天你来到这里是来侍候我的！

凯　蒂　我，本来可以当西摩斯夫人的。

爵　士　不是当西摩斯夫人，而是当她的打字员。她有四个听差的。啊，我很高兴，你看见她的时候，她正穿着朝见礼服。

到后来，爵士赶她走，他认为是在她身上浪费时间，于是指着门下逐客令。她可不是就这样容易败下阵去的一个女人。

凯　蒂　好吧，再见，哈利爵士。你不按一下铃，叫你的那四个听差的领我出去么？

"那四个听差"在哈利说时只是夸耀他阔气，是一句平常的话，但在凯蒂的话中呼应时，才见到它的妙处。还有凯蒂曾警告过哈利，要注意妻子眼睛里的十二镑钱的神情：

凯　蒂　如果我是一个丈夫——这是我对所有做丈夫的忠告——我要时常冷眼观察我的妻子，看她眼睛里是不是出现了十二镑钱的神情。

---

① 丁西林译批巴蕾独幕剧：《十二镑钱的神情》；见《剧本》月刊 1962 年 8 月号。

这个忠告在剧本结尾，得到了呼应，使幕下后回味无穷：

夫　人　（没头没脑地）它们的价钱很贵么？
爵　士　什么？
夫　人　那些打字机。

如果没有凯蒂话中的伏笔，夫人的话就不可能有那么深厚的机趣了。再举川剧《评雪辨踪》为例，吕蒙正吃不到斋饭，又饿又冷回到窑门，看到门外雪地上有男人足印，疑心妻子不贞，进窑来大发脾气，刘翠屏端稀粥给他吃，他也不吃：

吕蒙正　（见粥，注视刘翠屏，由粥想到了足迹）臭气难当。
刘翠屏　哪里来的臭气啊！吃嘛。
吕蒙正　不洁净。
刘翠屏　清水下白米，何言不洁净？
吕蒙正　快不用。
刘翠屏　先吃一点嘛。
吕蒙正　听我告诉你，大丈夫宁可清贫，不可浊富！
刘翠屏　这叫啥话？不吃就罢了。

这几句对话的妙处全在后面呼应里。为了雪中足迹两个争吵一场，后来误会解释清楚，两人言归于好，刘翠屏又去端了一碗粥来给他吃——吕蒙正接过来正要张口吃粥，被刘翠屏止住。

刘翠屏　秀才，不忙，我要问你几句话。
吕蒙正　吃了再说。
刘翠屏　不忙。刚才你回窑之时，我见你冻饿难当，与你盛了一碗稀粥来，你说臭气难当，啥叫臭气难当？
吕蒙正　这个话呀……我没有说过。

刘翠屏　我亲自听你说过的。

吕蒙正　噢，是这样的，我今天去赶斋，风大雪大，你与我端饭来，我在说外面的雾气难当呀。你听错了，什么臭气难当呀。

吕蒙正欲吃粥，又被刘翠屏止住。

刘翠屏　你还说不洁净，甚么不洁净？

吕蒙正　这个话也是我说的？

刘翠屏　是你说的。

吕蒙正　噢……噢……是这样的，今天泥湿路滑，就把我绊了一跤，你给我端饭来时，我就看见我的手上有许多稀泥，不洁净，我是说我的手上不洁净，并不是说你饭不洁净。

吕蒙正又欲吃粥，又被刘翠屏止住。

刘翠屏　还有，你说快不用，啥叫快不用呀？

吕蒙正　是这样的，我见娘子端给我的是一碗稀粥，这稀粥嘛，这样一喝，就顺流而下，就是说，不用筷子，都可以吃的话。

刘翠屏　你还说有："宁可清贫，不可浊富。"谁又清贫？谁又浊富？

吕蒙正　这话我说过，我不是这样说的。

刘翠屏　是怎样说的？

吕蒙正　小姐，你听错了，我见你与我盛稀粥的时候，慌慌忙忙颤颤摇摇的，我怕你把砂锅打破罗，我在给你招呼，叫你只可轻提，不可触破。甚么"浊富"啊！

（五）易上口

戏剧语言，不论话剧的台词或戏曲的唱词宾白，均须易于上口，铿锵有声。贝克说过："有些台词意思说得很清楚，也符合人物性格，但在舞台上演出时失败了。"①原因是"不容易上口"。李渔也说："宾白之学，首务铿锵。一句聱牙，俾听者耳中生棘；数言清亮，使观者倦处生神。世人但以'音韵'二字，用之曲中，不知宾白之文，更宜调声协律。世人但知四六之句，平间仄、仄间平非可混施迭用，不知散体之文，亦复如是。'平仄仄平平仄仄，仄平平仄仄平平'，二语乃千古作文之通诀，无一语、一字可废声音者也。"②不但写唱词要调声协律，讲究平仄，就是写散文的宾白也需要调声协律，讲究平仄。不但戏曲如此，话剧也是一样。所以李渔说："手则握笔，口却登场。"③处处从登场者（演员）着想，剧作者写的时候，就想到在台上说话的神气，音响，抑扬顿挫，声容笑貌，就能铿锵好听，悦耳生神了。老舍说过，剧作者所写文字，必须"……既有意思，又有响声，还有光彩。"④

　　要达到戏剧语言的铿锵动听，传神传色，剧作者应注意以下四个方面：

　　（1）戏剧语言，不论唱词和说白，都须讲究平仄和同音字要避免在一句中重叠过多。话剧作者一般不讲究平仄，是一大缺憾。凡懂得诗词平仄的作家一般都能写出朗朗上口的台词，而不懂平仄的作者他的剧本上演时就须由导演和演员加以改换字音。剧作者要仰仗别人来替他修改台词总不是一个好办法，所以话剧作者也应当懂得平仄。关于平仄的道理实在并不困难，李渔在《声务铿锵》一节讲得浅显易懂，十分中肯。他说："如上句末一字用平，则下句末一字定宜用仄；连用二平，则声带暗哑，不能耸听。下句末一字用仄，则接此一句之上句，其末一字定宜用平；连用二仄，则音类咆哮，不能悦耳。此言通篇之大较，非逐句、逐字皆然也。能以作四六平仄之法，用于宾白之中，则字字铿锵，人人乐听，有'金声掷地'之评矣。"他接着说："声务铿锵之法，不出平仄、仄平二语是已。然有时连用数平，或连用数仄，明知声欠铿锵，而限于情事，欲改平为仄，改仄为平而决无平声、仄声之字可代者，此

① 贝克：《戏剧技巧》。
② 李渔：《闲情偶寄·声务铿锵》，国学研究社 1936 年版，第 28 页。
③ 李渔：《闲情偶寄·词别繁减》，国学研究社 1936 年版，第 29 页。
④ 老舍：《戏剧语言》，见《剧本》月刊 1962 年 4 月号。

则千古词人未穷其秘。予以探骊觅珠之苦，入万丈深潭者既久而后得之。以告同心，虽示无私，然未免可惜。字有四声，平、上、去、入是也，平居其一，仄居其三。是上、去、入三声，皆丽于仄。而不知上之为声，虽与去、入无异，而实可介于平、仄之间，以其别有一种声音，较之于平则略高，比之去、入则又略低。古人造字审音，使居平、仄之介，明明是一过文——由平至仄，从此始也。……作宾白者，欲求声韵铿锵，而限于情事，求一可代之字而不得者，即当用此法以济其穷。如两句三句皆平，或两句三句皆仄，求一可代之字而不得，即用一上声之字介乎其间，以之代平可，以之代去、入亦可。如两句三句皆平，间一上声之字，则其声是仄不必言矣；即两句三句皆去声、入声，而间一上声之字，则其字明明是仄，而却似平，令人听之不知其为连用数仄者。"李渔在上面一段话里说得很清楚，说话要铿锵上口，必须讲究平仄间用，凡平声或仄声在一句里接连用上好几个，那句话就念不响了，需要在平声中间以仄声，仄声中间以平声。并且他告诉我们一个秘密，如果万一找不到一个适当的平声字或仄声字的时候，就可以用上声字来代替，因为上声字是介乎平仄之间的。在写台词的时候，当然不必用平仄声一句句来死扣，只要朗读出来，凡是拗口的地方都是平仄不调的所在，一定是重叠用了两个以上平声或仄声的缘故。我们从前写文言文的时候，总是一面写一面摇头晃脑地念出来，凡是碰到不顺嘴或拗口的字眼儿，就得改动，这样念上几遍，平仄都协调好了，就朗朗上口铿锵有声了。我认为写剧本的人也必须这样做，才能平仄协调，说得有响声有光彩了。每一个好剧作者必须同时是个好演员，才能写好话剧的台词。

除了平仄以外，还须注意同音字不可叠用到两个以上，这同音字不论是母音也罢，子音也罢，念起来就会不顺或拗口，例如"誓师讨讪"，"翁公蒙懂"，"楚苏粗鲁"……不但平仄不调，并且同音重叠，非常拗口。这种毛病在初学者容易犯。

（2）掌握人物性格是写好台词的重要条件，这在上面已经谈过，但在这儿我要强调掌握人物常用的词汇来写对白，不仅符合他的性格，并且由于这些词是他常用的，在他说出来一定最合适，也是最容易上口了。演员最怕在台上说的话尽是作者自己的话，人物与人物之间的话没有太大的差别，不结合性格的话演员不容易说得铿锵有声，作者自己的话总是抽象的，概念的，知识分子的气味很重，不符合工人或农民的形象和性格，演员就很难说得有声有色。如果作者写出来的真像工人或农民说的话，演员深入性格，说出来的话自然铿锵动听了。如果作者写出来的工人或农民的话，虽然文字上修饰得很优美，音韵也不错，但不符合工人或农民的性格，这样"优美"的台词演员也难以说好的，甚至于有时越"优美"，演员说的时候会越感到别扭。

（3）要写好人物的语言，必须掌握人物的感情。有感情的语言总是最动听的，说出来的话也是有声有色的；没有情感的话才是干巴巴的，抽象的，概念的，灰色的，淡而无味的。掌握了人物的情绪、感情，作者设身处地地由心中说出来的话总是富于色彩的，铿锵有声的。所以作者掌握了人物的感情，就掌握了人物语言的声调。贝克说过："完美的语言总是建基于人物性格的深透了解和人物感情的配合一致。台词里缺少这个，那么语言就停留在平常的，毫无色彩的，个人的或文学性的水平上。"[①] 约翰·奥力佛·霍比斯在她的剧作《大使》的序言里写道："有一次我在散文里找到一段演说——这段演说在纸上看来很匀称妥贴，和谐流畅，并且颇饶兴趣，简直像一首歌。但是这段演说，任何一位男演员或女演员在舞台上念的时候，不管他们的声音像天使一样的优美，简直是无法忍受。……可是这段演说的确是篇好文章，内容富于兴趣，有想象，有吸引人的魅力。那么，到底缺少什么呢？缺少的就是作者在音调里的感情，和朗诵时上口的考虑。舞台对话可能有或没有许多特点，但唯一不可缺少的就是感情。对话最重要的基础是感情。如果对话里缺少最显著的最普通的感情，那么，智慧、哲理、道德的真理、诗的语言——这一切都等于没有。"[②] 韦尔特也说："戏剧归根结底是一件感情的东西。……四分之一的台词可以说是事实的叙述加上感情的色彩，而四分之三的台词是感情的表达加上事实的色彩。"[③] 足见要写好人物的语言，

---

① 贝克：《戏剧技巧》。
② 约翰·奥力佛·霍比斯（John Oliver Hoppes 亦即凯来琪夫人 Mrs. Craigie）：《大使》（Ambassador）。
③ 韦尔特：《独幕剧编剧技巧》。

必须深刻体会人物说话时的内在感情，不能体会人物的感情，就写不出人物的动人的语言。

（4）写好人物的语言，不仅要写出他说什么，还要写出他语言的音调和重音。这虽然是演员的事，但作者写台词时必须知道用什么音调和重音在哪里。音调和重音的不同对同一句话可以有完全不同的意思。作者于必要时应在舞台指示里加以说明，但无论如何，作者在写的时候一定给以恰当的音调和重音，像亲耳听见一样。

最后，我想简单地谈一下话剧语言和戏曲语言在形式上的不同。话剧和戏曲是两种不同风格的戏剧，话剧是写实的，表演方法接近真实的生活，而戏曲是写意的，表演方法有自己一套传统程式，但仍然以反映生活本质为目的。在语言上也各不相同，话剧的语言比较接近生活，而戏曲语言是在生活语言的基础上重新加以创造，更精炼，更集中，更诗化。戏曲演出从头至尾由音乐伴奏，所以它的语言更讲究音乐气韵。换句话说，戏曲的语言是音乐的语言。话剧的语言也是从生活中提炼、集中而来的，但它以逼真生活的自然为其努力方向，所以是散文的语言。因此，在戏剧语言的重要原则上是完全一致的，而不同之处就在于语言形式上。

戏曲语言是跟音乐分不开的，必须讲究"音乐气韵"。唱腔是音乐语言的最高形式，是语言音乐化的最高表现。一般用七八字一句，三三四一句，四五字一句，根据各剧种、各曲牌而大不相同。在规定的五、七、三三四之外可以加填字，填句，而变化多端。这种词句最后一字押韵，或隔一句押韵，各剧种也各有定一章法。这种词句与诗词不同，比诗词更通俗易懂，并且规格不像诗词那么严谨。但，不论怎样，它们必须有音乐气韵。如果编写戏曲剧本的不懂得音乐气韵，把说白硬截成几个字一句，勉强押韵，听起来便一点没有曲的味道，也没有真实的感情；这种唱词，一打字幕，更暴露了它们的弱点，看起来非常别扭，平仄不调之处那就更不用说了。其次是韵白，是朗诵或有韵脚的道白，听起来很悦耳。例如《真假李逵》结尾上的四句韵白：

李　逵　我今赠银莫嫌轻，拿回家中奉娘亲。

李	鬼	多谢二哥赠我银，从今以后学好人。
李	逵	只要你真心来孝母，你母我娘俱不分。
李	鬼	今日松林得相会，二哥，我是假的你是真。

　　还有，一般的说白，在戏曲中大体又分两种：一种是有腔调的说白，主要的正派人物用；另一种是无腔调的口语，次要的或反派的人物，如小旦小丑等用。在戏曲中有一句俗语："千斤道白四两唱"，这说明戏曲一向重视说白，并且说白说得好比唱还难。戏曲说白一般比话剧的对话简短、有力、精炼，不添枝叶。

　　关于戏曲语言中的一些传统程式，简单介绍如下：

　　引子。角色上场最初开口的就是引子，就是引起来的意思。念引子有工尺，但只干念（不用音乐，也不打板）。引子的作用是说明剧本大意，或介绍人物身世，概括笼统，不着痕迹。一般引子只念两句，如《文昭关》东皋公一上场念："门外青山绿水，黄花百草任风吹。"也有四句至六句的，称为大引子，如《空城计》诸葛亮上场念："羽扇纶巾，四轮车，快似风云；阴阳反掌定乾坤，保汉室，两代贤臣。"武将上场用点绛唇，与引子相近。例如《芦花荡》张飞上场起霸后念："草笠芒鞋渔父装，豹头环眼气轩昂；跨下千里乌骓马，丈八蛇矛世无双。"昆曲不同，各调有各调的引子，有两句的，有三四句的，有十多句的，各有名称。元人杂剧一概不用引子。

　　上场对联。元人杂剧不用引子，角色上场念两句对联。最初只有丑角用对联，因为他用本地土音念，较有趣味。对联念时不行腔，也无工尺。后来各种不重要角色上场都用对联，较为省事。上场对联也称"诗"，因为它是诗的两句截句。例如杂剧《陈州粜米》吕夷简诗云："凤凰飞上梧桐树，自有旁人说短长。"刘衙内诗云："全凭半张纸，救我一家灾。"小衙内诗云："日间不做亏心事，半夜敲门心不惊。"

　　坐场诗。角色上场念完引子落座后，接念四句诗，称为坐场诗，也叫定场诗。这坐场诗来源于说唱艺术，说唱中有大书（即讲小说）与弹唱（即北方的鼓词）两种，都以诗词开场，概括叙述说唱故事的大意。宋元戏剧是从说唱艺术演变来的，在杂剧称为"楔子"，到传奇称为"开场家门"，到皮黄则都改成诗，一般四句，干念，无工尺。重要角色上场先念引子，再念诗；如果二人或四人同时上场，则往往开口便念诗，二人者每人念两句，四人者每人念一句。丑角上场数干板（念时只打板，无工尺音乐），与诗近似。诗句不一定五言七言，如杂剧《鸳鸯被》李府尹诗云："可怜我囊橐凄清，专望你假贷登程。"又如杂剧《赚蒯通》樊会诗云："踏踏鸿门多勇烈，能使项王坐上也吃跌。赏我一斗好酒一肩肉，吃的又醉又饱整整躺了半个月。"元杂剧中也有用词代诗的，如杂剧《争报恩》宋江念词云："只因误杀阎婆惜，逃出郓军城，占了八百里梁山泊，搭造起百十座水兵营，忠义堂高搠杏黄旗一面，上写着替天行道宋公明，聚义的三十六个英雄汉，那一个不应天上恶魔星。百衲袄千里花艳，茜红巾万缕霞生；肩担的无非长刀大斧，腰挂的尽是鹊画雕翎。赢了时，舍性命大道上赶官军，若输时，芦苇中潜身抹不着我影。"昆曲中已用干板；干板实在是诗的变体。元杂剧中官员、闺秀、文人上场，大致都念诗，无引子；商贩走卒不重要角色，则连诗也不念，开口就是说白。

通名。上场诗念完后，就自己通报姓名。如不念诗，只念引子，那么接着就通报姓名。近代戏曲中一般都各自报姓名，但在元杂剧中，无论场上有多少人，只用一人代报。如一家人，则家长一人先出场，自报姓名，顺便提到家属，报完名，然后再唤家属出来，家属出来就不再报名了。例如杂剧《合汗衫》第一折，正末扮张飞，同净卜儿、张孝友、旦儿、兴儿上，正末云："老夫姓张，名义，字文秀，本贯南京人也。嫡亲的四口儿家属，婆婆赵氏，孩儿张孝友，媳妇儿李玉娥。"到明代以后传奇、昆曲、皮黄都不用代人报名的传统。在传奇中有时戏很长，后几折与前几折相去日久，或改换了装束，也有再补报名一次。

定场白。角色上场，念引子、诗和通报姓名后，就有一长段独白，名曰定场白，这定场白在昆曲、皮黄都用四六句，说明自己家世和本剧本折的详细情节。后几折也可以有定场白，例如离前场情节日期很远，中间发生些什么事情，可以再用定场白补叙明白。

背供。即背人招供之意，现在称为"旁白"。两人或数人说话时，其中一人心里偶有感触，便向另一人告便，独自走到台前或转向观众用袖遮隔，只给观众听见。有时也可把白改成唱，称为背唱或旁唱，有时两人同时背唱，有时先后背唱均可。

叫板。在说白之后，未唱之前，必须有叫板。叫板就是说白与歌唱之间的桥梁，没有叫板，从说白转到歌唱就很突然，有时甚至使观众吃惊。叫板是音乐气韵的连接与转换的中间过渡，是造成音乐气韵连贯自然的必要手段。叫板有各种不同方法，有时将说白的最后一字声音拉长，有时用叫头，如"哎呀"，有时一抖袖，高叫一声。于是场面（乐队）就响起音乐，准备歌唱。歌唱到最后一字或一句也须拉长，使场面知道已唱完，音乐也就停止，从唱再过渡到说白或动作。这样，气韵连贯，"无断续之痕"了。

歌唱。中国戏剧在元代院本中是以唱为主，至元明杂剧则以白为主，至明清传奇则唱白并重，至清末皮黄则又以白为主。歌唱比说白更容易抒发情感。在现代地方戏曲中，有的重唱，有的重白，有的唱白并重。古典戏曲一般是在人物有了感触以后才唱，很少平白无故地忽然唱起来，例如《桑园会》的"耳边厢，又听得人声响……"是为惊讶而唱；《文昭关》的"闻说昭关路不通……"是为着急而唱；《汾河湾》的"家住绛州县龙门……"是为叹息而唱；《桑园寄子》的"见坟台，不由人，珠泪滚滚……"是为悲痛而唱；《捉放曹》的"一轮明月照窗下……"是为感慨而唱；《文昭关》的"一轮明月照窗前……"是为愁闷而唱；《汾河湾》的"娇儿打雁无音信……"是为想念而唱；《文昭关》的"伍员马上怒气冲……"是为愤怒而唱；《砑砂痣》的"今夜晚，前后庭，灯光明亮……"是为欢喜而唱；《六月雪》的"听一言来自思忖……"是为恐惧而唱，等等，这样的唱才能激动观众，给观众以满足。现代戏曲编剧往往为了说明情况而唱，或者无缘无故地突然唱起来，都不能恰当应用歌唱的感人作用，而失去了歌唱的意义。

下场对联。戏曲角色演完戏退场时一般都有下场对联，所谓"上场诗，下场联"。如两人以上同时下场，则共念四句诗，作为结束。这也是从说唱里移植过来。中国小说每一回有每一回的结语，有的用联，有的用诗。元杂剧全剧结束时用联，但每折结束不用。传奇每出结束尽用诗，如《琵琶记》、《桃花扇》等；但亦间有一二出结尾无诗的。如《浣纱记》。也有诗联互用的，如《西厢记》。在皮黄戏里，凡念下的用诗或联，唱下、追下、窠下的则不用诗联。在昆曲里只有全剧或全出结束时用诗联。

要真正写好戏剧语言，必须下决心、下苦功，坚持不懈地长期努力，才能有所成就。我认为剧作者必须不断努力做好以下三件事：

（一）深入生活，广泛学习群众的语言。要真正学好群众的语言，首先必须了解、掌握他们的思想和感情，和他们的思想感情打成一片，能设身处地地说出他们心里有真情实感的话来。

（二）多读诗词歌赋和古典的杂剧、传奇，学习它们怎样用最浅显的语言说出丰富深刻的内容，怎样选字遣词，怎样运用音乐气韵，怎样调声协律。换句话说，从诗词歌赋和戏曲里学习古人提炼语言的艺术。

（三）在深入生活和学习诗词的基础上大胆创造新的戏剧语言，务期做到能用最精炼、最生动、最新颖的语言来表达出新时代的思想和感情，使社会主义新戏剧能通过语言发挥出它最大的教育作用和战斗作用。

图书在版编目(CIP)数据

编剧理论与技巧/顾仲彝著. —上海:上海人民
出版社,2016
(上海戏剧学院编剧学教材丛书)
ISBN 978 - 7 - 208 - 13528 - 4

Ⅰ.①编… Ⅱ.①顾… Ⅲ.①编剧-高等学校-教材
Ⅳ.①I053

中国版本图书馆 CIP 数据核字(2015)第 311741 号

责任编辑　赵蔚华
封面装帧　张志全

上海戏剧学院编剧学教材丛书

编剧理论与技巧

顾仲彝　著

出　　版	上海人民出版社
	(201101　上海市闵行区号景路 159 弄 C 座)
发　　行	上海人民出版社发行中心
印　　刷	上海商务联西印刷有限公司
开　　本	890×1240　1/32
印　　张	12.75
插　　页	2
字　　数	373,000
版　　次	2016 年 1 月第 1 版
印　　次	2024 年 7 月第 8 次印刷
ISBN	978 - 7 - 208 - 13528 - 4/J • 432
定　　价	58.00 元